2020 春卷

长篇专号

上海文艺出版社

目录

2020 春卷

002 钟南山：苍生在上 熊育群

092 致新年快乐 须一瓜

174 降落现实的转境时刻 黄德海

182 南货店 张忌

378 窗玻璃上的雅努斯 金理

382 我们骑鲸而去 孙频

钟南山：苍生在上

熊育群

子　夜

今夜
雨已停歇
泪水砸痛泥浆的土地
冰雪在北方
穿透风的呐喊

枕藉长江的城市
空旷的街道
灯火从不阑珊
腊月　正月　二月
比江还长的诀别
不知姓氏　不知长幼
归祖之路
连绵的络绎的
死亡
不可遏止

子夜
昼短夜长
书写一位耄耋老人
那一夜匆匆行色
何以连接了万家哀哭
他的眼泪
落成一个国家的泪水

庚子孟春　谁闻啼鸟
南国之都
幕墙挂不住春天的雨水
幻听之声　来自大唐
斯夜　黑色燃烧
天不放亮
谁独不眠
白衣　白衣
执手以援　如蝶如仙

2020 年 3 月 6 日　子夜

第一章

一

太阳融入一片如霭似雾的灰白，天地黯淡了许多。己亥年是个暖冬，不记得有多久没有下雨了。岭南的植被却依然绿得蓊郁。地平线低垂的天际并不通透，磨砂玻璃似的，只有头顶的天一片浅淡的蓝。从市区的星光快速拐上外环，再转广珠西线，车一路顺畅。广州南站很快就到了。

二楼站台上，钟南山与他的助理苏越明匆匆下车。早已等在大门口的工作人员迎了上来。

这个中国最早建成通车的大型高铁车站，屋顶形状俯看如一片并联的竹蛏壳，仰看则轻盈似帐篷。超大空间下，到处是排成长龙的队伍，人山人海里一件件笨重的行李随着人流移动着。夕阳隐退，华灯初上，钟南山来到出发大厅，顷刻淹没在人群之中。

国家卫健委医政医管局的人上午给苏越明打电话，他正在做饭，来电说，武汉疫情紧急，请钟南山当天赶到武汉。钟南山这时正在开会，与专家商讨新冠肺炎疫情。新冠肺炎疑似病例已在深圳出现。这些天，钟南山关注着武汉的情况，心里十分担忧，一直在琢磨着“新冠病毒”。昨天钟南山在深圳看了两例新冠肺炎病人，广东有关部门立即召开了会议。下午，广东卫健委还将召开专门会议进行讨论。

苏越明放下电话看了一下手表，正好是11点。他马上给钟院士打电话。钟南山听了电话后停顿了一会儿，说：“下午还有会议，当天赶到有困难，明天行不行？”

苏越明马上回复国家卫健委医政医管局的电话，说缓一天到行不行？对方说他们要商量一下。

苏越明感到事情不同寻常，赶紧查当天的机票，所有航班机票都已售罄。又查高铁票，也全部卖光了，连站票都没有了。

国家卫健委的电话再次打来了，他们已经讨论过了，一定请钟院士今天赶到武汉。苏越明告诉对方订不到去武汉的票了。对方说他们来联系铁路局，请钟院士坐高铁过来。

国家卫健委医政医管局打电话的人还不放心，又直接打通了钟南山的电话，请他务必当天赶到。对方语气里弥漫着一种掩饰不住的焦虑。事情来得突然，不同寻常，钟南山却并非没有预感，冥冥中他似乎知道会有事情找他，但他没有想到这么急迫。国家需要他，又是这么重要的事情，对方电话一讲完，他就说：“我下午开完会，晚上肯定赶到！”

正是春运高峰时期，国家卫健委出面与国家铁路局沟通，请他们想办法。沟通的结果是，由高铁站的工作人员把钟南山和他的助理带上车。没有座位，可以给他们准备两张小板凳。

钟南山吃完午饭，来不及回家收拾行李，就直接去广东卫健委开会了。苏越明下午帮钟南山去家里收拾行李。他赶到卫健委会场时，广东专家正在就新冠肺炎疫情进行分析，讨论各种对策。这时，广州南站工作人员给他打来了电话，告诉他车站可以把他们送上高铁。

下午4点30分，钟南山急匆匆走出会场。苏越明赶紧起身，两个人一起下了楼，直奔高铁站。

赶到高铁站，身穿蓝黑色制服的姑娘带着他们急忙往安检口赶。入站口长长的队伍已经消失，电子屏显示：广州南—武汉，G1022次，17点51分开。

这是最快离站的车，车从深圳北站始发，经停广州南站。等他们一进站，工作人员就关了闸。车厢满座。姑娘找到列车长，跟他说明了情况。列车长把钟南山带到了餐车，给他们安排了两个座位。

钟南山身穿咖啡色格子西装。这是他早晨出门时穿的。衬衣和西装，在广州穿刚好，但武汉肯定要冷得多。苏越明问要不要穿毛衣，他一边问一边去行李箱取。钟南山示意他不要找。钟南山冬天也穿得很单薄。苏越明收拾行李时给他找了一套换洗衣服、一件毛衣和一件羽绒服。苏越明以为此行只在武汉待一天。

拿出手提电脑，钟南山开始工作了。

昨天钟南山在深圳调研，有一家人从武汉回来，陆续染病，住进了港大深圳医院，患者中有一个并没有去过武汉。这是一个相当危险的信号！国家卫健委高级别专家组已有两批专家先后去武汉了，这次紧急召集专家第三次赶赴武汉，看来情况不妙。他给武汉的医生打电话，了解疫情。接电话的都是他的学生。

他又赶紧在电脑上寻阅相关的材料和信息，进行整理分析。他似乎忘记了这是在高铁上，工作起来全神贯注。苏越明知道这时候不能打扰他。

过了晚上8点，钟南山想起还没有吃晚饭，他感觉饿了。苏越明马上点了两份土豆牛肉饭。吃过饭后，苏越明去补了两张车票。

列车长跑过来退钱，说钟院士是为国家才去武汉，我们不能收他的饭钱！苏越明不肯，推让几次，拗不过列车长，只好把钱收下了。

晚上9点钟，钟南山太困了，他头靠在低矮的靠背上，闭上了眼睛。不久前他病过一场，低烧、咳嗽，身体虚弱又疲惫。看到眼前的一幕，苏越明心里一动，偷偷用手机拍下了他打盹的照片。时间是9点15分。这张照片后来迅速在网上传开。照片里可以看到红色的硬座，乘客都在低头看手机，他几乎是唯一的老年人。

大约十几分钟后，钟南山又睁开了眼睛，他让苏越明在电脑上记录下他对疫情的研判：一是他判断新冠肺炎肯定人传人；二是要重视早发现、早隔离，提醒公众没有特殊情况不要去武汉，减少出门，避免聚集……

2020年1月18日这一天，网上公开的信息，武汉新型冠状病毒感染的肺炎患者新增确诊病例59例。

二

最早报告不明原因肺炎的是湖北省中西医结合医院的张继先医生。2019年12月26日上午，一对发烧、咳嗽的老年夫妻由儿子陪着来医院看病，胸部拍出的CT片，与其他病毒性肺炎不一样。瘦小又敏感的张继先起了疑心，要他们把儿子也叫来检查。小伙子又来到医院，张医生认真检查，没有发烧咳嗽症状，但CT胸片肺部成像却与他父母的一模一样。

张继先又给他们一家三口做了甲流、乙流、合胞病毒、腺病毒、鼻病毒、衣原体、支原体等与流感相关的检查，病人全部呈现阴性，流感排除。

一家人得同样的病已经非常奇怪了，没想到又来了一位华南海鲜批发市场的商户，同样发烧、咳嗽，肺部表现一模一样。

张继先黑亮的眼睛闪动敏锐之光，她开始警觉起来，第二天，她把四个病人的情况报告了医院。医院立即上报给了江汉区疾控中心。28 日、29 日两天，又有三位病人来看门诊，病情相同，地址是华南海鲜批发市场。

2019 年 12 月 29 日下午，湖北省中西医结合医院召集了呼吸科、院感办、心血管、ICU、放射、药学、临床检验、感染、医务部的十名专家进行会诊。他们对七个病例逐一讨论。病人在会诊时透露，还有两个跟他们一样的病人去了同济医院和协和医院。他们都是华南海鲜批发市场的商户。

情况极不正常，医院当即直接向湖北省、武汉市卫健委疾控处报告。武汉市疾控中心、江汉区疾控中心和金银潭医院当天派人来到医院，进行流行病学调查。傍晚，武汉市突发公共卫生事件医疗救治定点医院金银潭医院接走了六位病人。一位年轻患者不肯转院，继续留在湖北省中西医结合医院治疗。

12 月 30 日，武汉市卫健委下发《关于报送不明原因肺炎救治情况的紧急通知》，通知说明了武汉市华南海鲜批发市场陆续出现了不明原因肺炎病人。为做好应对工作，请各单位立即清查统计近一周接诊过的具有类似特点的不明原因肺炎病人，要求当天下午 4 点前统计报送市卫健委医政医管处。12 月 31 日上午，国家卫健委专家组来到了武汉。

武汉市卫健委 12 月 31 日发布《武汉市卫健委关于当前我市肺炎疫情的情况通报》，通报说明："近期部分医疗机构发现接诊的多例肺炎病例与华南海鲜城有关联……目前已发现 27 例病例，其中 7 例病情严重，其余病例病情稳定可控，有 2 例病情好转拟于近期出院。病例临床表现主要为发热，少数病人呼吸困难，胸片呈双肺浸润性病灶。目前，所有病例均已隔离治疗，密切接触者的追踪调查和医学观察正在进行中，对华南海鲜城的卫生学调查和环境卫生处置正在进行中……到目前为止调查未发现明显人传人现象，未发现医务人员感染。目前对病原的检测及感染原因的调查正在进行中……该病可防可控，预防上保持室内空气流通，避免到封闭、空气不流通的公众场合和人多集中地方，外出可佩戴口罩。"

当天很多媒体报道了武汉市通报肺炎疫情的新闻，核心提示：发现 27 例病例，未发现明显人传人现象。

2020 年 1 月 7 日，病原检测结果初步评估专家组实验室检出一种新型冠状病毒，获得了该病毒的全基因组序列。专家组认为，本次不明原因的病毒性肺炎病例的病原体初步判定为新型冠状病毒。

三

火车从韶关穿过大瑶山隧道进入湖南境内。像一道闪电从南岭山脉下穿越，高速列车进入了真正的冬季——高高的大山脉把北方的严寒阻挡在岭北。黑夜中的村庄一闪，仿佛抛向时空另一端的记忆。

车上都是回家过年的人。新年喜庆的气氛越来越浓。庚子鼠年一天天挨近，人们奔波忙碌了一年，都在筹划着怎样过大年。

乘客们低头看着手机，他们不是在报告路途经历，分享见闻，就是在与马上就要团聚的亲人商量节日的安排和打算，或者在消磨旅途难耐的时间。车厢内安安静静的。钟南山看到年轻人喜悦的表情，渴盼的眼神，心里愈发不能平静了。他们中大概不会有人知道疫情正在悄悄降临。

2003 年非典过后，钟南山判断非典并没有根绝，还有重新出现的可能。他甚至想到了武汉出现的可能性很大。别人疫情过后万事大吉，他知道危险仍然还在，一直没有放弃对非典冠状病毒的追踪。

2003 年 9 月，有学者初步认定，非典与果子狸、獾、貉有关，果子狸是非典冠状病毒的主要中间宿主。钟南山与香港微生物专家合作，第一时间掌握了情况。果然，非典过后的第二年春天，广州又出现了 4 例非典病人，发病时间与一年前非典出现的时间也一样！

钟南山超级警觉，立即要求面见省长。当晚广东省省长黄华华召集各个厅局负责人开会，听取他的报告。钟南山报告了 4 例病人中有 2 例接触过果子狸。他们又从果子狸和病人身上分离出冠状病毒，4 例都高度同源。考虑到野生动物市场是一个重要的传染媒介，请求马上扑杀果子狸。

五天以后，广东境内一万多只果子狸被扑杀一空。非典被及时扼制，没有爆发。这一次险情鲜有人关注。又经历了非典死灰复燃，好在及时扑灭，钟南山想起来就感觉后怕，他再也不敢掉以轻心了。

2019 年底，武汉最初的病例同样来自野生动物市场华南海鲜批发市场，初步判定病原体是一种新型冠状病毒。它与非典相似，这种新型冠状病毒真的不会人传人吗？专家组去了，为什么公布的信息这么模棱两可？隐隐地让人感觉不安。他身子微微颤抖，不是因为车内气温低。那些一个个在自己眼皮底下死去的非典病人，这些年来噩梦一样驱之不散，他们求生时的挣扎，被窒息的狰狞表情，化作了一股暗涌的情绪袭击他，让他心里不适。生死本是医生惯常所见的场面，但面对一堆人的死，却是大不一样的……

这一路奔走，如同梦境中穿行，不只是空间在跨越，时间似乎也在这个时刻恍惚。十七年前那场令国人记忆深刻的非典，他临危受命，担任广东省非典型肺炎医疗救护专家指导小组组长。也是春天，也是临近春节，时间如此巧合，非典与新冠肺炎的首个病例出现的日期竟然相差只有几天！2003 年非典疫情在广东突然出现，不久，北京等地开始传播，一些国家也接到了病例报告。疫情呈全球蔓延之势。

他记得自己诊治的第一个患者姓郭，一个年轻力壮的士司机。他是确诊的第二例非典患者。2002 年 12 月 22 日从广东河源转院，住进了他工作的广州呼吸疾病研究所（呼研所）。

至今他还常生感慨，中国第一个与国际先进医学接轨的重症监护中心 ICU 在呼研所落成，第四天，河源的病人就送来了，这个重症监护中心 ICU 一面世就成了最悲壮的战场，成了抗击灾难的核心堡垒。好像当年霍英东先生捐资千万就是专为非典而建的。

2003 年元旦假期后上班的第一天，钟南山按照常规到 ICU 查房，值班医生刘晓青、何为群向他报告了10号床病人的病情。这位男子已是奄奄一息，生命垂危。从那时开始他就投入了重症病人的抢救。

接着是去中山救人。那已经不是某个病人的救治，而是一批患者。病人开始被源源不断紧急送来广州。病人接触过的人倒下了，医生护士也不能幸免。患者发烧，面部、颈部充血，接着出现呕吐、干咳，肺部出现白肺，呼吸开始变得困难，病人多死于呼吸衰竭或多脏器衰竭。

疫情这么严重了，却无人敢说出真相，甚至不愿意面对现实，遮掩真相。那时他感到很孤立，那种煎熬，陷入困境的焦虑、痛苦，犹如一场劫难。十七年过去了，天性乐观的他仍然不愿意去想。如果现在再次面临同样的疫情，会不会不再出现类似的情形呢？他有些忐忑，忍不住喃喃自语……

那年春天谣言四起，人们抢购罗红霉素、板蓝根、醋……这些平素不起眼的东西价格飞涨，板蓝根一包原价八元，有的卖到四十元，抗病毒口服液原价十几元，有的涨到了一百三十元……

钟南山着急了，他第一时间请缨，要求把所有的重症病人全部集中到他所在的广州呼吸疾病研究所来。病因不明、病症难治，糟糕的是疾病传播途径尚不清楚，个别医生有顾虑他能理解，这是要人家搭上性命的事，钟南山望着那些担忧的眼神，坦率地说："我们就是搞呼吸疾病研究的，最艰巨的救治任务不由我们承担靠谁来承担!?"事情严重，他不得不坚定表态："医院就是战场，作为战士，我们不冲上去谁上去？现在是需要我们站出来的时候，不能丝毫犹豫，因为我们是医生，这是我们的天职!"

2020年武汉患新冠肺炎的病人发烧、乏力，部分出现干咳，痰很少，少数有流鼻涕、鼻塞，还有少数有胃肠道的症状，个别的有心肌、消化道、神经系统的问题。这与非典既相似又不一样，很多病人并没有高烧，开始时症状也不太严重，肺部情况也不像非典。他判断，两者相比，尽管有很多同源性，但应是平行的完全不同的两种病毒。这种新型冠状病毒到底有多危险，会怎么变异，他并不了解。获得的信息也是模糊的。为什么迟迟下不了明确的结论？这正是他忧虑的地方。他害怕再有什么意想不到的事情发生。

抗击非典那年他六十七岁，今年八十四岁，十七年的岁月仿佛一眨眼就溜过去了，只在青丝上留痕，秋霜似的白发笼在他的额头。想不到耄耋之年还要与病毒交战。（后来有网民说："他劝别人不要去武汉，他却去了。明知道老年人最易感染。"）

在高速行驶的列车上，窗外是忽明忽暗的大地，让人心事有些浩茫。他的嘴角不自觉地向下弯。这样的表情很容易看出，他不只是疲惫，还有一种悲悯和忧伤。他本能预感到了一些事情。从此刻的忧心到后来多次哽咽、含泪，疫情的发展比他估计的要严重得多！局面也比他想象的复杂得多。

惊天大事即将爆发！现代速度的高铁刺穿凛冽的夜色，向着疫情正在失去控制的"震中"武汉呼啸而去。大地震动，空气呼叫。老人在打盹时也无法放松，他的嘴角越弯越深，即便睡意蒙眬，他的心里也充满着忧伤，他感觉到前方低低压过来的乌云……他并不服老，但以自己的老迈之躯，他能发挥多大的作用？乌云之下的民众能安然无恙吗？

钟南山又在心里安慰自己，推想着事情不至于比非典更严重。他相信中国经历过非典，已经积累了经验，国家经济高速发展，医疗卫生事业也发展非常之快，国家对疫情防控的能力和水平已经大幅度提高了，有了一个很好的防控体系，包括一套安全门诊防控体系，各个省都有公共卫生事件救治定点医院，每个医院都有发热门诊，检测手段完备，能够尽快把病原体检定出来。从国家、省到市，有一支专家救治队伍，形成了一套抢救、治疗的方法。还有监控和隔离的制度，尤其国家制度保障了控制传染病的体制机制有效地建立和运作。

四

四个多小时高速行驶，深夜时分抵达武汉。果然寒风扑面，与广州相比，就像两个不同的季节。钟南山加了一件毛衣，跟着助理来到了出站口。

武汉高铁站也是一座大站，连接车站的是宽阔的马路。万家灯火，霓虹处处，像热情的武汉人一样，眼前一片热烈繁华的景象。跟广州一样这里也是一座不夜之城！发生在这座城市的往事零零星星像灯火一样飘过他的记忆。人老了，旧事难忘。只是这些年哪里变化都大，总有物是人非的感觉。

武汉是他最早到过的城市，只是那时并无记忆，都是父母跟他说的。那一年他刚满周岁或是还未满周岁，他跟随父母从南京经武汉去长沙，再到贵阳，一家人从长江边的码头上岸，在武汉短暂停留。淞沪会战后，国民政府决定中央机关内迁，父母带着他开始了颠沛流离的生涯……

抵达住地武汉会议中心，国家卫健委的人召集大家开会。当天赶到武汉的专家有中国科学院院士、中国疾病预防控制中心主任高福，中国工程院院士、传染病诊治国家实验室主任李兰娟，中国工程院院士、香港大学医学院微生物系讲座教授袁国勇，中国疾病预防控制中心流行病学首席科学家曾光，北京协和医院ICU（重症医学科）主任、重症医学专家杜斌。召集人在会上简要介绍了武汉的情况。

夜深了，钟南山草草洗漱后就上床了。他的神经仍然无法松弛下来。新冠肺炎疫情的现实他无法接受，非典灾难的阴影洪水一样淹没他的意识，他无法想象再次经历同样的悲剧！

街上汽车声已经稀疏，火车跨江而过的声音隐约传来，不时有轮船驶过。这里是江岸老城区，靠近龟蛇锁大江的江段，著名的江汉关就坐落于此。当年大武汉开放的口岸，“驾乎津门，直逼沪上”，像上海外滩一样，沿江的租界建起了很多欧式建筑。如同一部打开的书，一部汉口开埠的历史，一百多年的风云历史在此上演。新中国第一条跨越长江的铁路也在这里建成。现在，长江两岸众多跨江而过的大桥宛如一条条静卧的银蛇，熠熠生辉。他脑海里闪过毛主席“一桥飞架南北，天堑变通途”的诗词，也闪过崔颢“晴川历历汉阳树，芳草萋萋鹦鹉洲”的诗句。

武汉一夜，钟南山辗转反侧，想到国家又一次面临考验，国人又一次受到疫病的威胁，心里难过极了。

天放亮了。窗外空旷的草地、枯黄的杉木，一些树木落尽叶子，枝杈光秃秃的，与岭南四季常绿的乔木大不相同，它们摇摆在寒风中，正经历着北方的严寒。阴沉沉的天空，砭骨的西北风轻轻拂过大街，向着不远的长江吹去。这里已被层层乌云覆盖。钟南山虽然不怕冷，但冬天的风还是让他缩紧了身子。

2020 年 1 月 19 日。这一天行程很紧。疫情发展今天与昨天、昨天与前天，情况都在变化中，两天内武汉新增确诊病例 136 例，当天累计报告病例 198 例，已有 4 人死亡。在武汉市定点医疗机构接受隔离治疗的 169 例中，重症 35 例，危重症 9 例。华中科技大学附属协和医院发生了交叉感染事件。医院脑神经外科一个病人在做完脑神经外科手术后出现发烧，确诊是新型冠状病毒感染的肺炎患者。脑神经外科 14 个医生护士被感染了。

这一天，大武汉沉浸在迎接春节的喜庆气氛中，虽然疫情出现，但未发现明显人传人现象和该病可防可控公开通告后，人们有过一些犹疑就不再怎么把它放在心上了。1 月 18 日在百步亭社区，一场万家宴正在轰轰烈烈地举行。四万多个家庭欢聚一堂，居民自创的 13986 道菜品摆满了主会场和九个分会场。除了宴会，当天社区还有年货赶集会、文化赶集会。

百步亭是个大社区，居住人口超过十八万。每过小年社区都要举办万家宴，从百户、千户到万家，已经连续举行了二十届。宴会的规模越来越大，名声越传越广，已成为社区的节日。

上午 9 点，国家卫健委、湖北卫健委、武汉卫健委、武汉疾控中心和当地医院都来人了。会议就在武汉会议中心召开。会议名单上，钟南山的名字后面赫然写着国家卫健委高级别专家组组长，他深感意外。竟然没谁跟他打声招呼。这让他颇有一些临危受命的感觉。

来武汉考察过的专家告诉他，他们感觉病例没有全部报告，没有看到一份完整的材料，又不好强求。他们曾追问过，对方反倒质疑，说是不是不相信他们。去医院调查，说法都一样，两次调查都没怎么深入下去……特别是他的学生来看望他了，有的就在医院呼吸科当医生，他们情绪十分低落，他们反映的情况远比公开的疫情严重得多！钟南山的心情如山似的沉重。多么熟悉的境况，他的某些预感就要变成现实了。

武汉卫健委负责人在会上首先通报了武汉的疫情。钟南山非常认真做了记录。他竖起耳朵，希望听到是否有人传人、是否有医护人员感染的情况。

疫情通报后专家组去金银潭医院调研。这是一家传染病专科医院，也是武汉市突发公共卫生事件医疗救治的定点医院，医院建院有近百年的历史。在医院，专家们通过视频监控，实时观看了 ICU 重症患者的救治。钟南山看得特别仔细，提出了一些救治的建议。

一位殷姓女患者，年龄四十八岁，2019 年 12 月 10 日发病，有糖尿病、脑梗塞、胆结石等基础疾病，12 月 27 日出现呼吸困难，12 月 31 日转入金银潭医院救治，入院时严重呼吸窘迫，现在已经出现多器官功能衰竭，正在抢救。可惜，专家组走后第二天她就去世了。当天，一位年迈的陈姓患者死亡。他 1 月 13 日发病，1 月 18 日入院救治时，呼吸已经十分困难……

专家们去武汉市疾控中心，途中经过华南海鲜批发市场，中巴车绕着市场转了几圈，大家没有下车。市场早在 1 月 1 日关闭了。巨大的横幅牌子，蓝底白字，后面是透明的玻璃拱廊，左右两排长长的档口早已拉下铁闸门。一眼望去，市场内空无一人。现场已经破坏，即使下车也看不到什么东西。

有人问以前市场是个什么情况，来过的专家说，非常肮脏，周围都是垃圾和老鼠，环境十分恶劣。

这么糟糕的环境，一街之隔，市场旁边就是繁华的商业中心。来自香港的专家说，除了要管控野生动物食用和交易，一定要管理菜市场的环境卫生。很多大城市菜市场湿漉漉、臭烘烘，很可能成为传染病的温床，未来需要改变。有人担心，市场关闭之前售卖的野生动物可能早就流向全国各地了，新冠肺炎传到其他省会不会由野生动物带过去的?

在武汉市疾控中心，专家们听取情况汇报，讨论疫情应对办法。钟南山心绪不宁，心情像窗外阴沉沉的天空一样。今天到访的地方，问他们什么，他们就答什么，像早有准备。钟南山听到病例报告后，情绪激动，他已经难以控制自己的情绪了，再也顾不得情面，用异常锐厉的语气质问："究竟还有没有?! 究竟还有没有更多的病例?!"他的手挥舞着，敲击桌子，他把西装都脱掉了，全身燥热，会场只有他穿着衬衣，他的脸绷得像块烙铁："是不是真的是你们讲的这么少的个案?"

在他不留情面的追问下，武汉协和医院脑神经外科一个病人感染 14 个医生护士的情况捅了出来。有人马上解释：病人正在测试，没有确诊。国家下发的试剂盒 1 月 16 日湖北省疾控中心才收到。又有人解释，没有报告的病例都是没有确诊的，并反复强调说：试剂盒刚刚才下发到武汉，没测试就没法确诊……

钟南山伤心了。高级别专家组已经是第三批来考察了，竟然拖成了今天这样的局面！那些死亡的画面像深海里的水草一样，从时间深处浮上来……十七年前，为了遮盖非典疫情，也是类似的说辞，甚至还逼着他说类似的话，一场噩梦，已是不堪回首！

他心里清楚现在所面临的形势——疫情已经十分明显，也有医生向外透露过信息，却被当成传谣者受到公安机关的训诫。武汉地方政府和卫生部门没有充分重视没有采取足够的措施！他们已经站在悬崖边上，竟然还不知道自己身处险境！

病原体检测早就检出是一种新型冠状病毒，还获得了病毒全基因组序列，现在连医生都感染了，为何还在说"尚未发现明确的人传人证据"? 只是表示不排除有限人传人的可能，还不忘记强调"持续人传人的风险较低"?

中午，与钟南山同桌吃饭的副市长，面色铁青，心情沉重。他知道武汉的大灾难就要降临了。

钟南山的担忧成为了现实！他也无心吃饭。

他了解专家们的苦衷。疾控中心是一个技术部门，关键时刻，特殊地位的作用不能发挥，特别是他们无权对外发布疫情信息。中心没有行政职能，地位低，主导不了疫情防控的局面。但钟南山不仅仅是遗憾与无奈，还有悲愤！

历史又一次把他推到了与非典相似的处境。有人说他非典一战成名，但他并不需要这样的成名。作为医生，面对这样的情况，良知告诉他，他没有选择的余地。他只是说了真话，他之所以敢说，也因为自己说的是真话。而公众有知道真相的权利。

五

1月19日下午，专家组回到武汉会议中心召开闭门会议。专家对武汉疫情研判有了明确的意见。国家卫健委医政医管局领导当即将“人传人”“按照甲类传染病管理”等意见上报了国家卫健委。国家卫健委领导不敢耽搁，马上向国务院报告。钟南山和高级别专家组的专家傍晚5点离开会场，赶去武汉天河机场。当晚国家卫健委要在京召开会议。

路上车很多，西北风呜呜地吹，街灯次第点亮，人群依然熙熙攘攘。有恋人手牵着手笑脸灿烂地走过；有孩子在街头打闹；有人群聚集在一起聊得正开心，爽朗的笑声带着湖北人特有的一股辣劲；有拖着行李、提着大包小包匆匆赶路的人，敞开了冬衣，嘴里呼出淡白色的气息……街上店铺装扮得红火喜庆，不时飘过又香又辣的饭菜味，都是一片迎新年的气象。

昨天正是这个时间他和助理赶往广州南站，相比广州，这里天色阴暗，像有一场雨雪随时降临。无处可躲的阴冷，刺入骨髓，长期生活在温暖气候中的岭南人很难适应。钟南山有一种飘浮的感觉，一天之隔，天地殊异，他倒像个不合时宜的异类。

但是，武汉已是疫区！这不是假象！就像黄昏正在弥漫的黑暗，正在吞噬一个个广场、一条条街道，正在占领这个城市的生活，正在迫使一切走向沉寂与空白，眼前的景象将转眼即逝。那些一盏盏点亮的路灯显得如此微弱，钟南山感到害怕、迷失，他眼里噙满了泪花。非典时期，那种伤心欲绝的情绪又向他袭来了。他多想朝路上的人群发出一声呐喊，就像叫醒梦中人一样，他们正走向悬崖。

飞抵北京已是晚上10点多了，严寒时节的首都街头没有什么行人。春节的喜庆气象在大都市并不鲜明。只有汽车尾灯红色的亮光串成一条条光带，给人些许暖意。

钟南山住进国二招宾馆后，马上去国家卫健委开会。连夜召开的疫情与防控会议，罕有地开到了子夜1点30分。国家卫健委主任会见了钟南山和李兰娟，单独听取了他们的汇报。专家发言：事态严峻，肯定有人传人，必须立刻采取各种防控措施。现在留给我们的防控窗口期已经很小了，如果接下来几天还不采取严厉措施，事态发展将会更加严重。滥食和交易野生动物必须管控。专家们在会上提出了武汉“不进不出”的建议。

钟南山回到宾馆已是凌晨2点。这一夜他只睡了四个小时，早上6点他就起床了，他实在睡不安稳。上午7点30分专家出发赶去国务院汇报。钟南山对国家卫健委的疫情研判和专家们的建议反复推敲、斟酌。

这是一场接力赛，专家们大都通宵未眠，他们各自整理出对新冠肺炎疫情的研判和防控建议，在6点前发给钟南山。钟南山6点开始收集他们的材料，进行归纳整理。专家们的材料凌晨4点多都发来了，材料比会议发言丰富了很多，对疫情研判有了更充足的信息。武汉市卫健委一早也发来了最新的确诊人数。钟南山据此拿出最权威的疫情研判和防控建议。

他自己着重考虑的因素是越来越逼近的春节，民族盛大的节日，巨量的人群正在大流动、大聚集，广州南站那一幕不断在他眼前浮现……钟南山脑子有些麻木，他使劲揉一揉头，强打起精神来思考和判断。

面临危机，这一次与非典时期不同，他有机会以高级别专家组组长的身份直接向国家领导人汇报疫情，他的汇报将影响国家抗疫决策，他不能不慎之又慎。他想把最真实的情况全面报告上去，包括自己抗疫的想法。

早晨，北京的风干爽，清冽刺骨。钟南山从宾馆温暖的大堂走出来，薄薄的衣服突然像没穿似的，寒冷水一样渗透全身。他轻轻颤了一下。周围没有人穿得比他还少。这天，天空特别的蓝，钟南山精神也为之一爽。对空气特别敏感的他，这么纯净的深蓝，让他压抑的心情感到一丝舒缓。

1 月 20 日上午 8 点 30 分，六位专家汇报了各自对疫情的研判。大家一致认为形势很严峻，明确了已有人传人，必须立即采取最严厉的防控措施。

汇报结束，钟南山和李兰娟被邀请列席国务院常务会议。会议专门增加了一项部署新型冠状病毒感染的肺炎疫情防控工作。国务院领导在听取国家卫健委主任和湖北省省长疫情最新情况汇报后，点名钟南山和李兰娟发言。他们俩汇报了对疫情的研判、如何遏制疫情扩散和救治等具体意见和建议。钟南山说明了春节对疫情的巨大影响，强调疫情信息要公开透明，要让所有人知道问题的严重性。要以最快的速度采取严格的防控措施。政府要及时客观地向社会通报疫情，公布防控的成效，回应社会关切……

国务院领导对他们的意见与建议给予充分肯定并表达谢意，表示两位专家提供的专业咨询意见对下一步如何科学决策非常重要。

钟南山、李兰娟离会，国务院领导人特意到会议室外送别。会议当即做出决定，将新冠肺炎按照乙类传染病甲类管理。

中午回酒店简单用餐，下午 1 点 30 分，钟南山又赶往中南海，参加国务院和国家卫健委召开的全国电视电话会议，布置新冠肺炎疫情全国联防联控工作。

下午 5 点，国家卫健委召开新闻发布会，国家卫健委高级别专家组就新型冠状病毒肺炎答记者问，钟南山、高福、李兰娟、袁国勇、曾光、杜斌等专家出席。媒体有新华社、人民日报、光明日报、国际广播电台、凤凰台、健康报、中央广播电视总台、中央电视台等十几家。这一天，钟南山首次以国家卫健委高级别专家组组长的身份出现在世人面前。

新闻发布会在国家卫健委狭长的会议室举行，隔着一张大会议桌，专家们与记者面对面而坐。钟南山坐在中间，神情坦然。这一天的经历，他知道国家对专家的建议高度重视，相应的措施即将迅速出台，他有一种如释重负的感觉。记者的话筒和录音笔放在一个盘子里，哪个专家回答问题盘子就端到哪个专家面前。

发布会上记者提出了很多重要而敏感的问题，气氛有些紧张。有记者直接向钟南山发问。钟南山有备而来，多年来与记者打交道，他已经熟悉新闻媒体了，他对记者从不遮掩，有什么就如实说什么。他现在需要这个机会向社会说出事实，他懂得抗击疫情透明度有多么重要！他盼望全社会人人懂得病毒的特性和防控的办法。有过切身体会的人，才明白现在自己在做什么，意味着什么。

中央广播电视总台记者第一个提问就抛向了钟南山：“武汉市两天内新增确诊病例 136 例，北京和广东也出现了病例，钟院士您怎么看当前的疫情形势?”

钟南山看着记者，盘子端到了他的面前，后面一排架起的摄像枪也全都对准了他。钟南山毫不避讳，坦率地说：“就流行病学的状态，现在是在起始阶段。我们六个人昨天去了武汉，武汉的情况昨天跟前天不一样，前天跟大前天又不一样。目前已经证实有人传人，也证实了有医护人员在治疗和护理患者过程中感染了。这是非常重要的一个标志!”

在回答新华社记者提问时，钟南山直接说出了对武汉防控的主张：即武汉减少输出，在武汉的人能不出来就不要出来。要对火车站、机场等口岸实行严格的检测措施，首先是测体温，有症状特别是体温不正常的须强制隔离，要提高防范级别，而不是单纯的劝阻；除非极为重要的事情，外地人一般不要去武汉。这“不进不出”实际是武汉封城的建议。

他提醒疫情预防和控制最有效的办法是早发现、早诊断，还有早治疗、早隔离。这是最原始的防控办法，也是最有效的办法。对已经确诊，或者高度疑似的病人要进行有效的隔离，这是极为重要的！目前没有特效药。戴口罩很重要。

他呼吁各级政府领导要负起责任来，这不单纯是卫健委的问题。他提醒政府、医务人员、全社会都要关心，属地领导要担起责任。现在处在一个节骨眼上，春节期间得病的人数会增加，但他不希望呈现链式的发展。要防止它传播，要害是警惕在传播过程中出现超级传播者……

新闻发布会开到晚上 7 点结束。钟南山非常疲惫。吃晚饭的时候，他靠在椅背上，又一次闭上了双眼，头垂了下来。他感觉脑袋里面嗡嗡直响。他的双手在太阳穴上使劲地搓揉，就像能把疲劳驱赶出来似的。

晚上 9 点 30 分，钟南山在酒店面对摄像头，耳朵里塞入手机耳机，以连线嘉宾身份出现在央视《新闻 1 + 1》中。对话有几秒的延时，但他的话十分清晰。钟南山以现场直播的方式公开了重要的疫情信息。在回答主持人白岩松其中一个提问时，说到一半钟南山突然想不起主持人的问题了，他的脑子里一片空白。那种麻木的状态又出现了，短暂的失忆。观众无法知道，老人出现在屏幕前经过了多少煎熬，三天三夜，紧张与劳累，让一个记忆与逻辑特别清晰的人，出现了思维短路。

事后，钟南山有些懊悔，还自嘲了一番。多少次面对记者，这是他第一次失忆。

历史似乎在重复，他最不想看到的一幕又出现了。2003 年央视王志主持的新闻节目《面对面》，面对瞒报疫情和权威部门对病因作出的错误结论，钟南山面对观众说出了真相。同样是央视，白岩松的《新闻 1 + 1》节目，他再一次揭示了实情。他郑重公布：“新型冠状病毒的感染现在刚刚开始，正在爬坡……新型冠状病毒肺炎是肯定的人传人，在广东有 2 个病例，他没去过武汉，但家人去过武汉后染上了新型冠状病毒肺炎……现在可以这么说，是肯定的有人传人现象。”

此言一出，惊醒了国人。他的话具有神话一样的力量，人们匆忙的脚步停了下来，迎大年的节奏打乱了。2003 年非典那一幕瞬间回到了人们的记忆中。

百步亭万家宴参与者听到消息后十分惊慌，后悔的、后怕的，他们的心情再也无法平静。很快百步亭成为社会舆论焦点，组织者遭到众人指责，压力巨大。

两天后，1月23日上午10点，武汉宣布封城。出武汉的高速收费站站满了警察，警灯闪烁，警笛不时响起，刺向天幕。警察脸上肃穆的表情弹得回任何质疑的目光。人们不敢相信眼前戏剧性的一幕会是生活的真实——出城的道路都被堵上了。出城的车挤成了一片，一辆辆车调头返回市区。他们一两个月甚至更长时间周密计划的春节团聚竟然泡了汤！许多人走在回家的路上，犹疑不已，怀疑遇上了愚人节。比起飞奔出城的车速，好像小车换了软弱的动力。当回过神来时，有的人突然感到无端的恐惧。全城公交、地铁、轮渡、长途客运全部停运了，没有特殊原因，市民不能离开武汉。机场、火车站离汉通道统统关闭。

三天后，1月26日0时起，武汉中心城区实行机动车禁行管理。喧闹的大街转眼间空无一人，一场真实的魔幻剧上演了。无形无影的病毒叫停了巨人世界喧哗的生活。

对一个一千四百万人口的特大城市封城，这样的事情中国史无前例，世界史无前例。这一切让人措手不及，但灾难从来就是猝不及防的。

武汉震惊！中国震惊！世界震惊！

紧接着，湖北的黄冈、鄂州、仙桃、潜江、荆门封城了，湖北各市相继封城。远在千里之外的温州乐清市、瑞安市、永嘉县也封城了。全国各地纷纷封路，农村也把进村的路封堵上了。一个个大小不一的孤岛遍布中华大地。

中国开始了壮烈的抗疫之战——武汉保卫战、湖北保卫战、全国阻击战！

新冠肺炎疫情是新中国成立以来发生的传播速度最快、感染范围最广、防控难度最大的重大突发公共卫生事件。1月23日，武汉封城的同一天，广东、浙江、湖南启动全省重大突发公共卫生事件一级响应。截至1月22日24时，湖北累计报告新冠肺炎确诊病例444例，广东32例，浙江27例，湖南9例。紧接着，湖北、天津、安徽、北京、上海、重庆、江西、四川、云南启动重大突发公共卫生事件一级响应，随后全国31个省市全部启动。

日内瓦当地时间1月23日，世界卫生组织（WHO）紧急情况委员会召开会议，就武汉本轮新型冠状病毒肺炎疫情是否构成“国际关注的突发公共卫生事件”（PHEIC）作出决定。（之后，1月30日，世卫组织宣布将中国新型冠状病毒疫情列为“国际关注的突发公共卫生事件”。）

钟南山听到这一系列消息，百感交集，老泪纵横！

六

庚子大年，烟花爆竹沉默不响了。王安石的“爆竹声中一岁除，春风送暖入屠苏”千年以降，独独今年大江南北一片寂静。再也不是“千门万户曈曈日，总把新桃换旧符”了。人们关在家里，不再相聚相庆，不再串门拜年，喜庆之气、祥瑞之气被疫情冲得踪迹全无。大小城市街道静悄悄的，人影难觅。

国家进入战时状态。中央沉着指挥，大年初一召开了政治局常委会议。一场只能打赢不能打输的战争打响，保卫生命必须争分夺秒！

九省通衢的繁华都市出现了冰火两重天的景象——一边是救人如救火的医护人员、如潮的患者，一边是空荡荡的街巷；街灯、交通信号灯依然通亮，火车站、机场沉寂无声。一位清洁工在电视镜头前哭了，她说大街小巷看不到人，她很难过。她怀念以前的人挤人，宁愿垃圾多一些，自己辛苦一点。现在，她天天扫的只有满街的落叶，与她在一起的只有树木花草。甚至野猪、兔子跑到了街上。

有一天夜晚，武汉一堵堵悬崖似的高楼，一扇扇洞开的窗门，千家万户一齐高喊："武汉加油！武汉加油！"听得到孩子和老人的声音，"啊——啊——啊——"呼喊声汇聚，回旋、滚动、跌宕，在空旷的夜晚从微弱到强大，大风一样刮。有人把光打在墙上。他们看不到彼此，但看到了不断晃动的光，听到了彼此发出的声音，感受到了彼此的存在和共同的心声。

人类像回到了蜗居洞穴的年代。那一刻不知多少人潸然落泪。他们之中有人正在独自面对死亡。这是一场生与死的抗衡！疫情汹汹而来，不知道下一刻轮到谁倒下去。大家没有惊慌逃走，他们相信政府、相信同胞，按照规定坚守着秩序。东方集体主义的精神和文化在这样的呼喊与坚守中体现得淋漓尽致。哪怕个性张扬的湖北人，他们都回到了自己的斗室之内，每个人在坚持做对的事情。

曾爆发过非典的广东，是钟南山工作和生活的地方。除湖北外，广东是感染人数最多的省份。在省会城市广州，人们如临大敌，远比当年非典时期紧张。非典爆发时，广州大街小巷戴口罩的人并不多，更少人把自己禁闭在家，有人还嘲笑北京人戴口罩，胆小鬼。北京人飞来广州，下飞机把自己封得严严实实，看到广州人那么淡定，戴口罩的人没有几个，有的人就不好意思地摘下了自己的口罩。现在，广州与全国一样，人人足不出户。小区自觉实行封闭管理，外卖已经停了，快递也不让进来了。街道上偶尔走过一两个人，得到了无数注目礼。世界安静得只闻风声雨声。

全国各种抗疫的照片、视频和信息在相互转发。为劝阻大家不要出门，有人走街串巷，打着红旗，敲着锣，用扩音器喊话："居民朋友，千安全，万安全，待在屋里最安全！居民朋友，这种药，那种药，不出门就是特效药！居民朋友，吃了睡，睡了吃，病毒拿我没办法！"

"居民朋友们，只要还有一粒米，不要在市场里挤；只要还有一滴油，不要在街上游；只要还有一根葱，莫往市场里面冲；只要还有一口气，待在家里守阵地。"

"长胖是福态，乱跑是祸害！""我在家，我骄傲，我为祖国省口罩。""这是战争不是儿戏，打赢了，天天都是春节！打输了，这就是你最后一个春节！"喊一句，敲一声锣。

有一个视频，广播值班的人实在太困了，念过通知忘记关话筒就睡着了，小区的夜空都是他的鼾声。

没有买到口罩又不得不出门的人，奇招迭出，有的用半个橙子皮捂住嘴巴鼻子，这么大个的橙子也不知道他是从哪里搞到的；有的用塑料布从头到脚把自己裹起来，头上用绳扎紧，或用硬板水平撑开，像个侠客似的；有的简单用个塑料袋套住头，有的把头伸进桶装水桶，还有的用毛巾把头裹起来只露一双眼睛……

这一切既可笑又让人难过，但灾难面前人人坦然面对。大家很快就适应了危机，没有骚乱，没有抢购风潮，没有群体性事件发生。

即使战争，它对十四亿中国人日常生

活的影响也到不了这种程度。一场疫情，几乎让中国的每一个家庭每一位个人，生活与行为方式都发生了改变。

七

截至1月27日24时，湖北新冠肺炎累计确诊病例上升到2714例，从这一天开始，确诊人数每天以千位数增加。

2月2日之后，新增确诊病例以每天2000以上的速度增加，当天累计确诊病例数超过一万。

2月4日之后，新增确诊病例每天以3000以上的速度攀升。

医院人满为患，医疗防护用品短缺告急，医生崩溃痛哭的视频在网上流传。2月5日，各定点收治医院原则上只收治确诊的重症病例和危重症病例，以及疑似的危重症病例。

2月6日，累计确诊病例突破了2万。

2月10日，累计确诊病例再破3万。当天，武汉全市所有住宅小区实行封闭管理，对确诊患者或疑似患者所在楼栋单元进行严格封控管理。

2月12日，第五版诊疗方案在湖北省的病例诊断分类中增加了“临床诊断”，新增确诊病例一天猛增了14840例！累计确诊病例到达48206例。

2月18日，湖北累计确诊病例突破6万。

随后，全国累计确诊病例达到8万多人，死亡人数迈过了3000大关，超过了美国“911事件”死亡人数！！！

这是自1918年西班牙大流感以来人类遭遇的最大疫情，是世人从未见识过的病毒，没有哪个病毒像新型冠状病毒这样，同时结合了传染性和致命性这两种特性。武汉感染人数呈爆炸式增长，从几十人到数千人数万人，人们向着医院蜂拥而来，挤满了各家医院的大厅，确诊病人、疑似病人、陪护家属都挤在一起。有限的医疗设施接收不了这么多病人，一床难求。武汉形成了一个病患者的“堰塞湖”。

一位九十岁的老人，名叫徐美武，她为给已经确诊的儿子等到一张床位，在医院守了五天五夜。凌晨2点终于等来了病床，六十四岁的儿子被送进了病房。徐奶奶找护士要来纸笔，就在处方纸上给儿子留言：“儿子，要挺住，要坚强，要活下来！”她没有带多少钱，把身上仅有的五百元现金托医生转给儿子。她说：“我还有两套房子，卖房子也要把这个命买回来。”

第二天傍晚，她的儿子在ICU重症监护病房抢救无效去世。老人发着低烧，后来也住进了医院，为了不刺激老人，医生一直瞒着她儿子的死讯。

一位中年男子被感染了，既住不了院，又不能住酒店，酒店量体温拒绝他入住，他又怕感染家人不敢回家，深夜跑到废弃的旧仓库自行隔离。有隔离在家的病人病情很严重了，也无法住院，在网上发出求救信……

“我有段时间经常落泪，那么多痛苦的病人住不进院，在医院门口哀嚎，甚至有的病人跪在地上求我收治他入院，但是床位已经住满了，我也没有办法，只能狠心拒绝，自己在一边悄悄抹眼泪。我现在眼泪已经流干了，我们的人民太苦了。我现在没有别的想法，就想尽力做更多，抢救更多病人。”

这是一个医生对记者说的话。他是武汉大学中南医院重症医学科主任彭志勇，他伤心地说，最让他遗憾的是一名来自黄冈农村的孕妇，病症很严重，在ICU住了一周多，治疗花了近二十万了。使用ECMO[①]抢救时，病情已经在好转，有可能存活的。但是孕妇的老公最终决定放弃治疗。“我很为那个孕妇惋惜。”

“我的科室副主任跟我讲了一件事，他也哭了。中南医院对口帮扶的定点医院是武汉市第七医院，他去支援这个医院的ICU，发现他们ICU有三分之二的医护人员感染了。他跟我讲起那个医院ICU的惨状，那里的医生就是‘裸奔’状态，缺乏防护物资，缺乏医疗手段，明摆着会感染，还得冲上去，导致ICU几乎全军覆没，我们的医务人员太不容易了……”

那位怀孕的黄冈女子名叫翁秋秋，死时才三十二岁。1月7日她外出买菜，和丈夫女儿吃了一顿火锅。生病时先以为是感冒，三天后半夜里发起了烧，丈夫用电瓶车带着她辗转当地多个医院后，最终转到了武汉中南医院，确诊为新冠肺炎，随即被隔离。

丈夫想看看她，跟她说说话，或者给她送一些吃的，为她做点什么，但一直看不到。打电话问医生，每次都是她没有醒，还是一样的严重，或者更加严重了。

在妻子毫无好转的情况下，实在借不到钱的丈夫绝望地选择了放弃。一个多小时后，妻子去世，被送到了殡仪馆。他再见到妻子时，妻子成了一盒骨灰。十几个和他一样的人，都在等着拿亲人的骨灰盒。

死者太多，殡仪馆告急。拉运尸体的车一次要运几具，以前用棺材，现在只能用尸袋装。尸体带着病毒，运到殡仪馆必须马上焚化，家属连面也见不到了。后来，连骨灰盒也不给领了，要等疫情过后再来领。

不久，国家对新冠病人全部实行免费治疗。

八

被封在城里的武汉人并不是孤立的，他们与整个国家的命运休戚相关。

国家领导人以各种方式慰问疫情防控一线的医务人员、正在施工的工人，考察指导疫情防控工作。

除夕夜，解放军发布命令，三支援鄂医疗队共四百五十人紧急集合，分别从上海、重庆、西安乘坐军机，全体医务人员于当晚抵达武汉。他们有的甚至没有时间与亲人告别就离开了家门。

广东和上海的医院队也于当天赶赴武汉。从此，每天都有从全国各地奔赴武汉的医疗队，最多的一天四十一架飞机运来了十几个省近六千名的医护人员。他们的年没有过，就纷纷与亲人告别，背着行李，或乘专机，或坐火车，一个个义无反顾的表情就像军人开赴前线，子与父别，妻与夫别，儿与母别……虽不是生死诀别，但谁又能保证每个人都能平安归来？

一位带队的医生说，他手下的医务人员进行过无数遍严格的防护训练，但把他们送入那道门时，他还是忍不住落泪：就算他们严防得再好，也难保在枪林弹雨中不被击倒啊！

有的白衣天使集体理了光头，她们早就知道再也没有时间理发了，更没有时间

① ECMO，体外膜肺氧合的英文简称。提供体外心肺支持。

打理这一头秀发。

钟南山和李兰娟、王辰的院士团队也来到武汉。

随着湖北各市感染人数急剧增加，中央决定十九个省对口支援武汉以外的地市，采取一省或两省包一市的援助措施。解放军开始大批开进武汉，运-20大型军用运输机首次出动。全国驰援武汉的医疗队一路增加到了三百多支，医护人员达到四万多人，救援的调动规模和速度大大超过了当年的汶川地震。

中央第一时间预计到医院床位将严重短缺，决定以生死时速新建两座医院，集中救治。床位一千和一千五百张的火神山、雷神山医院于1月23日火速开建。

一声令下，七千五百多名建设者奔赴武汉，正常两年工期才能建成的传染病医院建筑，前者只用了十天、后者十三天就建好交付使用了。工程以小时计算，有的甚至以分钟来计。这种只有神力才能办到的事情被世人称为“基建的奇迹”。

中央电视台二十四小时直播工地建设现场。

严寒时节，有的施工者倒在土坡上就睡着了。

医院完工，有工人把工资捐献出来了。各地纷纷捐赠，广东有格力、美的、TCL、格兰仕、创维、华为等大企业争相捐赠，火神山家电、5G通讯等软装、设施设备几乎都来自它们。

火神山医院医疗柜订货单被发到河南洛阳一家家具厂，老板一看是火神山医院要的，立即回复：免费捐送。由于工厂存货不足，老板把消息发到当地家具协会微信群，十四家企业竞相捐赠。他们连夜加班，一夜之间就凑齐了订单。医疗柜装车完毕，物流公司得知货物是支援武汉火神山医院的，不收一分钱，当晚就送达了。

大年三十晚上，河南沈丘一位村支部书记把五吨蔬菜送到了工地。他早上5点就起床，拍门叫醒村民，二十多个人随他去摘菜，忙活了半天，摘了五千多斤青菜，四千一百斤冬瓜……他曾在武汉服役，参加了1998年抗洪、2008年抗冰灾，疫情发生，他就想着这次自己也不能缺席，一定要做些什么。

当年汶川地震一百多位伤者曾被送到武汉救治，其中有汶川县三江镇龙竹村的村民。疫情发生后，村民们采摘了一百吨蔬菜，开了六辆卡车，车头上挂着“汶川感恩您，武汉要雄起”的横幅，开了三十六个小时开到了武汉……

火神山、雷神山医院一完工就住满了病人。接着，武汉会展中心、洪山体育馆、武汉客厅三个地方被辟作方舱医院，住进轻症患者。随后湖北省委党校宿舍楼改成了方舱医院，仍然无法满足需求，再有十几个方舱医院相继投入使用。许多高校宿舍也被征用，扩张了几十家医院和定点医疗点，增开病房，总床位达到了数万张。

如同一场紧张的赛跑，床位数吃力地追赶着潮水一样不断上涨的感染者人数。如同“堰塞湖”泄洪，武汉正在竭力做到收治所有的患者，截断传染源。

九

钟南山再次成为新闻公众人物，他的身影不断出现在网络、电视和报纸上，人们关心钟南山怎么说，钟南山在做什么，他分秒必争全力抗疫的行踪从新闻报道中就能看出来。譬如 1 月 29 日到 31 日两天多时间——

1 月 29 日上午，他与香港大学 Jsm Peiris 教授视频连线，探讨全国病例的研究设计问题。连线结束后，又与广州医科大学附属第一医院书记黎毅敏研究重症病人救治。他收集全国各地疫情最新情况，思考如何开展临床和科研，做到有效应对。

下午，他领衔广州医科大学附属第一医院专家团队与武汉前方的广东医疗队 ICU 团队进行远程视频会诊。5 个危重症患者出现在大屏幕上。会诊室里，他坐在中心位置，通过视频察看患者病情，十几个专家坐在他的身后，从用药到基因全测序，大家讨论着，关键时刻，钟南山怕 ICU 医生听不清他的话，他摘下了口罩。这一次会诊时间持续了六小时十八分钟。

1 月 30 日早上 6 点，钟南山会见美国哥伦比亚大学教授利普金。利普金教授 1 月 28 日到访中国，第二天，他特地前来会见钟南山。他是哥伦比亚大学公共卫生学院感染与免疫中心主任、传染病学专家。

这位有“病毒猎手”之称的专家，每次疫情爆发，他都要赶到爆发现场调查。早在 2003 年，他就应邀来到北京，协助中国抗击非典，赠送中国一万个检测试剂盒。他与钟南山也因非典结识而成为朋友。钟南山的专注和敏锐，还有非常现实和务实的精神给他留下深刻印象。1 月 29 日晚上，他在广州没有见到钟南山。第二天，钟南山要赶到北京参加全国疫情防治策略座谈会，时间紧迫，老朋友相见只能利用钟南山在路上和候机的时间。

在赶往机场的路上，两个人开始探讨药物治疗、血浆疗法等可用于重症病例治疗的各种方法。钟南山在寻求一种能准确诊断的办法，要能准确找到病毒的位置，搞清楚病毒在物体表面存活的时间，譬如门把手、地铁扶手、栏杆。他希望确定一个人在多长时间内具有传染性、什么样的人最具传染性、在什么时候具有传染性，还有病毒是否存在多样的变异性，这样能最大限度地防止更多的人处于疾病传播的高风险中。

他们怀疑武汉华南海鲜批发市场内发生的新冠肺炎可能是二次传播。两个人深有感触，探讨了如何绕开知识产权、主权与贪念，消除阻碍信息正常传播的因素，去建立一个更有效的全球合作机制，来应对全球挑战。

这一次，钟南山给利普金指派了任务——带领他的团队研制新型冠状病毒检测试剂，追踪病毒是如何进化或者不进化的，进而变得更容易引起疾病或者更容易传播。

站在候机楼外，两个人戴着口罩交谈的场景被人拍下来了，告别时握手改挥手，还有利普金回去按规定要隔离……这些都是当传染病学专家的无奈。

他们在航站楼前匆匆分手，互道保重！钟南山转身而去，空荡的航站楼，四面透明的玻璃大幕墙，刚刚露脸不久的朝阳，照射到了候机大厅内一个老人孤单的身影，他踏响的足音回响在空荡的大空间。抗疫之路的这一幕，希望历史能够记住。

飞机起飞了。几个危重病人的治疗方案摊开在钟南山的活动桌板上，他要在飞行时间内确定救治办法。

北京座谈会由中国疾控中心召开，国家领导人出席，就进一步加强科学防控疫情听取专家意见。

会议晚上 6 点结束，钟南山又急匆匆赶往机场。在去机场的路上，北京卫视记者在车上对他进行了专访。许多社会关心的重要问题需要他及时回答。

钟南山赶回广州，他要为又一批广州驰援武汉的医疗队队员送行。广东是最早派出援助武汉医疗队的省。先后派出了二十多批。这些白衣战士有的是钟南山的学生，有的是同事，他一一叮嘱。钟南山对他们说："你们是去最艰苦的地方、最前线的地方、最困难的地方、最容易受感染的地方来进行战斗，我向你们致敬！我们等你们胜利回家！"他一直把他们送到车上。

随后，他参加国家卫健委、广东卫健委和专家举行的电视电话会议，根据近期的疫情救治工作和病毒研究成果，对新型冠状病毒的流行病学特点、临床表现、诊断标准和治疗方案进行讨论、优化和修正，为新冠肺炎临床救治工作提出指导意见。专家们集中形成了三条意见，这三条意见迅速向全国参加抗疫的医护工作者传达：

一、不排除存在消化道的传播，对疫情防控具有重要意义。病毒传播途径主要为飞沫经呼吸道及黏膜接触传播，不排除存在消化道的传播。同时，专家正在尝试对患者粪便进行实验，以确定粪便中是否能分离出活病毒。

二、对于轻症患者也应该集中收治、隔离治疗。避免社区聚集性病例的出现。应根据病情严重程度确定治疗场所。鉴于定点医院的治疗压力，轻症患者应该另选择场所进行隔离治疗。

三、对于危重症、重症患者的治疗方案，应在对症治疗的基础上，积极防治并发症，治疗基础疾病、进行器官功能支持的同时，预防继发感染。对重症、危重症患者采取多种生命支持手段，高通量氧辅助、无创面罩通气、小潮气量肺保护性通气、体外膜肺氧合（ECMO）等辅助治疗都已经取得较好的效果。

同一天，钟南山院士团队和李兰娟院士团队分别从新冠肺炎患者的粪便中分离出了病毒。钟南山对新冠肺炎是否会通过粪口传播又接受了媒体采访……

冠状病毒形如皇冠，在微生物的世界里无影无形，藏在人的身体里，躲在空气中，四处皆暗藏杀机。它肆虐的速度就是人类高铁的速度、飞机的速度。它狡猾多变，防不胜防。人们惶恐、无助，盼望权威出现。网上有人把钟南山、李兰娟画成了一对守门神，取代了神荼、郁垒。甚至有谣传钟南山 1 月 26 日晚连线央视直播节目，专题介绍当前疫情。当晚，很多人守在电视机前，结果发现没有这个节目安排。

钟南山不得不频频出镜，及时回应社会关切，为大众答疑解惑。他的出现给了众人信心，安定了人们紧张的情绪。

钟南山在电视上亲自示范戴脱口罩的正确方式，在报纸、广播、电视回答一个又一个问题，譬如：哪些症状必须到医院就诊检查？哪种情况可以在家隔离？群众自己可以做什么？患者没有发热症状，怎么排查隐形的感染者或潜伏期患者？什么时候能够接种上新型冠状病毒疫苗？疫情的走势如何判断？疫情还要持续多长时间？预计什么时间疫情将达到高峰？返程春运拉开了序幕，对疫病防控会有什么影响？会不会出现大传染，返程人员应该采取什么防护措施？……他的发声甚至影响到了股市的走势，很多炒股软件不放过他的每一句话。

这一切，对于一位八十四岁的老人意味着什么？他从1月18日投入抗击疫情之中，大年三十也没有回家。上午，他在广医一院召开了一个紧急会议，成立核酸筛查应急检测组，启动了一级预案，医院进入一级响应应急状态。广州市市长温国辉来医院调研，他陪同检查疫情防控工作，提出疫情防控建议。下午，作为广东省防控工作领导小组副组长，他又出席了领导小组召开的会议，并接受记者采访。

大年初一，广医一院一大早召开了疫情研判会议，研究对策。就像非典时期那样，钟南山再度提出要尽早把其他医院的危重症和重症患者转到自己医院的ICU来。他要求集中传染、呼吸和重症三个领域的优质资料，做好收治重症患者的准备。

会议布置完毕，他跟医院领导给坚守岗位的医生护士拜年。中途被一个有关重症患者救治的电话打断。中午收到实验室进行标本实验的请示，下午又继续开会，讨论重症患者的救治方案，部署实验室科研紧急攻关。接着，他来到病区，落实外院转来的重症患者如何安置的问题。

晚上，他赶到呼吸疾病国家重点实验室，与他邀请来的复旦大学附属中山医院呼吸科教授宋元林商讨重症患者的治疗问题，并决定启动相关注射液在治疗新冠肺炎上的临床医学研究项目。两人一直探讨到深夜11点……

第二天，广医一院就从外院转来了两位危重症患者，第一个转来的患者入院前做了气管插管。钟南山一早守候在医院，医护团队马上投入了战斗……

他这是用生命在战斗！他把别人的生命看得比自己的生命更加重要！

为他着急的莫过于他的家人。妻子李少芬看到熬红了眼睛的他，既生气更心疼，却又无可奈何！她知道自己劝也劝不住，他这一辈子最在乎的就是病人。

十

死亡人数一天天上升。钟南山寝食难安，他变得容易落泪，容易伤感。病人对他从来就不是一个数字，都是一个个鲜活的人，他怜惜他们，心痛他们。他的眉宇间一刻也没有舒展过。

有一首帕斯捷尔纳克写二月的诗歌，可以形容他此刻的心情："二月。墨水足够用来痛哭！/大放悲声抒写二月，/一直到轰响的泥泞，/燃起黑色的春天……"

有一天，一个在武汉救治病人的学生给他发信息，说外面街巷老百姓突然唱起了国歌。钟南山一时热泪盈眶。他知道艰难时刻士气非常重要，大家的劲头上来了，有了一种精神，有了团结协作的力量，很多东西都能解决。

他在接受新华社记者采访时说到武汉人唱国歌，相信武汉能够过关，武汉是一座英雄的城市时，两眼噙泪，嘴唇紧紧抿成了一道弧线。钟南山知道疑似和已经确诊的患者如果不能住进医院，回家自行隔离，这种行为有多么危险。

病毒如此猖狂，强烈的传染性超出了他的预期，让病人离开医生回家，让亲人面对高风险的传染，让病人听任命运的安排，听任病魔肆虐，独自面对生与死，这对一个一生只为病人着想的医生来说，心里弥漫的悲哀与沉痛，难以言表。

钟南山不喜欢用手机，如今却二十四小时开机，为的是医院有什么请求，他可以及时处理。一个求救电话打来，无论什么情况，他都不能耽搁。看到这么多同行病倒，有的献出了生命，他无比揪心。武汉抗疫一线有他很多学生和同事，他几乎每天都要询问奋战在一线的医生护士的身体情况。

钟南山团队担负了对武汉市定点医院重症患者救治进行巡诊的任务，评估患者病情和治疗方案，确定需要转诊集中收治的患者，确保对重症患者进行科学的救治。他的团队有七位干将在武汉协和医院西院ICU奋战，带队的是广州医科大学附属第一医院的副院长张挪富，二十个床位安排的全都是重症中的重症。

特别之处是这个ICU重症隔离监护室并排放置了两台大屏幕，二十四小时连线广州，钟南山院士团队的五十位专家通过视频连线一起参与重症救治。每次看到从死亡线上救转过来的病人，大家无不欢欣鼓舞！

2月1日，张挪富带领团队成员奔赴武汉，这个工作组由广医附一重症医学科医护人员组成。他们进驻华中科技大学同济医学院附属协和医院西院。当时，协和西院收治了200多名患者，绝大多数是重症。院方像见到救星一样，负责人说："ICU还没有开。就等你们过来了！"

张挪富接他的话，直奔主题："既然这样，接下来就把最重的病人交给我们吧！"

张挪富敢这样表态，是他参加过抗击非典，他参与诊疗的都是最危重的病人。钟南山团队的人不打硬仗谁打硬仗！这次带队，张挪富既是医疗专家，又是队伍管家，新闻发布会、疑难病例讨论会都有他的身影。为提高救治效率，挽救更多生命，他不避难题，大胆直言，有钟南山同样的风格。

开始几天，抢救患者非常忙乱。ICU不符合传染病收治要求，需要按要求改造，合理划分出缓冲区、洁净区、污染区。ICU改造刚一完成，危重症患者已经被推到门口等待入住了。五天时间，二十张床就全收满了。

2月7日晚，又一批广东医疗队五十名队员抵达武汉，加入团队，整建制接管ICU。战斗力大大加强。

一位姓金的患者，最早住进ICU，经历了呼吸衰竭、肺部感染、心肌损伤、感染性休克等多重险境，更棘手的是，她还属多重耐药。张挪富想方设法调来抗生素，所有抗生素中仅仅只有一种对她有效。他两次连线钟南山远程会诊。经历了二十多天奋战后，金女士终于成功拔除气管插管，转出ICU。

一位姓王的患者，入院戴上面罩进行高流量吸氧，面色依然潮红，好多天，病情一直曲折多变，喘憋加重，咳嗽，大小便、痰液中带着血色，氧饱和度持续下降，生命危殆。

连线广州专家联合会诊，大家高度怀疑她是缺氧后消化道出血，必须立即止血。

2月5日凌晨，王女士指尖血氧饱和度低至61%，面罩吸入纯氧后也只有84%，心率130次/分。医护人员立即与家属进行电话沟通，王女士并发急性呼吸窘迫综合征，必须马上转入ICU。

ICU负责人徐远达，他是重症医学科主任，带着团队成员席寅、吕政、孟磊等展开救治。他们仔细斟酌用药与用量，给王女士抗病毒、抗感染、抑酸护胃等对症支持治疗，根据病情进展及时调整她的呼吸机参数和用药。但是，病人体内的新冠病毒太“狡猾”，几经周折都不能将它彻底歼灭，病情总是不断反复。

张挪富于是三次连线广州，与钟南山院士团队进行远程会诊，讨论王女士的病情和诊疗方案，集中最强大脑找出病情反复的原因。

2 月 18 日，医护人员发现王女士口腔分泌物过多，如果继续保留经口气管插管，则会引起患者呛咳。经过专家组讨论，为她换成了经鼻气管插管。虽然这样增加了医护人员的工作量，但保持了病人的口腔清洁。护士还加强了她的口腔护理。

2 月 21 日，经过核酸检测，王女士的指标已经转为阴性。好不容易迈过了新冠肺炎这道难关，当日痰培养却发现大量多重耐药菌。张挪富、徐远达和兄弟医院专家又反复斟酌研讨，根据钟南山院士的会诊意见，针对个体化情况不断调整抗感染治疗。

每天早晨交班时，张挪富都会特别叮嘱医护人员：“治病不忘治心！”要他们多加注意心理护理，安慰也很重要。

王女士神志清醒时总是愁容满面，她非常担心自己的家人。主治医生温德良每天下午跟她丈夫通电话，然后将家里的情况转告她，又用值班手机给她一遍遍播放她丈夫发过来的视频、语音，缓解她紧张和焦虑的情绪。

医疗护理工作非常繁忙，为了医护人员不在身边时，病人不陷入胡思乱想中，护理队员在王女士看得到的地方贴了一张纸条，上面写着：“加油！相信我们！很快一家团圆！”

2 月 25 日下午，专家综合评估后一致认为王女士的生命体征相对稳定，不再需要有创呼吸机的支持了。医生为王女士拔除了经鼻气管插管，终于帮她解除了“枷锁”。

在抗疫指挥部要求患者应收尽收、应治尽治的情况下，协和西院床位数迅速增加到 800 多张。但 ICU 病床远远不能满足需求。张挪富意识到单纯增加床位，没有恰当治疗，死亡率很难降下来。他向国家卫健委工作组建议，在全院其他十六个普通隔离病区开展有创通气治疗，并配备大无创呼吸机。国家卫健委工作组当场拍板采纳。这一举措相当于增加了数十张 ICU 病床，危重患者人等床的窘境得到了缓解。

ICU 一个月收治了危重症患者 62 人，13 人拔除了气管插管，15 人从 ICU 转入普通病房。这份“成绩单”让张挪富感到欣慰：“仿佛看到了胜利的曙光。”

2 月 22 日下午，钟南山远程视频连线湖北一线的医护人员，除了研究调度疫情防控事项、患者救治外，对医护人员感染人数超过 3000，医生护士相继牺牲，他感到十分担心。他详细询问了解他们的身体状况，询问隔离措施是否到位，又问到家庭是不是存在什么困难，他告诉大家：“后方有家事、急难事，甚至心事，我们都尽量安排好、解决好。”

广州市工青妇了解到这一情况，马上组织起一支队伍，对前线医护人员家庭实行一对一服务，为家属舒缓心理压力，进行沟通交流、精神鼓励和心理咨询，主动揽下照顾长者和母婴、家庭保洁等家务活，免费配送生鲜食品套餐和纸尿裤、湿巾等母婴用品，给确诊受感染的直系亲属发放救助金，为抗疫一线医护人员购买身故保险。

除了武汉主战场外，钟南山还是广东

领衔抗疫的专家。新冠肺炎广东确诊人数达到一千多人，是除湖北省外感染人数最多的省，压力同样巨大，丝毫不能掉以轻心。钟南山甚至赶到深圳的重症隔离监护室救治病人。

人类同疾病较量最有力的武器是科学技术，人类战胜大灾大疫离不开科学发展和技术创新。钟南山希望通过科研工作找出新冠肺炎发病传染等规律，为诊疗方案的完善提供科学可靠的指导意见，也为全国乃至全球疫情防控提供有益参考。

抗击新冠肺炎期间，钟南山团队在国际顶级医学期刊《新英格兰医学杂志》在线发表论文，对中国552家医院中的1099例实验室确认的新型冠状病毒感染患者的临床信息进行研究，有近一半的新冠肺炎患者入院时尚未出现发热。这对开展疫苗和药物研究、制定疫情防控政策具有重要意义。团队还研发了一款有助于缓解新冠肺炎患者病症的氢氧气雾化机，在上海已生产出了近三千台，无偿提供给了临床一线使用。氢氧气雾化机还跟随中国医疗专家组抵达了伊拉克，支援当地救治工作。中国掌握的一些有效治疗新冠肺炎的方法也由医疗专家组带到了伊朗、伊拉克、意大利等国家，支援全球抗疫。

团队研发的隔离病床、隔离诊台、隔离输液椅等防控产品在广东（南海）生物医药产业基地生产出厂，开始在全国多家医院投入使用。与中科院沈阳自动化研究所联合提出了智能化机器人咽拭子采样的解决方案，可以有效降低医护人员感染风险。

他的团队还与哈佛大学共同设立科研攻关专家组，围绕病毒溯源、抗体研发、快速疫苗研发等领域进行科研攻坚，同时还加强了与日本、新加坡、意大利等国家医疗团队及相关医学学会的经验交流，共同推动全球疫情防控。

1月21日，中国科学技术部会同相关部门，共同开展新冠肺炎疫情应急科研攻关，成立新型冠状病毒联防联控工作机制科研攻关专家组，钟南山担任组长。

国家层面迅速启动应急科技攻关项目，着重在病毒溯源、传播途径、动物模型建立、感染与致病机理、快速免疫学检测方法、基因组变异与进化、重症病人优化治疗方案、应急保护抗体研发、快速疫苗研发、中医药防治等十个方面进行攻关。

1月22日，“新型冠状病毒感染的肺炎疫情科技应对”第一批八个应急攻关项目紧急启动，经费拨付到位。

钟南山又率领团队投入了医药科研攻关。

一开始他就让中医直接介入，以中医药做基础实验和临床试验，在医疗过程中观察新的治疗办法。他的团队结合岭南气候、水土、饮食、人文等特点，针对疫病四诊资料，很快拟定出新冠肺炎预防凉茶处方，既可为医护人员定期饮用，也适用居家隔离防疫的市民饮用，效果显著。

刚成立半年多的南山以岭肺络联合研究中心投入战疫，这个钟南山与吴以岭院士团队合作的中西医结合防治呼吸疾病的平台，探索中西结合治疗方案，开展连花清瘟颗粒治疗新冠肺炎临床实验研究，研究结果证实连花清瘟颗粒是治疗新冠肺炎的有效药物，为抗击新冠疫情提供了有利武器。

第二章

一

非典转眼过去十七年了。我们以为冠状病毒引起的传染病已经远去，一切已成为历史。新冠肺炎疫情突然出现，它以更加凶猛的传染性，肆虐人间，席卷全球，让世界错愕、震惊！它在人类历史上留下了灾难深重的一笔！

这一切重又勾起人当年的记忆。目光转向时间的深处，我们发现过去与现在如此相似，或者说现实依然走不出历史，我们以为自己走得很远了，忙忙碌碌之间，回首遥望，远去的只有如烟的岁月。对比两次冠状病毒疫情，能够更好地了解一个人，他带给我们的还有更深的启示。

2003年就是一面镜子，让我们再一次走近这面镜子吧。

河源有一条清澈的新丰江，被万绿湖拦住后，浮起一片浩荡的碧蓝，收藏了童话似的纯粹。青山绿水间，万物生长，一派生机。

一个不祥的时刻，打破了千年的安宁。紫金县柏铺镇，黄杏初的病情越来越严重了。他是一个厨师，能做一手地道的客家菜，在深圳一家餐厅掌勺。十天前他感觉有些不舒服，发热、畏寒、全身乏力，像是风寒感冒，他去医院打了吊针，病情也不见好转，于是，他听从家人劝说，回到了老家。

在家休息一周后，黄杏初一直发烧，母亲用家里的土方给他调理后，病情反倒加重了。

河源市人民医院，2002年12月15日内科当班的主治医生是叶均强。这天下午，一位壮实的汉子被人搀扶着，走进了他的门诊室。他咳嗽、头痛，发烧不退，特别是呼吸急骤。叶均强诊断为肺炎，给他施用抗生素。

这个病人就是黄杏初，后来被人称为“毒王”，是第一例有名有姓的非典患者。

随后，一场追踪“病毒”源头的全民“溯源”行动自发进行，医生、流行病学家、媒体、市民，全民参与，追踪病源。黄杏初又愧疚又绝望，更感到恐惧。捐献了自己的血清后，他就失踪了。数月后迫于强大的舆论压力，他又不得不现身一次。溯源还在佛山找到了比黄杏初早一个月发病的非典患者。11个最早出现的非典病例，大都与野生动物有接触的历史，他们是野生动物的运输者、交易人员、厨师或餐馆服务员，但彼此之间并无关联。

第二天，又有一位姓郭的中年男子来医院看病。他与黄杏初的病情非常相似。肺部都出现了阴影，但病人的白血球却没有上升。施用抗生素同样都没有效果。

黄杏初住院两天，病情继续恶化，高烧40℃，胳膊、大腿、股沟放满了冰袋也退不了烧。叶均强决定将病人转院，护送他去广州。

救护车一路呼啸。为了降温，叶均强路上几次停车买了冰水给病人喝。傍晚时分，赶到了广州陆军总医院。

陆军总医院呼吸内科主任黄文杰正准备下班，救护车上的病人抬到了他的面前。他马上开始抢救病人。一量体温，患者高烧 39.8℃，呼吸困难，全身发紫，神志不清。病人狂躁不安，四五个医师才能将他强行按住。

固定住病人后，打了镇静剂，黄文杰采取治疗措施。

患者病情仍在继续恶化，黄文杰决定给他上呼吸机，插管。

还在河源市人民医院治疗的郭姓患者病情也恶化了，畏寒、高烧，咳嗽咳得说不了话。12 月 22 日，叶均强护送他到了广州医学院第一附属医院呼吸疾病研究所。

郭姓患者就是钟南山收治的第一位非典患者，当时他在广州医学院第一附属医院呼吸疾病研究所任所长。一连五天，医生仍找不出病因，患者病情不断恶化。这一异常情况在钟南山查房时报告给了他。

钟南山对病人进行了体察和分析，病人双肺弥漫性渗出，呼吸窘迫。肺部经 X 光透视呈现“白肺”。按一般肺炎治疗，使用各种抗生素均不见效。病人发烧并不严重，其他器官正常，病情恶化后，给他插管进行人工通气。发现肺很硬，像硬梆梆的塑料似的，吹不胀，缩不扁，失去了弹性，用通常的办法通气产生了气胸，肺一下就破了。

钟南山这时才怀疑病人不是普通的肺炎，可能是一种很特殊的急性肺损伤，或者是急性的呼吸窘迫综合征，根据情况尝试用大剂量皮质激素进行静脉点滴治疗。

到了第三天，意外地发现病人的情况出现明显的改善，呼吸困难减轻了。钟南山感到特别惊奇。

他判断这种肺病的毒性罕见，不仅来势凶猛，而且难以治疗。直觉告诉钟南山，一股阴森森的东西正在向他扑来。

果然，从河源传来了令人震惊的消息：河源市人民医院参与抢救郭姓患者的 8 名医护人员全部感染了！

12 月 23 日，河源市人民医院内一区护士游丽成为第一位感染非典的医护人员，她是一位孕妇，已有身孕四个月了。

这天晚上，叶均强梦见自己来到了一片旷野，四周漆黑，寒风向他吹来，冻得他全身战栗……冻醒后，他发现自己做了一个梦。他赶紧找被子，裹了两床被子仍然冷。然后开始发热。他也感染了。

接着，又有 9 人出现同样的症状，其中 6 人是医护人员。被感染人数共有 11 人。

1 月 2 日，中山市又发现了症状相同的病例。

钟南山嗅到了一股危险的气息。他召集大家，吩咐全体医护人员做好准备。他让医院将郭姓患者的病情上报广州市越秀区防疫站。

广东省卫生厅 2003 年 1 月 2 日上午接到了警讯，当天下午紧急组织了几位专家赶赴河源市人民医院会诊。

同一天，中山市中医院也来了一位患者，是一家酒楼的厨师，得的是同样的病。1 月 5 日中山又有一名厨师患病。1 月 20 日，中山市患者累计到了 28 例。珠江三角洲的顺德、佛山、江门等地接连出现病例。中山、江门也有医护人员被感染了。

1 月 21 日晚上，钟南山赶到了中山，对中山市收治患者的三家医院进行现场调查，会同广东省卫生厅派出的专家组，对病人进行会诊和抢救。

第二天，他与调查组的专家一起将调

查情况写成了一份正式书面报告《省专家组关于中山市不明原因肺炎调查报告》，写明了非典型肺炎的临床症状、治疗原则和预防措施。调查报告第一次将这种传染性疾病命名为"非典型肺炎"，简称"非典"。

1月23日，广东省卫生厅火速将该报告以文件形式下发各地。它成为指导诊断、治疗非典型肺炎的重要依据。

2003年3月，世界卫生组织根据这种疾病的临床表现和流行病学特点将其命名为：重症急性呼吸综合征（Severe Acute Respiratory Syndrome，SARS）。

大家感到，一场疫情正山雨欲来风满楼。

二

还有几天就是春节了。2003年春节没有大年三十，腊月二十九就是大年夜。南方的民工潮已把广州、深圳的火车站、长途汽车站挤得水泄不通。从珠江三角洲回乡的人焦灼不安，有的一票难求，有的对拥挤的旅途心生恐惧，但过年回家的信念却毫不动摇。仿佛只有家乡的年才是年，哪怕岭南春节有迎春花市，粤人过年也过得有滋有味，但总感觉不到是在过年，没有了冬季的严寒，四处都是花红柳绿，没有了家乡风味，切断的是童年的记忆，过年过得也是怅然若失，有的甚至失魂落魄。

人们的心事都在过年上了。只有医护人员和相关部门越来越紧张。疫情随着年关逼近，也在快速发展，病倒的人越来越多。送来呼研所的病人有20多人了。

谣言出现了，"某某医院死了上百个医生""某某医院已经关闭了"。传得最吓人的是：顺德、中山有一种怪病传来广州了，一天发病，很快就呼吸衰竭，无药可救，已经死了很多人。有的说得更离谱，说这种病传染快，同坐一辆车，跟病人见个面，就会被传染。被传染的医护人员，上午得病，下午透视，肺上就全是白点，晚上抢救就无效了。还有说禽流感、鼠疫、炭疽也来了……

谣言传播之快，离广东最远的东北人也在说："广州爆发了夺命肺炎。"

抢购风刮起来了，药店的板蓝根、抗病毒口服液和商店的白醋卖断了货。有人囤积居奇，一瓶醋卖出了一百元的高价。

在珠江三角洲办厂、定居的香港人为躲避疫情，早早就回香港过年了。

新闻媒体对事件的报道极为含蓄、隐晦，说今年春节要特别注意"流感"。这样的报道老百姓并不在意。只有少数知情的人才懂得这其中的含义。相反，报道造成市民的麻痹。癸未羊年春节就像往年一样热热闹闹，一片喜庆。人们谈论这一年发生的事情，或兴高采烈，或愤愤不平，手机从模拟移动通信网进入了数字时代，中国足球队在世界杯赛场首次亮相，演员刘晓庆涉嫌偷逃税被逮捕，陈水扁抛出了"一边一国"论，飞机两次失事……

对一些人，这注定是一个乐极生悲的春节。大年之后，出现了家庭聚集性和医院聚集性传染。病人涌向了广州的中山二院、中山三院、第八人民医院、广州市胸科医院。中山二院、中山三院毫无防范，不知道这是一种传染病，医护人员被感染后，开始惊慌了。

2月11日，广东省卫生厅举行了记者见面会。为稳定社会恐慌情绪，请出了钟南山，他以院士的声誉担保，非典型肺炎并不可怕，可防、可治、可控。他告诫大家不要惊慌，配合政府和卫生部门，共同抗击病魔的挑战。

这时候，钟南山站出来主动请缨，要求把最严重的病人送到他们呼研所来。作出这样的决定需要极大的勇气，不只是病人治不好要担责，医院的牌子会被砸掉，最危险的是传染，那是要人性命的。但钟南山非常淡定，表现得无所畏惧。他并非不担心不害怕，如果从事这个疾病研究和治疗的人都害怕退缩了，那还有谁敢来救治?!

三

每个英雄都是平凡的，都是一样普普通通的人。成为英雄是他们在危难时刻，事到了自己头上，没有退缩。他们首先想到了别人。他们胸怀大局，不肯辜负。勇气在险境中激发，决心在抗争中彰显。人性中最善最美的品质发出了光芒。

钟南山临危受命。他担任了广东省非典型肺炎医疗救护专家指导小组组长。

面对这场来势汹汹的疫情，钟南山表现出的不只是一个医者的爱心，更有一个战士的勇敢！很多重症病人被送到呼研所来了。他带着自己的同事毫不犹豫投身到抢救病人的战斗中。面对疫情的威胁，他们没有一个临阵脱逃。这一支尖兵队向病魔发起了一次次冲锋，救治每个重症病人，就像战士炸碉堡攻城池。

呼研所组成了四个梯队，一梯队被感染倒下了，二梯队冲上去；二梯队有人倒下了，三梯队的人顶上；三梯队的人倒下了，四梯队再上。病倒的人痊愈了，重上火线。

医院还是紧挨珠江边的医院，同样的大楼，同样的病房，一夜之间，再踏入这里，让人不敢相信死亡怎么就突然挨近了，紧贴着身了，它躲藏在每个角落，在你偶尔的疏忽或是丝毫没有察觉的时候，它就把你击倒了。呼研所和广医一院倒下的医护人员有二十六位，他们并没有离开过自己熟悉的大楼。

倒下了又怎么样？病人住在病房里，难道不去上班？没有倒下的依然天天走进大楼，只是内心感受到死亡冷飕飕的阴风正在吹向自己，但大楼里的人无人退缩。

倒下后治愈的医生护士又继续走进了大楼，他们决不向疫病低头。重新披挂上阵，有人笑称自己获得了抗体，已经“百毒不侵”。当世界卫生组织的人询问钟南山：你们有没有医生离开？钟南山自豪地告诉对方：“一个也没有！”

这是一个英雄集体！英雄主义精神需要一个英勇的带头人——钟南山。他带头进入重症隔离监护室，亲自检查每一个病人，亲自制定救治方案。危险时刻，他冲在最前面，凝聚起大家冲锋陷阵的勇气。

打这样的硬仗他不带头，话说得再动听都是做秀。

不幸的是广东省中医院的护士长叶欣以身殉职了。中山大学附属第三医院传染科的主任医生邓练贤牺牲了，大年初一，抢救号称“毒王”的病人，他在对病人施行气管插管时被病人咳嗽喷出的痰感染。广州市胸科医院重症监护室主任陈洪光也倒下了……抢救非典病人，由于医护人员与病人没有彻底隔绝接触，往往抢救一个病人倒下两三个医护人员。这些被感染的医护人员都集中到呼研所来了。钟南山看着这些与自己多年在一起工作的同事和同行病倒，心揪得很痛。他感到了身上千斤重担般的压力。医生倒下，给社会造成的恐慌更大，必须让他们尽快站起来！

钟南山已经意识到了，除了危险面前勇气的激发，他也有如山的责任保护大家的安全！每天他都要仔细检查医护人员的隔离措施是否到位，询问同事们的身体状况。他交待医生查看病人口腔时，对着病人打开风扇。ICU的护士说："没有谁比钟院士更细心周到了。看见我们口罩戴得不规范，他马上走过来纠正。"

对被感染住院治疗的医生，他每天要问候，即使出差在外，也要打电话回来询问他们的病情。他实在放心不下。ICU一位叫郑则广的医生被感染后，情绪很不稳定，钟南山在外开会时知道这个情况，就给他发信息，鼓励他。

救治非典病人时，钟南山一投入，往往会忘记了危险。有一次，抢救一个呼吸衰竭的病人，当时呼吸机正在调试中，情况紧急，他就自己将病人从车床推到抢救床上，用简易人工气囊给病人做人工呼吸。这是很危险的动作，许多医生就是因为做人工呼吸时被病人从气管喷射而出的血和痰液感染了。这些液体一旦喷射出来，就会溅得人满身满脸都是。钟南山那时一心想的只是病人的安危。

一个六十七岁的人还在做体力活，病人家属后来得知这一情况，内心深深感动。

另有一家五口人，四人感染得了非典。住进呼研所后，大儿子情绪非常激动，不时从隔离病区冲出来，要见他的太太。生离死别，他想着太太，悲痛不已。钟南山见别人做不通他的工作，他自己亲自去做，一定要平定他的情绪。这是救人性命所必须的。由于他懂得病人，能够体会理解病人的心情和感受，他沉着又睿智的目光望着病人，对方从他的眼神里读到了宽慰和信心。

那个特殊时期，广州市的大小医院，只要是收治了非典病人，只要有请求，他能安排时间的，随叫随到。常常一个求救电话打来，他连身边人都来不及通知就动身了。

为攻克非典难关，钟南山成立了以肖正伦、陈荣昌、黎毅敏为骨干的老中青呼吸疾病专家攻关小组。非典型肺炎发病急，病情变化快，而且规律很难摸索，为了搞清楚非典的规律，钟南山不放过每一个病人。

不知道度过了多少个不眠之夜后，他们终于摸索出了一条行之有效的治疗办法，钟南山总结为：

第一，在急性发作期，特别是有高烧、有肌肉疼痛的时候，采取中西结合，特别是中医的一些清热解毒方法，减轻症状。

第二，当病人病情发展到一定程度的时候，及时地使用类固醇或者皮质激素，预防肺发展为纤维化，以及更严重的呼吸衰竭。

第三，在发现病人有比较明显缺氧的时候，应该采取用人工通气的办法，但首先不采用插管或者是气管切开来通气，应采用无创的鼻罩或者面罩来通气，这个方法也证实了很有效，很多病人都过关了。

第四，因为这种病人发病以后，他的抵抗力非常低，很容易产生二重感染，所以要及早地预防这些感染，这是一个减少死亡率的重要因素。

这些具体的指导意见，作为广东省卫生厅《广东省医院收治非典型肺炎病人工作指引》下发各地市与省直、部属医疗单位。

这些逐渐形成了医生们都耳熟能详的

"三早三合理"治疗办法，即"早诊断、早隔离、早治疗"和"合理使用皮质激素、合理使用呼吸机、合理治疗并发症"。

这些治疗方法的及时推出，成为广东抗击非典战役的一个转折点。从此，广东非典疫情的气焰渐渐被压制住了。

2003 年 4 月 3 日，世界卫生组织一行七人来到了广州，他们第一时间就要求与钟南山见面。在广东迎宾馆，钟南山代表广东省非典型肺炎医疗救护专家指导小组作了四十分钟的汇报。他的发言让这些专家连连称赞，认为治疗非典型肺炎的经验在广东找到了。这时全世界有二十多个国家和地区爆发了非典，但在治疗方面成效最好的是广东。非典治愈人数占报告病例数的 86.3%，死亡率仅 3.7%。

四

病人潮水似的向医院涌来。钟南山很清醒，当前比抢救一个个病人更重要的事情是控制源头，隔断传染！要做到这点必须以最快的速度找到病原体，找到它的传播途径。否则局面无法控制！

这个道理很浅显，就像水漫过来了，你是用瓢拼命去舀水，还是找到水龙头把它关了？作为中国工程院院士、学术带头人，又是呼吸疾病专家，疫情面前他不担当谁来担当？钟南山觉得自己责无旁贷，他有这个责任找到水龙头，把它关掉。

寻找源头谈何容易！钟南山一方面心急如焚，另一方面，他那股探求科学的蛮劲上来了，这一条扑朔迷离的探索之路又让他莫名兴奋。对于一个科学家来说，没有遇到难题，他的科学探索也无从谈起。因此，尽快找出病因，摸索出治疗非典型肺炎的有效方法就成了钟南山心中最大的心愿。

钟南山书房的灯光经常通宵不熄。同事劝他注意身体，他也不以为意，找不到办法，他无法安心。当年留学英国，为了一个实验他都不惜以身犯险，何况现在是千百人的生命。救治病人与追求真理和科学是钟南山一生最重要的事情，几乎就是他人生的全部，而今，这两者并成了一件事情，以钟南山的心性，他是愿意用自己的性命来换的。

钟南山泡在一线救治现场，对病人密切观察。终于，他率领助手们摸索出了一套更细致的施救方法：当肺部阴影不断增多，血氧监测有下降时，及时应用"无创通气"，增加氧气供应，并防止肺泡萎陷；出现非常明显的高烧和肺部炎症加重时，施加大剂量的皮质激素，减轻肺泡的非特异性炎症；尽管没有有效的抗生素，但观察病人出现继发性感染时，要使用针对性的抗生素。这些方法都是他从病例中及时总结出来的经验，临床实践，多数危重病人趋向好转和稳定，早期的已康复出院。而且有效防止了大量使用皮质激素导致骨头坏死的后遗症。这些方法马上在广东推广。

但病原体的寻找迟迟没有突破。钟南山寻找资料、联络专家，在迷宫中向前摸索着。他身边有人提醒他，省里成立了病原学检测技术指导小组，病原体的事你就别找了。要是有人说你越权，那就费力不讨好了。

钟南山不予理睬。找到病原体当然是医学上的突破，是科研的重要成果，但更重要的是救治病人。他是医生，这是职责所在。

2 月 18 日，北京权威专家通过中央电视台、新华社正式对外发布权威结论："引起广东部分地区非典型肺炎的病原基本可确定为衣原体。"他们在从广东送去的2例死亡病例肺组织标本切片里，在电子显微镜下看到非常典型和清楚的衣原体颗粒图像。其他如支原体、立克氏体等微生物都没有发现。

2月19日，中央电视台播出对权威者的访谈，他说对付衣原体治疗变得很简单，用对衣原体有效的抗生素就可以了。

权威部门的结论让广东的专家震惊了！按他们的结论，推荐特效药四环素、红霉素类抗生素就可以治疗了，程序大大简化，但如果这个结论是错误的，那将使许许多多的人付出生命的代价！

2月18日下午4时，广东省卫生厅立刻组织召开专家会议，对国家最高权威专业部门的检验报告进行分析讨论。钟南山不认为是衣原体，衣原体只是最终导致病人致死的原因之一，而主要病因可能是一种新型病毒，他们仅仅从两个肺组织的标本进行电镜观察就下结论，科学依据不足。

从临床表现和治疗经过分析，广东的专家同意钟南山的意见，不支持衣原体感染的结论，认为病毒感染的可能性大。对衣原体颗粒的发现，只能说明这2例病人有衣原体感染或合并感染，并不能说明其他病人都是衣原体感染。要推翻权威部门的检验报告，广东卫生厅十分紧张，组织专家连夜对医院送来的血清进行肺炎衣原体抗体检测，一共做了90例，其中17例呈阳性，占18.9%。检测证明不能认定为衣原体感染的结论是正确的。

钟南山在媒体上勇敢地否定了权威部门的结论，与权威部门的权威对抗，所有人心里一紧，他这是在公开挑战啊。只要钟南山的判断有一点点失误，他将面临一场"灾难"！这需要怎样的胆识啊！给钟南山勇气的仍是那些等着他抢救的病人，他不坚持自己的观点，就得死人！道理就是那么简单，他要捍卫的是科学和真理，还有人的生命。钟南山很清楚后果，自己站出来也许是个人的一场"灾难"，但不及时纠正错误，那将是所有病人的灾难！

这一天，也许是压力，也许是劳累，他病倒了，发热，全身乏力，被同事强行送到了家里。

钟南山的观点被广东省卫生厅采纳。这成为了抗击非典的重要分水岭。这条硬汉子以中国工程院院士的身份挺身而出，挽救了不知多少人的生命！

五

科学家的思维往往简单，研究起学术来心无旁骛，很少掺杂社会的人的因素。但疫情是超出门诊和手术室、牵涉到社会各方面的大事，甚至政治与体制也包含在内。当钟南山独力如孤胆英雄一样寻觅源头时，一个令他意想不到的事情发生了，因为这一件事情，他三十八小时无休无眠，最后在病人身边倒下了。

钟南山倒下了，意味着抗疫或将溃不成军，汹汹疫情有可能彻底失去控制！

说误会是事后轻描淡写的说法。这件事是内伤，受伤者并不愿被人触碰。相比冒着感染的危险抢救病人，钟南山感到这种心灵的伤害更加难以承受。多苦的事他都不怕，最难的问题他也没有退缩过，但若荣誉、尊严和人格受到侵犯，倔犟如钟南山者，也会变得非常脆弱。

事实便是如此，如果抢救病人，钟南

山连续三十八个小时不休息，以他的身体条件，可能不会倒下。但中间加入了这一事件，在他必须撑住的这三十八个小时之后，他倒下了。他的病像是如约而至。

还是寻找病原体，钟南山需要病原学和临床方面的密切协作。他认为这是人类的一个疾病，不是一个国家所面对的问题，也不是一个国家的医务人员能独自承担和解决的问题，靠一个国家的力量难以取胜。在来势汹汹的疫情面前，需要联合世界上所有人的智慧来共同面对，靠人类的集体智慧战胜病魔和灾情。

寻找病原体先要检测病毒，国内还没有很先进的检测设备。时间紧急，他想到了自己的两个学生，一个叫管轶，一个叫郑伯健，他不但信任他们，对他们的学术造诣也很认可。两人都是香港大学微生物教授，专攻动物病毒。香港在病原学研究上实力比内地强，有跟发达国家水准一样的实验室，检测技术水平很高。钟南山为此去了一趟香港大学，他实地考察后，双方马上展开了合作。

2003 年 2 月下旬的一天，钟南山赶到上海参加有关抗感染的会议。这是一个与非典有关的会议，对抗击非典十分重要。会议期间，广东省卫生厅的人电话通知他必须当天赶回广州，事情十万火急！

他尽管犹豫，但不得不中途离会，连夜乘飞机赶回广州。

晚上 10 点多钟，飞机降落白云机场。钟南山走下舷梯，在探照灯一样的强光下，他看到飞机旁边停着一辆警用车，他刚一出现，就有人走过来，请他立即上车。警用车一路飞驰，一秒钟也不敢耽搁，从停机坪一直开到了一家宾馆。

大门口也有人等着。他刚一下车，他们就把他带到了一个会议室。钟南山走进会场，每个人都正襟危坐，面无表情，他感觉到一种少有的严肃气氛。

他匆匆扫了一眼，会场上有他熟悉的领导，也有很多他不认识的人。他坐的位置早已安排好了，来人把他引到座位就座。

刚一落座，一位领导就单刀直入，盯着他说："我们掌握了一个情况，明天香港要公布病原体。听说是你跟香港私下合作的，我们想了解具体的情况。"他顿了顿，提高声调质问："到底是不是你做的?!"

全场鸦雀无声，连一根针掉在地上的声音都能听见。

钟南山有些懵了。

钟南山熟悉的领导也出声了，用询问又严肃的口吻问："你是怎么做的?"

钟南山事后才知道，专门把他叫回来，是因为上面来的领导以为钟南山把这次疫情当成了禽流感。事情更为严重的是，明天香港公布禽流感的证据材料，内地将遭到香港与国际社会的指责，他们会追问隐瞒的原由，追问为何不及时公布！如果出现这样的情况，国家将非常被动。在他们眼里，钟南山是在出卖情报，为个人博取名利，置国家利益于不顾，甚至上纲上线到叛国罪。

钟南山不认为自己做错了什么，他只不过是做了一个医生应该做的事情。寻找病原体，要靠先进的检测设备，其他国家相距遥远，只有香港是最方便的。钟南山请他们用自己的科研设备来化验血清痰样，检测病毒，双方共同研究，这是必须要做的科研合作。为此，他跟两位学生签订了一个共同研究病原体的合作协议。他提供病人的血清痰样。考虑到内地只有卫生部才有权发布有关病原体的通告，他在协议里特地写上了一条：如若任何一方发现病原体，必须双方认定，并且征得国家卫生部同意才能对外发布。

知道把他叫回来与香港的事情有关，钟南山反倒坦然了，他详细说明了情况，又叫人把协议拿过来，交给领导过目。

在他们严厉的质问下，钟南山感受到了对方的不善。他像罪犯一样，甚至感觉在他们眼里瘟疫还没有自己可怕。

气氛似乎缓和下来了。但明天香港要公布结果，该怎么应对？

议论了一会儿，一时想不出好的办法。时间已到深夜1点30分。钟南山提出，他连夜赶去香港。

他家也不回了，叫上呼研所的专家黎毅敏，两个人坐上挂了粤港两地车牌的小车就出发了。

六

他们俩经深圳过境，在橘黄色街灯照射下的空旷道路上，车向着九龙的方向开。海的腥咸味淡淡地飘浮在空气里。高楼越来越密集，街上零星的车都开得很快。这个国际化繁忙的大都市沉入了梦乡。钟南山一个晚上，就跑过了上海、广州、深圳和香港四个大都市，他感觉心神疲惫。

到香港大学时天才蒙蒙亮。黎毅敏教授要他用手机跟学生联系，钟南山觉得他们还在睡梦中，不妨再等一等。他还担心太早联系，会吓着别人。漏夜赶来香港，要多大的事情才会这样做啊！要是知道了问题的严重性，学生们不敢来见他就更麻烦了。

一直等到快上班了，钟南山打通了管铁的电话。听到老师的电话，管铁既意外又高兴，忙问老师身体怎么样？他知道老师忙，非常时期要他多多保重。

聊了一会儿，钟南山告诉他自己来了香港。管铁很兴奋，问他在哪里，他要去接老师。

钟南山说，他就在楼下。

管铁有些惊讶，问他什么时候到的。钟南山犹豫了一下，如实告诉了他。

管铁听老师说在车上等了他两个小时，很是心疼，埋怨他不早打电话。他马上要下楼。钟南山告诉他，自己就在他的宿舍楼下了。他要管铁把郑伯健也叫过来，他有事找他们两个。

三人见面，学生要请老师去吃早餐。钟南山说："先别忙吃早餐，我先问你们一个事，你们是不是今天要公布病原体的信息？"

管铁很疑惑，问："老师从哪里听到的消息？我们还没有发现病原体是什么，更没有证实。就算证实了，我们不是有协议吗？协议上写得很清楚啊。"

钟南山一直盯着管铁的脸，眼睛都不敢眨。在管铁的记忆里，老师从来没有这么严肃过。

他加重了语气说："我能骗老师吗？要公布信息的话，我肯定要经过您同意啊！我们还要通过卫生部认可。这个基本觉悟我还是有的！"

钟南山长舒了一口气，他的心总算是放下来了，脸上立刻有了笑意，说："一起去吃饭吧。"

刚走了几步，他又停下来了，对管铁说："你们两个能不能跟我去一趟广州？现在就走。"

管铁和郑伯健猜测可能发生了什么事情，既然老师要求去那就去呗。他们马上向单位请假，早餐也顾不上吃，就跟着钟南山往广州赶。

七

管轶是江西人，在宁都县梅江镇出生。高考恢复第二年，他考入了江西医学院。而立之年再考入香港大学，攻读博士学位。毕业后就在香港大学和美国合办的 WHO 动物流感研究中心工作。

管轶出身儿科，弃医改攻基础科研，从事禽流感研究，这是他个人兴趣所在；其次，他认为当医生医治的病人数量始终有限，当微生物学家，一旦找到病毒元凶，便可以堵截病毒传播，救回千万人的生命。

1997 年香港发生首宗人感染禽流感个案，那时他在美国田纳西州孟菲斯市的圣裘德儿童研究医院，跟随世界著名流感研究专家 Robert Webster 攻读博士后，于是，他开始重点研究禽流感病毒。学成回国后，进入香港大学从事动物流感研究。

2003 年这一次，管轶随老师去广州，回香港一个多月后就分离出了非典病毒。10 月，又在果子狸身上找到了非典病毒。年底，香港和广州同时向全世界宣布，在果子狸身上发现了非典病毒。

非典过后 2004 年春天，广州又出现了 4 例非典病人，发病时间与一年前非典出现的时间几乎相同。管轶从果子狸和人身上分离出冠状病毒，4 例都高度同源。由钟南山通报省长后，广东立刻宰杀了野生动物市场所有的果子狸，有效遏制了疫情扩散。

非典期间，管轶和钟南山、郑伯健、闻玉梅在广州第一军医大学进行“灭活 SARS 病毒免疫预防滴鼻剂”的攻关研究。二十天后，滴鼻剂成功研制出来，供前线的医护人员使用，有效阻断了病毒入侵人体。

管轶和他的团队成功采集了十多万只鸟的样本，从样本中排出了二百五十多个 H5N1 禽流感病毒的基因序列，基本摸清了中国禽流感起源、发生、变化的规律。他们的实验室成为世界卫生组织（WHO）在全球的八个参比实验室之一，已鉴定出世界上所有的二十多种 H5N1 禽流感变异型。还为印尼分离出人感染禽流感病毒。2004 年 1 月、2005 年 9 月、2005 年 11 月，他三次成为美国《时代》周刊报道人物。2005 年管轶被美国《时代》周刊评选为全世界十八名医疗英雄之一。

2020 年这一次武汉出现不明原因肺炎也引起了管轶的高度关注。报道说不能证明人传人。1 月 20 日晚，他听到了钟南山在央视公布新冠肺炎人传人时，他再也坐不住了。第二天，天没有亮，他就从香港赶往武汉，上午就出现在武汉街头了。他希望像当年在广东调查非典病原体一样，找到元凶，帮助武汉遏制它的肆虐。

然而，他的一腔热情却受到了冷遇，甚至是防范，他吃了很多闭门羹，愿意与他合作的科研机构极少。有人甚至给他的武汉之行定性——为了自己的学术成果而来，想要窃取科研资源。说他达不到目的灰溜溜回去了。民间甚至有说他是外国奸细的。他自己的感觉是：这里似乎不欢迎防疫专家，不需要科学家。他深深失望了。

当年老师遭遇的污名化，要等到十七年后他才粗浅地尝到一点滋味。

他去华南海鲜批发市场，那里已被封，地面被清洗，无人保存好野生动物样本，连监控录像都没有。“现场”没了。他无法寻找样本进行化验研究。

他不明白这是一种侥幸心理，还是其他什么。找不到根源又怎么对症研发解药呢？他发现，新冠肺炎的特征跟非典很相似，甚至更危险，没有感冒发烧症状的人也会传播！第一波传播早已经开始了。这是一场战争啊！他冒着被感染的危险来到武汉，却采集不到任何动物样本，只能无功而返。

在武汉停留的两个晚上，他看到武汉人在钟南山宣布新冠肺炎人传人后仍然波澜不惊，生活仍像吃热干面一样，有滋有味，没戴口罩的人到处走动，菜市场、超市都是密密麻麻购置年货的人，很多人正准备出外旅游度假。春节团拜会也在照常进行。一直到 1 月 22 日，武汉才发布通告，决定在全市公共场所实施佩戴口罩的控制措施。还有人在宣扬年轻人和儿童不易被感染。

1 月 22 日，管轶过武汉机场安检，看到负责安检的女孩只戴了最简易的一次性口罩。一问才知道是她自己要戴的，机场担心影响形象还不让她戴。

这里已是疫区！这样的场面让他想到一个情景：眼看就要受到原子弹攻击了，人们却还在搞派对，没有任何战争动员和准备。他想呐喊，他想马上采取大规模隔离措施甚至封城，但他无权这样做！他深深感到一个专家的无奈。

他得马上撤离武汉。他的几句自嘲即刻引来网上的讽刺与攻击。

他走的第二天，2020 年 1 月 23 日，中央以雷霆不及掩耳之势封城了。封城当天凌晨，管轶提醒大家：要注意眼睛防护，要防止粪口传播，要注意气溶胶传播，提醒儿童与年轻人同样容易感染。

八

一路疾行，中午 12 点，钟南山、管轶、郑伯健一行人从香港赶到了广州的宾馆，钟南山让两个学生亲口说明情况。

事情处理完后，钟南山下午参加疫情防控会议，作了如何进行疫情防控的学术报告。

从不知疲倦的他，第一次感到无力，腿不像自己的，拖着走路，拖得非常吃力，如有千钧重担。与那个走路带风的自己判若两人。从不言累的他终于体会到了什么叫力不从心。他胸中翻腾的不只是委屈，耳边回响“国家、国家”的声音，不断敲击着他的神经。怎么连一个基本的信任也没有?！他一夜之间就变成了另类。

三十八个小时不眠不休——在上海，他从早晨 7 点起来，晚上 10 点多赶到广州，连夜又往香港赶，第二天再从香港回到广州，再开会、抢救病人，直到晚上 9 点。他发起了高烧，接着开始咳嗽，马上拍 X 光片，左肺出现炎症。

他想家了，特别特别想回家，从没有这么想念过家里的亲人。他回到广州，上了警车，至今家里人还不知道他的下落。想到爱人，李少芬温和慈爱的眼神，抿嘴的笑……她早早退休，一直都在呵护着他，照顾着他。想到从新西兰回来的小孙子，两年没有见过了，他都六岁了，大年三十都没有回家与小家伙过年，他多想抱抱他……

钟南山病倒了！消息传出去将是一枚震撼弹，动摇抗疫的军心。

他是不是传染上了非典？如果他自己都治不好自己，谁还会相信医生？

在一阵阵眩晕中，钟南山仍然没有失去理智。他不允许有人声张出去，要求替他严格保密！

但是，如果他住院治疗还能保密得了吗？从治病来讲，住在自己的呼研所是最好的，不用说术有专攻的医术和医疗条件，就是这么多患难与共的战友，他们人人都会全力以赴来救治他。所有人都请求他赶紧入院。

钟南山没有吭声。他一手扶着桌子，闭上眼睛，食指和拇指掐着眉心，手上凸起的青筋特别扎眼。他身子慢慢弯下去又直起来。他正在思考。平常思考他喜欢双手叉腰，从不会手扶桌子。这病不轻啊！有人来搀扶，他摆了摆手。他要强，他不想别人把自己当病人。

他不能躺在呼研所，如果连他都倒下去了，病人谁还会有信心，谁还能躺在床上安心等着医生治病啊？万一他的治疗时间长，社会影响将更大。他要找一个少有人知的地方去治病。他掐着眉心在想，找谁？去哪里最合适？

想好了，他撑起弯下的腰，让一个同事留下来，其他几个人都出去。钟南山和他商量，他要找一个战友，请他安排自己到一家医院的干部病区。他叮嘱同事一定要保密。

联系的结果，对方给他发来信息，说干部病区有个病人要做肾移植手术，香港什么记者要来采访，场地紧张……很委婉地拒绝了他。钟南山想，人家也不容易，他这个病如果是非典，害怕被传染也是可以理解的。

钟南山眩晕得厉害，神思越来越恍惚。坐下来后，他连站起来的力气都没有了。他这时唯有依靠家人了。他找到儿子钟惟德的电话，对儿子说："惟德，爸爸病了，陪我回去。我要在家治病。"

九

父子俩回家了。妻子像平常一样走到了他的身边，柔和的眼光看着他，像什么也不曾发生。在短短的对视中，钟南山感受到了她无限的怜惜。她特有的温婉犹如一道闪电，把一生的记忆点亮。

几十年的风风雨雨，多少人生的酸甜苦辣，他们一路相随相伴，走过了花甲之年，内心如若初见一般，钟南山感受到了岁月深处的那份温馨。

保姆收拾好房间了，铺好了床位。她有些紧张，不知该如何做才好。

妻子给钟南山脱了衣服，让他先去洗澡。她把他身上脱下的衣服全都换了。又把钟南山带回来的药放好。然后去了厨房。

护士来家里打吊针的时候，找不到地方吊瓶。钟南山让惟德找了一颗长钉，钉在木门左上角。吊瓶挂上去刚好。钟南山把家当临时医院，这一次他要自己给自己治病。

他身子一挨床，脑袋一黑，天旋地转，如同倒向深渊，他一头沉沉睡去。

这一觉不知过了多长时间，多少年他没有这么安心地睡过，总在陀螺一样转。只有疾病把他击倒了他才能放下一切，进入黑甜之乡。然而，他的脸还绷着，他心里还有事情没能放下。

李少芬望着他憔悴的脸，坐在一旁落泪。她太心痛了！从不生病的他，非典来了，已经两次病倒了。一个多月前因过度劳累，他感冒发烧，全身乏力，是单位把他强制送回的。他休息了不到两天，又强撑着回到了医院。

他总是忙碌，过了花甲之年依然很少在家，回到家说得最多的话就是累。李少芬并非没有怨气，两个人为此多次争吵。她不奢求夫妻双双一起出游，哪怕他能陪伴一下自己，她也满足了。但是，吵过之后又怎么样呢？他依然还是忙。

李少芬也是有性格的人，她泼辣，遇事敢作敢为，但为人又内敛，温文尔雅。她不喜浮华，不喜抛头露脸，只想要安宁平静的家庭生活。丈夫出名后，很多记者希望采访她，李少芬从来都是拒绝的。她不喜欢跟记者打交道，更不愿意因为丈夫的原因接受采访。

钟南山对她满怀歉意，他并非不知道妻子需要陪伴，他也挂念着她。李少芬的身体是他最关心的，每次体检，他都要认真研究她的体检报告。但是，病人性命堪忧之际，他如果在家不管，他的心无法安宁。

李少芬并非不理解钟南山，没人比她更了解他。她只是一时情绪冲动，克制不了。习惯了，后来她只要他平安回家就好。

他们俩的缘分仿佛是上天注定的。钟南山的姨婆和李少芬的姑婆，她们终身未嫁，从年轻直到晚年都生活在一起。一个是医生，一个是钢琴师。李少芬被国家篮球队招收后，她经常来看望姑婆。钟南山考上北京医学院，也来看望当医生的姨婆。李少芬是广东花都人，两人都来自广东，都痴迷体育，他乡遇知己，只能说良缘天赐。

很快他们就走得很近了，情投意合，开始互诉衷肠。别人恋爱总是花前月下，他俩恋爱却经常约在球场。钟南山绕足球场跑步，她陪着他跑，累了她就看着表给他掐时间。

大三的时候，钟南山参加北京市高校运动会，摘取了400米栏的桂冠。他被北京体委看中，抽调到北京市集训队训练，准备参加第一届全运会。选拔赛开始了，他却没被选上。本来满怀信心的他，却兜头一盆凉水，以他不服输的性格，怎么能咽得下这口气。这算是他人生的第一个挫折吧。

李少芬安慰他，鼓励他，相信他一定能行！钟南山决心向自己挑战。两个人一起寻找失败的原因，特别是找到如何取胜的方法，那就是发挥好钟南山的爆发力。

结果他赢得了最后的选拔赛。1959年9月，在首届全运会上，钟南山以54.4秒的成绩打破了400米栏的全国纪录！1961年，他还获得了北京市十项全能亚军。

李少芬是国家篮球队运动员，钟南山也喜欢打篮球。她爱说篮球队的事，说比赛的体会，他什么都爱听，两个人有说不完的话。打篮球让他们肢体配合越来越默契，无需任何语言。

他们互相监督，互相鼓励，强化训练。两个人一起流下的汗水不知有多少。汗水就是他们轰轰烈烈的热恋。

浪漫的时候，也会在寂静的晚上，或是公园僻静的一角，花前柳下，响起钟南山悠扬的黑管声。苏联歌曲《喀秋莎》《莫斯科郊外的晚上》《三套车》是他们共同的喜爱。两个人谈论文学，谈得最多的也是苏联作家的作品。钟南山主修俄语，了解苏联的历史文化。李少芬到了苏联，接受苏联篮球专家的培训，有关苏联的情况她喜欢问他，两人总有聊不完的话题。他风趣幽默，还经常带她参加学校的舞会，兴奋时他引吭高歌。李少芬喜欢钟南山身上的那股活力和倔劲。

李少芬由养母带大。亲生母亲在上海

生活。兄弟姐妹中，李少芬年龄最小，她一出生就过继给了养母。养母一直没有结婚，和另外一个亲属——两个老姑婆相互陪伴了一生。李少芬小时候爱弹琴、打球，十五岁时，被中央体育学院选中，录取去了国家篮球队。养母当时想了很久，不太想让她去，后来想到不去没有前途，就答应她了。

他们都是事业型的人，李少芬担心结婚影响她运动员的生涯，钟南山上进心极强，他们苦恋了八年才结婚。新房是国家体委一间十平方米的房间，里面摆设十分简陋，但两个人过日子，有个自己的小天地就非常甜蜜了。

从一开始，他们就是聚少离多。李少芬集训和出国比赛把时间排满了，为了洗刷“东亚病夫”的耻辱，每个人都得奋发图强。结婚不久，钟南山就下乡去了山东的乳山；他回北京，李少芬调回了广东，从此，夫妻分居了六年。一年难得有一次相聚的机会，他们深深体会到了牛郎织女的苦与甜。

到了不惑之年，钟南山又去英国留学了。在英国两年时间里，两人只有书信联系，偶尔碰到药厂代理，钟南山请他们帮忙打一个电话回家。

但是，那时的忙碌要是比起现在，就是小巫见大巫了。钟南山忙得说话的时间都没有，但他一直坚持锻炼，哪怕临睡前有十分钟的空闲时间，他也要在跑步机上跑一跑。这时候两个人就有了说话的机会，钟南山会一边跑步一边说说话。

十

钟南山病倒在家，李少芬当起了守门神，不管什么事她都不准钟南山出门了。除了钟南山的领导，也不让别人来看他，只有护士每天来打针。所有电话也不让他接了。有领导打来电话问钟南山去了哪里，她推说出差了。她亲自下厨，煲了粥和汤，做一些容易消化的菜肴，端给他吃。

儿子也回来了，陪在爸爸身边。他子承父业，成了著名的泌尿外科专家，国家级百千万人才。他在广州市第一人民医院任教授，带博士。他热爱体育，特别爱打篮球。像钟南山敬佩父亲一样，他也非常崇敬自己的父亲。

在夫人的精心照料下，钟南山两天后就退了烧。再复查胸片，肺部阴影也消失了。他露出了笑脸。他的判断是对的，自己感染非典的可能性小，非典病人呼吸很困难，而他症状不明显。在给自己开药时，打吊针他选了普通的抗生素。那时，治疗非典病人已经显示了大剂量的抗生素没有疗效。通过自身的治疗，再一次证明非典不是普通的肺炎。传统治疗必须放弃。

钟南山病倒是劳累加上强烈刺激，单单其中一项因素，以他强壮的身体，是能扛过去的。一个人精神支柱垮了是可怕的，最终身体也会垮下来。

三天后，钟南山觉得必须去医院了。多少人生死不明，疫情正四处蔓延，情况越来越严重，他一天都不能耽搁了。

他拖着虚弱不堪的身子来到了办公室。打开门锁他都感觉有些吃力。他来到病房，装作若无其事，就像平日出差回来一样，迈动着“有力”的步伐。遇见了同事，他理一理头发，笑着跟他们一一打招呼。几个知情人看到他，不敢相信，有人轻轻说：“所长上班来了!”

有的同事不知道钟南山得了肺炎，只

知道他身体有些不舒服，太劳累了，需要休息几天。没想到他瘦了整整一圈，头发猛然间白了很多，憔悴得让人心痛。

钟南山也不知道自己瘦了一圈，不知道自己憔悴了。他脸上表现得十分刚毅，不自然地抿起嘴唇，嘴角弯成了一道曲线。谁都看得出来，他身体还没有痊愈。几个细心的同事看到钟南山手上的诊断单、化验单和病历不时往下掉，他的手微微发抖，自己竟然毫无觉察，有人看着就忍不住掉泪了，别过脸去，还不能让他看到。不知情者心里在问：他的身体怎么啦？虚弱到这个程度了！这怎么能工作啊！他还要到ICU非典重症隔离监护室去？

钟南山虽然随和温润，但他不容置疑的话，别人也不敢随便反问。他说进ICU病房，劝也没有用。

口罩、帽子、防护服、护目镜、手套……他们一边帮他往身上穿，一边暗自担心，担心他随时倒下来。

钟南山穿上防护服，跟别的医生混在一起，病人也能认出他来。患者熟悉自己生命的保护神，从他的一举一动就能感觉到是钟南山来了。这是人求生本能之一种吧。

一位姓梁的病人说："我知道，那是他，他们都穿白大褂，捂得这么严，我意识不是很清醒，但我还是认得出钟院士，这个就叫心灵感应吧。有他在我面前，我的心就踏实了。"

梁先生是重症病人，昏迷了五天。急救时，他非常狂躁，出现了幻觉，觉得有人在害他。他把身上的针管全都拔掉了，大喊大叫。谁都压不住他。

钟南山过来了，他并没有用太大的力气，就把他压住了，病人一下子就安静了。钟南山见他意识并没有完全丧失，就问他："你知道我是谁吗?"对方说："我知道，你是钟院士。"

钟南山说："那好，你知道我是谁，那你就要躺下来。"

梁先生平静了，开始接受打针。

十一

钟南山一边与病魔战斗，抢救病人，一边陷入了一场让他痛不欲生的信任危机。他感觉自己背后有什么行动正在悄悄酝酿着，他不理解，为什么他走到了一些人的对立面了？很多人开始疏远他。钟南山手机上出现了这样的短信："钟院士，我们是站在你这一边的。"

从大众的角度来看，钟南山突然从公众视野消失了。那些想听钟南山答疑解惑的人有些纳闷：怎么不见钟南山出面了？媒体对疫情的报道也少了很多，有的报道在说疫情不能被夸大，疫情并没有那么可怕。

从钟南山自身的感受来看，他有一种难言的落寞。他寡言少语了，有一种无形的压力，这压力对他而言比疫情更大。抗击非典他有团队和战友，但这飘在空中的无形压力，却只有他一个人孤独地面对，他甚至都无法言说。非典对他是个难题，而这个压力却是精神上弥漫着的压抑与恓惶。但是，钟南山有自己的病人，他和他的病人一起跟病魔战斗，病人在这场抗击非典疫情中就成了他最大的力量源泉，压力也就在忙碌中开始淡化。

在那个微妙的时期，非典的报道变得十分谨慎，记者不准采访钟南山。一家南方大报在周会上传达对钟南山的报道问题时，几乎把他定性到了敌我矛盾，说他有个人目的，想利用这个机会为个人捞取名利，是一个名利之徒，哗众取宠……关于他的报道一律不得见报。有一家大报报道了钟南山的事迹，被要求作出深刻检讨。他与香港的交流被视作泄露国家机密，甚至有关部门也出动了，对他进行调查……

2003 年 4 月初，世界卫生组织的官员伊文斯博士一行来到了广东，他们点名要见钟南山。伊文斯有两个怀疑：一是广东是不是隐瞒了病人数量没有上报？二是广东是不是死了很多人？广东省卫生厅把钟南山叫了过去。

钟南山刚为香港医学界作过一堂非典的报告，伊文斯在场。伊文斯听了钟南山的报告，他没有想到，中国广东有这么好的医生，钟南山对非典的研究非常深入，从怎样预防、诊断、治疗等展开阐述，思路特别清晰。伊文斯对钟南山留下了极好的印象。疑惑的是，这些经验为什么不尽早向世界发布？

伊文斯到了北京后，讲到自己的广东之行，夸奖广东工作做得好，特别赞扬钟南山所作出的贡献。于是，北京方面通知钟南山入京参加世卫组织的会议。

钟南山自知北京之行对他又是一场严峻考验，他为此深感不安。非典疫情这么严重了，他要讲事先拟好的冠冕堂皇的话，不能讲自己真实掌握的情况，这对他是一种难以忍受的折磨。

十二

2003 年清明节，尽管忙，钟南山还是决定和家人飞到厦门，一起去为父母扫墓。是父亲的遗嘱把骨灰撒到鼓浪屿的大海上。父亲是他的骄傲，钟南山对父亲满心的恭敬和孝顺。清明祭扫在钟家是每年必做之事。今年他去厦门，主要是为了跟父亲说说话，他实在无路可走了，有一种快要窒息的感觉。

父亲是他最尊敬的人，他一生说实话做实事，充满正义和良知。父亲是个孤儿，被厦门鼓浪屿的一户钟姓人家抱养，取名钟世藩。钟世藩从小立志，从厦门同文书院考入北京协和医学院。经过八年专业深造，钟世藩博士毕业后留校当了助教，在协和医学院遇到了同样来自厦门鼓浪屿的同学廖月琴。廖月琴在协和医学院学习护理专业。他们身在异乡，同是鼓浪屿人，很快就相互仰慕，彼此萌生爱意。

钟世藩赴美国辛辛那提大学医学院学习病毒学，两年后取得医学博士学位，他毅然选择回国，出任南京中央医院儿科主任。廖月琴也被派到美国波士顿学习高级护理。后来，她参与创办了广东省肿瘤医院。两人结婚后，生下的第一个孩子就是钟南山。

钟世藩对病人尽心尽责，下了班，在家里看书也常有病人找上门来，请他去看病。他们大都是急急而来，钟世藩放下手中的事也是匆匆而去，风雨无阻。登门求医的什么人都有，贫富贵贱他一视同仁。找上门来的大都是急病，尽管这些都是分外之事，钟世藩却从不敢耽搁。平时他坚持大查房，认认真真书写每一份病例，他写的病例不是当医生的人也能看懂。他能少用药就少用药，能用便宜药就不用贵的药。

上世纪五十年代，钟世藩在广州创办中山医学院儿科病毒实验室，这是全国最早创办的临床病毒实验室之一。他依托实验室从事病毒研究和研究生培养，成为那时中国医学界赫赫有名的“八大金刚”。

钟世藩对医学的爱、对病人的关心，都是发自内心的，所以一辈子他都那么认真、那么投入。钟世藩七十多岁时，为了把自己几十年来宝贵的临床经验分享给后人，决定写一本书。那时他的眼睛出了问题，视力减退，只能靠放大镜才能看书写书，最后放大镜也不管用了，他得了白内障，只有请人帮他来看。

他每天去图书馆，查资料、写作，那时图书馆无人阅览，经常只有他一个人，钟世藩捂着一只眼，艰难地写着《儿科疾病鉴别诊断》，四年时间写下了四十万字。《儿科疾病鉴别诊断》出版后十分畅销。他把一半稿费给了帮他抄书的医生，把自己的一半再分一半给了帮他查阅资料的人，余下的稿费全部买了书送人。他对人好，一心希望别人都能过得好。

这些品性几乎也是钟南山的写照。钟南山不只是子承父业，连行医与为人处事都一模一样。看到父亲当医生，既能救死扶伤，又受人尊敬，钟南山从小立下了当医生的志愿。

“文革”时，钟南山和父亲在农村，有个孩子得了肾病，一直尿血。当地医生诊断他是肾结核。钟南山懂得不少肾病知识，想在父亲面前表现一下，就头头是道说起肾结核该怎么怎么治。父亲问他：“你怎么知道他就是肾结核？尿血的情况多种多样，肾结核只是其中一种，你怎么能肯定尿血就是肾结核？说话一定要有根据。”

“说话一定要有根据”这句话让钟南山震动，一生都不曾忘记。从此之后，他处理问题的思维和方法都改变了。每一个观点他都要求有理有据，不能随意去发挥。科学不能想当然。年龄越大他对这句话的理解就越深刻，对讲话要有根据的重要性就体会得越深。

面对权威说非典的病原体是衣原体，他就在问他们的根据是什么？如果根据是从尸检发现而来，那么他们有没有看过病人、医治过病人？按衣原体感染去医治病人，就要用抗生素，而抗生素根本无效！所以说病原体是衣原体，就是没有根据的说法，就一定是错的！

父亲说话不多，说话从来都讲证据。对说谎话父亲更加不能容许。

钟南山读小学三年级的时候，调皮、贪玩，为了玩耍还逃课。家里给他的伙食费他没有交到学校，自己买东西吃就花掉了。有一次母亲问他交没有交伙食费，他撒谎说交了。母亲是个认真的人，她感觉苗头有些不对，就去学校核实。

父亲知道这件事后，一向严厉的父亲并没有骂他，只是说：南山，你自己想一想，像这样的事应该怎么办？钟南山敬畏父亲，以为会挨骂。想不到父亲只是轻轻这么说了一句话。但就是这一句话，让钟南山一个晚上都睡不着，一种羞耻感深深折磨着他。他发誓，从此之后再不说谎话了，要讲实话。

十三

钟南山跪在父亲墓前，立誓一生再也不说谎的钟南山面对着不能实话实说的局面，他心里慌乱，情绪低落。明知道父亲再也不可能教导他了，但在父亲墓前，他还是忍不住大喊一声“爸爸——”，然后对他说出自己的心事。在钟南山心中，父亲一直是活着的。他想跟父亲交流，直接就对着空中喊一声爸爸，然后开始跟父亲说话。他感觉父亲的灵魂一直就在自己的身边，在天地之间。

父亲曾被世界卫生组织聘为医学顾问，面对世界卫生组织的官员他也要隐瞒实情吗？甚至说假话？为了自己说一次假话，他就能过关了，获得心理的平静吗？不会，只要说了一次假话就会一直说下去，再也说不了真话，到那时不只是心理无法平静，而且会有强烈的罪恶感，他将对不起那些在死亡线上挣扎的病人，特别是感染非典倒下的同行，他对不起他们！但说出真实的情况，后果不可预料。他希望父亲冥冥之中给他一些暗示，他该如何做！

钟南山又想起了父亲最艰难的时期，父亲挨批斗，被开除中共党籍，下放到盥洗室洗奶瓶，母亲含冤自杀，在这样的境遇下，父亲仍教导钟南山做人做事都要诚实，要鲜明地亮出自己的观点，要把自己内心最真实的感受说出来。父亲的书《儿科疾病鉴别诊断》出版时出版社要求在序言里加上毛主席语录，父亲坚持说，这是医学著作。

父亲就是一面镜子，他来照一照自己就不会犯迷糊。

李少芬站在丈夫的身后，知道他此刻经受着煎熬，只是默默掉泪。

一场春雨下了起来，雨不大却十分密集，远处鼓浪屿的山和海变得迷离恍惚，冰凉的雨水落到了脸上、手上，衣服顷刻就软塌塌的，贴在皮肤上。

人生遇上疫情已是不幸，还要遭受如此精神磨难，钟南山的困顿和痛苦又有几人能够体会？

社会流行假话、套话、大话、空话，已成见怪不怪的风气。在这种风气熏染之下，人们喜欢报喜不报忧，难得有几句真话。在这样的社会氛围里，很难看到真相。但是，偏偏来了一场非典，必须要有人讲真话。讲假话的代价，国家和人民都承受不起。

这个讲真话的人也许就是上帝的安排，也许是道义和历史在选择一副铁肩，这个人就是钟南山。他人生的信念和职业的操守，他的人格和良知，他的血液，还有父亲的谆谆教诲，都不允许他背叛自己。

非典成就钟南山的主要不是医术，而是铁肩担道义，虽千万人吾往矣！历史把这样的使命和考验摆到了钟南山的面前。

钟南山不是不明白讲假话的好处，但他更知道讲真话的可贵之处。讲真话不在于它的对与错，而在于它是心里话。任何群体、任何单位、任何家庭，能讲真话的地方，一定是和谐的。他也不是不知道稳定的重要性，但隐瞒一定导致不稳定，公开真相才是有利于稳定的。稳定是最后的结果，而不是一味维护现状。

他从香港对非典疫情的不知情中看到了危机。广东疫情这么严重，与粤毗邻的香港却依然不甚了解。一直到 3 月香港出现疫情了，他们对广州的情况才有所了解。那时广东抗击非典已经白热化了。

钟南山 3 月下旬见到了香港卫生官员陈冯富珍，她向钟南山了解广东疫情和对策。香港民众正责难于她，激烈批评卫生署延迟了疫情消息的发布。特别是香港非典疫情爆发，市民电话咨询，了解如何防治、如何救助，因为缺乏对疫情的认识，答复不能令他们满意，对疫情严重程度也解释不到位。

陈冯富珍早就对广东进入社区传播的非典十分担心，她用尽了所有办法收集疫情消息，但难以了解到广东真实的情况。当时广东当事人不知道上级的口径，处于不敢“乱讲”的状态，甚至把疫情当成了国家机密。陈冯富珍说她自己做事已经尽心尽力，问心无愧。

这就是不说实话造成的严重恶果。

十四

清明节前，钟南山听到了权威者发布的消息。3月26日，北京市卫生局新闻发言人对外宣布，北京输入性非典型肺炎得到有效控制，病源没有向社会扩散，本地没有发现原发病例。

4月2日，央视《焦点访谈》节目上，卫生部部长张文康称北京SARS患者只有12人，死亡3人。第二天他出席新闻发布会，多次表示：“中国局部地区的非典型肺炎疫情已经得到有效控制。”“在中国工作、生活、旅游都是安全的。”

相反，3月6日有人在网上公布了北京非典病例，被斥为谣言。

疫情现在越来越严重了！这是一个弥天大谎！

说法如此违背真相，钟南山无法接受，更无法了解这些人的逻辑。

钟南山清楚这样做的恶果将是使疫情失去控制。传染病是要求人人都参与的全民抗击，没有真相，就没有参与。这不同以往任何事情，人民将付出不可想象的生命代价。

北京紧张的气氛达到了高峰。市民因为不知道疫情到底有多严重而越发惊恐。政府官员忧心疫情影响社会的稳定，越发不敢公开疫情的真相。这进入了一个死结。

十七年后，类似的事情又发生了，新冠肺炎疫情在武汉爆发。武汉市中心医院医生李文亮在微信圈最早发出疫情信息，被定性为传谣，遭公安书面训诫。

钟南山在接受外媒专访时说到李文亮医生，感同身受，他无法控制自己的情绪，字字带泪。想不到悲剧再次出现，而这个年轻的医生还献出了自己的生命。

钟南山说：“我认为大多数人都认为他是中国的英雄。我也觉得他是，我为他感到非常骄傲。他在12月底把真相告诉了人们。然后他去世了。

“在第二天，在武汉和其他一些城市，人们举行了一个简短的悼念仪式，举起手机打开灯，亮上几分钟。然后重新回到工作。人民钦佩他，认为李医生是英雄，包括我在内。这是位中国医生。我觉得实际上大多数中国医生也像他一样。

“大多数医生都想说出真相。一个李医生，还有如此之多的李医生们会做同样的事。”

李文亮是武汉市中心医院眼科的一名医生。在他工作的医院，2019年12月16日，接诊了第一例新冠肺炎患者，12月27日接诊了第二例，共有7位华南海鲜批发市场的人，到中心医院接受救治，之后被隔离。他看到了一份病人的检测报告，显示检出SARS冠状病毒高置信度阳性指标，他们感染了SARS冠状病毒。

2019年12月30日下午，李文亮在他的大学同学群——武汉大学临床04级微信群，从17:43至18:42相继发出：“华南水果海鲜市场确诊了7例SARS”“在我们医院后湖院区急诊科隔离”“最新消息是，冠状病毒感染确定了，正在进行病毒分型”“大家不要外传，让家人亲人注意防范”，最后还发了冠状病毒的来历，其间发了一张“临床病原体筛选结果”的图片，红笔圈出部分出现“SARS 冠状病毒”字样。

当时，除了武汉大学临床 04 级群，还有协和红会神内、肿瘤中心三个医学交流群发布了相关的消息。

12 月 31 日凌晨 1 点多，李文亮去武汉市卫健委参加应对疫情的会议。上班后，李文亮被医院领导反复询问是否认识到“造谣的错误”，并被要求书写一份“不实消息外传”的反思与自我批评。

2020 年 1 月 1 日，武汉警方发布通告：一些网民在不经核实的情况下，在网络上发布、转发不实信息，造成不良社会影响。公安机关经调查核实，已传唤八名违法人员，并依法进行了处理。这八人中，包括李文亮。

2020 年 1 月 3 日，李文亮在同事陪同下，来到了武汉市公安局武昌分局中南路街中南路派出所。在派出所他接受了负责内勤的民警胡桂芳和一位辅警约一个小时的谈话。中南路派出所让李文亮写下了“发表有关华南水果海鲜市场确诊 7 例 SARS 的不属实的言论”的训诫书。

他在被训诫人处签名、按指印。

2020 年 1 月 6 日，李文亮收治了一位八十二岁的女性眼科患者，该患者 1 月 7 日发热，后确诊感染新冠病毒，于 1 月 23 日病逝。1 月 10 日，李文亮开始发热，在武汉市中心医院发热门诊就诊，开始出现咳嗽症状，1 月 12 日住院，1 月 14 日转到了医院呼吸与重症医学科监护室接受隔离治疗。

他呼吸困难，插着氧气管，不能起床、说话，偶尔看看手机，靠打字与别人交流。他每天晚上睡五至六个小时，白天眯一会儿，每天医院食堂来送餐，有米饭、蔬菜、肉，大小便都在床上。每天和家人开视频看看彼此，通过文字聊几句。他的父母也感染了新冠肺炎，同时在武汉的医院接受治疗。

李文亮的微信留下一个对话截屏：

李文亮：“疫情不会那么快结束。”

朋友：“所以，您出来之后有什么打算?”

李文亮：“身体恢复了就上班。”“我报了名上一线。”

朋友：“不怕吗?”

李文亮：“职责。”

他表示：“现在疫情还在扩散，不想当逃兵。”“大家都不去，怎么办?”

2020 年 1 月 23 日，新冠肺炎感染者剧增，疫情火山似的爆发，武汉紧急封城。

2020 年 1 月 23 日凌晨 3 时 30 分，李文亮转至重症监护室。

2020 年 1 月 28 日，最高人民法院微信公众号发布文章称：“尽管新型肺炎并不是 SARS，但信息发布者发布的内容，并非完全捏造，但如果社会公众听信了这个‘谣言’，并基于对 SARS 的恐慌而采取了佩戴口罩、严格消毒、避免再去野生动物市场等措施，这对我们今天更好地防控新型肺炎，可能是一件幸事。”

最高人民法院新闻传媒总社表示：“试图对一切不完全符合事实的信息都进行法律打击，既无法律上的必要，更无制度上的可能，甚至会让我们对谣言的打击走向法律正义价值的反面。”

2020 年 1 月 30 日，李文亮接受《新京报》记者采访时说，我认为自己不属于传谣，而是在提醒大家注意防范。“如果当时大家都重视这个事情，或许不会有今天的疫情爆发。”

2020年2月7日，武汉中心医院官方微博发布消息：“我院眼科医生李文亮，在抗击新型冠状病毒感染的肺炎疫情工作中不幸感染，经全力抢救无效，于2020年2月7日凌晨2点58分去世，对此我们深表痛惜和哀悼。”

李文亮去世，时年三十四岁。他留下妻子和五岁的儿子，还有一个尚未出生的遗腹子。

李文亮刚去世，世界卫生组织发布消息表示哀悼。

2020年2月7日，国家监委网站发布消息：经中央批准，国家监察委员会决定派出调查组赴湖北省武汉市，就群众反映的涉及李文亮医生的有关问题作全面调查。

3月19日，国家监委调查组公布调查结果，认为中南路派出所出具训诫书不当，执法程序不规范，调查组已建议湖北省武汉市监察机关对此事进行监督纠正，督促公安机关撤销训诫书并追究有关人员责任。

当晚，武汉市公安局决定撤销训诫书，并就此错误向当事人家属郑重道歉。对中南路派出所副所长杨力安排民警对李文亮训诫，适用法律错误，存在执法过错，对民警执法工作监督管理不力，工作失职，给予其行政记过处分；民警胡桂芳执法程序不规范，违规出具训诫书，给予其行政警告处分。

李文亮所在的武汉中心医院医护人员感染情况十分突出，达68人之多，死亡情况堪称严重，除李文亮外，去世的还有两位眼科副主任梅仲明和朱和平，甲状腺乳腺外科主任江学庆、伦理委员会的刘励。还有副院长王萍、胸外科副主任医师易凡、泌外科副主任胡卫峰三位感染者正在重症监护室抢救，他们多器官衰竭，病情危殆。

十五

2003年4月，世界卫生组织官员伊文斯一行在广州考察之后转道北京。中外记者紧跟着他们也到了北京。伊文斯对外公开讲到发现钟南山的过程，记者们早就瞄准了这位陌生的中国学者，一个正在前线抗击非典疫情的医生。

全球记者招待会就要开了，为慎重起见，北京先行召开了一个会议，世界卫生组织的官员全都参加了。会上，中方负责人发布了正面积极的信息，疫情已经得到了控制，医务人员的防护已经到位，病原体已经找到了……伊文斯听到这一情况，甚是欣慰。

这一正面的消息在世卫组织的人到达北京之前，就已经在国内迅速传开。北京给钟南山发来了会议通知，要求他前往北京，参加为世界卫生组织官员和中外记者召开的新闻发布会。因为这样的原因，钟南山清明节去了父母的墓地。

2003年4月10日上午10时30分，新闻发布会由国务院新闻办主持召开。卫生部门、新闻部门相关领导会前把钟南山叫过来，跟他打招呼：讲话要注意一下，不要讲太多。境外某些记者已经听说内地出现了很多病人。如果问到有关病人人数情况，可以说有的医院做了转移。

会议开始了，会场一片肃静，安静得连翻动笔记本的声音都能听得十分清晰。全世界的镜头都对准了主席台。钟南山的声音在会场响起来了，他说：“作为一名医生，我觉得这次跟世卫组织的合作和交流是很愉快的。”他平静中有些亢奋，带着轻微的喉音，“我们实际上共同交流了三个方面的问题：首先是对病人的诊断和治疗问题；第二是有关流行病学的一些规律；第三，病原学的探讨。非典型肺炎到目前为止，50%以上的病人出现在广东。世卫组织对广东是怎么诊断和治疗的，特别是早期的治疗及在降低死亡率方面，都非常感兴趣。”

钟南山又讲到了他和伊文斯一行做了很好的交流。短短五天，他们之间建立了友好的关系。他说希望以后中国与世卫组织建立更加密切的联系。大家的目标是一致的，共同面对人类的疾病。

会场上，世界卫生组织一位专家当即表态：以钟南山为首的广东专家组，摸索出来的治疗经验，对全世界抗击非典型肺炎具有指导意义。

钟南山话音刚落，一位境外记者向钟南山提出了关于患病人数的问题。钟南山按照事先教给他的说辞作答：“为什么有一些病人我们没有发现呢？因为当时有的医生不是搞这一行的，识别不出。这也是实情。”

记者不太满意他的回答，继续追问。钟南山一直按照事前统一的口径回答：“作为医生，我觉得这个病可以控制，只要隔离得好就可以。现在，你们也听说了，很多地方已经蔓延得很厉害了，但是公开报告的人数却比较少，为什么呢？恐怕你们要理解，有一些病人转移到了其他科，而这些科又不是呼吸疾病的专科，所以病人在这样的科里接受治疗，首先需要一些时间才能够确诊。”

这个违心的说辞，跟新冠肺炎疫情来袭时他在武汉考察所听到的何其相似！

新闻发布会分两天进行。第一天总算过去了。显然，有关部门领导听了也放心了。

4月1日这一天，北京市市长孟学农在会见日本株式会社社长冈村正时说：“对于一千三百多万人口的北京市，出现22个病例所占的比例并不大，而且已经得到有效控制，完全没有担心的必要。”

事实是，早在4月3日，北京309医院一天就收治了60例非典病人。而媒体当天公布的数字是：患者12例，死亡3例。

第二天的新闻发布会规模要小，参加人员七十多人，出席的领导也少了。记者主要来自日本、中国香港和台湾地区。想不到的是，会议规模小了，但记者的发问却比前一天的要凌厉得多。

会议伊始，几位记者就第一场发布会提出过的问题连续发问，他们不满意之前的回答。有记者直接向钟南山提问：“那么按照你们的看法，是不是疫情已经得到了控制？”这个问题直接戳中了钟南山的痛处。记者不依不饶，像是盘问一样，越来越尖锐，钟南山再也忍不住了：“什么现在已经控制？根本就没有控制！”

所有人都不敢相信自己的耳朵，先是一片静默，接着“哗——”地炸了锅。钟南山情绪激动，他开了闸就再也关不住了。坐在他旁边的人开始擦冷汗。钟南山又继续开口了，会场顿时安静了下来：“最主要的，是什么叫控制？现在病源不知道，怎么预防不清楚，怎么治疗也还没有很好的办法，特别是不知道病源！现在病情还在传染，怎么能说是控制了？”

他略微停顿了一下，加强了语气说：“我们顶多是遏制，不叫控制！”

记者们情绪陡转，纷纷争抢话筒，迫不及待地提问。一位外国记者问："中国医护人员的防护有没有到位?"

钟南山毫不犹豫，立刻回答："没有!"

他又讲了要对病毒进行更多的研究，要加强医护人员防护，要进行更多国际间的交流。

第二天，国内外的媒体都作了报道，引起轰动。

4月12日，世界卫生组织宣布将北京列为疫区。

新闻发布会上钟南山的回答传遍中华大地，举国震惊！非典疫情严重的信息传到了中央。党中央、国务院明确提出要以对人民高度负责的态度，及时发现、报告和公布疫情，绝不允许缓报、漏报和瞒报。

国务院果断决定将非典型性肺炎列入中国法定的传染病进行依法管理。对一些地方"信息统计、监测报告、追踪调查等方面的工作机制不健全，疫情统计存在较大疏漏，没有做到准确地上报疫情数字"的情况，中央给予了严肃批评。

4月20日，中央同时免去了北京市市长孟学农、卫生部部长张文康的职务。中国抗击非典的战役终于打开了新局面！

4月20日下午，国务院新闻办公室举行记者招待会，卫生部常务副部长高强通报了全国非典型肺炎防治工作情况，并回答了中外记者提出的问题。他坦言卫生部工作存在缺陷，疫情报告制度亟待完善。他说："卫生部应对突发公共卫生事件准备不足，防疫体系比较薄弱，地方报告要求不明确，指导不得力。北京市有关部门信息统计、检测报告、追踪调查等方面的工作机制不健全，疫情统计存在较大疏漏，没有做到准确地上报病例数字。"

记者招待会举国关注，高强的回答一字一句观众都听得十分仔细。

国务院决定，从4月21日开始，将原来五天公布一次疫情改为每天公布一次，和世界卫生组织的要求接轨。

4月23日，温家宝总理主持召开国务院常务会议，决定成立国务院防治非典型肺炎指挥部，由副总理吴仪任总指挥，并决定由中央财政设立二十亿元的非典型肺炎防治基金。

为防治非典，吴仪两次会见钟南山。第一次是了解非典疫情及防控情况，第二次是北京防治非典应该怎样做，听取钟南山的意见。

钟南山说话从来直来直去，不绕弯子。他告诉吴仪副总理，北京的医疗水平比广东强，防治非典工作却比广东做得差，主要原因是很多水平高的医生没有发挥作用。重症病人的治疗离不开他们。北京没有大规模动员，没有把好的医生放到救治重症病人的身上。钟南山建议把重症病人集中到一两个地方，再集中医务水平高的医生来进行抢救。

2003年4月29日，温家宝总理到泰国出席中国—东盟领导人关于非典型肺炎问题的特别会议。钟南山随行。

钟南山的命运出现反转，不再是阴霾密布，而是碧日蓝天。他的命运就是中国抗击非典的命运，是无数病人的命运。

十六

钟南山的威望因为央视的一场对话，如日中天。

4月15日，中央电视台新闻节目主持人王志和《东方时空》特别节目《面对面》

节目组采访了钟南山，节目组深入 ICU 重症隔离监护室采访，把镜头对准了抢救病人的现场。抗击非典的真实情况震撼了全国，震撼了世界，人们被深深感动。

4 月底，中国社会调查做的一项电话民意调查显示，在北京、上海、广州等地的一千二百位受访民众中，89%的人认为钟南山是一位英雄。

央视“2003 年感动中国十大人物”评选钟南山排名第二，排在中华飞天第一人杨利伟之后。

给钟南山的颁奖词的题目是“钟南山：以无畏感动中国”。事迹是：“面对突如其来的非典疫情，钟南山以科学家的无畏一语定乾坤：非典可防可治！在疫情最严重时，他以一个医生的医德主动请缨：‘把最危重的病人转到呼研所来。’这淡淡的一句，无异于平地惊雷般的‘向我开炮！’这一声之后，是他以 67 岁的高龄，连续 38 小时救治患者的身影。他说：‘在我们这个岗位上，做好防治疾病的工作，就是最大的政治。’钟南山不仅医术精湛、医德高尚，他尊重科学、实事求是、敢医敢言的道德风骨和学术勇气更令人景仰。中国知识分子最宝贵的精神在他身上体现得淋漓尽致：不唯上，不信邪，敢担责任。紧要关头，他勇敢地否定了有关部门关于‘典型衣原体是非典型肺炎病因’的观点，为广东卫生行政部门及时制定救治方案提供了决策论据，使广东成为全球非典病人治愈率最高、死亡率最低的地区之一。”

颁奖词说：“面对突如其来的非典疫情，他冷静、无畏，他以医者的妙手仁心挽救生命，以科学家实事求是的科学态度应对灾难。他说：‘在我们这个岗位上，做好防治疾病的工作，就是最大的政治。’这掷地有声的话语，表现出他的人生准则和职业操守。他以令人景仰的学术勇气、高尚的医德和深入的科学探索给予了人们战胜疫情的力量。”

4 月 26 日《面对面》节目播出，无数的观众被吸引到了电视机前，他们看到了钟南山和医护人员生死拼搏、勇战病魔的场面，知道了抗击非典有如此多的曲折，从病原体、国际协作、控制还是遏制到疾病的诊断、治疗、预防……话题甚至涉及“体制”“民主政治”“科学发展观”“医疗体制”等多方面。

钟南山事后也很难相信自己有那样的勇气。那可是堂吉诃德战风车！一个人要与一屋子的人说“不”。他想，是身处的环境给了他无所畏惧的勇气。他如果不站出来，后果将不堪设想。他天天面对病人，一个个病人抬进来，在生与死的面前，还有什么压力比死人更大!?

他并不怕讲实话，因为他有依据，因为他是大夫，正在第一线抢救病人。如果说有压力，只是来自医生的责任。天下没有比救人更大的事，在生死面前其他的事情都不重要了。

媒体因为他的直言追踪他。他从来是非分明，仗义执言。也因为他的直言，他建立了很高的威望。但无论多么严重尖锐的问题，他都是对事不对人。他并不想由于他的话使别人受过。他想做的是冲破说假话的氛围，纠正社会风气，推动社会的文明。

钟南山有自己的原则，他随和，但遇到他认为重要的问题，他又毫不妥协。譬如诚信，他曾对某大报记者说：“我说诚信、诚实永远是上策。当时我是针对领导来讲的。”后来这家大报没有刊发这篇报道。

从此之后，钟南山不再信任这家报纸了，再没兴趣接受他们的采访。他对这位再次前来采访的记者说：“你们既然不能刊登那样的文章，你浪费我那么长时间干吗？”

4 月 12 日，广州呼吸疾病研究所举行新闻发布会，首次公布在广东的非典患者身上找到的病原体是“冠状病毒”。

4 月 16 日，世界卫生组织在日内瓦宣布，经过全球科研人员的通力合作，正式确认冠状病毒的一个变种是引起非典的病原体。这是全球发生非典疫情以来取得的最有价值的阶段性成果。

可惜的是，呼研所分离到冠状病毒的报告比较早就已经层层上交，但是，最后还是由国内某些研究机构对此做了抢先发布。对钟南山来说，本应属于广州的科研成果旁落了，但他并没有抱怨。在他看来，最重要的是广州在防治非典的斗争中打了一场胜仗。

非典期间，钟南山以自己的科学精神与有效救治的战绩，赢得了世界性的声誉。他被邀请去世界各地传授经验、做讲座。他要把中国抗击非典的真实情况告诉世界，纠正偏见。他还把中国的医学特别是中医推荐介绍给国外同行。钟南山就像一个铁人，总是那么活力十足，他的身上似乎有着无穷无尽的力量……

当年抗击非典如果没有钟南山，结果可能就不会是这样。

十七

2003 年 5 月，抗击非典疫情开始进入尾声。5 月 12 日，国际护士节如期到来。这一个节日注定是个特别的护士节，是抗击非典取得成效的医护人员的节日，也是抗击非典胜利在望之日。

在国际护士节前夜，广东举办了一台长达九小时的《心手相连，共抗非典》的电视晚会，晚会开通了 100 条热线电话，150 个志愿者参与记录，抗击非典一线的护士通过荧屏，讲述她们救死扶伤的日日夜夜、她们的忧乐。晚会有颂扬爱与奉献的歌舞，有新闻纪录片，有专家的解疑释惑，特别是一个个不能相聚的家庭通过可视电话见面了。

节目进行期间，打进了 51000 多个热线电话。简短的通话被一一记录，这是非典时期社会心理和情感真实的记录，如果把它当作一部著作，书名可用《今夜，爱心灿烂》。但 51000 个作者无法署名，他们不分年龄、不分地域、自发参与，一夜之间完成。它沉甸甸的分量超出了书面，超出了文字，成为那一时期精神的写照！

这本书主题鲜明。没有哪本书有如此投入的情感，没有哪本书有如此朴实的语言——它没有任何修饰，全都是肺腑之言。

那一夜，爱在内心深处，像阳光，驱退了恐惧的阴影，鼓舞着信心。爱在激荡、沉淀、凝聚和呈现，就像滴水成河，它们汇聚，直到波涛汹涌；就像星星之火，直到点燃广袤的旷野。

这情景十七年后，在春分细雨濛濛时节，湖北人民送别各省援鄂医疗队时又一次出现了，人们十里长街相送，哭声一片，有下跪谢恩的老人，有深深鞠躬的，有呼喊救命恩人的，有高举标语牌的，有手捧鲜花的……各地市都以警车开道，一路护送。人们唱起了《听我说谢谢你》。这人间大爱，这比春意更浓的情义，令人潸然落泪。

在这条信息的长河里，出现了抗美援

朝、老山前线、唐山大地震、1998抗洪的英雄，他们共同的心声是：为一线的医护人员感到光荣、自豪！佛山方先生参加过抗美援朝，他以苍老的声音一字一顿地说：现在奋战在第一线的白衣天使是我们新时代真正最可爱的人！

一群柔弱的姑娘，要直面生与死的考验，要承担起抵御一个民族突如其来的灾难的重任，她们没有一个人退缩！

在这样一个春天，姑娘们穿着白色护士装，勇敢而又平静地走向隔离病房，她们有的吻别睡梦中的婴儿，有的瞒过年迈的父母，有的告别新婚不久的丈夫，都义无反顾地远离了亲人的视线，与非典病人走到一起，共同抗击恶魔。有的从此与亲人永诀，献出了自己的生命！

昨天，她可能还在嘻嘻哈哈，为一件漂亮的衣服评头论足，为不小心弄伤的皮肤而忧心；在老师眼中，她可能还是个胆小鬼，一个动物标本就吓得不敢进课堂；在妈妈面前，她被疼着宠着，连重活也没干过；在丈夫面前，她可能是个爱撒娇的女人。但今天，在院长面前，她们却是一个个坚强的战士；在灾难面前，她们挺直了脊梁，正面直视死亡；在病人面前，她们成了生命的守护神。“没有什么，这是我们的职责，是我们应该做的。”浅浅的一个微笑温暖了世人心。

这个春天，中国的总理在人民大会堂会见记者时，以诗明志：“苟利国家生死以，岂因祸福避趋之。”字字掷地有声！这一誓词，林则徐在中华民族面临存亡关头慷慨写就，曾激励多少志士仁人前赴后继，为国奋争。当中华民族出现危急时，她的人民——广大医护人员，也在以自己的行动践行着这样的誓言！

湖南岳阳周小姐写来了一首诗：

我不知道你来自何方
但你却勇敢地站在我的床旁
耀眼的白色，燃起我生的渴望
我虽看不清你的容颜
但你一定美丽如若天仙
你的目光明媚双眼如水
你的手儿温柔话语清脆
你的身影匆忙但脚步却是那么
轻盈

还记得精卫填海吗？
那是大海的精灵
而你是蓝天下英勇无畏的白色精灵
你的双手挽回的是一条条生命
你的爱筑起的是一道抗击非典的长堤！
因为你坚信——
SARS即将倒下
人类的尊严必将永远挺立！

诗，代表了人们共同的心声。

还在读小学的孩子，他们以稚嫩的声音打来了电话。一位叫李诗的小朋友说：我的同学得了非典，他非常害怕，但有一位护士天天陪着他，对他非常关心，他现在不害怕了。潮州一个八岁的小朋友念了自己的一篇日记：我看电视新闻播放非典节目，医生护士穿着厚厚的防护衣，带着厚厚的口罩，冒着生命危险救护病人，他们累得满身大汗。他们把危险留给了自己，把安全送给了大家。我一定要向他们学习，做一个真正的男子汉。广西小学生叶柳行也发出了由衷的赞叹——护士太伟大了！长大后我也要像她们一样，做一个救死扶伤的白衣天使。

一个十四岁的小学生陷入了对叶欣深深的怀念，她让人转述了一段话：叶欣姐姐，您可好？您已经不能再听一听世人的问候了，但是，我却情不自禁想起您，您留给我们的是无私的奉献和无限的施舍，上天为什么不把我变成神医，让我把沉睡中的您救醒！叶欣姐姐，您回来吧，我想念您！

白发苍苍的老人感动了！珠海妇幼保健院的黄淑英来电：我一直含着眼泪看节目，作为一名医务工作者，我深深为一线医护人员舍身忘我的精神感动。我有五个孙子五个孙女，我的心愿是让他们长大后也当一名白衣天使，继承这份骄傲的工作。

海外华侨感动了！柬埔寨华侨郑华福、新加坡华侨李元祥看到祖国医护人员舍生忘死投入工作，中国人民这样团结一心，他们语调哽咽，为自己是一个中国人而自豪！墨西哥蒂华纳华侨协会来电：白衣天使的无私奉献，让我们的心灵得到了一次洗礼与升华！留学英国的嘉先生表示：我在英国看到祖国的白衣天使在与病魔搏斗，非常感动！下个月我将回到祖国，与全国医护工作者站在一起，共同对抗病魔。

这是一个真实的故事：武汉一位姓董的电工，他的女儿小倩在广州当护士。几天前，小倩很紧张，给他打了一个电话：她刚刚帮一位病人量过体温，病人的症状有点像非典，她感到害怕。父亲听女儿这么一说，心里急了，对着女儿说：明天你要是不回来，就别怪老爸不理你哦！你不听话，以后也别回来了。但是，女儿最终没有听他的，她很害怕，但她还是选择了留下来。父亲后悔了，他打来热线电话，一个劲地要接线员转达，他要向广州当护士的女儿小倩道歉。他动情地说：现在想起来真不该对小倩说那些话，我非常希望她能听到我的道歉，对不起，小倩，我和你妈都尊重你的选择，希望你专心投入抗击非典的工作。

一位母亲从花都来广州看女儿，女儿潘丽丽是广东省中医院骨一科的护士，3月8日她进了ICU重症监护室。非典病魔在她身边如影相随，同一天，她的同事上午倒下一个，下午又倒下一个，最后连护士长也倒下了。一个危重病人上呼吸机时，潘丽丽一个人抓着她的手说："阿姨，没事的，会好起来的。"病人已经昏迷，她的眼角却溢出了泪水。最后病人还是走了。潘丽丽害怕了，母亲一直陪着她，她把实情告诉了母亲，并求她回去，她担心自己染上了非典会传给母亲。母亲说，如果你有事了，我活在世上有什么意思。我不走，我要照顾你。女儿跪下了，泪流满面，她说，你这样会影响我的工作！母亲痛哭着离开了自己的女儿，在家每天都给女儿发一条短信。每次看到母亲的短信，潘丽丽都有一种想哭的感觉。有一条短信她一直保留着："伊美在打仗，我女儿也在打仗，她不用飞机和大炮也能打胜仗，因为她是我的女儿！"母亲的关怀成了她的精神支柱。4月9日出ICU，4月28日她又进了隔离病区。这一次，她没有告诉母亲。——这是晚会播出的一个新闻片段。

（十七年后，潘丽丽接到医院打来的电话，"明天出发去湖北，有没有问题？"潘丽丽马上回答："没问题。"尽管当时家里有事，她还是马上收拾行李，连夜赶往花都，又一次向母亲辞行。与十七年前不同的是，作为护士长，她在与母亲告别前，先要与自己的一双儿女告别。她的母亲在深夜等到女儿回来了，听她说要去湖北荆州，又一次伤心地哭了……）

热线电话中，医护人员的家属打来的很多很多，他们比谁都更关注、比谁的心情都更复杂，但他们的表现比谁都更坚决。

两位上海老人给他们的女儿——一位护理部主任打来电话说：你是我们的女儿，你选择了护理，你就要做勇敢的人。护理重症病人是护士的职责，你不但要勇敢，还要认真。他们七十六岁了，正是需要儿女照顾的时期。

甘肃一位先生来电（他不肯留姓名）：今天是他与正在兰州第一医院抗非典第一线的妻子结婚一周年的纪念日，他要默默地为她祝福。

一位姓高的先生，他的女朋友在南方医院急诊科，一直奋战在抗非典第一线。他在电话中说：我们已经一个多月没有见面了。在这个特别的节日，他要为她祝福。他含着泪说："我永远爱她！"揪心的牵挂，漫长的担忧，都在这一声爱的表达中包含。

江苏张先生的爱人是个护士长，也在抗非典第一线，已经十五天没有回家了，他也十分地挂念她。

深圳南山区公务员张先生的太太是位护士，正在东浦区抗非典一线。他们结婚不到一年，已经分离二十多天了，她年纪小，他非常担心，希望她能好好照顾自己。

一位姓郑的先生说：我女朋友工作在抗击非典第一线，我尊重她的决定，保证不会把这个消息告诉她的父母。希望她能早日平安归来……告诉她，我很爱她……要多多保重！

河南南阳县卫生防疫站张云生是一名防疫战士。他的妻子与她的同伴在病房抗击非典，不幸被感染，正在与死神搏斗。而他与同事也在日夜奋战，哪里有情况就往哪里赶。他表示：我们愿意用生命与热血换取全国人民的健康！

一位母亲说：我的女儿正在卫校读书，希望她学习进步，成为你们合格的接班人。

广州胸科医院的何小姐来电说：我感谢父母对我和姐姐的培养，是他们使我们都成为了一名光荣的白衣天使。

广州的王远航在电话里感慨地说：以前一直觉得英雄很遥远，当疾病离我们这么近的时候，才发现真正的英雄就在我们身边！

一位乡村教师来电说：一位高三同学在报考志愿时填选了护士，她本来害怕白色的，她这样做是因为被这一职业的神圣和崇高所打动！

汕头私营企业主冯先生一直想要做点什么，于是，他想到了献血。他说，我深知医护人员现在的身心压力，我带头献血，又组织职工去献血，想表达一点我对医护人员工作的支持。

在偏僻的贵州乡村，一位乡干部不因自己远离疫区、不因家贫就缺失爱心，他动情地说，我们在偏僻的乡村也一样支持和关心抗非典的白衣天使。

一位农民边看边流泪，对一线抗击非典的医务人员，觉得无法用言语来表达自己的敬意，他说，他们是中华民族的骄傲！

吴峰是叶欣护士长的家乡人，他来电说：叶欣护士长是家乡人民的骄傲。我为家乡人民培养了这样一位在抗非典战斗中献出宝贵生命的英雄儿女骄傲！家乡人民永远怀念她！

张先生是深圳市中心医院的营养师，抗击非典牺牲的救护车司机范信德是他相识的朋友，他说：范信德离我们远去了，我想通过你们问候他的妻子、中山二院营养师余大姐，望她保重身体。

广州打工的刘先生心中有很多话想说，又不知从何说起。他说：知道叶欣护士的事迹后，感触很多，请你们转告叶欣的母亲，叶欣虽然走了，但还有千千万万的青年都是您的好儿女。

深圳的刘惠看到医护人员那样细心地照料病人，忍不住流下了眼泪。她更坚定了自己当医生的决心。

东莞的顾先生是一名保安，工资很低，但他表示要尽自己的一点力为医务人员捐款。

深圳王先生留下自己的手机号码，他很关心《护士长日记》中那个九岁的男孩，很想知道他现在的病情。他说：如果他有什么困难的话，我愿捐献财物，贡献我的一份力量。

一位观众写来了一首诗，表达他对白衣天使的无限祝福：如果一滴水代表一个祝福，我送你一个东海；如果一颗星代表一份幸福，我送你一条银河；如果一棵树代表一份思念，我送你一片森林。

伟大往往孕育于平凡，英勇在于战胜胆怯。当人们一步步走过这场灾难时，大家有了新的目光看待周围的一切。人们都在这场灾难面前有了改变。

在这场看不见硝烟的战争中，医护人员并非孤军作战。从中央到地方的各级领导、新闻媒体、部队、公安交警……各行各业都在支援着他们。奉献激发了奉献的愿望，许许多多的志愿者也涌现出来，他们要求去一线做义工。北京一家公司的总经理，就抛下自己的公司，去隔离病区当了一名清洁工。在热线中，表达这一心声的人一个接着一个——

深圳孙向东留下自己的电话，她说：我只是一个最平凡的打工妹，但我觉得自己的身体很健康，如果有需要的话，我希望能为抗击非典做点贡献。在医院里搞搞卫生、送送饭，我也愿意去做，我渴望你们给我一个机会。

王先生来电：我太太是一名护士。虽然她不在第一线，如果工作需要，我会支持她奋战在抗击非典第一线。

广州谭先生留下了自己的手机号码，说自己想为不能回家的医务人员拍一些家人的相片或录像，当天即送到医院交给医务人员。

一位姓熊的小姐留下手机号码，她说：我是一个发型师，我想为非典患者、医务人员剪头发，为他们设计一个漂亮的发型，让他们能过与平常人一样的生活。我不怕被传染，我愿意为他们付出！

沂蒙山区杨龙说：我希望通过你们转达我的诚意，我愿意当志愿者，去照顾非典病人。盼尽快给我回复。

武汉市长江路工人新村62号魏汉东来电：我是一名退伍老军人，六十岁，我希望钟南山院士保重身体，不仅是为他自己，而是为十三亿人民。我很关注他的健康。我有一个要求，就是要求到一线义务照顾护理病人，一般地方我不去，我选择到广东病区，保护祖国的南大门，请一定满足我这个要求！

广东潮州林汉雄说：我是一名司机，如果可以，我愿无偿地为医院开救护车，作为我对抗非典的支持。

一位下岗职工说：我虽不懂医术，但有一颗爱心，如果有需要，不管是扫地、清理垃圾，我将不计报酬，到祖国任何一个地方去。

深夜是多么宁静
晚风是多么凉爽
是谁呀用那温暖的双手
轻轻地抚摸他紧皱的眉头
按住了疼痛的伤口
啊，是你呀
我们亲爱的护士
值班在病房我们亲爱的护士
她有伟大的理想
盼望着英勇的战士
重新向高空飞翔……

舞台上《白衣姑娘》的歌又一次唱响，纪念南丁格尔的这一天，也是纪念全世界护士的一天。

听一听非典感染者、治愈者打来的电话，就明白为什么护士这一个群体被人们称为“白衣天使”，为什么说她们是新时代的南丁格尔——

黄小姐说：我在生病时见不到亲人，是她们给予我姐姐一样的关心，我在病房犹如生活在大家庭般温暖。我感激她们！

广州陈小姐说：我是一名非典康复者，我衷心感谢胸科医院心理科廖主任。他总是面带微笑地看我们，他的笑容给我带来了很大的帮助。廖主任，请注意身体！

一位激动得忘记留名的康复者，他动情地说：我曾躺在床上，亲眼目睹了为抢救患者而倒下的医务人员，他们倒下一个，又换上一批。他们的付出赢来了抗非典的成果。我要向曾经抢救过我的医生、护士致敬！谢谢你们！

深圳东福医院一位非典病人说：我虽然是一名非典病人，但有信心，自己一定能很快康复。因为我有全国人民的关心，有白衣天使们细心的照料。

北京张文忠说：我是一名救护车司机，在前段时间的救护工作中不慎染上非典，现在正在接受隔离治疗。我衷心地希望一线医护人员在抢救别人的同时要照顾好自己，争取早日战胜非典，早日与家人团聚。

正在抗击非典一线的医护人员，无不为这爱的潮涌而感动！为突然呈现出的一切温暖的东西而感动——

广州市第二人民医院一位护士长说：从前，我老认为自己的工作没什么，现在才发现它是这么重要，甚至有可能面对生与死。我希望全体医护人员多注意身体，更好地投入工作。

广州医学院第一附属医院呼研所一位护士来电：我在住院期间得到了众多姐妹的照顾和支持，谢谢你们！衷心感谢社会各界在抗非典过程中送来的礼品和保健药品。正是有了这些朋友的支持，才使我重新回到了工作岗位上。

广州军区 157 医院全体护士来电：我们已被隔离，看到节目，知道了外界对我们的关爱。今天是母亲节，我们想对母亲说：母亲节快乐！并祝所有患者早日康复。

广州中医院急症室隔离病区陈护士说：见到我身边的同事这么积极地抗击非典，我受到很大鼓舞，相信我们一定能战胜病魔。

广州第八人民医院林护士说：在过去抗非典的日子里，我为我们医院以及所有一线的医护人员舍生忘死、临危不惧的精神感动。我祝所有医护人员身体健康，早日战胜非典。

北京某医院胸科医生张大夫来电：我现在身体不适，暂时休息。我的爱人还在非典第一线工作。等我身体稍有好转，我一定会回到第一线。

深圳龙岗叶小姐来电：我家三姐妹都是护士，但这次没能上一线，我们感到非常遗憾。看了节目后我流泪了。

谢小姐来电：作为一位医生，我从来没有觉得这么崇高过。社会更加理解了我们，经过医护人员和全社会共同的努力，非典一定会尽早结束。

广东省人民医院传染科护士罗奇玲来电：我在一线工作了 3 个多月，我想借此机会对家人表示感谢，没有他们的支持，我无法撑到现在。

中山大学附属第一医院全体二线护士来电：我们全体在二线的护士在这个特别的节日里，祝愿中山一医一线的医务工作者一路走好，工作之外注意身体，健康才是本钱。我们在二线的工作人员一定干好本职工作，全力支持你们！

广州市胸科医院一线彭医生来电：我的岳母和姐姐都是护士，每当我巡视病房，看到护士们不分日夜照顾病人，真的觉得她们非常辛苦。在此想祝所有的护士节日快乐！希望她们能够保重自己的身体。非典并不可怕，可怕的是人们的恐慌心理。我们有信心战胜非典。

广州市人民医院退休赵护士长来电：看到护士们在为抗击非典而努力，我想起了自己工作时的种种往事。如果需要的话，很希望能够再出来为抗击非典出一份力。

广州部队医院颜护士说：我是一位接受隔离的护士。我愿意为抗击非典奉献一切！为了更好地抗击非典这个病魔，希望护士姐妹们都能快乐过好这个节日。

广东梅州饶小姐说：向战斗在第一线的护士姐妹们问好，山区护士时刻关注着你们，你们的工作深深感动了我们，只要有需要，我们随时可以上抗非前线来支援你们！

一名军医说：我是一名从广州军区抽调到北京支援抗击非典的军医，在危难时刻，总少不了我们军人。我们将努力工作，决不辜负广东人民对我们的期望！

……

51000 多人的留言，如春霖遍及大地。每一个人在这里学会了承担，获得了勇气，让生命的尊严和神圣得到了升华。

一百多年前，弗洛伦斯·南丁格尔勇敢地投入战地伤员的救护工作。夜深人静时，她手持油灯巡房，士兵竟躺在床上亲吻她的投影。她曾说：“在可怕的疾病与死亡之中，我看到人性神圣英勇的升华。”在灾难面前，民族的情感在净化、升华！民族的精神被唤醒，民族的力量在凝聚！

这一夜，无声的旋律在大地回荡，山川河流因此而更加美丽。当我们一步步走过一场灾难时，我们看待周围的一切有了新的目光。

第 三 章

一

2008 年 5 月 6 日是世界哮喘病日。离非典过去已有五年。一切仿佛都走进了人们的记忆。

车水马龙的都市总是一日复一日，像一架巨大的机器，永无休止地运转，不知它的能量与活力来自哪里。

这一天，钟南山有一个面向社会公众的讲座。像往常一样，沉静、稳健、具有学者气质的钟院士出现在公众面前，他仍然是一副自信又平易的样子，他的目光那样深邃、饱含了无数的情愫，脸庞轮廓硬朗，显出一种特有的坚毅。他非典时期白了的头发奇迹般又变黑了。

全世界因为空气污染等原因，人类哮喘病正在呈现上升的趋势。中国哮喘病人也在上升。中国哮喘联盟这一天在全国举办各种形式的宣传活动，作为中华医学会会长，钟南山坚持尽自己的义务，向社会公开举办哮喘病知识讲座。

这是一间不大的礼堂，位于广州医学院附属第一医院医技楼八楼，这也是钟南山的广州呼吸疾病研究所的所在地，位于广州市沿江西路。这里紧挨珠江，历史悠久的爱群大厦隔街相望。周围遍布骑楼，这些老建筑写满了老广州的回忆。东面钢铁的海珠桥，西边欧洲风情的沙面，把现实生活与近代历史现场融成一体。

早晨 8 点不到，可容纳几百人的礼堂已经座无虚席，前来听钟南山关于哮喘病防治讲座的人大都是患者，这里老人和小孩的比例远远超过其他聚集的人群。

钟南山准时到达会场。他走上讲坛，像他作过的无数场报告一样，面对投影仪投射在墙上的图像、图表、数据、文字，他侃侃而谈，手中晃动着电子教棒，红色光点打在画面上，把图像上肺气肿形成时的样子、哮喘病发作与正常时气管被闭锁的形状点出来，让人一目了然。

他说光治哮喘不行，是治标不治本，要同时治疗炎症。这种炎症不是由细菌或病毒感染引起的，是非特异性炎症，只能通过吸入皮质激素才能有效控制。哮喘病通过规范的治疗，是可以临床治愈的。

听讲座的人越来越多，所有机动的折椅派发后仍然不够，后面站了一排人。

一个男孩跟他妈妈说话，引得许多人回头观望，希望母亲能够制止他。母亲不理他的举动适得其反，小孩哭起来了，大声问妈妈为什么不要他了。做妈妈的实在不愿离开。孩子又不听话。怎么办？钟南山并没受到丝毫影响，他一直认真而有条理地讲解着。他说哮喘病预防治疗优于发病治疗，一定要早治才行。

小孩慢慢安静了。听众全神贯注。

谁也没有注意到，钟南山比以前突然瘦了十斤，他是刚从医院出来的。他的甲状腺炎刚刚痊愈。

这一病让他对身体有了更深刻的认识。一直以来，他都认为自己的身体很棒，2003 年抗击非典疫情，工作不分昼夜，当时，他感觉自己的身体有点透支了，但仗着自己"底子好"，并没有太在意。

有一次，他从北京出差回来，半夜 2 点多才休息，本来已经很累，但第二天几个学生来约他打羽毛球，他连着打了两场。凌晨，他在睡梦中突然感觉到心脏不舒服，胸闷，有点呼吸困难。家人连忙把他送进了医院。

他的心脏发生了小面积的心肌梗塞。幸亏发现得早，送医很及时，他接受了心脏支架手术，很快就康复了。后来又出现了心房纤颤。为了像一个正常人那样生活和工作，他宁愿冒极大的风险做了心脏除颤手术。推进手术室那一刻，颇有一些生离死别的味道，他更加体会了身体是何等重要！

心脏手术让他告别了篮球场，不敢轻易做对抗性运动了，但锻炼身体他一直坚持下来了。下午下班后，他快走或跑步二十到二十五分钟，然后做一做双杠、仰卧起坐、单杠运动，一套流程下来大约一小时，每周做三到四次。

二

一面对公众，钟南山仍然精神饱满，讲起话来字正腔圆。

一个小时后，讲座结束，他被电视媒体和患者围住。他脸色蜡黄，深藏的疲惫在脸上无法掩饰。但他没有半点敷衍，一一回答大家的问题，非常认真地为听众答疑解惑。

不知不觉早已超过了原定的时间，接下来他还有另外的安排。工作人员在一旁着急，欲拉钟南山下去。

一个女孩眼看钟南山要走，她又挤不到前面来，就远远地大声问："若是气道狭窄了，对心脏……"

钟南山又站住了，问她是怎样的症状。她说的是自己的父亲。钟南山说："要看病人才知道。"她的父亲就在另一边高声回应："我在这——"他喘着气挤到了前面。

钟南山耐心等他挤过来，转身去询问他的病情……半个小时过去了，他仍然在认真地回答问题，其耐心非一般人所具有。

钟南山好不容易走下讲台，又被电视台记者围住了，就世界哮喘病日，记者向他连珠炮一样地提问。他走两步就被截住，走走停停。而在他的办公室已经有人等着他了。另一边的小会议室，各家报社的文字和摄影记者十几个人也已经恭候多时。下午还有他的门诊。

等到钟院士坐下来接受我的专访，上午剩下的时间已经不多了。他中午休息的时间也被我占了。

我们从他的身体聊到养生。他认为最好的医生是自己。能够影响健康的因素，总的来说分为内因和外因。遗传是内因，它所起的作用大概占了15%。社会环境、自然环境、医疗条件和生活方式都属于外因，其中生活方式所产生的影响占的比例最大，达到65%。而生活方式与其他影响因素最大的区别在于，它是唯一可以由我们自己选择的因素，我们可以控制它、改变它，从而让自己生活得更健康。因此，通向健康、延缓衰老的道路，第一步就应该从选择健康的生活方式做起。

他侃侃而谈，思维极其清晰，仍然不见倦意。

他认为，在所有"健康基石"中，心理平衡是最重要的，也是很多成功人士最难做到的。有一位著名的医学家曾经说过："在所有对健康不利的因素中，最能使人短命的是不良情绪和恶劣的心境。这些情绪包括了忧虑、惧怕、贪求、怯懦、愤怒……"

要达到心理平衡，还有一条很重要，就是要善于对待挫折。人的一生中不可能没有挫折，但他相信一句话："祸兮福之所倚，福兮祸之所伏。"这其实就是要我们学会辩证地看待人生的挫折。

一个如此成功的人专门讲起了挫折，让人有些意外。他讲挫折似乎深有体会，在我还不了解他的人生经历时，以为他不过泛泛而谈，并不信服。随着对他的深入了解，才知道他人生的每个阶段几乎都由挫折铸就。挫折就是他成功的台阶。再一想，似乎成功者都与挫折关系很深。这是社会因素，还是人性的因素，或者是命运的因素？

所以，他谈的是要学会快乐地生活。他说：人得学会享受生活中的“快乐”。我们要掌握三种快乐的方法。一是知足常乐。我们生活要有目标，并且执著地追求这个目标，但这并不代表要对自己苛求。因此，应该将目标设定在自己可达到的范围内，更要欣赏自己已经取得的成就，学会肯定自己。

二是自得其乐。孔子有一句话：“知之者不如好之者，好之者不如乐之者。”他自己的理解是：对于同一份工作，业务能力强的人不如喜欢这份工作的人，喜欢、爱好这份工作的人又比不上能够陶醉于工作中的人。因此，如果我们能沉浸在生活中、工作中，那么我们就能忘却周围很多的烦恼，陶醉在自己的快乐世界当中。

三是助人为乐。喜欢帮助别人的人总能收获好的人缘，人缘好，与周围的人相处愉快，心情当然比孤独的人要畅快得多。

三

钟南山的办公室摆了两张桌子，柜子里放满了书和资料，沙发一放，二十平方的空间显得狭窄，办公用具既廉价又老旧。

窗台摆放了几张照片，都是他自己的，最突出的是他体育锻炼的照片。他极有体育天赋，从事体育或者医学，他只能二者选一。学医后告别了体坛，他的体育天赋得不到发挥，这些照片也许反映出一种遗憾、留念与补偿的复杂心理吧。还有和别人的合影，其中一张是与胡锦涛总书记的合影。有一张是钟南山非典时期的照片。

他说话时爱用手势来表达感情，双手在胸前晃动，有时散开五指梳梳倒向脑后的头发。总是不断有人来找他，他也总是一一回应。

与他面对面，聊开了，我问他：“你觉得自己是个怎样的人?”

他答：“我是一个永远有个追求目标的人，感情比较脆弱，很情绪化，有时也有些消沉。不喜欢参加社会活动。这次奥运火炬接力，安排我到云南传递，我虽然出身运动员，一生都爱好打篮球，但花费那么多时间我不愿意。”

他成名了，对名利却看得这么淡。他身上表现了典型的广东人性格——一个实在的人，一个干实事的人。

我再问：“你对自己人生满不满意?”

他答：“我最不满意的是对自己的健康注意太晚了，长期胆固醇高，母亲那支血脉有冠心病家族史，心肌梗死。我最满意的是，终于做到了一个人对社会有一点贡献，我履行了这句话，没有白活。”

他竟然认为自己的身体不好。

也许是谈到身体，谈到了非典时自己的种种遭遇，那样的经历过去五年了，他依然无法淡忘，有些黯然神伤。在呼研所这个小小房间，第一次，我看到了一个英雄脆弱、敏感的一面。我明白，每个人终归是一个个体，在面对纷纭社会与永恒的自然世界时，任何个人都会有孤独与无助的时候。难的是他能不断超越自己，在困境中谱写出强者之音。

这才是一个真实的钟南山，刚强从柔弱中诞生。而这一切源自他对人、对生命的尊重！

他在当年两会期间关于医改的发言是

我所关心的。他是全国人大代表，在广东团讨论时，他第一个发了言。他要履行一个人大代表的义务，为广大群众的利益进言。

医改是个事关全民的大问题，作为医生更是关心。

钟南山对看病难、看病贵而正在进行的医改，反思了很长时间，他认为医改不是一个部门所能解决的问题，不只是投入一些钱、建立一个制度的问题，不只是治病救人，医改也不全是社会的减震器，而是要从造就一个健康民族的高度来对待。

他说，首先是思想层面上的认识，一是要解决疾病，二是健康，三是预防。

第二，我们搞了十几个医疗方案，都谈到怎么改，谈到社区医疗，但没有涉及谁来改。它牵涉到多个部门，不是哪一个部门可以做到的事情，要有一个大卫生的概念，需要各个部门形成合力，医保也要合起来考虑才行。

第三是重点在社区，但没解决好人的问题。社区、农村医疗站，需要培养下得去、留得住的人才，为此，就要解决好待遇和环境的问题。现在我们的医科大学指导思想与业务培养，都是为大医院培养的，对卫生预防、公共卫生则涉及太少。是不是可以像师范院校那样，可以考虑免学费，再在大医院轮转两年，由政府、大医院负责，培养一批有能力能留在基层工作的医学人才。

解决人的问题，这是医改的关键……

四

钟南山有一句名言：看病只看病情，不看背景。他坚持三个一样：高干平民，有钱无钱，城市农村，一样的热情耐心，一样的无微不至，一样的负责到底。

他认为一个医生面对病人，眼里就应该只有病人，其他一切置于脑后，病人是无贵贱的。他甚至认为，医生这个职业，救人于痛苦危难之时，不可能是八小时工作制，如果硬在八小时之外划上一条线，那不是一个合格的医生，更不是一个好医生。

钟南山是这样说的，更是这样做的。这是他为人做事的本色，几十年都没有变过。

每周三上午钟南山去病房查房，从1992年至今他都没有中断过。他主要看一些在诊断和治疗上有困难的疑难病人，解决一些没有解决的难题。查房时，主任医师、主治医生、护士长、护士、学生，都会跟着他。

每周四下午，是他开设专家门诊的时间。没有特殊情况，他会在下午2点准时出现在广州医科大学附属第一医院门诊三楼1号诊室，问诊全国各地慕名而来的患者。他们通过专家热线预约，提交病例后由钟南山的助手们筛选，紧急的病患有可能得到优先安排，能得到钟南山至少半小时一对一的诊治。由于找他看病的人太多，病人平均要等三到六个月。

钟南山查房时，总是喜欢坐在病人身边细心听病人说话，拉着病人的手询问病情。有的病人身上散发出异味，有的病人病得很重，他都无所顾忌。

开设专家门诊的时候，他总是提前半个小时到诊室，而他的研究生则要提前一个小时做准备。冬天的时候，他先搓暖自己的手，生怕冷手让病人不舒服。

钟南山一进门诊室就亢奋，患者越多

他越拼命。为了病人在候诊时不用那么累，他想了一个办法，他在诊室摆了几张诊台，患者坐满诊台，先由他带的博士生记录病史、病情，测量血压，他一个诊台一个诊台往下诊治。患者坐着，他自己走动，这样既照顾了病人，又提高了效率。

下午门诊时间是2点30分，钟南山从2点开始，一直要干到晚上8点。钟南山的工作让他的妻子和他的研究生形成了一个习惯，李少芬每到这天晚上21点，就准时提着一个保温瓶，里面装着她煮的饭菜，送到钟南山的面前。而他的研究生、助手和护士则要做好推迟吃饭的准备。

他告诉自己的学生，慕名来挂号的病人，都是排了几个星期的队才等到机会的，他们肯定都是长时间被病痛折磨得很苦的人。他们说话有时语无伦次，有的是紧张，有的是惊慌，我们一定要体贴他们。他在开处方时，总是先了解一下患者的经济承受能力，思考再三，找到价钱不贵疗效又好的药，才肯下笔开方。

钟南山当了院士，当了广州医学院的院长，百忙中还坚持到医疗第一线，他说："不管是院士还是院长，我首先是个医生。""只有到医疗第一线，我才能体会医生的喜怒哀乐，才能知道群众在想什么，有什么问题要解决，以便作出符合实际的决策。同时，也只有到了第一线才能找到临床上最需要解决的问题，也就是科研的灵感要从实践中来。"一个医学家离开了病人，就像农民离开了土地，渔民离开了江河。

他自认是"临床医学家"，门诊发现的疑难病症，他会当作学术挑战，回到实验室攻关。在他心中，疑难病症是课题。"实践医学就是一边实践，一边科研，不能只是搞研究，最重要的还是解决病人的问题。"他担任呼研所所长，没多久就证明了"隐匿型哮喘"的观点，首次在国内提出中国慢阻肺患者基础能耗校正公式。

"隐匿型哮喘"的概念就来自病人。钟南山从大量病人中发现，南方不少患者反复咳嗽，各种抗生素对他们没有什么作用。他思考，这种原因不明的顽固性咳嗽有什么办法对付吗？他先从气道高反应性入手，它作为支气管炎哮喘的一个指标，到底起什么作用？与哮喘有无密切的关系？

他找到两所中学进行气道反应性普查，发现了气道高反应性越重，新发哮喘的可能性越大，而哮喘症状消失时，气道高反应性减弱。他又从普查观察指标中发现，达到一个数值，尽管接受调查者没有哮喘病，但两年后有高达45%的人会发生哮喘。通过检测，是可以把这部分隐藏的"亚病人"查出来的，在发病之前进行治疗，便可以明显提高哮喘治愈率。

钟南山想到国外尚未被医学界承认的"隐匿型哮喘"概念，他提笔写出了论文《无症状的气道高反应性提示有隐匿型哮喘吗?》。论文完善了"隐匿型哮喘"概念，在美国著名的胸腔杂志 *Chest* 发表后，得到了医学界的认可。美国胸腔协会还授予他"特别委员"称号。

而治疗慢阻肺（慢性阻塞性肺疾病）则是从病人肺源性心脏病及急性呼吸衰竭的原因探究开始的。他用猪来实验，通过解剖活猪，找出了缺氧和肺动脉之间的关系、肺动脉高压的原因，弄清楚发病机制与原理，又研究用营养疗法治疗肺心病患者和急性呼吸衰竭患者，制定出中国人的基础耗能校正公式，并研制出了一种高营养素优特力生。他还从流行病学证实了生物燃料可引起慢阻肺，发现了两种有效治疗慢阻肺的老药。

一生行医，钟南山更加理解人了，越深入奇迹般的人体，越是惊叹生命的伟大，越是懂得活着的珍贵。人的身体就是一个神奇的世界，深藏着无穷无尽的奥秘。对疾病的探寻，既可以用西医的微观——细胞、微生物，也可以用中医的宏观——整体观念与辩证论治，中西医不同的认识论与方法论，都在人体上得到了验证。在他的眼里没有病人，疾病只是一个个为他设置的难题，需要他去答题。答对了，他就无比开心。

钟南山中西医并重，他既有病理分析，也运用中医培养出的悟性来诊断。他诊断支气管扩张咳血，会突然想到子宫淤血或恶露流注，或者子宫内膜异位，也许是子宫内的种种原因导致了支气管扩张咳血。如果是这样，对病人消炎药是无效的。这样的病因靠的不是西医的诊断，而是中医的悟性，是对人与自然一体奥秘的发现。咳血的病，钟南山却问来不来月经，完全是南辕北辙。

有一次，一位八十多岁的老太太来看病，她的肺叶底下，两边阴影就像一对打开的翅膀。钟南山看到这样特殊的病例陷入了沉思。他中医的思维打开了，最终从食管反流找到了病因，患者得的是机化性肺炎。一般的肺炎药对她无用。

广州市邮局有一位叫阿琼的女工，气喘了一年多时间，经常咳嗽，吃药也没有用，而且病情越来越严重。她来找钟南山。钟南山给她做哮喘检查，结果呈阳性，按一般情况，既然诊断明确，接下来开药就是了。钟南山却仍不放心，凭感觉，阿琼的病与哮喘病症状似乎略有不同，隐藏着另外的症状。但究竟是不是这样，是什么病症，他也没有把握。钟南山建议阿琼留院观察一段时间。

钟南山仔细观察她的病状，从最细微的特征里寻找问题。病情终究躲不过有心人的眼睛，钟南山认为她的气管长有肿瘤！为了确诊，他亲自给阿琼做了纤维支气管镜检查，果然得到了证实。手术开始了，跟钟南山一起做手术的医生都被阿琼隐藏得很好的肿瘤惊呆了。这个肿瘤已经占据了她气管的五分之四了，多危险呵！

还有一个顽固性咳嗽患者，四处问诊，药吃了不少，总是不见疗效，病人痛苦不堪。来呼研所后，初疑为肺癌。钟南山用纤支镜检查患者，仔细观察，他在患者右支气管中取出几粒鸡骨，可谓手到病除，彻底治愈了困扰病人多年的顽疾。他由此开创了国内纤支镜用于钳取气管内异物的先河。从这一病例入手，钟南山展开研究，写出了一篇高质量的论文。

有个病人从湛江开车来找钟南山，担心他会拒绝，急着要请他吃饭，送他红包。钟南山理解他的心情，饭不吃，红包不要，挤出时间给他看病。

华南理工大学一位学生出国留学时感觉身体不舒服，到医院检查，结果不排除患上了肿瘤。为了放心出国，他也找到了钟南山。钟南山急人之所急，认真看了他拍的片，断定不是肿瘤，要他放心出国。

有的病人久治不愈，钟南山几乎成了他们唯一的希望、支撑下去的信心。一位潮州农村来的病人，住进了呼研所病房，为的就是找钟南山看病。他病得不轻，反复咳血，心里很悲观，只求见一见钟院士。他进院时，钟南山出差在外，病人极度失望，觉得自己没救了。这样的心理对于治疗是非常不利的。为了防止他的病情恶化，医院不得不跟钟南山联系。

钟南山知道情况后，决定提前回来。他从机场出来，连家也不回就直奔病房。潮州病人的病拖得太久，又有沉重的心理负担，诊断起来十分困难，为了查找病因，钟南山先后为他主持了七次会诊。

找出病因后，钟南山又要去北京开会了，他不放心，走的时候特地去看望病人。病人的脸色已经红润了许多，钟南山拉着病人的手，再次询问了治疗的问题，他带着歉意说："我已经为你制定好了手术方案，但北京有个会催我去开……"病人已经完全恢复了信心，他不等钟南山说完，就手一挥，说你放心去开吧，我相信你的学生能做好手术。他们像老朋友一样握手道别。

在北京钟南山仍然心里挂念着他，两天就要打个电话，询问情况。手术很成功，钟南山回到广州就直接去病房看他，像老朋友相见，两双手紧紧握在一起，潮州老汉老泪纵横。

钟南山也有不耐烦的时候。有一位廖姓病人，已找钟南山看过很多次病了，每次见到钟南山都说自己一点也没好。有一次，他又这样说，钟南山一时心烦，就随口说了一句："你来这里一点效果也没有的话，以后就不要来了。"

看到病人脸上失望与尴尬的表情，钟南山知道自己说重了。他很后悔说了这样的话。他深深体会到一个医生的话对病人有多么重要。一个医生如果对病人说"我没有办法"，这是对病人最大的打击！

钟南山后来在自我反省时想到，如果病人一点也没好，又怎么会三番五次地来找自己，冲着自己来呢，他是信任我，而我却没有去信任他。从此以后，钟南山给自己立了一个誓言——永远也不说这样的话了。

作为一个仁厚长者，钟南山总是和风细雨，他给人的永远是一张平和亲切的脸，生活中的酸甜苦辣在内心都被化解掉了。但他也有血性的一面，遇到不平事，他还有一副侠义心肠。

有一次，钟南山给一个病人看过病后，要求患者住院治疗。这个病人办理住院手续时，因没带够住院押金，住院部没有立即收留。钟南山知道了，他发怒了，自己跑去据理力争，直到患者终于办好手续住进医院。他的一个女博士生说："如果那天没有办妥，他会马上掏出钱来帮患者办入院手续的。"

第四章

一

钟山葱秀，扬子江日夜奔流。这片弥漫着秀丽和霸气的山河，既是"钟山风雨起苍黄"之地，又是"金陵王气黯然收"的地方，历史的风云在此激荡。

钟山之下，现代史的帷幕也在此拉开。

从美国辛辛那提大学医学院学习病毒学回国，钟世藩选择了这座既古老又现代的城市，走进了钟山南麓的南京中央医院，担任这家医院的儿科主任。他谢绝了美国人的挽留，想着回国干一番事业。

钟山月辉下，他和思念已久的廖月琴走到了一起。同是来自厦门鼓浪屿，同是在协和学医，廖月琴学习护理专业成长为一名高级护理。两人开始了互不辜负的人生。

1936年10月20日，钟南山在南京中央医院出生。廖月琴让丈夫给孩子取名。钟世藩想到儿子出生地在钟山的南面，就取了个钟南山的名字。

钟南山生逢乱世，国难当头。第二年卢沟桥事变。很快就爆发了淞沪会战，南京成为日军轰炸的目标。钟南山出生数月就身处险境。

大轰炸时时发生，有时来不及躲。那一天，钟世藩上班去了，警报时间匆促，要跑到山上去躲来不及了。廖月琴和母亲跑出房子来观看飞机动向，就在这时，一颗炸弹把他们家的房屋炸塌了。钟南山还在房子里面，他被埋在一片废墟之下。

廖月琴号啕大哭。她与母亲拼命搬开砖瓦，往下面挖人。儿子躺在摇篮里，身上落了厚厚的一层尘土，脸变成灰黑色，面色发紫。廖月琴赶紧把他抱出来。好长时间钟南山都不知道哭。

失去了家还差点失去儿子，南京的生活从此进入了一场噩梦。夫妻俩深刻体会了什么叫“覆巢之下焉有完卵”。

淞沪会战之后，国民政府决定中央机关内迁。钟家开始了一段颠沛流离的生涯。他们在日军飞机不断骚扰之下一路西行，先从南京乘船到了武汉，走陆路到长沙，后又辗转来到了贵阳。

这次生死大难钟南山听外婆和父母多次说起，但这不属于他的记忆。颠沛流离同样是他的人生，他却并无感受。所幸的是父母都是医生，在乱世尚有一技之长，生活比起普通老百姓要好一些。但灾黎遍地之下，全家一顿饭能有一片酱豆腐已是难得。

他们一家在贵阳安了家。没有多久，战火又延烧到了这里。南京的家已经片瓦无存，贵阳同样遭遇不幸。1943年，钟家再次遭遇空袭，刚安顿下来的家又被炸成了废墟。好在那天，他们全家一起去公园玩，躲过了一劫。好不容易置下的家具又被埋进了瓦砾，连最宝贵的医书也付之一炬，伤心人已欲哭无泪。

抗战胜利第二年，钟家随医院从贵阳迁往广州。钟世藩是医院院长，全家坐一辆救护车，经八天八夜长途奔波，到达广州。沿途在各种客栈住宿，全是虱子臭虫大战。钟家有一样奢侈品——美国的DDT，用它全身喷洒，防蚊防臭虫。但时效一过，蚊子臭虫咬得人无法入眠。两岁的妹妹小黔君天不亮就被咬得啼哭不已。

八个日夜苦战，一天上午，救护车开进了广州城。

钟南山看到了珠江，珠江北岸高高的爱群大厦是一座欧式建筑，异域之风扑面而来。海珠桥，钢铁巨制，横卧珠江。沙面红色坡屋顶的洋楼，在榕树丛中隐约可见。想不到二十多年后，他工作的呼研所就在旁边，上下班直至今日。

那时，他满心欢喜，至今记忆犹新。这座大城市被战争破坏的程度不如贵阳。从战火毁坏城市来的人，看到广州有如天堂。他与广州的缘分从此开始。

钟家住进了国民党广州市政府分配的独栋独院小楼。钟世藩任广州中央医院院长兼儿科主任、岭南大学医学院儿科教授。后来院系调整，担任中山医学院儿科主任。从此，他潜心学术，开始乙型脑炎病毒的培养和分离研究。

钟世藩对病毒的兴趣早年留学美国就开始了，那时正是病毒学发轫之初，他进修了病毒学，并且发现了细菌在繁殖活跃时期，细菌有保护病毒活力的作用。这个发现得到了美国多位病毒学家的肯定与高度评价，他的这一研究论文发表在权威的传染病杂志上。他同时还发现了乙脑病毒可在小白鼠胎中繁殖，小白鼠鼠胎可以分离出乙脑病毒。于是，在上世纪五十年代，钟世藩建立起了中山医学院儿科病毒实验室。这是全国最早一批创办的临床病毒实验室。他除了从事病毒研究，还开始培养病毒学研究生。他的科研题目是小鼠胚胎培养病毒与研究。

没有科研经费，钟世藩就用自己的薪水买来小白鼠，后来又找来电磁铁，在书房里做起了实验。他要用电磁场切割病毒液体，使病毒发生变化，从而达到杀灭病毒的目的。

有客来寻，问询钟家地址，街坊都说闻见老鼠味即到。

钟南山放学回家，喜欢到父亲的书房里逗弄小白鼠。钟世藩有意让儿子多接触，熟悉小白鼠的习性、生理和机能，对于学医，这会有很多好处。

父亲与钟南山商量，要他帮忙照看小白鼠。钟南山很乐意接受了这个任务，他成了业余饲养员。尽管老鼠窝散发出难闻的气味，钟南山却不以为意。他开始了解了一些基本的医学、医疗知识。他的耐心、责任心、观察力也在不断增强。

钟南山进入了他快乐的少年时期。与贵阳相比，广州生活大不相同。他能看到美国电影、香港电影。他能吃到很多南国佳果。很多没有见过的外国商品，巧克力、香肠、面包……他痴迷于武侠片，曾撑伞跳楼，他想象自己像侠客一样飞越。那天，趁家里无人，他拿了一把大伞，推窗一跃。手中的伞反转过去，他直直从三楼掉到了地上，昏了过去。醒来话也说不了，一个小时不能动弹。

但他仍然执迷不悟，开始弃伞攀竹，从三楼顺着一根竹竿溜到地上，或是抱着墙外落水管下到地面。他的身体春笋似的长高了，又身强力壮，这时，他想到曾经欺负他的那些有钱人家的孩子，他决心报仇雪恨。他公开向一位男同学下了战书，约他在一片树林里决斗。

“仇人”的家长听说要决斗，急忙跑到钟家，告了钟南山一状。父亲问他是不是真的要去决斗，钟南山见隐瞒不了，就坦率承认了。父亲哪里能由着他胡来，坚决不让他出家门。钟南山急了，自己下的战书，临阵怯战，今后怎么做人？他向父亲说理，遭到一顿训斥，他被父亲关了起来。

钟南山厌学，贪玩，留级。

一次作文，他写了身边一个同学真实的故事，老师看了觉得很好，就表扬了他。难得有一个表扬，这极大地鼓舞了他，让他觉得自己也是可以成为一个优秀学生的。

母亲也鼓励他，说只要你好好学习考上了中学，就奖励一部单车。钟南山听了很是兴奋，从此发奋学习，成绩不断上升，真的考上了岭南中学。母亲也坚决兑现了奖励。

钟南山的好胜心从此苏醒了，他不再甘居人后。特别是他体育的天赋，在参加一场场比赛后，成绩一次比一次好，他的竞争意识空前高涨，渐渐养成了不服输的性格。

他最初参加广州市运动会，取得400

米跑第四名的成绩。经过广东田径队业余训练后，参加广东省田径比赛获得400米跑第二名。又代表广东参加全国比赛，在400米跑比赛中获得了第三名。直到读大学，1959年参加第一届全国运动会，他以54.4秒的成绩打破了全国400米栏纪录。田径竞技非常形象地表现了钟南山不安于现状的个性心理。

十九岁这一年，钟南山放弃了去国家队当专业运动员的机会，考取了北京医学院医疗系，子承父业，选择了一辈子治病救人的医生职业。

北医是尖子生聚集的地方，学习优秀者到了这里也成了很普通的一个。强中更有强中手。钟南山面对比自己优秀的人，不服输的劲头又上来了。一定要追上去不可！第二年他又成了班上的尖子生。

钟南山已经成为一个帅小伙子了。那些叽叽喳喳的小女孩也长成了风情万种的美女。情窦初开的年华，是人生最浪漫的时光。钟南山从广州的少年时代，到北京风华正茂的大学时期，他的人生都是一帆风顺，鲜花、掌声、友情、爱情，人生的美好莫过于此。

钟南山在亲戚家认识了国家篮球队队员李少芬，同是老乡，共同的志趣——专业运动员和体育特长生，他们一起训练跨栏跑步，一起打篮球，两个年轻人迅速走近，双双坠入爱河。他们的爱情之花在体育场上绽放了。

这时，钟南山大学期间最大的一次考验来了。钟南山参加全运会选拔赛惨遭淘汰。

如果说全运会选拔赛惨遭淘汰，算得上钟南山的第一个挫折，那么随后遇到的挫折将彻底改变他的人生。如果没有一种顽强不息的钢铁一般的意志，钟南山的人生之路将被改写，从此将消沉下去，直到坠入尘埃深处。

二

1964年底，婚后一年，留校担任过辅导员又在放射医学教研室任教过的钟南山，远远离开了妻子，到山东半岛乳山县下乡，跟农民三同：同吃、同住、同劳动。

这是一个刚恢复建立的县。乳山远远地离开了内陆，伸向了黄海深处，抵达了遥远的山东半岛东南端。它南濒黄海，拥有漫长的海岸，众多的滩涂和海岛。高高的乳山山脉延伸到了南方的大海。这里还是冯德英的长篇小说《苦菜花》的故事发生地。

正值“四清运动”轰轰烈烈进行之时，钟南山过去自豪的知识分子家庭出身转眼已是明日黄花，甚至成为后人的原罪。他意识到必须在政治上靠拢组织，才能有自己的一番事业。离校前他向党组织递交了入党申请书。他表决心，要在农村接受锻炼，在“四清运动”中经受考验。

农村贫困的生活让他感到震惊。农民们一年只有过年了才吃一次肉，一年里能吃两回白面。一年的口粮到3月就吃光了，少数省着吃的人家还能撑到4月。红薯也是稀罕物，家家当宝贝。

钟南山住在一个老乡家里，睡在土炕上。老乡全家挤在一个炕上睡。他睡的是一个不能烧火取暖的土凉炕，到处是虱子，比当年一家人从贵阳到广州住的客栈还要糟糕，起先全身痒，被咬得麻木了，他也能与虱子共存了。美国的DDT已属于遥远世界的奢侈品了。

冬天来了，天寒地冻，他没法入睡，只能穿着棉衣跪在炕上，他个子又高，蜷缩成一团，半夜里把所有能御寒的东西都堆在身上，仍然冻得瑟瑟发抖，只盼着天快点亮。

农活从生疏到熟悉，干得时间长了，他也成了一个老把式，修水利，耙地、锄草，种小麦、玉米、红薯，天天早出晚归。晚上还要开会，清政治、清经济、清组织、清思想，进行社会主义教育。农村则进行清工分、清账目、清仓库和清财物。“四不清”干部面对群众作深刻检讨。开大会的时候，晚上往地下铺一层麦秆就当床睡了。钟南山为了突出个人表现，他不但抢活干，挑担背东西，人家背一筐，他背两筐。

村民对钟南山很好，他们把北京来的人当成是毛主席派来的干部。有好东西老乡都送他，隔老远就跟他打招呼，跟自家人一样。从老乡身上，钟南山获得了淳朴又温厚的情谊。

被虱子天天咬的恶果显现了，钟南山被咬得难受，不停地挠痒，脚踝的皮挠破了，皮破的地方感染化脓，接着肿大，一直肿得像个小汽球，直径达六寸，连鞋子都系不了，鞋带太短了。脚踝肿得连裤子也遮不住了，露在外面，冰天雪地里被冻得僵硬。

出工了，钟南山咬着牙，一颠一拐下地去，他从不缺工。病情再发展下去会得骨髓炎，万一到时要截肢，他将落个终身残疾！钟南山感到害怕了。

从一个曾打破全国400米栏纪录的人变成一个路也走不了的残废人，钟南山心里无法接受。他学医出身，知道问题的严重性。但天天要出工，旷工是很严重的问题。父亲曾经是国民党党员，因政治问题正在经受严格的审查。钟南山这时的表现将影响他一生的前程。在那个年代，一条腿的代价远不能与失去政治上的信任相比。没有政治上的信任，他将遭受全社会所有人的唾弃与侮辱，连人格也将失去。自尊心如此强的钟南山，在侮辱中生存，那才是人生的大灾难，他将无法活下去。

他一直咬牙坚持着。挨到了春节，公社放假十天。村支书同意了钟南山回广州治疗的请求。

陌生的环境，寂寞的日子，单调又艰苦的生活，钟南山都能忍受，但对妻子的思念却不可抑止。他本想回北京，但治病还是回广州好，广州有他的家，父母都是医生，这么短的时间，他得迅速医治好。他把自己的病情写信告诉了父亲，父亲多次来信催促他赶紧回去治疗，他已经拖得太久了。

钟南山虽辛苦干活，但工钱极少，他身上回家的路费都不够。父母的处境也越来越不好。父母著名专家的身份曾经是他的骄傲，现在变成了“反动学术权威”。他不想再给他们添麻烦。他硬着头皮找朋友借钱，朋友看到他如此处境，决定帮助他。

回广州路途遥远，乳山县不通火车，公路也破旧，他要坐汽车翻过马石山、垛鱼顶、老黄山，过乳山河，出威海到莱阳坐火车，再到济南转火车，中途还要再转，来回所花的时间要一个多星期，用来治病的时间根本不够。他不能把时间浪费在路上。最快的路线就是坐火车到郑州，转乘飞机回到广州。

在广州治疗了几天，钟南山伤还没有好带着药又急着往回赶，一瘸一拐上车。母亲目送他进站，尤其不舍，仿佛有什么预感。钟南山回头一望，寒风中，感觉母亲如此弱小，如此孤单。儿子和女儿都远离了她，她把自己的精力放在了肿瘤医院的工作上，工作变成了她全部的寄托。

钟南山按医生的交待换膏药，吃消炎药，自我护理治疗。伤还没有痊愈，他就出工了，仍然是抢着最苦最累的活干。平时热心给村民看病，尊老爱幼，跟大家打成一片，特别是带病坚持劳动，受到当地村民好评。一年后，组织上批准他加入了中国共产党。

钟南山以自己极大的忍耐力得到了组织上的肯定。他以为从此就能得到组织信任了。他坚信只要自己好好表现，出身不好的人也是可以有发展前途的。但是，他想不到更大的灾难还在等着他。

三

两年后，钟南山回到了他朝思暮想的北京。但他并未能与妻子李少芬团聚。几个月前她就离开了北京。

丈夫下乡后就不曾见面，李少芬忍受不了孑然一身的漫漫长日，她要回广东照顾养母和公公婆婆。她从国家队调到了广东女子篮球队，选择了急流勇退。

明知两地分居，李少芬仍然坚持回广东，两人陷入激烈的矛盾，两地书都是彼此在说服在争执。钟南山痛苦不堪。钟南山认可北京，他当年高考志愿填报北医，就是想到首都来发展，这里是干事业最好的平台。他不愿意放弃首都的工作。但无论钟南山怎么劝说，李少芬不为所动，态度坚决。钟南山所说的前途，对一个长期身在乡下从事农业劳动的人，不免有些渺茫。李少芬希望他也回广东。

李少芬有过个人的辉煌。十五岁她就被选入国家篮球队。她任主力队员技术全面，中锋、前锋和后卫她都能打，特别是她的长项中投，投篮准确率极高。远投她习惯双手投篮，到了中近距离就单手起跳来投。她灵活、果断、精准，有一股潇洒和干练的风度。

1958 年，她与队友一起战胜了欧洲劲旅捷克斯洛伐克队。1963 年，在印尼雅加达首届新兴力量运动会开幕式上，她作为中国代表团护旗手，引领代表集体项目的队伍上场。那时国际上东西两大阵营斗争激烈，新兴力量运动会是东方阵营最重要的运动会。李少芬作为中国女篮副队长，随中国队出征，获得了冠军。

1964 年，女篮又获得了匈牙利、法国、罗马尼亚、中国四国篮球邀请赛冠军。随后，获得第三届国际青年友谊运动会女子篮球比赛第四名。

谢晋导演以她们篮球队为原型，拍摄了电影《女篮五号》。漂亮又活泼的女篮姑娘，凄美的爱情，精彩的球技，像一阵清风吹过大江南北，深深吸引了国人。女主角的故事就有她的影子。

法国篮球俱乐部看中了李少芬，要留她做外援，为她开出了很高的转会费。李少芬知道国家队不会放人，最重要的是，她跟钟南山刚结婚，正是两人幸福甜蜜的时光，本来就聚少离多，她怎么舍得他?

但这一次，李少芬打定主意回广东她就不再改变了。她是个敢作敢为的人，钟南山劝说也无效，她认准了就去做了，写申请，办理调动手续。国家队挽留她，打算安排她当教练，她一口谢绝，很快就办妥了手续。

钟南山回到了北京，依然是孤身一人。他想念妻子的时候，就到昔日的篮球场、绿茵场他们一起活动的地方走一走，苦闷的时候吹一吹黑管，吹的还是《莫斯科郊外的晚上》《三套车》《喀秋莎》，同样的旋律，却有了一层幽怨与感伤。

他想到了李少芬十八岁那年到了苏联，那是一个什么还不懂的年龄，她的心里只有篮球。苏联国家级功勋教练对中国女篮进行指导，球队竞技水平大大提高。她也对这个国家留下难忘的印象。多少次，李少芬激动地跟他说起莫斯科的见闻和感受，声音忽高忽低像在朗诵一样。钟南山十分向往苏联，他最喜欢看的小说就是苏联作家奥斯特洛夫斯基的《钢铁是怎样炼成的》、瓦·阿扎耶夫的《远离莫斯科的地方》，保尔·柯察金的名言成了他的座右铭："一个人的一生应该是这样度过的：当他回首往事的时候，他不会因为虚度年华而悔恨，也不会因为碌碌无为而羞耻。"两个人在一起的时候，他们经常谈苏联的体育、文学和音乐，但现在，钟南山只有沉默无语，独自怀念。

学校安排钟南山担任毛泽东思想辅导员。一旦投入新的工作，过去所有的不快都烟云一样散去。正当钟南山慢慢调整心态，适应新的岗位时，一个多月后，一场更大的风暴席卷中国——"文革"开始了。一夜之间，全国山河一片红。

学校停课，校园里贴满了大字报，学生摇身一变成了红卫兵，他们揪住昔日的老师搞"喷气式"批斗，让他们"坐土飞机"。钟南山被划定为地、富、反、坏、右的后代。他的父亲曾是国民党党员，他父亲所在的南京中央医院是国民党的嫡系医院，钟南山是"反动学术权威的狗崽子""国民党反动派、里通外国的阶级敌人的后代"，属黑五类分子，必须接受劳动改造。

钟南山不服气。他申辩：父亲爱国，当年美国留学，在辛辛那提大学医学院取得医学博士学位后，父亲毅然选择了回国；广州解放前夕，国民党中央卫生署副署长朱章庚，多次来家里动员父亲去台湾，父亲不愿离开，说是中国人就得待在这里。父亲把国民党给他留下的十三万美元交给了国家，又向军管会移交了医院的财产清册。钟南山极力表明，他的家庭成分不好，但他是个好人，同样可以积极上进。

对继续劳动，钟南山没有抵制，而是把它当成一个机会——他要以此来证明自己，他是一个积极分子。劳动时他更加努力了，他最早到最晚走，不怕苦不怕累，只害怕人家对他另眼相看。

但是，灾难很快就降临到了他们的家庭。

天气进入炎热的夏季，钟南山总感觉到一丝不安，空气里有种悲凉骚动的气息。

一天，传来噩耗，他的母亲跳楼自杀了！

钟南山的母亲1911年出生，这一年五十五岁。她是一个小商人的女儿，家有三姐妹。她精通英文，又有口才和音乐天赋。钟南山脑海里浮现着母亲的面容，她慈眉善目，总是面带微笑，平日穿着都是最朴素的衣服，逢年过节衣服才带一点花。她一生都在帮助别人，从不直接批评人。家里困难时，她还借钱给别人，让她的一位同学坐上火车去北京读大学。她给钟南山买自行车，鼓励他肯定他，使他获得自信，热爱读书……

母亲自杀带给钟南山强烈的刺激。母亲参与创办了广东省肿瘤医院。在医院，她对病人非常负责。化疗病人身体虚弱，容易被感染，造反派来病房贴毛主席语录，为了保持房间干净卫生，她坚决不让贴。红卫兵恼羞成怒，给她定了一个罪名，绑了出去批斗。她不堪红卫兵和大字报的羞辱，悲愤之下选择了跳楼……

钟南山两年前见过母亲，想不到那次见面竟然就是永诀。如果不是腿伤回家治疗，他会更加悔恨！好好的腿突然就肿大了，好像是天意让他回家。现在，他再无机会见到母亲了！他好不后悔啊！从此母子生死茫茫，阴阳两隔。钟南山痛彻肺腑，却不能哭出声来，不能流露悲伤。同情阶级敌人，就是政治上不能与之划清界限。

钟南山离自己的专业越来越远了，他以前因参加全运会，连临床实习都没有参加，专业只学了三年半。毕业了，只有短暂的工作时间，他就下乡了。回到学校，转眼间一切瘫痪。他和同学们走出了校门，徒步走上了红军长征路，接受革命传统教育。回到学校，进校报当编辑，又当辅导员，当年的理想在渐渐退色、淡忘……

“文革”对家里的冲击还在继续。钟南山的父亲受到批斗，被开除中共党籍，下放去盥洗室洗奶瓶。

李少芬的家也遭到冲击，她被遣送到三水农村劳动，连会议报告都不允许她听了。那时，她和钟南山已经生下了儿子钟惟德。

钟南山的表现学院革委会还算满意。于是，给他安排了一个最光荣的任务——烧锅炉。烧锅炉证明他政审过关了。这是组织对他的信任，给了他一个为人民服务的机会。他可以跟根正苗红的人在一起了，可以跟工人阶级老大哥、贫下中农子弟谈天说地。

锅炉房偏僻，来这里的人稀少。钟南山既然把这里当成自我表现的地方，他就要做到有人无人都一个样。锅炉是“八连通”的大锅炉，烧煤很凶，要不停顿地往炉中加煤。铁铲送煤只是累，每天清理一次炉膛就不那么容易了，要从那个烧得彤红的炉子里把炉渣鼓捣出来，铁钩翻得火星直往上冲，不但温度高，一不小心人还会被烫着烧着。

干了一个星期，钟南山感到体力不支。他知道自己没有打退堂鼓的资格。一个专政对象的后代，艰苦的活他不冲在前，那将会更危险。

偏在这个时候开始献血了，自愿报名献血的人并不多，钟南山赶紧报名。他不放过任何表现的机会。人家献血二百毫升，他献了四百毫升。别人献血按规定准假休息，他放弃了休息。白天献完血，晚上他就来上班了。他还以为自己的身体能撑得住，没想到他的营养不好，身体早已不允许他这样做了。

他拿起铁锹就知道手没有力气，铲一锹煤手抖得厉害。往炉子里抛煤的瞬间，他脑子一眩晕，煤没有抛进炉里，铁锹先砸到了自己，他昏倒在锅炉前。好在离炉膛还有点距离，否则他将被烧死。

一位校工来锅炉房打热水，发现了昏迷的钟南山，他叫来一群“牛鬼蛇神”，把他送到了医院。

钟南山醒来后，晚上再也睡不着了。他想了很多很多，第一次动了回广东的心思。

命运对他依然严酷，就像冬天的寒冰，没有半丝暖意。钟南山又被安排下乡了。这一次去的地方更加寒冷、荒凉。他跟随医疗队下到了河北省承德市宽城满族自治县。大北方的莽莽山川，天高地远，历史上的辽西郡，都山耸峙，冰天雪地。在过一条大河时，他最好的朋友被河水卷走，尸体都没有找到。

1971 年，中央政策有所调整，向全国发出“抓革命，促生产”的号召。北医开始从下派的教师员工中调人回京，把那些表现突出的专业人才安排到教学和科研岗位上。钟南山抱着强烈愿望，希望回到北京，从事教研工作。他写了一份长长的申请书，把自己这些年的表现和思想都作了汇报。许多同事纷纷回到以前的岗位上班了，钟南山什么消息也没有得到。当最后得知还是因为自己的出身问题，组织上没有批准时，钟南山几乎精神崩溃。

祸不单行，刚刚重回篮球队的妻子，在一次比赛中受伤，医生诊断为脑震荡。全家老少全靠她来照顾，广州的家一直由她独力支撑，发生这样的事，家庭立即陷入了困境。

钟南山欲哭无泪！他的理想和事业，他的人生抱负，他对北京首都的热切期望，他这么多年来的苦苦挣扎，全都失去了意义。他初尝失败的滋味，就像炎热的夏天突然袭来冰雪寒风，心里全是寒意。毕业十一年时光，他一无所获，一文不名，自己的专业越来越荒废了，黄金年华付之东流。北京，到了不得不跟它告别的时候了，钟南山一想到广州的家，他就觉得自己亏欠得实在太多了。

夫妻两地分居，他们一年只有一次相见的机会。但什么时候可以见面，能不能见，他们自己都做不了主，得由别人说了算。平时他们之间音讯全无。最痛苦的莫过于短暂相聚后的分离，那是一种天崩地裂的感觉，最坚强的人也忍不住泪流满面。想到终于能够团聚，特别是很快就能见到儿子了，钟南山心里又感到欣慰，盼着早日回去。

四

广东省体工队打算重新组织一个篮球代表队。李少芬在三水农村听到消息，动了重新打篮球的心思。这是她从农村回城的一个机会。家里一岁多的儿子，两家三个年迈的老人，都需要她赡养和照顾。但三十四岁的年龄，重新上场，对篮球运动员来说年龄不算小了。但李少芬感觉自己身体还能胜任。

体工队由广东省军区派出的军管会领导。军人做事雷厉风行，李少芬亮眼的经历和骄人的成绩，是篮球队难得的人才。她很快就上调到球队了。

一次比赛，意外发生，李少芬重重地摔倒了，摔成了脑震荡。军区司令十分爱惜人才，来家里看望她。司令看到只有老人和孩子，就问李少芬爱人去哪里了。李少芬告诉了司令家里的情况。这位姓侯的司令听到他们夫妻长期分居，大嗓门一亮，那怎么行啊！为什么不把他调回来？他当即答应联系调动。

部队调令地方不敢怠慢，北医马上让钟南山回来办理手续。一天办完，钟南山第二天就离开了北京。

带着空空的行囊和一身的创伤，在向着南方开动的火车车厢里，钟南山望着渐渐远去的北京城，似有无限的感怀与惆怅，人生五味杂陈，有如梦境一样。随着楼宇消失在地平线上，他的青春岁月也随之远去了。大片辽阔的土地出现，华北平原绿油油的玉米地在车窗外掠过，他的心又飞向了广州的家。

钟南山显得比实际年龄苍老得多了，

他又黑又瘦，颧骨突出，衣服补丁上再摞补丁，满身疲惫，眼里却还有一股不屈的光……这是他回到广州，出现在父亲和妻子面前时的形象，令人心痛。

晚上，父亲跟钟南山聊了很久。他问钟南山："你今年多大了?"钟南山说："三十五。"父亲轻轻说："哦，三十五岁了，真可怕!"

许多年过去了，这个晚上父亲说的这句话，钟南山从没有忘记过。那是多大的期望，又是多深的失望。三十五岁这一年就成了钟南山人生的一个分水岭，像当年打破全国 400 米栏纪录一样，这一次，他冲刺的是医学事业。他不能沉沦，他还没有到绝境，他还有机会。

钟南山到了一个与家只隔着一条街的单位——第四人民医院，这就是广州医学院第一附属医院的前身，是广州最小、条件最差的医院。钟南山从没有搞过临床，大学只读了三年半，报到第一天，为他去哪个科室，医院领导就很伤脑筋。

钟南山自己想去外科，他想当胸外科医生。外科主任倒是接受，革委会主任觉得一个年龄这么大的人还去搞外科不合适，对临床一窍不通，去哪里都没有用。他想把钟南山安排到医务科当干事，打打杂。好在钟南山在内科有两个朋友，他们出面找主任求情，让他来了内科。

钟南山第一天到内科上班，早会上和同事见面，他自我介绍说："我过去在基础部门工作，临床接触少，一下子来到门诊第一线，预料会碰上难题，到时要请各位不吝指教。"他这时的心情是有些忐忑的。

钟南山走进内科门诊楼层，一切都是这样破旧、简陋，凳子人一坐就吱嘎作响。他又有些失望了。难道这里就是我的事业?三十五岁了，还要跟着别人从头开始学习内科?

钟南山在内科干了三个月，觉得就是开开药单子，没有挑战性。不，我一定要干出点名堂!他想去急诊室，那里遇到的问题多，虽然辛苦却能学到东西。

他调到了急诊室。不久发生了一件事情，因为他的误诊，差一点出了人命。同事讥讽他：钟南山连这点常识都不懂，咳血与呕血都区分不了，还当什么医生，搞什么急诊?

这件事情让他颜面尽失，甚至感到了从没有过的耻辱。他的自尊心受到了极大的伤害。

那一天，急诊室接了一个电话，广州东郊罗岗一个肺结核病人大出血，要马上送来医院。钟南山主动请缨。急诊室主任尤素贞看他很想去，就同意了。

当地卫生院的医生在钟南山到达之前，对病人作了初步诊断和处理。病人曾患过肺结核，所有症状表明他是肺结核大出血。钟南山认为这种情况应该送他去专科医院治疗。他看到病人嘴角有血，做了一般的止血处理，就把病人抬上了救护车，送去广州市越秀区结核病防治所。

走到半路，病人又呕血了，血的颜色呈现黑红色。这个并没有引起钟南山的重视。他给病人补液，注射了止血药。郊区的路不好走，天又下雨，二十多公里的路走了三个小时。把病人送到结核病防治所，钟南山返回医院，已到了下班时间。他跟值班医生交代了接送病人的经过和患者症状就回家了。

第二天上班，钟南山看到同事们都以怪异的眼光看着他。感觉情况有些不对。走进主任室，主任绷着脸，跟他一字一句说："你接的病人是消化道呕血，马上去把他接回来！"

钟南山懵了，他知道这件事情的严重性。他马上赶到结核病防治所，救护车一路拉着警报将奄奄一息的病人接到了医院。病人在急诊室一口接一口呕血。他的血压一路下降，眼看就要降到零了。

钟南山急急忙忙去找外科医生，病人马上要做手术。手术紧急，先输血，打开腹腔切开胃，发现一根鱼刺扎进了胃黏膜的小动脉，正在出血……

病人得救了。钟南山丢人却丢大了。一个医生连呕血与咯血都分不清，就是连最基本的知识都不具备。呕血是呕出来的，呕出来的血是暗红色的；咯血是咳出来的，咯出来的血是鲜红色的。

几天后，病人脱离了危险期，尤主任特意找钟南山谈话，说："钟南山，你在急诊室干得太累了，给你换个部门吧，到门诊去好不好？"

钟南山连忙说："我不累，我一点也不累。"尤主任露出了无奈的苦笑。她暗示钟南山主动提出调离，结果人家听不懂她话里的弦外之音，又不好直说。他不走，她得整天为他提心吊胆，害怕哪一天真闹出人命。从此，她不再安排钟南山单独处理病人了。

钟南山不怕人家笑话，从此狠下心来学习。他拜内科的余真医生为师，她参加抢救过罗岗的那位病人。钟南山跟着她做检查、诊断和处理病人。白天看实操，晚上回家做功课，写笔记。他就像个小学生，紧跟三个月后，笔记写了厚厚的 4 大本。他又研究急诊室的病例，虽然病人是急诊，需要抢救的病人大都是脑溢血、胃出血、呼吸或心力衰竭等几大类型，他要寻找出它们的规律。

他的学习到了如饥似渴的地步。每天下午开批判大会，他找技术员借了钥匙，躲进心电图室、X 光室，拉上窗帘，看一张张心电图，琢磨 X 光片，如同着了魔一样。

钟南山的医术水平一路飞升，他在急诊室干得不错了。他又想着去内科病房。内科病房只能进一个医生，钟南山要进去，就得把另一个业务骨干换出来，那个业务骨干叫郭南山，主任坚决不同意，他跟别人说"此南山非彼南山"，就是说钟南山技不如人。这件事又一次刺激了钟南山。他不怪别人小看自己，只怪自己没本事。

钟南山消瘦了，足足瘦了二十斤。原来他天庭饱满，脸颊圆润，双目有神，笑容常挂在脸上；现在变成了高颧深目，表情肃穆，走路都在沉思似的。他刚穿上白大褂时衣服还是绷紧的，现在白大褂宽松飘逸，颇有些仙风道骨了。

这一年，中央关注到慢性支气管炎疾病，这种病还没有有效的治疗办法，国家领导人号召全国医疗系统开展慢性支气管炎的群防群治工作。广州市第四人民医院也要求开展这项工作。"治咳不治喘，治喘不露脸"，医生普遍不愿意专门从事这项疾病治疗，一是这种病难以治愈，病轻了患者不愿意来看医生，病重了错过早期治疗，又难以根治。二是专业上也不会有什么建树，没有多大出息。但是革委会响应上级号召，要求第四人民医院成立一个专门的科室。医院便成立了一个慢性支气管炎防治小组。

慢性支气管炎患者一直是一位姓侯的老教授在看，革委会主任要求再多派一个人去。但派到谁，谁都找借口推掉，于是指定钟南山去。因为他既没有专长，也没有专业。

钟南山的梦想是进内科病房，他也不愿意去。医院最后只得以他是一名共产党员，必须服从安排。命运一直把他往低谷推，钟南山却以不服输的倔犟脾气，硬是平地起高峰，把一件事情做到了极致。

他从此一头扎进了呼吸系统疾病领域，并不断拓展相关医学研究，他这一头扎进去就是一生的时间，直到成为全国科技十大英才、中国工程院院士、中华医学会会长、亚太呼吸年会学术委员会主席……

刚开始，钟南山的工作只是三天两头为患者检查一下身体。病人蹲在墙角晒晒太阳。这样又闷又闲的工作钟南山如何能忍受！那时，南方淡白的阳光下，晒太阳的慢性支气管炎患者们，不时地咳嗽吐出一口口痰，心绪不宁的钟南山在他们身边走来走去……这一幕成为医院一景。

有一天，钟南山突然注意到了患者吐痰，他盯着病人吐在地上的痰，发现司空见惯的痰在阳光下色彩十分丰富。他走近观察，又找了一根树棍来拨弄，一蹲就是半天。别人以为他丢了东西。

时间一长，钟南山发现每个人吐出的痰并不一样，就是同一个人吐的痰也会有差别。门诊的时候，医生问是否咳嗽，有没有痰，但无人再深究病人的痰是什么样的。也许这痰里面就大有文章。他开始掌握一些患者咳痰的规律。他把自己的观察报告交给慢性支气管炎防治小组，于是，小组正式开始制定研究方案和实验计划，一个呼吸系统疾病防治与研究的突破口找到了。

有一次下乡调研，从农村收集到农民的痰，他骑单车，同事坐在单车后面，他不忘叮嘱同事，千万别丢。这些是他做研究的标本，他当宝贝一样。

他在北医学过一段时间生物物理，做过生化实验，他把病人咯出的痰进行生物化学分解。病人吐出的痰各不相同，有绿的、黄的、灰的，有泡沫状的、黏稠的、块状的，他通过实验，找出不同的成分。根据不同的情况再寻找相应的治疗办法。这种慢性病需要用到中医治疗方案，他就去学中医五脏六腑综合调理的办法。在学习中医的过程中，他又熟悉了中医对呼吸系统治疗的方法。

他从中西医结合上开展攻关。他分析寒热虚实、脏腑，慢性支气管炎主要牵涉到肺、脾、肾三个脏器，他找出肺、脾、肾虚亏的三种不同表现和不同类型，相应采取不一样的治疗方法。钟南山用中医治疗和西医局部性状治疗相结合的办法，发明了“紫花杜鹃”草药配合治病，疗效明显。所谓“紫花杜鹃”就是用紫花杜鹃再加人胚的经络注射法。

钟南山很早就认识到，仅仅局限于慢性支气管炎研究面太窄了，要把肺气肿、呼吸衰竭、肺心病纳入研究范围。他构思了一个宏大计划：一、慢性支气管炎研究实现一条龙计划，慢性支气管炎、肺气肿、肺心病一条龙；二、动物实验研究与临床研究一条龙；三、实验室、病房、门诊和一个定点市郊的慢性支气管炎医疗基地一条龙。

小组除了研究痰样，还拿小白鼠做试验。研究肺、脾、肾，钟南山要寻找与人内脏相似的动物，他发现猪内脏最接近人类。

于是，他自己掏了一部分钱，单位给了一部分，买了一头大猪。他们在天台上临时搭了一个实验室，空间不大，办公桌都搬到了外面，把里面的空间让给了猪。

钟南山有时早晨6点进实验室，一直干到半夜1点才出来。更多的时候，小组成员白天看病，晚上值班，谁逮着空就去做猪的实验。他们先把猪麻醉了，再插管，研究猪的肺心病的生理变化，研究缺氧后组织胺、前列腺素等介质的变化，摸清病理。

这俨然就是一个研究所了。研究猪取得了丰硕的成果，四年后，在全国呼吸疾病会议上，小组所获成果得到了专家们的高度评价，多篇研究论文发表在国家级专业刊物上。

1978年，第一届全国科学大会在北京召开，钟南山作为广东省代表出席了这一盛会。他和侯恕合写的论文《中西医结合分型诊断和治疗慢性气管炎》被评为国家科委全国科学大会成果一等奖。

于是，一个慢性支气管炎防治小组，向着一个正规的广州呼吸疾病研究所迈进了。在研究设备严重缺乏的情况下，他们要攻克科研难题，面临的困难巨大。

钟南山又四处游说，要人，要物，要房子，没有设备就把人家丢到一边的旧东西抱回来，自己学着动手修理。譬如肺功能计报废多年，丢在仓库里，钟南山把它找出来，抱着它跑到上海找专家修好。气体分析仪是在某学院基础实验室借来的，他自己花了很多精力进行改装。没有三通接头，他找到熟悉的机床厂去造一个。老旧的呼吸机要人盯着，有时用一个小时就停机，要用手来操作。最后，只要听到声音不对，大家都知道呼吸机出问题了，赶紧跑过去修。没有地方，大家就在医生办公室搬开桌椅，腾出地方来做实验。

下班后，小组挤在一间办公室，各自忙着采集数据、实验，直到深夜。没有加班费，没有资金，但人人干得舒畅。钟南山常常自己掏腰包给大家加餐。他的事业心、他的理想和朝气，都深深地感染了大家。

1979年，终于迎来了广州市呼吸疾病研究所成立的日子。

这一年，钟南山通过考试，获得了出国进修的资格！命运突然给了他巨大的机会。

钟南山一生沉浮，命运变幻莫测。但从他身上不难发现，他个人的命运无不与国家的命运息息相通。改革开放改变了一代人的命运。

但是，当他满怀期望万里迢迢来到英国，迎接他的却是兜头一盆凉水。新的挫折又开始了——导师要赶他回国。而异族的蔑视和侮辱更令他无法容忍，这是对自己民族的歧视。在人生地不熟的异国他乡，这一次挫折给他心灵造成的伤害超过了以往，至今在他心里都难以平复。

第五章

一

慢长的“吭哨、吭哨”声，连绵如时钟似的，火车从日出走到了日落，又从日落走到了日出。钟南山除了学习英语就是看窗外的景色。这是一趟国际班列，横穿欧亚大陆。一路的景色变化无穷，从秋天的落叶纷纷，到冬天的大雪飞舞，从平原与高山、河流与湖泊，到青砖黑瓦的四合院和红屋顶的乡村别墅，从大槐树、白桦树到雪松、梧桐和枫树林，大自然的瑰丽风景让他激动的心难以平静。他一会儿激动，一会儿担心，一会儿感觉到了疲倦，心情复杂难言。感觉最强烈的是自己肩负着祖国的重托，此行一定要学有所成。

1979 年，钟南山参加国家外派学者资格考试，他的英语考了 52.5 分。原以为自己没有希望了，那一年英语及格线是 45 分，钟南山意外获得了赴英国爱丁堡皇家医院留学两年的机会。

他们是一批幸运儿。国家刚刚进入改革开放时期，百废待兴，高考刚恢复，又开始向国外派遣留学生了。钟南山是中国向英国派遣的第一批留学生。他的喜悦溢于言表，甚至比当年考上大学还要兴奋。这一年他四十三岁了，在留学生中算是年龄偏大的，但他似乎又回到了青春的岁月。他下了很大的决心来参加考试，他强烈渴望去海外学习先进的医学技术。

这一代人被“文革”耽误了太长的时间，钟南山恨不得马上就能出发。他先去厦门鼓浪屿看望了在舅舅家休养的父亲，与他告别。回来广州收拾行装，考虑到国外物价昂贵，他购买了大量日常生活用品，又做了两套西装。出发这一天是 10 月 20 日，恰好是他四十三岁生日。为了节省经费，钟南山选择了坐火车。

他从苏联、波兰、德国、荷兰一路到了英国，坐了整整九天火车。和他结伴同行的留学生，有搞原子能的，有搞航空的，有搞数学的，一行十六人。

火车从内蒙古草原进入苏联西伯利亚，窗外出现的湖泊，湖水蓝得发黑。大地时而平坦辽阔，草原一片枯黄；时而高低起伏，山脊线悠长而舒缓。天气越走越寒冷，天空开始飘起了雪花。

莫斯科到了，这是钟南山最激动的时刻。这里不仅有他妻子流下过的汗水，也有他青年时期的梦想。他的偶像保尔·柯察金让他喜欢上了这个国家。这里就是许多苏联小说描绘过的地方。他对这片土地有过太多太漫长的想象。这想象陪伴了他的少年、青年。

火车在莫斯科停留半天，同伴们一商量，决定一起去红场看列宁墓。这可是千载难逢的机会。

列宁墓就在红场。花岗岩石块铺的广场，三面都是古老的欧式建筑，北面是俄罗斯国家历史博物馆，南面广场中，圣瓦西里大教堂洋葱式的尖塔如火炬般高擎，从那里出广场可以看到莫斯科河。东面是国立百货商场。西侧是克里姆林宫，从红墙上看得到宫内的三座高塔。列宁墓就在宫墙下，宽厚的底层，低矮的塔座，红色大理石的墙面与黑色分隔带……

这一切既熟悉又陌生。他用俄语跟苏联人交谈，来到克里姆林宫大门口，在莫斯科河边迈步，想象着红场发生的一个个历史事件……一切都不真实了。

火车即将进入西德时，要求所有乘客下车接受检查。钟南山和同学们带的行李实在太多了。为了出国省钱，他们连手纸都带来了。现在，要把大大小小的行李全都搬下车。行李架上、卧铺底下一个个塞满的行李包被拖出来了。警犬跳上车来逐个逐个地闻。

德国警察查私带海洛因的人。留学生带了大量洗衣粉。白色的洗衣粉被误以为是毒品，他们当即被扣下。大包行李被警察拖下了火车。一个个行李袋打开了，一包包洗衣粉撕开了。警察用德语一遍遍问，用手沾了洗衣粉捏摩，又放在鼻子底下闻。眼看火车就要开了，他们没谁会说德语。情急之下，钟南山用英语怯怯地说了一句“洗衣粉”。警察听明白了，皱了皱眉，这才放他们上车。

从西德再到荷兰，这是一个水乡泽国，平原上到处是风车和牛羊。坐船渡过英吉利海峡，10 月 28 日，他们到达了伦敦，见到了中国驻伦敦大使馆的工作人员，顺利抵达了目的地伊林学院。

留学生先要在这家学院进行三个月的英语培训。钟南山与一位搞原子能的留学生，住进了英国一位老太太家里，与她一起吃住。

在伊林学院，他们首要的任务是过语言关。这对一个四十三岁的人来说是一件很困难的事情。钟南山大学主学的是俄语，英语是自学的，父母成了他的老师。他学习英语，先练习英语听力，反复听磁带，有泛听、也有精听，边听边写，写了几打笔记本以后，他的听力慢慢好起来了。最关键的听力解决后，他觉得其他的就好办了。

他用英语给父亲写信，每天写一封。父亲对他的英语要求很苛刻，收到儿子的信都会在信上密密麻麻修改，指出其中的语法错误、用词不当，用红笔一笔一画修改过来，他勾出结构规整、行文流畅、表意准确的句子，有时在一旁标注上更地道的说法，然后与他自己的回信一起寄给钟南山。钟南山在英国两年，父亲一直这样每封信都认真批改。

钟南山在与我长谈时，说起他一生之中，压力最大的时期不是非典，而是在英国留学时所面对的困境。我问到具体缘由时，他脸上的表情露出了少有的凝重，内心涌起一种强烈的情绪，事情已经过去几十年了，他似有一种隐痛仍然没法完全淡忘。他说，那是英国人的傲慢与偏见。他用到了“嘲笑与侮辱”的字眼，就像今天 CNN 的主持人卡弗蒂说的一样：“是对华人的傲慢与侮辱，没把中国人当人。”

“他们不了解中国，不了解中国也有自己的医学，他们看你，就像看刚从丛林走出来的原始部落一样。有一个从巴西来的医生，因为受不了这种蔑视，气得跑回国了。巴西的医学并不落后。但在他们眼里就跟原始社会一样。

“我不能回去，我回去没办法交待。我是我的祖国派我来的，原定好在这里学习两年，结果面还没见，人家就写了一张条，要我八个月走人。这对一个第一次走出国门人生地不熟的人来说，压力有多大，你难以想象!”

从钟南山走过的道路来看，他总是在逆境中奋起，走向成功。人生的每个阶段都给了他不同寻常的压力。他谈到一个人的成功时，说：“现在讲智商、情商，我看还有一条就是抗挫折商——挫商。”现在我们进行创新型国家建设，创新也就是克服常规，创新时时遭遇失败，人要经得起挫折。

刚到伦敦不久，钟南山的指导老师英国爱丁堡大学附属皇家医院呼吸系主任弗兰里教授就给他写了一封回信：“……按照我们英国的法律，你们中国医生的资历是不被承认的。所以，你到医院进修不能单独诊病，只允许以观察者的身份查查病房或参观实验室。根据这个情况，你想在我们这里进修两年的时间太长了，最多只能八个月，超过这段时间对你不合适，对我们也不合适。你要赶快同英国文化委员会联系，考虑在这里八个月后到什么地方去……”

钟南山人还没到，老师的忠告就到了，像一盆冷水浇得人透心凉。他在伊林学院热心联系老师，他的回信却如六月飞雪。

1980 年 1 月 6 日，苏格兰天寒地冻，雪花夹带着冷雨在天地间飘，这里似乎比伦敦阴冷多了。钟南山永远记住了这一个日子，他在雨雪中一路向北，从英格兰经过长途跋涉来到了苏格兰的爱丁堡大学，找到了爱丁堡大学附属皇家医院呼吸系，又找到了弗兰里教授的秘书艾丽丝太太。上午 9 时 30 分，艾丽丝太太带着他，走进了弗兰里教授的办公室。

弗兰里坐在办公桌前，身子微微发福，圆脸大眼，看起人来目光如炬，他的傲慢与居高临下的神态也毫无掩饰地随目光压过来。他慢慢转过身，以一种奇怪的眼光看着走进来的钟南山，以拒人千里之外的口吻说：“你想来干什么？”

钟南山恭敬又谦和地说，我是来搞呼吸系统研究的。

弗兰里脸上有着丰富的表情，他脸上掠过一阵微妙的笑，口里不冷不热地说：“你先看看实验室，参加查看病房，一个月后再考虑该做些什么吧。”

话到这里，再待下去，钟南山就有些不自在了。自己这么远赶来，在国内拼命复习迎考，参与竞争，出国前又参加英语集训，临出远门了，家里两个孩子还小要人照料，妻子咬牙硬说不要他操心，让他安心出国进修。

千难万难终于到了学习的地方，与老师的第一次见面几分钟就被打发了！他来的目的是来学习国外先进的医学。难道这一切都因此而化为泡影吗?！钟南山跟教授道别的时候，心里像被什么东西击了一下，血往上涌，心里有一股难言的抑郁，一直向着脑门顶冲来，让他身子一紧一紧，呼吸都急迫了。

这一夜，钟南山失眠了。他想到了中国人为什么这样被人看不起，我们真的就那么无知？中国的医学真的不行吗？两千年前我们的祖先就懂得用麻黄来治哮喘，而西方的麻黄素直到二十世纪四十年代才从中国的麻黄中提取出来。明代李时珍时治病就已经运用了曼陀罗，这些阿托品类药也是从中国传出去的。

这个不眠之夜，钟南山想得最多的是要为中国人争口气！想到八个月就要离开，他要在这期间证明自己的能力！他的血从来都是热的，他的骨血中有着常人少有的倔犟！中国人不能被人歧视！

二

然而，事情得从最细微的地方做起。

歧视是无处不在的。钟南山到纤维支气管镜室参观英国医生做支纤镜检查时，主任瑟特罗就问他：“你们那个国家有这种设备吗?”钟南山谦虚地说：“有。”瑟特罗边做检查边得意地说：“我已经做过 300 多例了。”钟南山做过 1500 多例，但他没有吭声。他知道自己说了他也不会相信。

有一次在胸科查房，钟南山遇到了一位患原发性心脏病Ⅱ型呼吸衰竭顽固性水肿的病人，英国医生已对他用了一周的利尿剂，但病人的水肿未消，生命处于垂危中。

参加巡查病房的医生针对这一情况都在发表意见，许多医生主张继续增加一般性的利尿剂量。钟南山在这时提出了自己的看法，他认真看了病人的病史，又运用中医辨证的观点观察了舌象，发现病人舌面干燥、无苔、深红，他判断病人为代谢性碱中毒！他提出改用酸性利尿剂治疗，以促进酸碱平衡，达到逐步消肿的目的。

有人说他是武断，光凭视觉就判断病人是碱性中毒，一派胡言；还有医生说，如果贸然使用酸性利尿剂，有可能加剧病人呼吸的紊乱，导致死亡。

弗兰里这时陷入了深思，他不时用眼光看一看钟南山，在他眼里这是个很有信心与执着的中国人，他的目光变得有些复杂了。他指示给病人做血液检测。检测结果出来了，病人的确是代谢性碱中毒。弗兰里毫不迟疑地说："按照中国医生钟南山的治疗方案办。"

连续三天病人服用酸性利尿剂后，病情出现了改变，到第四天，患者中毒症状全部没有了。水肿也在消退，通气状况也随之改善。

这一件事让英国人改变了看法。他们开始重新认识中国医生。瑟特罗教授友好地对钟南山说："看来中国对呼吸衰竭疾病真有点研究啊!"

仅有这些对钟南山是远远不够的。他不能忘记自己来这里的使命，他是代表自己的祖国来学习的。他不仅仅要证明中国人的能力，还要争取留下来多学习一点别人的医术。

为此，他白天参加查病房，参观各种实验室，晚上就一头扎进资料室里学习基础知识。他从资料里找寻对自己有用的东西，他发现了一个呼吸生物实验室关于一氧化碳对血液氧气运输影响的项目，这个项目与他的呼吸疾病研究有关，而且这也是弗兰里教授期待开展的项目。他思考了一会儿，觉得这是个契机，他要把这个项目做出来。

两周的时间，他不分白天黑夜都在忙碌，终于拿出了一份"一氧化碳对血液氧气运输的影响"的实验设计。弗兰里对这个中国医生主动做工作的精神有所触动，看过设计后，他难得露出了笑容，他对钟南山说："我们想到一块去了，你就好好干吧。"

正当钟南山找到一个着力点，准备大干一场时，却发现实验必不可少的血液气体平衡仪是坏的，早已经闲置达一年之久了。医院只好等拨款后去买一台新的。钟南山的实验要靠它来标定氧电极的数据。他哪有时间等啊！他围着设备转，逼到这个地步，他想试试自己能不能把它修好。

他从自己身上抽出了八百毫升血，在仪器上进行测试校正，反复三十多次后，仪器终于可以用了。实验室主任沃克十分高兴，他说钟南山给我们省下了三千英镑。一个叫摩根的医生很好奇，问钟南山在国内修理过血液平衡仪没有。钟南山告诉他，他是在皇家医院才第一次看到这种高级仪器。摩根医生感叹道："中国人真是不可思议!"

更让人不可思议的是钟南山为了画出一条完整的曲线，要用自己当实验品，吸进一氧化碳。在重要的关头，钟南山从来就是敢于拼搏的。非典时期是这样，抗击新冠肺炎疫情时也是这样，他总是临危受命，置生死于度外。

对于科学事业，他有着献身的精神。因为他一生中有着一个信念，那就是一个人对社会要有所贡献，不能白活。这是他父亲教给他的话，也是他最尊重的父亲给予他最大的精神遗产。他父亲就是这样做人做事的，一生都在悬壶济世。这成了他们家族的人生信仰。

他叫来医院的同行，向他体内输入一氧化碳，同时不停地抽血检测。他血液中一氧化碳浓度达到15%时，医生和护士都叫起来了，“太危险啦!”“太危险啦!”他们要他停止。钟南山这时就像连续吸食了五十到六十支香烟，脑袋开始晕眩。

钟南山摇着头，一脸的刚毅与坚决。他不能半途而废，他要在这里做出成绩来，不能给中国人丢脸。他继续吸入一氧化碳，血红蛋白中的一氧化碳浓度在上升着，16%，17%，18%……到22%了，曲线完整显示了，钟南山感觉天旋地转，实验停了下来。在场的医生都被他的献身精神打动了。

为了整理实验数据，三个多月，钟南山都工作在十六个小时以上。他每个月只有六英镑的生活费，为维持基本生活，他不能坐车，只能从住地走路去医院，甚至为了省下理发的钱，他自己学起了理发。他没买过一件衣服，省下的钱他都去买专业书了。当他整理数据累得不行的时候，他就拿出弗兰里在他踏入英国时写给他的那封信看一看，他是一个自信又自尊的人，这封信时时都能让他振作起来。

他终于完成了研究的课题，而且对支气管疾病进行了实验观察，又找到了新的研究工作。

三

爱丁堡的寒冬早已过去了。春天迟迟到来，万物开始复苏，来自北海的风带来了大地花草的芬芳，海湾的气息偶尔夹带了一股咖啡和牛奶的香。钟南山感受到了春天这座城市美好的气息。他终于可以用平静、柔和的目光来打量周围的世界了，五官可以正常感受异国都市的色香味了。

春天的生命就像喷涌的泉水，在那些被冰雪冻得光秃秃的枝桠上挂上一道道绿色的瀑布。英伦三岛的风景的确有着自己独特的魅力，充满了异国情调。听到苏格兰风笛的声音，他真想吹一吹黑管，抒发一下自己的心情。

弗兰里教授的第二封信由艾丽丝太太递到了他的手中。信中写到皇家空军代表和苏格兰医学理事会主席下周要来参观他们的实验室，这次参观关系到能否争取到一笔可观的建造实验大楼的财政经费，弗兰里请他当天去进行各种因素对血红蛋白解离曲线影响的表演。

一个傲慢的人终于开始相信东方人了，他把自己的赏识给予了钟南山。钟南山一颗紧缩的心终于舒缓下来。他决心做得更多更好。

转眼就是夏季，爱丁堡阳光灿烂，海风轻抚。5月15日下午，弗兰里教授来到实验室专题考察钟南山的研究。钟南山从容不迫展示了一氧化碳对血红蛋白解离曲线影响的实验。

弗兰里教授曾在五年前运用数学推导的方法，得出了一氧化碳对血红蛋白氧气运输影响的演算公式，这一成果发表在英国医学杂志上，是一篇很有价值的论文。

钟南山的实验证实了弗兰里推导的演算公式，而且还发现了他推导公式的不完整性。钟南山认为弗兰里的推导方法只注意了血红蛋白曲线位置变化，却忽略了血红蛋白曲线形状变化，而这才是最主要的。

弗兰里被眼前这个中国年轻医生震住了，他感到惊讶。他突然一把抱住钟南山，冲动地说："太棒了，你证实了我多年的设想，还有了新发现。我要尽全力推荐你给全英医学研究会。"

随后，他又望着钟南山，认真地说："看来我们有非常好的合作前景，希望你留在我的实验室，时间越长越好！"

弗兰里是那种说到做到的人。他真的推荐了钟南山去参加全英医学研究会议。为了让钟南山获得通过，他在一个晚上专门为钟南山安排了一个"啤酒讨论会"。

这种一边喝啤酒一边听报告、无拘无束开展讨论的形式，为西方学术界乐于采用。第一次参加这样的讨论会，钟南山心情十分紧张。这个啤酒讨论会也决定着他的论文是否能够通过，他能否取得参加全英医学研究会会议的资格。

弗兰里安排报告会，用意是为了让钟南山参加全英医学研究会会议做准备。钟南山在一种轻松的氛围中演讲，第一次在外国同行中作报告，用的又是英文，但他成功了。报告赢得了呼吸系、麻醉科、内分泌科的全体医护人员的掌声，许多人热情地向他祝贺。

一位叫卡弗里的医生，是弗兰里教授的高级助手，平日他是一个沉默寡言的人，曾经钟南山想要他介绍一下弗兰里教授的研究工作，他只是沉默以对，唯一的一次交谈是在喝咖啡时的偶然相遇，没聊几句，他就走了。

这天晚上，钟南山回到实验室整理当天实验数据，卡弗里特意来到实验室向钟南山祝贺。他敲开门，握着钟南山的双手，激动地说："钟医生，太棒了。你的报告让我弄清了一些模糊的概念。你有很多新发现，前途无限。我诚心为你祝福！"

这年9月，钟南山在全英医学研究会会议上宣读研究报告，立即引起极大反响。10月，他被邀请到奥地利首都维也纳参加欧洲免疫学会议。伦敦大学附属圣·巴弗勒姆医院胸科主任戴维教授听了钟南山的报告后，非常热情邀请他去圣·巴弗勒姆医院合作，共同进行对哮喘病疾病介质的研究。

四

1981年夏天，钟南山决定提前结束在爱丁堡的研究工作，去圣·巴弗勒姆医院继续新的研究工作。这一天，他去向弗兰里教授告别。弗兰里头一天去美国开会了，晚上，他来到教授家，正准备按门铃，门在这时打开了，弗兰里太太跑到门口来迎接他。

钟南山看见大厅里坐满了人，呼吸系、麻醉科、放射科的医生护士都到弗兰里家来了，餐桌上摆满了菜肴和香槟。钟南山愣住了，以为他们在开酒会，他不好意思地向弗兰里太太说："我来的不是时候，打扰您了。"

弗兰里太太拉着钟南山的手，笑呵呵地说："今晚派对是为你准备的呀，快进来，我们一起干杯。"

到处是笑容，到处是欢声，像夏日里玫瑰绽放，芳香袭人。这是一种真挚的友情，钟南山被感动了。来英国十六个月的时间，他尝尽了人生的酸甜苦辣。这一晚他百感交集。他向着大家深深鞠躬。

他的手中有心脏科主任米修斯、计算机室主任布拉什送给他的苏格兰挂画，有呼吸系副主任瑟特罗送的一条手链，说明是给他太太的，教授夫人给钟南山的孩子送上了书籍和玩具……大家一起举杯，祝福钟南山，祝贺他在医学上取得的成就。

钟南山来到了伦敦，来到了旧城区的圣·巴弗勒姆医院，又开始了他新的研究。

一个多月后，他突然接到了一个电话，是全英麻醉学术研究会邀请他去作报告。为什么麻醉学术研究会请他去作报告呢？他想起了在爱丁堡研究人工呼吸对肺部氧气运输的影响时，发现他的实验结果与牛津大学雷德克里夫医院麻醉科克尔教授在一篇论文里研究得出的结论完全相反。

克尔教授是英国麻醉学的权威，这篇论文发表于五年前，广为人知。难道是自己错了？

面对学术，钟南山是一个认真的人，他敢于追求真理。于是，他又几次去实验和测定，依然证明他是对的。钟南山毫不犹豫提笔写出了论文《关于氧气对呼吸衰竭病人肺部分流的影响》。

这篇论文他在皇家医院麻醉科作过一次小小规模的报告，随即引起争论。有人说他大胆狂妄。只有麻醉科主任杜鲁门教授听后陷入了深思，他觉得这是一篇很有价值的论文，他应该将其推荐给全英麻醉学术研究会。

1981年9月6日，钟南山早早就起床了，他走在多雾的伦敦街头，特别地兴奋。圣·巴弗勒姆医院周围都是十九世纪的古老建筑，远处的圣保罗教堂，高高的塔楼也在浓雾中呈现出剪影一般的塔尖。西方以它逻辑严密而创造的文明，影响了整个世界，从这座教堂设计上运用数的概念与标准的几何造型也可看出它的严谨。

钟南山想到了自己的论文，对它的严密性他又进行了一番内省。在思索中他来到了车站，他要赶八十公里路到剑桥去参加学术会议，去向英国麻醉学的权威挑战。他要把一个东方人的发现带到那里，把正确的结论告诉世人。他自己也要经受检验，甚至是批评。

他心里闪过种种念头，是不是自己太不自量力了？但真理若在，又何惧争论？搞学术研究不就是为了不断地探索真理吗？管他什么权威不权威，科学只承认真理不承认偶像。

五

令他感动的是，杜鲁门教授提前一天到了剑桥，特地来车站接他。他带着他作了环城游，想让他放松心情。

下午的报告会，杜鲁门坐在下面，也一直不忘向他投来信任和鼓励的目光。钟南山侃侃而谈，他在英国已经有了自信心。他用幻灯把克尔教授论文的主要论点打出来，然后以自己的实验作为根据，表述了完全不同的观点。最后，他把自己对氧气极校正所描绘的曲线在幻灯里打出来，进一步证明克尔教授理论的错误。

会场的专家被这个中国年轻人的发言惊呆了！先是一阵沉默，接着变得骚动。他们互相交换意见，议论着钟南山的观点。这时，克尔教授的三个高级助手连珠炮一样提出了八个问题。有备而来的钟南山用自己的实验数据和严密论证，逐个作了回答。

按会议规定，钟南山论文是否发表要

参加会议的常委当场举手表决。举手的时候，全场安静下来了，常委们一个个举手，在科学面前他们的手举得高高的，一个也不少。

会议主持人、英国临床研究中心麻醉科主任勒恩教授最后发言，他说：“在我们实验室里也做过类似钟医生那样的实验，虽然还没有来得及总结，但总的结果和钟医生今天的结论基本一致。我认为这位中国医生的研究是创造性的。我衷心地祝贺他的成功！”

钟南山走下讲台，他听到了几位专家在惊叹着：“他来自中国。”“他是中国医生。”这一刻，钟南山为自己的祖国感到了骄傲，为自己作为一个中国人赢得了应有的尊重而深感自豪！他内心涌动着一股情绪，眼睛有些潮湿。这一路走来，真的不容易！在留学的两年时间快要过去的时候，他没有浪费这宝贵的光阴。

钟南山在经历抗击非典的特殊时期，曾经对记者说：“我的中学老师说，人不应该单纯生活在现实中，还应生活在理想中。人如果没有理想，会将很小的事情看得很大，耿耿于怀；人如果有理想，身边即使有不愉快的事情，与自己的抱负相比也会很小。”一个人要是没有任何理想和追求的话，那他的喜怒哀乐就完全跟物质的东西相关。假如他有追求的话，其他东西就会变得很次要，那么他的韧劲就会很高，不管遇到什么困难，有什么问题，他都会朝前走。

这段话再加上他勇于追求真理的坚毅与诚实品质，为钟南山的拼搏人生找到了最好的答案。

有理想的人，往往也是一个人格高尚的人。

第六章

钟南山在新冠肺炎疫情时期有一张网传很广的照片，是他接受新华社记者采访的视频截图。讲到武汉人唱国歌，相信武汉能够过关，武汉是一座英雄的城市时，钟南山两眼噙泪，嘴唇紧紧抿成了一道弧线。非典最艰难的时期，他都没有在公众面前流过眼泪。这张照片把钟南山刚毅与深情的两面展露无遗。

如果研究钟南山内在的精神气象，会发现他性格中相互对立的双重性。

所谓医者仁心，医者乃学者，需要的是严谨坚毅的意志去攀登医学高峰，而仁心则需要一颗慈爱之心。钟南山就是二者完美的结合。他的性格就是双重的对立统一，智慧与拙朴，硬朗与宽厚，坚毅与脆弱，不屈与妥协，尊严与随和，铁面与柔情……前者更多表露在他那张坚毅的脸庞上，后者却深藏于内心。

钟南山是岭南知识分子最典型的代表，对人和生命有着最纯朴的理解，对事业和生活有着最单纯的热爱与赤诚。岭南多耿介之士，因为这片土地凝积了厚重的务实精神。钟南山除了务实，他的耿介还表现在一股不服输的倔犟脾气上。性格即命运，他的命运的确留下了性格烙下的重重一笔。

钟南山的家安在单位一栋外墙水泥粉刷的旧房改房中，连电梯都是后来加装的。房间不大，室内是上世纪的老式家具，又笨又大的布沙发上满铺花布，空调是老旧的机型，天花板悬挂吊扇，墙上挂满镜框，桌上用奖杯来装水果。因为家里小，摆的都是钟南山和孙子的东西，妻子的只能收起来。在他家门框一角还有一颗长铁钉，这是他在非典时期病倒时自己给自己打吊针留下的纪念。一进房就有一种扑面而来的年代感，一种时间错位感。屋主对物质生活的淡泊可见一斑。

钟家人聚在一起，谈的是医疗，讲的是学术追求，从来不谈钱。钟南山连自己的工资是多少也不知道。

他教导子女第一要永远有执着的追求，第二是办事要严谨、要实在。看事情或者做研究，要有事实根据，不轻易下结论，要相信自己的观察。他一生记住的是父亲对他的期望——一个人对社会要有所贡献，不能白活。这句话成了他们家庭的信仰。

八十岁后他觉得自己慢慢懂得了父亲，觉得自己初步实现了父亲的愿望。但他还不满足，两年前，对着父亲的像他动情地说："爸爸，我还有两项工作没有完成。只有这两项工作做好了，才是真正地达到了您的要求。"

不知道他这两项工作是指什么，是否已经做好。如果猜测，不会离开他的医学事业。搜寻了他正在投入去做的工作，发现有三项：第一个是促进呼吸中心全方位建成，据说非常艰难，需要通过大家的努力，想办法才能做成；第二个，他研究了近三十年的抗肺癌药，希望把它做成，听说已经走过了大半路程；第三个，他希望推动慢性阻塞性肺病的早诊早治，形成一个全国性乃至世界性的治疗行动。两项工作是不是包含在上面这三项工作中呢？

现在，就凭他参加抗击新冠肺炎疫情，他也足可以自豪地告慰九泉之下的父亲，儿子达到要求了！他为中华民族奉献的不只是危难时期国家和人民的转危为安，还有他宝贵的精神财富。

钟南山的家有两大特点，一是运动器具多，有跑步机、单车、拉力器、单杠、哑铃；二是书多。这充分体现了钟南山的两大爱好——医学和体育。这两者也成了他家庭最自豪之处：一是医生世家，父亲钟世藩是儿科专家。母亲廖月琴是高级护理师。儿子钟惟德子承父业，早已当上了主任医师、博士生导师；二是体育之家，妻子李少芬曾是篮球明星，担任过中国篮球协会副主席，在1963年亚洲太平洋新兴国家运动会上，作为中国女篮副队长，她随中国队出征。女儿钟惟月是优秀蝶泳运动员，1994年打破了短池游泳的世界纪录，获得过世界短池锦标赛100米蝶泳冠军。儿子钟惟德也是医院篮球队的"中流砥柱"。钟南山本人则在首届全运会上以54.4秒的成绩打破400米栏的全国纪录。1961年，他还获得了北京市十项全能亚军。钟南山高龄之下抗击疫情的毅力与体力都能从这里找到答案。他奔走各地之间，两脚仍然生风。

钟家墙壁上挂着一幅字："敢医敢言。"这是四年前别人送他的。这四个字无疑道出了屋主人的风骨。敢医敢言，在非典时期是这样，十七年后，新冠肺炎出现时同样是这样。岁月并不能磨去他的风骨。敢医敢言就是他的天性，也是"一个人要说真话、做实事"的钟南山用一生践行的家风。

钟南山今年八十四岁了，他一生都在追求，他一生都没有浪费。他至今仍然天天工作到很晚，双休日则安排工作会议，他从来没有休过假，从来没有陪同妻子旅游过。他不是忍耐坚持，而是在做自己最开心的事——他开心的时刻就是病人治愈出院的时候，他从病人的喜悦中找到了自己人生的价值和快乐。

回看钟南山的人生，他遭遇的挫折或者坎坷非常之多，远多过常人。恰恰是这些挫折，让他一步一步走向成功。挫折对失败者而言是个灾难，对强者或成功者而言，多大的坎都会成为谈资。

新型冠状病毒的气焰下挫了，国内疫情快要过去了，绝大部分省新增确诊人数都是零。各省驰援湖北的医疗队完成任务后正在一个个班师。曙光已经出现。目前又进入了外防输入的阶段……

这一切，让人由衷感到，中国有一个钟南山，这是我们这个时代的幸运！

后记

庚子鼠年将是中国历史悲伤的一页。也是世界历史悲伤的一页。这个悲伤将永远流淌在人类历史的长河中。

这一年，国人都在筹划着怎样过大年时，谁也想不到武汉出现的几个病人在遮遮掩掩的新闻里语焉不明，突然间就变成了一件天大的事！一个从潘多拉魔盒跳出来的魔鬼，它的魔影迅速笼罩了大地，人们连家门都不敢出了，到处是封闭、隔离，从城市到乡村，从中国到世界，遍及中国的每一个家庭，波及了全球。近乎痴人说梦的一幕在庚子年春节发生了！

庚子年我在广州过春节。有亲戚远从湖南来团聚。初二安排去外面吃饭，午餐订在炳胜，晚餐订好了头啖汤，这都是粤菜做得很地道的酒店。头啖汤生意火爆，晚餐分成两批，我们订了第二批。腊月二十九下午要赶去交订金、点菜。我和太太一出门，气氛陡然间就紧张起来了——地铁入口测起了体温，人人戴上了口罩，大家话也少了。这一天正是武汉封城的日子。太太见这个阵势有些惶恐，问我要不要回去开车。想着市中心停车困难，我还是硬着头皮进了车厢。

我们家连口罩都没有准备。我以为武汉疫情虽紧，但相距遥远，当年非典在广州发生，我们也不曾紧张，该干什么干什么，一直没有戴过口罩。那时广州大街小巷戴口罩的人也不多，我们还嘲笑北京人戴口罩，胆小鬼。记得那时李国文先生从北京飞来广州，下飞机时他把自己封得严严实实，看到广州人那么淡定，戴口罩的人没有几个，他不好意思地自己摘下了口罩。为何这次如临大敌？在我的想象里，这个疫情了不得跟非典一样吧。非典时期，我们什么也没有买过。

回到家里，各种信息铺天盖地。晚上在女儿的要求下，我取消了订餐。餐厅二话没说，反倒说可以理解。从此，我就被封在了楼上，不再轻易出门了。女儿每天举着额温枪给全家测几次体温。我的体温时高时低，我知道是看书看剧太多的原因，引得她大惊小怪。我一直想疫情怎么搞得比非典还紧张呢?!

楼下街道偶尔走过一两个人。不知有多少人正在窗口向他们行注目礼呢。每天看到那位清洁工在垃圾站默默清理。世界安静得只有风雨声。到了夜深时分，一只猫总在楼顶叫上一阵，叫声十分凄厉，让人恓惶。这里可是广州的中心区天河城啊，别说节日，平日里都是人潮涌动。是大家更加珍惜生命了，还是情况比非典严重了？

大年三十我给父亲打电话，他说村里没人放烟花爆竹，往年家家都是比着放，烟花燃红了夜空。老家习俗，年三十晚上天一黑，小孩成群结队打着灯笼挨家挨户讨糖果饼干、送新年恭喜，今年出门的小孩一个也没有。

往年大年初一，全村人集体出动，挨家挨户拜年，特别是要给老人拜年。路上拜年的人络绎不绝。今年拜年的人也没有了，村道上空空荡荡，户户大门紧闭。随后，进村的路也封了。

年初六是老家建村六十周年大庆，第一次搞村庆，连尔居人筹备了半年，征集老照片，请了最好的花鼓戏班子。村人热爱花鼓戏，改革开放伊始他们第一个自己扎台自己唱戏，为首者第二天就被抓了。这一次要热热闹闹大搞一场，奈何却遇上了疫情！也不得不停办。我的发小给我打电话，说到他给舅舅拜年，只是站在地坪隔着门窗喊一声“拜年”就走了。舅舅怕开门，外甥也怕进门。

屈原管理区封了路，各村封了路，所有人都自我禁闭。这恐怕是战争年代也难见到的一幕。敌人无影无形，只在人的想象中，但人却真实地倒下了，处处满布杀机。

一天晚上，我特意开车出门，从广州塔走猎德大桥，穿过广州的 CBD 珠江新城，再到珠江北岸，走进五羊新城，再拐上广州大桥。四处灯火璀璨，火树银花不夜天，夜景绚丽至极，也寂寥至极。有几次红绿灯前只有我的车停下、开走。街上行人屈指可数。几家便利店、快餐店开着门，五羊新城有一家酒庄亮着灯，店里只有一两个营业员，没有顾客。一辆辆公交车上不见一个乘客，车站也没有人影，司机仍在一个站一个站停车、开车。一种怪异感、魔幻感，凄清、空旷而奢华。最明亮的迷茫，最繁华的悲凉，我忍不住要放一点音乐。想到马尔克斯《霍乱时期的爱情》，多少年前读它，现在想起来有了很不一样的感受。

疫情在不断发展，形势越来越严峻。新冠肺炎至今无药可治，传染性极强，只有早发现、早隔离才是防止大规模扩散的唯一办法。这是一场真正的人民战争！各地纷纷启动了重大突发公共卫生事件一级响应。

也许因为没有硝烟，我们不觉得这是一场战争，但只要想一想，即便较大规模的战争爆发，它对十四亿中国人日常生活的影响恐怕也到不了疫情这样的程度。在这场疫情中，几乎中国的每一个家庭每一个个人，生活与行为方式都发生了截然不同的改变，中国进入战时状态不是形容而是事实。

全球化时代，最先关心我安危的是国外的汉学家、翻译家。意大利的费沃里·皮克发来信息，问我在哪里，情况怎么样。她说她在家天天看新闻，本来要来中国，机票都买好了，意大利外交部不让去，航班全部都取消了。她希望我经常报平安。

德国的郝慕天在微信留言，她担心新冠肺炎危险，查了武汉离我老家汨罗不到三百公里，询问我家人的情况。俄罗斯的罗季奥诺夫发来信息，说媒体疫情报道挺可怕的，几次询问我和家人的情况。他在圣彼得堡大学的同事娜塔莎也同时发信询问。

印度的墨普德给我发来中国疫情几天死亡的人数，他坚信中国一定会像凤凰涅槃一样浴火重生。匈牙利的克拉拉、伊朗的孟娜、瑞典的陈安娜和伊爱娃、墨西哥的莉娅娜、埃及的米拉和哈赛宁等，都在新年发来了问候。他们大都翻译过我的作品。

想不到的是，一个月后，剧情出现了反转，反过来我要去信关心他们了，为他们的处境感到不安。新冠肺炎疫情全球大爆发了！

令人震惊的是，短短十多天，疫情迅速恶化！3月19日，国外新冠肺炎确诊人数达到163037例，是中国确诊人数的两倍；死亡人数达到6792人，也是中国死亡人数的两倍。四天时间就翻了一番，如此飙升的加速度，将远远超过中国疫情规模。由于文化、观念、生活习俗与体制的差异，在面对传染性如此强大又隐蔽的病毒时，世界尤其是西方恐怕会出现天文数字一样的感染者，“震中”将在一些国家与地区间震荡转移！能够置身事外的国家将屈指可数，甚至无一幸免！

意大利汉学家费沃里·皮克的家乡布雷西亚离疫情最严重的伦巴第仅有八十公里。3月，她在市政府和书店的新书读者分享会取消了。这是她一部写当地华人题材的长篇小说。伦巴第封城，接着北方数省也被封，米兰、威尼斯大街上空荡无人。接着意大利全国封闭。布雷西亚很快成了病例最多的地方。费沃里·皮克全家隔离在家。她非常担心家里的两位老人和一个孩子。无数关心她的信息发来，让她更加无所适从，心理压力骤增。

意大利疫情急剧恶化，3月19日，新冠肺炎确诊人数达到41035例，当天新增5322例，死亡427人！累计死亡3405人，每天确诊人数、死亡人数峰值和累计死亡人数都超过了中国。疫情严重程度远远超过了武汉。医院停尸房停满了尸体，不得不征用教堂停尸，每半小时就要将尸体下葬一批。伦巴第切内市市长乔治·瓦洛蒂、现代建筑之父维多利欧·葛雷高第感染新冠肺炎去世。巴里市市长安东尼奥·迪卡罗走在实施宵禁的空旷街道上哭了……

3月12日晚，中国抗疫专家组携带三十一吨医疗物资抵达罗马。罗马街头响起了中国国歌。

全球疫情首先从韩国大邱、庆尚北道特别灾区开始大爆发，其次是意大利、伊朗。一直淡定的欧洲，疫情失控，西班牙、德国、法国确诊人数迅速增加，北欧的挪威、丹麦、瑞典也快速蔓延。美国对欧洲发布了旅行禁令。亚洲的日本、马来西亚、新加坡、菲律宾等国变得严重。美国确诊人数正在加速，大有山雨欲来风满楼之势，人心惶惶。全世界已有一百多个国家出现了疫情。

意大利、西班牙、捷克、法国、比利时、约旦等国全国封城。日本、韩国、意大利、匈牙利、美国、西班牙、波兰、匈牙利、瑞士、葡萄牙等几十个国家纷纷宣布国家进入紧急状态，有的关闭边境，暂停人员往来。法国总统马克龙表示新冠肺炎是法国近一个世纪以来最严重的健康危机，他宣布国家进入“战争状态”。

伊朗的孟娜，她的国家疫情非常严峻，是中东最厉害的国家，数天内就失控了。3月19日，当日新增1046例，确诊总人数18407例。第一副总统贾汉吉里等十几位高官感染，伊朗伊斯兰革命卫队高级指挥官沙巴尼感染新冠肺炎去世。伊朗军队出动了，清空了全国所有商店、街道和市场。政府决定对所有公民进行筛查。德黑兰到外地所有出入口都设置了关卡，大部分加油站关闭。生物防御演习将在全国展开。2月29日凌晨，中国医护人员带着援助的医疗物资抵达了孟娜的家乡，伊朗的死亡率开始下降。

孟娜在多伦多，我劝她住一段时间，先不要回去。她说她也开始隔离了。她写道："这新病毒正在显示世界各民族的文明和智慧水平。"

德国郝慕天的家乡出现了疫情，也是突然间增加，一时风声鹤唳。她说自己在家翻译，不出门。过几天法院有个口头翻译，到时她会戴口罩。

3月16日，德国关闭了法国、奥地利、瑞士、卢森堡和丹麦边境，禁止口罩、手套、防护服等物资出口，意大利、瑞士进口的防疫物资被德国扣押，引起争议。3月19日，德国新增确诊病例2094例，累计达15320例。总理默克尔发表罕见电视讲话，称抵御新冠肺炎为历史性重大任务，是第二次世界大战以来德国面临的最大挑战。郝慕天告诉我，莱比锡书展已经取消了，汉诺威的展览也取消了，我们担心法兰克福书展也会取消。我的长篇小说《己卯年雨雪》的德文版10月将在这个书展的国际舞台举行研讨会。主办方法兰克福大学孔子学院院长王魏萌（Christina Werum-Wang）、德国东亚出版社社长敦如（Dorothee）与我商量活动安排，都很焦急……

瑞典确诊病例快速增加后，决定停止病例统计，缩小检测范围，声称已经没有可能阻止新冠疫情在瑞典传播，将把有限的资源用于医护人员、已住院患者等高危人群。英国面对疫情则打算什么也不做，让民众自己尝试创造免疫力。他们的举动让世人震惊！

我赶紧去信瑞典的陈安娜、伊爱娃。陈安娜回复说这个决定很对，瑞典没法检测一百万人，所有发烧或咳嗽的人应该躲在家里，不要去医院传染其他病人、医生、护士。有严重问题的当然例外。不要让新冠肺炎传播得太快。太快的话医疗系统会出问题。现在能在家工作的基本上都回家了。她估计将有60%至70%的人会被感染，但大部分人不会太厉害。她和老公是译者，也基本上是隐士，正在努力翻译，不用太担心。两个孩子，老大可以在家里工作，只有老二在餐馆打工有一点危险。

伊爱娃也证实了情况的确如此，跟英国一样的政策。保护老人和高风险患者。其他人得病，会自然获得免疫力。这就像参与俄罗斯轮盘赌。现在只能靠自己小心了。她感谢我提供的防疫经验，说除了注意安全，另外还要靠运气。

位于日内瓦的世界卫生组织，其新闻发布厅例行记者会再也见不到记者了，从3月13日开始，他们只举行线上发布会，空荡荡的大厅只有发言人和一两个工作人员。世界卫生组织总干事谭德塞当天宣布了欧洲报告的新冠肺炎确认病例和死亡病例继续增长，成为新冠肺炎"大流行"的"震中"。此时，新冠肺炎疫情在国际上的蔓延达到了一个"悲剧性节点"！

中国分别由广东、四川、上海、江苏向伊拉克、意大利、伊朗、巴基斯坦派出医护人员援助，与韩国建立了联防联控机制，向更多国家紧急提供了医疗救援物资。

华侨纷纷回国，机票一票难求，有的票价飙升了几十倍。中国境外输入的病例数超过了国内，抗击疫情重点从国内转向了防范境外输入。北京当年抗击非典疫情的小汤山医院重又启用。

人类正面临一场百年不遇的全球危机，死亡，经济崩溃，人道危机，人类良知，个人隐私与国家监控，孤立的民族主义与全球化……都将是人类面临的一个个困境，甚至持续恶化的疫情将导致多重灾难，出现骚乱、冲突、战争……危机后的世界将发生极大的变化，世界局势甚至格局将自此改写，我们生活的世界将不再一样。

每天醒来，我第一件事就是看抗击新冠肺炎的报道专栏，前期看的是国内，后期关心的却是国外。初期既为大量感人的事迹落泪，更为疫情不断发展而揪心！随着感染人数骤增，武汉出现了一个“堰塞湖”。此时此刻深切体会到了新冠肺炎疫情甚至超过了战争！确诊病人几天连续以每天 3000 人以上的速度上升，从腊月 26 日的 291 人，到正月 22 日就到了 68586 人，死亡 1666 人。正月元宵节我期望出现拐点但并没有出现。这比非典严重多了。至今感染确诊人数超过了 8 万，死亡人数超过 3000，这是惨痛无比的灾难！我心里不再是担心，而是沉痛！疫情教育了我——灾难伊始，人总是轻视的，直到眼睁睁看着它发展、变化，像梦境似的，从不可能变成可能，直至失控！

无力，哀伤，感动，焦虑……我想写点什么又犹豫徘徊。突然理解了战争年代弃文从戎的文人。这是一种怎样的无力感。灾难面前文人又有何用！

《美文》杂志执行主编穆涛给我打电话，说他们杂志要推出一个战疫专刊，盼望我写篇文章。我实在没有心情写文章，又不好一口回绝，等到第二天才告诉他，因为心境太糟糕，实在动不了笔。两天后，《当代作家评论》主编韩春燕又来约稿，我只能说试试。

冷静想想，灾难面前，我一味地忧心也不行，记录一下这个历史事件，抚慰、鼓励与反思，这都是需要的。这是一件值得做的事情。于是，我给两位主编回话，答应他们写。

在我还没有写完这篇《庚子年的疫情》时，广东省作协安排我写钟南山，因为非典之后我做过他的专访，多次写过他的文章，对他比较熟悉，我便答应再写一篇钟南山抗击新冠肺炎疫情的文章。他是我景仰的知识分子，他不像那些所谓的公知，从不靠标榜，他活得真实，以自己默默的行动，做了我们这个时代很多人都难以做到的事情。

钟南山的文章，在《光明日报》头版和《美文》杂志发表之后，反响很大，广东作协以及我挂职的江门市委宣传部又安排我对钟南山的事迹再进行深度挖掘和书写，多家出版社、刊物也同时向我约稿。于是，埋头再写。一个多月，除了晚上五六个小时睡觉，一分一秒我都不敢耽搁。我一直与钟南山的助理苏越明先生保持着热线联系。他一直跟在钟南山身边，几乎寸步不离，我一边写一边问，他提供了很多细节，重要的事情也得到了钟南山的印证和解答。呼研所的黄庆晖书记、广医一院中医科张志敏主任等都提供了帮助。

钟南山是值得书写的。他活着就是一个历史人物了。写作者有责任记录他写好他。他的所作所为，将成为我们民族的精神财富。他的出现，是我们时代的幸运！他也将是一个时代的记忆！

我不造神，不想神化任何人，人都是一样的，都有七情六欲，都有自己的缺陷，我只把他当普通人来写。但人比人确实有高低，有的人令人高山仰止，有的人唯利是图，蝇营狗苟，有太多小人恶人当道，正因为如此，钟南山的出现才显得珍贵无比。

两次疫情都在他年事已高的时候出现，都如此凶险。竟然都是他一次又一次出征。看到他八十四岁还如此操劳，关在家里盯着电视看，我感到羞愧、不安。这个事情本身就值得反思。

相比非典与新冠肺炎疫情，十七年之间，到底我们哪些方面进步了，哪些依然如故，重复着类似的剧情，发生着同样的悲剧？如何保证若干年后，这样的剧情不再上演？如果没有钟南山，我们是否能够做得更好？或者相反！

钟南山面对镜头，讲起李文亮哭泣的时候，我想到了十七年前他的遭遇。他才是李文亮真正的知音，有许多的感同身受。但比起李文亮来，钟南山当年的处境不知要艰难多少！非典时期，我在《羊城晚报》当编辑，很多事情是亲历，甚至无需采访。批他的人，凶狠的表情我至今记忆清晰。在那个时候，我就感受到了他的压力，一般人将是难以承受的。

经过漫长的十七年，依然还有类似的悲剧发生！这本书我特意把李文亮的事件与钟南山非典时期最艰难的日子写在了一起。时间可以隔开两件事情，但写作却能把时间抹去，让他们走到一起，然后，我们看到——时间的真相——历史的真相——

让人感到欣慰的是，我们的国家强大了，人民团结，爱国热情和民族凝聚力空前高涨，人们的使命感从没有像现在这么强烈。各级政府和社会力量在灾难面前被迅速激发调动，行动之迅速，上下之同心，官民之一致，爆发出了惊人的力量。中央一声令下，地不分南北，人不分老幼，全体都行动起来了，以小时为计，就把最高决策和部署贯彻落实到中国社会的最基层。国家应急应变能力之强大，尤其中国体制优势在危机面前表现得如此淋漓尽致，足以形成强大的震撼与震慑力。这是民族的力量和希望，也是中国崛起最重要的保证。相比国外疫情的应对与处理，更加彰显出了国家的治理能力与民族特性和凝聚力。伊朗的汉学家孟娜说："这新病毒正在显示世界各民族的文明和智慧水平。"这的确也是一场测试。

但痛定思痛，我们把焦点再次放到疫情最初出现的"华南海鲜批发市场"，聚焦到可疑的野生动物竹鼠、獾、穿山甲、蝙蝠、果子狸身上，聚焦到疫情出现之初模棱两可的说辞，宝贵时间的丧失……我们有非常多的地方需要反思，小到生活方式，大到文明的本质，我们的世界观、价值观、社会发展方式，人与自然、人与动植物的关系等等，都要好好思索了。

由于科技进步，我们的自信心开始膨胀，认为人类已经从过去落后的生存方式进入到了现代文明的生活，甚至鄙夷人类的从前，认定那是一种旧生活。我们已经控制了自然、社会，甚至控制了未来。这种高速发展带来的虚幻与严重的不协调其实埋下了危机。疫情就映射出了文明的危机、现代性的危机和全球化的危机。

我们对自然的轻蔑，发展到了除人之外的动物全都是餐桌上的一道菜，它们全都失去了生命的价值和尊严，失去了以往世界的神性。人类把威胁自身生命的动物从地球上赶尽杀绝后，也不肯放过弱小的动物，抓捕它们只为了一饱口福。如果原始人茹毛饮血为了果腹尚且可以理解，那时人数少，并不能造成物种的灭亡，今天我们拥有了摧毁一切捕获一切的巨大能力，早已解决了温饱和生存问题，但我们仍然大开杀戒。

一个地球已经无法满足我们各种各样的欲望了。可惜的是，地球只有一个，这也是人类的宿命。人类对地球造成的不可逆的破坏和损毁，已经对人类自身生存造成了危机，甚至是灾难。

非典、新冠肺炎触及一个微生物的世界，这是我们主动打开的潘多拉魔盒。新型冠状病毒是自 1918 年西班牙大流感以来，人类从未见识过的病毒。没有哪个病毒像新型冠状病毒这样，同时结合了传染性和致命性这两种特性。我们见识过埃博拉或是尼帕病毒，还有其他很多正在研究中的病毒，这类病毒具有极高的死亡率。一些研究表明埃博拉的死亡率高达 80%。但是它们的传染性远不及新冠病毒高，它们不会在全世界范围内流行。但是，在它之后，会不会出现更加凶险的病毒？微生物的世界极小极小，小到无影无形，但它同样是一个无穷无尽堪比宇宙的大千世界。

这一切，如果我们抱持对生命的尊重，深怀万物有灵的敬畏之心，追求健康的生活，这些灾难本可避免。细菌、病毒不管我们喜不喜欢，它们始终都会与我们在一起，我们消灭不了，也不能被消灭。它们构成了人类与瘟疫抗争的历史。从六世纪中东开始的鼠疫，十四世纪的“黑死病”，万历年间中国北方的腺鼠疫，十九世纪末的鼠疫，大鼠疫就有十次之多。大霍乱有七次，都在近二百年间发生。新近的疫情有二十六年前印度的鼠疫事件，十七年前中国的非典，六年前西非的埃博拉，今天的新冠肺炎。不是亲身经历，我们无以体会。酷烈者每天死亡人数达万人，总数近亿，持续时间最长的有三百年，往往都是全球流行。现在，新冠肺炎疫情正在上演同样的历史，还不知道它会给人类造成多么深重的灾难！人类幸运地躲过了一场又一场灾难，延续了生命。但我们常常轻易地就忘记了这样惨痛的历史！

我们是否还要执着地钻研惨无人道的细菌战？在生化武器面前人类到底有多少理性可言？人类也许从没有像现在这么野蛮却还自诩为最高文明！我们可以思考病毒对于这个星球的意义吗？如果人类的生活没有顾及到其他生物，只一味按照自己的逻辑去拥抱更加光怪陆离的新生活，以我们善忘的本性，我们如何看护好这个美丽星球？

不可回避的是，病毒是人类自身生命的源头，它还将深刻影响并塑造人类的文明。

（定稿于江门）

2020 年 3 月 20 日

致新年快乐

须一瓜

我承认，这是一个可笑的故事。我也没有勇气否认它的愚蠢与荒谬。

只是我一直忘不了它。我想，我父亲也是。

记得成吉汉下落不明后公司的第一年大型年会，正赶上平安夜，公司尾牙宴大厅两侧的大落地窗外，酒足饭饱的年轻干部们都拥在甲板型露天长廊上，看楼下沙滩上发射的年庆焰火。焰火阵阵辉映着年轻干部们一年来攻城拔寨、踌躇满志的脸。一颗巨大的银白色杨梅在黑色的长空，勋章一样砰然乍现，核心瞬间爆裂飞腾，在弥天流挂中翻金泛红，紧接着又一大簇瀑布似的金线长丝，就像从远古而来，又像从九天深处倾泻而下，那些天骄才俊们惊叹声排山倒海，如欢雷沉萧——就是那时——我父亲忽然站在他主桌的椅子上，他的头快触及枝形吊灯，他一脚踩着餐盘，一边威胁性地大喊：没错！没错！我有一个愚蠢的、高贵的儿子——然后，他就摇晃如坠落的焰火，在主桌高管们七手八脚的惊慌接护中，吐着酒气醉过去了。

我知道，那个平安夜旋律回荡的夜晚，那些走在人间正道、意气风发的年轻菁英们，刺激到了他们酒后防守薄弱的总裁。这是一个父亲对儿子的正式判决。这份判决的各种附件，在过去的十几年里，父亲不时提及，语气蔑视。但是，父亲似乎从未懊悔当年把“新年快乐工艺品厂”——我们家的致富发源地——交给儿子，似乎也从未后悔让儿子在两年左右的时间里，把“新年快乐”推上了令人瞠目的、不务正业的巅峰。

那些年，我已随父亲转战房地产业，父女并肩，一路苦身勠力斩魔杀佛。专业与性别，没有妨害我辅佐父亲南征北战日逐千金。只有在父亲又一次叹息我和我哥哥，一定是性别搞错时，人们才会仔细想起比我大两岁的成吉汉。他十三岁的时候，母亲带着他，在那条小雨霏霏的学琴路上发生车祸，母亲当场死亡。他从昏迷中醒来跟医生说的第一句话是：爸爸死了！他死啦！

父亲根本不在车上。那时的他，矮矮的，脸小牙大，他已经学钢琴六七年，心里装满了对父母和钢琴的恨。

在我母亲眼里，我哥哥是个天才。在我父亲看来，他就是一个白痴。心情好的时候，我父亲会表情揶揄地说，我有一个高贵的蠢蛋。这是我父亲一生中，对高贵这个词的唯一用法。

而他儿子的人生愿景，像风一样，辽阔无边、不切实际。只是十三岁的车祸，瘸了他风一样的梦想。在香港的那个地铁站口，那个平安夜、铃儿响叮当旋律忽然响起的冬日的下午，我视野里的所有景深，都在水波中摇晃。水波中，二十年前的“新年快乐工艺品厂”的大门，那个五千平米不到、只有一栋灰白色五层高小楼的小厂区，一下子就在我眼前出现。

晨曦斜照的草地上，粗粝的土黄色方石门柱间，闭合着白色钢琴漆的铁艺大门。右边大门柱的柱面上，有一方铁灰色大理石雕的金字招牌。中英文厂名：新年快乐工艺品厂。招牌只比 A4 纸大一点，节制考究得就像石柱里嵌的精美印章。钢琴白漆的铁艺大门双开，里面是五千平米的绿草地，一条宽展笔直、路边镶着韭兰草和铃兰的迎宾大道，绕过喷泉大水池通往厂区深处唯一的灰白色小厂楼。池中心是一尊维纳斯踩贝出水的雕塑，本来浮于爱琴海面的大贝壳，总是被自来水淹没，永远也浮不上水面，她的脊柱后面还有一柱鲸鱼喷出般的大喷水，看起来有点不伦不类，那是我母亲的文艺品位。芳草萋萋中，多条交叉小径由绿篱描边，其间红色的扶桑、黄色的美人蕉、鸡蛋花一年四季总在开放。厂区四面是白色的铸铁栅栏。

在我如水波般荡漾的记忆里，整个厂区看起来就像一张立体的新年贺卡。二十年前，父亲把那栋五层小厂房、六七十名员工郑重交付给成吉汉时，就像赠予他儿子一张新年贺卡，而成吉汉就像接过一个新年祝福。

我将讲述的，就是这个二十年前的老故事。它大部分是真的，但有相当一部分，不一定靠谱，那是来自我哥哥失控的酒后倾诉，还有，依然活着的他的伙伴们的回忆，以及工艺厂厨师、保安、设计师、工匠等的各种声音的汇集。这些拉杂汇集，就算是我父亲判决书的“附件”吧。

第一章

八三年的春节前，我妈把五岁左右的成吉汉抱上中山路琴行的那张钢琴凳时，他的困难人生其实就开始了。但是，他不懂。他兴致勃勃，先是挤开我，让自己紧挨着钢琴师，研究她的手指和黑白键的关系，以致多次影响到钢琴师的弹奏；然后他张着五岁的小巴掌，用整个身子的晃抖，在空气中捕捉配合激烈的节奏。妈妈把他抱上琴凳说，舒服吗？他两手按琴点头。想这样玩吗？他又用力点头。要不要？他在两手按击的轰鸣中说，要！爸爸说，这个玩具可不便宜，买了你就要每天练！他迫不及待地大声回应：肯定！我每天！

爸爸说，说话算数？

妈妈说，别问了，兴趣就是最好的老师！

五岁的成吉汉根本不知道自己兴趣是什么，更没有能力表达弹琴与爱乐的区别。但他必须为自己的选择负责。在那个时候，一架珠江钢琴不是普通人家能随便购买的，尽管父母因为摸到了致富之门，对钱刚刚有了一点恰当的轻视。而十三岁的成吉汉车祸后一出院进家门，便毫无征兆地，或者说，平静地，用拖鞋、凳子、菜刀、锤子，一口气砸烂了那架折磨他六七年的珠江钢琴。

父亲到客厅看着儿子砸。他只是站在门口，没有说一句话。我以为父亲要关成吉汉黑屋子，这是成吉汉最恐惧的惩罚，但是，丧妻的父亲一反常态地沉默着、袖手容忍着。出车祸那天的前一晚，成杰汉因为偷懒不练琴，被父亲揪着耳朵，直接提拎进了储藏间的黑屋子。

成吉汉对钢琴的厌倦，相对其他便宜得多的玩具，实在是变脸太快了。一天四小时的练琴，不到几个月就让他焦躁厌恨。老师经常批评：别的小朋友都练熟了，你们家的孩子还弹得像筛子一样！妈妈后来气得用缝衣针扎他的手。后来，他一被抱到琴凳上，或者自己爬上琴凳，就开始哭，边哭边弹。再大一点，他在上门的钢琴老师的短靴里放红烧猪蹄，一边放一个；他给老师的自行车轮胎放气，把铃铛卸下扔远；七八岁的他，有力量抵抗妈妈的缝衣针了，爸爸就出手，直接把儿子关进小黑屋，说：想练琴就出来；不想练，就在里面休息！

这就要了成吉汉的小命。他在里面撕心裂肺地踢门，用撕裂变形的嗓子刺耳尖叫，身体重重撞门。这个大我两岁的人，看起来天不怕地不怕，但非常怕黑、非常怕鬼。九十年代我们迁居复式楼时，他从来不敢独自一个人待在某一层，楼下或者楼上，哪怕我在也好。对此，爸爸极尽奚落嘲讽：还想当警察！怕黑怕鬼——又爱哭，这种笨蛋警察你能保护谁?！父亲迁怒于那个讲鬼故事上瘾的能干保姆——再讲割掉你舌头！但是，早就晚了。在我看来，他们父子关系不顺畅，不仅仅是因为练琴多年积累的憎恨，而是父亲根本不认可儿子诸多没出息的品质。车祸前夜他被关小黑屋时，我父母其实有一段争执。妈妈的意思，是让儿子赶紧出来练琴，说老师都说他禀赋过人，只是他心理不到位，这样粗暴管束是南辕北辙；而父亲说，这样一个窝囊废的男孩，根本长不成一个真正男人。他屁也干不成。必须强力规制。

车祸之后，妈妈没了，钢琴也砸了。如果我没有记错，练琴六七年，成吉汉好像连六级——也许是五级，都没有考过。高中后，他也没有考进天南地北任何一所和法律、警察有关的大学。他的左腿因车祸股骨粉碎性骨折，康复后一直有点伸不直。当年离开医院时，医生们都说，孩子小，会慢慢恢复的。几年后，医生就都不这么说了。腿查了、腰查了，能拍片的都拍片了，各种按摩牵引理疗推拿，最终都没有解决那条腿的微瘸。最后成吉汉自己放弃了。也许就是这一点，做父亲的有点内疚。车祸前夜，因为关黑屋，成吉汉吓得一夜惊魇，没怎么睡，次日午睡的时候，怎么也不肯醒、不肯起来，闭着眼睛死死扒住床沿不放，要求再睡十分钟。妈妈说要不今天就请假算了，爸爸说男人不是惯出来的！结果，可能时间紧，妈妈开车赶，遇大货车抢道又处置不当，油门当刹车踩。

成吉汉小时候很矮，小猴子似的，每次都是被小他两岁的我快超过时，才急忙上蹿一点，但是，中学后，他突然拔节，像妈妈一样肩平腿直，完全抛弃爸爸的厚溜肩。眼睛也像妈妈一样，清洌执拗，随时暴烈随时温柔，和陌生人说话时，常有略带难为情的、非常好听的快乐语气。不止我同班、连隔壁班的女生都在传说，我有个非常帅的哥哥，可惜有点瘸。但即使这样，她们依然爱来我家玩。成吉汉并不和我同学玩，最多见面点一个头，但她们一个个依然莫名欢闹或傻笑，甚至看到成吉汉走过的身影就脸红。父亲多次跟我说，可惜钢琴砸坏了他的腿。爸爸是下意识地回避责任，因为我们都知道钢琴后面是什么。刚进小学的时候，成吉汉有一件橄榄绿上衣，谁也不知道为什么他要天天穿它。有一次他坚持等保姆把刚洗的衣服熨烫干穿上才走，结果，上学迟到了。那一次，我妈用整棵大白菜砸他，他豁着刚掉的门牙洞嘴号叫：那是我的警察服！再下来，入秋天凉，为了继续穿那件“带臂章”的所谓警服，他坚持不穿外套，或者，一到校门口就脱掉外套，最后发烧肺炎住院。后来他又被我爸揍了一顿，父亲当他的面，用剪刀剪碎了那件带臂章的衣服。有时我想，他不长个，就是为了等那件不能长大的警服吧。

不过，我父亲从来不认为成吉汉被耽

误过什么。成吉汉也果然如父亲预判，混了个省城二本。大学生活衣食无忧，他不乖巧也不忤逆，平平淡淡，最多就是买了很多很多很多盗版、正版的音乐碟片，败家有豪气。一毕业他就被父亲叫回来——他好像也没地方可去，就在“新年快乐”基层锻炼了。爸爸的意思是让他一边锻炼一边考个公务员，当普通文员也行，随他去吧。但是，成吉汉成天迷音乐，连续两年考了两次都成绩很烂。要不是工作还算认真，父亲说他会把他赶出去，考不上公务员就不要回新年快乐。父亲的蔑视心思，成吉汉一贯心知肚明，有一次他讥讽地问我，你看到全世界哪个国家的公务员是瘸子?

也好，当父亲大举进军房地产业两三年后，就把新年快乐先转交给我，最后彻底托付给儿子。这是最合适的选择。反正毕业这些年，接单、打样、客户确认、开模、毛坯、彩绘、贴标签出货，乃至设计、参展，各个环节，成吉汉基本都实习参与过，他有数。父亲自我鼓励地说，你学中文的，不也照样上路很快?父亲对儿子还是有梦想的。而事实上，一得到权杖，成吉汉就憋不住地意气风发，那种从此天宽地阔、宏图大展的小样，又被父亲见缝插针敲打臭骂很多次。

已经上了轨道的小企业，想跑歪也不是那么容易的事。但成吉汉也真的不是省油的灯。一上任，第一件事他就升级全厂广播音响系统，改用什么网络音频纯数字化体系，并将办公室、厂房、厂区道路、花径、喷泉池、员工宿舍里的一百多只扬声器也全部更新。办公室专门整出一间高档听音室，据说，里面所有的音响设备，都是进口的。对此，父亲保持了了不起的克制。似乎一碰触音乐、钢琴什么的，父亲就会有触手回缩的感觉。我能感受到父亲那种闪避反应，就像那种刹车、等红灯的阻滞感。这是父亲的脆弱穴位。

当新广播系统启用后，我和父亲在两个月后，第一次返回新年快乐时，一进厂大门，看得出，我父亲确实被它的效果震撼到了。我不知道成吉汉是怎么做到的，一进大门，我们就像进入一个透明的、无形的音乐厅。我们一行不知道是走在夕阳浅金色的天地间，还是成吉汉布置的无可名状的奇异光辉中。在那音乐旋律里，在那小号引领的新年贺卡一样的根据地，被音乐描绘得如天国一样感人欲泪。父亲的表情羞涩尴尬，是的，他享受到了他败家儿子的出手不凡。

什么曲子?我问。成吉汉声音很低：

……贝多芬……《蓝色的夜晚》……第二乐章。

我看到父亲看了我一眼，眼神里的谢意一纵即逝。他也想知道谁触动了他礁石一样的心。如果我不问，他永远都不好意思问儿子。据说爸爸年轻时喜欢过小号，但是，妈妈喜欢钢琴，说吹小号的男孩容易得疝气。

也没有人告诉我父亲——我也是后来才知道，成吉汉一主政，就买了几副滑板。他从疯狂练习到完美出师，都在新年快乐的厂区大道上进行。新员工谁也想不到，那个不时在厂区大道或草径上飞翔或摔得狼狈不堪的、那个踩着滑板在音乐声中追风而行，或者试图带板跃上台阶的瘸子，就是他们的老板。猞猁至死都没有给父亲汇报过这一节。猞猁汇报过，成少执掌后，厂里保安队开始每天拂晓要跑步五千米，不跑就扣奖金；猞猁也汇报过，每天傍晚，新年快乐的保安们，必须参加健身活动打卡——其他岗位员工随意。健身房是在五楼顶加盖的——除了走不开，一律要完成至少一小时的健身。成吉汉自己都坚持参加。哦，还聘请过一个散打教练，据说，新年快乐的保安个个有身手不好惹。这个我不知道，我只知道，我们厂里的保安队走出来，一个个衬衫下都能看到结实的胸大肌，看起来真比警察还帅。但成吉汉为什么搞这么多幺蛾子，猹猁没有汇报，我不知道猹猁怎么想，事实上，他把我哥诸多败家行为都处理为个人隐私了。我理解猹猁，在我看来，那是天真的成吉汉，对被钢琴压抑、被禁锢的沉闷童年，恶狠狠的反击。他终于自由了。也许他的内心，一直可笑地停留在那件我父亲剪碎的小“警服”里。

第二章

可能必须先说一个小故事，有助于进入成吉汉的奇异世界。那件事情，我父亲大光其火，差点把猹猁揍了。猹猁这个人以后再说，他是父亲交棒时一并交给我哥的司机，分管厂区安保工作。实质上，他更是父亲安置给儿子的保护人，兼职通风报信的卧底。

新年快乐小工厂，是九十年代初下海有了点钱的父亲，选址在芦塘镇青石水库边开办的。当时那里偏僻，租地便宜，几年后它才变成了劳动密集型的经济开发区，再后来，高新科技园区、软件园区等在青石水库西面陆续开发，芦塘的人气才渐渐转旺。父亲依照政府的扶持政策，将小作坊入驻芦塘劳动密集型开发区，升级成了工艺厂。豪气干云的父亲，一到新厂区，就为小工艺厂修了个气派恢弘的四车道大门，比周边的什么旅游产品制造、玉石加工、假发制作、电子装配等中大型企业的大门都大。他把妈妈请来的风水先生的忠告踩在地上：庙小门大，不藏风聚气，漏财。我父亲不信那个邪，偏就要一个巍峨磅礴的大门。千禧年前后，成吉汉接手时，新年快乐的订单依然稳定见长，每年两三百万的利润毫无悬念。它主要就是出口以圣诞灯饰、玩具、圣诞树为主的圣诞礼品。

芦塘青石水库是东西走向的蜂腰型天然水库，新年快乐厂位于水库最细的腰部偏西。差不多以此为中分线，水库再往西，是路宽车少但人气渐旺的高新科技、软件产业园区，水库往东，就是芦塘旧镇，村屋错落、街道狭小，有劳动密集型企业，带来的越来越多的外来人口。在二〇〇一年左右，蜂腰东西两边相比较，还是西水库的密集型工厂区及高新软件园区，更有未来城市的胚子；但新年快乐后围墙所对的东水库一带，虽然老旧脏乱——农民盖的房子，除了大门正面，大都砖坯直裸，根本懒得或舍不得装修外墙，一下雨还街道泥泞——但因为外来人口的渐渐增多，人气也不能小看，很多精明的本地人看到在西边水库上班的人，也爱过来租房子。越来越多的农民就开始借钱盖多层楼房出租，名为：种房子。这租房收益大过任何农副产品。

事情就发生在新年快乐厂区后围墙外两百米处，也就是水库东区老镇的米老鼠幼儿园。

那是村委楼外租的一层平房，在乡镇里就算很大的幼儿园了。粉色的墙上，贴了好多个米老鼠、唐老鸭的卡通头像；幼儿园大门开在村委楼后门，用竹篱笆，围出一个儿童乐园的小院子，里面是一片青黄不接的草地，院子中间有个红蓝色镶拼的硬塑滑滑梯；他们还把整圈护院竹篱笆，都涂抹成红黄蓝三原色不断轮回的、扎眼而笨拙的彩虹图案，很多油漆还是水粉，都在竹篱笆上脱落了。但这已是一个乡村幼儿园很鲜活的状态了。

事发具体地点，就是幼儿园的竹篱笆栅栏处。下午四点那个时候，是最多家长去接孩子回家的点。米老鼠幼儿园的裘老师（有人说是生活老师裘阿姨），就是在竹篱笆口被她丈夫杀死的。一开始，人们都没有看到那把十七厘米长的剔骨刀。那个肥壮赤膊的男人把它放在裤袋里。男人喝了酒，光着的上身潮红，脸和眼珠子，也一样发红。据说男人那两天一直在幼儿园门口，不断威逼恐吓那个要和他离婚的、已住娘家的裘阿姨；裘阿姨和幼儿园的人，也已经多次打过报警电话。但是，总是狼来了狼来了，总是没有出事，警察也就疲于应对。毕竟只有三名警察四名协警的乡镇小所，警力要用在刀刃上。

出事的那个下午，听说是裘老师的男人终于知道她要离婚是有了姘头，所以男人仗着酒劲，气势汹汹地要女人表态，要么跟他回家，要么死。因为家长们在接孩子，竹篱笆院门开放着，裘阿姨在幼儿园收拾厨房，故意不出来。之前，园长已经很生气地请闯入幼儿园的赤膊男人出去，说，等她下班你们夫妻自己出去谈。现在这么多孩子，影响不好。

但不知什么时候，那个酒后的男人，还是混进了幼儿园，并准确地在厨房堵住女人。女人蔑视地不理他往外走，男人掏出了剔骨刀。女人根本不把男人和他的剔骨刀放在眼里，喝令他滚，女人甚至一直胸逼男人，说你杀呀杀呀——你杀！然后，女人转身就走。

男人大吼一声，扑过去一刀扎在女人的肩上，女人这才惊叫，拼命往外逃到了篱笆院子。在滑滑梯前，又被男人一把揪住头发。一个接宝宝的家长，想好言劝阻，刚靠近，马上被剔骨刀划破衣服，吓得大叫有刀！人们像磁场反转一样，一起后退。一时之间，米老鼠幼儿园门口的尖叫声、惊呼声、孩子的哭喊声连成片。男人死死拧住女人，不知道在对她吼什么。正在附近做出租户人口调查的芦塘派出所指导员和一名地段警闻讯赶了过来。人围有信心地迅速让道，有如红海分离。女人一看到警察，立刻拼命挣扎，呼喊着杀人啦！——枪毙他——快枪毙他！就是那个时候，也就是说，那男人就是当着两名警察的面，把剔骨刀捅进了女人肚子。女人很强悍，边踢打反击，边狂喊枪毙他！而且，趁男人一个松懈，又转身还想逃，她想投奔警察。男人又追上一步，又是一刀扎进女人后腰。警察厉声喝止：放下凶器！杀红眼的男人，对警察挥刀。手上还拿着登记簿的警察不由一起后退。一个女店员塞给警察一根拖把，但是，警察只是蹲着马步，平伸了一下拖把，还没有点到男人，男人一脚，就把拖把一脚踢飞。警察又用登记本子砸他，嘴里吼着：住手！住手！但男人已经断定，警察阻止不了他。他索性转身，把光背留给警察，半蹲着，又一刀扎进已经不再呼喊“枪毙他”的倒地女人。

就是这个时候，一队人马闯进人围，冲向那对男女。

一见有刀，冲在最前面的两名深色制服者不约而同地有点紧急刹车，与此同时，持刀男人立刻起身猛挥剔骨刀，一个制服男的胳膊立刻渗出暗血，他大叫着捂住自己胳膊；这时后面两便衣男子中的一名，把手上的笔记本电脑状物，砸向行凶人。行凶者闪开，另一便衣男飞身一脚，直踹行凶者头颈部。男人捂脖子歪倒，其他人扑夺男人的剔骨刀。酒后的男人力大惊人，剔骨刀乱舞。这几个人不同程度被划伤，一起后闪；趁空隙，男人把剔骨刀一刀扎向自己胸口。踢他的便衣男，用不知谁给的铁畚斗把子，一把抡劈到他的持刀手腕，连带刮到行凶男人的脸，那酒后男人血流满面地跪了下去，剔骨刀扎歪了，掉在地上了。他颓然栽倒在他女人的身边。一个制服男，从后腰掏出手铐，他们七手八脚，用手铐铐住了那个行凶男子。那一瞬间，人群一片死静。每个人都听到了手铐的金属声。粗劣的彩虹图案的竹篱笆边，那对血泪鸳鸯，看上去就像辛劳了一天正相携入梦。他们合睡在一块越来越大的血毯子上。

密密匝匝的人群中，几乎都没有人能说清楚，那四个男子是怎么离开现场的。人们高度关注那两个处置现场的警察。哇呜哇呜增援的警车，唔哩唔哩赶到的救护车也一直吸引着人们的注意力。人们着急地猜测讨论这一男一女是死是活；没有注意到那四个男人怎么离场。只有沙县小吃店的店主夫妻，说看到那四个人一同进入一辆巡逻警车。次日之后，较长的一段时间里，有一个比较稳定的说法在民间流传：说最危急的时刻，多亏两名特警、两名便衣刑警，从天而降，扭转了恐怖场面。要不然，那个女人肯定死！但是，也有一种声音说，派出所警察窝囊无能，如果那几个很猛的保安和群众早到一点，那个女人根本不会伤得那么重。

大约在事情发生一周后，芦塘派出所的前一任所长打电话给我父亲。那所长和父亲一同在芦塘，算是有旧交情。当时他已经提拔到分局政治处副职。他简要说明了事发情况，肯定了新年快乐的员工见义勇为的精神，但强调了非法使用警具的严重性质。最后他说于私于公，他不想为难新年快乐。也就是说，公安不追究违法责任，见义勇为一事也就按下不表。换句话说，警方背下了这个黑锅，默认了他们是自己人。挂了电话，父亲一脸阴沉。我才明白，那个晚上本来要进城陪我过生日的成吉汉为什么没有来，只是让猞猁给我送来了一个首饰盒，说他临时有接待。猞猁什么也没说。晚上我打开盒子的时候，里面是两个又红又小的草莓。我打电话给小气鬼。他嬉皮笑脸，说，那是我窗台上的草莓第一次结果。赶紧吃啊，非常新鲜！其他，和猞猁一样，他什么也没说。

那一战的社会效果，大概传奇又辉煌。除了猞猁，另外三人全部被剔骨刀划伤。成吉汉脸上的一道伤口有小指头长，所以他没脸见我。他新的戴尔笔记本电脑也摔坏了；双胞胎保安郑富了、郑贵了分别是大臂、胸口划伤。因为没有丢掉小命，又赢了英雄口碑，这群二百五，不可一世骄傲自得。

父亲放下电话赶到芦塘踢门而入，是在总办门口听得实在忍无可忍。

成吉汉的办公室里面，那帮傻蛋正自我膨胀中。他们沾沾自喜于民间对他们特警形象的认定；陶醉于自己凌空而降的出手不凡，他们反复重温模拟当时的精彩一瞬；还埋怨猞猁头发胡子太长，看起来有损警察形象；郑富了还是郑贵了还说，要不是那杀人狂赤膊的身子太滑，他们早就把他按个狗啃屎，那女人早就救下来了！而成吉汉面对着蓝色玻璃窗子，微曲着双膝，一直在做出快速拔枪射击动作。他想象自己后腰有枪。他大概觉得自己非常帅。猞猁的腿架在茶几上，在打游戏机。这就是父亲踢门而入的场景。这就是成少总办公室，基本就是一个保安办了。

猞猁被父亲单独叫到里间狠狠训斥。在他辩解的时候，父亲抄起床头柜上的保温杯摔了过去。猞猁闪身接住了。他最后的嘀咕也很无奈苍白：我保证我在他一定是安全的。是的，猞猁并没有松口，他没有保证父亲要求他承诺的，绝不再发生此类事。他知道他无能为力。回城的时候，父亲在车里对我说，我不该对林羿发火吧？那么短的时间，要控制你哥那个二百五，他的确很难。

父亲说，那天要没有林羿，鬼知道还会搞掉多少条人命！

第三章

其实，我父亲很清楚，他自己也无能为力。他怎么会不知道自己的儿子是什么东西呢。记得他高中我初中的一个暑假，在我们一起去外婆家的长途车上，成吉汉和一个小偷扭打起来。本来车上是有人一起喊抓扒手的，有点群情激愤，后来扒手的同伙突然持刀现身，所有的乘客都噤声了，女失主的丈夫也松开了扭住扒手的手臂；本来要报警的中巴司机也放下了电话，并在减速中打开车门。成吉汉死死扭住行窃者，大喊司机快关门。他还以为司机是误操作。结果，两个小偷一起对付成吉汉，好在小偷并不想要他的小命，只是在他大腿扎了一刀，就一起蹿下了车，向田野中奔逃而去。

有几名乘客围了过来，抢着包扎处理成吉汉的腿。成吉汉一脚把他们踢开。血一下子就淋透了他的球鞋面，我吓得抱住他大哭，忽然之间，我感到他胸口的痉挛似的起伏，我不敢抬头，很快，我听见了这个高中男生抑制的喉咙异响。还是有大人过来了，用一根什么带子，扎住了成吉汉的腿。中巴车子一路无言，飞快地开进了一个乡镇卫生所。那一车人最大的善良，就是在车上等我们处理好伤口，回到中巴车上。他们不知道成吉汉本来就有点瘸，当少年一步一瘸回到中巴车上时，不知道谁带的头，车上响起了鼓掌声。我坐下后扭头看我哥哥，他咬紧牙关，泪水在他紧闭的眼睛下几乎溢出；我答应成吉汉，跟外婆撒谎，说他不小心摔伤了。回到父亲身边，我们口风依然不乱；成吉汉不小心摔倒了。开学前，我跟父亲说了实话。父亲咒骂了一句：我怎么会蠢到看不出是什么伤，你以为我也是二百五吗！

父亲把他最得力的助手留给儿子，也是一个证明。那就是他始终明白，始终清醒，他有一个什么样的不省心的儿子。这和猞猁救成吉汉的事情关系不大，即使没有那件事，我想，我父亲也会把猞猁，留给儿子。

那时，猗猁还是父亲的司机。父亲对他的欣赏爱惜，早就超过了一般司机。在广交会上，他出色的英语能力，意外帮过父亲不少忙。这还不是主要的，阅人无数的父亲是这么评说猗猁的：对人对事，他有直达本质的奇怪天赋。换句话说，在父亲眼里，猗猁是个格外清醒的人。

猗猁救成吉汉那次，是在十一月底的一个阴寒雨天。全城绵延下了半个多月的雨。两三度的阴冷湿寒天，冷得人们总想围炉，也总在吃火锅。父亲去市政协大厦的提案委员会拿个什么材料，之后他晚上还有应酬。送到政协大厦门口，父亲让猗猁不要等他，直接去城西的公务员考点，接考完的成吉汉回家。因为那个考点很偏僻，对我们家而言，是几乎横穿全城的二十多公里远。猗猁接了成吉汉返回的时候，路过了旧人民大桥。桥上少见地人车拥堵，到处都是人和伞，看不清情况。猗猁摇窗一问，说一个女人背着娃娃跳下去了，在下面又喊救命啦。猗猁还没反应过来，就听到副驾座的车门嘭地一声，扭头一看，副驾座上只有成吉汉脱下的蓝色的大滑雪衫，再抬眼，就看到成吉汉从桥护栏上跳下去的背影。猗猁追出汽车，边跑边脱衣服和鞋子，在人群的再一次惊狂呼喊中，猗猁也从大桥上跳了下去。

我父亲后来特意到旧人民桥，在他儿子跳下去的地方看着，始终一言不发。跳下去的地方距离水面十米左右。桥上的冬季风吹得我父亲脸色发白泛青，紧咬的腮帮上，一片青色疹子。我不知道他是讶异、后怕还是愤怒。他的儿子，他的司机，把那个找死的女人拼死救了回来。如果那天，猗猁没有跳下去，我估计那个女人和成吉汉都回不来了。那个捆在背上的男娃娃，没有救活，说是母亲从那么高的桥上一跳下去，他就呛死了。

跳下去的女人，一落水就后悔了。她拼命扑腾呼救。桥上和岸边的人越来越多，上上下下都成了呼救扩大器，但是，没有人敢下去。有人在打 110，有人指挥去找竹竿，去叫船家，去拿救生圈，有人在岸边甚至抛出了没用的雨伞。猗猁把母子两人推带到岸边的时候，岸边两三个男人是看到成吉汉在水中异常的样子，才连忙扑进水中，去接那个女人的。他们急指远处的成吉汉。猗猁返回去接成吉汉。成吉汉脚趾头在抽筋。后来他告诉我，没想到河里的水那么冷，一下去我手指头就发麻了。那胡乱挣扎的女人，又一直把我往水里压。抽筋是被我想出来的，当时，我一紧张就怕我会抽筋，结果，一想到抽筋，我的脚趾头就真的勾缩起来。实在太要命了。

他们两个爬上岸的时候，成吉汉拼命跳着踩地，要扯平自己的脚掌筋；猗猁精疲力竭地跪着，半天站不起来。寒冷的水、疯狂的女人、吸水的卫衣和厚实的牛仔裤，都是施救的致命阻力。回去之后，两人都病倒了，成吉汉发了两天两夜的烧，猗猁咳嗽了两三个月，经常咳得满面通红，像红烧猪头。父亲请来的老中医给他们搭脉开药后留了一句话：看你们有多少阳气这么挥霍！

第四章

按顺序，本该先介绍双胞胎保安郑富

了郑贵了，但梳理下来，我觉得边不亮的出现，是新年快乐的一个重要转折点。放在成吉汉的生命历程中，他似乎就是成吉汉天真梦想的加压泵。我第一次见到他的时候，是四月天的样子，我们还穿着薄羊毛开衫，他穿着黑色的无袖衫和牛仔短裤球鞋跑过我们的车。他蹲下系鞋带的时候，因为反戴着棒球帽，在车里的我才看到一张格外清秀的脸和结实但精瘦的手臂上的三角肌和肱二头肌。当时感觉怎么中学生也随便跑到厂里玩，猞猁说，是我们的保安。我父亲说，童工也雇。猞猁轻笑，说，十九了。别小看他。随身带刀。跑得飞快。

后来，我才知道，那个时候，边不亮是来用劳务赔偿撞坏的成吉汉的车的。父亲给成吉汉留下的是新帕萨特。原来的桑塔纳时代超人，也就是被他们这伙二百五喷了“治安巡逻”伪警车的那辆，成为安保队用车。成吉汉没有驾照，他一个瘸子，培训机构估计也不爱搭理他，他可能也懒得去。当时他只是买了黑驾照，经常缠着猞猁学开车。黑色的帕萨特到手后，他恨不得马上开好它。那天傍晚，在芦塘公交车站附近，猞猁本来因为下班高峰期到了，不让成吉汉再开。成吉汉不肯让位。在金宏达超市的十字路口右拐的时候，一个人骑着前后轮都是泥的金城摩托车，忽然从右边小路飞速撞了过来。成吉汉倒是反应快，一脚踩死了刹车，摩托车还是撞上了车门。一个少年从倒下的摩托车上弹起，没来得及站稳，一个中年男子扑上来就扭住了他，少年一下子亮出弹簧刀，吓退了男人，少年转身就往对向路口飞跑。

男人大喊：小偷！偷我的车！

猞猁和成吉汉把汽车靠边，往少年的方向追去。

也算他们追赶及时，那少年正和三个比他壮的青年打成一团。猞猁追过来，那几个人一下子都跑远了。少年一嘴角的血，还想追，被猞猁一把拧住。少年跺着脚，四下看地找什么。猞猁一脚将身侧的那把小弹簧刀踢远。少年挣脱着要去捡刀，猞猁狠狠反剪了少年的手臂。少年痛得大叫一声，蹲了下去，随即哭腔都出来了：扒手！他们在车上，偷了我的钱！

摩托车怎么回事？猞猁说。成吉汉顺道把弹簧刀捡了过来。

少年盯着成吉汉的手说，我冲下公交车，他们跑远了。正好看到有人停摩托，我就推开他，就是借用一下下。你们偏偏拐过来撞我!!

还是我们撞你了?! 那是不是该我赔你钱了?

少年眼睛喷火，目露凶光。看起来倒也像是真话。两人把少年拽到事故现场，那个男人也在路边察看他的摩托车撞得怎样，一看到他们三个，马上跳过来打那少年的头。成吉汉挡住，说，他被人偷了。

那就该偷我的车？汉子还是踢到了少年一脚。

少年怒喊：我是借用！

汉子说，谁要借你？你撞坏了我前车灯，还有灯罩子，油箱也都擦掉油漆了，你赔！你赔了老子就不送你去派出所！少年拧着脖子，不看那男人，但他看到了被摩托撞得凹陷了一大块的帕萨特新车右车门，显然有点吃惊，不由用眼睛偷瞄猞猁和成吉汉。猞猁拍着凹陷的车门说，你差点要了老子的命。少年却对汉子说，他们看到了，我追不到那三个扒手，我的钱在车上被他们都偷走了，不然我借你的车干吗？

哇，你还有理了哈！——摩托你赔！汽车门都烂了，你也要赔。不然我们一起捆你到派出所！少年像抽噎似的喘出一口长气，但什么也说不出了。

猞猁察看了摩托车一圈，说，车灯是坏了，不过，这掉漆是旧痕迹，不是今天擦掉的。一辆旧摩托，赔六七十差不多吧。

什么?！你别看它到处是泥土，这可是新车！洗洗，你就怕了！

成吉汉掏出一百元，说，我先给你。再找他算账。猞猁说，哪要一百？男子一把夺过钱：说不定还不够！我还有事，先便宜这小流氓了！

男人骑上肮脏的破摩托，轰隆而去。少年捡起地上的碎转头，使劲追砸过去。准心太差了。猞猁讥讽。少年回嘴：我是怕砸到别人！——要不比比?！

成吉汉说，我的车门，至少要两千块的维修费。对吧，他问猞猁。

猞猁说，加上喷漆、材料费、工时费，三千打底。

我没钱！少年惊叫起来：抓不到小偷，我身无分文！我的钱、我的证件都被偷了！

那你是不赔了？猞猁说。

我没说不赔。我是说——我现在赔不了。你把我抓到警察那，我也赔不了。

那你说怎么办？成吉汉说。

少年说，那你说怎么办?！

猞猁说，上车，去你家拿。

没家！就这条命，要你拿去！

少年口气决绝。成吉汉说，要不，你去我公司上班，用你的工资赔我。

——要我白干多久？

成吉汉说，我们现在找 4S 店算一算。该赔多少你就干多少。

事后，猞猁问成吉汉，你不差这些钱，为什么要逼那小子。成吉汉说，他已经被扒手偷光了，吃饭睡觉都成问题了嘛。

你相信他？

我信。成吉汉说。

有一次，成吉汉说，边不亮是不是很有趣啊？那么小只，是怎么长出无法无天的嚣张气派的？边不亮的嗓子沙哑低沉，在猞猁看来是声带结节了，在成吉汉听起来，正是天赋绝好嗓子，透着无所畏惧的沉着与英勇。

让边不亮最终接受用劳务抵扣赔偿费，其实是他自身麻烦大了。他把他洗车店老板让他带给他芦塘岳父的七十大寿的大蛋糕和黄油蟹也一并丢了。他冲下车去追扒手的时候，东西还在车上。回头他向 26 路公交车讨，公司回复说，司机说没有看到那些东西。应该是被乘客顺手牵羊了。猞猁雪上加霜地说，至少该赔你老板三百块，人家岳丈还不吉利——生日蛋糕也能搞丢！

边不亮咬牙切齿，拿着弹簧刀狠狠扎树。那时，他洗车行的月薪是三百出头。

边不亮同意在新年快乐做保安，也同意公司扣他的吃住费用，但是，他要求每月给他一百二十元钱。成吉汉说，吃住都在公司了，你怎么零用钱比我还用得多？边不亮说，反正你要留给我。大不了我就在这多白干几个月。成吉汉开始以为他抽烟，直到几个月后，才知道，抽烟之外，边不亮乡下的奶奶还在种地，如果他不能给她每月八十元的化肥钱，奶奶就要到六公里外的一个小学去挑粪。

说起来就是物以类聚了。边不亮对车上的扒手，积攒了刻骨的仇恨。据说他三年前一进城，就在一出火车站的公交车上，被扒手偷掉了仅有的一百多元，当时饿得捡过垃圾筒边的剩快餐盒，熬过来的。所以，如果不是同仇敌忾臭味相投，对他这样一个没有身份证、没有劳动合同的人来说，随时违约开溜，也是十分自然方便的。但是，边不亮留了下来，而且成为这帮反扒反抢、热衷替天行道的“伪币”中最坚忍、最手狠的一个。他效力新年快乐保安的半个月内，就在公交车上和车站，连续抓了三起扒手。他简直就是复仇似的和所有的小偷扒手宣战。当然，猞猁曾说，边不亮这么变态、这么不要命地嫉恶如仇，是他心里装满了恨，而新年快乐，又给了他最强有力的后盾。没错，成吉汉和猞猁都非常欣赏这个少年。

第五章

可以说双胞胎兄弟郑富了、郑贵了了。这么说吧，如果不是遇上成吉汉，不是遇上猞猁，这对双胞胎可能早就被警察抓起来了。

他们比成吉汉大一两岁，初中辍学就来到城市混。说是双胞胎，也不怎么像，但细看还是有很多相近点：都有点像发胖的唐僧，都爱吃红烧猪头肉，都有一双宽褶子、无睫毛的圆眼睛，很女式感的小鼻子、小嘴、小耳朵，它们一起陷落在肉乎乎的圆脸中。不过，兄弟俩神态大不相同，一个老喜欢把表情管理成老成持重的思考状，结果只显出肤浅的狡诈；还有一个呢，总是故作天真，实际上也真的就是天真，故作的效果反而凸显出有点贪，不管是贪财还是好色，都掩饰不成功，算是表达不善。哦，他们智商也差不多——猞猁一直怀疑他们出生时难产憋坏了脑子。他们是一对奇怪的互补组合，总在情绪摆荡中各处一端，维持了整体的平衡。比如，一个活跃开怀时，另一个往往深沉稳重；一个胆小谨慎时，另一个往往英勇无畏；一个豪情四海、天下为公时，另一个正在工于心计、斤斤计较。所以，他两个总是批评对方、彼此鄙视。但是，他们有一个共同的爱好，就是假扮警察。从小脑子就偏迟钝的兄弟俩，总是被人欺负。所以他们觉得警察威风凛凛，无人敢欺。在进新年快乐之前，他们活跃在成吉汉公务员考试点那一带，那也是一大片城中村，也有很多外来人口和本地出租户，还有城里人节假日喜欢去的湿地公园、小园博园和神足山湾。哥哥郑富了先是在那边的一个物流仓库做保安。有天晚上，几个酒后流氓小混混，不知道为什么在仓库大门口吵架。要动手的时候，郑富了从保安门岗冲了过去，威声制止，说，不允许在他的地盘上撒野，他有权对此负责。一开始，那些流氓小混混还真给他面子，移到了更远一点的地方闹。没想到，郑富了早就留心了，他们一动手，他不顾值班同事劝阻，单枪匹马，挥着电池早就坏了的破警棍，冲杀了过去。

他厉声喝道：给我住手！

结果是两伙人合起来，揍了郑富了一顿。

弟弟郑贵了本来在城里一个水煮活鱼店学做片鱼，因为总是片得太厚，片断鱼刺，又总是片伤手，老板忍无可忍，让他哪里发财哪里去。听说哥哥受伤了，郑贵了就过去看他，顺便替了哥哥半个多月的班。因为流氓小混混都鸟兽散了，警察只能登记报案就了事；又因为物流仓库负责人不认为郑富了是为了仓库安全利益被打，而是多管闲事，所以，不能给郑富了报销医疗费。郑富了就写了情况汇报，托人反映到公司管理层。上面七拖八拖地，一直没有给个好的批复，不是说领导很忙，就是说领导出差，反正就是还没研究。郑富了郑贵了就给报社热线打电话，把打架地点巧妙移到仓库大门口，或者说仓库围墙边。记者很快来了，还给郑富了包着纱布的头，拍了大头照——本来医院早就要他去拆线了，说再不拆会有线结反应，线会长到肉里，更难拆。但是，郑富了和郑贵了都以为公司负责人“明天”就会下来慰问他，所以，为了现场效果，他们一致觉得再包一下比较好。

报纸真的发了稿，还配图郑富了的渗血黄纱布包头的照片。物流公司管理层非常不高兴，但是，迫于舆论压力，只好给郑富了报销了医疗费，然后，马上将兄弟俩辞退了。辞退的事，郑富了郑贵了气愤地又找了记者。记者说，唉，算了，上一篇我都被扣奖金了，批评报道没有采访双方当事人，我太相信你了！

郑富了说，我真的被开除了呀！好人落难了！你为什么不相信我？连带我弟弟也被开除了。他们这是对抗舆论、打击报复！后来，双胞胎拿着报纸，又到了几家公司、酒店做停车场保安。有一阵子，一身正气的郑富了还进了一个派出所当协警，才干八九天，警长嫌他脑子不清楚话又多，就不要了。不过，郑富了自己说是警长嫉妒他的勇敢。那个时候，弟弟郑贵了用外加一条烟，还是一包烟，买到一条二手警用皮带，成天威风凛凛地系着，尽量让人看到他有警徽的皮带头。这个皮带，郑富了向他借过几次，他一次也没有同意。气得郑富了就去天桥底下，买了一个逼真的假警察工作证，自己贴了照片，自己编了警号，经常拿出来晃，动辄高喊一声：站住！我是警察！总之，双胞胎一起迷上了社会警务管理，穿着保安制服，有事没事在人流密集处巡视，一碰到偷窃的、打架的、夫妻在街上打闹的，他们就出手。警察没来，他们就说自己是警察，警察来了，他们就说自己是保安。总归是积极又勇敢。

哥俩也经常在网吧巡视，看到未成年人，就严肃批评教育后赶走。因为他们的努力，那一片网吧，未成年人都不敢去。双胞胎说，有家父母还给他们送过“爱民如子”的锦旗——不知道真假，也不知道如果是真的，他俩又能把锦旗挂在哪里；再后来，郑氏兄弟发现西山漆树大公园有很多人玩纸牌，就是那种来钱的小赌赌。双胞胎认为很不雅观，影响社会风气，他们就经常利用下班时间过去劝赌。他们很耐心地一石桌、一石桌地巡过去，诚心正意地劝玩牌的人们把钱收起来。有时以治安联防联动的名义，要求公园保安一起去配合清理。保安以为他们是辖区公安的协警，也真的配合了好多次。大家都很认真。

郑氏兄弟在被管理者们又尊敬又讨厌又无奈的表情中，感到人生的朝气。虽然操心那么宽，时常比较累，但虚拟的公权力也是公权力，只要管理相对人以为是真的，那就是真的。有一次，在第九农贸市场，兄弟俩一起成功抓获了一名本地老贼。做完笔录，从派出所出来的失主姑娘，就感激地请他们吃大排档，还有青岛啤酒。那之后，兄弟俩都开始注重仪容仪表，最后都说姑娘对自己有意思。两人差点反目成仇，还好姑娘及时表态，说她对谁都没有意思，只是敬佩英雄。一直到双胞胎确认姑娘真的再也不搭理他们兄弟的任何一个，才重新和好，恢复了义行天下的哥俩联袂。

他们还关注酒吧治安。据说有相当一段时间，在椰子湖的酒吧一条街，两兄弟经常深夜去巡逻执勤。他们着装整齐，出示警官证，认真维持酒吧秩序。看见未成年人，或者拿不出身份证的疑似未成年人，一律严肃教育后赶走。他们还会和酒吧保安交流治安动态，叮嘱保安多加留意不法分子。一直到辖区真警察有所察觉，出动整治，兄弟俩才闻讯慌忙撤出酒吧一条街。

再后来，他们无意中发现，有不规矩的人在湿地公园杂木林坡那边偷情。郑富了郑贵了当场出手，严肃质问男女：知不知道通奸是违法的?！男人就狼狈不堪地给他们敬烟塞钱，请求私了。双胞胎觉得这事也不是十恶不赦，烟和钱看上去也很无辜，他们心一软，就私了了。

看来公权力对人的侵蚀，比铁块生锈还容易。口袋有人家塞的钱，对自我、对事物的看法就多角度起来。后来他们注意到，只要关心社会风气，时不时地，总有不那么十恶不赦的不良男女需要法制纠偏。当那些男女用不正经的身形步态隐入杂树林时，郑氏兄弟就再掐准时机，鹰眼出击，十有八九，必定有违法事件，不辜负兄弟俩的严明执法。那个春夏，那些对于风化的专项整治，客观上改善了郑氏兄弟的经济生活。还有一次，出租车司机听说他们是警察，执意不肯收他们的车费；后来，遇上知道他们警察身份还收他们车费的不懂事的哥，哥俩就非常生气；再后来，他们追求规范化，一起购买了三百多元的假警官证（黑皮套上警徽非常真实），并开始随身携带盖公安分局章的治安罚款簿。对了，关于警衔，双胞胎有过激烈分歧。郑富了觉得自己是哥哥，弄个一级警司不过分，郑贵了不同意，自己出道时间、执法履历、精神风貌样样不差，凭什么警衔要低一等？最后，俩人决定一起授衔自己为二级警司。不过，遇到猞猁之后，什么屁警衔都没了。这是后话了。

再后来的一天下午，郑贵了看到成吉汉的车辆在逆行。

当时，兄弟俩受邀和小姨阿四一起过端午节。公交车还没有到芦塘站，就看着公交车走不动了，探身窗外一看，哇呜，原来百来米远的前方，会展工地那边的地下管道爆了，三岔路口边，黄河之水，井喷似的有七八米高。道路被淹了。所有的车都慢了，对向的车也在满地浑水中，瞎子般地迟疑着。郑富了、郑贵了互看一眼，异口同声地对司机喝道：开门！我们去疏导！

兄弟俩非常默契，他们熟稔奔跑到交通枢纽要害位置，各站一个方向，立刻指挥调度起来。三个方向的被困车流，就在他们的疏导下，绕着浑水喷泉，越来越快地流动起来，看起来很有序。兄弟俩所乘的公交车慢慢也路过他们，看到浑身溅满黄泥水的郑氏兄弟时，司机感动地招手：哎，上来吧！

郑富了的整条胳膊抡得像风车，示意公交车加速通过，不要影响大车流。而郑贵了则做了个右转直行标准动作：快速通过！走——！车窗里的乘客就纷纷感言：哇，还好我们车里有警察啊。很多乘客对他们竖着热烈的大拇指，一车的大拇指，渐行渐远。

芦塘水管破裂大堵车时，成吉汉和猞猁看到了，成吉汉就避开。他本来就是练车，人多车多就慌，没想到这一避却开上了逆行道。猞猁提醒已经来不及了。负责这边交通疏导的郑贵了，远远看到这辆逆行的车，就盯住了。反正堵点车流已经松开，他有时间迎着逆行车而去。他坚定地拦下了成吉汉的车子。敬礼。他示意成吉汉出示驾照。

成吉汉吓到了。他看着那个指挥交通的制服人向他走来，心就虚了八分。他本来就是买的驾照，野培都还没有完成，今天也是趁父亲开会，让闲着的猞猁带他出来玩两把新车。成吉汉下车，出示了买来的驾照，一直对郑富了赔笑。郑富了皱着大眉头，一脸严峻审视着驾照，说：违章逆行，罚款两百！他让成吉汉明天到城西大队处理。如果你没有时间，郑贵了掏出他的治安处罚本，也可以现场缴费，但是，你自己抽空去大队事故处理窗口拿处理发票。

谁要发票……成吉汉小声咕哝着，唯唯诺诺地开始掏钱。

猞猁从车里出来，一把夺回郑贵了手里的驾照。他盯着郑贵了：给我看你证件。郑贵了看猞猁长发垂肩，一脸虬须，眼神歹毒阴鸷，心里不由发凉，说，我是城西大队……

猞猁说，城西大队？吴大的人？郑贵了连忙点头。猞猁突然拧提郑贵了的胸口。成吉汉吓得忙推猞猁放手。猞猁却将郑贵了狠狠一揪提又一把推远，随之补上一个大脚：胆真大啊！诈到老子头上了！

远远地，郑富了气势赳赳地增援而来。一听猞猁质疑他们的警察身份，他张臂一挥：我们是新年快乐厂里的保安！正奉命配合警察疏导交通！你们是谁?！——昂！想干什么?！

嘁——猞猁喷气而笑，笑得老伤发作，扶着路边消防栓一边狂咳去了。

兄弟俩自投罗网了。

事后，成吉汉一直追问猞猁，你怎么一眼就看出他们不是警察？是什么地方露馅了？我看很像啊。

猞猁最后说，一，99 式警服是天蓝衬衣，铁灰色不对；二，警察处理罚款，不可能私了；三，这里是城南辖区，和城西无关，城西吴大，是我随口编的；最后——这是你学不会的——真警察骨子里自威自大的神气，很难仿真，就像假币永远是假币，成不了真币。

第六章

阿四，就是新年快乐食堂的煮饭的阿姨。

成吉汉和猞猁把双胞胎一起载到厂里。阿四才听了三句半事发经过，就虎地起身，一个抡臂动作，啪！啪！掌心掌背，就各赏了兄弟俩一个大嘴巴子。郑富了、郑贵了一人抱着一边脸，狼狈尴尬地讪笑着。

猞猁无动于衷。成吉汉难掩得色。口哨，没错，他在一边吹口哨。他吹出的口哨是《威风堂堂进行曲》，这也是郑氏兄弟后来最爱吹的、唯一基本学会的西洋音乐。看来双胞胎在这样的旋律中，记打又记吃地获得了深刻的人生教训。成吉汉后来跟我说——他依然笑得要停下来换气——你不知道那对混蛋双胞胎，被阿四左右开弓狠抽的小样，有多傻多好笑，他们根本不敢回嘴，一对灰溜溜的贱骨头表情，简直被阿四快打哭了，之前吓死我的假警察威风全打没了，真他妈笑死我了，要多过瘾有多过瘾！

后来阿四跟我说，我教训我外甥的时候，成少得意得就像个二流子，一点老板的正经样子都没有，人家猹猁还比他像个有头脑的老板。

阿四是新年快乐食堂做饭最好吃、也最有流氓习气的厨师了。她掌控了新年快乐上上下下所有人的胃。只要她心情好，她可以让大家的舌头和胃，像过年一样开心兴奋。她一不高兴，员工的饭碗都不保。阿四好色，不管男女，好看的，她都喜欢，而且习惯手动赏鉴。打菜是明显给好看的员工分量多。一个搞设计的年轻人，每次打菜，阿四都欺负他。年轻的设计师有一天爆发了：你！宫保鸡丁——没有鸡；土豆肉丝——没有肉；红烧排骨——只有骨头；好容易今天的青椒肉片有肉——操他妈的是洋葱皮！

阿四双臂交叉，从玻璃隔挡里摇头睥睨：长得丑还这么大声！

年轻人一礅饭盆，青椒米饭乱跳：长得丑就该吃得少吗?!

——不对吗!！阿四咚地一敲那个打菜的长柄勺，然后越过窗子，直接打击设计师的饭盆：没见过长得这么丑还这么神气的人！我就看你不顺眼啦——怎么样?!

那个年轻人真的气走了。不干了。父亲也不知道拿厨艺高超的阿四的流氓德性怎么办，还好我们那个小厂，一般都是抄袭按样打货，贴个企业LOGO基本完事，原创设计环节不是多么重要。阿四把父亲的胃，已经哄得不再经常闷痛返酸。以致我父亲后来一路征程，儿子之外，最念想的就是阿四给他的小灶美食。但是，阿四的自以为是、阿四的流氓习气、阿四的溜须拍马、阿四对成少的疼爱、阿四南北通吃的手艺，都让我父亲对她不知所措。父亲有一次背后骂她，妖怪。

这个非妖即怪的人，就是那时我们还不认识的郑氏兄弟骗来的。她是他们的小姨。阿四是寡妇还是终身未嫁？忘记了，反正她是一个人。据说郑氏兄弟的母亲死于难产后，双胞胎一直是这个小姨照顾的。他们父亲很快再娶，又生了几个，所以，双胞胎基本是小姨一手养大的。哥俩也只认阿四为母。后来说是太会吃，快把外公外婆家吃垮，就被阿四一起赶出农村进城打工了。后来，两人过年回到安徽老家，逢人就说自己已经考上警察，天花乱坠地吹嘘各种都市警匪亲历故事，村里的人都对兄弟俩刮目相看，请吃饭的人家都多了，饭桌上向他们讨主意、拿看法的人也多了。回乡一趟，俨然倍感尊严。

前些年，阿四是躲债还是躲人什么的，忽然就出来投奔双胞胎。辗转颠簸，托老乡找老乡，这个区、那个区，终于把双胞胎逮到，才知道这两个混账外甥根本不是什么警察，不过端一个朝不保夕的保安破饭碗，还成天管天管地管空气，经常被人揍，自己都经常吃了上顿愁下顿。

后来阿四好像先在父亲的一个生意朋友家做饭，没多久，那个朋友的老婆坚决要赶走阿四，说她不安分，乱翻东西，做个菜饭还偷开音响。那朋友说她做菜很不错。阿四就这么流落到了乡下的新年快乐厨房。那个朋友没有吹牛，阿四做的饭菜，真的好；阿四也果然很漂亮。一张鹅蛋脸，低调地潜伏着颧骨，她要是不要流氓撒泼，不暴突起她的颧骨和腮帮，还真有点观音娘娘的妙相。不过，她那宽褶子的双眼皮，和双胞胎一脉所系，经常让我觉得是石膏雕塑的眼睛，不好交流。阿四巴结老成，也巴结小成。她对我父亲是敬畏，对成吉汉更多是疼爱。成吉汉对阿四也不薄。可以这么说，少主面前，阿四更猖狂了。有一次，她做的粉蒸排骨没有熟，食堂一片郁闷蛙声。阿四辩称是那天十一点多放的音乐不对；成吉汉居然就查那个时间点厂里的广播系统音乐，一查是肖斯塔科维奇的《钢琴三重奏》，成吉汉哈哈大笑后表示，那个音乐的确不合适蒸熟排骨。成吉汉宣布：以后阿四蒸排骨，音响室绝不许播放肖氏《钢琴三重奏》。阿四是很能顺竿高爬的，立刻说，前天下午的曲子，非常合适蒸粉丝包子——那包子你不是说非常非常好吃？就那个声音好。成吉汉让人马上播放阿四说的前天下午的音乐。拉赫玛尼诺夫《帕格尼尼主题变奏曲》一出来，阿四就腰杆挺直，一脸怎么样的自得神气，仿佛那音乐就是为她蒸包子谱写的，没有听完，成吉汉就跳起来重拍阿四的肩。没错！成吉汉指着空气中看不见的旋律，说，你对！我看到了，好吃的包子，就是这样熟的——纯美的、白色的水汽袅绕中，它们——慢慢、慢慢、慢慢变熟的——淡淡的忧伤在蒸腾，热腾腾的炊气，散发着包子的复杂的美好香味——成吉汉嘎嘎咕咕地狂笑，看不出真言戏言，匪夷所思的魔怔，令周围侧目。看起来成吉汉二百五的江湖名声，也不全是空穴来风。那个阿四，据说还声称：巴赫的《第三勃兰登堡协奏曲》(她始终不懂也不屑记曲名）最合适她的大炖菜。这是一道我哥哥在冬天特别爱吃的大杂烩菜。对此，成吉汉也推波助澜——嗯啊——勃兰登堡协奏——什么都丢进去，什么都在锅里歌唱，没有——再也没有比大炖菜更和谐、更美好的世界啦！

之前，阿四放言：天下好吃的菜，只有两点秘密，一，准准的时间，二，准准的盐。现在，她可以加上，准准的配乐。她说，每一个菜，只有独一的、刚刚好的时间，刚刚好的盐。找不到它，你就不会做菜！这样看来，还要加上独一的、刚刚好的旋律——真是一个猖狂的女厨子。

本来，成吉汉升级全厂广播系统的时候，并没有考虑给一楼简易搭盖的小食堂配音箱。没想到，阿四不干。成吉汉说，我主要不是放流行歌曲，阿姨，你听不懂的。

我当然懂！阿四说，流行歌曲我才听不懂！

成吉汉说，好吧，老天爷。

有一天，在城里，在我们家的饭桌上，成吉汉说，阿四阿姨有一个古老的音乐灵魂。父亲的女友说，谁？父亲说，一个妖怪。

大约十多年后，父亲嘴里的妖怪，嫁给了一个德国汉学家还是什么专家，这一节传说有点模糊，但是，我完全相信阿四拥有不同寻常的、嘉年华一样永恒的生命轨道，以她的机智和天赋奇葩，相遇一个跨国音乐知音，加一个疯疯癫癫的中国菜迷，她出奇制胜大放异彩地为国争光，也不是太匪夷所思的。

第七章

每年六月到九月，都是新年快乐最忙

碌的赶货期，厂房灯火通明员工加班加点是常事。但九月之后到过年，就不那么忙了，这种松弛可以持续到开春的三四月份。也就是说，扣除夏秋两季，工厂就比较闲，季节工也都会离去。要不是我父亲被暴利的房地产拐走，原计划就是开始考虑强化自主原创设计的，就是说，其实那时，我父亲已经不满足于单纯的看样加工。

成吉汉、猞猁、双胞胎四人在幼儿园血案大显身手的时候，就是新年快乐的淡季。因为年关，很多外口，或者不安分的人们，习惯性地捞一把猛干一票，回家过年。治安形势就季节性地比较严峻，路扒车扒，路面两抢、入室盗窃全面高发。新年快乐有一年，就是在年关时节被入盗过。所以，保安在淡季也不能松懈。而这帮“伪币”，因为郑氏兄弟、因为边不亮的到来，在成吉汉的直接领导下，治安巡逻的范围日益扩大。尤其是双胞胎来了以后，带来了99式警服的迷幻。成吉汉没想到，网购的、黑蓝色的99仿制警服，竟然那么威猛帅气。他给保安们还配了黑色马丁靴，整得就像机场特警穿的那样，一彪人马跑过去，简直就像特警飓风行动。他们沾沾自喜地把我父亲的那辆创业旧车，又喷上了“治安巡逻”大字，车里还有一个不知道哪里弄来的不会亮的警灯；在他们企图把臂章“保安”字样换贴“警察”字样时，被猞猁喝止。猞猁说，他妈的你们先读读《警察法》第三十六条好不好！

成吉汉说，上面怎么说？

——人民警察的警用标志、制式服装、警械、证件为人民警察专用！其他个人和组织不得持有和使用。违者可处十五日以下拘留或者警告；构成犯罪的，依法追究刑事责任！

保安们一片扫兴的嘘声。知道猞猁不会胡说八道，成吉汉情绪便很郁闷低落，他以为他能说服猞猁：我们又不干坏事，谁都知道，我们就是想帮帮警察的忙嘛！

猞猁说，警察不需要帮忙。

郑氏兄弟看出成吉汉心不死，又趁势轮番进言，说，头，不然我们再买一套，我们就直接买那种臂章、领花、胸号、帽徽、警衔都齐整的，根本不用我们改。就是贵一点，但看起来跟真的一模一样！非常带劲！

猞猁说，你试试看。

这事才暂时按下。幼儿园血案大得民心成为江湖传说后，这一伙“伪币”乱真的心，就再没消停过了。他们膨胀得不行，也锐气风发得不行，恨不能铲平天下所有不平事。后来不知道谁，又偷偷搞了个旧警灯，安放在大门口传达室顶上，这破警灯，比他们“警车”里的那个好，就是有时会亮一下。有时它几天都不亮一次，有时一连几天，闪刮着红光不眠不休。这就非常好了。猞猁极尽嘲讽挖苦：你们干脆去芦塘派出所问问，能不能把他们的牌子直接扛来，挂在我们家保安室门口去。

有了幼儿园的英雄业绩做底，这帮人就把新年快乐的淡季过成了旺季。保安队本来每天绕厂围墙跑步出操，有一个也爱见义勇为的包装工，据说曾经干过消防预备役还是武警退伍兵什么的，喊一二三四的操练口令，特别威猛，简直喝声断砖，很有威慑力。每天的晨光与夕阳中，“伪币”小队就在新年快乐厂子的古典音乐中，操练奔跑，朝气蓬勃吐纳、曙光暮色；幼儿园血案之后，他们把操练范围自行扩大到快半个芦塘辖区，好像他们跑多远辖区就有多大似的；还增加了黄昏、深夜操练巡逻。在芦塘，人们大概时不时会遇上这伙着装整齐、中气十足、喊着“一、二、三、四”跑过人群的家伙。人越多，他们的胸脯就越高，步伐就越铿锵，一！二！三！——四！有力到听不清，反正打桩机一样声震寰宇，比那些理发厅、足浴店的小弟小妹呐喊游行得民心多了。所以，我就不相信芦塘警方没有看到这帮抄袭者，没看到这帮粗看是同行细看是二百五的保安们。也许，警察也明白，这群“伪币”操练式的巡逻行为，客观上是能营造辖区安全感的，对于不法之徒，也是有一定威慑作用的。从这个意义上理解，也许，让人傻傻分不清真假，也未必是坏事。毕竟群防群治，受益的还是老百姓。

这支威风盖天的操练巡逻的队伍里，不会有成吉汉和猞猁。成吉汉非常爱去得瑟，不是囿于自己是老板，而是顾虑于自己腿部形象不佳有损警威；尽管猞猁挖苦逗弄说，警察也有负伤的啊，没关系的啦；成吉汉还是坚决维护自己心目中的警察完美的形象；猞猁是根本不屑加入，他从来就看他们像小品、闹剧精，尽管他是分管安保工作的，但他只对少主安全负责。

有一天傍晚，新年快乐的巡逻队在农贸市场口（芦塘很多人都是下班才到晚市买菜）巡逻中，正好听到有人喊“抢钱啦”，是摩托车抢包组合。这伙人戴头盔，力量大、速度快，非常凶猛，又捕捉不易；那个死不放包的壮女人，被抢夺的摩托车拖行了，包带断了，摩托车晃了一下。就那个瞬间，边不亮以惊人速度飞越绿篱冲向辅道，他的短警棍直接打下了摩托车后座的抢包者。骑车者在摩托的剧烈摇晃中，恢复平衡，飞速逃远了，而落地的抢包人，还没有站稳，手上就挥着匕首。

那场格斗，边不亮的小鱼际也被划了一刀，整个手掌血红。挎包刚刚夺回，没想到，那个同伙和另两辆骑摩托的抢夺组合汇合了。五人三车，竟然又气势汹汹杀回来营救同伙。新年快乐四个保安，对五个亡命之徒（其中一个甩出三节棍一个有西瓜刀），一场激烈的鏖战。新年快乐的保安本来就训练有素骁勇善战，后来一个正吃面的小伙子，又挥着小吃店长凳也增援进来。出手抢包的劫匪和一个小个子的同伙被铐住了。劫匪估计腿断了，坐地抱腿号叫，不用铐也跑不了了。另两个带伤逃走了，后来也相继被警方追逃捕获，他们有个组合，就在同日，撕抢一女子大金耳环，撕得那女子满脸是血。而新年快乐的保安也基本都挂彩了。据说，那个壮女人，抱着边不亮的双腿和自己的人革挎包，跪地猛磕头，说她刚刚取了钱要回老家过年，那里面是她两年没回家挣下的血汗钱。那个女人一一给这伙“伪币”鞠躬，她说，谢谢民警！谢谢恩人！最后，她对那个持面店长椅参战、嘴角还有一抹花生酱的小伙子也深深鞠了躬。她原话说的是——你和民警一样好！

那一时刻，大概假警察们和真群众，都一样心潮起伏壮怀激烈。

先到医院处理完伤口，再到派出所做完笔录的巡逻队员，最后回到新年快乐厂大门时，已是黑沉子夜。那是新年快乐保安队受伤面最大的一次。

一行挂彩的、疲惫的小队伍一进厂大门，忽地，新年快乐四至的白色栅栏内，大小灯齐放光明，维纳斯喷泉狂飙。阿依达的超长小号在夜空穿云裂雾，连接天国。光辉而磅礴音色，让小小厂区，神迹般壮丽辉煌，是的，整个厂区，高分贝地响起了威尔第的《凯旋进行曲》。在那个夜晚，在那个远离市区万丈霓光与红尘之外的乡镇一隅，在那个月光隐约、夜色清幽的郊区厂房，辉煌的音乐，瞬间成就了天上人间的光辉遗址。音乐里，从天而下的金色高光，打亮了那天地间、唯一的非凡舞台。

我早就领教过成吉汉音响系统的威力。小灰白楼上，成吉汉扶栏伏立，他注视着楼下他那支归来的小小队伍，就像注视着自己的梦境在变现中散发出奇异光芒。海市蜃楼般的神祇之城，在大地的睡梦中超凡崛起。他咬着嘴唇，他死死咬着嘴唇，悄无声息。在那一双眼睛里，厂区草径上走来的不是小小的保安队伍，而是沃野千里中的万马千军，他们行进在无人觉察但威武豪迈、磅礴恢弘的金属般的时光里：

欢迎你，复仇的英雄
英雄之路，鲜花洒满荣光
向至高无上的神灵，奉上感恩之情
伟大的埃及光荣

合唱的人声来自时光深处，叠加了世代人类的声音，仿佛是人类通用的语言，悠远模糊，它们在颂扬英雄凯旋，在感恩上苍，它们在歌颂黑暗中人们看不见的坚定意志与血染风采。一整排高亢激昂的阿依达小号，气吞河山连天接地，统摄万载。在成吉汉的眼里，那些疲惫的、走向阿四食堂的身影，披着金色的光芒，犹如众神归来。

据说猹猁那一瞬间也心潮暗涌。也许，是成吉汉选放的音乐太有光辉感，太有煽动性和澎湃力了。猹猁不太看下面的小队伍，他呆望着淡淡残月与寂寞天边。一天又快结束了。极目而望，光辉蒸腾的厂区之外，环闭着迷蒙浑沌的暗。那黑沉的暗，晕染漫漶，无界无边。猹猁也没有扭头看成吉汉，但有人按搂了他的肩膀，然后，他被那条胳膊用力地侧搂了一下。猹猁依然没有转脸，也不用看了，肩头上，成吉汉的掌心在不节律地颤抖，也许是轻微痉挛。猹猁知道，身边那悄无声息、轻微痉挛的影子，一定是泪流满面中。

天亮就好了，旋律停下就好了，发作之后，大地、人心都会慢慢复苏。

猹猁独自下楼去了，他去食堂。成吉汉也会下来，在餐桌边，他照例要重听一遍手下的浴血经历。虽然电话里都知道了大致。但他一定会重新听一遍，会不放过任何一个细节地再听，甚至默许他们神武地渲染与夸张。就像得到一个大骨头的狗，他一定要把骨头统统咬碎、咂透，星星沫沫都不放过。伪币们照例夹叙夹议眉飞色舞：所有的挂彩，都是勋章。双胞胎手指被扳断的那个，从进厨房开始，就隆重举着伤指，就像举着一座纪念碑，一直跟阿四危言耸听地渲染回放各种惊险时刻。

猹猁吃着宵夜，照样一脸不协调的淡漠和不屑，但他脑子里还有残余的旋律未消退，他心里也有数：人生也许就是如此吧，总有绚丽的七彩气泡在飞；总有人只为生命的荣耀而战，总有些傻瓜，一辈子目光远大，只看到远方诗性的光芒，永远看不到自己一脚狗屎。

新年快乐保安办公室的主墙上，贴的标语是："让好人笑，让坏人哭"。一个字有足球大，两句话的中间，是一把喷火的金色手枪，喷火的方向对准坏人哭这一句。谁贴的，无人答。谁题的字，也不知道。我估计八成就是成吉汉那个二百五干的。

再后来我路过，看到喷火的手枪下面

又有一行歪歪扭扭的幼稚小字：比警察快，比警察猛，比警察帅。再后来，那行字又不见了。这我就猜不出谁干的了。

我只知道，那个事件之后，成吉汉为他的“伪币”们，花去了不少医药费、营养费。新年快乐成了“伪币”们的提款机。我不知道猞猁是怎么完成汇报的，老成不可能不生气。反正那次之后，成吉汉听从猞猁的建议，开始考虑给他的队员买意外伤害险。

但那个夜晚，猞猁应该是被触动到了什么软点。据大家回忆，猞猁后来经常让音响室播放威尔第的《凯旋进行曲》。他甚至染上成吉汉的恶习，喜欢的就连续循环。播放得那些不喜欢激烈音乐的工人都快哭了。

第八章

二十年后的今天，芦塘已经是完全城市化了。但那时，二十年前的它，只在城市化的初级进程中，相对今天，那时的芦塘小镇，一派贫困、杂乱、无序而生机盎然。很多城市化的基础设置、机构配置，都处在应对人口快速增长的疲惫招架中。

那个乡镇小派出所，本来只是个二层楼的破旧小板房，一下大雨，就多处漏水。后来的一栋砖混三层小楼，还是与我父亲同期所在的、后来提拔到分局政治部门的那个能干所长召集芦塘豪强们开会又开会之后，在原址起建的；前坪院子里的水泥硬化、花圃绿化、便民宣传栏，都是新年快乐工艺品厂额外赞助的。三名警察两名协警，每一名警员至少要服务四五万人口。看着快速膨胀的暂住人口和驳杂纷乱的治安形势，他们常常会想哭。幼儿园血案出警的那名指导员，在血案之前的一次追逃中，腰部受伤，一直不能恢复如常。采集人口基础数据的琐碎艰辛，使他非常渴望能尽早使用电脑，尽快数据化，但是，他们的办公室连空调都装不起。所长室的空调，还是一家公司赠送“破案神速”旌旗时，顺便附送的一台旧窗式空调机，一开启，就像发动了拖拉机。所以，遑论电脑化了。而那间西晒的讯问室，一入三伏，常常是警察和被讯问人，一起桑拿似的汗流浃背问答，风扇呼呼转出的都是暑气满满的热风，双方就差互相伸舌头散热了。

幼儿园血案还有一个背景前提。大约是四五个月前，从火车站到芦塘的 26 路公交车上，扒手案件持续高发，有一个失主居然在车上被扒三万多元。当时是巨款。警察很生气——生乘客的气：长不长人脑？——这么多银子，居然不打的?！明摆着是侮辱小偷车扒的职业操守嘛。有目击者说，扒手是一伙多人的，有刀。刑侦的专业反扒大队哪里坐得住，就开始跟 26 路车。当然是便衣。26 路车，一般一天发车三十一趟。那天，好不容易两个盯了四五天的便衣，逮住了一次现行扒窃，没想到三个扒手跳窗而逃，便衣和便衣协警分头猛追了一千多米，其中一个扒手摔倒。那家伙嗷嗷叫，挥刀威胁警察不许靠近。警察举枪命令他放下刀。那扒手竟一个鲤鱼打挺扑向逼近的便衣。事后有同伙说，他们一直认为便衣手里不是真枪，或者坚信警察不敢开枪。总之那扒手疯狂无畏地挥刀扑向警察。枪真的响了。扒手倒下了。

当场死亡。

我父亲说，开枪警察当场脸都吓白了。他们非常清楚，这下麻烦大了，近距离开枪，是什么情况？——先说清楚来。赶来的纪检组警官、检察官、媒体记者都一眼看出，火药痕迹还在扒手脸上。开枪的警察磕磕巴巴地解释说：是他扑我的枪口，我并不想射击。这个开枪经过，他必须做无数次的详细陈述，反扒队负责人也要无数次向上级或有关部门汇报，说明开枪情况，由上级各环节的火眼金睛们仔细推敲分析，最后再出结论。

我父亲说，那开枪警察还是被处理了，不过比较轻，但许多一线警察已如惊弓之鸟，本来二十四小时都带枪的反扒刑警们，更是不胜其苦，视开枪如畏途。再后来，听说全国各地的警察，带枪出警都要严格审批；领导们出于全盘的稳妥考虑，一般也不轻易批准带枪出警。人民警察爱人民，暂时分不清开枪条件，就不要贸然开枪。而警察们为了减少自身麻烦，更轻易不带枪了。那个幼儿园血案也好，26 路车击毙扒手案也好，总之，新年快乐的土八路横空出世的时候，就赶上那个警察为求稳妥、自降武功段位的特殊时期了。

据说芦塘辖区警官心情复杂。时不时地，新年快乐那帮狗拿耗子的伪警察，就把车上扒手、商铺小贼，还偶有路边打劫的、抢夺的、套铅笔圈诈骗的，统统“扭送”到芦塘所——正规军做笔录、跑审批，也是很辛苦很费时的——芦塘警方还不止一次亲耳听到这帮家伙以警察口吻对歹徒们威武训斥。他们避过警察，偷偷使用手铐、警棍等警具。这帮热情澎湃的“土八路”，吸毒似的心痒手痒，忍不住地就想偷偷动警察的“奶酪”；芦塘警方也一眼看到他们的警用皮带、黑皮鞋，还有差点乱真的仿 99 式警察制服。只是，面对真警察，这般梦游者，从来都规规矩矩地承认自己是保安（也许后面有高人指点），一口咬定是路见不平，依法“扭送”坏人——那怎么着？人家不僭越，不胡来，就是血热脑热，见义勇为，追寻一点替天行道的正义情怀；人家拼着吃奶的小力气，那么流血流汗流泪地扶正祛邪，还一毛钱都不要，命都可以忽略不计——春节假日，每个被排值班的警察都痛苦万状，恨不能在万家团圆的日子里陪伴父母妻小，可是，这些反扒志愿者，龙腾虎跃拔剑四顾，就怕你不排上他的执勤时段，从来无需分文，个个无怨无悔。你说，芦塘警方心里怎能不复杂？

直到年关那起制服摩托抢劫帮的英勇群伤，芦塘所所长感动之余，专门让内勤写了份汇报材料，报告给分局领导，郑重介绍了芦塘辖区有这么一群热心综治的积极分子。所长觉得这种自发的治安热情不宜伤害，如果疏导得好，也确实是造福一方的群防群治力量，是否就干脆引导扶持这支综治志愿队？在分局领导又请示市局领导之后，公安认可芦塘所这个想法。这样，一个风和日丽的下午，在新年快乐厂门口，分局领导亲自出席了芦塘“反扒志愿队”成立的挂牌仪式。一边是警容整齐的正规军；一边是着黑色特勤服、大头黑短靴的威武保安。分局领导以人民的名义，感谢新年快乐保安的一身正气和勇敢奉献。最后，领导严肃地指出，反扒志愿者，只允许以志愿者的身份活动，绝对——绝对不许假冒警察，严禁——严禁使用警械等违法行为。

从此，新年快乐工艺品厂门口，就多了一块“芦塘青年义务反扒志愿队”的牌子（我父亲每次路过，一看到就翻个白眼）。媒体一报道，一家保险公司闻讯而来，给反扒队员赠送了保额合计二百万元的意外伤害险。保险消息也跟着见了报，效果应该比花钱的广告好。这就是全市反扒志愿者的雏形。这个志愿者反扒队伍，后来一直在全市各区成立并壮大。据说二〇一七年左右，也就是车辆监控布满全市公交车辆之前，本市反扒志愿队伍发展到五六百人，很多支，还有一个女子中队。我看到一个报道，当时是截至前三年吧，全市的反扒志愿者“扭送”的扒手，有一千三百多人次。数目挺惊人的。而那时，成吉汉早已退出江湖。那些轰轰烈烈的光大者，大都不记得最早的原点了。

新年快乐反扒志愿队成立后，终于“入编”、师出有名的成吉汉，不知怎么和芦塘所的所长开始了很深的警民鱼水情。他比我父亲出手更慷慨，先送了十箱雪碧可乐，后来干脆替芦塘所安置了两台矿泉水机，还问人家要不要一套广播音响。人家所长笑着谢绝，说，嗐！什么音响，我们更需要的是改善基本办公条件！我们这小所，一年的办案经费，人均才几十元。奖金、补贴、燃油、车辆维护、临时人员酬薪、日常开销，全部要自筹。上面给的是政策扶持，就是户口政策，但人家不怎样爱买乡镇户口嘛！你以为警察待遇多高，我一个小所长，月工资加津贴，不过三千多！一年五万上下。成吉汉非常意外。猞猁一听就懂。他早就注意到芦塘所的警车是个三四万的奇瑞，而且是至少开了四五年的破车。后来，成吉汉就送了两台变频空调。办公室的秘书还给空调用红绸缎扎拉了一朵大红花，搞得跟结婚陪嫁似的，敲锣打鼓送到卢塘所。

不仅如此，作为志愿者，新年快乐保安们还经常和反扒刑警配合，深入社区、深入校园去现身说法，宣讲反扒知识。据说，成吉汉在外语中学（市名校）有过一个尖峰时刻。他演讲的是和猞猁一起讨论出的“反扒秘笈”，穿插了故事，真实又精彩，氛围活泼；双胞胎和边不亮演绎扒窃动作，过程生动有趣，充满黑白活力，学生们听得血脉偾张。据说有个奔放的漂亮女生，代表她自己上台，向成吉汉献上了吻臂礼（抑或是吻额礼什么的，这点，双胞胎讲得很暧昧模糊）。整个反扒揭秘讲述，成吉汉从上台到结束，表情都挺窘迫，这点我相信，这是他平和外交的惯常神态，是从小就有的、那种带着羞涩感的喜悦与友善。总之，成吉汉的那天的讲述，让整个教室的学生不断跺脚尖叫；很多学生回家就跟父母家人讲扒窃故事，然后传授，什么公交车先下后上不仅是教养，更是反扒策略；什么单独乘车不打瞌睡、手机不挂胸口、不放外衣口袋等等反扒理念及实用知识；好像还编有一个反扒顺口溜，我记不得了。

新年快乐志愿者全力以赴的奉献，让芦塘所的全体警员（含临时工）都很感动。警方无以回报，知其所好，指导员主动回赠了一条自己用旧的警用皮带，还有两件警察黑色 T 恤，其中一件新的，胸口还有 POLICE 的小字。指导员千叮万嘱地说，都知道你们是做好事，但是，真的但是，做个纪念就好——千万别用出去啊！

成吉汉一拿到警察黑 T 恤和皮带，当天就穿上、系上了。估计衣服还带着前警察的执法汗味。他在工厂的玻璃墙面、车门玻璃，在城里、家中的大小衣镜前，商店的不锈钢大柱子前，在每一个能够反映镜像的墙面，他都顾影上下，沉湎于自己的警心警魂。只要没人，或以为别人不注意他，他就背摔、叉腰、射击、勾拳，做各种瞬间威猛制敌动作。而且那件POLICE字样的黑T恤，他几乎就是一干就穿，就像他小时候的那件被我父亲剪碎的小警服。

这些礼物的获得，让他有了彻底碾压了双胞胎真假不定的警用皮带的优越感。看清楚！成吉汉说，你们好好见识一下什么叫正品——什么叫百分百真货！

第九章

有了警察的支持，这伙“伪币”的群体人生就更荡漾了。如果不是猞猁时不时泼冷水、时不时威胁警告，我真的不知道成吉汉他们会进行怎样的除暴安良的疯癫传奇。警方有言在先，要求他们在“扭送”坏人的时候，严禁自称警察，只能亮明群众身份：我是反扒志愿者！但是，双胞胎永远只说：别动！我是反扒的！语气比“真币”还威风强悍。双胞胎只怕两个人，一个是阿四，一个就是猞猁。有一次，他们接受小偷贿赂被边不亮看见。一回厂子，猞猁二话不说，劈面就大打出手。双胞胎偷眼看成吉汉脸色阴沉，知道瞒不过了，就替小偷辩护。那个女贼，也算是扒手界传奇。市里的反扒支队都知悉，她从小偷到大，因为姿色不错，一到婚龄就被一个家里还有点地位的好人家娶走了，但是，女贼已经断不了行窃的快乐。而双胞胎也已经不止一次逮住她后放行，也就是说，不止一次受贿。猫和老鼠已经进入一个双方默契的互助互益循环。双胞胎异口同声地说，她是有小偷病，是病人。我们所以这样，是为了保护她的家。哥俩还说，人家都怀孕了啊……

真侠义！猞猁冷笑说，还他妈铁血柔情呢。猞猁根本不信任双胞胎，他甚至说，抓住一单就意味着你们隐瞒了七单。鬼知道猞猁是怎么算出来的，他和双胞胎关系不好是明摆的。但是，阿四偏偏喜欢猞猁。阿四一眼就看出老成小成对猞猁的倚重，给小成弄小灶，经常就连带着给猞猁也做。反正他俩经常同进同出。阿四让小成和猞猁都假称胃病，这就杜绝了郑氏兄弟的妒忌。猞猁也由衷激赏阿四厨艺。听说有一次，他为了讨教阿四怎么把蒸鱼葱丝切成头发丝的长条，真的去音响室，一首一首为阿四寻找她想听的那段曲子。因为阿四不懂也不记曲名，又已时隔数日，是不容易的回溯寻找工作。但是，猞猁真找到了阿四所要的奥芬巴赫的康康舞《巴黎人的欢乐》，然后，阿四就在厨房的案板边听，听满足了就长叹一声，说，就像是偷来的舒服啊……没事就多放放这个吧，日子好过。然后，她就手把手秘传猞猁，先把长葱段一根根像筷子一样平摆，然后把大生姜片压上去，之后再极细地切姜丝，姜下面的葱就自然成丝了。猞猁佩服得五体投地。阿四还教了猞猁用竹荪与面条同捞，怎么把握火候调味汁，做天下无双的竹荪干拌面。阿四说，不知道哪个女人有嫁给猞猁的好福气。知道猞猁喜欢的女人爱吃鱼，阿四又传了一手，悬空蒸鱼。蒸鱼的时候，鱼绝对不能平躺在盘子里，否则贴着瓷盘那一面的鱼肉不好吃。必须直接悬放在筷子上蒸，最后才装盘，再淋油浇汁，那才美味。

正是这样，从不跟“伪币”们上路除暴安良的猞猁，第一次到路上抓扒手，就是为了阿四。当时，阿四是去邮局汇钱给她哥哥，她父亲刚刚查出肝癌。临到柜台，她发现自己的包已经被人割开了，画报纸包的三千块钱不翼而飞。阿四在邮局又哭又骂，咆哮整个芦塘大街。邮政所门口树下的一个修鞋匠说，不要说我说的。最近有三个男人一直在这一带转，用刀片，用这么长的医院镊子，偷过了很多人。报警也没有用啦……

那时，边不亮刚刚加入。反正那一阵子，新年快乐的“伪币”们，正是怀才渴遇、替天行道的高烧期。他们掩饰着自己的炯炯目光，自感灵活又机智，FBI 似的，天天穿梭守候在芦塘邮局那一带。猞猁、成吉汉也一样都是草民便服。猞猁教大家怎么游手好闲又不错眼珠地干活。有一天，有个外地供应商要和成吉汉见面谈个新材料项目合作，成吉汉倚仗权位，命令猞猁出面负责接待，自己依然坚持伏击在擒贼第一线。奇怪的是，那三个嫌疑人，好像再也没有出现。双胞胎去找鞋匠发火，踹人家脏脏的补鞋缝纫机，说，你他妈的是不是出卖了我们的行动?!

修鞋匠挥了挥剪皮子的大剪刀，示意他们滚远一点：再踢?！鞋匠骂道——什么东西！最近城管多，你们瞎了眼吗？他们换地方了，怪我啊?!

那一次的失败，阿四倒没有损失。伏击不到窃贼的成吉汉，郁闷之下，对于垫给她救急的三千元钱，气急败坏地表示，不用还了！

阿四倒是当场撸起袖子，说，走！我亲自跟你们去抓!!

阿四当然没有出征，她必须好好做饭。猞猁第一次站在小黑板前，给新年快乐的保安上了一堂反扒课，包括跟踪与近身擒拿技巧。他说，你要会识别眼神，扒手不会像乘客那样关心乘车时间和线路，他们会盯着乘客的挎包、口袋，还会警觉地四处张望，防范是否有人监视跟踪；其次是辨别举止，小偷在车上会贴近或故意碰撞目标对象，喜欢起哄制造拥挤混乱，借此触摸下手目标衣兜等；车来了，他们挤完了却并不一定上车，或者重复乘坐一条线路，还要注意观察——手上往往拿着塑料袋、过期杂志，外衣搭在手臂上，热天披厚衣、晴天拿雨伞，或胸前挂瘪瘪的大包，这些都是行窃的掩护装备。最后，猞猁说，邮局那几天有个我叫大家注意的人，不就是天热还把长袖袖口捂紧的人？而那些医疗用的、二十厘米的长镊子，往往就藏在袖子里。

哼，那不是屁也没有抓到?！郑氏兄弟嗤之以鼻。他们觉得自己是专业保安，懂的比一个破司机多得多。所以，猞猁再传授什么跟踪技巧啊、抓捕时机啊、证据保存啊、行动配合等等等等，双胞胎就觉得真是好笑。双胞胎各自抖着二郎腿，还不时成功地交换对方意会的鄙视目光。

边不亮倒是很专注听，瓮声瓮气地多次恳切发问。

你说那医用镊子缠胶带，我不明白，是什么胶那么黏？

双面胶。猞猁说，它缠在镊子尖上。扒手夹取物品的时候，防滑。有时在手持处，他们也会缠黑色的电工黑胶带。都是为了防滑。

边不亮说，上次那个扒手，我明明看

到他把得手的手机放进裤袋，可我一扑过去，裤袋就是瘪的。当时我就纳闷了。现在我才明白了，我并没有看错。

对，他们的裤袋会故意剪破，让赃物滑到裤管。你那次，如果不是旁边有人突然拔腿就跑，使你一分心让已经逮住的这个溜掉了——如果你不为所动——那你就会在他裤管底，找出那个手机。突然跑开的扒手，就是在制造掩护同伙的假象。他们成功了。

边不亮说，你怎么知道这么多？

猪猁还不及回答，双胞胎就胜利地大喊：

——前世是贼！双胞胎默契地呼喊着，互相击掌狂笑。

自以为是的双胞胎，后来为自己的妄自尊大差点付出小命的代价。大的还是小的，就被那种二十多厘米长的医用长镊子，在胸口戳了一个洞。不过幸好被边不亮挡了一下，窟窿不深。在医院清创后打了消炎针，都没怎么缝针就放回来了。据说，他俩是高唱着“金——色——盾——牌——热血——铸——就——”从医院得意洋洋地回来的。

第十章

大概没有多久，新年快乐的保安队伍发生大“地震”，也就是双胞胎双双要求离职。他们可能感到非常悲壮、无比悲愤。据说，去成少办公室递交辞呈的时候，他们中有一个——我不知道是哪一个，一路眼睛里都含着泪花。

起因是猪猁。直接起因是来自贵州的一伙女扒手团伙。外号叫飞天团还是什么团的，连父亲都听他的警察朋友说，那团伙在江湖上名气很大，说是个个年轻漂亮、身手灵活。她们就像龙卷风一样，边偷边旅游一个城市，席卷一大笔钱财，又像龙卷风一样消失，再联袂造访另一座富裕城市。不过，猪猁后来对我说，也不都是美女，团伙里也有男贼。

那天我和父亲都在上海。那一阵子，接连几件事让父亲很生儿子的气。先是一个女业务员带着几个大单子，叛逃跑到了竞争对手武大郎的公司。这事，成吉汉跟我抱怨过，说那女强人一直要加提成，她已经比一般业务员提成高了几个点，所以，我也不支持他再惯她。父亲是欣赏那个女业务员的，他认为问题是儿子留不住人才。成吉汉还一直建议搞文创研发，无心恋战工艺品的父亲，已经不想在原创上再浪费钱，又觉得儿子从来都是败家精，非常不屑，一聊这个话题，成吉汉就会被痛骂。

记得那天，我一早就给成吉汉打电话祝他生日快乐。顺便问他生日怎么过。成吉汉说，大家会提早下班，进城去小城春秋边吃边唱卡拉 OK。他们一伙本来开两辆车就进城了，但是，因为成吉汉戏言，说，一人给他捉一个扒手，就是送他最好的生日礼物。那伙二百五，就真那么计划行事了。那个下午，他们分乘黄色中巴和公交车进城去。

那时候，路上很多招手即停的私人营运中型巴士，更早一步走的办公室的女生们，是坐中巴走的。慢一步出来的保安们，等来了直达小城春秋 KTV 的 17 路双层公交车。边不亮戴的是波波头假发，最近他很喜欢成吉汉送他的这一顶。他上身是黑白条纹的男友款大套头衫，下面是热裤，热裤下是过膝的绒面弹力靴，平底、黑色的，看起来是个帅气的漂亮女孩。等车无聊的时候，郑贵了蹲下来，触摸他靴子上沿的腿部。边不亮收腿就是一蹬，可能那一腿太重了，郑贵了后坐倒地，捂着被蹬的颈窝根本站不起来。哥哥郑富了过来就猛推边不亮，被猞猁一把架住。郑贵了缓过劲来，咒骂道，妈的个半男女！我只是想看看那到底长不长腿毛！

来！边不亮说，你再来！

郑贵了不敢，但是继续咒骂：声音是个老树皮，大腿像他妈的兔子皮！

猞猁不阴不阳地笑。郑氏兄弟不敢再造次。郑富了把弟弟猛提起来，动作很粗暴，他怒骂郑贵了手贱，那副憎恶厌烦的教训脸色，能明显看出是在指桑骂槐地发泄。也就是说，那天一出师，双胞胎就不高兴了。

把客户打发走的成吉汉往站点赶来的时候，17 路正好在慢慢靠站。为了消除瘸腿的不平衡感，成吉汉的日常步态，一般都是不疾不徐。那时，手下人也不敢催促，只对司机售票员指着喊，还有一个！还有一个！猞猁一脚跨在上车台阶上等成吉汉。他最清楚，成吉汉平时并不太在意自己的腿，不管是商谈、会议、还是出游嬉戏，他倒也认瘸，但是，一旦涉及“警容警威”的行动，他就很在乎自己的腿部形象，就像一只追求对称羽毛的小鸟。

新年快乐的那伙人一上去，双层车中间的通道就站满了乘客。成吉汉就在边不亮旁边，他们在靠门再往前一排的位置，司机后面那边。没接父亲电话之前，成吉汉把两条胳膊还不时搭在边不亮的双肩，还在为边不亮理顺理顺发丝。边不亮的手臂，有时也会圈在成吉汉的腰上，总之，看起来就像一对热恋情侣。猞猁一上车快步上了车二层。上面几乎没有人，只有三个外地人新鲜快活地坐在第一排，叽叽喳喳地点评沿途城市风光。平峰期这是正常的状态。但在上下班高峰期，有机构做过测试，一平方米最多站过十二名乘客。

猞猁又下到一层。打扮成农民的双胞胎，分别挤在一层过道中后部。那里散站了四五个人，两三个扎马尾辫的年轻女子，可能是觉得挤，她们不断调整身子。猞猁也站到了中间略靠后的位置。车子一站之后，猞猁就对成吉汉和边不亮很轻微地眏了下眼睛。他在售票座后一排边，被挤得有点弯腰，但很快他身后座位上的一个男人起身下车，空出位置。没想到，更靠近空位的一个枣红旧夹克的中年男，竟然不顺势落座，反而眯缝着眼睛视而不见的样子。贴在他身侧后的年轻女子，竟然也不抢座。猞猁便坐了下去。他就是这个时候，看向边不亮他们，眏了眏眼睛。

这一站下去了四个，又上来两个。车子比之前松了一些。双胞胎一个已经移到靠车尾，一个马尾辫遮挡了他；中部的那个双胞胎身边也有一个背斜挎包的马尾辫，他俩挨得很近，随着车辆的颠簸，都在同步摇晃。连成吉汉不方便的角度，都看出枣色旧夹克男和他身后的灰衣女子的异常。灰衣女子的身子在蹭旧夹克男后面。坐在枣色男下巴下面的猞猁，一抬头就能仰视到那男人如痴如醉的脸，他甚至听到了他的幸福的粗重的喘息声。不用看他后面，猞猁就断定那个陶醉的夹克男完蛋了。那灰衣的性感女子一直在蹭擦枣色旧夹克男。

猞猁以为在女子侧后方的双胞胎，最方便看到旧夹克男背后的第三只手。视线被严密挡住的猞猁，根本没想到双胞胎双双都被各自美女隔离。边不亮盯踪的视线，也不断被乘客移动的身子打断。就是此时，成吉汉接到了父亲的电话，父亲在严厉质询一家新外贸公司的跑单情况。可能是财务那边有人打了小报告。父亲非常震怒。新年快乐因为给予对方货到付款的信任，已经收获了多单不诚信的回报。新年快乐不是大厂，但多年来，父亲选择合作方，一贯非常谨慎，也很铁腕，父亲一向坚持款到发货。对那些非常信任的老客户，也会要求先付订金百分之三十。而他儿子，因为轻信，因为耳根子软，因为那些天花乱坠的业务代理投其所好，说可以送他真正美军训练服，因为这因为那，他竟然百分之十的订金也同意不收，同意货到再付款。生意场上，成吉汉是注定只能和君子打交道的。

那个跑单的标的近七十万，成吉汉不敢不老老实实地接听老爸训斥。

敏感的边不亮独自起身，往车中间挪，售票员还以为“她”误了下车要添堵，吼了一句什么；大概就是这个瞬间，枣色旧夹克男的后裤兜钱包被夹了出来，边不亮看到灰衣女子的肩膀动作，她动手了！边不亮粗鲁地搡开乘客，就猛扑了过去。灰衣女子出手更快，她已经把钱包转移给了双胞胎旁边的斜挎包的马尾辫。斜挎包马尾辫和灰衣女子，不知是历经了多少磨练，默契得有如天作之合。马尾辫下面的手在利索地接转赃物，上面绵软无力的漂亮脑袋，依然晕车般挨着那个双胞胎的胸口，娇喘微微：……这车……怎么这么颠啊……

边不亮一把拧住灰衣女子的手腕。那支小臂从枣色夹克下悠悠出来，主动翻掌，就像魔术师优雅展示空空如也的美妙一瞬。是的，她手上什么也没有。灰衣女子的轻慢得意的眼风，让边不亮明白，她刚刚保持的肩部耸动，就是为了戏弄盯踪者可笑的捕捉。

猞猁站起来，他不管边不亮和灰衣女子的眼神对决。他直接扑拧马尾辫的胳膊。晕车的马尾辫一声尖叫，护花使者的双胞胎一掌阻击在猞猁胸口，与此同时马尾辫扭头就对猞猁的手咬了下去，猞猁痛得放手，但闪身另一手一把拧住她的马尾巴。灰衣女子则趁乱移到了车门边。边不亮后扑，死死拖住她的后领，没想到，后排的另一个马尾辫已经到了车中部，要不是边不亮反应快，那把医用尺长镊子就直插他右胁。边不亮闪过，身后猝不及防的乘客，发出一声凄厉尖叫，他中了长镊子一刺。边不亮对双胞胎怒吼：猪啊!！锈子！而猞猁，死死扭住斜挎包马尾辫不放。混乱的乘客，让他挥不出拳头，连楼上的乘客也跑下来探看究竟。

车厢狭小，到处是战斗，不知往哪里躲避而乱闪乱避的乘客，发出潮涌一样有起伏感、有方向感的阵阵惊呼鬼叫。再说车头，混战的同时，司机减速后踩了刹车，但谁也没有注意到，一直在驾驶座后的男子一把匕首，就架在司机肩头：——开门！快!！

车门刷地大开。

持刀男忽略了在打电话的成吉汉，也许他也心无旁骛急切逃亡。他刚转身，就被成吉汉一个胳膊肘，猛撞到了肋部。用力太猛，成吉汉的诺基亚手机也甩了出去，父亲还在里面。对此，成吉汉有些微的迟钝。成吉汉敢摔电脑做制敌武器，但手机里的通话父亲，即使不发威，还是会让他心虚，现在，父亲被失手摔了出去。

匕首男被成吉汉的肘尖狠撞，疼得佝偻下身子，眼看要蹲下，却被突围过来的灰衣女子一把拽住，顺势一起跳下了车。乘客又一阵惊呼，持医用长镊子的马尾辫，从后窗突然也跃了出去，真是身轻如燕。

双胞胎面面相觑。边不亮已经追了下去。成吉汉捡回手机，不看父亲的线断没断，也冲了下去。

边不亮看着他们仨拦下了一辆正下客的出租车。边不亮手上的弹簧刀却没有扔。他似乎也有点懵，甚至怀疑到底有没有偷成，到底有没有证据证明她们是不是扒手。

双胞胎一直目瞪口呆，他们完全是反应不过来——开始是对这伙美女扒手猝不及防，后来是对各种混乱迟钝，他们都被马尾辫的美丽温柔转了境，一下子回不到过去的职业状态，脑子各自空白，下意识就不接受车里发生了扒窃。他们用眼神彼此支持彼此宽慰。直到那个枣色旧夹克男，忽然惊呼起来：——钱！我的钱包！刚取的四千块!!

乘客一阵骚动。那时，那是一笔大数。

猞猁把马尾辫拧得颜面朝天，动弹不得。他毫不松手。他坚信灰衣女子把陶醉男的钱包转移到了斜挎包的马尾辫那儿。没想到，违法的搜查表明，马尾辫的斜挎包里、她的全身上下，根本没有钱包。连脚上的板鞋也捏过了。双胞胎顿时有了点和马尾辫同仇敌忾的意思。马尾辫泪汪汪，她朝天哭叫着，哀求猞猁松手：我又不认识她们！我的头发要扯掉了。她呼喊，再不放手，我就报警！

猞猁光是狞笑，他不直说。他等着那对憨瓜掏出非法手铐。

但是，双胞胎没有掏出他们最爱掏的威猛兵器，甚至他们没有掏出有警徽的假皮套反扒证件。他们直觉认为这根本就是天大误会。没有任何证据，你就好好地疯子一样，扭住一个姑娘家不放，这算什么事？他们不想为虎作伥。不知双胞胎中的哪一个，应该就是站在斜挎包马尾辫边的那一个，他鼓起英雄救美的勇气，要求猞猁先放手，说就是同伙，她也跑不了了。双胞胎就是不愿相信，眼前这个楚楚可怜的泪眼婆婆的马尾辫，是他们一贯乐意追捕的猎物。

别说松手，猞猁连看都不看求情者。他对双胞胎的蔑视，也是到了不屑掩饰的地步。这个哭哭啼啼的马尾辫，被他们拦了招停中巴，强硬扭送去市反扒刑警大队。那个枣色旧夹克，一路垂头丧气、骂骂咧咧地跟着去报案。他一路念念碎，说自己只是眯了一小会，他叨叨自己的钱多么不容易，他一路诅咒扒手小偷。猞猁嫌他委琐嘴碎，猛地吼了一嗓子：够了！你他妈享受的时候，怎不想爽的代价?！双胞胎听得脸上各自红白交替。郑氏兄弟转眼看成吉汉，说，成少，人家毕竟是受害人嘛，还是注意点群众影响，将心比心，这么大的损失，我们至少要有点同情……

猞猁打断他：你，是不是一直在她身边？

那个被盯问的双胞胎，拒不点头也不摇头，以示对抗。猞猁对成吉汉一个眼色，成吉汉心领神会，他过去提起了那双胞胎的破烂皮革包。铜拉链本来就是坏的，一扯开包口，报纸包的手铐上面，赫然有个鼓胖的黑色皮夹子。

枣色旧夹克男大叫一声：——我的钱包!!

怎么回事啊?！他一把夺回自己的钱包，双手把它死死捂在胸口。

双胞胎傻眼了。一中巴的人也莫名其妙地呆看着。

马尾辫停止了啜泣，但她更加淡定，沉声要猞猁放手，说与我无关。猞猁嘿嘿冷笑。枣色旧夹克男，倒不是太蠢，小眼睛骨碌碌地看来看去，很快悟出是赃物转移。但他一拿到钱包就想溜走了，他才懒得去做什么笔录。他说他有急事，还有重要的会，没那个闲工夫。他大声示意中巴停车，却被双胞胎一左一右狠狠架住。

郑氏兄弟似乎把失败的羞恼，都狠狠发泄到失主身上了。

后来的情况直转急下。到了经验丰富的反扒刑警队手里，那些正规军，在马尾辫的斜挎包里，马上找到了一张酒店住宿房卡。反扒刑警马不停蹄，冲到酒店，两间标房里，警方很快找到了一床铺的赃物：三个女士小坤包，三个相机，还有三星、摩托罗拉等五只手机，三个手机智能卡，两个 MP3、十张国债券、七块袁大头银币……

灰衣女子和那个匕首男，竟然也落网。那个阅人无数的的哥，看到刀和持刀的乘客脸色以为是抢劫，一路乖顺，一进市区，竟然假装车子突然失控，对着交警的红绿灯岗亭撞去。车子受损了，但他自己安全了。灰衣女子和匕首男猝不及防一起被擒。

事后我听说，这伙飞天女扒手团伙，已经客居本地多日，那一周以来，车扒案件报警量成倍增长，甚至惊动了市长热线和媒体热线。警方压力很大。反扒大队警员已经好几个小组都在跟车，没想到，飞天团竟然栽在民兵手里。据说这个女性为主的团伙有二十多名成员，年龄在二十到四十岁间。大多由同乡、亲戚和有前科人员组成，分四个小组，常年流窜各地的公交站点、线路，实施盗窃、抢劫，早已形成扒窃抢劫、销赃、手机刷机解锁一条龙犯罪线，牟取巨额暴利。

灰衣女子是团伙核心成员，她的被捕，让飞天团在本地公交车上彻底消失无踪。报警率迅速下降。

这件事，对自我感觉良好的新年快乐团队，也算是一件巨大成就，但是，成就的成色很复杂，局部大失水准的丢人表现，甚至让成吉汉感到成就巨大得有点难以启齿。一贯飘然自得的双胞胎，第一次委顿沮丧、英雄气短。连从不饶舌的边不亮，都不时对郑氏兄弟戏谑调侃：色字头上一把刀，你一刀来我一刀。雪上加霜的是猞猁，直接建议成少扣罚郑氏奖金，“给俩猪头，一个渎职教训”。

成吉汉觉得很有道理，是他妈该罚。那一阵，成少自己焦头烂额，心中邪火无处爆发。父亲非常固执，连由猞猁代呈的建议——开发白描、剪纸、刺绣等中国元素的原创系列，再次和之前的铁艺中国生肖系列设计一样，都被父亲傲慢地驳回。父亲对猞猁重申：我看不上他的狗屁创新！能依样画葫芦做好本来就不错了！只要他给我守好根据地就谢天谢地了！这一天，成吉汉因为再次追讨货款未遂，再次受到父亲电话奚落。父亲说，生意场，轻信就是诈骗的帮凶！成吉汉不认可对方诈骗，但那家外贸公司拖欠的七十万，是年度最大的一单。那一单简直成了父亲随时抽打成吉汉的鞭子。

添堵闹心的是，双胞胎居然造反。成吉汉的处罚措施还没有正式出台，双胞胎就并肩迈着心高气远的步伐，一起庄重提出辞职。

他们说：踏遍青山，自有留爷处。

分管领导猞猁，像掸烟灰一样，轻飘飘地弹着半页纸的辞呈，说，OK！OK！

双胞胎前脚到成少办公室，阿四就闻讯赶到。她一把撕了郑氏兄弟的打印辞呈。成吉汉一言不发，臭着脸打电话把猞猁叫上来。猞猁阴阳怪气地进来，成少也不说话，黑着脸，开始猛扔飞镖。他当然知道猞猁狗嘴吐不出象牙，但成吉汉心绪太恶劣，他懒得说话，得由一个毒舌替他发泄。

没想到双胞胎竟然想离开他，放弃新年快乐，成吉汉实在很意外，连这两个弱智都不跟他玩了，成吉汉心里翻腾着说不出的挫败感。双胞胎有什么用吗？对公司而言，真的没什么用，但是，对于我哥，二货的辞职，大约是对一种生活价值的摧毁和背叛。出钱、出力、出血，他们一起维护那个了不起的世界。没想到，最没有能力抛弃他的双胞胎，居然也说走就走。

诸事不顺，成吉汉心里一阵阵失落。不过，好在阿四表现的和他想的一样狂暴解气。

她肮脏的围裙都来不及解掉，直接冲进了成少办公室。怒不可遏的表情，让她脸色发青、下巴颤抖。她力图稳住威声：就你们两个，辞了职，还能搞出什么鬼?!

一个说，能干的事多了去！

伴君如伴虎，一个说，到哪都比这强！

猞猁大笑，以手为枪，瞄准成吉汉——大老虎！

双胞胎异口同声：你也是!!

猞猁连连拱手，一副受之有愧的夸张表情。

成吉汉绷着老板臭脸，专注地扔飞镖。阿四对成少的阴沉和猞猁无所谓的表情，非常生气，但她不敢指责他们，便把火力集中在双胞胎头上。这一时刻火山爆发般的怒责，被正竖起耳朵偷听的隔壁办公室小文秘们，誉为堪称新年快乐的年度经典语录：

——臭不要脸的东西！——脑子里都进屎了吗?!

——知道你们猪脑子不好使，就不知道已经烂到了好歹不分哈?!

——真了不起哦，会炒老板了！别人没有数，我还不清楚你俩混账东西，能装出什么大尾巴狼?！想唬哪个鬼去?!

——什么东西——除了一个蠢，就剩下更蠢！你说你们能干什么？就凭你俩——当官，肯定是混账贪官！做小买卖，绝对短斤少两！管公司，笃定你们偷奸耍滑！就你俩结婚过日子，我都不省心，看看你们那副好吃懒做的德性——去！先滚出去撒泡尿！搞清楚自己几根毛再放屁！

——都给我听好了！再想出去招摇撞骗，我一菜刀拍蒜一样拍死你们!!

郑富了底气不足地咕哝着：我们决定做私家侦探……

什么?！阿四没有听明白，像鸭子一样歪头看他们。猞猁已经爆笑：哇呜！厉害！真厉害！我告诉你们，最好没哪个傻瓜雇你们，否则，你们就跟电视剧里的白痴一样，第一集就死翘翘！

成少忍不住哈哈大笑。飞镖都抖飞盘外了。

什么都可以学么……郑富了顽强抵抗猞猁霸凌。胆子更小些的郑贵了，嘀咕声也更小：还不是人家先嫌弃我们么……

大概为了弥补自己失口而笑的不正经，成吉汉又作色严肃了一下，但还是想笑。他觉得猞猁说第一集就死，实在太刁太绝了。而双胞胎的认怂，让他心情转亮。阿四眼风犀利，立刻过来摇拍成吉汉的胳膊，说，别跟我们家二百五计较，他们也就是放放臭屁，舒服一下就是了。

成吉汉扔了一把飞镖，重重坐到大班椅上。猞猁把飞镖拿起，轮到他开始专注扔飞镖。阿四解了围裙，手脚麻利地给两位少爷倒了茶水，完了，对双胞胎又各踢一脚，呵斥道，死人哪，还不给老板道个歉！

双胞胎尴尴尬尬地起身，一个说了声对不起，一个咕哝说，我们其实也根本舍不得走。

成少终于笑了。阿四知道危机过去了。她如释重负，好一场力挽狂澜的斗智斗勇。她为自己叹了一口气，意犹未尽，又高姿态地追打了郑氏兄弟一句，也算是一家人的严正表态：——人心不足蛇吞象！在这里吃好喝好、天天做梦地过，你们换个老板试试！阿四挥鞭似的猛甩围裙，郑氏兄弟以为她又要动粗，慌忙各自闪避。阿四索性劈头盖脸地又追打过一把，说，再听不懂人话，不知好歹，早死早投胎去！

这个结局，双胞胎感到自己有台阶下。从此又热情高涨地工作了。至于扣罚，我就不知道实施了没有，估计猞猁不会手软。

第十一章

直到猞猁死了后，成吉汉才知道猞猁是谁。父亲说他早就告诉过儿子，但成吉汉说他根本没有。我相信成吉汉，是父亲没说。因为我也是他死前不久才知道，我想，首要原因，是他们父子多少年来几乎都沟通不畅，除工作外，彼此基本无话可说，还有一个重要因素，大概是父亲出于对猞猁隐私的保护。是的，没错，猞猁是个被开除的警察。因为极度欣赏，因为非常心疼，父亲不愿意承认或面对这么个没有面子的事实。作为我父亲最信任最宠爱的人，我也是很迟才模模糊糊、隐隐约约地知道一些。估计是我父亲确认，我对猞猁的认识与好感，足以理解他的坎坷与为人。我和猞猁关系一直不错。

父亲来自闽西那座红色老区小城，和猞猁的母亲是发小，林业部门的子弟。猞猁的母亲比我父亲大两三岁，但温柔孱弱，美丽又颟顸，反而总是被林业局发小圈里的大小男孩们死死保护着。她很早就结婚，嫁给了冷冻厂一个领导的退伍儿子。丈夫比较吃苦能干，看起来非常壮实。没想到，猞猁刚进小学，他父亲竟然心脏病突发病故。那时，我父亲早已离开家乡，正忙着和我母亲讨论婚期。猞猁父亲死后，他母亲一直没有再嫁，病病歪歪的，却渐渐成为当地一所中学最好的英语老师。我父亲和他母亲一直保持往来，有个暑假，父母带我们返乡旅游，还在他家吃过一顿非常好吃的河田鸡。小学时的猞猁顽劣淘气，惹是生非。从中学开始，猞猁幡然醒悟似的，刻苦读书，考进县城最好高中，后高分进入西南政法大学。一路走来，各方面都很优秀。猞猁上大学的时候，父亲资助了他。猞猁大学毕业的之前之后，他母亲都连续住院，好像是肾的问题吧。所以，他最终还是回到了小城的母亲身边，进了当地公安局。那大概是九二年左右。他先是干巡逻警察，后来是户政警察，最后是近郊一个大派出所的警长，所领导好像都还比较器重他，据说那是全国优秀派出所。看上去大好前程正在展开。但是，就是在那里，在那个国优派出所，他的人生轨道突然翻车。如果不是那样，我父亲说，他应该是第一批去东帝汶的中国维和警察，或者之后去别的什么地区做中国维和警察，之后再前程未可限量地归来。我父亲说，九九年初，公安部首次在全国公开选拔招考维和警察，全国有数以万计的警察报名，初考，复考，听说有十几关。猞猁以优异的综合分，成为全国四十名复试中的一名。后来知情者说，他的射击、他的英语、车辆驾驶、心理素质、外在形象，都获得了高度评价。他是绝对有望成为小城骄傲的，乃至全省，甚至全国。

在进京赴全国集中培训前的一个月，猞猁出事了。

出事的那天晚上，他和几个出差的大学同学在市里最火的红都量贩 KTV 吃饭。因为在休假日（后查为换班），他喝了很多酒。关于这之后发生的事情，我父亲是不相信官方版本的。父亲的版本是这样的：祸根在啤酒小姐。当时进包厢的时候，几家啤酒小姐都在推销自己的啤酒包括红酒，有两家推销小姐，摆上自家酒就直接开瓶，她们粗暴地争抢客人，让做东的猞猁非常恼火，最终赶走其他三个，选留了一个安静的也更漂亮可爱的啤酒小姐推销的酒。饭后唱歌，喝了很多混酒的猞猁，在一楼量贩超市外的鱼廊边的紫竹丛中，他把那个啤酒小姐圈在紫竹丛前，有轻浮动作（父亲原话），正好被两个竞争失败的啤酒小姐看见，其中一个猞猁还让她自己付擅自开瓶逼买的酒钱（猞猁这个狠人，完全做得出）。那个小姐一见情况，就报警说对手卖淫。猞猁倒霉的是，正好有巡警就在路边。110 也知道红都量贩 KTV 有时确有些陪侍的色情活动。两名巡警直接冲了进去。据说，猞猁醉醺醺的，当时还拽着啤酒小姐的小围裙不放。看巡警近身，猞猁竟然还用 OK 指，弹了人家臂章一下。那个啤酒小姐在猞猁怀抱，并无反抗地听着酒后的猞猁胡说八道。猞猁挥手让自己的同行快去巡逻干正事，说自己是和小妹聊天。巡警当然不认识这个醉醺醺的便衣同行。结果是，一场打斗爆发，巡警要制服猞猁，猞猁狠揍了巡警。一名牙被打掉的巡警，满下巴是血，场面是很吓人。

啤酒小姐自然不承认自己卖淫，更不承认竞争对手说自己经常卖淫。她说他们并没有在谈价格，为了自保，她反过来说是猞猁堵截亲吻自己，是猞猁企图强奸自己。她说她的短裙都是湿的，因为她逃跑，被猞猁推扯跌进锦鲤廊池水中，猞猁又把她一把拽出，还不许她走。最后，猞猁被认定为酒后猥亵还袭警。猞猁母亲通过她学生的家长们，家长们的朋友又找了所能找到的各种能人，最后说，不以强奸未遂的刑事责任追究，也不以嫖娼、不以强制猥亵追责，但单凭袭警、猥亵的恶劣影响，开除就是从轻处罚。据说那个换班的警察也受了处分。猞猁的大好前程，就这样直接断崖。父亲说，木秀于林，本来就危险，加上内部派系等权力较量因素，反正猞猁就成了牺牲品。

大概半年不到，猞猁母亲中风辞世。民间舆论倾向于，猞猁气死了母亲。我父亲说，荒唐的是，那个啤酒小姐，其实是暑期来打工的在读大学生，听说猞猁的警察身份后，开始不管不顾地倒追这个被她毁掉一生的倒霉蛋，要嫁给他。猞猁则扬言，说见一次揍一次。但是，女孩大学一毕业，猞猁就来到了女孩同一个城市，来到了我父亲门下。只要没有公干，猞猁每周都回城，他和那个女孩奇怪地来往着，父亲说，那个女孩丑死了，不断跳槽，也混得一般般。

猞猁的优秀品质，父亲一接触就非常欣赏。在广交会上，他和几名老外的英语交谈，不是流利让父亲吃惊，而是那种礼貌自在的态度，更让父亲自得。意外的是，猞猁似乎天生就有“清晰判断并尊重各方利益”的能力，再纷乱的情况，再凌乱的枝节，再巧言令色，好像都不能阻挡他对事情核心的把握。这些在人群中罕见的特质，完全是商海赢家的素质，令我父亲有如获至宝的感觉。他说，林羿陪我在各种场合，有人看着奇怪。实际上，在车里，我蛮喜欢听听他的看法和意见。我父亲跟我说猞猁的时候，是拿他和没出息的儿子对比的。人家的孩子。父亲叹息着说，这是天赋，和他的警察职业无关。我们转向房地产业的时候，父亲一开始就要把猞猁放置要害关口，但是，猞猁并不想远征，他选择陪伴小成守旧业。父亲尖刻地说，他是为了那个女人。父亲为此非常后悔，说，也怪我当时心里没底，做房地产，我们高额贷款，我不知道能否给那孩子带来多大的前程，但是，我强迫他跟我走，他也会走的。如果那样，父亲说，他肯定就不会死。但是父亲又说，我怎么能求他？的确，你那一贯不着四六的哥，身边有他，我多少也放心一点。

父亲最后说，那个女孩子，是他这辈子的克星。

第十二章

边不亮一到新年快乐，阿四就给他多打菜。阿四从窗口里一看到那个风一样的清秀少年在排队，她就要把大点的鱼、好位置的排骨等好料，就留给他。自然，食堂里那些不同车间的男女青工，只要她看得顺眼，逮着机会就摸人家一把，拍肩啊、捏脸啊、打头啊，包括后来加入新年快乐保安的两个积极又可爱的退伍兵。一个掌勺的，也建立了自己的宠幸权。但边不亮不许她动，急眼的时候他吼她，阿四就哈哈笑，无赖又宠溺地说：孩子，我要把你养胖一点。

阿四以她的流氓德性，公然偏心这帮“替天行道的伪币”。有人不满了，在饭桌边嘀嘀咕咕，阿四就大喝一声：——他们是英雄！英雄不该吃好一点吗?！人家流血丢命都不怕，你们少吃一口肉，就不甘心吗？就要拆我食堂吗?！她就这样莫名其妙震慑了全食堂。对于一个以利润为王道的工厂来说，这样的风气，好像不太正经，但人人心里对阿四所言又无可抨击，以致常有员工想调换工种，就是要求去做厂内保安。有两个人阿四不敢放肆，一是成吉汉。成吉汉是她的小老板，孟浪了要丢饭碗，更主要的是，她说成少身上好像有一种什么光（阿四原话是菩萨光），她不敢冒犯；还有就是猞猁，猞猁身上总有令阿四又爱又怕的什么东西，微妙地威慑着她，让她不敢唐突造次。

很快地，26路车、35路车的扒手，基本都能认出反扒人员。新年快乐保安们出击的时候，就不时化装。边不亮就经常需要男扮女装，结果自然是出奇制胜的好。边不亮只要假长发或假短发一戴，不用化妆，哪怕脖子以下的牛仔裤、白T都不用换，一副清丽少女可人样；偶尔略施脂粉，穿上裙子，更是一派魅惑风姿，把成吉汉也看傻，常说“惊为天人！惊为天人！”郑氏兄弟偶尔自己也男扮女装，鸡婆一样，倒也有鸡婆的反扒奇效，但兄弟俩最喜欢看边不亮扮着女装，每一次都看得傻呵呵、津津有味得不得了。又有一次兄弟俩，忍不住一起上下其手，色迷迷地去摸边不亮。边不亮的弹簧刀出手快如闪电，双胞胎嗷地弹离边不亮，一个胸部一个肚皮都被划出了血珠子。从此，郑富了知道要和边不亮保持安全距离，但是，郑贵了还是时不时手贱骨头轻。

有一天，他们在保安室外屋等边不亮男扮女装。边不亮在卫生间涂口红的时候，听到郑氏兄弟拿着报纸，在低声讨论一篇文章：她们做那个，到底是痛还是不痛，是舒服呢，还是不舒服呢，女人真是很奇怪啊……边不亮出来，一手一个，把双胞胎的脑袋，狠狠地对撞。

这群人里，恐怕只有猗猁最早就知道边不亮是谁。成吉汉可能是最后一个恍然大悟的。而双胞胎一厢情愿地叫边不亮“我们的女孩”，边不亮总是毫不手软还以颜色。有一次阿四趁边不亮捧碗喝面汤，忽然伸出咸猪手，面汤碗当啷落地，阿四缩回手，和边不亮同时发出骇人的鬼叫。那一天，边不亮黑着臭脸，一声不吭地踢桌而去。阿四开始懵懵然但过意不去，每天小心翼翼地偷看边不亮小爷的脸色，并谨慎闭嘴。后来发现，边不亮对她也还好，渐渐有所松懈，秘密倒还是憋在心里长毛，有一次，她暗示给了双胞胎。但俩憨瓜没有灵犀，不以为然地浮夸边不亮本来就是比女孩更漂亮；再有一次，她在食堂清理桌子，见食堂工友散尽，只有迟来的猗猁独自在吃饭。阿四突然就憋不住了，过去贼贼地惊爆一耳朵。阿四知道猗猁不信，便添油加醋地渲染说，边不亮几乎每个月都说胃痛，要吃加了很多生姜、胡椒的热面条——你说为什么？

没想到猗猁冷眼一瞪：少胡说八道！

咸猪手一事时间久了，阿四有点忘记了自己当时的手感，她甚至有点疑惑自己摸错了。觉得是不是该找个更自然的机会再出手一次。但是，她见识过边不亮不要命的弹簧刀。尽管猗猁一直狠狠警告边不亮，最好别玩。那是管制刀具！边不亮回应：——这我爹！

边不亮的刀，确实令阿四、令所有人胆寒。

边不亮反应快、速度快，在行动中一般不容易受伤，受伤的往往是郑富了、郑贵了。但好在双胞胎好像特别喜欢炫耀自己的受伤故事，病态地珍爱自己的受伤小模样。稍微一点擦伤，就巴不得所有人见面都问伤情怎么回事，他们很享受自己被纱布包扎的英雄受难感觉。好些个年少女工，真的是无限崇敬地听郑氏兄弟讲各种义勇热血故事。这些伤痛，他俩早已自动升华为英雄形象而在所不惜。阿四有一次怒骂双胞胎：早晚有一天你们死翘翘！

但是，那个雨天的下午，边不亮受重伤了。那天是面对四个小偷。

火车站到会展中心的26路车，每到芦塘大站都会上下很多人，很多人去东水库高新区上班；而每年会展期，也会吸引很多市区的市民过去。那次好像是美食茶叶展什么的，很多市民要换乘去会展中心。当时，一直在下雨，新年快乐当日的反扒重点就是芦塘公交站点。他们已经注意到，有几个人每次挤着上车，最终都不上车。边不亮也不上，他看起来是个举着花伞焦急等情人的爱恋女孩。他早已经看见有个矮子向一个方向撩开衣服，亮了自己腰间的刀。应该是那个方向有乘客看见了他的不轨动作。亮刀，就是一个威胁与警告。

矮子选中了一个目标。26 路缓缓靠站，一个换乘的中年人快速把苹果手机塞在外衣兜里，急急忙忙地收伞，他收伞往车上挤的时候，矮子紧挨着贴了上去，随即，另一个男人，好像担心赶不上车的速度，从车后冲向车前门，他撞到了那个中年男，当即表示歉意。中年男向左扭身模糊摇头的空隙，他的右衣兜里的手机，就被矮子拿了出来。他一夹出来，有个拿伞的男人，也挤了一下又后退，几乎同时，边不亮就出手了，矮子一把挣脱他的手。边不亮怕他转移赃物，再死死揪住他胸口。双胞胎也一左一右，饿虎一样扑向这边。

堵在车门口堆涌上车的人流，马蜂窝一样哇地炸开。矮个子看着拧住他的边不亮，居然轻浮地笑了一下，他猛力一挣，如脱缰野马。边不亮也像箭矢一样射了出去。与此同时，双胞胎扭住了最后一个去贴矮子的人，猞猁的培训课还是有作用。赃物的确已瞬间转移到他身上，而成吉汉一把揪住了第一个撞中年男子的人。那个男子很镇定，反问成吉汉你怎么了？他们都没有注意到，第四个大个子的男人从车后拔足狂奔，往矮子和边不亮方向急追而去。

正如猞猁的反复警告，边不亮携带的管制刀具，如果没有体力优势的话，实际是给对手输送利器。边不亮在手机店门口追到矮子的时候，矮子转身就挥刀，边不亮也亮出弹簧刀。两人气喘吁吁地对峙着，矮子一手撑着膝盖，喘而微笑。赃物已经转移，但他身上还有别的赃物。边不亮不明白这个矮子为什么老是对他发笑，他有点担心自己是不是男扮女装的衣着出了纰漏，就这迟疑间，有人在他后心窝猛踹了一脚，他一个踉跄几乎摔倒，紧跟着，一个大个子一把扭住他的手腕，一折，那把弹簧刀被夺，几乎是一瞬间，边不亮觉得自己还没有站稳，也没有觉得痛，那把锋利的弹簧刀，已经扎在他的脖子上。留在脖子外面的刀柄就他的眼角方下，咽喉附近。他自己就能看得到。幸亏这伙“伪币”，对讲机一直保持联系，如果边不亮被扎了后再想通报位置，已经什么都说不出来了。郑富了根据之前对讲机里边不亮的位置，一路狂奔增援而来。冲过来的时候，那一高一矮的扒手，早已消失无踪。

边不亮站着不动。脖子上插着的弹簧刀，几乎只剩刀柄。郑富了吓得用手碰了刀柄就浑身打战。他不敢拔。边不亮说不出话来，但摇手示意他别拔。郑富了带着哭腔，用对讲机尖叫告急。手机店里的人都围了过来，看见扎刀深得只剩刀柄，大家惊恐不安，起码有几个人同时拨打 110、120。

边不亮觉得自己脖子，先是冰，后是发热发烫。他也摸过两次刀，知道不能拔。郑富了摸的时候，他跟他摆手，郑富了傻傻的看不到，幸好他自己被吓得住了手。

边不亮的幸运，得到了急诊医生的赞

叹。医生说，插进脖子的这把刀，无论靠左靠右两毫米，都会要了边不亮的小命。尤其是有一边，紧贴着主动脉弓部边缘，只要手一抖，或者边不亮应对不当，甚至抢救时挪动不慎，锋利的刀锋都可以轻易刺破主动脉弓部，瞬间就可以导致大失血休克死亡，根本来不及送救。后来医生还发现，不止血管，边不亮的神经、骨头，似乎都得到了神奇的佑护。

因为在车站就控制了两个扒手，成吉汉和郑贵了，还是违法使用了手铐，玩火的“伪币”们屡教不改。随后那一高一矮扒手，也在小旅馆下榻处落网。好像是来自贵州的盗窃团伙。

如果我没有记错，那个时候，边不亮欠成吉汉的车损赔偿款，是已经赔完了。他没有说要留下继续效力，也没有说要辞行而去，而差点要他小命的、那个秋雨天的反扒行动就是那时发生的。保险公司赔付非常及时，而且还邀请媒体，到病房献花送慰问金什么的；当地媒体争先恐后地热热闹闹地炒了一把，只是，边不亮打手势指自己不能说话，在病房就拒绝了采访。成吉汉和猞猁也谢绝了溜走。只有双胞胎面对八方传媒，电视台、电台、日报、晚报、生活报，统统来者不拒侃侃而谈，一身正气再加一身正气。芦塘的反扒志愿者再次声名远播。

如果边不亮不是扎到脖子，而是扎到胸部、肚子什么的，我哥成吉汉，也许马上明白那个风一样的少年，到底是谁。在住院期间，阿四自告奋勇挺身而出，昼夜不休歇地照顾边不亮。恐怕，阿四这辈子唯一的庄严时刻，就是承诺守护边不亮的身体秘密。看来，边不亮不论是男孩女孩，阿四都打心眼里疼惜欣赏爱护。我觉得，在那伙二百五不计流血牺牲、“失心疯”一样的昂扬氛围中，阿四似乎渐渐被一种庄重的、敬仰的情感冲刷到了。

第十三章

边不亮到新年快乐还债服役时，保安宿舍没有床位了。猞猁想了想，说，西头小仓库的阁楼，先凑合一下好不好，说仓库对面就是小盥洗室和开水房，很方便的。就是西晒，阁楼上会稍微热一点（实际是很晒，非常热），反正你也是临时性的。

边不亮说，好的。他说他睡眠不好，本来就喜欢一个人睡。

边不亮出院的时候，嗓子能说一些话，但是瓮声瓮气得更严重了，粗涩、沉闷的嗓子，听得人耳朵出汗。只有成吉汉依然说他的声线非常独特。成吉汉办公室里间是个带大床的休息室，过去我父亲用的。成吉汉执政新年快乐后，只要南征北战的父亲在家，成吉汉就基本不回城。如果成吉汉不回家，就在办公室里间睡觉。猞猁就睡在外间那张意大利进口的磨砂皮大沙发上。那张暗绿泛褐色的真皮沙发，超级宽大，完全是父亲的暴发户口味。成吉汉给猞猁准备了整套寝具。但猞猁周末或休息日一定回城，风雨无阻，绝不耽搁。

边不亮受伤时期，新年快乐已经进入节奏缓慢的淡季，出入厂房的工人少了很多。没想到，就在边不亮出院前一周，一个打样车间的青年女工，突然猝死在二楼楼梯口，还惊动了派出所警察出现场。可能死前心脏难受呼救不得吧，被人发现时，嘴唇、脸颊都是紫灰色的，而且，嘴巴、眼睛都是张开的。据说牙齿都是黑的，有点狰狞吓人。员工们在车间、在食堂悄悄交流她死前的各种诡异征兆细节。有人还说，她死后的当晚，二楼的卫生间灯条一直在明明灭灭地闪，关掉都没有用。成吉汉从广州出差回来，周末就没有打扰已经进城的猞猁，又听说父亲从青岛回家了，便从机场叫出租车直接回到芦塘。他回到新年快乐，走到二楼楼梯口的时候，猛然想起来，那青年女工就猝死在他脚底的地面上。成吉汉立刻冒虚汗了。加上淡季开工不足，整个厂楼不是每层都亮着的。成吉汉后悔回到工厂。其实，那个猝死女工长什么样他都没有印象，她猝死的次日中午他就去机场了，都是猞猁和办公室等人在处理善后。成吉汉一边冒汗，一边打开了沿途楼道、办公室的所有的灯。想来想去，他用对讲机，让边不亮立刻到他办公室来一趟。

边不亮马上就出现了。他穿着运动衣裤运动鞋，浑身是汗的样子，那个冲天扎的洋葱头都挂流着汗，额际绒发，须根似的在额前耳后一圈，见到成吉汉，他像游泳出水那样，抹了一把汗脸。原来他就在顶楼健身房，难怪那么快。边不亮一进屋，成吉汉立刻觉得屋子里明亮安详。成吉汉镇静而郑重起来，然后，煞有介事地给了边不亮一个六百元的大红包。边不亮点头谢过，转身就走。他以为就这事。成吉汉急了，说，哎，聊聊天吧。边不亮说，我一身臭汗哪。成吉汉说，你到我里面浴室冲洗一下。边不亮说，替换衣服在宿舍啊。

那……你洗了上来吧。十分钟够吧。成吉汉的表情，一下就出卖了他虚弱的内心。边不亮以前就听说老板不怕人就怕鬼，就像血晕的人见不得血一样，他一听鬼故事就认怂。据说看《午夜凶铃》时，猞猁劝他不要看，但他非要看，结果，猞猁说，他看得面如死灰不断闭眼，看上去快休克了。猞猁说，害得他差点打 120。据说那个晚上，成吉汉一个劲做噩梦惊叫。边不亮不知道这是猞猁夸张取笑编排的，还是真的。但我听说后，完全相信成吉汉干得出来。只是我不明白，成吉汉长成一米八三的大个子，为什么依然害怕缥缈虚无的东西。为什么既然不长胆量，又还偏向“鬼”山行？实在是个天真的变态。这种幼稚的心理，我看不出他和小时候有什么区别。如果我父亲知道了，又是一顿讥讽与鄙视。

边不亮还是上来了，带着沐浴后的潮湿与清洁。他瓮声瓮气地陪成吉汉说话，虽然他说不了几句，有时干脆打手势。成吉汉非常高兴，简直是殷勤巴结地伺候边不亮。他告诉边不亮，公司会给他配一辆本田王 CB125T 摩托——这不是你一直想要的吗？边不亮喜出望外但难以置信。成吉汉说，公司愿意重奖你这样的好汉。成吉汉还在冰箱里找了酸奶、碧根果、进口巧克力一大堆东西，劝边不亮吃。他甚至去文秘办公室找咖啡，但是，边不亮拒绝了。他不喝。

成吉汉没话找话。你是真名吗，为什么叫不亮？

因为天还没亮。农村人起名困难，很随意。

那你家肯定有叫边不黑的？

没有。我弟弟叫边不雨。他出生的时候，雨停了。

成吉汉兴致勃勃，但边不亮本来就话

很少，虽然本田王摩托让他兴奋。主要是，他现在说话脖子是痛的。下棋好不好？边不亮说只会下跳棋。成吉汉办公室没有跳棋，只有围棋。他教边不亮下了几把，边不亮似乎不感兴趣。成吉汉就邀边不亮一起玩飞镖。这群人里，边不亮的飞镖无敌，因为他连远距离的弹簧飞刀都非常准（这也是二郑不敢欺负少年的原因之一），何况小飞镖。可是，投掷飞镖用力的时候，边不亮的伤口会抽痛。投了两次，他就歇坐在沙发上了。

但成吉汉还是有办法。他打开了样品柜。

那个晚上，边不亮学会了随便用一本杂志的彩页广告纸，折出一棵立体的圣诞树，还学会了用剪刀，剪下一圈纸巾筒芯，用毛线头，制作一顶顶微小的、精美的圣诞绒线帽。成吉汉还教他怎么把绿色的方餐巾，叠成圣诞树；薯片筒怎么变成圣诞礼筒，还有，边不亮最为惊叹的，成吉汉用 A4 复印纸，剪成四个方块，正剪，反剪，黏贴，然后，做成了四片在风中旋转的立体雪花。他把它们一个个挂在样品的圣诞树上。边不亮还有点担心，客人来了没有圣诞树样品看。成吉汉说，让他们再做。

两人终于玩到了一块，都兴致大发。成吉汉拆了猞猁衣柜里的一个钢丝衣架，把它变成一个带钩的大圆环，然后，他拿出一盘十几个橙子大的透明圣诞球，再往茶盘里挤蓝色、湖蓝色、绛紫色等颜料，加水搅动，再把一个个透明圣诞球去茶盘的色彩云中打滚，然后吹干，接下来，成吉汉又如法制作了流云色、金色、银色、橘色的圣诞球。当这些缤纷的圣诞球都春意盎然地挂在猞猁衣架上时，边不亮惊喜得目瞪口呆。成吉汉说，明天，这些都送给你。

秋天的夜风，在空旷的开发区时不时呜呼回旋，成吉汉会从临时工作台上抬起头，他的眼神像雷达天线一样，用看不见的转动方式，搜索楼外风啸的足迹。突然，他办公室北面一个落地窗帘被阵风扯起，卷翻了窗边茶几的一广口瓶花，啪地一声响，两人都吓了一大跳。那是办公室的女孩们，为迎接成少出差回来，特意到院子的路边，弯着纤腰，一根根为成吉汉选拔回来的紫红色韭兰花蕾。姑娘们预计，在明天的晨光里，一广口瓶的粉紫色小花，会开放得非常美丽。广口瓶被窗帘卷到地上摔破的时候，动静是很突兀。边不亮吓一大跳，而成吉汉几乎就是面如死灰，呆看着窗前一地的碎片玻璃、花茎，流淌的水，发了好一阵子呆。

那个晚上，成吉汉谈双缸动力摩托、献美食，谈《马赛曲》的传奇、谈音乐家趣闻、大展新年快乐的圣诞礼品制作技巧，使出浑身解数，终于把边不亮留在了办公室大沙发上睡觉。也就是猞猁的下榻处。非常丢男人脸的是，成吉汉在里面自己是开灯睡的，而且两次建议外间的边不亮也开灯睡，但是，边不亮没有解释地一口拒绝。成吉汉最后一次开门建议，边不亮只是晃了晃枕边对讲机，根本懒得起身，示意睡吧。有事叫我。

成吉汉一个人在里屋睡，还是怕，脑子里总是那个猝死的青年女工的胡乱想象，总感觉那个女工会飘进来。他非常后悔没有回城。他一直潮汗着，辗转反侧，最终轻轻起身，把门打开，他觉得那样和外面的人是连通的。这样又睡了一阵，还是觉得耳后时有阴风，一直背靠墙睡又很累。

最后，他抱着踏花薄被，蹑手蹑脚地走到边不亮脚尾的单人沙发上，收紧长腿，蜷得像只猴子。直到找到那个位置，他终于安然入睡。边不亮醒来时，一发现脚后有人声息，第一个动作就是摸压在枕头下的弹簧刀，看清楚那呼呼大睡的动静正是他的老板所出，边不亮惊异又轻蔑地笑了。

边不亮不想再睡了。他起身，轻轻地给自己倒了一杯水，回到沙发边。他一边抽烟一边看着窗外天色渐亮。成吉汉一夜折腾后实在太疲惫了，看起来他睡得很沉很香，嘴唇时有啮齿动物的细微翕动，也有点像吸奶嘴的婴儿。边不亮看得奇怪而好笑。他第一次这么近、这么长久地端详一个人。成少额发微潮，脸色潮红，比脸色更红的是，大额头上有两个粉刺痘；他的眼皮很薄，睫毛散淡。高挺的鼻梁骨上，有个小小的硬结，相面书上说破财的鼻梁骨，大概就是这样了。边不亮第一次看清楚，成少的下颌底、喉结上都是胡子茬，完全跟不好刮剃的黑猪毛一样。那些剃不干净的胡须渣渣，刺激着边不亮有剃猪皮的冲动，他的食指，小心点过那些难以剃度的喉结起伏地段，再轻轻划过下巴颌底部的青胡子茬点；不过这张脸，最好笑的还是那张啮齿动物一样的翕动唇部。这张脸看起来真不像什么公司老板，就是一个邻家男孩。青春结实、干爽暖和。边不亮也见过几次成少突然暴怒的脸，有点翻脸不认人的决绝，但人多的时候，比如开会，他好像又总有一点羞涩的张皇，尽力回避与众人的眼神交流，又像是巴望会议早点结束；有一次在食堂门口，几个平时比较老资格的技术女工，晒着午休的太阳，很慈爱地逗问他什么事。边不亮看得出，成吉汉回答得很认真很尊敬，脸上却有一种令人迷惑的腼腆，它完全不合老板威仪，但那腼腆神情传递出的愉快和友善，女工们马上接收到并瞬间强化它，一个个变得更为欢乐饶舌。这是不怒自威的我父亲老成，完全不可想象的。

一想到这么个大男人，竟然怕夜晚里的什么东西，边不亮就好笑。这在农村，在那么多鬼故事、那么多黑暗传说密布的地方，他可能来不及长大就吓死了。沙发尽管是宽大款，但单人沙发还是容不了一米八几身子的睡姿。成吉汉在梦中也时不时缩腿，腿也还是松弛地伸了下来。边不亮也不断给他捡掖滑下的踏花薄被，甚至无聊地对他喷几口香烟，但成少都没有醒来。这一夜，他担惊受怕太操劳了。

边不亮百无聊赖。等不醒成少，他也没有力量把他弄到长沙发上继续睡。所以，又抽了一支烟，他收拾好寝具，带着成少亲手制作的圣诞礼物，叮叮当当独自下楼了。

就那样一个秋风秋雨不绝的夜晚，那样一个脆弱的、寻求依靠的孤独晚上，成吉汉都没有一点想象力，去想象、去识别他的保护人，他的陪伴者，那个风一样的少年到底是什么人。当然，他更不知道，人家在晨曦中怜悯他、端详他，等待他醒来，又等了多久。不过，听说那一夜之后，这一大一小，好像成了更铁的朋友。这个也得到猞猁的旁证。听说，猞猁对成吉汉送边不亮摩托车表示理解和支持，他只是叮嘱成少，注册最好不用边不亮的名字，用成吉汉自己的。这样其他队员会比较好接受。

第十四章

猞猁知道边不亮是谁。或者说，开始没有多久他就怀疑了。他并不需要阿四唯恐天下不乱的秘密举报。他第一反应，就是厉声制止阿四再嚼舌头。

边不亮有个习惯，总是夜深独自出现在顶楼健身房。猞猁发现后，从来没有打扰过他。但是，有一天，猞猁上了顶楼健身房。健身房灯光只开了一边，半明半暗的健身房中，只有边不亮一个人，他正在做锻炼胸大肌上沿的仰卧上斜哑铃飞鸟动作。看到猞猁进来，他蹭地起身坐直，警觉地看着猞猁走向他。边不亮已经浑身湿透，脖颈在汗水中发亮。看到猞猁沉郁莫测的眼光，边不亮放下哑铃站了起来。猞猁把弹簧刀丢了给他。

哪捡的？找半天了，以为丢芦塘广场了。

猞猁说，亲爹怎么随便乱丢呢。

边不亮横了猞猁一眼，攻击性很强。猞猁不语。他在边不亮身边慢慢踱步一圈，乜斜地打量着他，似笑非笑。感受着猞猁一边慢慢绕着步子，一边缓缓点头，边不亮取过毛巾，决定不练了。看他要走，猞猁说，这么倔强，这里面真有一个男孩的灵魂。

那个晚上，在新年快乐厂房顶楼的健身房里，边不亮过往的生活，或者说，边不亮的童年少年生活，就在那个夜空一点一点拉扯开了。边不亮对大他十多岁的猞猁，一直有着略带敬畏感的信任。他自己也不知道为什么。

边不亮说，三年前，我十六岁生日的那天半夜，我一个人跑到海边放声大哭，使劲地哭。因为我知道，从此之后，我再要杀我妈，就是一命抵一命了。我恨自己过了十六岁——她的命，怎么可以和我是同等式?!

为什么没杀呢？

找不到……我一直在找她……边不亮低头抚摩弹簧刀，后来又补了一句：其实……找到了，我也不知道会不会下不了手……但是，我恨。

在那个贫困又懒惰的村庄边家墩，边不亮家算是经济条件不错的，因为那个几乎全村人都爱晒太阳的地方，父亲老边一家勤勉过人。心灵手巧的父亲，很早就开手扶拖拉机搞点运输什么的，所以，他能娶到偏僻山乡里那个非常漂亮的女子。漂亮到什么程度，说是离开那个偏僻山乡嫁给边不亮父亲后，也就是进入近郊城关乡的边家墩后，边不亮的母亲，就像出了深山的百合，据说供销社有人闻讯还专门来边家墩看那个出山美女。边不亮母亲唯一的缺陷是平胸，不过，那个年代的人们，受制于衣着啊、观念啊，对此不是非常敏锐纠结。又说好像她是那个媒婆的亲侄女，本来媒婆是受托给人做媒的，后来看边不亮父亲条件好，就拐到了自己侄女那儿。这一点，边不亮说不清楚，因为，外婆家那边跟母亲关系不好，基本没有往来。能明确的是，边不亮的父母一见面，彼此都愿意马上结婚。结婚后，边不亮的父亲才明白，娶了一个多么贪玩、多么慷丈夫之慨的要命女人。后来人家才说，她婚前就爱打牌。边不亮小学二年级时，父亲拖拉机翻车，伤了腰，因为治病、因为身体不良，家境一下子急转直下。而母亲开始更加痴迷于打麻将，不管谁家牌局，她必定随叫随到。边家墩那个地方山多水险（二十年后已经被政府开发成 4A 景区），那里的人很穷，因为接近城关，他们既有贫困的现实，又有被城里人刺激的富裕梦想。所以，那里的人，往往好逸恶劳、懒惰嗜赌，男女老少大都有着一夜暴富的野心。景区有名气后，全市的坑蒙拐骗、关于不诚信买卖的游客投诉，那里也拔得头筹。

父亲养伤期间，边不亮的母亲打牌运气比较好，时不时也赢些钱。那些回村的包工头们就夸她是赌神。一来二去，她也真的觉得自己不是一般人，可以把麻将桌当上班工作台。她确实比上班的人还忙，早上六点出门，晚上八点回家吃饭，吃完饭往往再出去打几圈，十一点回家才算是正式收工了。

她当然不是她以为的赌神。她更没有像她自我吹嘘的那样成为家里的经济支柱，事实上，家里的很多比较贵重的东西，渐渐被人借走了，甚至连父亲的二手拼装的嘉陵摩托车。因为她一向慷慨，她的丈夫也无法弄明白，她是赌输抵债去了，还是热心救济他人了。而且，她一直是美貌的，即使生了两个孩子，天天奋战在麻将桌，废寝忘餐，她依然保持苗条漂亮。

她就这样以养家的名义，日夜流连在麻将桌上。边不亮说，不要指望她能料理家里的田，连我和我弟弟的吃喝拉撒，她都没有时间也没有耐心管。为妻为母十几年，她一年到头在家做饭，大概就是春节那几天。如果有人初一初二就邀牌，那还要打折扣，因为她立刻就甩手奔赴牌局了。边不亮的家，到处都是垃圾，因为母亲永远没有时间，永远不可能收拾一下屋子。她总是来去匆匆。吃点父亲做的饭，或者，随便什么零食，然后把吃剩下的东西随手乱扔，米糕、粽子、豆腐脑，吃在电视边，就丢在电视机上。夏天隔一夜的东西就馊了。边不亮有一次在衣柜里，发现一根咬了一半的黄瓜，估计放了一个月了，那截黄瓜在衣服上腐烂到长毛。肯定是母亲拿衣服出门，随手忘在里面的。奶奶经常说，你们家里这么臭，你们都闻不到啊，这样也能睡得着啊！边不亮和弟弟，还有父亲，已经真的闻不出家里的臭味了。母亲依然不着家，因为没有时间给边不亮和弟弟洗头，小孩的头上都长满了虱子；有时候边不亮的弟弟饿极了，会一家家地找妈妈。人家看小孩可怜，就给他泡碗方便面或者拿两个小地瓜。母亲就出手慷慨，一下拍出五块钱，豪爽地说，拿去拿去！我们家不缺钱！人家说，给孩子吃嘛，一点点算什么钱！

边不亮的母亲说：不行！别让孩子养成占小便宜的习惯！

她自己经常在打麻将的地方蹭饭，一段时间也要交点钱的。在家呢，就随便吃碗剩饭，啃个芋头甘蔗，实在没吃的了就自己到小卖铺买一点饼干，不饿就不吃。她就这么不图吃喝享受、就这么低碳苗条地奋斗着。父亲腰伤不能再跑运输后，就变成在家务农并照顾孩子。父亲非常辛苦，有时奶奶小叔叔看不过去，也会过来帮一下，送一点吃的。

钱已经成为这个家的大问题。边不亮父亲的腰，其实也不合适做农活，但他只能更加辛苦劳作。每到假期周末，边不亮和小三岁的弟弟，都一起到田里帮助爸爸干活，除草、松土什么的。边不亮成绩很好，父亲舍不得他浪费读书时间，弟弟边不雨非常懂事，总是说他可以帮助爸爸。边不亮说，因为下雨天，施肥能让农作物更好吸收，爸爸和弟弟就抢时机施肥。有一天边不亮提早放学，一到村口，就看到大雨中，直不起腰的父亲佝偻着身子，和身子小小的弟弟在冒雨追肥。白茫茫的田野里，那一大一小的两个身影，让边不亮跳下自行车，一下子跪地大哭。

边不亮的成绩一直很好，为了给家里省钱，他选择了在城关镇中学（四中）不住宿就读。乡镇老师也非常尽心，唯一的不好，是四中到边家墩有点远，大约十二三里路。边不亮每天很早起床，骑车出发，出了边家墩，有段七八里的公路，公路两边都是橘子园，然后进入城关乡的近郊大片菜地。那里，和两个同学汇合，四个人再骑五六里路，就到了第四中学。也就是说，每一天，边不亮早晚都有一段独自骑行的七八里路，因为孤单，他总是骑行飞快。

出事的那天，是初三英语老师补课。除了英语，边不亮各科成绩都优异，虽然乡镇中学老师们补课都是免费的，但是，边不亮一般都不去，成绩好是一方面，周末在家帮父亲干点活也很重要。但因为英语相对薄弱，英语老师又特意叮嘱最好能来，边不亮就答应了老师。隔天要出门，却到处找不到自行车。原来母亲擅自把车借给了一个牌友，说以为他不上学呢。时间来不及的边不亮，一路狂奔了七八里，想赶上前面近郊菜地同学们的自行车，但是，就在菜地边，他眼睁睁地看着辽远的菜地那头，两个同学骑车远去的身影。

边不亮只能又疯跑了五六里路，最终浑身湿透地冲进学校。因为初三，平时的晚自习都会到九点多下课，有时老师还爱拖课，边不亮到家经常是晚上十点多。那一天，因为拖课，英语老师又晚下课了。边不亮在菜地口，下了同学的自行车，开始独自往边家墩飞跑。夜色暗沉，路面很黑。边不亮看到茅厕前的路边有点亮光。是一个破面的车头有人抽烟。看到光，他一开始还有点宽心，等跑近小面的，车上忽然跳出两个男人。边不亮吓了一大跳，几乎是不及闪避，就被人拦腰拖进了车里……

边不亮头发凌乱，一脸青肿、衣衫不整地回到家，什么也没有说，不断洗澡。父亲一直看着孩子，欲言又止。半夜里，父亲和弟弟，都听到了边不亮压抑的哭泣声。只有边不亮的母亲，深夜回来吃了碗剩莴苣，倒头就睡。下半夜里，边不亮第一次听到父亲和母亲的打架动静。父亲的声音非常绝望悲伤：如果孩子有自行车，就不会受难！

边不亮还是以高分通过了全市中考。四中的校长亲自出马，亲口挽留这个优秀的孩子。因为家里也没有钱，因为镇中学把边不亮当作宝贝学霸，边不亮就留在了四中读高中。边不亮的父亲，从那个半夜之后的每一天，一直都步行五六里，到菜地口等边不亮和同学们分手，然后一起回家。边不亮发脾气，不要父亲接，说没有他，他骑得更快。但是，父亲还是风雨无阻地步行而来。再后来，懂事的弟弟边不雨，为了边不亮，这个六年级的小男孩，努力学好自行车，然后，每个晚上就借小叔叔家的笨大自行车，去菜地口接边不亮。因为边不雨太小（基本是站着骑行的），父亲的伤腰又无法再蹬自行车，父子俩就经常一起去。小男孩就载着父亲，骑骑走走。边不亮再发火，再咆哮，也没有用。直到那一天，因为雨天路滑，发生了车祸。弟弟当场在土方车下死亡，父亲抢救回来，但到出院，他的半边身子都不能动了，手和脚没有知觉。

大概出院不到两周，边不亮父亲的尸体，出现在边家墩的鱼塘里。有人说是自杀，有人说是摔倒。边不亮看到父亲在自己作业本上歪歪扭扭留的一行字：钱在床头柜抽屉垫子底下。作业本上还有一把崭新的弹簧刀。因为混合责任，事故的补偿款不多，但是，等边不亮去抽屉拿钱的时候，却找不到父亲所说的钱了。母亲也随之消失了。有人说，她和一个土方车队老板走了，有人说是收购鸭蛋的那个年轻人。

猞猁说，当时，为什么不报警？我是说路边小面的那次。

有个屁用！边不亮一脸鄙薄。我们村有户瓜农，一家三口都被杀光，灭门了，可是十几年都破不了案。我报了又怎么样？强化耻辱而已。我们家已经负荷不起。损害我的人是不确定的，谁都可以在那里遇上可以被欺负的我；杀了他们，我还是痛！谁也帮不了我!! 而那时，我知道最重要的是，我要读书，为了我父亲我奶奶，我必须用力读下去!

为什么又不读了呢？

实在……撑不下去了……我奶奶，我小叔叔，就差卖血了……

猞猁看着边不亮，两人都没有再说话。

两人一直干坐着，看着窗外的黑暗。沉默了很久，猞猁向边不亮伸出手，就像掰手腕的姿势。他想走了。边不亮没有去握，却突然咳出了哭腔。边不亮蒙住自己的脸，努力不哭。猞猁迟疑着，终于拍了拍少年瘦而结实的孤独肩背，就像拍一个孩子。抱着自己膝盖的边不亮，在猞猁的慢慢拍抚下反而哭出声来，而且越哭越大声，最后抽噎着有点喘不上气。猞猁也不知道再说什么好，他掏出烟，开始点烟。他给了边不亮一支。边不亮抽了几口，慢慢缓了过来。

两人在半明半暗的健身房里抽烟，一声不吭默坐了很久。

略微平息后的边不亮，很想完整说清楚一句话，但是，还是断续结巴了。边不亮最终没有说出来的是：我当时想，如果我怀孕了，我一定要用这把刀，守在那些坏人出没的地方，见到一个，我就扎死一个，越多越好！我不管他是抢劫犯、强奸犯、杀人犯还是小偷，必须要有人代表所有的坏人——接我的刀！我就是想杀人。然后，我就自杀。读不了书之后，我最想做的是，找到她，找到那个叫母亲的女人，亲手杀了她！为了我们这个家，为了爸爸为了弟弟，为了我自己。

最终，边不亮什么也没有说出来，哭声却又响起。猞猁把边不亮手上的烟头取下踩灭。边不亮抽噎着，一口气断成四五小截，短促吸入，气管在颤抖，语气断续，边不亮说的是，想杀……人啊，杀所有可恨之人……

猞猁用力拍握了握边不亮瘦小的肩膀。

煞气太重了。猞猁说，你会让所有的人害怕的。

不公平吗？是坏人先让所有的好人害怕的!!

嗯。好吧。

边不亮还在不时干抽噎着。

猞猁最后说……你是了不起的女孩。我一直知道你了不起。

边不亮抱紧膝头埋下了脸。边不亮的哭泣，剧烈而悄无声息。坐在旁边的猞猁感到胸中阵阵肿胀。猞猁深深吸了一口烟，然后，看着嘴里烟雾，药片一样的，一个个地叠吐出来，它们慢慢松散、慢慢消散在健身房半明半暗的光线里。远方，隐约传来好像是汽车吃力爬坡的声音。健身房悄无声息。边不亮依然埋在自己膝头，伏着脑袋。猞猁又抽完一支烟，沉重地吁出一口长气，那口烟味浓重的浊气，也许是某种抑恶扬善不能的郁结，也许是曾经的少年壮志。他不知道能再和边不亮说什么，便起身走了出去。

那一夜后，猞猁对谁都没有说边不亮的情况。这也许就是边不亮信任猞猁的根源，边不亮已经直觉到那种源于灵魂深处的默契感吧，这个默契，来源于可依靠的强韧力量，源于邪不压正的信念。甚至源于某种哀伤。

第十五章

用芦塘镇政府的话说，新年快乐的治安巡逻队，越来越成为芦塘治安综合治理的一道亮丽风景线。在警方和政府对群防群治力量的默许和暧昧扶持下，新年快乐的队员们，更是抖擞精神、严于律己，尤其在大庭广众中，处处以警察为标杆，随时随处树立自身形象。他们体魄健壮（正规军忙得不一定有时间健身），着装整齐，总是选安保制服里最帅气的款式，如类似特警服、作训帽、大皮靴，他们疾恶如仇、爱民如子，他们威风凛凛，以流血为傲。

那天，一队人马威武巡至芦塘广场时，忽然，一个三四岁的小男孩停在队伍前方，对着他们抬起小胳膊，完成了一个标准敬礼，而且，小手一直没有放下，严肃地注视他们走近。新年快乐的队员一惊之下，不约而同对小家伙一起举手还礼。当然，也很标准。他们在敬礼中走过彼此，彼此都非常庄重。没想到，小男孩竟擅自加入队伍中，跟着队伍走了。队员喊“一二三四”的时候，他也奶声奶气地吼：“……二……四！”队员们左看右看，并没看到男孩后面有大人跟着，就这样稀里糊涂，他一路跟到新年快乐大门口。小家伙身后还是没有大人啊。哪家父母这么粗心放纵？一名队员咕哝着只好再把小男孩扛回广场原址，在邂逅地点，陪着他，等看着哪家大人急吼吼地过来把他领走。结果，等了两个多小时，无人认领。

吃饭的时候，阿四对这虎头虎脑的小男孩越看越喜爱。小男孩很漂亮，一咧嘴，就露出辣椒籽一样的圆边小门牙，非常可爱。阿四说，等我再喂点猪肝面，你们再送他回去。阿四忍不住总捏小家伙的脸颊，小男孩很痛，就会打掉她的手。哎呀呀，阿四说，这么讨人爱，家里人不找疯才怪。但那一个晚上，小男孩都没有人来认领。他自己反而急着要回警察叔叔那里睡觉（他认定有警灯的新年快乐就是警察局）。猞猁说，打 110 吧，报备一下体貌特征。他家里人肯定已经报警了，这样我们报了信息过去，110 就可以马上核对连接上，好来这领人。联系电话就留保安室的。

没想到，110警员说，截至目前，还未接到相关走失人员报警记录。

大家就问小男孩，你家在哪啊？

小男孩摇头。大家竞相启发着问。各种问题不断。

我……我……

我哪里？

小男孩闭嘴了。看他小胸膛起伏着，像是准备说很多话，但小胸脯起伏到最后，大家却什么也没有等出来。

大家又问，你叫什么名字呢？

小家伙说：……噫……陈……最后是一个捏拳跺脚的“你懂了吧”的手势。

这什么鬼名字？大家面面相觑，谁也破译不出，勉强属于姓陈的吧，大家就叫他小陈。

那，小陈，你几岁了？

小男孩伸出一巴掌，张开五指，最后在思考中，收起了大拇指，把四根指头竖给大家看。

嗯，阿四说，看起来也就三四岁的样子。

成吉汉过来把小家伙一把抱起来，抛高了一下。小男孩并不惧生，也不恐高，他嘎嘎大笑，抱住了成吉汉的头，又抓他的两只耳朵摇扭，示意他再抛高高一次。再来一次，小家伙又笑得像泉水冒泡，咯咯、咯咯地开心，看起来没心没肺，毫不着急回家。把大家都看愁了——到底谁家的孩子呀。

猞猁说，你今天，和谁一起在广场玩呢？

骑在成吉汉肩上，小男孩对猞猁有力敬礼。猞猁一把抓住那个敬礼的小胳膊。那个敬礼的小手掌，四指头并拢得很有力。

谁带你来的？

……底察……叔叔……

边不亮纠正他，是警察哥哥！

郑贵了指着猞猁、郑富了说，像那么老，才是警察叔叔！

小男孩两手搓着成吉汉耳朵，大喊：……底察多多！

天知道他想叫“叔叔”还是“哥哥”。但这个时候，大家明白了，小家伙语言关好像没有过，每句话的第一个字发音比较困难，而且口齿不清。吃饭的时候，阿四就发现他把吃饭，叫成“吃汗”；鸡腿一律叫“低腿”；他指着自己的鼻子，认真纠正别人说是——“哺、子！”他好像还发不出拼音G的音，所有的G，都会发成D的音，哥哥，就成了多多；小蜜蜂他会说成小木蜂。因为每句话的第一个字发音吃力，所以，听起来就有点结巴：我……我……我，或者今……今，那……那，有时重复了七八遍，还不能够往下说，他就急得自己用力跺脚。因为说话麻烦，孩子就基本不开口。能用动作表达的，就用动作说话。

猞猁让边不亮把这个特征，再补报给110备案。猞猁分析说，这孩子可能是被人贩子拐过来的。也许从别的省、别的城市拐过来的。应该是他突然跑向他以为的警察叔叔们，人贩子猝不及防，人贩子也以为你们是一队警察，吓得也就不敢靠近认领他了。当时，人贩子肯定就在附近。

不过，这只是猞猁的推测。第二天，带他睡觉的阿四大喊大叫，说，哇哦——！难怪你没人要啊！原来不单单是个小结巴，你还会尿床呐！小男孩羞得对阿四吐了一口口水，“你讨厌！”却“你……你……你”说不出来，气得小身板一转，直接就往厂大门跑。郑富了奔过去，拎小鸡一样，把小家伙一把拎抱起来。小男孩气得快哭出来了，说，她……她很坏！坏！你抓她！

她做饭给你吃呀。

把……把……

把什么？

把……把……关起来！底察叔叔……关坏蛋的！

那谁尿的床？

小男孩不说话了。垂着头，又假装看天。看到草地上蝴蝶，他挣扎下地追过去了。阿四喊，看住他！不然他父母来讨了，你赔不起！

阿四很快就被小男孩迷住。她给他洗澡就发现孩子的内裤，是大人的花内裤改的，又旧又破，也只有农村女人才用这么大花裤衩。猹猁细看小男孩的外衣鞋子袜子，虽然脏，却都是像样牌子。孩子的气质模样，也不像是农村孩子。所以，他更加确定这个宝宝，是从人贩子手上溜掉的。因为小男孩口齿不清，好长一段时间，他们才大致拼凑出，那天，是有个叫不不（姑姑？）的人带他去芦塘小超市买射水枪，人贩子可能不乐意，也许他大哭大闹了，人贩子怕他哭闹引人关注，只好去买玩具哄他。应该就是这个空隙，男孩看到了新年快乐“警察叔叔”的队伍，因为最喜欢警察，小男孩一下子就冲了过来敬礼。估计人贩子一下子懵了，不知所措。也许直接就溜走了。

那孩子在新年快乐待了快三周，110指挥中心居然都没有任何反馈信息。阿四不断气那个小娃娃：哎呀，难怪没人要！又结巴又尿床，所以你爸妈不要你了！小家伙对阿四又爱又恨，打不过阿四、骂不过阿四，气得只能在鼻腔里哼！哼！再恼怒，就吐口水撒沙子。有一天撒到猹猁一头一脸，猹猁怒吼阿四，别再逗他了！很多男孩小时候都是结巴子！我也是！

新年快乐保安平白无故多了一个小男孩。而全天下，只有这个小男孩，打心眼里认定他们是警察，是神一样的存在。他也是全天下唯一从心灵深处崇敬他们的人。看起来双方渐渐进入了分别代表“人民”与“警察”的运行模式，并在这样郑重发展的关系中，彼此感到踏实快乐又神气心安。这个心肺大概还没有发育好的小家伙，根本就不想家。不管在厂房里的任何地方玩耍，也不管“伪币”们是否看得到他，只要他一看到他们在巡逻，在整队操练或者执勤归来，小家伙总是放下手中的一切，笔直立正并庄重敬礼，五个指头并拢得紧紧的。甚至伪币们都没有发现这份沉甸甸的敬意就远去了。不过，一旦目击，他们总是被小小的敬礼搞得有如电击，心潮澎湃。所以，这一伙人，你买小短裤，我买奶粉，这个买小警服，那个买跳跳糖，合力宠溺着这个来历不明的小孩。这“小人民”像猴子一样顽皮，成天在保安室、各车间、健身房、库房、成吉汉的办公室里游荡冲锋。他最喜欢成吉汉。他喜欢他办公室的飞镖墙。他太矮了，就让成吉汉抱着扔飞镖；他还经常要求借戴保安室的钢盔警帽，即使戴得像一个小蘑菇，头重脚轻，也努力站得巍然笔挺；他还最喜欢在门口执勤站岗，而且每次执勤，他都要求把警灯打开。他还想修理不亮的警灯。

成吉汉有一次夹着他玩滑板，结果两人一起摔得狗啃泥。阿四说，我的天！还好他亲妈亲姥姥看不到。更过分的一次是，郑贵了开着芦塘所借给他们的那辆退役的警用破摩托，在厂里打圈圈得瑟，根本忘记了后座有小陈。等小陈咕咚一声掉下去哇哇大哭，郑贵了才想起小子还在后面噢。

气疯了的阿四连踢郑贵了三脚。小家伙最粘阿四，饿了困了就找她，动不动就要吃“低大腿卤低爪”，累了乏了，也随时向“底察多多”讨摸摸求抱抱，反正像宠物一样单纯。但大家毕竟不是亲爹妈，也有不胜其烦时。有一次，不知道他又干了什么坏事，郑富了直接把他丢进喷泉池里，吓得他站在水里鬼哭狼嚎。而三天两头为他洗尿床床单、被子的阿四，说要追加保姆费。四周不到，成吉汉和猹猁把孩子送到芦塘派出所。他们找所长。指导员哭丧着脸说，唉，别问他了。

原来，所长正准备出门去道歉，新来的警察，处置不当，破坏了“人民满意率”。怎么回事呢，说芦塘后社有个男人报警，老婆跟人跑了，丢下五个月的婴儿。已经断奶几天了，要求助。责任区民警，就那个新警察赶紧送了两包奶粉过去。那个男人说，不要奶粉！他急需一名女警察！他说他报警时就这么说的！新警察说，你是认真的？报警人说，我当然是！新警察说，你要女警察帮你什么？报警人说，奶孩子，替我照顾宝宝！你们不是有难必帮吗?!

你再说一遍？

我需要一名女警察——不对吗?!

新警察把奶粉一摔，脱下警服上去就是一记勾拳：对，有难必帮！老子先帮你明白什么叫父亲责任！

成吉汉、猹猁哈哈大笑。猹猁说，然后呢？指导员哭丧着脸：然后，报警人投诉了。说我们态度恶劣，打骂群众，还想当老百姓的爹，比国民党土匪还坏。现在，我们所长和那新警察正在修改检讨，昨天那一稿没通过。内勤在外面买花果篮。一会儿，我们就去群众那登门道歉，承认态度不好。

……老天爷啊，成吉汉对警察非常失望，说，你们……疯了？

指导员说，没疯。一有投诉，我们这个月的“人民满意率”考核就完蛋了！

猹猁狞笑：流氓无赖恶棍给的满意率越高，你们就越无耻。

指导员恶狠狠地补刀——牺牲法律的尊严和警察的荣誉嘛，我操！

看得出，成吉汉一直就没回过神来。他迟钝地看着听着猹猁与教导员的表情与对话。他理解有人恨警察，但无法理解有人敢这样蔑视警察、调戏警察，更不明白警察怎么会有这样窝囊的时候。猹猁却并不惊奇。猹猁问指导员：

你刚说，你们马上要走？猹猁说，这娃娃怎么办？

我哪走得了哇！兵分两路，所长他们去赔不是，我在家整材料！市局明天要下来检查“人民满意率”，后天分局的“社区人口管理考核”和“见警率抽查”也要到了，这个写检讨的混蛋的“入户访查记录”、“治保会工作记录”、“创安全文明小区手册”、“打击破案记录”，七七八八的十几种表格，都还没有完善，“查处行政案件”、“处罚违规出租户”、“查处无牌摩托车”的指标，都没全部完成——这些天，他一直忙着接受市局分局督察谈话，讲经过、写检讨。指导员掰着手指，上了虚火的嘴角，鼓着溃疡的黄色水泡：就算这个季度的人民满意率砸了吧，你看，还有这么多事！我们现在人少事多、一地鸡毛……

成吉汉和猹猁没有把小陈送出去，反而领了一个活回来。原来，这个月是警方“爱民月”，每年，芦塘警察都会组织青年干警到库北老人院去看望老人，送些慰问品啊，给老人剪剪指甲铺铺床、唱唱歌什么的。今年他们狼狈不堪，一直都没有时间安排去。成吉汉闻言，当即胸部一挺：我们替你们去！

指导员虽然焦头烂额，但沉吟着，说，我们也可以下个月去。

猞猁说，那你的“爱民月”总结就不好写了。

成吉汉说，警民鱼水情嘛，谁不会？慰问品也我们带！

那也好，就算我们两家的共建活动。指导员马上想好了，叮嘱说，穿戴自然点，别搞得一个个比我们还像警察。

像也白像，没人记他们的账。猞猁说，人家要夸要骂，还是警民鱼水情。没他们什么事。

指导员看着天花板又想了想，好像也是那么回事。但他还是叮嘱说：反正不许骚包干坏事！我会派一个协警代表我们，让他带你们去，这次就算和反扒志愿大队警民共建。非常时期，感谢支持！

那他呢？成吉汉说。

这……指导员牙疼似的倒吸气，要不……你们先送儿童福利院？

成吉汉：他才三四岁，天天尿床还……

还是你们先带吧、先带吧。我们加紧联系失主，一有消息就通知你们。

第十六章

人家警察搞队伍建设，成吉汉也觉得建设队伍很重要；人家正规军搞打击破案评比，成吉汉也让厂办为保安室制作了季度报表；他还想复制警方的《消防检查记录》《群众满意率检查》《见警率抽查》等等，被猞猁哄劝放弃。

那天去库北老人院的慰问活动，成吉汉亢奋了好几天。他早早就指令办公室筹备联欢节目，包括采买了米、油、面，水果毛巾什么的，特意问清了有多少老人，要求一人一盒丹麦曲奇饼干，被办公室人员劝为本地威化饼干，成本直降。成吉汉兴奋，我想是他本来就像孩子一样，喜欢新鲜的玩法，很多男人到老都像个孩子。但这次，最重要的是，他因为第一次获得警察授权，有了一次非常合法的、公然的“高仿”行动。其实人家所领导也不傻，要不然就不用反复叮嘱他们：实实在在地搞共建，不要心理膨胀，不要太招摇，不要穿得警民不分不像话。是吧，事情归事情，共建归共建，鱼目混珠不好，误传出去，就算你好心办好事，社会影响也不太好嘛。

猞猁也参加了那次活动。平时，他隔岸观火居多，那次，好像是城里的蜻蜓饭草有事不在——我不知道她的名字。成吉汉告诉我的只是她的网名。所以，猞猁可能是无聊吧，也可能是他想重温点旧时光，反正，那次，他主动去了。大家都很意外，成吉汉和边不亮为此特别开心。

上车的时候，一彪人马倒还规矩，除了下身一致的黑色类警裤黑大头靴，上半身都是杂色百姓外套。一大早，他们都戴着露指头的黑色皮手套，呼哎嘿哟、人欢马叫地往小面包车上搬运慰问品。出了厂大门，小面包车先到芦塘所，接了那个带路的警方代表、协警小王上车。指导员看到一大堆慰问品连声说，很好、很好，早知道我们连绿豆糕都不用买了，老人家要开心很多天了。他叮嘱小王记得多拍照片，回来存档。然后，那辆载着警民鱼水情的爱民小面包车，就一路向北，向水库北岸的鸡笼山麓而去。

那注定是快乐的一天。先说去程，在高新开发区的大道上，因为漫天黄叶纷飞，成吉汉一高兴，命令大家下车步行，不辜负那段百米长的菩提、榕树大道。我们这个城市，一到春天，有一些地段，就像秋天一样，反季节地漫天黄叶飞舞；风大日子，更是落叶如雨飘飞。有时候，大路两边，一边行道树是金秋落叶，一边行道树上新绿蓬勃，一春一秋在三月天里打擂台似的。在我们小时候住的那个楼中楼小区门口，每到春天，路边的一排大叶榕就落叶飘飞，踩上去厚厚的落叶嘎嘎直响，后来被市民投诉太多，管理部门被迫挖掉了整排大叶榕，改种不落叶的行道树。工人的锯子吱吱响，大街上都是被砍伐的树汁的血腥气，小学生成吉汉，正值放学，站在树下抹眼泪。知道男孩是为树哭泣，工人们笑着，有两个砍树的工人，过来拍男孩背上的书包，以示慰问。

猹猁和边不亮陪着成吉汉在黄叶飘飞中步行。去前方路口等他们的中巴车车轮远去，卷起一路的黄叶翩跹，落叶追舞车影，秋景迤逦而来。可能觉得成吉汉瘸步太慢，边不亮突然发力，在金色的落叶雨中，飞速跑了一个来回。成吉汉停在扫地的清洁工身边，说：别扫啦，这么漂亮的黄叶子啊。

清洁女工翻他一个大白眼。不扫？不扫你给我钱哪！

成吉汉说，你扫一天挣多少？

你一包烟钱！女工又翻他一个白眼球：不到十米，就一车叶子！平时这一整段，最多一车半垃圾，一到春天，我一上午就要扫六七车叶子！比平时累五六倍——你说，这一天值多少钱?!

边不亮笑，说，五包烟钱。

好，成吉汉说，今天放假——我给你钱！成吉汉真的掏钱，把那清洁女工看傻了。猹猁一把拽住成吉汉，说，你就是给了她钱，这满地的落叶，她领导还是要扣她的钱的。成吉汉想明白了，说，真是蠢！——他不是骂他自己没想到，而是骂市长——如果我当市长，我马上颁令：凡是落叶季节，所有的马路清扫工——统统带薪休假去！不许上班。

清洁女工被成吉汉逗笑，老板，你是干什么的？

成吉汉把裤腰上带警徽的皮带头露出更多些，遗憾的是，清洁女工压根不认识警察皮带什么模样，成吉汉露也是白露。女工却来了兴致，同意大扫把借成吉汉玩两把。成吉汉操起大竹扫把，旋转如旋风。他狂扫一气，让落叶如小鸟起飞，简直要重归枝头。然后，他又把大扫把假想成一把激光剑，嘴里配着音，左劈右刺，呼呼生风，竭力制造落叶飞舞的效果。

清洁女工说，唉，有钱人就是闲哪。

清洁女工又说，老板，你那只脚，怎么了？

边不亮塞给女工一瓶未启封的矿泉水，把成吉汉拉走了。

到了老人院，慰问品一搬下车，新年快乐的保安全部脱了外套。

猹猁没想到，他们露出的是清一色黑色T恤，非常整齐，胸口上都有一行浅色小字 POLICE。包括成吉汉——只有成吉汉的是真货。这伙整齐行头，肯定是成吉汉背着猹猁添置的新安保服装！也许就是为了来老人院专门添置的服装。要承认，这帮吃饱了撑的练健身、爱运动、爱巡逻的家伙们，倒真是个个健硕有型，很给人以保一方平安的信心。连双胞胎那对胖款的唐僧轮廓，近期也有一点儿清瘦下来。而敬老院的那些老人，那些衰老弯曲、头发稀疏、眼神迷蒙、举止僵硬哆嗦的老人们，更是反衬了这帮伪币的青春暖和与坚强可靠。

老人们早就坐在会议室里等他们了。很多老人，拿到威化饼干铁盒就迫不及待地要打开它。院长反复告诫说，等联欢会后，我们拿回房间再慢慢吃哦！但是，还是有老人努力琢磨着要打开饼干盒看看。

欢迎会上，老人院院长在给老人们介绍客人，说是芦塘青年团员干警和反扒志愿队员来看望大家。步入会议室的成吉汉像老所长一样，不断与大家握手致意。大家落座后，院长办公室主任，介绍了库北敬老院的概况，猞猁记住了这里有七十多个老人，年龄在六十七岁到九十一岁间，里面不仅有孤寡老人、退休职工，还有发明家、退休教师。

主任热情地说，芦塘青年警察多年来，一以贯之坚持不懈地看望老人，老吾老，以及人之老，幼吾幼，以及人之幼的精神，令人感动。人民警察工作那么忙，但始终惦记我们老人，关心我们老人，“他们出生入死、流血流汗，但他们心里始终装着人民！”

主任讲得很动情，可是除了成吉汉的队员们的热烈巴掌声，就没有什么老人鼓掌。他们可能听不懂那些话，可能还是牵挂漂亮盒子的威化饼干，就像小鸟喜欢好看的石头一样。成吉汉也发表了讲话，本来他有办公室文秘准备的讲话稿，但是，他念了两句，大概感到别扭，就一把揉了稿子。他脱稿说，他喜欢老人，他的外公、奶奶让他的童年自由而快乐。他说，很多孩子的幸福时光，都是你们老人给予的。最后他说，以后有空他还会带一个非常棒的厨师来，来给大家做天下最好吃的麻油豆腐丸子，也可以带各种馅来，和大家一起亲手包饺子吃！

这番话，老人都听懂了，纷纷鼓掌，而且鼓得很大声。有人大声说，饺子什么时候吃？也有人说，很久都没有吃粉丝肉包了。

接下来是短短的联欢活动。没想到，郑氏双胞胎竟然系着红领巾上台，他们偏圆的身子，模拟着稚气活泼的步伐，一出场就让老人们击桌大乐。成吉汉操着窗边的一架旧电子琴为他们伴奏。其实，旋律一出，猞猁也不由发笑：

小鸟在前面带路
风啊吹向我们
我们像春天一样
来到花园里
来到草地上
鲜艳的红领巾
美丽的衣裳
像许多花儿开放
跳啊跳啊跳啊
……

猞猁也不明白，一首童歌，怎么就被双胞胎浑然演绎成了滑稽小品，他们专注投入故作稚态的载歌载舞，营造出夸张的童年感的欢乐与天真情绪，完全席卷了老人。也许老人们都想起了自己儿孙绕膝的旧好时光；后来猞猁才知道，这是阿四临时帮他们三个策划导演的，估计就是阿四原来老东家的娃娃爱唱的儿歌。

老人院有个西装笔挺（除了领子，其实，其他地方都比较皱）的清瘦老人，上台演唱了一首英文歌曲，他一直闭着眼睛唱，深情而孤独。嗓子气虚，但是真挚感人。成吉汉努力完成了电子琴伴奏。

最后是全体新年快乐保安队，嘭嘭嘭跑步上台一字排开，集体表演了一套虎虎生风的拳术。嘿嘿震天的，老人捂着胸口都很兴奋，最后都对他们竖大拇指，能方便站起的，都站起了。一收拳，一排伪币竟然合唱的是《少年壮志不言愁》，真是声嘶力竭的大嗓子。那相当于是警察之歌，曾经风行一时。还是成吉汉伴奏。猞猁断定，他们一定是认真准备排练过。

几度风雨几度春秋
风霜雪雨搏激流
历尽苦难痴心不改
少年壮志不言愁
金色盾牌
热血铸就
危难之处显身手
显身手……

冷不防，猞猁有点鼻子发酸。成吉汉轩昂的脸，夸张地泛着穿越时空感的红光。他整个脸都虚幻了。在猞猁看来，那整个场景都仿佛虚幻起来，就像海市蜃楼。

猞猁起身走出了会议室，身后大嗓子的警察之歌，越来越远。猞猁看得出来，老人院还是真心喜欢警察过来搞共建的。只是他没有想到的是，有一种奇怪的气氛，一种类似喜气、和善、活泼又暖洋洋的氛围，让整个老人院如过年前夕的感觉。这帮伪币，估计已经彻底分不清自己是假警察还是真警察，他们全力以赴演绎着人世暖和时光。在这个无须担心被证伪的大好时刻，以警察的名义，以警察的奉献精神，以警察的温暖情怀，让新年快乐的伪币们，一脸骄傲地享受着人生的尖峰时刻。

联欢结束后，猞猁依然独自在老人院各个角落徜徉转悠。到处都是他的人。他看着那些手下，一个个前所未有的礼貌文雅，前所未有的手脚敏捷，他们眼神纯净，谦虚又温柔。郑氏双胞胎为几个老人爬上爬下铺换床单；后来，他们一个给老人剃头，一个蹲跪在地上，为一个老太太剪脚趾甲。老太太的趾甲角质化了，非常粗硬，修剪很困难，那嘴里只剩三颗牙的老太太，一直对他喊：痛哦痛！小心一点！

那个操令“一、二、三、四”响遏行云的退伍兵，耐心地在为一个坐轮椅的老人按摩颈肩，动作还啪啪响，看起来十分专业。

在洋紫荆树边窗下，猞猁看到边不亮半蹲在一个红衣银发老太太跟前，老太太在不断抚摸边不亮的脸，叹息着：太像太像了，一模一样，太像太像了……

不知道老太太说边不亮像她的什么人。边不亮一动不动，让老太太抚摸着自己的头脸，身子。老太太拿起边不亮的手，又拿起一只。老太太看得很仔细，从窗外猞猁的角度看过去，老太太好像在闻边不亮手的味道。最后，老太太说，你为什么不涂指甲油？红色的指甲油，要涂红色的指甲油……

边不亮把老人的手合在自己的手心里。年轻的手掌，包裹着老人蚯蚓一样苍老的手。猞猁这才发现边不亮腮边泪水在滑落。猞猁立刻走开。本来，猞猁觉得那个红衣老妖怪，怎么能在头上别一个那么恶心的大粉蝴蝶结。

猞猁溜达到菜地那边，又看到成吉汉和一个拔草的队员，和老人们在聊大天。他们继续接受着工作人员和老人们对警察的崇敬与抬爱。看到猞猁乜斜而来的目光，成吉汉不自然地耸肩干笑。猞猁一言不发地走开。

猞猁在操场里孑然闲荡，目光抑郁地看着这伙人，那些诚心正意地忙上忙下的身影，那些高声大气地自我沸腾着的大好身影。是的，这一瞬间，简直太有魔幻感。

回程的车上，猞猁和边不亮坐一起。猞猁说，有本书叫《唐·吉诃德》。

边不亮说，我看过电影，没耐性看完。

猞猁点头。当警察的感觉好吗?

边不亮说，比拿刀的感觉好多了。

好在哪?

……踏实嘛，敞亮。

边不亮开始吹轻浮快活的口哨，但眼角回瞅到猞猁的眼神，像散黄蛋一样无神，不再是隐而不退的惯有倨傲，甚至有些浑沌阴沉。如果边不亮没有感受错，那眼神里有些难以究诘的追怀失落。谁都看得出来，猞猁今天落落寡欢。边不亮想了想，停了哨声，从裤兜掏出了弹簧刀。未打开的弹簧刀，在指缝间出刀收刀，翻折转换。边不亮说，这么说吧，嗯，这刀不过是暗夜中的小蜡烛；而警察，就是日照天光——这样比方，我说清楚了没有?

猞猁不置可否。也许猞猁从未从这个角度思考过。猞猁没有再说什么，拿过弹簧刀翻转、把玩着，然后弹出刀锋，挑开一根海绵烟嘴。回程归途，一车人始终亢奋聒噪，简直就是天使下凡的人间欢乐行。尤其听到那个不爱说话的协警小王也说：今天那些老人，比之前他看到的三次活动，都高兴。

猞猁保持置身事外的淡漠与沉默。本来一到老人院，这些“伪币”脱去外套，一个个露出一式的 POLICE 黑色 T 恤时，他就想刻薄两句这群得意忘形的猪队友。不过，他还是忍住了。现在，他心里也清楚，不用担心鱼目混珠，警方代表、协警小王拍回去的照片，自然会被警方合规合适地拣选，再进入所里三月爱民月活动档案。

看得出，成吉汉为那一天景（警）色持续欣喜躁狂。因为之后，不论时隔多久，回望当日，聊到有趣处，他还会猛击猞猁的肩头，指望重阳节再来一次。猞猁从来没有回应他的高昂情绪，连敷衍的点头都若有若无。那天归途，猞猁坐在边不亮身旁，一路玩着边不亮的弹簧刀，偶尔烟视着车窗外不断一掠而过的茫然景致，一路无言。也许他那天，真的被唤起过某种复杂的情感——至少我是这么想的——所以，他没有余力再嘲弄那些乱真的勃勃野心了。过去的旧时光，经历的当时，不一定有感觉，也许只有再回首，才会看到岁月风干后显影出的永不消褪的底色。这群猪一样的队友，这群积极乱真的伪币们，是在天真烂漫地刺激他永远失去的骄傲与敞亮。被命运鞣制成木乃伊的人生理想，可能有时也会泛射出迷幻的光华。

第十七章

说蜻蜓饭草吧。

猞猁死前，这个人我从没见过，虽然有点好奇，但也无所谓见不见。我父亲坚持说她很丑很丑，厚嘴唇，额头激凸，平肩蜂腰，莫名其妙的天真感。但是，成吉汉说她——非常漂亮动人。他说，他只是透过汽车玻璃窗，看到她在雨中的人行道上，用包挡在头顶上慌乱地奔走，就那样的狼狈仓促中，他说整个街道都因为她在发亮。她的举止、体态，美丽惊人，就像掉落人间的天使。那种不知所措的彷徨恓惶，美好得令人心碎。猞猁一脚刹车，冲下去，给她雨伞。猞猁并没有邀请她上车。成吉汉不理解，也许之后他会反复纠缠猞猁问十万个为什么，但是，我知道，猞猁永远都不会对他说真话。他跟我父亲说的，应该也只是有限的真话。对老奸巨猾的老成尚且如此，对那个简单纯洁的小成，猞猁又怎么可能把他带到他生命的地裂深处？

猞猁死后，我是在各种人声汇集中，拼出了这一节。我也不能保证绝对真实准确，但如果你对蜻蜓饭草选择信任，那就不要当我完全虚构。

猞猁被开除后，和英语老师孱弱的母子关系达到了最低谷。后来，他们母子能够一月不说话，母亲用给学生补课的小黑板，跟他说话。包括“微波炉里有面”、“再醉醺醺的，你不如死！”猞猁更狠，他连小黑板的回复都拒绝。这也是四个月后他母亲突然猝死，他格外痛楚伤心的原因。他在那个补课小黑板上，用英语，给母亲写了满满一黑板的话，然后浇上汽油随母亲衣物一起烧了。

有一天，他的手机接到一条短信：春回酒店 313 房。有要事相告。等你一天。落款是蜻蜓饭草。

无所事事的猞猁，酒后虚空无聊，就在那个邀约的下午，浑身酒气地赴约而去。

313 门是虚掩的，他直接推门而入。室内没有人，再转身，一个身穿酒店白色浴袍的女人，灯柱似的，就站在门后。她看着他，他也看着她。猞猁一眼就看清了她的骨相，是的，就是那个来自地狱的女孩。他看到她把白色浴袍腰带解开，折耸了一下肩膀，让浴袍滑落。一个光滑的身子。猞猁看到她紧张地吞咽了一下口水。

猞猁盯着她。半年多的时间里，他变得人瘦毛长，她看到了他眼中毫不掩饰的愤怒。她想着直接走向前，走到他跟前，可是，猞猁的眼睛令她心虚。不过，她还是开了口，声音很小，也算是很决绝勇敢：

欠你的，我还你。

猞猁一言不发，他的脸在抽搐变形，发红的眼睛里，喷出一梭梭子弹出膛似的魔鬼火焰，让她不由自主捡起浴袍。她把浴袍抱在胸前。

这个叫蜻蜓饭草的女孩，终于在猞猁恶毒致死的眼光下，泪水涟涟。她有点结巴地开口了。一开口，泪珠就掉了出来：我真的不知道你是警察……

知道了你就不敢欺负了是吗?!

不，不是这样的，女孩在摇头中泪水纷落；是她们太坏了……我从来没有卖过淫……我只是打暑期短工……客人喜欢我，她们就恨我……

猞猁满脸嘲弄，你不卖淫！猞猁狠狠啐了一口，语气刻薄：好，就算你他妈是好人，你现在跟老子说有屁用！——你在笔录里怎么说的?!

……你是亲了我……

我想强奸你？

……你是亲了我……

我强行舌吻你，想强奸你，你挣扎逃

跑跌进鱼廊池里?

是…… 别的客人，还 …… 一嘴的臭蒜味。

对，你都嫁接到我身上来了——我操你祖宗十八代!

……你是亲了我……蜻蜓饭草不敢大声哭泣：你……是亲了我……

婊子养的!! 你怎不告诉他们，你摸着我的头发我的脸，说我帅! ——我说错了吗?!

那时候怎么敢说? 我 …… 我从不卖淫 …… 他们问我你的名字，我又说不出 …… 主要是，我要是早知道你是警察……

你就不敢落井下石了——对不对?!

我不得不自救……没办法，我还要读书，家里条件很不好……蜻蜓饭草掩面大哭：对不起……我真的不想害你……

女孩哭着说，昨天我考完试了，特意坐车过来找你。我是用钱，请求经理查到你的订桌电话。我就是想跟你说一句：对不起。我不会再来这个城市了，我还你。

还我什么!!

强奸我，你也落井下石。我们扯平。

猞猁扑过去，两只手掐着女孩的脖子，几乎把她提离地面。蜻蜓饭草挣扎了一下，就松手了。猞猁狠狠摇晃濒临窒息的女孩：——毒蛇！混蛋！你还我，你他妈的还我！你以为你值多少！你以为你多么金贵！我操你奶奶，你在我眼里一钱不值！你还我！你他妈的一根毛都还不起！还跟老子扯平！——你不配！我杀了你都扯不平——知道吗混蛋你屁都不是!!

猞猁狠狠摇晃女孩脖颈，就像提摇一只鸭子。他在女孩翻白眼的时候，一把松手扔下她。蜻蜓饭草瘫在过道地上，气管啸叫着，大口喘气又剧烈地咳嗽。猞猁踢拨开她，拉开了门。女孩死死抱住了他的双腿。她咳得无法说话，但是，她紧紧抱住了猞猁的腿。

猞猁冷冰冰地站住了。

蜻蜓饭草不放手。她把脸贴摩在他的小腿、他的鞋面：

"……我知道我赔不了你，我的命在你眼里也一钱不值，可是，我只能做这么一点了。请你…… 我求你，记着我的电话，任何时候，你想我还，我就来。"

猞猁抽腿而去。

我不知道，这对恶冤家，最终是怎么在一起的，反正猞猁最后是为她，才来到我们这个地方，来到了新年快乐的我父亲身边。在他母亲的葬礼上，我父亲就要他过来，父亲说得很客气，说请他来帮忙。当时，他跟我父亲说，已经准备去深圳，那边有同学约他做事。后来，他突然来了，父亲一时不知怎么安置他，就让他先当他司机。父亲到处带着这个贴身司机。猞猁以与司机不相称的状态，介入新年快乐各方面，因为老成很快就感受到了猞猁的好用。有时我觉得父亲是把他当助理培养使用的，甚至是当儿子。父亲听到了一点蜻蜓饭草的风言风语，究问猞猁，猞猁没有隐瞒，但也没有全说。老江湖的父亲，隐忍和尊重了他的沉默。这些，也从来不影响父亲对猞猁的器重。而猞猁算是跟我私人关系要好的，我们有时聊天很深，但他从来没有透露过那个女孩一个字。后来我想明白了，以猞猁这样一个骄傲自负的心，那个女孩，相当于他生命的羞耻绶带吧。他抽痛着，但爱着。他一直在自我折磨中。爱你，你就成了我的炼狱。指的就是这种情况吧。事实上，被开除的猞猁，几乎不再和所有同学、同事往来。因为痛。父亲说，猗猁有一次跟他说，他不会娶那个女孩。父亲说，猗猁语气是斩钉截铁。他说他直接告诉过那个女孩，我永远都不会娶你。你自己眼睛瞪大了，只要有好的男人，你马上嫁。

猗猁的这个态度，多少让老成有些安定。

第十八章

蜻蜓饭草也许对猗猁有致命的诱惑，而她的弟弟小非洲，大概就正好是解毒抑制剂。这个网名叫小非洲的年轻人，倒也有很可爱的自嘲精神。猗猁不明白他们家里祖上是哪一辈的基因开了小差，这个年轻人看上去就像个非洲串子。肤黑唇厚，一道宽平鼻梁，就像马车道，路的下一站是猪肝厚唇，路的上一站，就是方便面般的电击乱发。为了规整凝聚好它们，小非洲大概涂抹了很多摩丝发胶之类，反正任何时候，他一出现，头发的炽烈香味总是咄咄逼人。

小非洲笑起来也很讨人喜欢，厚厚的嘴唇里，一笑就露出拥挤而杂乱的小牙齿们，虽然不太整齐却格外白皙坚硬，看起来就像大丰收的咧嘴石榴，坦然又祥和。黑黑的脸颊上，还有一个酒窝似的长凹陷，或者长凹陷状的酒窝，看起来无辜而甜美。他大概也知道自己笑起来讨人爱，所以，经常会在自己猖狂、藐视或自负的情绪中，忽然会兀自穿插一笑。被他惹恼的人，即使莫名其妙也会受贿似的收悉到某种友善或者憨厚的和解讯息。

对于自己的天生优势，小非洲可能从婴儿期就无师自通了。他无师自通地掌握了丑得可爱、丑得有趣、丑得令人积极慈悲等人生方便法门。客观说，他的父母，固然因为他是男孩子而特别宝贝他，但还是要承认，他的笑容确实有行贿力，召唤着亲近与奉献，召唤着爱。猗猁因为听了太多小非洲的劣迹，厌恶又鄙视，根本不见这坨垃圾。有一次路边邂逅，远远的，猗猁就马上右转，折到小路上抽烟，宁愿看路边老头棋摊，等着蜻蜓饭草。就那样一瞬间，猗猁都暗自吃惊。蜻蜓饭草和小非洲的长相，让他想起一个小常识——香味臭味同于一源，区别仅仅在浓度。浓度低了，就是清香美丽，浓度稠了，就是腐臭丑恶。这两姐弟的样貌，简直算得上惊险相像。就差那么一点点，真是失之毫厘谬之千里的凶险。猗猁在棋摊边想多了，忿忿地骂了一句：这俩人要是没了这通途的天堑，岂非一样丑恶？他是不是也算人生无此红颜劫了。

那天，新年快乐的伪币们气昂昂雄赳赳地奔赴库北敬老院时，猗猁所以加入那支热忱天真的小分队，是因为小非洲在闹自杀。他在小旅馆，又是割腕、又是吃药，又是跟蜻蜓饭草电话哭别。吓得蜻蜓饭草急慌慌地求助猗猁，但猗猁听了详情，鄙夷至极：想吓唬谁？——死不了的！猗猁不仅不管，而且说话难听：这种垃圾死光了，才国泰民安。

那一天，蜻蜓饭草第一次和猗猁吵了嘴，她骂猗猁是冷血动物。小非洲洗胃抢救住院的时候，猗猁根本连城都不回。他去敬老院了。只有蜻蜓饭草独自在医院照顾小非洲。弟弟的自杀动静，蜻蜓饭草自然不敢告诉老家人，她害怕父母急火攻心，父亲已经非常虚弱了。也知道父母一定要问责她。

蜻蜓饭草的父亲是个小镇木匠，因为手艺不错，家里的经济状况一度比普通人家好一些，她的母亲也有一点收入，在镇里的一个叫竹器社的手工小企业做出纳。蜻蜓饭草之前还有个小哥哥和小姐姐，哥哥六七岁的时候病死了。后来出生的蜻蜓饭草，却是个女孩，家里找人算过，都以为是男孩的。蜻蜓饭草让全家愁苦失望。所以，就接受了一个无子女的亲戚的请求，把蜻蜓饭草送出去好再生一个男孩。没想到，几个月的婴儿不好带，人家又还回来了，觉得五岁的小姐姐看上去更乖巧漂亮，结果要走了姐姐。大概在蜻蜓饭草一岁半的时候，小非洲终于来了。一亮相，乌黑一团，惊倒了小镇产科医生。但确认是个男孩，一大家子都兴高采烈，煮了两大筐的红蛋到处分送。后来，木匠的生意越来越差了，好像打家具的人，逐年变少，小镇人也流行买家具了。家里的经济条件开始下滑，有时还要抱养小姐姐的那亲戚家，支持一下艰难时刻。因为相邻不远，两家往来也还比较自然，可能养父母家里条件不错，对自己很好，那个小姐姐对原生家庭倒也没有怨念，反而经常带蜻蜓饭草和小非洲玩耍。三个孩子还是很亲。

在这样日益窘迫的经济条件下，木匠夫妻都竭力富养着小非洲。平心而论，这对夫妻都是爱孩子的人，对蜻蜓饭草也不差，只是忍不住地更加疼爱小非洲，因为他是男孩，因为他小，他身上似乎还背负着死去的另一个男孩的使命。小非洲爱吃鱼，那么，家里煮鱼，鱼身都是小非洲享用，鱼尾巴归蜻蜓饭草，鱼头一般是爸爸妈妈合吃。有时爸爸妈妈说鱼头麻烦，不爱吃，就都给了蜻蜓饭草，因为她也非常爱吃鱼。小非洲就是这样的寒门王子。从小到大，只要他想要的，父母都极力满足。小非洲给父母灿然一笑，木匠夫妇就感到无奈人生里，幸福也是触手可及的。遗憾的是，小非洲不爱读书。初二没读完的一个周一晚上，他宣布不读书了，木匠夫妻好不容易筹款买关系，把他送进职业学校学习汽车修理，但是，一个学期不到，他就退学了。退学的理由是，同学和老师，都土了吧唧的傻，学不到东西。在家又玩了两年，抱养出去的小姐姐和姐夫，和别人一起开的美发店生意不错，喊他来当学徒。小非洲才干了一个月，说，受不了了，白天工作时间长，晚上还要参加培训课，一点意思也没有，谁想一辈子当个剃头匠？不干了。后来又说想学电脑，坚决要求买戴尔电脑。那时候，木匠胃部一直不适，准备去看病，但经不住小非洲的哀求与怒吼，就把检查治病的钱，先给他买了电脑。结果，小非洲天天在电脑上玩游戏。再后来，小非洲又想去练滑板，他在电脑上，加入了一个什么群，专门玩滑板的，说那个练好了，也可以名扬天下，养家更不在话下。就这样，一轮轮，木匠夫妻陪着寒门小王子，胼手胝足顶着老命，去配合孕育小非洲一个又一个名利双收的快捷梦——普通滑板到高级滑板，换了两副，依然摔不出天分，自己倒是摔沮丧了。最后，小非洲什么也不干了，光在家睡觉玩偷菜。美发姐姐、姐夫和蜻蜓饭草，都责怪木匠夫妇太溺爱。最后，木匠夫妇终于同意小非洲外出自食其力。那时候，小非洲已经二十三岁了。

小非洲终于同意出去闯一闯。他提的要求是，打工我不干！要我出去，就必须直接当老板！木匠父母把家里的砖头都榨了一遍油，再把自己的棺材本一并贴了出去，让宝贝儿子出山，去了蜻蜓饭草身边。作为刚刚就职的普通大学毕业生，蜻蜓饭草自己都没有根基，连当地话都听不懂，但是，她只能让父母放心地把弟弟接了过来。在一个商业城，她托同学的父亲，租到了一个小店面，小非洲如愿以偿，当上了服装店老板。一开始小非洲风风火火，非常努力。名片是印最贵的。店面装修，无论设计还是选材，都毫不含糊用最高档的。他起早贪黑，亲自进货、亲自导购，废寝忘餐。当时，蜻蜓饭草同学的父亲，在商城里做服装多年，他看姐弟俩毫无经验，一开始就告诫说，最好还是先跟别人做做，等有了经验，再自己开店比较稳妥。踌躇满志的小非洲哪里听得进去。看年轻人出手阔绰，那位好心的过来人又忍不住劝说，生意很难的，商城里有上百家服装店，竞争激烈。熟客都是大户赚了，我们小户就靠一点回头客，赚点生活费而已，不要一出手就这样啊。小非洲直言不讳地顶撞回去：草包做什么都赚不了，聪明人干什么都发财！你做了五六年，还不过一个小铺子，还好意思指点我？

蜻蜓饭草后来赶紧给同学父亲道歉，把半个月的工资都拿去买了赔罪礼。同学父亲很不客气地说，他这样眼高手低、狗屁不通又自以为是，马上就会摔大跟头！蜻蜓饭草承认，弟弟是被父母家人宠溺坏了。果然，小非洲的店，开张了一个半月，一笔生意都没有。前后投入的六七万，就像打了水漂，而押一付三的店租，让蜻蜓饭草心慌。小非洲终于着急了。反过来，同学父亲倒鼓励说，再坚持几个月，也许就会好转。但小非洲没有撑到半年，他和商城里搞传销的人混在一起了。他告诉蜻蜓饭草，他马上就要半年赚十万，一年一百万！小非洲把钱全部弄去搞传销，店里堆满了传销的货，一件也卖不出去。然后，他开始借钱，一张大丰收的石榴嘴甜蜜又祥和。那个开美发店的姐姐，真以为小弟弟生意兴隆，只是一时资金周转困难，就背着丈夫，把他们家准备买商品房的钱，偷偷借了一半给小非洲。

再下来，小非洲就开始借高利贷。高利贷的人，开始天天到商城的店面逼债，两三个文身的黑衫人，时不时在店里玩刀打牌，小非洲躲开了，过往的顾客也避之唯恐不及。店面生意也算彻底砸了。讨债人找不到小非洲，就查找到蜻蜓饭草的公司。蜻蜓饭草本来在公司人缘还不错，挺招上层器重，被讨债人一闹，经理跟她郑重谈话，蜻蜓饭草只好辞职。那个时候，蜻蜓饭草的父亲已经是晚期胃癌，家里也非常需要钱。姐弟俩无法给家里资助，小非洲也彻底明白父母榨不出油了，便伸手向舅舅叔叔表姐妹堂兄弟同学发小借钱。最后，一个亲戚家办婚宴，小非洲正好在家，替父母参加。他一去，他那一桌喜宴的三姑六戚，全部逃逸到别的桌子上去了，只剩下两个不知小非洲底细的外乡客人。

第十九章

一开始，蜻蜓饭草对猞猁撒了谎。

蜻蜓饭草一开始说是，弟弟因为被高利贷所逼无奈，被迫自杀。当时，她以为她能独力应付这道坎，她知道，只有这个解释，猞猁才可能会同情小非洲。一直以来，猞猁对小非洲的厌恶与排斥，让蜻蜓饭草很懊悔自己说了太多弟弟不懂事的过去，所以，她不敢多提弟弟商业城店铺那边情况。有时候实在被气得够呛憋得难受，还要趁着猞猁心情好，点到为止地稍微宣泄一下。但就这样轻描淡写，猞猁还是毒眼洞穿：——垃圾！你和你父母，都是垃圾筒！而小非洲，也活该受猞猁厌恶蔑视，为人处事待人接物，自私自大始终不长进，没有一点让人省心。蜻蜓饭草有一次痛骂他是怪胎，气得小非洲摔她键盘。背着猞猁，姐弟俩吵了骂了甚至搡拧推打了。最终，蜻蜓饭草还是会心疼弟弟，宁愿自己饿着，也会给他一点买快餐、买烟的钱。蜻蜓饭草换公司后，搬进了猞猁租住的房子里。猞猁开宗明义，态度蛮横：先说清楚——绝不允许那坨垃圾进我的门！任何时候！

猞猁就是那么直截了当冷酷无情。后来，我想过，这固然有猞猁对那个女孩的复仇式的倨傲背景，更多的应该还是猞猁曾经的职业浸淫，使他非常清楚什么是麻烦人，也可能就是那种天生的猎人直觉，他预见了不良前景。但是，猞猁不近人情的隔火道，专业而强悍的免疫系统，最终也并没有保护到他自己。或者，也可以换一句话说，一个训练有素的尽责猎人，关键时候，他还是选择迎着枪口上了。

当蜻蜓饭草期期艾艾地告诉他，小非洲自杀的真实的原因，是因为她拒绝帮助他抢银行。猞猁跳了起来：去！非常好！让他去！猞猁没有注意到那个做姐姐的快哭了，或者他注意到了也不在乎。他说的是，太好了！十年起刑，无期或枪毙。正好搞进去让你们家安宁了。

蜻蜓饭草久久直视着猞猁，黑丝绒般的眼睛里，一颗泪珠在眼睑边绝望地颤抖。猞猁大概也觉得自己有点过分，就干笑着避开蜻蜓饭草，去了阳台抽烟。蜻蜓饭草又到阳台，去把猞猁拉回客厅。她低声下气，哥哥，我不是跟你开玩笑，我说的都是真话。

猞猁说，我也不是跟你开玩笑，抢银行是可以枪毙的，无期徒刑也很容易。

从小看够了弟弟不按牌理出牌的姐姐，怎么也想不到小非洲竟然准备抢银行了。她一直认为弟弟是被人带坏了，一时鬼迷心窍；她坚持认为，弟弟虽然不懂事，最多也就是眼高手低贪图享受，不切实际一点。他本性是个温和善良的孩子。传销、高利贷什么的，都是年轻没有经验又正好遇人不淑。而胆敢抢银行，分明就是被那个叫贾语文的恶人带坏的！猞猁从来不相信这些亲情眼盲症的胡扯蛋，但他要听清楚来龙去脉。

那个叫贾语文的人，是个西北籍的老江湖。据说他原先追随的老大，在深圳、广州还是哪座城市混时，得罪了道上的什么势力，才避到这里来的。后来，他做了押款车的武装保安。虽然持枪站在银行门口，威风至极，过往女孩看他们的眼神都不一样，但是，牛屎外面光。他说，太辛苦。每天早出晚归，关在不能开窗的押运车里，每天奔波两百多公里，无聊至极，报酬又极低。晚上睡十人宿舍的上下床，人均一平方米。还被迫天天看那么多别人的钱，实在是受尽折磨，受不了，辞了。

是一个做保健品的朋友带小非洲认识

贾语文的。在堤头一个肮脏红火的大排档上，贾语文令小非洲眼界大开，万分崇敬。他羡慕贾语文吹嘘的动辄两肋插刀、日日花天酒地的道上生活，也真心同情贾语文虎落平阳被犬欺的英雄落难。小非洲敬酒的时候，由衷地大声说，贾哥，你绝对是个人物！——我干了，你随意！

所以，贾语文那天约他茶馆私聊，小非洲就觉得有大事要发生了。在小茶馆，果然，贾语文说，那天，我就仔细观察过你。小兄弟，你不错。贾语文说，某某、某某一看就不靠谱，这个地方的水土，出不了英雄豪杰。很多人在娘胎里，就没有了血性。我看来看去，只有你可能是可以分担大项目的人。

一肚子烂草正焦头烂额的小非洲，激动万分激情澎湃。贾语文说，这项目做成了，一劳永逸，名垂千史，做不成也遗臭万年，反正！总归！都是震撼性的壮举，会进城市历史的，绝对令人难忘。但是呢，它其实也是小事一桩。你看我这手表秒针，秒针噢！都不要它走一圈，半圈多，大功告成！——只是，这种事情，太有挑战性，非常非常挑人，不仅要求兄弟齐心，还必须智商胆量超高。

小非洲急忙说，这些我都没问题！

利润越高，风险越大，这个，你懂吧？

那当然！我也是商战打过来的！

算我没看走眼。贾语文总结。

但一听说是抢银行，小非洲还是吓了一大跳。马上他就亢奋起来，迅速切入频道。他对蜻蜓饭草说，不用害怕，对于我们这样高智商的人来说，这事比当小偷还简单，非常简单！就三十秒钟，搞定一切。我这辈子，就赌这三十秒了！你想想看，挺过这三十秒，我欠的二十四万高利贷勾销了，欠巧玲姐姐的九万块，还了——她马上就可以和那剃头匠买房子了，还有，最重要的是，老爸看病有钱了！如果我们运气好，抢到一百万，贾哥拿五十，我们家五十，扣掉那些七七八八的欠款，我们还剩十几万哪十几万！——噢耶!! 三十秒换一百万!!!

蜻蜓饭草跟猞猁说，那一下子，她觉得就像五雷轰顶。她都闻到自己的心，被电打过的烧焦味。

她不干。坚决不同意。

小非洲简直气疯了，破口大骂姐姐是个见死不救的窝囊废。他说，你会不会算账啊！如果我要靠打工，靠做你说的那些本分事去挣钱，这几十万，你知不知道我要干一辈子?! 要苦一辈子?! 你说——我还得了吗？高利贷的人把我往死里逼，你看不到吗?! 巧玲姐和剃头匠要买新房子，我能赖着不还吗？不能。那你有钱借她吗？你没有！还有，老爸住院都住不起了，老妈身体也很差，我问你，他们能等得到我们给他们享清福的钱吗？你要我不干可以，如果你捞到一个有钱的大老板，那行啊，他给我钱！替我还账！让我当高管！那我们就不用抢银行了。可是，你行吗——你能吗？可惜你只找到了老板的小司机……

蜻蜓饭草避重就轻、删除表情的转述，猞猁听得依然咬牙切齿，脸上红一阵青一阵。

贾语文把抢劫的地点放在芦塘镇农村信用合作社。为什么要放在郊外，市里中山路、新湾区有那么多的大银行，为什么不选，小非洲说，这就是经验与学问。非常讲究！贾哥已经研究几个月了。首先，全市十三家专业银行、两百六十多家支行、一千多个网点，都已经把银款押运工作委托给安保押运公司了，也就是说，是专业镖局在干，每月按车结算。这些机构的武装押运，专业规范，荷枪实弹，每车四人。司机、车长及两名全副武装的持枪保安。一般的抢劫，对付他们，胜算的概率非常低；不过，还有一些银行机构，依然沿用过去的押运方式，也就是自家银行有一个部门在负责到全市自家各支行网点收放款。这些押运力量相对比较弱。有的押运车，只配一名司机一名保安，那个保安还不一定有枪。贾语文在“镖局”干了两年多，相关信息储存了很多。其次，芦塘虽然远在中心区域外，但是，随着开发建设、外来人口的大量增长，银行机构的存款十分可观。尤其是周末，那些打工人员，拿到薪水报酬的唯一选择就是存进银行，过年再取用。第三——也是非常重要的——和市区不同，芦塘镇公共区域、街道的监控探头非常少，很多区域就是盲区。这样作案后能谨慎撤离，基本不给警方留下什么难忘背影。最后，也是非常关键的——芦塘交通便利，一得手，冲过旧省道，马上可以上高速路撤离。

小非洲说，贾语文经过几周考察，发现，农信社的金杯牌押运车上只有一名武装保安。司机是绝不允许下车的，那个武装保安是经常懒得下车（有时下车时手枪和防弹衣都没带），那么，现场就是一名银行网点经警（经警挂一条警棍），和两名送钱箱上车的银行职员！周末，通常，他们三个会从柜台里面提出三箱钱，逐个出来送上押运车。总之，绝对是一块防守力量薄弱的大肥肉。

小非洲描绘行动背景和方案时，黑肤中的黑瞳，鬼火灼灼，令蜻蜓饭草害怕。陈述中，小非洲的表情在得意洋洋和挥斥方遒之间放肆摆荡。年轻人叫嚣：这是一门暴力艺术，不是大街上下三滥的低等犯罪。行动那天，你只要雇好出租车，在指定处接应就行了！小非洲模仿着贾语文的语气，最后，他说，已经有确切消息了，农信社也在准备外包押运业务了。也就是说，留给我们的时间不多了，必须在他们外包押运之前，迅速下手。

你发癫去吧!! 蜻蜓饭草说：我绝不干！

不干？你不干?! 这是为我们家而战！

呸！与我无关！

怎么无关？你是我亲姐姐不是？你不接应我，我们怎么撤退啊。

不能撤退就别去！

喂——这是抢银行啊！怎能随便找不信任的人？我都替你答应贾哥了。他信任你了，也同意分你一部分钱。本来贾哥根本不想要女人。是我保举你绝对靠谱的。再说，军中无戏言，这样言而无信，我不是被贾哥瞧不起?!

活该！——我、不、去！

你……太自私了！——你懂不懂道理啊！我好心把发大财的事分给你，你他妈的怎么不领情还特别不仗义?! 你是想逼我死吧？你就是等着高利贷的人砍死我对吧?! 你就是愿意爸爸妈妈病死穷死是吧？好，既然这样，我先死！

小非洲摔门而去。从此电话不通。蜻蜓饭草在气头上，也根本不理他。第三天夜里，小非洲就有了在小旅馆自杀前，拜托蜻蜓饭草替自己孝敬父母、与姐姐哭别的那一出。小非洲自然大败蜻蜓饭草。蜻蜓饭草六神无主，心如刀绞。她尖叫着，哭喊着，冲过去救护弟弟。自杀者自然得救了。一出院，小非洲还是坚决推行抢银行计划，也坚决要拉上姐姐做接应。出院第四天，他下了最后通牒：姐你选，要么参加行动，要么让我死。他说他死一次有经验了，他再也不会给姐姐后悔和抢救的时间了，他会撞高速路汽车！肝脑涂地直接死翘翘！小非洲说，那些撞大货车死的人，眼珠子都压到地里面，人比相片还薄。你收完尸，直接烧了，就跟爸妈说，是车祸意外好了。不要刺激他们。

小非洲最后说，明天中午十二点前答复有效。

第二十章

猞猁不得不坐下来，认真考虑小非洲的银行抢劫案了。蜻蜓饭草求助很明确：你劝住我弟弟，用什么办法都行。只要他放弃，或者，不被警察抓走。但是，从一开始，猞猁就有私心杂念，他容不下这种垃圾，于公于私，他最想干的就是，一个也逃不了，统统送进监狱。

因为要姐姐入伙，小非洲给姐姐的方案非常具体。

行动时间：下周六下午五点；目标：芦塘农信社。具体环节：提前一小时入场（行动前穿连帽衫，行动时蒙面黑丝袜）；六点十分，押运车抵达农信社门口开始晚接款。预计有三个款箱。最后一箱装车时出手（只要一箱，钱重，否则撤离受制）。分工：小非洲蒙面持枪，威胁控制住保安；蒙面贾哥抢提钱箱，小非洲持枪掩护后撤。所雇出租车在四十米外幼儿园路口接应。行动时间严控在四十秒以内。超时，无论是否得手，一律撤离。小非洲负责准备的物品有，两件正反穿的两色连帽衫，两个黑色丝袜蒙脸套；贾哥负责准备枪支、匕首。

蜻蜓饭草说，你能不能在他们提前入场埋伏的一小时内，就让警察把他们吓走？最好不要让警察知道有人想抢劫。比如在附近搞演习什么的，吓走就可以了。

猞猁说，谁能调动警察来搞抢劫演习?!

但是，你真报警，我弟肯定会被抓起来。我爸妈就完了！

他迟早要进去。这是你们爸妈的必修课。

……哥哥，你们单位的保安不是比警察还像警察？让他们巡逻过来，正好吓走他们。

你以为这么简单？

只要他们全副武装地突然过来，我弟他们肯定吓跑。这事就流产了。

猞猁沉吟着。他的私心杂念一直就是：逮住垃圾，永除后患。他早就想到了新年快乐的“伪币”们。他琢磨更多的是，怎么把两个劫匪稳稳逮住或成功“扭送”。贾语文看来真是内行而狡猾的家伙。从这个抢劫方案上看，银行职员的摁报警器的时间，肯定超出四十秒，因为他们把款箱提送到大门外面的押运车上，就失去了在柜台边最方便的操作条件；假设他们拼死冲回柜台，在三十秒内完成报警，市里的特警要从市区拥堵的交通赶过来——就算周六没有工作日下班高峰期那么堵——最快也要二十分钟；那么，110 指挥中心，必定先把辖区所可怜的芦塘警察调过来，而芦塘所从接警到抵达，最快的神速也要四五分钟。按照贾语文小非洲的时间表，四十秒对抗四五分钟，他们早就撤离到警方视线之外了。也就是说，警察根本来不及。那么最合适的方案，就是预先报警，让警方埋伏守候，瓮中捉鳖。

但蜻蜓饭草拒不接受。她接受的理想状态是犯罪未遂。没有拿到钱，没有完成抢劫，没有犯罪，弟弟就给吓破胆了。他将疯狂逃命，自顾不暇。可能逃到很远很苦的地方，再也不敢干坏事，他留了一条小命，不用坐牢，而高利贷人也死了心，只得放弃追债。然而，这样“刚刚好”的犯罪进程控制，于正规军，不是与虎谋皮吗?

猞猁最后说，让他仔细琢磨琢磨，各方面情况再想透彻一下，明天十点前一定回复。他说，如果，你弟逼问，你可以先直接告诉他，你同意了，做他们接应。

这就等于是猞猁出手了。蜻蜓饭草明白，这个在爱情上锱铢必较、心胸狭窄的人，要么冷酷，要么义无反顾。只要他答应，他就一定会竭尽全力。像项链坠子一样，她把自己吊在猞猁脖颈上。心中的崇敬、感激与不死的爱意，比身体飞得更高更远。剧烈的动作，从一开始就是他们的沟通方式，而且日益充满想象力的默契，而不是剧烈的语言。这个让她爱而畏惧的人，从来旧账不忘但从来没有让她失望。其实，蜻蜓饭草还是单纯了，如果她心眼刁毒的话，就会在猞猁的这句话里，觉察到猞猁的“杀机”。

猞猁到新年快乐，和成吉汉、边不亮，开了个三人高级安保密会。

和猞猁预想的一样，他刚把情况大致一说，成吉汉就兴奋得马步半蹲，推掌挥拳，一直做着虎虎生风的格斗搏击动作。大战在即，刀光剑影，又一次的光荣与梦想，从天而降。毫无悬念地，他指令保安队扣除值班的，全员投入!

边不亮的问题比较多：第一，为什么非得四十秒就撤离，如果再十秒就钱箱到手，他们也不要吗?你刚才不是说，芦塘警察最快也要五分钟才能赶到啊?这时间差，他们很有优势啊。

成吉汉说，他们要保证安全宽裕的逃跑时间嘛。

猞猁说，其实，这四十秒，我也没有数。至少小非洲不是训练有素的惯犯，他能真的恪守抢劫纪律吗?倒是，那个叫贾语文的，的确用了很多心思。他这时间表，是模仿美国二三十年代的“拉姆男爵”——史称世上最牛的银行抢劫犯的风格。拉姆团伙在1919年到1930年的十二年间，在美国各地银行席卷了数十万美元。在丹佛市中心一家银行，他们用九十秒，干脆利落地抢走了二十多万，那时候是巨款了，因此被称为史上性价比最高的银行打劫。那是银行抢劫罪恶史的里程碑。后来，有点追求的抢劫犯，都把拉姆的系列银行抢劫案当教科书；贾语文显然崇拜这个叫拉姆的人，言必称拉姆原则。看起来，他也是这么实践的：仔细了解银行内情；制定进入和逃跑路线；一人一岗；明确分工；严格守时。

此人高危，成吉汉说，他若有成功经验了，祸害就非常大。

边不亮的第二个问题是，你确定他们真的是假枪、塑料子弹吗?

猞猁说，小非洲带给他姐姐看了一颗子弹，是一粒黄豆大的橙色塑料豆。他弟还说贾语文训练他试射的时候，七八米外的复印纸都穿不过——不知是什么鬼枪，估计我们小陈都看不上——所以，贾语文自己特意又备了一把匕首。小非洲说，但贾哥一直告诉他，那假枪外观和五四手枪一模一样，所以，肯定能威胁住保安。也就是说，震慑住保安，让他们全部趴下，与此同时，贾语文马上提走款箱（他对各种款箱非常熟悉）。就这么简单。不用真的开枪，假装要开枪，指着他们，他们就发抖了，因为金融保安都知道五四手枪的威力。

多大威力？我不懂。边不亮说。

呃……猞猁说，二十五米内穿透薄钢板没问题。初速一秒四百多米吧，最大飞行一千六百多……

别说了，再说他更怕了。成吉汉拍着边不亮的肩头：兄弟，你是不是被喉咙上的那一刀扎破胆了？

没想到边不亮说，是。

成吉汉和猞猁都没想到边不亮这样回答，一时静场。最后，猞猁用手拍着边不亮脑瓜上的洋葱发辫。成吉汉也抓握了边不亮肩头一把，以示理解和心疼。猞猁的语气有点迟疑，他狡猾地试探着……要不，我们放弃算了？让警匪都听天由命吧。边不亮却摇头，说，惩罚恶人我喜欢。只是，我不知道那个枪有多大的威力，关键是我们没有枪。

他们不也是假的吗？成吉汉说，儿童玩具嘛！猞猁没有接腔再强调。他没有宽慰边不亮，也不想太鼓励边不亮无畏。这事当然不是成吉汉想的那么简单有趣，它的确是有高度风险的。只是，猞猁自己不怕，但不能让别人也没有畏惧感。他暗自反躬自问，其实他和成吉汉已经没有多大区别，就是毒瘾发作的心理状态。他们都已经是绝对眼里容不下沙子了。对法律挑战，似乎也变成对他们个人的挑战。

边不亮说，他们一个拿枪控制保安，一个提钱箱冲上几十米外的出租车。那拿枪的人，什么时候撤退？

出租车事先选停的那个位置，非常用心。那里，路灯坏了很久了。然后，一上车，他们会强制的哥开启后箱盖，挡住车牌。由那条芦塘广场外辅道，逆行二十米冲向农信社门口，大概需要四五秒钟。小非洲再飞身上车，车子马上右转驶入大路，这个路线，留给农信社门外监控的，是看不见车牌的背影。再然后，他们逃向省道开上高速，完美脱逃。

为什么不直接在广场辅道等呢，不是更近？

他们考虑到了，广场周末那个点，人还是比较多。辅道上往往有占道停车，逆行进退空间少，一旦交会堵车就耽误时间，甚至无法脱身了。还有，他们不想让的哥知道载了什么客人，否则会麻烦。他们要速战速决。

猞猁知道还有一个阻击方案，他没有说，那就是在高速公路口设卡拦截。但是，这有两个问题，一是，这只有警方能设卡拦查。先别说警察信不信你，听不听你安排，单单成吉汉这边，他就会生闷气，新年快乐的英雄们必定轮空了；二，还要确保小非洲贾语文在逃跑中，不改变计划，一定从那个口子出去；三，还是老问题，他必须给蜻蜓饭草一个放不走小非洲的合理交代，就是怎么杀人不见血。

其实，不管怎样，只要事先惊动警察，他们本身就会麻烦；那么，如何在最好的火候，最合适的时间点，报告警察，这是一个非常讲究的技术活，还涉及蜻蜓饭草本身的安全问题。一个让不法之徒全部落网、让警方满意、让蜻蜓饭草接受的完美行动方案，猞猁心里还没底，变数太多。猞猁本来以为边不亮会提出最后的关卡问题，如果问了，他也准备如实回答。但是，边不亮没有问。边不亮已经考虑到了，说，他们一旦动手，肯定有人会报警；我们也报警，并第一时间告诉110他们的逃亡方向。成吉汉说，没错，从时间表上看，我们负责阻击犯罪，警方负责堵截恶人，万无一失。

猞猁看着他们，他在想，虽然不是科班出身，但边不亮成吉汉直奔核心要害的直觉，完全是一个好警察的天赋。

边不亮最后问了一个问题：一百万，到底有多重？

猞猁说，百元币十万块约两斤三，一百万再加上款箱自重，大约十几公斤吧，提着跑是比较费劲。

哇！边不亮笑，我们穷人怎么也想不到，钱也会重——还这么重。

会议确定的行动方案是：当日下午，两名值班保安除外，四名包括边不亮和郑氏兄弟在内的新年快乐保安，穿最像特警的那套黑色作训服，下午五点起在芦塘广场附近巡逻，配置是防暴头盔、一米二防暴棍，及防割手套。对讲机确保充满电。巡逻队员将在运钞车驶进农信社时，立刻靠近现场，看猞猁指令出击；成吉汉驾车盯踪接应的出租者，也就是蜻蜓饭草车的后面；猞猁一身便衣，就在农信社隔壁的手机店，挑选手机守候着，他随身带着一支十六厘米的小电棒，他的对讲机耳机线很像MP3耳塞，一开始追逃，就立刻报警拦截。

方案看起来没有问题，但是，猞猁还是犯了错误。他的轻信，当然还有意外，或者说，意外加重了他的轻信后果。

那天三人会议结束前，猞猁为显示郑重其事，他站起来，再次问：

我们是不是再考虑一下，确认我们的选择：直接报警，还是群众扭送？

群众扭送！成吉汉说。边不亮说，当然。

群众扭送又称公民的扭送。扭送是指公民在紧急情况下，将犯罪分子送往公安机关、检察机关、司法机关处理的行为。是法律赋予公民同刑事犯罪做斗争的一种手段。体现了我国刑事诉讼法规定的依靠群众、实行专门机关与依靠群众相结合的诉讼原则。

过目不忘的学霸边不亮，早就对扭送条款倒背如流，《中华人民共和国刑事诉讼法》六十三条规定：“对于有下列情形的人，任何公民都可以立即扭送公安机关、检察院或者人民法院处理——一、正在实行犯罪或者在犯罪后即时被发觉的……”

边不亮站起来，他不想再念不相关的情形了，成吉汉大声接口“二、通缉在案的；三、越狱逃跑的；四、正在被追捕的”。

他们不只是念给猞猁听，更是念给自己的梦想听。

情况很清楚了，即使猞猁想取消行动方案，选择直接报警举报，他的伪币队友也绝对不可能让步了。

第二十一章

那个四岁的小男孩，尽管口齿不清，

时不时尿床，但是成功地俘获了阿四的心。尿床是小家伙不可言说的痛，阿四却不管不顾地在人前人后嘟囔咆哮、大肆宣讲人家的丑闻。小家伙说不过阿四，打不过阿四，只能吐口水跺脚，反复跟阿四绝交。但一到晚上，他还是抱着玩具熊，低三下四地挨在阿四附近等拉拢，等着顺水推舟的好机会。阿四偏不理他，他只好一直悄悄移位，尽量在阿四能看到的地方，一边偷偷瞄看阿四，阿四就是视而不见。阿四太坏了！小男孩只好找“底察叔叔”。他有时候求助双胞胎，有时候求助成吉汉来找阿四。阿四一定佯装怒气冲冲，摔锅打碗，拒绝求和，甚至让他滚蛋。小家伙就会扁着嘴巴，颤抖着下巴，拼命忍着不哭。阿四逗虐过瘾了，就突然哈哈大笑，一把搂抱过来狂亲猛啃。一大一小就那么再重新和好。

不止阿四，新年快乐的伪币们，都喜欢欺负小男孩，以逗他为乐。一开始来的时候，正是寒流天，阿四嫌他脏，带他到女澡房洗澡，洗到第二次，小家伙不干了，坚决要去男澡房。阿四让双胞胎带他去洗，双胞胎就骂他：真是身在福中不知福！等你长大了，想去也没机会了！男的带得粗，澡堂水多地滑也不知道牵护孩子，结果，小小的人差点滑倒。小男孩失衡前两手乱抓，一把抓住郑贵了的“辫子”，郑贵了疼得大骂：你他妈要是进女澡房，我看你抓得了谁！

一个中午，猞猁驮着小家伙去买酒。坐在猞猁的肩膀上，小陈很神气。遇上能认的个把字，小家伙就神气活现地大声磕巴：……大！……口！

念到：……吃……小……朋……友！

猞猁说，什么？再读一遍！

小男孩用力地指着一个门店。

猞猁一看，笑得差点摔下男孩。他驮着小家伙大步往“友朋小吃”店里赶，走走走，去问问店里要不要你。小陈已经明白不对了，他不准猞猁前进，双脚鼓棒似的踢打，打得猞猁胸口砰砰响。猞猁按紧他的小短腿，毫不减速：你又香又嫩，辣椒油炒炒，要不凉拌，先吃耳朵！肯定很脆。小男孩一紧张，噫——噫——噫地，一句话也说不出，憋得他死劲揪扯猞猁的头发，放声大哭。

说起来，还是成吉汉比较和气，一大一小经常促膝谈心。

有一次，成吉汉和小陈在库房那头玩滑板，那是在他们一起摔成狗啃泥之前。小男孩非常羡慕成吉汉的滑板飞翔身姿。他总是瞪圆眼睛，一眨不眨地望着成吉汉展翅翱翔。休息的时候，小的陪着大的坐在库房前草坡上。

小男孩说，底察都……会飞吗（小男孩理解的滑板速度与风姿）？

成吉汉说，当然。

小家伙指成吉汉的瘸腿，很是关切：是……坏……坏人……杀你的？怎么……杀？

成吉汉张开双臂，做了个雄鹰万里的动作，表示庞然大物。

小陈半张着小嘴，辣椒籽一样的圆圆小门牙，透着紧张和忧虑。

成吉汉瞪起眼睛、掀大鼻孔，极尽夸张表情：用车！用汽车杀！

小男孩一惊：那，你……救出……好人没？

当然！成吉汉弯臂，做了个凸显胸大肌的健美动作：那是绝对的！

小家伙仰望成吉汉，敬仰地流出了一点儿口水。这一大一小在庄严梦想的时刻，被四处找小陈吃蛋羹点心的阿四都看在眼里。阿四交叉手臂，站在一大一小的梦呓者的后面，扶桑树枝掩映了她鄙夷叹息的表情。

她倒没有破坏成吉汉的豪情雅兴。这一伙人的德行，阿四早就见惯不惊了。上个月，她家那对双胞胎，一个被扒手撕坏了耳朵，半个脸，包扎得像梵高的头，他们抱着小陈，自豪地对着食堂一桌又一桌的年轻女工，一唱一和地吹嘘他们的英雄业绩：

——整个团伙全部打掉！一个不剩！一串贼押进去时，反扒警察都快哭了。

——哭什么？——不是感动不是感激——是哭他们的不眠之夜！

——不懂了吧？老百姓！想不到了吧?！要知道，我们抓得越多，警察要做的笔录就越多，那一份份笔录随便一份都好几页呀！警察至少得做到大半夜，熬天亮也很正常！你搞一串贼……

……

别说小陈，厂里那些年轻姑娘，面对这样威武的人生描绘，也无限惊异、无限崇敬。据说，在新年快乐，郑氏兄弟先后谈起了多次恋爱。阿四爆料，说有一次五个人两对半一起去看了一出巡演的地方戏。小陈听不懂台上咿咿呀呀的，闹着要回家找阿四。结果，两对美女英雄，哪一对都不愿送小家伙回来，最后，不得不锤子剪刀布决定。

小男孩后来最不乐意跟郑氏兄弟玩，但双胞胎偏偏最喜欢逗弄他。而且，小家伙哪里痛，他们就往哪里打棍子。比如，双胞胎说，喂，你连话都说不清楚，怎么当警察？不能当。你看，我们大喝一声：站住！警察！你说，……站……站……站，坏人早就跑光了！对不对？

小家伙摇头。小家伙说，以……以后。

以后干吗？

当！

那天，成吉汉边不亮几个在门岗保安室门口讨论一个消防设置，阿四带小家伙进大门，顺便对成吉汉告状说，非吵着要买一把射水的冲锋枪。成吉汉说那就配一把。但大家七嘴八舌，说，要小陈念一句话，念对了，马上去买，念不对，不买。小家伙连忙点头。

郑贵了指着墙上喷火手枪图案的两侧，我先念一遍，你再念一遍。不能错，错了，就不能配枪。小家伙凝重点头。

来——让好人笑，让坏人哭——你念！

小家伙瞪大眼睛，一眨不眨，似乎在小脑子里刻字。

念啊。郑富了说。

阿四也催促，说，乖宝念！

不慌不着急，边不亮蹲下来和小陈同高，说，你可以的，没问题。

……让……让……小男孩握紧双拳。大家保持安静地看着他。男孩的小拳头开始发白。

……让，好人哭坏人笑！小家伙后面大家几个字又急又快。大家正要鼓掌叫好，成吉汉一拍桌子大喝一声：昂?！——好人哭？坏人笑？

所有的人一愣之下都一起哈哈狂笑。小家伙有点懵，不安地环看大家。

郑富了直接宣判：你完了！小陈。你当不了警察啦！好人都在哭，坏人哈哈笑——开除！你不需要配枪了！

谁也没想到，小家伙很明白这个道理，因为自己口齿不清，又很难再利索地重说一次。他气势汹汹地盯着郑富了，小脸憋得通红，还是憋不出正确的句子，越急越不行。小男孩哇地大哭，哭着跺脚猛吐口水。

猞猁进来，一把抄起小男孩，横在腰上：走哇，叔叔给你配。——他们都是鬼子！你才是真正的警察！

如果小男孩长大后，能保持他三四岁时被拐卖后的记忆，他就可能一辈子都能回味到：在一个遥远的、乡下的“底察局”，他得到过最具梦幻感的童年时刻；有个叫猞猁的叔叔，不止实现了他一把水枪的小小梦想，而且，他的命都该算是这个叔叔给的。他是幸运的被拐孩子，在他的人生之初，不仅逢凶化吉，而且与众不同地有了置身愿望、与愿望同在的奇缘。一群默默无闻的梦行者，成了他梦想最牢靠的基础和最真实的出发点。人间有多少小心愿，能获得这么多人的齐心哺育与共同滋养，人之初，又有谁能被一群人携带着贴梦飞翔？从这点上说，他比成吉汉幸运太多。据说，近二十年后，那个长大的小男孩，真的是进了警官大学，但后情不详。我想，他可能会记得，有人会不惜用鲜血和生命，去维护另一些人的鲜血和生命的完整。他可能也会比一般人更早明白，什么叫不求回报的付出，什么叫牺牲以及牺牲的意义。我希望有一天，我会见到那个男孩子，也许，就像见到曾经年少的成吉汉。

第二十二章

阿四带着小陈在芦塘广场等现做棉花糖的时候，距离案发的农信社差不多二十米不到的距离。那个太阳刚刚下山的芦塘广场，金色和暮色的天光，正在交接班，天地间弥漫着令人想回家的淡淡暮霭。但广场上，还是有很多父母带着孩子，揪着周末娱乐的剩余天光尾巴。

在四辆插着红色三角旗的游艺车场子旁，不少孩子围在那个打棉花糖的三轮车边。摊主依照孩子的喜欢，往白糖里加湖蓝色、橙红色、黄色颗粒。一个得到一座蓝色冰山一样棉花糖的女孩，兴奋得连声尖叫。小陈非常羡慕。

一开始他是说要橙红色的，他的橙色棉花糖也正在糖丝里一圈圈变大。可是现在，他觉得小姐姐手上的蓝色冰山，非常了不起。他手指蓝色棉花糖，阿四就翻译他的意思，对摊主说，换蓝色的，不要红的了。摊主停下机器，说，哎已经在做了。阿四说，给别人，我们改蓝色的。摊主问排队的小朋友，谁要橘子色的？小孩们都不说话。阿四说，你直接再加蓝色的做下去就是啦。摊主说，那成什么妖怪色，不行。阿四说，那这个红色的就送我们好了，反正才地瓜大。我再买一个蓝色的！摊主坚决摇头。阿四怒了：看起来是比头大，其实拢共才一小勺糖，你真是个死脑筋！

阿四自己动手把橙色半成品粗暴取下来，给了小陈。

阿四说，再做一个蓝色的！做！

摊主说，你要另外给我钱啊。

就是这工夫，喜新厌旧的、踮脚接过橙色小棉花糖的小陈，一眼看见了站在手机店门口的猞猁。这个时候，开进芦塘广场的金杯牌运钞车正在倒车，准备把屁股对准银行门口。四名新年快乐全副武装、犹如特警的巡逻保安，也正在辅道树丛远一点的那边，不动声色地监视着运钞车，并往这边靠近。

郑氏兄弟中的一个——不知道是哪一个——一直憋不住用口哨吹《威风堂堂进行曲》，但遭到另一个非常夸张的恶声制止。之前，双胞胎的一个，一直建议成吉汉急购一个比人高的半圆叉子，说，可以一两米远就把劫匪，叉在墙上。因为抢银行的人有枪，最后大家又都觉得没有用。武器太夸张，引人注目也不好。边不亮说，假如对方真的有枪，长叉子根本没有用。

成吉汉觉得对，不如配防弹背心。结果真的到安保器材店，买到几件可拆可调的防弹背心。只是，猹猁没有用。有了防弹背心的新年快乐队员，简直恨不得马上沧海横流天下大乱，他们觉得自己比特种兵还牛。这一路货色，根本都已按捺不住亢奋欲癫的心了。要知道，这可不是小打小闹、小偷小摸啊！这是震地惊天的银行抢劫阻击战!！他们甚至对劫匪用塑料子弹的情报心生沮丧。这种对手太没劲，一句话，就是劫匪配不上他们！

再回到现场。

阿四事后说，小家伙一跑动，她就顺向瞥见了猹猁。这使她放心地跟小气的棉花糖摊主继续价格缠斗。她回忆说，在新年快乐那么多年，她第一次看到猹猁把长发理成平头，胡须全部刮干净。浅灰的体恤，牛仔裤，外套一件黑色帆布背心。她说她从来没有看见猹猁那么利索过，从来没想到猹猁那么帅。

小男孩跑向猹猁，他举着小火把一样的棉花糖，他要给猹猁看看，他马上还将有一个蓝色的冰山。与此同时，小家伙也眼尖地看到了行道树后面持棍的、新年快乐的警察叔叔哥哥们。那边，一样的，也是他最熟悉最喜爱的人。

猹猁慢了这十几秒。他一心想让抢劫开始发生。他要看到有人提起款箱再出手。他要稳操胜券。这也是他们的原定计划。他以为小非洲不可能开那个玩具枪，就是开枪了，也没什么大不了的。但是，非常震惊地，他听到了真正枪声，看到了刚从车头下来的持枪保安的倒下。

很响的枪声，连续两声，让阿四一度以为广场上有人放鞭炮。那时，三个款箱被经警、一男一女职员正鱼贯提出，走到运钞车后箱。从宣传栏那冲过去的蒙面小非洲，突然看到副驾座下来了一个持枪保安。平时车头那个懒保安，几乎都不下车的。他怎么今天突然持枪下来了？小非洲没有过脑，一指枪就打了过去，那持枪保安在车边倒下时表情还是懵的，小非洲自己也在发愣。送款的三人吓得蹲伏在款箱边，那个时候，已经有一箱放进车中了。与此同时，一个和小非洲同样高大的蒙面身影冲过来，拎起一个款箱就跑。那经警急得起身大喊，抢劫——！小非洲给了他一枪，经警趔趄了一下，也倒下了。女职员再度惊叫，男职员似乎想用款箱砸小非洲，或者想扔进车中。只是一个动箱动作，小非洲又给了男职员一枪。飞速冲来的四名新年快乐巡逻队员，被一下子的三枪动静吓住了。郑氏兄弟互相看了一眼，脸色惨白。他们不由自主地共同后退，毕竟第一次遇见枪。这他妈的是真枪啊！他们退了两步，又退了两步。

边不亮一声怒吼：站住！猹猁在那边！

双胞胎一个在腿筋发颤，一个说有点喘不上气。边不亮也看到了地上的一大摊血。这当然不是、绝对不是塑料玩具枪了。

几乎同时，对讲机里传来猹猁的行动

指令。他们看到猿猢从小非洲侧面飞速跑来。而四名特警模样的持棍者，让小非洲认为就是警察，他们虽然迟疑，但似乎正开始扇形逼近。小非洲惊慌了，他撒腿往出租车方向飞跑，跑了两步，顺手一把抄起向他迎面跑来的小陈。举着棉花糖的小男孩，习惯了警察叔叔警察哥哥的战斗姿态，他以为是游戏。而阿四的锐声尖叫，反而吓愣了小男孩。

小非洲把枪顶在小家伙头上，环视着吼：再靠近，就开枪！

猿猢停下。阿四很英勇，她还是冲向小非洲。她只想着夺回小陈。

阿四嚣张无忌的人生，恐怕第一次这样，为了不相干的人，舍生忘死了。

小非洲一枪就打在她大腿上。阿四跪下，捂腿死命尖叫。一条腿立刻红湿了。她拼命向小男孩招手。小家伙这下子害怕了，丢了棉花糖，哭号尖叫，一边抓扯小非洲的蒙脸丝袜。小非洲抡起枪把，想把孩子打怕，但小陈扭动挣扎更剧烈，还吐他口水。小非洲把小陈猛力击昏，他扛着安静下来的孩子，吃力地往出租车那边撤退。

猿猢大喝一声，放下孩子！我跟你走！

小非洲看了他一眼。

猿猢喊：我是他爸!!

看着后面围上来的持长棍的特警队员，小非洲急得用手枪狠狠指着猿猢。

猿猢把上衣脱光扔下。小电棒、对讲机落地而响。猿猢一脚踢开，举手表示手无寸铁。他边解释边靠近小非洲。小非洲一直拿枪指着猿猢，他的手在明显抖动。他不知道这最后一颗子弹，怎么能保证护送他到蜻蜓饭草的车上。而猿猢也算到他还有最后一发子弹，动作也很谨慎。双方都在往出租车方向移位。猿猢看到边不亮已经出现在小非洲的正后方，但是，因为男孩子在小非洲肩头，因为正面有猿猢，边不亮不敢贸然飞刀。

赤裸上身的猿猢边跟跑，边把两手放在头顶大吼：放下孩子！我跟你走！——快放下！

小非洲其实也被小陈弄得手酸腰痛。用最后这粒子弹威慑大人，肯定是对的。但他怎么控制得了一个精壮男子做人质？可是，抱着娃娃奔走太累了。但他必须逃往姐姐的出租车。小非洲的脑子有点混乱，前面又看不到飞驰而来的接他的出租车，后面追兵步步逼近。扔下小孩放弃人质轻装逃跑，是不是最正确的选择？孩子的父亲会不会急着抢抱孩子放过他？就在这放下孩子的一瞬之间，边不亮出手了，弹簧刀飞镖一样，扎在了小非洲右背胛骨上。小非洲一声尖叫，他以为自己中弹了。双胞胎兄弟也一起如猛虎围扑，几支防暴长棍纵横猛打，豪气干云。姐姐的车在哪里？乱棍下，小非洲觉得自己快死了。心理一崩溃，他抱头哭号起来。

照例，郑贵了非法携带了手铐，非法派上了用场。

猿猢没有停留。边不亮默契地一指成吉汉车子所在辅道位置。猿猢喊了一句，110！高速路口！他往广场外缘辅道那边飞跑。

贾语文提的款箱里是九十万，即使重，他也还是按三十秒的计划，跑到了出租车边，一把拉开副驾座，他蹿了进去。开车！他没有扯掉蒙面黑丝袜，马上把衣服反面穿上。看蒙面人抱着款箱冲进车，司机眼睛瞪得很大：这是……我刚还以为是炮仗。

快开！贾语文把刀顶在了司机脖子上：

把后箱盖翻起！快开！

的哥马上翘起车后箱盖，但表示不可以辅道逆行。贾语文也不说话，只是用力了一下，刀尖就扎破了司机脖子。

司机大叫，走走走！小心点！你扎到我了!!

枪声让蜻蜓饭草小便失禁，座垫上涌起的发烫感觉，并没有让她感到难堪。惊恐完全覆盖了羞耻感。她只感觉到了弟弟的危险。车外暮色四合。芦塘广场天色走暗，乡镇的广场不像城区那么亮。刚开始，她看到巡逻而过一队新年快乐保安，心里还十分宽慰。后来，她惊恐地听到了三四声枪声，她也希望是出租车师傅评论的“谁在放炮仗啊”。但马上，她听到了远处人声不清晰的尖叫，也看到了人员的异常跑动。肯定出麻烦了。她非常担心这样的混乱，会导致弟弟上不了逃跑的车。他怎么这么慢！蜻蜓饭草焦虑地按下玻璃窗，忍不住呼喊起来：

黑桂——！黑桂——！我们在这！

闭嘴!!贾语文喝道，窗户摇上！

我在催他！蜻蜓饭草说。

关窗！冲过辅道！——快！贾语文命令的哥。

停下！师傅！蜻蜓饭草大叫，我看见他啦！快停！

——不许停！贾语文喝到：往前！前面等！

蜻蜓饭草用力拍打椅背，又擂窗尖叫——快停下！要开过他了！

走！贾语文说，往前!!!

蜻蜓饭草喊，再不停我跳车了——

的哥猛地刹车。贾语文差点栽倒，他一下把刀对准后排。他怒不可遏，要蜻蜓饭草闭嘴。就这当口，早已偷偷开好车门锁的司机，借机一骨碌滚了出去。一出去他就没命地大喊：杀人啦——抢劫啊——

贾语文和蜻蜓饭草同时拉开车门，各奔一边。贾语文蹿向车头，坐进驾驶座。他马上猛踩油门，汽车“呜”地发出巨大轰鸣，他连忙退出停车挡，又一大脚油门，把车撞到了右前方的行道树，再急忙后退，摆正车身。几个疯狂来回，贾语文终于稳定驾驶了汽车。蜻蜓饭草则拼命跑向广场人员纠集处。她还是想救走弟弟。她甚至没有看到猹猁冲过来。猹猁看到了她，但猹猁没时间喊她。她不在车上让猹猁更安心。不过，这未必是好事，也许她在车上，猹猁可能就无论如何都不会让成吉汉开车了。

即使边不亮没有告诉成吉汉跟踪车的位置，猹猁也可以凭窗口溢出的音乐准确跳进成吉汉的车里。

我开。猹猁一把拉开驾座门。

上！你先上！成吉汉一指前车——他跑啦！

猹猁一秒的迟疑，便急奔向副驾驶。这是猹猁犯下的第二个错误。

他应该坚持自己开车的。车门一拉开，猹猁几乎被高保真汽车音响震晕。猹猁一把关掉音响，成吉汉立刻打开，只是小了点音量。猹猁咬牙切齿。他的确是该马上跟成吉汉这个菜鸟换位置，但是，看到前车已经蹿出好远，成吉汉已狠狠踩油门追了出去。成吉汉的车，显然比疲于奔命的出租车破捷达动力足，但是，成吉汉的确不是好手，他只是这半年来开多了，有点妄自尊大起来。猹猁稍稍欣慰的是，贾语文果然也是个生手，看来小非洲没有胡说。小非洲说，因为贾哥很久都没有开车了，为了快速安全撤离，万无一失，所以才决定雇专业司机，才有了蜻蜓饭草接应的发财机会。小非洲还劝姐姐——人家基本是给你送钱的。

周末的傍晚，行人还是不少。乡镇的人和猪狗畜生，都是不理会什么交通规矩斑马线的。两个笨蛋驾手的疯狂逃命与疯狂追车，让猞猁感到心脏欲爆。他不得不控制自己的嗓子，在不断的、迎面打来的千钧一发险情中，柔声细语地提醒成吉汉的降速、拐弯、闪避来车。而狂妄的成吉汉似乎已经进入想象的激情人生，他目光远大，神情庄严，还不时寻机摸大音量。猞猁则不断把音响调小。来回几次，成吉汉竟然拍方向盘怒吼："小号！小号！你灭了一声灵魂小号！"

"——隔离墩！"猞猁喊，他直接左推方向盘避险。他没法跟这成吉汉解释，这是真正的追捕，不是人生如戏；这是随时车毁人亡的致命追击，没有第三只眼睛观礼。猞猁再次把干扰的音响关闭后，成少竟然在癫狂中，又去摸音量开关。猞猁把他的手，狠狠打掉。成吉汉一拳打在猞猁左腮上。不重，但这是他的极限警告。成吉汉变脸了。

成吉汉吼的是："恢复马勒！——勇往直前——"

猞猁一把关闭音量开关，并用手扣住旋钮，"行。先换座！"

成吉汉的嗓子在微微颤抖："你不觉得吗——兄弟？我从没发挥得这么棒过——他死定了！"

"我开！！！"猞猁怒吼。

"一停车他就没了！"

"我追得上！"

"滚！"成吉汉歇斯底里了，"滚下去！老子行！！！"

我能想象成吉汉的暴怒与癫狂。和我母亲一样，他们的温柔与暴烈是随时转境的，没有过渡期。我父亲有一次骂他是六亲不认的疯狗。而在音乐中，成吉汉就像一瓶喷涌胜利泡沫的香槟酒，不，他本身就成了易燃易爆物。有一次，我坐他的车，我不记得是什么曲子了。一个新手，他的大拇指，他的整条手臂的骨骼深处，都在方向盘上，不易觉察地以"电触"似的节奏，合着旋律节拍在抖动。突然，他不打转向灯就靠边停车，猛拉上手刹，然后一转身，对着副驾座的我，他举起双手："抱我一下——别说话。"

我单手敷衍地揽了他。他紧紧抱住我。我们彼此纹丝不动。我们就在那个旋律中悬停。

恢复驾驶时，他把音乐又倒了回去重听，喃喃低语里口吃而含混："每次……这段，都想拥抱人……逆风而行，对抗的力量……坚韧……充满……充满人类的尊严……好想抱人……"

音乐就是成吉汉的致幻剂。

是的，在音乐中，所有的光影、人形、景致、颠簸与离心力感，飞逝的街道，远方的山岚雾气，乃至抽象的事物，所有的一切，全部在车行旋律中刷新、变形、升华，尤其是辅之以速度时，音乐绝对让成吉汉脑浆沸腾，血液狂飙。普通人——遑论是职业训练过的猞猁——都会在这样的紧迫危急当下，在安全为第一需求的前提下，自动屏蔽音乐的迷离与非现实恍惚，但成吉汉的艺术与人生，是没有间隔线的。没有间隔线的人，是多么危险的人。但猞猁的痛悟，已经太晚了。

猞猁开始时想，只要熬到高速路口，一切就结束，没想到，贾语文不仅车技烂，根本是个路盲。他完全搞错了方向，也许逃跑的环节，他因指望出租车而疏于用心；也许是太过紧张，头昏脑涨，他竟然开向通往库北敬老院的新路，那和高速路口背向而驰，只会开向更深的乡村。前面是绝对没有警察设卡阻击了。猞猁通过成吉汉的对讲机告诉边不亮，他们开过敬老院，再下来的什么路，他也叫不上来。就是说，他已经不知道警察可以重新在哪设卡拦截。看来，只能靠自己把前车的中国拉姆搞定了。

如果是猞猁自己开，他有很多机会别住前车。他能熟练使用追逃截停技巧；贾语文开得颠簸而疯狂，疯狂又莽撞，他的驾驶不按牌理出牌，又具有亡命之徒的死亡迟钝感；但是，成吉汉的方向盘，让他同样干瞪眼。在这样的音乐与速度里，没有一个预设，能有时间同步执行。而稍微直一点的路段，成吉汉就摸大音响："——来啦！——第五乐章！mahler Symphony No 5！——我的第五乐章！"他几乎陷入疯狂。

猞猁狠狠捶击仪表台：操!!

已经是越来越典型的农村道路了。星稀月明，窄路无人。前车一定早就意识到走错路了，从车屁股都能感受到它的慌乱与疑惑。避过几头晚归的牛群，在一个丁字路口，它略微迟疑地拐向左前方一个更大的左弯道，猞猁厉声急吼——提速！撞车尾！

成吉汉的车，火箭一样撞向前车。猞猁希望的力度与角度，只有他自己的手和脚知道，这是无法传达给驾驶者的。成吉汉撞偏了，但撞得猛烈而毫不迟疑。出租车左前部的驾驶座，被撞向路边水泥杆子的水泥基座上，瘪进去一大块。里面没有人下来；而成吉汉的车，不仅差点翻向左边的菜地水沟，关键是方向盘被压得直顶他的胸口，尽管隔着弹出的安全气囊，成吉汉还是被震晕了。炸开的安全气囊，带出一阵烫人的气体，赤裸上身的猞猁感到颈部、胸口，手臂一阵灼痛。他们的车头变形了，猞猁一时开不了副驾座的车门，左脚有点软。他闻到了汽油味，估计至少有辆车油管破了。就在他帮成吉汉打开驾座的门时，前车已经出现了火苗。两车紧挨着，不管谁的油箱被引爆，都是凶多吉少。

成吉汉被猞猁狠狠拍脸打醒，但成吉汉的左手没劲，也拉不开左车门。火势越来越大，猞猁放倒自己身子，开始用右脚猛踹车门。受制于成吉汉，和车体内部空间，也囿于猞猁自己的左脚无力，他连续多脚，车门才终于踹开，开得也只有半大。——下啊！猞猁吼。成吉汉却说他的脚没感觉。猞猁猛地外推成吉汉，空间小、块头沉，猞猁使不上劲，他确认自己的左腿伤得不轻。车前已经火焰很高，熊熊火光中，两个人就像洞穴野人。猞猁最后不得不也用右脚，把成吉汉使命往外踹。成吉汉哇哇大叫，可能被踹伤了，但他还是被猞猁踹了出来，滚落在路边的菜地浅水沟里。

猞猁再费劲地把自己身子从变形的驾驶室解脱出来，才刚刚下地，汽车轰地爆燃了。

目击的村民说，是先后两团爆炸声。一辆车在巨大的、金红色的火焰中翻滚，包裹着黑色的滚滚浓烟，骤亮的熊熊火光，照亮了整个山湾菜地，半个天空辐射出金色的背光。猞猁只需要再多一秒钟，只要再一秒钟，就可以趴在安全的菜地水沟里，和成吉汉一样。但命运没有给他这一秒钟。他也可以选择不救成吉汉。我相信他完全有能力安全脱身。

第二十三章

如果猞猁不轻信对手只用塑料子弹的仿真枪；如果他不轻信蜻蜓饭草的信息：他们不会开枪，只是比划威胁；如果他不轻信不妥协成吉汉的烂车技，坚决把他揪出汽车，自己驾驶追击，结果又会怎样？如果那女人也在车上，他会不会追得不那么狠，也许就平安无事了。可是，他已经知道那女的不在车上了；如果猞猁有枪……

我父亲厌恶这些如果，厌恶这些于事无补的乱七八糟的假设。父亲说，他们只要事先报警，什么事也没有！但我知道，很多人，尤其是那帮悲伤倔强的“伪币”们，他们一直在“如果”、在“假设”中怀想逝去的、不可变更的一切。他们天真而顽强地做着各种安全补充设计，他们在愚蠢地建设、在修订、在泛滥设计各种完美的追击梦想。他们失去了一员大将，但是，他们坚持自评那是一次了不起的出手。他们是了不起的成功者。现在，他们只是想让自己的梦想，更加完美无瑕一点。

但成吉汉住院的那些日子，他们是沮丧的。

只要没有班，他们就三三两两守在成吉汉的病房，赶走了又悄悄溜回来。阿四只住了两天院就出院了。小手术，子弹取出消消炎就没事了。她做各种营养炖品，然后亲自送进城来，看护成吉汉吃掉再走。有时候也把小陈一起带来。小陈一进病房过道，就必定挣脱阿四的手，自己挺拔庄重地走向病房大门，然后，在成吉汉病房门口，立定，敬礼。里面有多少伪币，他就注目巡礼多少人。只是现在，没有人再回他的敬礼了。第一次，成吉汉用不打点滴的手，以剑指点弹额头回敬。小陈奔向成吉汉床头：坏人都抓住没有？成吉汉点头。

小陈回以更严肃的点头。但是，连小家伙都感到什么地方不对劲了。一到病房，他就目光深沉下来。

每次我过去，都看到新年快乐的那帮大小好汉们，挤在成吉汉套间病房。成吉汉一直不怎么说话。简直不知道那些傻蛋的脑瓜袋还在转些什么念头。听说有一次，成吉汉失态，用被子捂住脸大哭，吊瓶针都带出来了，洇出的血弄红了一大片床单。成吉汉是中度脑震荡，再次叠加的左腿骨折，都不致命。安全气囊救了他。猞猁救了他。他的头发都燎焦了，医生直接给他推了光头。那次，他捂着脸哭。

阿四一想起猞猁就抹泪。郑氏兄弟事后也有了公允心，他们说，那天，他们第一次觉得，猞猁就像一个真正的警察。在这样的生死境遇里，双胞胎默契地共生出一种奇怪的自豪感。他们觉得自己和一个真正的警察出生入死过了。

边不亮一直沉默着。据说让成吉汉那天捂被号啕大哭的，就是边不亮。是边不亮进来紧紧拥抱了病床上的光头，说，我没后悔。

成吉汉泪流满面。

农信社那边，那个平时吊儿郎当的武

装保安，被小非洲一枪毙命；其他两名受伤职员都没有性命之虞；小非洲自然是面临死刑，尽管他很方便、很努力地把责任都推给了死无对证的贾语文。蜻蜓饭草的问题，费了一点周折，我父亲也用了人情，主要是确认她在抢劫案中被胁迫的性质，以及为阻止犯罪发生的积极行为。在小非洲一审死刑判决前的一周，蜻蜓饭草到公司想见我父亲，也许是成吉汉告诉她，他父亲在芦塘。

通报说她求见，我父亲一挥手，对秘书说：赶走。

秘书迟疑了一下，老成怒吼：不见！——让她滚！

我去见了她。我说父亲在会议中，托我见她。那个女孩看着我，一下子就哭了。泪水成线直淌。即使那样哭得眉头鼻尖发红、鼻涕垂吊，我依然讶异于她的美，是那种令人放空脑子的、微醺感的清晰美丽。一直到她对着我跪下来，我才明白，她不是要我们帮助她弟弟。她跪着伏地，久久没有抬头，她说的是，对不起。我害死了林羿。她说，林羿之前说给我种了一盆植物，生日会送给我。今天是我生日，我替他来取……

这个，我很意外。周围的人一听，看起来也都在发懵。我让办公室的人手赶紧去找。找来找去，说有一小盆叫熊童子的多肉植物应该是，就在成少办公室外窗台下，空调外机旁。一个秘书说，记得之前猞猁有问多肉植物怎么养护。那就算是这一盆了。她们说，熊童子的每一片胖叶瓣顶，都有几个小褐点，看起来就像熊宝宝的爪子，所以叫熊童子。由于无人照顾，那盆熊童子都有点失水发蔫了。

蜻蜓饭草一见就说，是它。她说以前林羿说过，女人就像多肉植物，一碰就破；被照顾得好会非常漂亮，但没人爱护它，也能顽强生存。蜻蜓饭草说着眼泪又滑落下来，我也心中一阵堵滞，是的，此情此景听到这种话，仿佛就是在听猞猁预留的遗言。蜻蜓饭草把熊童子抱在怀里，就走了。

在大家为她寻找猞猁留下的生日植物时，她呆望着窗外跟我说了一些猞猁的情况。她说，他生气的时候，是很凶，甚至揍过我，有点……粗野。我同学包括我弟弟，都骂我是贱骨头，但是，我知道他爱我，他一见钟情地爱我，尽管他从不承认。知道我爱吃鱼，因为我小时候只能吃到鱼头或者鱼尾，他就学会了十一种鱼的做法，每周末换着做给我吃……我知道他外人看不到的温柔，我还知道，他骨子里就是……真正的警察。敢担当、能担当的那种男人。我也知道，他永远不会对我说我爱你，但是，这不影响我爱他。

银行抢劫案历来都是备受关注的大案。关于这起复杂的银行抢劫案，媒体的报道口径都很厚道，一致非常正面。各媒体说到了群众见义勇为，说到了警察紧急部署警力在第一时间围追堵截。肯定了市民不畏牺牲的古道热肠，但是，警方强调：绝对不鼓励、不支持市民群众轻率见义勇为，不希望群众付出鲜血和生命的代价。专业的事情，让专业人士来干。警方呼吁市民切切引以为戒。

摆平舆论大门，警方转身严厉训斥了新年快乐的反扒志愿者，严厉批评他们“越俎代庖”“知情缓报、擅自执法”的恶劣行为。综合相关人员笔录，及多方调查情况，警方得出的结论是，所有人员伤亡，基本都是可以避免的。这就是盲目冲动的无知代价。

为什么不报警?!你真以为你是谁?!

我父亲为猞猁操办了隆重的葬礼。我第一次看到父亲老泪纵横。他相当于失去了一个最有力量、最可依靠的儿子。父亲还赔付了出租公司的那辆捷达出租车。我们自己的新帕萨特也毁了。可能还有一些七七八八赔款。农信社也派员来看望了受伤的成吉汉。这事警方最终没有追究其他更多责任。算是理解和尽力呵护了群众自发见义勇为的主观意愿,肯定了不怕牺牲、邪不压正的、可贵的人间正气。

很快地,全市警方开展了“清理整治非法穿着仿99式警服专项活动”。据媒体报道,强势整治集中在三个方面:查禁警方内部非在编、非授衔的借调聘用人员乱穿警服;二,严厉查禁保安联防、企业内部保卫、小区物业等非警务人员,穿着99式警服或仿99式警服;三,严厉查禁未经省公安厅批准、并到工商部门注册登记的保安组织所属保安押运等人员非法穿着99式警服的问题。

事情就算过去了。

但我父亲不想再要新年快乐工艺厂了,他要收回这个礼物。彻底失去信任的王子,将失去他的自由国度。公司转让的时候,我在场。当时双方人马都在会议桌边,就转让条件、细节,仔细谈判着。突然,大爆炸似的,音乐骤然而起,瞬间汹涌于整个新年快乐厂的所有空间。我当时的感觉,仿佛是遭遇巨大的没顶雪崩。音乐没顶了每一个人。客人从来没有听过这样的音响阵势,讶异而震撼。他们停下了磋商,面面相觑。会议室内外、整个大楼,整个新年快乐厂区,全部处于有天际纵横感的激越旋律中,会议室就像置身一个雄浑辽阔的天宇之上。对方一个年轻人低声的惊叹如画外音:现代启示录?大片音乐?

无人回应。我知道,是瓦格纳的《女武神出骑》。

父亲闭目不动。他在雪崩之中。会议中断。

成吉汉瘸着腿,慢慢走到了窗边,他推窗下看。我跟了过去。

大楼那边,一辆暗蓝色的摩托飞驰而来。那份潇洒利落帅气的青春身影,不用猜,我也知道,白色的头盔里一定是边不亮。后来我明白,成吉汉知道边不亮要走了,他事先告诉手下,边不亮走时,全场强音量播放《女武神出骑》为其送行。

边不亮的摩托车,骑到厂大门,一听音乐,摩托立刻折身掉头。雄浑激越的旋律护佑着白色头盔的骑手,沿着新年快乐的白色栅栏飞驰而来,犹如天马在空中飞行,绕厂骑行了两圈。在音乐声中,我注视着下面的骑手,那身影如此勇敢,如此孤单。突然地,我鼻腔发酸眼眶发烫,我有点难以自持,很想拥抱成吉汉。这不是人的告别,更是一段历史的终结。我以为从小爱哭的那个人会掉泪,但是,他只是平静地看着那辆摩托车在绕行两圈后,迎着厂大门绝尘而去。

边不亮走了。

作为一起长大的手足兄妹,我还是不能踩准我哥哥的情绪节拍。我知道他曾在医院流泪,在号啕哭泣。我知道他对猞猁有丰厚复杂的不舍情感,所以,直到他出院很久,我们才第一次聊到了猞猁,我以为他会无限悲伤,会泣不成声,但是,没有。我又一次发现,我还是不理解成吉汉。他说——他的原话——猞猁非常了不起,终止在那么棒的音乐里。我一直在想,我在那个时刻，谁会为我播放我最爱的曲子呢……那天，走的应该是我。

如果只听声音，成吉汉语调平静温暖，仿佛猞猁就在他身边玩游戏机、看美剧。但是，要是看到他的眼神，恐怕谁也追不到他眼神最后的聚焦——也许在百万光年之外——也许猞猁就在那里——这个眼神，令我心碎。

人怎么通过狭窄的竖琴跟神走？大学念过的一句诗句忽然就横过脑海。

新东家入驻在即。我们公司全部撤出新年快乐工艺厂时，成吉汉指令音响室，最后为其播放斯美塔纳的《沃尔塔瓦河》。他让办公室人员都离去，命令我们统统都走。他独自坐在里面，我靠在门廊外等他。

他一言不发地静坐在空荡荡的大办公室。整个厂区有如空寂无人。

……长笛清音空灵翻转，吉光片羽，石上的两股清流，在林间疾速穿行，透明的晨曦下，清涧飞旋跌宕，在林间汇集着奔向大河。清澈的河水在晨曦中攒积起一往无前的力量，它旋转着，涤荡着，和合着，一路东驰。水天之间的阔浪长风里，出现了一种浩渺无疆的深情，伴着无可言说的清冽透澈的力量，在天地间深沉磅礴地回荡，令人爱令人哭泣。那一路蓄势一路奔涌的力量纵横捭阖，远向天际尽头，它超越了我倚靠的长廊，超越了新年快乐的所有空间，超越了芦塘小镇，超越星辰宇宙，它追逐万千时光而去……

大班台后面，成吉汉双眼闭着，他静坐不动，如泥雕木塑。

手下人在门口看着呆然不动的光头少主，噤声退去。他们看不到透明的泪水，在那里无声流淌，寂静地挂满一个孤独者的下巴。我打手势示意他们快走。人们一个个蹑手蹑脚退开。他们以为少主是惜别，我知道不是。

后来的一天，我在成吉汉久无人居的房间，独自听这首曲子时，《沃尔塔瓦河》才刚刚汇集成天地间奔涌的大河，那一瞬间我已泪流满面，我无法控制地痛哭出声。有的人的怀抱，是天生想拥抱全世界的，但世界里的一切都可能背向而立。再一次地，我想到了那句诗：

人怎么通过狭窄的竖琴跟神走。

父亲推门站在门口。他没有要求我关小音量，他只是异样温柔地看着窗外，眼眶发红。

那个时候，成吉汉已经离家出走七个多月了，音讯全无。有人说，看到他和边不亮在西藏。我希望真的是这样。如果边不亮走的时候，成吉汉播放瓦格纳的《女武神出骑》，那么我想，至少那时，他已经知道边不亮是谁了。我希望他和边不亮在一起，他们会互相爱护的。新年快乐的人都知道，成吉汉、猞猁、边不亮，他们三个，一直是最好的朋友。现在，只剩他们两个了。

而郑氏兄弟，还有阿四，恐怕永远也不会知道，猞猁到底是谁。除了网名之外，他们根本不记得他有真名。有一次，我问猞猁，你为什么叫这个。他笑而不答。我说是 silly——愚蠢的？我当时是逗趣调侃，但他对我竖起大拇指，随之甩了个响指，看起来自暴自弃很是自嘲。我想，双胞胎也许永远也一样不知道边不亮是谁。不过，阿四那个女流氓是不靠谱的，他们仨只要合伙回老家过一个春节，估计什么当年往事，都会被添油加醋、浓墨重彩地重现。

那个四岁的小男孩，早已和父母团圆。他来自浙江的小作坊富足之家，是客居的爷爷带出去玩，在公园看人下棋入迷而搞丢的。人贩子一路跨省将他拐到了新年快乐的“伪币们”身边。他们给了小男孩以安全和温暖，还合伙哺育喂养了小家伙最了不起的警察梦想，也让他真正见识到了恐惧、绝望、和平与勇敢。抢劫案之后，小男孩情绪一度脆弱失衡。因为阿四和他感情已深，一路陪伴孩子将他送到了浙江，据说，就被留下在他家当保姆了。不知道他家，有没有阿四听得懂的古典音乐。但阿四是如何通过美食，通过天赋的音乐理解力，走向欧洲走向世界厨房，就没有人能细述详情了。

郑氏双胞胎留在了房地产公司这边，依然是保安。但是已经被严肃训诫：再不安分，再多管闲事、再狗拿耗子替天行道——马上滚蛋！不过听说，郑氏兄弟时不时地，还是会磕磕巴巴地口哨吹奏《威风堂堂进行曲》，就像残梦碎片，他们偶尔会怀想曾经的梦想，又忍不住会添油加醋地吹嘘新年快乐的大好时光。这就是成吉汉留给他们平凡生命的一小抹高光了。

而成吉汉，彻底失踪了。

他把我和父亲，留在了没有音乐、没有轻信与天真的利润决斗场中。

我们财源滚滚，每逢佳节倍思亲。

降落现实的转境时刻

——须一瓜《致新年快乐》

黄德海

《致新年快乐》进行到三分之一左右，组队行动的反扒志愿者与一伙窃贼狭路相逢。大敌当前，一贯勇猛的郑氏兄弟中了美人计，完全丧失执行能力。“双胞胎一直目瞪口呆，他们完全反应不过来——开始是对这伙美女扒手猝不及防，后来是对各种混乱迟钝，他们都被马尾辫的美丽温柔转了境，一下子回不到过去的执业状态，脑子各自空白，下意识就不接受车里发生了扒窃。”在同伴抓住女扒手之后，他们也还是“不愿相信，眼前这个楚楚可怜的泪眼娑娑的马尾辫，是他们一贯乐意追捕的猎物”。

小说临近结尾，成吉汉和猞猁一起追击逃跑的银行抢劫犯，前者一面疯狂驾车，一面打开高保真汽车音响，“在音乐中，所有的光影、人形、景致、颠簸与离心力感，飞逝的街道，远方的山岚雾气，乃至抽象的事物，所有的一切，全部在车行旋律中刷新、变形、升华，尤其是辅之以速度时，音乐绝对让成吉汉脑浆沸腾，血液狂飙”。这个平常看起来张皇羞涩的人，在音乐的致幻作用下，已经进入癫狂的幻觉状体，那个熟悉的成吉汉彻底消失了，他的“温柔与暴烈是随时转境的，没有过渡期”。

引起我注意的，是上面两段文字中出现的“转境”一词，觉得有些新鲜的意味。不知道这词来源于佛典还是方言，但意思在上下文里可以看得清楚，即人被某些事物强烈影响，从而忘记了自己置身的现实，脱离了原本建基于日常的思维、情感和行动轨迹，脑子转入另外一种特殊情境之中。如果以上理解没有太大的偏差，那这一词语是否可以作为一个特殊的关键词，用来看待《致新年快乐》这一有着明显理想意味的小说？也就是说，这部小说是否可以整体上理解为一个有意延长的转境时刻？

一

从人物来看，须一瓜的这个小说，主要围绕新年快乐工厂的负责人和保安展开，他们身份不同，天性各异，人生遭际也不相同，却最终奇妙地组合在一起，形成了一个反扒志愿团队。我们不禁要问的是，什么是这个团队成员最终能够组合在一起的理由？

不妨先从负责人成吉汉说起。作为《致新年快乐》的重要人物，我们大致可以看到他从小到大的各种情形。刚进小学的时候，成吉汉就成天穿一件橄榄绿上衣，把这当做他的警服，甚至因为等衣服熨烫好而上学迟到。高中时，在一辆长途车上，成吉汉跟一个小偷扭打起来，即便后来小偷的同伙持刀现身，成吉汉仍然“死死扭住行窃者”，以致大腿挨了一刀。再后来，看到一个女人背着孩子跳河，成吉汉立刻从车里蹿出来，跳下距离护栏十多米的冰冷河水里，差点送了命。不难看出，成吉汉拥有急公好义的“自然德性”（natural virtue），也即这一德性不是后天培养出来的，而是他身上天然具备的，不妨看成他的天性。这一天性，在积极意义上，通常会被称为嫉恶如仇、见义勇为；在消极意义上，则往往会被认为是缺心眼、二百五。

与此同时，成吉汉对音乐无比痴迷。大学时，他就“买了很多很多很多盗版、正版的音乐碟片”，在新年快乐走马上任不久，他则采用先进的网络音频纯数字化体系，升级了全厂的广播音响系统，更新了全厂一百多只扬声器，还为自己“专门整出一间高档听音室”，甚至连学习滑板也“在音乐声中追风而行”。即使朋友因救他而去世，他的首要反应也不是悲伤，而是对方“非常了不起，终止在那么棒的音乐里。我一直在想，我在那个时刻，谁会为我播放我最爱的曲子呢”。这种对音乐的痴狂状态，不妨看成对美或艺术的天然热爱，当然，也可以换个角度看成不切实际。

小说中的另一个重要人物猞猁（林羿），也就是保安队队长，天性几乎处处与成吉汉相左。他沉着、冷静、富有现实感，不会轻易被外在现象迷惑，“似乎天生就有‘清晰判断并尊重各方利益’的能力，再纷乱的情况，再凌乱的枝节，再巧言令色，好像都不能阻挡得住他对事情核心的把握”。他也从不动辄激动，几乎一直能够保持冷眼旁观的姿态，绝大部分时间处于清醒状态，能从各种表象中推断出事物的本质，所谓“对人对事，他有直达本质的奇怪天赋”。这一天赋可以说是“天生的猎人直觉”，让他能够从人群中发现坏人，辨认出谁会是麻烦的制造者。拥有如此天性的人，当然会得到周围人的信任，因此，不光老板对他依赖有加，他的恋人知道他是“敢担当、能担当的那种男人”，就连一贯嚣张跋扈的厨子阿四，也觉得猞猁身上有令她“又爱又怕的什么东西，微妙地威慑着她，让她不敢唐突造次”。

围绕成吉汉和猞猁的，有始终“透着无所畏惧的沉着与英勇”的边不亮，“简直就是复仇似的和所有的小偷扒手恶人宣战”，是这个组合里“最坚忍、最手狠的一个”。当然，也不能忘了郑富了、郑贵了这对双胞胎，“他们有一个共同的爱好，就是假扮警察”，虽然“不过端一个朝不保夕的保安破饭碗，还成天管天管地管空气”。跟成吉汉出于自然德性的嫉恶如仇不同，也没有猞猁对人和社会的天生直觉，边不亮和郑氏兄弟可以说是因为自己的人生遭际，无意间加入了这个对恶的抗争行列（当然，不可能完全排除天性）。或者可以说，他们的选择是被迫的“人为德性”（artificial virtue）——因为不幸的遭遇，边不亮对坏人积攒了刻骨的仇恨，用猞猁的话说，他“这么变态、这么不要命地嫉恶如仇，是他心里装满了恨”。郑氏兄弟呢，则是因为从小脑子迟钝，总被人欺负，“所以他们觉得警察威风凛凛，无人敢欺”，因此热衷于扮演警察，遇到不法之事表现得积极又勇敢。

通常，一个人的成长过程，就是其天性被引导、并逐渐与世界和解的过程。可小说中的这群人，不管是出于天性的执着，还是出于后天的自我选择，即根据他们的自然德性或人为德性，围绕着对扒手的愤慨，组成了一个小小的反扒团队，尝试着实现他们惩奸除恶的理想。也就是说，他们因为自己的天性和遭际，把与世界的和解过程强行扭转，从而进入了转境状态。了解世界运行逻辑的人当然明白，他们面临的将是什么，比如成吉汉的父亲，早就判定自己的儿子是一个高贵的蠢蛋；比如阿四，她关心侄儿郑氏兄弟，爱护成吉汉，疼惜边不亮，敬畏猞猁，感受得到他们身上那些罕见的东西，却也知道两兄弟的颟顸、成吉汉的没正经、猞猁和边不亮的伤痛与隐疾，几乎看得见这群看起来正气凛然的人失心疯一样的人生轨迹。

阿四这一刘姥姥般充满世俗智慧的人，几乎可以代表现实世界对这群人的态度，也让人意识到，由亢奋的德性刺激构成的转境时刻，因为与现实世界并不贴合，定然不会长久维持。或者，就像猞猁意识到的，“人生也许就是如此吧，总有绚丽的七彩气泡在飞；总有人只为生命的荣耀而战，总有些傻瓜，一辈子目光远大，只看到远方诗性的光芒，永远看不到自己一脚狗屎”。当这群踩着一脚狗屎的人要凭靠自己的德性强令转境降落于现实之中，伴随着的恐怕必然是天生的缺陷和难以避免的千疮百孔。

二

我相信，新年快乐工厂的负责人和保安们，从来没有规划建立一个稳固的小共同体，他们只是在特殊的时代情形之下，因为种种有意无意的机缘，先是自发，后是半自觉地组成了以反扒为首要之务的临时团体，并努力维持着团体的运作。这一团体的运作，差不多相当于一个有意延长的转境时刻，只是在小说里，这一转境状态阴差阳错地降落在现实的地面。

《致新年快乐》发生的时间距离现在二十多年，回想起这一时间段和对它的思考，我们大概会为自己曾经的轻视暗叫一声惭愧。那个时候，新年快乐工厂所在的地方，还“一派贫困杂乱、无序而生机盎然。很多城市化的基础设置、机构配置，都在应对人口快速增长的疲惫招架中”。就是在这样的城市化初级进程中，就是在这样的无序和生机中，就是在规范化还没有完全取走各种可能性的这一时期，开始逐渐积聚在一处的人群，还没有被固定安置或有意驱逐，社会还有一丝透气的空间，容得下妄诞的想象和离奇的行为，不少先天或后天德性没有被完全规制的人们，尚能寻到一个空隙来尝试他们在人世的各种可能，来安置他们正向的转境时刻。我们不妨记住这个时期，因为我们即将或已经开始怀念——或许，这也是小说题目使用了具有怀念气息的“致”的原因？当然，更重要的，这是作品人物停留的时代。

郑氏兄弟的行为，差不多可以说是这一时期的宽松氛围催生出来的。喜欢多管闲事的郑富了出面制止小混混动手，却被双方合起来打了一顿，阴差阳错地上了报纸。或许是上报纸的虚荣刺激了他们，或许根本就是天生爱管闲事，此后“双胞胎一起迷上了社会警务管理。穿着保安制服，有事没事在人流密集处巡视，一碰到小偷的、打架的，夫妻在街上打闹的，他们就出手。警察没来，他们就说自己是警察，警察来了，他们就说自己是保安”。沿着这一自发的运行轨迹，郑氏兄弟和边不亮先后加入新年快乐保安队，“在成吉汉的直接领导下，治安巡逻的范围日益扩大”。在幼儿园血案中大得民心之后，这一队伍更是“膨胀得不行，也锐气风发得不行，恨不能铲平天下所有不平事”。是的，尽管是转境，却跟任何一个活物一样，先是自发地产生，然后，管理者有意无意的纵容，涉事者或明或暗的鼓励，被救助者真心实意的感戴，都成为输入这一团体的精神能量，让他们有机会给人间投下一点多余的善意。

一个转境时刻能延长并有机会落地实行，肯定不能只依靠精神能量。幸好，新年快乐的少主成吉汉慷慨任侠，反扒志愿团队的住所、工资、装备、巡逻车辆、健身场所，甚至受伤之后的医药费、营养费，都由这一提款机供给。只是，天生容易混淆现实与幻想的成吉汉不会意识到，离开他的物质支持，以行侠仗义为己任的转境不会在现实中存在，并且，他对音乐的喜爱，还进一步掩盖了团体的现实根基，从而让成吉汉误以为建成了自己的非凡汗国，并在某些时刻显出近乎辉煌的色彩。看，这是英雄们的凯旋，一个属于他们的完美转境时刻——“一行挂彩的、疲惫的小队伍一进厂大门，忽地，新年快乐四至的白色栅栏内，大小灯齐放光明，维纳斯喷泉狂飙。阿依达的超长小号在夜空穿云裂雾，连接天国。光辉而磅礴的音色，让小小厂区，神迹般壮丽辉煌，是的，整个厂区，高分贝地响起了威尔第的《凯旋进行曲》。在那个夜晚，在那个远离市区万丈霓光与红尘之外的乡镇一隅，在那个月光隐约、夜色清幽的郊区厂房，辉煌的音乐，瞬间成就了天上人间的光辉遗址。音乐里，从天而下的金色高光，打亮了那天地间、唯一的非凡舞台。”

尽管有成吉汉的物质输入，尽管期望“出钱、出力、出血，他们一起维护那个了不起的世界”，尽管默许和激励让这个转境时刻恍若正义的化土，但任何停留在地上的转境都难免与外在世界有交叉，现实会以雄强的逻辑摧毁这一异质的人造世界。因为自我定位不准确，这个团体的成员常常忘记自己的身份，越俎代庖地干起警察的活儿。对这一点，警察心知肚明，但念在他们对不法之徒的威慑作用上，平时也就睁一只眼闭一只眼，并在制服一次抢劫行动后，扶持他们成立了“反扒志愿队”。但警察没有忘记严肃指出，“反扒志愿者，只允许以志愿者的身份活动，绝对——绝对不许假冒警察，严禁——严禁使用警械等任何违法行为”。当然，陶醉在自己正义情怀中的转境中人，多数会忘记这些告诫，继续行走到违法的边缘，“以警察口吻对歹徒们威武训斥”，甚至“避过警察，偷偷使用手铐、警棍等警具”。

不止如此，当冒充的警察身份获得暂时承认的时候，原本封闭在转境中的欲望和权力，就有了向现实世界索要回报的意愿。成为新年快乐的保安之前，郑氏兄弟已经感受到，“虚拟的公权也是公权力，只要管理相对人以为是真的，那就是真的”。“公权力对人的侵蚀，比铁块生锈还容易”，而冒充人员缺乏监督，一旦开始腐败就是绝对的。郑氏兄弟收取着腐蚀带来的利益，享受着没有监督的公权力带来的恣意，于是，他们对坏人的看法会发生改变，并能接受私了。加入新年快乐保安队，成为反扒志愿队成员之后，他们继续接受或明或暗的贿赂，“双胞胎也已经不止一次逮住她（按指女贼）后放行，也就是说，不止一次受贿。猫和老鼠已经进入一个双方默契的互助互益循环。”即便猞猁大打出手，他俩仍然为行贿者（当然更是为自己）辩护：“她是有小偷病。是病人。我们所以这样，是为了保护她的家。”哥俩还说，“人家都怀孕了啊……”

当然，不止郑氏兄弟在毁坏这个转境时刻，成吉汉和边不亮虽未收受贿赂，但也早就超出了一个志愿者的本分，让自己处于违法的边缘。一贯冷静的猞猁本是这个团队的基石，最终，因为关心则乱，他也越过了该有的界限。无可避免地，这个本来应该是有限的、局部的、始终小心翼翼的、已经足够延长的转境时刻，走进了无边的现实，也就再正常不过地来到了它的崩塌点。队友死亡，执掌现实的人即将索回他的权力，那个或许会越来越值得怀念的时代，就要无可奈何地走到它的尽头。

三

这样一个涉及转境崩塌的小说，很容易呈现出苦大仇深的样子，让读者对其中的人物充满同情，为理想境况的消失忧心忡忡，并有可能进一步引向对无情现实的痛斥。但《致新年快乐》的诉求并不在此，相反，在整个作品中，时时呈现出谐谑的意味。比如成吉汉喜欢古典音乐，这一爱好影响了保安队的人，连冷静的猞猁都会让音响室循环播放威尔第的《凯旋进行曲》，愚笨的郑氏兄弟也学会了用口哨吹出《威风堂堂进行曲》。更不用说，这爱好唤醒了厨子阿四那颗成吉汉命名的“古老的音乐灵魂”——

> 有一次，她做的粉蒸排骨没有熟，食堂一片郁闷蛙声。阿四辩称是那天十一点多放的音乐不对；成吉汉居然就查那个时间点厂里的广播系统音乐，一查是肖斯塔科维奇的钢琴三重奏，成吉汉哈哈大笑后表

示，那个音乐的确不合适蒸熟排骨。成吉汉宣布：以后阿四蒸排骨，音响室绝不许播放肖氏钢琴三重奏。阿四是很能顺竿高爬的，立刻说，前天下午的曲子，非常合适蒸粉丝包子——那包子你不是说非常非常好吃？就那个声音好。成吉汉让人马上播放阿四说的前天下午的音乐。拉赫玛尼诺夫《帕格尼尼主题变奏曲》一出来，阿四就腰杆挺直，一脸怎么样的自得神气，仿佛那音乐就是为她蒸包子谱写的，没有听完，成吉汉就跳起来重拍阿四的肩。没错！成吉汉指着空气中看不见的旋律，说，你对！我看到了，好吃的包子，就是这样熟的——纯美的、白色的水汽袅绕中，它们——慢慢、慢慢、慢慢变熟——淡淡的忧伤在蒸腾，热腾腾的炊气，散发着包子的复杂的美好香味——成吉汉嘎嘎咕咕地狂笑，看不出真言戏言，匪夷所思的魔怔，令周围侧目。

从这段文字，或许可以看出整个小说的调性——正面看起一本正经，似乎炖菜、蒸包子真的需要音乐的辅助，侧面看，叙述中又渗透着戏谑成分，反衬出此前一本正经的好笑。也可以反过来说，虽然小说整体上显得谐谑，但内里却透出一种古怪的认真，牵连着人们内在的某种值得珍视的东西。这或许是作者有意的选择，这群看起来没心没肺的天真汉，有着各自的莽撞、草率和尴尬，却又不时给多难的人间点上一星灯光；与此同时，他们也并非让人省心的老实人，而是处处表现着自己的不着调、不靠谱和不正经，仿佛随时准备把肃剧演成谐剧。或者不妨说，《致新年快乐》的叙述语调，一直在对人物的信赖和反讽中不停转境，甚至在某些时候显出狂欢的气息，你以为该对他们大加赞扬了，却转身就是一脸揶揄；眼看他们就要遭人鄙视，却又忽然气派得威武堂皇。

不只是在谐谑和严肃之间，这个小说几乎在任何一个问题上，遵循的都不是单一的直线逻辑。反扒志愿团队的所有成员，从成吉汉到郑氏兄弟，几乎无一例外地有着自己的伤痕，或者年幼失母，并在同一场车祸中留下了残疾；或者遭人诬陷而丢掉工作，并因此导致了母亲的去世；或者缺失母爱还遭恶人欺凌，几乎家破人亡；因脑袋迟钝而被人欺负的双胞胎兄弟，在里面算是受损较轻的，却也有足够的理由痛恨这个社会。但他们并没有像“准备做坏事或至少不愿做好事的自私之人”那样发出质问：“因为我童年受过苦被施暴，所以现在我有某种道德豁免权，社会还欠我、人生还欠我、你们所有人都还欠我不是吗？”相反，在不尽完善的社会情境和人群处境之中，他们隐藏起自己地裂深处的伤痛，把这一切转化为对坏事的抗争，

“全力以赴演绎着人世暖和时光”。

有了上面的说明，我们自然不用担心作者会把小说处理成因恶成善的大团圆故事，也不用担心这个临时搭建起来的草台班子会成为某种不切实际的榜样。“受过伤的心总是有璺的”，一个认真的写作者，不会放任自己的人物脱离具体环境优入圣域，也不会把伤痛轻易转化为通往天堂的地砖。毋宁说，《致新年快乐》始终警惕着这种一惊一乍的大反转，并有意无意地传递出复杂的信息——未经反省的自然德性和被迫选择的人为德性，都很难值得信任；企图把不切实际的转境状态长时间维持在地面，必定随时面临崩塌的危险，而其中的人也难免会被置于绝境。果然是这样，猞猁对自我的过度信任造成局面失控，双胞胎此前的勇敢在关键时刻失效，成吉汉容易模糊现实与幻想的天性导致了最后的灾难。失望的父亲收回了交托给儿子的工厂，“彻底失去信任的王子，将失去他的自由国度”，一段历史终结。

不过，小说并没有因为这个结局而给人物定谳，比如以此责备他们的虚妄自大或天真幼稚，相反，我们始终能感觉到作品传递出来的某种哀婉气息。或许，这气息如作品里人物感受到的那样，是“直觉到那种源于灵魂深处的默契感吧，这个默契，来源于可依靠的强韧力量，源于邪不压正的信念。甚至源于某种哀伤”。在不断转换的叙述语调中，作为读者的我们，既感受着人物身上散发出的独特光亮，也不断思考着他们此后的命运——继续担任保安的郑氏兄弟在度过了最初的难过之后，还会如以往那样见义勇为吗？骑摩托车离开的边不亮，此后会用什么方式来消化始终伴随着自己的伤痛呢？离家出走的成吉汉，能就此意识到自己存在的问题吗？沿着小说给出的这些信号，如果读者在思考人物命运的同时，继续追问转境的合理性问题，意识到未经反省的德性可能的局限，进一步检查不同性情在当下时代的表现，是否能算得上这个作品小小的成功？确切点说，尝试多角度理解每个人物，引发细心阅读者的持续反省，是不是这个小说，甚或所有叙事作品的题中应有之义？

南货店

张忌

第 一 章

1

五点钟光景，秋林开始关门。平常日子，南货店都是过六点才关张，今日盘存，要早些。

店门其实不是门，是一块一块的长条木板。门框上下有凹槽，上面凹槽深些，下面凹槽浅些，将板子往上顶，悬空，再对准下面的凹槽，将门板落下去。木板是杉木的，杉木有筋，吃重，每一块都有几十斤的分量，耐得住日晒雨淋。

这一年，秋林十九岁，细手细脚，没几分力道。但第一天南货店报到，他便争了这上门板的生活。秋林记牢父亲的一句话，父亲说，秋林，今朝起，侬就是一个大人了。记牢这句话，秋林咬紧牙关，每日天没亮，就爬起来卸板，忙到天黑，又一块一块上回去。

秋林上板的辰光，马师傅便用生丝擦他那把宝贝算盘。算盘是紫檀的，乌油油，玲珑小巧，四周包着铜角，因为年头长了，四个铜角蹭得金子一样。

马师傅是这家南货店的店长，生得胖，弥勒一样的面相，一天到晚挂着笑。平日里，马师傅总穿一件洗得褪色的中山装，袖子上戴两个藏青色袖筒，收拾得清爽利落。除了紫檀算盘，马师傅还有一杆精巧的象牙秤。马师傅家民国时便在县城里做南货生意，紫檀的算盘，象牙的秤，都是老底子留下的。

店里盘存，就是算账。每到月底，店里总要将这一个月的账算一算，理一理。走了多少货，存下多少东西，账面上是升溢了，还是亏损了，都要用算盘珠子打清爽。升溢了，将升的部分上交给供销社，到年底，供销社发一张红辣辣的奖状，贴在墙上。亏损了，要讲出原因，讲不清爽，就是贪污，要运动，要批斗，要坐监。

吃罢饭，马师傅打开保险箱。保险箱装着钱和账本，马师傅取出账本，分配任务。店里四条人，分两组，秋林和马师傅一组，盘副食品，齐师傅和吴师傅一组，盘百货。齐师傅和吴师傅在柜台里外对坐，秋林和马师傅坐饭桌旁边，一张圆桌，顶上一盏十五支光电灯，灯光昏黄。

盘存要点货，登记。点货是清点店里这月剩余的货物，登记是填报表。报表上有内容、品名、价格、数量，一格格列得清清爽爽。这个月剩下了多少斤糖，多少斤老酒，都要仔细填写在报表上。填完了，再用算盘劈劈啪啪算一算，和保险柜里的现金对一对，就能看出有没有升溢，有没有亏损。

这一组，秋林负责点货，马师傅负责登记。秋林点清楚了，念一声，马师傅拿钢笔将数目填到报表上。这一组盘完，齐师傅那一组也就差不多了。两组的报表交到马师傅手里，马师傅再拿出他那把紫檀的小算盘一起算一遍。

一番紧张的点货登记后，房间的气氛开始松弛下来。齐师傅靠在柜台边，点上一根烟。吴师傅馋痨，惦记着盘存后的夜宵，压低声音说，齐师傅，可以去打蛋汤了吧？齐师傅吐出一口烟，没理睬。秋林站在一边，一声不响，只盯着马师傅的手指在算盘珠子上翻飞。

终于，劈啪作响的算盘珠子安静落来。马师傅取落老花眼镜，双手抱了个拳，托着下巴半日不说话。好一阵，马师傅才开口，你们都来看看。几个人便凑上去看，只见升溢一栏空着，亏损一栏写着二百元。

短暂沉默后，吴师傅和齐师傅都转头看秋林。两人的眼光里都夹了私货，特别是齐师傅的眼睛，眼白多，乌子少，是对死鱼眼，看得秋林心里一阵阵发毛。

吴师傅闷一阵，扭过头不咸不淡地念，怎么亏损那么多？这店里可从没出现过这么大的缺口。

秋林听着吴师傅的话，仿佛针对自己。这是他到这家南货店后的第一次盘存。

秋林肚皮里委屈，低下头，几乎掉落眼泪。吴师傅看不见，又说，当年店里盘存，就少了五分，天寒地冻，我和马师傅坐在柜台前整整算了一夜。账目对不上，那是坍了天了。

马师傅看吴师傅一眼，敲了敲桌板，说，莫讲怪话，抓紧时间再盘一遍。

几个人重新开始点货登记，房间里又是一阵劈里啪啦的算盘珠子动静。一番忙碌，最后，盘出来的账目还是缺了两百。不过，第二次盘，原因也寻到了，是少了一匹布。

马师傅抖了抖算盘，将珠子复位，慢腔慢调。

少了一匹布，怎么少的，我不晓得。各人都莫在心里胡乱盘算。这个店里，就这么四条人，每日都在各自眼皮底下进出，不可能明晃晃拿走一匹布。现在的问题，先不要破案，要先解决事情。出了问题，就是四条人的问题，大家要一起担。这匹布，就是这个月的亏损，我暂时不上账，大家心里清爽，有亏损，手下就紧一点，多用点气力，争取月底时能把这个账平了。

听了马师傅的话，各人都不说话。原本是说账盘好了，用煤油炉煮核桃蛋汤当夜宵。一匹布的事情弄得大家都没了心思，各自回房去困觉。吴师傅嘟着嘴，斜瞟秋林，一脸埋怨。

秋林回到房里，躺床上胡思乱想。楼下，马师傅南货店角角落落检查完了，站在楼梯口用力喊一声，时辰不早，都好困觉了。

南货店里顿时安静了。可越安静，秋林越没有睡意。第一次盘存就出这样的问题，秋林不晓得该怎么办。吴师傅说从没出现过这样的缺口，来了自己这么个新人，就有了缺口。他们像是认定了这布匹就是他拿的。店里会不会要自家赔？他一个月才赚廿五元工资，两百元，不吃不喝差不多要干大半年。还有，即便自己赔了钞票，是不是就能了结，会不会把自己抓去批斗，抓去坐牢监？越想越心慌，秋林睡不着，翻来覆去，几乎要将一床席子搅成末子。

早起，秋林守柜台，看见齐师傅早早地出门去。今天不是他轮休的日子，不晓得是去做啥。齐师傅一双死鱼眼，一副瘟神模样，秋林也不敢问。马师傅从房间里走出来，站在柜台前，将一个个玻璃罐盖打开。玻璃罐里放着饼干、白糖。马师傅将盖子打开，又盖回去，却不拧紧。马师傅蜷起中指和食指，轻轻敲了敲柜台面。

小陆，饼干罐的盖子不要盖太紧。

秋林一愣，搞不懂马师傅的话是什么意思，想问，马师傅却不理睬他，也出门去了。

中午，有个村里女人来柜台上，要称

二两饼干给丈夫下酒。秋林从玻璃罐里取出饼干，给她称了，将盖子拧回去时，想起马师傅的话，手下犹豫，没有拧紧。

整一天，秋林都是心里打鼓，时不时去看那玻璃罐。盖子不盖紧，饼干会受潮，饼干受潮就不好吃了。马师傅为什么要提那样的要求？奇怪的是，平时不觉得，整日盯着饼干罐，却总有人来称。秋林卖得不情愿，饼干罐盖子这么松，这几日又都是阴天，他看着饼干罐，总疑心饼干里要生出绒毛来。

到了夜里，马师傅和齐师傅依旧不见人影。秋林熬不牢，问吴师傅。吴师傅冷冰冰回答，等他们回来，你自己去问。说完，就回了自己房间。秋林心里打鼓，心想，吴师傅一定是晓得缘由的。他疑心马师傅和齐师傅是为盘存的事出门。莫不是去上级供销社告发自己去了？整一夜，秋林心里都是七上八落。

转日清早，秋林早早起来，去路廊旁边的水作店称了一斤油豆腐。油豆腐刚出锅，热烫烫，喷喷香。南货店里都是各自点煤油炉做菜，平时，秋林也去水作店买些豆腐渣。豆腐渣便宜，与咸菜一起炒，配饭最好。水作店里的老倌人好，秋林去时，总多给些。秋林从没在水作店买过油豆腐，今天不但买了油豆腐，还买了豆浆。

等吴师傅起床，秋林便将油豆腐和豆浆送到吴师傅面前。吴师傅惊讶，嘴巴里推得客气，双手却接了过去。吴师傅吃着油豆腐，喝着热豆浆，声音响亮。

秋林见他吃得高兴，念道，不晓得马师傅和齐师傅今朝会不会回来。

吴师傅看了秋林一眼，说，你这后生，心思还蛮重的。他嚼着油豆腐，想了想，说，算了，难为这些油豆腐，我也莫瞒你，他们是去进货了。

秋林问，供销社进货不是三个月一次吗？

吴师傅说，不是去供销社进，供销社里的货源都有登记，都要上账。齐师傅是去海边，马师傅跑山里，这些自己寻门道弄来的货不用上账，卖了钞票才可以填店里的亏空。

秋林听了这桩原因，稍稍安心了些。忖了一会儿，又忖起另一桩事。

吴师傅，昨天马师傅出门时，叮嘱我，不要将饼干罐的盖子盖实，这又为哪桩原因？

吴师傅听了只是笑，不讲话。

秋林急了，说，吴师傅，你不讲给我听，我这一天心里都不安稳，做贼一样。

吴师傅就往店门口看，见四下无人，悄声说，都是没办法的事情。这盘存亏损了，只能想办法，各处都生些铜钿银子出来。饼干罐盖子松一些，受些潮，虽然难吃些，但能增重。同样的饼干，就能多卖出些钞票。明白了吧？

秋林听了，心里暗想，虽然是补亏损，但这样做不就是弄虚作假了吗？但忖归忖，嘴上却不敢多讲一句。

吴师傅吃完豆浆和油豆腐，满足地摸摸嘴巴，说，马师傅和齐师傅出门，你是新人，这几天，柜台上的事你就暂时不要过手了。

秋林听了，心里明白，这补亏损绝对不止松饼干盖子一样办法。自己不内行，做不了那些手脚。

整一日，秋林都在暗中观察吴师傅的手法。仔细看了，多少看出一些端倪。比如卖白砂糖，平日只包一层细纸，一层粗纸，现在，会再多包上一层粗纸。粗纸用多用少，不会上账，多包上一层，就多增了一分白砂糖的进项。这样做，一般都不会有人提出异议。有人提了，吴师傅也会跟对方解释，这次来的糖特别细。买糖要糖票，糖票珍贵，包得不仔细，漏了可惜。多包层纸，牢靠些。这样一讲，对方也就没多的闲话了。打酒人来了，吴师傅也有办法。打酒不论斤，论提。酒提形如打水桶，垂直有一长柄。碰到内行的，酒提轻轻落，轻轻提，碰到不内行的，酒提伸进酒埕里，手上就会用些力道，加快起落速度。这样，酒埕里的酒就会起泡沫，趁着泡沫未散，迅速舀起来，倒进客户的酒瓶。泡沫掩在老酒上，酒就可以少些，减些斤两。再有，就是扯布。扯布按尺寸，村里女人来扯布，吴师傅算好对方所要尺寸，丈量布匹时，手上便加了劲，将布拉得紧些。这样下来，一匹布卖光，也能省下不少。

看到这一切，秋林暗暗有些吃惊，他没想到平时蔫头耷脑的吴师傅竟还有这样的手段。

2

在分配工作之前，秋林忖破脑袋也忖不到自己会到南货店去当一名小伙计。秋林顶想去的地方是工厂。工人阶级领导一切，站在机床边，做一颗革命的螺丝钉，多少人馋痨。可临到毕业分配工作，秋林家里却出了场风波，让他也受了牵连。

秋林姆妈说，我去探监时，你的父亲见了我，一直说对不起。我也想不通，你父亲一世都是谨慎细意的人，怎么会到了这境地？他本是不想跟这些东西打交道的，可他在单位上班，手底有些文笔，那些人自然选他写战斗檄文、写大字报，他敢不写吗？“文革”了，这派打倒那派，“文革”结束了，那派又打倒这派，你父亲夹在中间，就是块夹心饼干。他被叫去审查，胆子那么小的人，此时却硬得像块石头，从来不说推扳的事情，只是说让我们放心，他很快就会回家。即便现在坐了牢监，也总说牢监里好，吃饭困觉都准时，脸上水色都好看了。我却不信，牢监饭哪有好吃的？可他从来都说好话，不让我担心。唯独说起你时，他才会忍不住掉下眼泪来。

秋林记得清爽，父亲出事那天，一家人等他吃夜饭，直等到天黑都不见人。后来，才晓得他被关押审查了。父亲被关在一个小黑屋里，一只出气窗比个面盆大不了多少。一张桌子、一把椅子、一叠稿子、一支钢笔，让他交代问题。

父亲在小黑屋里关了一个礼拜。每天，母亲都把饭菜做好，让秋林送去。秋林每次去，父亲总是笑眯眯的，丝毫看不出他在这里受苦。父亲摸秋林的头，语气平淡，回去跟你姆妈说，这里很好，不会有事情的，让她放心。

最后一日，正巧是端午节。父亲爱喝酒，母亲就让秋林给他带了半瓶绍兴黄酒。父亲见了秋林，让他陪着坐了一会儿。父亲倒了一杯酒，递给秋林。秋林从没喝过酒，一仰头下去，喉咙口冒火，大声咳嗽起来。父亲在旁，看着秋林咳嗽，一声不响。秋林发现，那一刻，父亲看自己的目光有些异样。

临走时，父亲拿出一个小纸条，偷偷摸摸塞进酒瓶，用盖子盖好。

秋林走到门口，父亲突然叫了他一声。

房子里光线暗，秋林看不清楚父亲的样子，只听黑暗中传来父亲干巴巴的声音，秋林，要记牢，从今朝起，侬就是大人了。

秋林回家，将酒瓶交给母亲。母亲看了酒瓶里的纸条，只是一个人躲在房间里哭。秋林不晓得那酒瓶里的纸条上写了什么。没几天，父亲便判了刑，关到了余姚的监狱。

父亲入监后不久，秋林高中毕业，面临分配。秋林那一班，几乎都是干部子弟，分配时，大多数人都去了工厂这样的好地方，唯独秋林，被发配到了乡下的南货店。

秋林到南货店里上班，店里几个老倌，吴师傅阴阳调，齐师傅冰清水冷，唯独马师傅，脸上挂满笑，像自家亲人。

秋林到店里第一日，马师傅寻他谈心。马师傅伸出圆鼓鼓四个指头，对秋林说，旧时代，当学徒要整四年，除了学艺，还要挑水劈柴，端屎端尿，料理师傅和师娘的生活。学徒吃的苦，简直赛过黄连。

马师傅说，现在是新时代了，再不讲旧社会的那些学徒规矩了。不过，既然你干了这行，就要好好学。不管到了什么时候，身上有样本事，总是没亏吃的。

马师傅教秋林打酒，马师傅说，酒提要轻轻放入酒缸，不能直直往下压，酒提一压，酒水翻动，缸底的东西浮上来，酒就混了，吃酒的人就不欢喜了。酒提要慢，小心斜着，让酒自然灌到里头。酒有粘性，出酒埕时要稳，要戴一顶酒帽儿，显得这一提酒满满当当，都要漫出来了，顾客看了高兴，以为占了便宜，以后就欢喜到你这里来。

马师傅又说，站柜台，顾客来了，你不能朝里站，将屁股对着顾客。要面对面，要带笑脸，和颜悦色。你态度好了，他当然愿意来做你的生意，你忖一忖，谁欢喜将脸来对你的冷屁股？生意难做，生意也好做，点滴都不能漏过。又譬如扫地，平日里，你不能拿着苕帚往外扫，要是旧时代这么扫，师傅一定会拿板子打你手心，这样扫，财气都被你扫出门了。当然，新时代不讲这些封建迷信，但顾客进来了，你朝外扫地，也不礼貌，难道你要将他扫地出门吗？这都是规矩。做生意要诚信，要对顾客好，你诚信了，对顾客好了，他愿意来，这生意也就做成了。

马师傅的一番闲话讲得秋林服气，他想自己运道好，能碰见这么个好师傅，他一定要听马师傅的话，学出名堂。

平日里，除了扫地，洗刷，秋林没事就躲在齐胸高的柜台里边练手艺。包包裹，打算盘，练得辛苦。算盘珠子劈劈啪啪，从一加到三十六，又从三十六拨回到一，反复打，反复练。练得久了，手就硬了，不听使唤，总是算错。秋林生自己的气，一生气，就用力将手摔在了柜台上。马师傅见了，就会笑眯眯地走过来，讲话轻轻腔，唱戏文一样。

后生，莫太心急，慢慢来，慢慢来哉。

3

齐师傅是出门第四日回来的，马师傅则比他要晚一日。

齐师傅这次出门，因为时间紧，跑得并不远，没有收到什么特别好的海货。但他还是挖空心思，带回十斤跳鱼干、十斤香鱼干。吴师傅上手挑着看，只见一条条香鱼干金黄油亮，香味四溢，跳鱼干小拇指粗细，一根根如同乌金。

吴师傅说，小陆，你别看这些鱼干不

起眼，都是好东西。先说这跳鱼，海边人用钩子钩来，一条条穿在树枝上，用稻草烟熏火燎，烘成鱼干。跳鱼本就不大，烘干后，还能有这样粗细，难得。放上豆瓣蒸，放豆腐汤，煮面，味道都交关好。再说这香鱼，一看就是三门湾的香鱼。什么香鱼最好？咸淡水里长出的香鱼最好。天台山流下的清溪水，流到三门湾入海。清溪水淡，三门湾水咸，咸淡水交汇，才有这一等香鱼。这些东西海边人不当回事情，长亭离海远，这些东西少见。配饭，过老酒，都再好不过。

说完，吴师傅冲齐师傅竖大拇指，说，齐师傅，也只有你这么好本事。齐师傅听了，摆摆手，依旧面无表情，坐在一边默默吃烟。

隔日下午，马师傅也回到南货店。

出门时，马师傅身上只带去五十元现金，回到店里，却带回一百元现金，三十斤笋茄。马师傅说，这笋茄都是他从山里人家一只只篓篮子里翻找出来的。

笋茄就是笋干，四月时挖来的嫩毛笋，剥掉笋壳，放入锅内，加盐加水，大火烧开，再文火煮上半日，捞出放太阳底下晒成干。笋茄用来烤肉，煲鸡汤，都是顶好味道。

至于一百元现金，则都是马师傅山里收皮货所得。眼下正是打猎好季节，天冷，野兽身上的绒毛最是细密，取下的兽皮又韧又软，可以卖出好价格。但皮货生意难做，难在两只眼睛。一张兽皮，要看大小、色泽，更要看枪伤部位。铁砂打在野兽身上，枪眼细碎。如果收来的兽皮枪眼多，即便是冬皮，也没有价格。所以，没有一双火眼金睛，不敢收兽皮。

说起这趟收皮货，马师傅也感叹，毕竟是年岁大了，眼力不好了，平常日子，我真是不敢去收皮货。话讲得客气，但马师傅山里转一圈，收来的张张都是好皮货，到收购站一卖，自然都是好价格。

秋林暗暗佩服，这三个老倌看着不起眼，却是个个手底都有看家本事。

三个老商业各显神通，一个月下来，再盘存时，账面上就如同变魔术一般，不但平了账，还多出几十元的升溢。

平了账，马师傅高兴，拍板从账上拿些铜钿出来，吃顿好的，也是犒劳这一个月的辛苦。

买菜烧菜的任务自然就落在齐师傅身上。吃的事情，齐师傅最内行。什么季节吃蛏子，什么季节吃黄鱼，什么季节吃螃蟹，心里清清楚楚一篇账目。那双死鱼眼平常日子看不出动静，可一看到水产，就能冒出光来。供销社里领水产，如果齐师傅上过手，其他单位的人，就只能挑拣些推扳货色了。

齐师傅买来菜，在烧饭间忙碌。今天的菜，油水用得特别足，这是马师傅认可的。平日里各自做饭，虽然也用公家的油，但是极苛刻，一分一厘都不让多用，今天不同。其他的调料，比如酱油、米醋、白糖，店里头都齐全。备料足了，齐师傅大展身手，菜的滋味比饭店里都好。

吴师傅感叹，说，多少日子没沾过这样的油水了。这烧菜，就是要多放油，又香又滋味。

马师傅说，油水足，这菜当然是好吃。但上半夜也要多忖忖下半夜事情，这开店，跟过日子一样，要时时算计着。手指有漏缝就不行了，要懂得积少成多。

秋林在旁看着马师傅，听得认真。

第二章

1

秋林姆妈站在灶台前忙碌。笼屉里，蒸汽热腾腾地翻滚，蒸的是隔纱糕。以前，只有过年才会做隔纱糕。秋林心里明白，母亲是要去看父亲，这是父亲最喜欢吃的点心。

秋林姆妈说，上一次去时，你父亲问你毕业分配的事，我说你分在了机械厂。你莫怪姆妈乱说话，牢里日脚难熬，我也是想让他听了心情宽慰些。

秋林坐在灶膛边，没响，只拿着一根树枝划着地上的灶灰。

秋林姆妈又说，明天我去余姚，你有什么闲话要我替你讲？

秋林听了，还是不作声。

你莫乱盘算，爸爸不让你去看他，自有他的道理。从小到大，他对你顶好。每次去余姚看他，总是详细打听你的事情。一说起你，眼睛里就冒了光，总是听不够。

秋林坐在灶膛前，觉得面孔被灶膛里的火焰熏得难过，便站起身来。秋林说，我去卫国家。说着，便往门外走。

卫国家住在城南。城南有几栋民国年间的别墅，给县里顶大的几个领导住。卫国父亲是南下干部，在县里武装部当部长。别墅背后是飞龙山，屋前是将军湖。山上种满枫树，一到秋天，飞龙山上满是红叶摇曳，漂亮极了。每年枫叶红时，卫国父亲就会带卫国爬山，爬到山顶，卫国父亲双手叉腰，望满山红枫，大声念诵《七律·人民解放军占领南京》。

卫国跟秋林从小是同学，顶要好的朋友。卫国父亲也欢喜秋林。秋林父亲出事时，他也鸣不平。他告诉秋林，你爹坐牢，你就当我是你半个爹。他又跟卫国说，卫国，你要好好对秋林。你对他不好，我拿皮带抽你。

读书时，最作兴穿军装，卫国个子大，整天穿着父亲的黄军装，派头十足。卫国借秋林穿过，但秋林太瘦，撑不起来，穿着像稻草人。毕业后，卫国本是想去当兵的，但他父亲不肯。父亲说，部队名额有限，我是武装部长，把当兵名额给了你，别人怎么想？考虑再三，卫国父亲让卫国去县第一机械厂当工人。第一机械厂是县里最红的工厂。卫国偷偷去工厂转了一圈。厂里正好从捷克斯洛伐克进口了一台机床，六七米长，威风得不得了，厂里工人都馋痨，都争着想去开那台捷克机床。卫国回家，跟父亲说，要自己当工人可以，但必须是开捷克机床。就这样，卫国去了第一机械厂，成了一名开捷克机床的工人。

卫国见了秋林，有些埋怨，说，工作分配了几个月，你也不告诉我一声，问你姆妈，才晓得你去了乡下南货店当伙计。什么时候，我也去你那里嬉。

秋林说，乡下地方，有什么好去？

卫国伸手在秋林肩膀上打了一记，说，怎么革命情绪这么低落？

秋林说，烦心。

卫国说，烦什么心？

秋林摇头，我也说不清爽。

卫国想了想，说，莫多想了，我带你

看电影去，电影院里正在放一部日本电影。卫国压低声音，听说是讲日本堂子店里的故事，里面女人都不穿衣裳。

出卫国家往西走，过天主堂，转个弯，便是桃源街。电影院便在桃源街中段。电影院门口一块小黑板，黑板上写着六个字，日本电影望乡。黑板旁边有个一尺宽的售票口，此刻早已挤满了买票的人。卫国没有排队，跑进旁边一间小屋。过一阵，他走出来，手里拿两张电影票。

时间还早，两人便又去买甘蔗。电影院附近，点心铺、甘蔗摊、瓜子摊、小人书摊，都是买卖。买了甘蔗，秋林转过身，见街对面站了一个姑娘，梳两根辫子，穿一件白色连衣裙，裙子上有碎花。竟是春华。春华轻轻刮着鬓上的发丝，向左右张望。不远处，一个穿军装的男人朝她走近，这个人二十几岁，身材挺拔，生得清爽，两道眉毛又粗又黑。不晓得为什么，秋林看着他，就觉得他身上军装特别干净，特别绿。

是个军官。卫国说。

秋林说，你怎么晓得？

卫国说，我怎么不晓得？两个口袋的是大头兵，四个口袋的，定是军官。

正说着，春华好像也看见秋林和卫国，冲着两人招手。秋林装作没看见，掉头就走。卫国在身后叫，陆秋林，你去哪里，电影不看了？秋林不应声。卫国赶上来，用胳膊撞了撞秋林，说，怎么，难过了？

秋林说，乱话三千，我难过什么？

卫国说，春华啊，你看见那男的，难过了。

秋林说，你放屁。

卫国说，连我都要瞒啊，你念书时就顶欢喜春华。

秋林说，你莫要瞎讲。

秋林快走几步，在路边寻个台阶坐下。卫国坐他旁边，递一节甘蔗给他。

卫国说，春华现在不得了，分配到百货公司当售货员。城里人都晓得百货公司有个画报一样的女人。听说每日还有乡下人赶上来，什么都不买，就为看一看这个美女春华长什么样。

秋林吐出一口甘蔗渣，说，谁信？春华也就是一般相貌。当时我们班里那么多女生，她也没有显出来。

卫国说，你怎么不早说？你早这么说，我就去寻春华找对象了。

秋林说，那你现在尽管去寻好了。

秋林站起来，拍拍屁股，说，再去寻个什么地方嬉一嬉。

卫国说，不看电影，还能去哪里呢？

秋林想了想，说，哎，卫国，你带我到你的机械厂去看看吧。

卫国说，厂里有什么好看？

秋林说，我妈让我拍张照片给我爸爸。

卫国愣一愣，说，行，那先去我家里拿照相机。

两个人到卫国家里拿了照相机，赶去第一机械厂。秋林走进卫国的车间，站在当中那台六七米长的机床前，汗毛倒竖。这个机器比他想象的还要大出许多，像一艘军舰。秋林屏住呼吸，伸手搭在冰冷的机器上。秋林心里难过，如果不是父亲的事情，也许自己也能坐到这机床上面去。

秋林站在捷克机床前，让卫国给自己拍了一张照片。

一个礼拜后，照片洗出来了，洗了两张。一张交给了姆妈，另一张，秋林把它贴在了自己的床头。

不晓得为什么，看见这张与捷克机床的合影，秋林总会想起春华来。

2

南货店所在地方叫长亭。据说，长亭这个地方最早真有一个亭子，后来风吹雨打，亭子塌了，才又建起个路廊。长亭是县城出西门去往台州府的必经之地，来往客人走到此处，可以在路廊里歇歇脚，喝些水，吃些干粮。时日久了，旁边就生出些生意，再久一些，人更多了，就有了个长亭村。

路廊东面有一座矮山，山腰处有一座小庙。路廊西面，横摆一条溪流，溪上架一座石桥，过石桥，便是长亭村。南货店在村东，清代的老房子，四开间，两层的木结构，上木门板子。

秋林新到南货店，白天人来人往，热热闹闹，倒也不觉得苦，夜里冷清，一躺在床上，就想父亲，想母亲，想着想着，总出眼泪，觉得日子难熬。想得累了，好不容易困着，半夜又会被饿醒。十七八岁的后生，还在长身体，总是觉得肚皮饿，没吃饱。醒过来，就闻见楼下那些饼干、红枣香味。秋林在黑暗中盘算，这么多东西，吃一点，他们应该也不会晓得，就算晓得了，也可以学他们样子，用些手法，将账平上。但终是想想，不敢。

这一夜，秋林又半夜饿醒。实在熬不住，便踮脚尖下了楼梯。可走到柜台前，他又迟疑了。盯着玻璃罐子上的光亮，用力吞咽口水，想象饼干在嘴里嚼动发出蓬脆声响。想一阵，秋林猛扇自己一个耳光，转身开小门往外快步走出。

秋林在夜色中一路走到了河边。离店里远了，秋林的脑子也渐渐冷下来。他寻一块石头坐下，听着水响。夜里无风，草从里早早上了霜，一会儿，裤脚便湿了。秋林坐不住，起身看见长亭村里一片漆黑，唯独路廊边的水作店还亮着灯，墨色的天空里，一股白烟冲天。秋林便往白烟处走去。

水作店的门敞开着，屋内蒸汽腾腾。秋林进门，看见做豆腐的老倌正在大土灶边忙上忙落。灶上是一口大铁锅，锅上套一个大木桶。老倌身材单薄，站在大木桶前，瘦小得像只猢狲。

见了秋林，老倌有些吃惊，说，这么晚还来买东西？秋林摇头，有点支吾，说，我想在你灶膛里坐坐，刚河边走路，裤脚上沾了霜，都湿了。

老倌说，你尽管坐，正好帮我望望火。

秋林灶膛边坐下，膛火正旺，没一会儿，人就暖和了起来。

秋林问，你锅里在烧什么？

老倌说，熬豆浆。

说着，老倌走到橱柜里翻，翻出两只馒头，搁到木桶上。豆浆煮好了，馒头也热了。老倌递给秋林一只，说，你一只，我一只，正好。秋林推辞不要。老倌说，吃吧，我也是你这个年岁过来的。秋林不好意思地接过来，喉咙有些发硬。吃了馒头，帮老倌将豆渣装入布袋里。老倌用木棍挤压，压出豆浆后，又滴入盐卤用木棒搅拌，不多时，豆浆便在木桶里慢慢结成雪白豆腐花。

老倌说，你回去困吧，再不回去困，明朝起来就没精神了。秋林应了。走到门口，老倌又说，你明天再来，带个搪瓷杯。秋林应了一声，回南货店困觉。钻进被窝，原本冰窖一样的被窝没一会儿就暖和了。秋林印象中，这一夜是来到长亭后睡得最香一次。

转日夜里，秋林又去水作店。出门时，想起老倌的话，就带上了搪瓷杯。秋林去得早，进门时，老倌还在石磨上磨黄豆。秋林说，你的豆浆真好，又浓又香。

听了秋林的话，老倌就来了精神，说，你小鬼嘴巴蛮灵，我做豆浆，用的都是六月熟的黄豆。每年七月半前，我都准时去各地方收黄豆。只有六月豆，做出豆腐来，才是又韧又香。

秋林帮着老倌将黄豆磨成细粉，再放大锅里煮。煮豆浆时，老倌总算脱空，点一根香烟，和秋林讲几句闲话。

老倌说，你小鬼家里几条人马？

秋林说，除了我，还有爹娘。

老倌说，爹娘都做什么工作？

秋林说，姆妈在家，爸爸原来机关里当干部，出了事情，现在余姚坐了牢监。

老倌叹了口气，你小鬼也不容易，家里独苗，必定父母掌心肉，现在一个人到这乡下地方吃苦。

秋林听了，不作声，眼眶有些湿润。闷闷地坐一会儿，起身要回去。

老倌说，你把搪瓷杯留下，明天一早来拿。秋林疑惑。老倌说，你不要管，明天早上来拿就是了。

秋林应了，回去困觉。第二日早上店门口卸完板，想起那个搪瓷杯，便又跑到老倌店里。

老倌将满满一杯豆浆递给他，说，我跟你小鬼蛮投缘，你莫看这豆浆，这是熬了一夜豆浆顶上最香一层，你身体嫩，需要营养。以后，每日夜里把搪瓷杯拿来。

秋林想了想，说，这豆浆多少钞票一杯？

老倌白了一眼，说，你这小鬼怎么这么多心思，谁管你要钞票？你欢喜喝就喝，不欢喜就倒掉。

秋林听了，心里感动。不晓得是热气还是眼泪，秋林看着搪瓷杯上“为人民服务”五个毛体字，模模糊糊，起雾一般。

3

这一礼拜，轮到秋林跟齐师傅值班。南货店里，有时四个人，有时两个人，除去盘存时四个人都要在场，平时家里有事，也可回去照料，只要留两个人。

店里几个人，秋林最不喜欢的是齐师傅。刚来时，吴师傅和齐师傅对他都没有好脸色。但吴师傅贪小，馋痨，吃过一次油豆腐，脸上就有了笑模样。可那齐师傅，始终都是一副冰冷面孔。

南货店四开间，坐北朝南，屋深。前半为店堂，后半是仓库和堆场。店里四条人，住上下两层。马师傅和吴师傅住楼下，马师傅是店长，店长住楼下是惯例。吴师傅说自己腿脚有风湿，爬上爬下不方便，也住楼下。

店里三餐，是各自烧饭菜。一楼有烧饭间，四个煤油炉，一人一个，按人头，每月发放煤油。寻常日子，齐师傅吃早饭都是鱼鲞泡饭，但这几天，却日日吃红枣银耳。天还黑，他就钻进烧饭间里，点起煤油炉。红枣银耳越炖越香，仿佛生出腿脚，蹬着楼梯上楼，钻进秋林的房间里。

秋林不是木头木脑的后生，也想过跟齐师傅搞好关系。齐师傅欢喜吃，秋林就打算趁两人搭班时去水作店买豆腐豆浆讨好。但一闻到齐师傅炖的红枣银耳，就泄了气。这都是顶好的东西，特别是那雪白银耳，是南货店里顶金贵宝贝。本地不产银耳，银耳来自福建古田，供销社统一进货，分到南货店，配额极少。村里人只有生了重病或者坐月子，才会到南货店里克斤克两称一点。店里称银耳，用的都是马师傅那杆精巧的象牙秤，据说，以前称鸦片才用这种秤，特别准。

齐师傅吃红枣银耳，自然不会稀罕自己的豆浆豆腐。吴师傅嘴馋，齐师傅嘴刁，这是不一样的。秋林断了念头，心里却又打鼓。齐师傅怎么有钱吃这么高级的东西，而且平时不吃，偏偏和自己排班时吃？秋林疑心他的银耳红枣是柜上拿的，甚至，他疑心上次盘存时那批布也跟齐师傅有关，但这个念头只是一闪而过，不敢多想。

两人搭班，同个柜台进出，低头不见抬头见。但齐师傅从来不跟秋林搭话，秋林有事情跟他商量，他也不说话，死鱼眼睛一瞪，坐在那里，如同聋哑。

一天早上起来，秋林下楼来，看着齐师傅正弯腰躲在柜台下忙碌，空气里一股酒味。秋林走到后面院子洗漱。洗漱回来，齐师傅已经坐在饭桌边吃红枣银耳汤了。

秋林用煤油炉煮了泡饭，也坐下吃。吃一阵，就跑到柜台里练算盘、打包裹。这是马师傅的托付，开春时，全县供销社有一场比武大赛，马师傅想让秋林参加。马师傅说，供销社里能人不少，你如果能拿回红辣辣的奖状，说不定领导看中，调你到县里上班。秋林听了，心里感激。就算为了马师傅争面孔，他也要吃苦。

中午，邮递员送来一封信，是给齐师傅的。齐师傅站在柜台里看信。秋林偷偷望过去，见齐师傅看着信，神色慢慢就变了，不晓得那信上写了什么。这时，正好有一个十一二岁的小孩进店，拎着个玻璃瓶来打酒。齐师傅赶紧将信塞回信封，眼神不定，随手拿酒提舀了酒，倒进玻璃瓶里。等小孩拿着酒瓶出门，齐师傅眼睛突然一亮，探头看着门口，好像想叫他。但眼睛往旁边秋林那里瞟一眼，脸上又偃旗息鼓，不动声色。秋林看在眼中，觉得怪异，偷偷往柜台底下瞄，发现柜台下竟开着两埕酒，一里一外。

午饭过后，那个打酒的小孩又来了，背后还跟了个男人，看面相，是父子。男人来者不善，进门就数落齐师傅。我是老买主了，老酒吃了多少年，你怎么好卖我掺了水的酒？做生意人心黑，酒里掺点水，我也算了。你这个酒，不是酒里掺水，是水里掺酒。

齐师傅不动声色，只说，你哪只嘴巴吃出我酒里掺了水？

男人说，你说我用哪只嘴？

齐师傅说，你这也叫嘴？连句好话也讲不像，还能吃出好坏酒？

男人气得面孔通红，要发作，又不敢。齐师傅一米八高，一对死鱼眼瘟神一样。男人身体哆嗦几下，牵着孩子悻悻而去。齐师傅低头打算盘，就像是什么都没发生过一样。

第二日临近中午，远远走来一个人。穿中山装，戴一顶蓝色帽子。齐师傅看见，站起来说，许同志，你怎么来了？

许同志说，有点小事情，来看看。

说着，就朝屋里走进来。许同志四处打量，看见秋林，说，你是小陆吧。

秋林一愣，点了点头。

许同志说，你父亲，我们曾经机关里同事过。

许同志的话让秋林有些意外，父亲出事后，很多旧识，见了他都装作不相识。能主动提出与父亲相识的，许同志是第一个。秋林当即便对眼前这个瘦瘦的人有了些好感。

许同志说，你们的酒埕放在哪里？

齐师傅说，在柜台里。

许同志用手点着秋林，小陆，你把酒埕帮我抱出来。

秋林低头，看见脚下两只酒埕，犹疑一下，将外面那只抱了出去。酒埕放在地中央，许同志舀出一提，看看颜色，嗅嗅味道，又尝了一口，咂咂嘴巴，将酒提放回去。

许同志又问，其他酒放在哪里？

齐师傅说，在后面仓库。

许同志说，你带我去。齐师傅便带着许同志往屋后去了。秋林愣在柜台里，他不晓得自己脑子里怎么想，为什么要把柜台外那埕酒搬出去。

许同志和齐师傅到后面仓库看一阵，又回到前头。

齐师傅问，许同志，到底什么事情，要跑到此地来查酒？

许同志说，有人到县供销社告状，说你们往酒里掺水。

齐师傅眼睛瞪得圆，说，谁说的，怎么好造这种谣？

许同志说，这个我不能说，说了，人家怕你打击报复。许同志看了看手表，说，好了，情况我也了解了，我也该回去了。

齐师傅说，中午了，吃了中饭再走。

许同志说，这怎么行。

齐师傅说，怎么不行？吃我个人的，又不是吃公家的。

许同志推让一阵，还是依了齐师傅，留下吃饭。

店里也没什么好菜，齐师傅炒了一盆青菜，一盆虾籽炒腌雪里蕻，又蒸了半条鳓鱼。齐师傅特意叫秋林也一起吃。

齐师傅说，没有好菜，随便吃点。

许同志说，再好不过，我最喜欢吃鳓鱼。齐师傅这鳓鱼霉得有劲。这鳓鱼是越霉越香，霉到生了虫才最滋味。

齐师傅说，以前做咸货生意，顶有人买的便是这三抱鳓鱼。

许同志说，为啥叫三抱？

齐师傅说，鳓鱼春季捕捞上来后，立即用重盐腌制入舱，这是第一抱。上岸后再层盐层鱼装入缸内，盖上竹帘，压上重石腌制，这是二抱。一个月后再次翻缸，加盐，才算三抱。

许同志说，齐师傅好本事。这鳓鱼的确好，香得掉鼻子。

吃好饭，许同志问秋林父亲情况。秋林说父亲关在余姚监狱，许同志问他有没有去看过，秋林就低下头不说话。许同志便不再问，只说，你有事，可以到县供销社里来找我，我叫许运生。秋林感激。许同志拍了拍他的肩膀，说，你爸爸不容易，是个老实人。

许同志走了，齐师傅又恢复常态，站到柜台里，东翻翻，西摸摸，像是什么也没发生。秋林继续坐在一边练算盘，包包裹。心里却乱糟糟一下午。好容易捱到天黑上门板，秋林快速吃几口夜饭，便要跑到水作店去。刚要出门，齐师傅在身后叫住了他。秋林扭头，看着齐师傅那双死鱼眼睛，心里发慌。

秋林战战兢兢问道，齐师傅，有什么事情？

齐师傅冷冰冰说，夜里肚皮饿，千万莫要下楼吃柜台上的饼干。饼干罐子上，都是做了记号的。

说完，齐师傅便转过身，步履缓慢地往楼上走去，再也不理秋林。

第三章

1

马路边清冷，风刮过裸露的山体，呜呜地响。转角处，现出一个黑点，慢慢近了，最后停在眼前，是一辆拉柴的手拉车。手拉车上，柴捆堆得整齐，成一个凹字形，中间铺着金黄色的稻草，干燥蓬松。

齐师傅蜷着身体，坐在干燥的稻草上，摇摇晃晃，双手缩进袖筒，眯眼看着长亭的那个路口越变越小，越变越远。长亭离城里十几里路，不远。但齐师傅回城，从不走路。他花两毛钱，让拉柴人拉自己回城。齐师傅一月回两次家，拉柴人记住日子，从不耽误。

进了城，风小了，不冷了，齐师傅也有了精神。手拉车一路拉到中大街，兴国饭店门口停落。齐师傅慢慢爬下来，从内袋里掏出两毛钱，递给拉车人，说句辛苦，走进兴国饭店。饭店里热气腾腾。齐师傅寻个窗边位置坐下。老板姓方，认得齐师傅，走过来拔香烟。

方老板说，齐师傅，最近来得疏了。

齐师傅说，南货店里忙。

方老板拿自来火给齐师傅点烟，说，齐师傅你今年五十多岁了，何必城里乡下跑。你还缺那几块工资？

齐师傅说，我哪有钱，赚来几块钞票都填了这张嘴。

方老板说，齐师傅莫说笑，你的家底谁不晓得，吃点喝点，几世都用不完。

齐师傅说，只好个名头。有什么时兴菜？

方老板说，刚挖的冬笋，跟肉片炒，味道顶赞。

齐师傅说，好，那就要一个冬笋肉片。

方老板说，有新捞上来的牡蛎，鲜得掉头发。

齐师傅说，好，开水烫一烫，弄一个蘸碟，倒点酱油，放点姜丝。有黄梅童吗？

方老板说，有，透骨新鲜，舟山的船刚打上来的。

齐师傅说，来三条，用雪菜烧，放些番薯面在鱼汤里。

方老板去忙，齐师傅坐在窗边，抽一口香烟，吐在玻璃窗上，玻璃窗上绿头苍蝇嗡嗡响，被烟一裹，昏了头，直在玻璃上团团转。

菜慢慢上来，齐师傅拿起筷子，细嚼慢咽，独自吃了一个钟头。吃完了，满足地点一根香烟，吞吐起来。抽完，付钱，出门，沿中大街，由东往西走一段，走到路口，往北转，往解放路方向走。

解放路原是县城里做水产顶有名的一条街。旧时，这条街不叫解放路，叫沥石街。最有名是水产生意，街道两边十几家买卖，做的都是水产。水产运到此处，海水河水滴滴沥沥，青石板路边似乎从来都没有干过，街名也因此而来。齐师傅家就住在解放路尾巴，是一座两层小屋，原来是这条街上最有名一家水产铺面。

齐师傅进门时，秀娟正一个人坐着吃夜饭。

秀娟说，你怎么此时回来，吃过了吗？

齐师傅说，在兴国饭店吃的。

齐师傅坐床沿上，秀娟便搁下碗筷，起身去倒水。

齐师傅说，你先吃饭。

秀娟说，我吃好了，先给你解乏。

秀娟拿来盆，掺了冷热水。齐师傅伸脚试了试，说，凉了。秀娟便拿热水瓶又加了热水。

齐师傅泡着脚，秀娟收拾碗筷。

齐师傅说，罗成最近有没有回来？

秀娟说，回来过一次，吃了苦头。

齐师傅说，吃啥苦头？

秀娟说，班级里有个坏坯子，要问他借十块钱。

齐师傅说，罗成给他了？

秀娟说，他哪有那么许多钱？那个坏坯子不相信，让他将衣兜裤兜全部翻过来，最后将鞋子里鞋垫都翻出来抖落。罗成仅有两块打菜的铜钿全部被他拿走。整一礼拜，几乎吃白饭。

齐师傅说，为什么不寻老师？

秀娟说，他哪里敢？从小就是胆小的人。还特意叮嘱我，不要跟你讲，怕你寻到学校去。

齐师傅听了，脸色转青。

秀娟问，水冷了，要不要再加点热水。

齐师傅摇头，你把水倒了吧。

秀娟端水出去。齐师傅用毛巾擦干脚，坐在床沿上闷闷吃烟。

夜里，躺在床上，秀娟说，我总是担心罗成，他性格弱，再半年，读完高中，不晓得干什么好。

齐师傅说，你莫担心，我心里有数。

秀娟说，总是我做的孽，要是当初不给你出那个主意，也不会有现在的事情。

齐师傅说，你又讲这些做什么？

秀娟说，我晓得，你手心手背都是肉。但罗成毕竟是我亲生，从小到大，都是吃亏，到了这一步，我总是要为他说句话的。

齐师傅说，我都说我心里有数了，你莫要逼我。

秀娟听了齐师傅的话，心中委屈，背过身，眼泪就顺着眼角流了下来。

2

齐师傅有两个儿子，大一个叫齐海生，小一个叫齐罗成。齐师傅的两个儿子来得不易，三十多岁，秀娟还没怀上。齐师傅虽然没闲话，但秀娟心里内疚，总是偷偷出眼泪。

这一年临春节，秀娟家来了一个从来不走动的亲眷。山里来的，拎着一袋子推扳山货来串门。亲眷坐下，稍稍寒暄，跟秀娟说起自家的事情。最后说到自己女人，竟开口骂起来。

亲眷说，我那个女人，别的本事没有，唯独能生养。腿一张一个，五六年光景，一口气生下四个儿子。四个儿子就是四个无底洞，怎么填都填不满。我们又不是大人家，底子薄，原本就是田地里挖铜板，勉强度日脚。添了四个讨债鬼，这日子真是不晓得怎么过了。

秀娟耐心听着。其实亲眷刚一开口，她便听出门道，肯定是钞票上落事情。也不是什么要好亲眷，原本打定主意，寻个话口将他回绝。可听他说起他女人能生养的事情，回绝的话在舌头尖转了一圈，又咽回肚皮。

秀娟到房中拿出二十块钞票，递给他。

秀娟说，现在各家都困难，我也给不了你许多。这点钱，你拿去。改日，我帮你打听，有什么赚钱生活让你女人去做。

亲眷接过钱，连连称谢，高兴而去。

过了年，正月里，秀娟让齐师傅同她去山里亲眷家拜岁。亲眷见秀娟夫妻来，高兴得不得了，忙前忙后，角角落落翻出各种能吃的东西，让老婆凑一桌菜。秀娟见到亲眷老婆，暗中观察，果然是个健壮的女人，屁股又圆又大，像只南瓜。

亲眷的老婆叫美姑，烧饭时，秀娟便偷偷问她，你男人寻我帮你找份工，现在有个生活你愿不愿意？

美姑问，什么生活？

秀娟说，我有个熟人，家中有钱，不会生养，你帮帮他。

美姑说，怎么帮？

秀娟说，只做一阵露水夫妻，帮他生养一个。

美姑听了，两颊发红，说，怎么好这样，被人家晓得，脊梁骨戳穿。

秀娟说，怎么会被人晓得？这种事情，天知地知。

美姑说，生小鬼不容易，生一次就是过一趟鬼门关。

秀娟说，你生过四个小鬼，熟门熟路，生起来不会吃苦。

美姑迟疑，说，为点钞票，这样的事情不上算。

秀娟说，怎么会不上算？你家里四个小鬼，加上你们两个，六张嘴巴。你男人能挣多少，养得住六张嘴巴吗？辛苦生出来，饿肚皮饿死才是真真不上算。

美姑说，我这样，对不起我男人。

秀娟说，有什么对不起？你给他生了四个，现在给我那熟人生一个，算得了什么？你拿了钞票，养大四个小鬼，又帮助别人延续香火，这是积德行善，是送子观音。后代子孙晓得这样事情，不但不埋怨，反而早烧香，晚点灯，一世供奉你。

美姑神色恍惚，低头闷了半刻，问，到底能给多少钞票？

秀娟说，就一年，每月给三十块。如果生不出，就算数。如果生了，生下男小鬼再给两百，囡一百。

美姑想了想，点头答应了，说，跟我男人怎么说法？

秀娟说，我跟你男人说，介绍一个生活给你做。要去舟山，帮人晒鱼鲞。去一年，每月三十块工钿，他自然会高兴答应。

美姑再没有顾虑，秀娟当即掏出三十块钞票塞给她，算作定金。两人商定，出了正月十五，美姑就到秀娟家来。

回去路上，秀娟问齐师傅，这女人怎么样？

齐师傅不解，问，什么怎么样？

秀娟说，我与她谈好了，给你生儿子。

齐师傅差点跳起来，说，你怎么好这样做？

秀娟委屈，说，我不这样做，又能怎么做？你早已过了三十，我嫁给你许多年，一直没能给你生下一男半女。你晓不晓得人家背后都说我是雌雄鸡，毋生蛋。受些委屈我倒也认了。但你齐家没有香火，这么大罪过，我担不起。

齐师傅听了，也是一阵心酸，便不再响。

事情定下，出了正月十五，美姑果然上门。知晓同床的男人是齐师傅，脸红。看见秀娟，脸更红。

美姑说，你不是说是你熟人吗？

秀娟说，夫妻不是熟人吗？

美姑说，这难为情的。

秀娟说，我都不会难为情，你难为情做啥？

秀娟腾出一间房间，跟美姑约法三章，白天不得出门，房间里有马桶，吃喝有人送。

齐师傅跟秀娟抱怨，说，也不用叫她日日困在这里。

秀娟说，不困在这里，怎么晓得是你的孩子？

当日晚上，齐师傅吃过夜饭，就被秀娟赶着困到美姑房间去了。半夜，齐师傅跑回自己房间。秀娟没有困，等着。

秀娟问，种进去了吗？

齐师傅有点难为情，点头。

就这样，美姑在齐师傅家住下。两个月后，美姑果真就怀上了。听到消息，秀娟双手合十，直念阿弥陀佛。随后的日子，秀娟更是忙里忙外，端饭送水，洗衣裳倒马桶，样样事情不让美姑上手。齐师傅看着秀娟，心里五味杂陈，讲不出什么味道。

终于十月怀胎，一朝临盆，美姑生下一个六斤九两的胖大儿子。儿子生下，又养了半月，双方结清钞票。临走这一日，美姑便抱着刚出生的儿子悄悄出门，走到巷口，再转身走回。走到齐师傅家门口，等着。待到有人走过看见自己，美姑便将襁褓放在齐师傅门口，匆匆走掉。齐师傅夫妇趴在窗口，看见美姑放下儿子离开，便走出门去。在路人见证下，齐师傅夫妇将襁褓抱到派出所报案。报案是假，作证是真。最后，主动提出领养，将孩子抱回家。就这样，齐师傅终于有了自己的儿子。这便是大儿子齐海生。

老天作弄，秀娟十几年不怀胎，有了齐海生的第二年，竟然大了肚皮。后来，秀娟也生下一个儿子，这个儿子便是齐罗成。

两个儿子渐渐长大。齐海生不晓得随了谁的性格，年纪小，主意却大。有一日，他看出一桩事情。寻出镜子照自己面孔，发现自己既不像齐师傅，又不像美娟。看看罗成，却是两人都像。这是一桩奇怪事情，齐海生心里暗暗存下疑惑。

这一日，齐海生同邻居家儿子玩耍时，几句话上落便争吵了起来。吵到后来，邻居家儿子情急下讲出难听闲话，说，你不是齐清风生的，你是黄狗衔来的。

齐海生生气，就冲过去同对方厮打了起来。回到家里，齐师傅看见他满身泥土，便问他怎么回事。齐海生倒不隐瞒，说与人打架。

齐师傅问，为什么打架？

齐海生说，他说我是黄狗衔来的，不是你亲生的。

齐师傅说，别人乱讲，你理睬他做什么？

齐海生说，那我为什么不像你，也不像姆妈？

齐师傅一听，当场变了脸色，支吾道，你是我的儿子，怎么会是黄狗衔来的？

齐海生不信，转身跑出家门。一口气跑出几百米，气喘吁吁，再也跑不动，就蹲在电线杆下哭。有路人走过，问，小鬼，你一个人在这里哭什么？齐海生说，父母不要我了，将我丢弃了。那个人就说，还有这样狠心的父母，这事定要报告派出所。正巧齐师傅寻出来，慌张解释，说自己是他父亲。齐海生却一口咬定齐师傅不是他的父亲。那路人见齐师傅相貌刀砍斧凿一样，像电影里坏人，便定要去派出所。齐师傅没办法，只能随他去。

派出所就在解放路的最南头，派出所里老张，一双眼睛大得像牛卵子，张口闭口娘希匹。老张晓得齐师傅收养底细，张口便骂那个路人，娘希匹，多管闲事。我是警察，谁家小鬼我不晓得？那路人好心好意，无故挨了一顿训，又不敢顶撞老张，悻悻走了。转过头来，老张又骂齐海生，娘希匹，小鬼，这是你的爹，听清爽了吗，莫听别人造谣。

老张眼乌珠一瞪，别家孩子早吓得尿裤裆，不想齐海生却翘着下巴注视老张，说，你是警察，警察讲话算数不？

老张说，当然算数。

齐海生说，那你给我立下字据，证明我是齐清风亲生，如果不是，你是众生。

老张听了，张口结舌，半日应不出话来。

从派出所出来那一日起，齐海生便将齐师傅一家视作外人。特别是齐罗成，更成了眼中钉。齐师傅心痛罗成，又不敢说出真相。此事要是被别人知晓，自己必然大祸临头。秀娟看不下去，又来埋怨齐师傅，齐师傅倒成了夹心饼干。齐师傅幻想着，毕竟齐海生年岁小，无法理解大人难处，等他长大，懂事些，总是会体谅自己一番苦心的。

但让齐师傅伤心的是，齐海生越大却越出格。在学堂里从不好好读书，只是胡闹。那段辰光，他最痴迷蟋蟀。他去市场里买，市场里的商贩见他人小，作弄他，常给他些坏蟋蟀，不是前腿断了，就是后腿拐了。齐海生上过几次当，便不去市场，自己抓。每日夜里，他跟着一帮大人去南门溪滩，回来时，总是满身泥。他将脏衣服扔在木盆里，只顾回房呼呼大睡。

齐海生夜夜出去抓蟋蟀，越抓越多，四处养。秀娟不晓得，打开一个瓷罐，里头竟跑出十几只蟋蟀，四处跳。齐海生看见，哇哇大叫，在房里到处翻，到处寻，如同疯癫了一般。最后，听见地板下还有蟋蟀声，竟拿起一根铁棒，将地板一块块地撬开来。

秀娟光火，跟齐师傅抱怨。秀娟说，这海生太不像样，每夜跟人野奔，弄得满身泥污，回家只将衣裳扔到木桶里，就像我是他的用人一般。看见我洗衣裳，连句好话都没有。还有，家里到处都是蟋蟀，我看见那东西就觉得腻心。夜里睡觉，那些蟋蟀又四处叫，真真叫魂一样。我年岁大，困不困都不要紧，可罗成夜里困不好，日里上课就没了精神，你说这样下去可怎么得了？

齐师傅安慰，这年岁小鬼，都是野的，你莫怪他。罗成睡不着，耳朵眼里塞点棉花。衣裳脏了，我来洗。总是自家小鬼。

秀娟说，你没明白我意思，不是我不肯给他洗衣裳。你是当爹的，总要好好管束自己儿子，你看他为了一只小虫，竟能将家里地板撬翻，这样事情，哪个小鬼能够做出？你现在不管，将来杀人放火，你给他送牢饭吗？

齐师傅听了不高兴，说，你怎么好讲这样闲话？再怎么说总是我亲生。

秀娟听了，一愣，觉得齐师傅话里有别样意思，心中委屈，走开不说话。齐师傅话一出口，就感到后悔，这是秀娟心里最敏感事情。而且，秀娟闲话并没有讲错，齐海生虽然还小，但太出方圆了，将来真的难以收拾。

齐师傅寻齐海生谈话。

齐师傅问，你为啥总是大半夜回家？一个小鬼在外面，多少危险。

齐海生说，危险什么？又不是上战场打仗。

齐师傅说，这蟋蟀样子都生得一样，

捉一只听听响声也就可以了，你天天去抓有什么意思？

齐海生说，怎么会一样？你不懂的，这里面奥妙无穷。

齐师傅说，你倒是说说有什么奥妙？

见齐师傅问起蟋蟀，齐海生顿时来了精神。

齐海生说，这蟋蟀你看着一样，我眼里却天差地别。溪坑边上的蟋蟀，脖颈处有一圈黄带，叫声最好听。田里蟋蟀，要挑两腔后面两根毛的。两根毛的是雄蟋蟀，打起来特别勇。后面三根毛的，是雌的，打起来没劲道，叫起来也不好听，抓了没用。还有，蟋蟀抓回来，怎么养能健、能打，你晓得吗？要喂米仁，喂花生，这样养出的蟋蟀，才能一只比一只勇。

齐师傅耐心听着，心里有种奇怪感觉。平时少与自己言语的齐海生，一说起蟋蟀，竟眉飞色舞。齐师傅从未听过他跟自己说这么许多闲话，这一刻，他觉得两个人是从未有过的亲近。齐师傅暗想，喜欢玩就玩吧，玩玩小虫，虽不是什么正事，但终究出不了方圆。秀娟毕竟是女人，心思太多，玩玩这种东西，怎么会扯上杀人放火呢？

为了跟齐海生接近，齐师傅也是下了心思，偷偷到旧书摊上买来蟋蟀有关的书籍，暗暗记牢书上内容，转头可以跟齐海生探讨。他还买些养蟋蟀用的漏斗笼子讨好齐海生。齐师傅支持，齐海生就养得更起劲了，蟋蟀越养越多，家中角角落落挂了蟋蟀笼。这些蟋蟀吃饱喝足，更是没日没夜地叫。秀娟日日在枕边跟齐师傅抱怨，齐师傅却反过来劝秀娟，这孩子心思野，现在他喜欢玩蟋蟀，反倒是收心性的一桩好去处。秀娟叹气，说，你这样惯着他，他早晚上天。齐师傅不说话，他觉得是秀娟肚量小了。

一日，齐海生和齐罗成学堂回来，没回家吃夜饭。等到天黑，都不见人影。齐师傅秀娟四处找，寻一大圈，依旧没寻着。回到家里，坐在灯下，各自胡思乱想。一直到半夜，院门打开，只见齐海生和齐罗成进来，满身泥腥。问原因，竟说是捉蟋蟀去了。

秀娟问，去哪里抓蟋蟀，竟抓到半夜？

齐海生不应，回房困觉。齐罗成不敢走，只是低头搓衣角，低头不响。

秀娟发了火，拍着桌子说，你今朝不说，我就把你赶出家门。

齐罗成胆小，见秀娟真生了气，只得开口，说，阿哥的蟋蟀斗不过别家，便说山上坟洞里有一种叫假皮的蟋蟀，特别勇，要去捉来报仇。今朝，我们就到山上，钻坟洞里抓蟋蟀去了。

听到此处，秀娟脸色惨白，扭头盯着齐师傅看。

秀娟说，齐清风，我早就跟你说过，你样样不管账，早晚给你惯上天。

齐师傅在旁，也是听得生气。他拿着秀娟量布的尺子，走到房间里，一把将齐海生从被窝里拉了出来，轻轻抽打了几下。齐师傅原本是想装装样子，齐海生讨个饶，让秀娟下台。没想到齐海生却是一根硬骨头，一声不讨饶，反倒瞪着齐师傅，凶得很。这下齐师傅真心光了火，手下用了力，尺子抽得啪啪响，最后还是秀娟进来拉开才作罢。

这是齐师傅唯一一次打齐海生。

3

这一年秋天，发生一件大事，林彪的

飞机在蒙古国温都尔汗掉落。齐海生在学校里听来一首歌谣，回家教齐罗成念。

齐海生念，毛主席万岁。

齐罗成念，毛主席万岁。

齐海生念，林彪摔死。

齐罗成念，林彪摔死。

齐海生念，毛主席万岁，林彪摔死。

齐罗成念，毛主席万岁，林彪摔死。

齐海生说，你连起来念，念得滚瓜烂熟。

齐罗成就连起来念，毛主席万岁，林彪摔死。毛主席万岁，林彪摔死。念得多了，嘴巴里打滑，竟将两人名字给念反了。齐海生听见，顿时爬上八仙桌，用手指着齐罗成，大声叫道，齐罗成，你竟敢喊反，我要去派出所告你。说完，作势要从八仙桌上跳下。秀娟旁边听了，吓得魂灵飞天，一下跪在地上。

海生，你莫要去，罗成是你阿弟，我求求你，你做阿哥的，你不能害你弟弟。秀娟话里带了哭腔，瘫软在地上。齐海生站在八仙桌上，鄙夷地俯视着秀娟，鼻孔里出气。他下了八仙桌，走进房间，将秀娟那根量衣裳的尺子拿出来，顶膝盖折断，扔在了秀娟面前扬长而去。

夜里，秀娟将事情告诉齐师傅。

秀娟说，他将尺子折断，扔在我面前。齐清风，你晓得那时我怎么想吗？他就像戏台上的老爷，我就是犯人，那尺子就是令箭，这令箭一扔，我就要被拖出去砍头了。

齐师傅安慰，说，他毕竟还是小鬼，胡闹一番，你莫记他的仇。

秀娟冷笑了一声，说，我记仇？我哪里敢。是他记仇，记了那天你用尺子打他的仇。这么小一个小鬼，竟然有这样狠的心思，想起来都吓人。

齐师傅听了，再也不晓得用怎样闲话安慰了，心里苦闷，只是叹气。

又一日，齐海生跟人赌蟋蟀，输光了钞票，跑回家问齐师傅要，齐师傅不肯。

齐师傅说，海生，你不能这样混下去，你该懂事了。

这时，正巧齐罗成进来，跟齐师傅讨钱买书。齐师傅伸手给了，齐海生在旁看着，突然大声嚷起来，齐清风，你就把铜钿藏着，一分一厘藏起来，以后都给你的亲生儿子，千万莫给我，你要是给我，你就是众生。

说完，齐海生摔门而出。

吃过午饭，齐师傅躺在床上午睡。半困半醒，外面一阵喧闹。起身一看，竟是齐海生带来一群革命小将。齐海生指着齐清风说，就是他，藏着地主老爷才吃的老山参。革命小将冲进来，将齐师傅家翻了个底朝天，最后没有查出老山参，却在床单下翻出里面一堆账单。这些账单都是以前一些小商小贩欠齐师傅的海鲜钿。要不是他们翻出来，齐师傅都快忘记了。革命小将们看到账单，如获至宝。说齐师傅藏这些账单，是记着一笔变天账，日日幻想着哪天能推翻人民当家作主的大好局面，再去跟穷苦百姓算这笔老账。

随后，县第一中学的操场上举办了一场万人批斗会，齐师傅因为私藏变天账，也和县上一些有名的“地富反坏右”一起，胸前挂“打倒齐清风”牌子，站在万人批斗会的台上。轮到批斗齐师傅时，齐海生跳上台，当着上万人的面诉说。他说自己从小便是弃儿，被阶级敌人齐清风捡去当奴隶当长工，没过过一日好日子。说到动情处，齐海生举着拳头宣布，从此以后跟齐清风脱离父子关系。

齐师傅永远忘不了这一日的事情，台下黑压压的都是人，就像海一样，几乎望不到边。但齐师傅站在台上，却根本看不见这些人，也听不见他们的声音，他的眼前只有齐海生一个，举着拳头，咬牙切齿地喊着自己的名字。

那一刻，齐师傅心里难过极了，他真不晓得自己上一世是做了什么孽，竟要在这一世受这样的苦难。

第四章

1

吃过夜饭，马师傅和吴师傅柜台里外坐着走象棋，秋林看了一会儿，觉得无趣，跟马师傅打声招呼，走出门去。门外天色漆黑，秋林沿着溪岸走了走，便又往水作店去。走到门口，只见水作店里没有灯火，木门虚掩。秋林心里奇怪，推开门，屋里冰清水冷没有人。这是罕见事情，秋林印象里，老倌从不出门。秋林狐疑一阵，正要关门离开时，隐约听见楼上传来咳嗽声音。秋林站在楼梯口，抬头往上看，黑黢黢一片。秋林喊了一声，老倌，你在上面？楼上似乎应了一声，又似乎没应。秋林心中犹疑，往楼梯上走去。和老倌熟悉后，秋林从未上过楼。楼梯踩上去，吱吱嘎嘎响。秋林听着这声音，心里害怕。好容易走上二楼，秋林不敢动，又喊一句，老倌。此时，终于听见回应，还有咳嗽声音。秋林顺着声音往前走，进一个房间。

房间不大，借窗外月光，可以看见一张床，床边一口矮橱。秋林见老倌卷着一床被，缩在床角。

秋林问，老倌，你怎么了？

老倌眼皮无力地翻动了下，说，身子不大舒服。

秋林伸手搭老倌的额头，滚烫。秋林说，你发热了，要去医院看看。

老倌摇头，说，困一觉，发发汗应该能好。

秋林环顾四周，只见床前有只炭盆，没有生火。木板墙壁有缝，呼呼漏风。秋林说，你这房子这么冷，怎么发汗？

老倌不响，只是蜷缩着。秋林看了难过，转身跑下楼去。出了门，秋林便往大路方向跑。也不晓得跑了多少路，跑一阵，走一阵，灌了一肚皮冷风，终于跑到三岔卫生所。秋林寻值班护士买来退烧药，再沿着原路跑回来。照顾老倌服了药，退了热，又陪着说了些闲话，折腾一夜，只等老倌合眼睡了，这才回了南货店。第二日一早，趁师傅们吃早饭，秋林又跑到水作店看老倌。

秋林进门时，老倌和昨日已经全然换了个人，在灶头边忙前忙后，丝毫看不出生了病。秋林说，老倌，你该休息休息。老倌却摆手，说，我这人犯贱，越歇越不行。

秋林走到灶膛边烤火。灶旁是个长方形的石板豆腐作台，作台上摆着正方形豆腐格子。每日夜里，老倌将黄豆泡上，等第二日，再将泡开的豆子放到石磨上磨，磨细了，再沥出豆浆，放到大锅里去煮。老倌本就瘦小，在这些工具边站着，更是不起眼。但一日一日，周而复始，他每日做的就是这吃力生活。自从和老倌熟悉，水作店便成了秋林在长亭的唯一去处。独自在长亭这个地方，秋林心中渺茫，直到遇见了老倌，心思才算有了着落。每日，吃完夜饭，秋林就会到老倌这里来。老倌忙生活，秋林就帮他干点生活，没有生活，就坐在灶膛边烤火。坐上几个钟头，身体烤得热了，回去钻被窝困觉。往常难熬的长夜，就不再那么冰清水冷。老倌也欢喜秋林去，有时，让秋林跟他讲讲家里事情，讲讲以前学校事情，有时让秋林从南货店里带报纸去，将报纸上内容读给他听。老倌不识字，但报纸上事情，他最欢喜听。在秋林面前，老倌从来不讲自己事情。他不是本地人，水作店的房子也是问村里租的。他为何要来此地，家里还有什么人，他从来不说。好像他是孙悟空，石头里蹦出来一样。

秋林看着老倌在灶台边忙碌，忍不住问，老倌，你没有老婆，也没有儿女吗？

老倌面无表情，半日吐出一句闲话，儿女不孝，有倒不如没有。

秋林没听懂，想起昨夜事情，又问，你这样年岁，一个人待在此地，身边没人照顾，要有头痛脑热，多少不方便。

老倌说，我要是有你这样儿子，我就前世修来福气了。

秋林笑，说，老倌，你当不了我父亲，你跟我父亲不像，他比你高大，也比你胖。看面相，你倒有点像我外公。

水作店待一阵，师傅们的早饭也该吃好了，秋林便匆匆赶回南货店。站在柜台上，秋林不晓得是不是早上说起外公缘故，整一日，他都觉得闷闷不乐。

小时，外公对秋林最好。秋林去，总是叫外婆去码头上买新鲜海货。但外公不欢喜秋林的父亲。从上海回来后，秋林父亲一日都没到他屋里来看望过。父亲胆小，从来都是谨小慎微。外公在上海出了事情回来，父亲因为是机关干部，怕吃连累，便有意跟外公划清界限。秋林记得，外公出殡那一日，送葬队伍里没有父亲的身影。他一直寻，一直寻，最后才在队伍尾巴的后方看见父亲。父亲与队伍始终保持着一定的距离，孤零零的一个。队伍走，他就走，队伍停，他就停。父亲佝偻着身子，看上去那么瘦小，小得像一片树叶，似乎一阵风就能将他吹走。

父亲一世都是胆小谨慎的人，可最后，还是落了那样下场。秋林想，这世上的事，跟胆子是没有关系的，胆大了躲不开，胆小了，还是躲不开。

秋林伏在柜台上，心里难过。他晓得，自己难过不是因为想起外公，而是想父亲了。

2

秋林在柜台上练算盘。马师傅站在边上看，看一阵，突然抬起头往柜台外招呼，米粒啊，真难得来，今朝要买些什么？

秋林也抬头，看见门口走进一个女人。女人下巴很尖，眼角上挂，虽然身上粗布衣裳，但看上去却和村里其他女人不同。

米粒站到柜台前，有点拘束，说，想做件衣裳。

马师傅有些意外，但意外神色一闪而过，照旧平常语气，劳苦一年了，是要做件新衣裳穿穿。

米粒说，不是给我做，是给家里男人做。

马师傅说，一样的，一样的，大明身高胖瘦我晓得。是做上衣、裤子，还是整通？

米粒说，想做整通。

马师傅眯起眼睛，扳指头算了算，随口报出了布匹尺寸。

米粒说，准作吗？

马师傅笑眯眯看着米粒，说，你放心，准作的。

米粒便不语，低头仔细挑了布料。马师傅拿剪刀按尺寸裁了，用粗纸包好。米粒付了钱，拿着布料走出门去。

秋林看着米粒走远，说，马师傅，这个女人哪里来的，从来没见过。

马师傅未开口，吴师傅斜眉眯眼，在旁边搭腔。她不常来，你自然没见过。这女人可有名气。哎，老马，也是怪起来了，你说这米粒平时油盐都不舍得买，今朝倒是有钱给男人买布做新衣裳，还买整通。你看出端倪来没有？

马师傅说，莫乱猜。

秋林说，听口音，不是本地人吧。

吴师傅说，外乡来的，据说是逃荒逃到此地，后来又嫁给了本村的大明。

秋林说，哪个大明？

吴师傅说，就是山上那个和尚的儿子，你小鬼不晓得的。哎，老马，说起来那和尚也死了两三年了吧？

马师傅说，应该有了，办丧事时，挽联还是寻我写的。

吴师傅说，那和尚活着时，多少活络的一个人，那张嘴讲天讲地，村里老太婆都去他庙里送香火钱。也是奇怪，那大明倒一点不像和尚，木头木脑，嘴巴上像抹了糨糊，只是一身笨力气。

吴师傅转头看秋林，笑嘻嘻的。

吴师傅说，小陆，你最近水作店老倌那里去得勤。你可小心，夜里莫乱去，年岁轻轻的，莫脏了眼睛生偷针。

秋林呆住，不懂吴师傅意思。

马师傅用手指敲柜台，说，好了好了，莫讲些闲话了。对了，老吴，齐师傅说几时回来？

吴师傅说，好像还要两三天辰光。

马师傅说，这次怎么回去这么长久？

马师傅提起齐师傅，秋林又想起那天晚上齐师傅说的闲话。齐师傅说饼干罐上做着记号。这记号要做便是店长做。马师傅这么忠厚一个人，会有那种手段？秋林将信将疑。如果马师傅真这么做，肯定不为防两个老搭子，店里唯独自己是新人，这样一想，秋林心里就有些慌张起来，又偷偷望马师傅。望了一阵，秋林觉得马师傅脸上这副笑容竟有了别的意味。

吃罢夜饭，吴师傅马师傅又在柜台上走象棋。秋林觉得无聊，出了南货店，走到溪边，远远看见水作店里亮着灯。说来也是奇怪，老倌那一次生病后，几次秋林去寻他，他都不在。碰见了，问他去哪里了，只含糊说是去朋友那里串门了。这倒更奇怪了，老倌从没说过他有什么朋友。但秋林又不好多问，老倌神色闪烁，看出来不想多讲。

秋林往水作店方向走，快走到了，他突然停下脚步。只见一个女人身影一晃，进了水作店。秋林愣住，用力擦眼睛，怀疑自己眼花。此时，他脑子里突然翻起日里来南货店买布的那个女人。吴师傅怪腔怪调，话里有话，莫非说的就是这个？虽然秋林没经历过男女之间的事，但吴师傅闲话里的意思，他多少能听懂一些。

看着女人进屋，秋林竟有些慌张起来，

仿佛自己做什么坏事被人撞破一般。但很快，他的慌张变成了赌气。秋林咬着牙，似乎有些埋怨老倌。但埋怨什么，他也讲不清爽。

秋林愣愣站在路上，脑子里一笔糊涂账。他没有进水作店，也不想回南货店，彷徨一阵，转身往河边走。

秋林走一段石子路，走到潭边。潭边水草茂盛，虫声隐约。从水草边走过，听见下面有人唱歌，唱倭豆开花黑良心，豌豆开花像银灯，油菜开花赛黄金，草子开花满天星……是个女声，声音甜脆。秋林悄悄绕过水草，看见潭边蹲一个小姑娘。天色黯淡，看不清脸面，只是个侧影，剪纸一样好看。

秋林站在草丛边，听她唱歌，心里百感交集，竟流下眼泪来。正认真听着，突然，歌声停了，只听问了一声，谁？秋林一惊，像做了什么坏事情一样，飞快跑走。

秋林回到南货店，师傅们早已经回屋困了。他悄悄走进房间躺下，心里乱糟糟，望着天花板胡乱想一阵，竟又想起父亲来。不晓得父亲现在住的牢房是什么模样，他心思重，也不晓得每夜能否困好。从小，他最疼爱自己，现在进了牢监，却狠着心，不肯让自己见他一面。想起这许多，一时间秋林百感交集，觉得有许多话想跟父亲说。想一阵，从床上爬起来，翻出纸笔给父亲写信。信写得长，一边写，一边出眼泪，一直写到窗外露出天光，才终于停下。奇怪的是，写的时候心潮澎湃，一写完，看着眼前白纸黑字，秋林突然又觉得写这些毫无意义，便将信纸草草叠了，塞进饼干箱里。

白日里守柜台时，吴师傅笑眯眯问秋林，昨天夜里怎么回来这么早？

秋林说，你怎么晓得？

吴师傅说，我听见你回来时上楼梯的声音。

秋林觉得有些不舒服，自己回来时踮着双脚走，吴师傅却还能听见。他怎么听见的，难道是长夜伏在门板后？秋林看着吴师傅，突然觉得他倒有几分像电影里的特务。

吴师傅在柜台上，向门外张望。屋外阳光白花花一片，天气好，村里人都下地去了，少有人来这南货店。秋林拿着鸡毛掸子，在货架上的瓶瓶罐罐上刷刷掸掸。

吴师傅说，小陆，你有没有发现，河边新搭了一个鸭棚。

秋林说，看见了。

吴师傅说，那你晓得这鸭棚是谁的吗？

秋林说，不是说是那个米粒的吗？

吴师傅摇头，说，嘿嘿，你后生只看见皮毛，却不晓得皮里肉咸淡滋味。

秋林说，吴师傅什么意思？

吴师傅笑眯眯不再说话。

秋林说，吴师傅，你这人讲闲话最不爽气，吃蟹一样，总是吃一半吐一半。

吴师傅白秋林一眼，说，这米粒，原先是跟村里一个癞头好。那癞头是个光棍，生得多少难看，头上一块坑洼地，像是黄狗啃过。可那个米粒却偏偏看上他。看上他什么？无非是手头生活。那癞头种地是一把好手，米粒那个庙边有地，大明种地不行，种什么荒什么。后来，就是这个癞头帮着料理，茎是茎叶是叶，样样种得好。结果好日子不长，突然一天，有个城里人来找癞头，说是他阿叔。这个阿叔无儿无女，有爿年糕厂，年纪大了，想起癞头，要他去城里帮忙。有这样的机会，癞头又怎么会错过？

吴师傅扭头看秋林，脸上笑眯眯，城里女人终归是要比乡下女人好的，对吧？

秋林没应声。

吴师傅点根烟，双手插进袖筒，趴在柜台上。小陆，你常去豆腐老倌家，你有没有发现，老倌最近不在店里吃饭了？

秋林说，我怎么晓得，我最近也不常去。

吴师傅说，老倌寻着饭堂了。我同你说，那老倌帮着米粒建了鸭棚。日里，他跟着米粒到山上庙里吃饭。夜里，就陪着米粒在鸭棚里看鸭。世上三样苦，撑船打铁做豆腐，大家都说豆腐老倌身体好，日里做豆腐，夜里还能惊得鸭子嘎嘎叫。

秋林刚想问老倌身体好跟鸭子叫有什么关系，脑子里电光石火，脸竟然烫起来。

秋林说，这样的事情，米粒男人不管？

吴师傅说，嘿，天下的事情讲不清。起先，大家都认定那大明是死人，他在庙里守泥菩萨，米粒在鸭棚里守野男人。村里各种风言风语，难听得很。有人看不惯，去庙里想告诉大明，一进去，吓一跳，只见大明、米粒、老倌三人一桌吃饭，有说有笑。这下，就再没有人管闲事了，人家主家都不理会这事，旁边人还响什么？

吴师傅点一根香烟，说，以前米粒跟癞头好，但那癞头没钞票，只会出力。那时米粒从不进南货店。现在好了，碰着个豆腐老倌，这米粒就成了南货店常客。你看那日，她裁布匹要给大明做整通衣裳，出手多少阔绰。这一家人，肚皮也吃不饱，哪来钞票做新衣裳？去过庙里的人说，那大明家，每日油豆腐吃不光。像我们赚公家工资，也不能这么吃。嘿，都说大明蠢笨，其实脑子聪明得很，那老倌吃米粒豆腐，他就吃老倌的豆腐，而且日日吃，顿顿吃，真也是一笔上算生意。

说到此时，吴师傅突然怔了怔，眼睛里慢慢散出些光亮来。

吴师傅说，小陆，你说，这三人饭一桌吃，夜里会不会也挤一张眠床困？

吴师傅说话的时候，嘴巴发出吧嗒吧嗒的声响，像是在吃什么好滋味的东西。秋林听了，心生厌恶，但脑中却浮现三人挤一张眠床场面，暗骂自己龌龊。

吴师傅说，说起来，这米粒生得也不算什么好相貌，奇就奇在像只狐狸。我早年是见过狐狸的，人家山上打来狐狸，卖给店里，那狐狸眼睛往上吊，会勾人。这还真是有道理的。这老倌这么大年纪，真是好福气。

吴师傅一番闲话，说得秋林不晓得心里什么滋味。从这天起，他就不再去老倌那里，感觉一切都回到了原点，就像刚来到南货店，没有朋友，也没有别的去处，孤零零一个发落在此地。夜里没事情做，便又拿出纸笔，给父亲写信，将自己在此地遇到的事情原原本本讲给父亲听。如此反复，一日一日，竟不知不觉将一个饼干箱填满了。

又一夜，秋林困不着，走出南货店散步。转来转去，鬼使神差走到水作店附近。水作店里亮着灯，秋林犹豫一阵，还是往里头走了进去。

秋林进去时，老倌已经忙完，独自坐在灶膛边烤火。老倌看秋林走进来，招呼道，来了。

秋林应，来了。

老倌说，许久没见你拿搪瓷杯来了。

秋林说，店里忙。

随后，老倌就不再讲话，秋林也不讲话。但奇怪的是，两人都不讲话，秋林却似乎晓得老倌想说什么，老倌也晓得自己想说什么。两个人就这样坐着，一言不发。火膛的火烧得旺，在两人脸上闪烁，没有晒干的柴爿在灶膛里劈啪作响。

秋林回到南货店时，听见楼下马师傅在打呼噜，声音时断时续，隐隐约约，反显得四周安静，静得可怕。

第五章

1

县城里，东西一条桃源街，最是热闹。棉布商店，五交化商店，糖烟酒副食品商店，还有肉店水产店，旅馆照相馆，整整一条街的店面。工农点心商店就在桃源街东头尾巴。到街上的人，习惯从西往东荡，这样，最后一站，就可以落脚在工农点心商店吃上一碗点心，填饱肚皮。

齐师傅在点心商店寻一张角落的桌子坐下，要一笼包子、一碗馄饨，慢慢吃。齐师傅往点心店里看，只见店里头忙忙碌碌，进进出出全是穿白褂戴白帽的女同志，一个个的，像医生护士。齐师傅慢吞吞吃，慢吞吞打量，一笼包子落肚，还是没见店里有男员工。齐师傅付完账，回家。第二日早上又去，又点一碗馄饨，一笼包子，吃完回家。直到第三日，齐师傅包子馄饨刚吃一半，听路口有人吆喝，扭头去看，见一辆手拉车从西面飞快过来。手拉车上堆着面粉，拉车的是个精壮后生，十一月天气，他竟穿一件单衫，脖颈上挂一条发黄的白毛巾，浑身却腾腾冒着热气。到了点心店门口，后生点几步碎步，将车把一翘，稳稳停住。

齐师傅扭回头，觉得口干舌燥，忍不住用力吞咽口水。虽然已经八年未见，但他仍能一眼认出，这后生就是齐海生。

齐海生歇了车，伸手捏住面粉口袋两只角，一用力，面粉袋上肩，空中一阵白粉飞扬。齐海生扛着面粉袋往点心店里小跑，跑得利落，三步两步穿过店堂，在加工面点的车间放落。随后，他又跑出来搬另一袋。就这样来回，没多少辰光，手拉车上二十几袋面粉卸完，整整齐齐叠放在车间里。齐海生站在门口喘气，身上白花花一片。点心店里女同志都围上来，有人递水，有人递包子。齐海生搭几句讪，吃了包子，喝了水，又拉着空车匆匆离去。

人走了，空气中还漂浮着一些白色粉末。齐师傅坐在桌边，有些恍惚。那时他还是个毛头学生，可刚才看见，却分明已是精壮男子。齐师傅难过，他拉着手拉车来的那一刻，他怕他认出自己，但当他走的时候，他又盼着他能认出自己。这是自己的骨血，近在眼前，他却不敢认，这是世上最委屈不过的事情。

点心店的服务员在旁边收拾碗筷。齐师傅问，刚才那个男同志也是你们这里的？女同志说，不是，他是搬运工会的，专门搬运货物，这附近饭店点心店的大米面粉古巴糖，都是他一人负责搬运。齐师傅说，这么多东西要花多少气力。女同志说，他呀，气力用不光，顶头牛。说完，她觉得自己说得好笑，竟顾自笑了起来。

齐师傅慢慢吃完包子，付了账，走路

回家。

到了家，齐师傅丝毫没有对秀娟提去看齐海生的事情，幸好秀娟也没问，否则齐师傅真不晓得怎么应对。

2

齐师傅祖上便在沥石街上做水产生意，到了民国时，更是成了这条街上最有名一份人家。齐师傅的父亲是跑单帮的好手，走水路，贩海鲜，生意风生水起。齐师傅家的海鲜都来自象山石浦港，石浦港是东海港湾，海水温暖，盛产各种水产，黄鱼、带鱼、鲳鱼，都是最肥美不过。

齐师傅家，从县城出发，开船走水路到石浦港，一日就能到。每次去石浦，齐师傅都是满载而归。那时，海上多海盗落寇。沥石街上商户走水路去石浦进海货，十有八九都被海盗打劫。唯独齐师傅家，上百里水路，畅通无阻。时日久了，便有了传闻，说齐师傅家与海盗有勾结。据说，海上最厉害一个海盗头子，是个独眼，生连鬓胡须如三国里张飞一般。传闻齐师傅父亲年轻时与那独眼一起练过武术，结下情谊。因此便利，齐师傅家垄断了石浦在此地的水产。父亲死后，齐师傅接班，继续跑水路。

解放后，解放军海上剿匪，一场枪战，将海盗头子独眼击毙，剩余人马抓到岸上，枪毙关押，也再无气候。从此，石浦一带海患肃清。从那时起，齐师傅家也改了行，不再做新鲜海货生意，靠祖传手艺，做咸鱼下鲞。到 1950 年，政府搞土改定成分。齐师傅有船有店铺，被定为商。1956 年，公私合营，齐师傅脑子活络，看清形势，又以一艘船两间店面入股，参加公私合营，到了 60 年代，他又参加了供销社。至三反五反，大鸣大放大字报，大跃进，割资本主义尾巴，各个单位都要寻找批斗对象。供销社里批斗对象多在“地富反坏右”中找，虽然社里人多，但每次批斗，齐师傅总是第一人选。

齐师傅个子高，弯腰也比一般人站着高。站在台上，显得注目。第一次批斗时，台下人民群众看见，就不高兴，说这个人不肯对人民群众弯腰。齐师傅只能弯得深，弯成一个直角，倒成了台上最矮一个。台下有人便说，看，这个坏人，像只虾。大家顿时哄堂大笑，记住了台上这个像虾的人。没多久，供销系统又搞运动，本来没有安排齐师傅上场。台下领导看见，总觉得台上一帮人单调，缺点滋味，脑子里突然想起那个像只虾的人。领导问旁边人，上次那个像只虾的人叫什么？旁边人告诉他，叫齐清风。领导记住名字，以后每次搞运动，领导总第一个想起他来，钦点，让那只虾，那个齐什么的虾来。就这样，“那只虾”就成了一块牌子，不管是供销社里搞运动，还是其他地方搞批斗会，都点名要那只虾参加。一来二去，齐师傅竟成了城里最著名的老运动员。

每次运动，齐师傅都会提前花时间准备。他寻出旧时代的长衫，仔细穿好，再用毛笔蘸彩，将面孔画花。有时头发里插几根稻草，有时胸前挂两条干鱼鲞，每次都以不同形象出场。齐师傅相貌凶狠，但一扮，反倒比别人滑稽。一到台上，大家看了，恨不起来，反而觉得欢乐。大家坐在台下，高高兴兴，像看演出。从来没有人注意到，虽然齐师傅参加运动的次数最多，但他每次都是被批斗得最轻的一个。

齐师傅坐在镜子前，仔细打扮时，秀

娟总是又气又笑，说，别人上台批斗，躲闪不及，唯独你，每次兴师动众，像是上台表演。齐师傅说，我台上表演，他们台下表演。各看各的，又有什么关系？秀娟摇头，怀疑齐师傅受批斗次数太多，脑子都不清爽了。

常年批斗，让齐师傅养成一个习惯。每次批斗回来，他都要款待自己一番。要烧热水洗澡，让秀娟给自己捏脚，然后换新衣裳出门，独自去饭店吃一顿。齐师傅每次都去中大街兴国饭店。中大街不像桃源街上闹猛，可以安静喝酒。齐师傅欢喜吃海货，黄鱼季吃咸齑烧黄鱼，带鱼季就吃萝卜丝烧带鱼，并无固定，但每次都会点一份糖霜花生米，再点一份五香干丝，这是过酒的，天热时过烧酒，天冷时过黄酒，黄酒里面要打一个鸡蛋，切姜丝，温热。酒一口，菜一口，有滋有味，独自吃完，回家困觉。

三年困难时期，物质紧缺，饭店里也没花头，只供应一份光面。光面简单，只是酱油味精，点一撮葱花。齐师傅批斗回来，照样去兴国饭店吃一碗光面。别人吃汤面，头碰头，稀里糊涂几下便吃完。齐师傅不同，他定要寻一张空桌坐下，桌上摆好香烟火柴。服务员将面烫好端上，齐师傅不着急吃，吹一吹冷，将筷子插进面里，仔细地卷，卷上几根，捞出来放到嘴边，轻轻嘬一口。面进了肚，停下来喝一口面汤，歇一歇，才再卷，再嘬。别人四五分钟吃完的面，齐师傅要吃半个钟头。吃好，桌板上依旧干干净净，半点面汤都没溅在上头。齐师傅擦净嘴巴，用火柴点烟。吃完烟，付钱，慢吞吞回家。

齐师傅一生受过各种批斗，都安然无事。唯独齐海生告发一次，吃尽苦头。

那一次批判大会结束，齐师傅没有回家，只是一个人往南走，穿过中大街，又穿过桃源街，一直往海边走，跳到海里算数。齐师傅想好，自己祖辈捕鱼，跳到海里，让鱼吃掉自己，也算还了债。

走着走着，也不晓得走了多久，齐师傅听到一阵叮当声，扭头看，是一个酒酿担子。酒酿担子上挂着一串铜板，走路时，担子一起一落，铜板就撞在一起，叮叮当当地响。卖酒酿的是一个后生。后生眉清目秀，穿一件藏青对襟布衫，腰上围着一条白色围裙，清清爽爽，像个教书先生一般。齐师傅看见酒酿担子，突然想起今天忘记去兴国饭店吃一顿，便招手说，后生倌，你过来。

后生晃着担子过来。

齐师傅问，这白酒酿多少钱一盏？

后生答，白酒酿五分一盏，加一个蛋，就再加五分角子。

齐师傅说，我要一碗，加蛋。

后生应了，歇下担子。他从担子上取下小马扎，让齐师傅坐，自己弯身将担中的煤油炉点亮，煮酒酿。酒酿煮好，打进一颗蛋，用筷子搅动。很快，便搅出丝丝蛋花来。

齐师傅坐在马扎上，将碗盏捧在手中慢慢地喝。

后生说，我认得你。

齐师傅说，你怎么会认得我？

后生说，你就是兴国饭店里吃光面的那个人。当年我父亲带我去吃面，见过你吃面场景，那么多人吃光面，就你吃得最有滋味，倒像那是世上最美味的东西。可我吃来吃去，嘴里只是一股酱油味。父亲告诉我，你常年在兴国饭店吃顶好下饭，所以你嘴巴里都是好味道，你一根根地吸，就是把以前嘴巴里的好味道都沾到那面上。

齐师傅不说话，只是喝着酒酿。

后生说，我父亲老早时也吃得好，一般东西不落肚。可困难时期辰光，吃一碗猪油，把嘴巴给吃坏了。

齐师傅说，猪油怎么会吃坏嘴巴？

后生说，父亲去乡下，看见别人拿猪膘熬油，站在边上看。熬油的人死坏，问我父亲，猪油香吗？父亲说香。那人问，想吃吗？父亲说想吃，那人说，如果你能喝下一海碗，我就把这一锅熬出的猪油都送给你。父亲应了，那个人就拿出一个大海碗，舀满。油太烫，喝不了。等冷了，一碗猪油上结起了白花。父亲就将一海碗猪油喝下。喝光，他拎着那一锅猪油回家。半夜里，一个翻身全吐了，整个房间都是酸酸的猪油味道。从那天起，我父亲的嘴巴就坏了，吃什么都不香了。

齐师傅终于将酒酿喝光，热烫烫酒酿落肚，身体也暖和了起来。齐师傅付了一毛钱，慢吞吞起身。

齐师傅说，你叫什么名字？

后生说，我叫阿毛。

齐师傅说，你父亲疼爱你，给你出这个名字。阿狗阿猫最好养。

后生说，不是阿猫阿狗的猫，是毛主席的那个毛。

齐师傅没理睬他，只顾往前走。就这样一路走到南门河边。他觉得有点累，便坐在河堤上休息，看着河里闪烁的水。不知为什么，齐师傅突然想起那碗猪油，胃里顿时翻江倒海，伏下身，将肚里货全部吐到了南门河里。吐完了，齐师傅觉得一点力气都没有了。他不想去海边了，海边太远，他走不动了。他也不想往河里跳，他把吃的东西都吐到里面了，他觉得河里太脏了。

就这样，齐师傅坐在河边，想了一夜。

从那天起，齐师傅就不再想齐海生。他告诉自己，这个叫齐海生的人，在他心里，已经死了。

3

南货店里十几年，齐师傅从没犯过这样的低级错误。

这一阵，齐师傅只是馋痨银耳吃。常年的批斗，让他有了馋痨的毛病。正好他跟小陆搭档，小陆嫩头，他便寻了这个机会，拿柜上的银耳吃。吃了店里东西，需别处省出铜钿补上亏空。但银耳珍贵，小打小闹补不上，酒里就多加了些水。

其实，这都算不了什么大事，这样的事，不止他一个人。店里几个老商业个个手底都有生活。为了降低自然损耗，过期的红枣花生，滴两滴菜籽油，在竹篓里翻滚几下，就变成油亮亮的好东西。称秤时，假装用小拇指划一下秤尾，毛些重量，都正常不过。就像上次店里那一匹布，是谁拿了，他心里也有数。各人各性格，就这几条人马在长亭这个小地方相处这么久，谁能做出什么事情，都出不了方圆。只要大家不点破，表面能够过去就过去了。各自身后家庭都有一大摊人，就那几块工资，不想些办法，哪里能经营好日脚？

但那一天，的确是低级错误。酒里加些水，定不能卖给老酒鬼。这些酒鬼，口舌比狗还灵，卖给他们，是不打自招。

也是巧，那人来时，他正看齐海生那封信，恍惚间，那打酒的长勺就鬼使神差地伸到了那口掺水的酒埕里。许同志来检查时，要不是那个小陆将另一坛好酒搬出来，最后事情真不晓得如何收场。

齐海生啊齐海生，齐师傅已经整整八年没有见过他了。自从那次批斗后，他再也没有回过家。七八年里，不知在何处落脚。看到那个信封，齐师傅就晓得这封信是谁写来的。他讲不清爽，反正都没有看见那信封上的字，他脑子里第一个跳出就是齐海生。

对这个大儿子，齐师傅一直觉得自己心底里有刻骨仇恨。他这样想了八年，但看了那封信，他突然明白了，自己根本没有恨过齐海生。八年，日本人也打败了。但他打不败自己，他只是装作恨了齐海生八年。

齐师傅回家，没有对秀娟提一句跟齐海生有关的话，他不敢提。秀娟是个好女人，当年怕自己无后，张罗下典妻这桩事情，让自己有了齐海生。后来，齐罗成又出生，她对两个儿子一视同仁，无论是吃喝用度，毫无偏心。反倒是自己，更偏爱齐海生一些。要晓得，生齐海生前，他几乎已经认定自己无后了。有了齐海生，自然是挖心挖肝的好。更重要一桩，齐海生像自己年轻时，做事情火辣，不计后果，有一股血性。罗成则不然，他性格太软，像块蒸熟的年糕，由着别人捏成各种样子，半点反抗没有。小时，海生对罗成也好，谁要是欺负罗成，他定不饶过。有一次，有人打了罗成，被海生晓得，他就带着罗成去报仇。结果，两个人还是打不过对方。对方打了胜仗，扬长而去。罗成认输，要回家，海生却不肯歇，捏了块石头，一路跟到对方家中，最后用石头将那人家中一口饭锅给砸破。对方大人寻上门来，齐师傅赔礼道歉，买一口新锅送上门去。但心里却是欢喜，两兄弟能够相互帮助，做爹的，心里有底气。

说来也是奇怪，尽管秀娟不偏心，但从小海生就跟秀娟不亲。平时跟秀娟少言寡语，见了秀娟，就像见了陌生人，叫声娘都是难得。秀娟有些寒心，几次跟齐师傅抱怨，自己对海生掏心掏肺，可他跟自己却总不贴肉。齐师傅安慰秀娟，又问海生，你为啥跟你娘不亲？齐海生也说不出原因，只是摇头。齐海生不肯说，齐师傅也没办法问，猜想这或许是母子天性，毕竟不是秀娟亲生。他并不是秀娟亲生。想起这桩事，反倒觉得齐海生可怜，也更加溺爱了。

再后来，齐海生怀疑自己身世，炸了火药桶，不仅针对秀娟，跟自己和罗成也是辣椒对炮仗，最后，他告发自己，叫来红卫兵小将，万人聚会批斗。批斗会结束，齐师傅万念俱灰，在外面待了一夜。回到家里，秀娟倒一脚盆暖水给他泡脚。他坐在板凳上，看着脚盆，一个劲地落眼泪。

齐师傅说，我想好了，从今朝起，我就没有这个儿子了。

秀娟叹口气，说，他是你的骨血，你怎么舍得断？我不期望你别的，只希望将来罗成长大，你两个儿子能一碗水端平。

齐师傅说，我说过了，我没有两个儿子，我今后只有罗成一个儿子。

秀娟低着头，不再说话。

齐师傅清爽记得，那一天，自己说了很多，但秀娟后来没有回应一句，就像根本没有听见自己闲话。过去这么多年，想起那个场面，他终于体会了秀娟的意思。她不是没听见，而是根本不相信。

4

那辆手拉车终于又来了，还是齐海生，还是那样急急火火，在点心店门口停住，一袋一袋地搬面粉。搬完了，他就站在点心商店门口，拿毛巾用力掸身上白灰。

海生。齐师傅叫了一声。齐海生没反应，照旧掸着衣服。齐师傅犹豫了一下，咽了口口水，又重些声音叫了一声。

齐海生定住，慢慢转过头来。齐师傅盯着他的眼睛，他也盯着齐师傅眼睛。对视一会儿，海生突然变得慌张无比，低下头，用毛巾在脸上胡乱涂着。看见这场面，齐师傅的喉咙口也有些发硬。

齐海生说，你来了。

齐师傅说，我来了几次了，都坐在这里。

齐海生说，你怎么没叫我？

齐师傅说，我看你忙。

齐海生哦了声，好像想再说些什么，又不晓得说什么，有些尴尬。

齐师傅说，你没吃过饭吧？

齐海生说，没吃过。

齐师傅说，还有生活要做吗？

齐海生说，没了，最后一趟了。

齐师傅说，那我带你去吃饭，去兴国饭店。

齐海生说，好，那你在手拉车上坐，我拉你去。

齐师傅应了，侧身坐在手拉车的一边，将挂在手拉车上的衣裳递给齐海生，说，穿上，别冻了。

齐海生接过去穿上，说，你坐稳，我要动身了。

齐师傅说，好。

齐海生拉起手拉车，慢慢加快脚步。齐师傅在身后看着他，眼泪突然就脸上滚落。

到了饭店，点好菜，两个人坐下吃。

齐师傅问，你在搬运工会里做生活，怎么地址却留了此处？

齐海生说，每日在外面拉车，搬运工会几乎不回去。反倒是这里的人更熟，留了地址，好收信。

齐师傅问，只是城里跑吗？要出门吗？

齐海生说，也不是，有时也要出远门的。

齐师傅说，做这生活苦吧？

齐海生说，赚钞票哪有不吃苦的？以前在家里，都是用你的铜钿过少爷日子，现在少爷不做了，照理该轮到我吃苦了。

齐师傅听了，不响，只是吃菜。

吃完了，齐师傅要去付钞票，齐海生却抢着付了。

齐海生说，从小到大，都是你给我钱花，现在，我能赚钞票了，你也让当儿子的请你一次。

齐师傅听了，不作声，喉咙口又是一阵发硬。

第六章

1

马师傅和吴师傅在后面整理仓库，秋林守在柜台上练习算盘。

门口有动静，秋林抬头，只见一个俊俏的小姑娘正往店里走。小姑娘进店后，不说话，只是左右张望，显得有些局促。

秋林放下算盘，问道，你要买什么？

小姑娘没答应，只顾眼睛继续往柜台上扫。

秋林说，你要什么，我帮你寻？

小姑娘怯生生地抬头，与秋林对视一眼，想说，但动动嘴皮，又什么都没说出口，面孔一红，竟转身跑了出去。秋林站在柜台里，被弄得莫名其妙，不晓得是自己哪里做得不妥当。

马师傅和吴师傅从后面仓库回来，秋林还没回过神，便将刚才事情说给马师傅听。马师傅听了，没声响，只是笑眯眯地掸着衣裳上的灰土。掸完土，进柜台，从柜台下取出一包东西。

马师傅说，小陆，以后凡是有女同志来，走路讲话畏畏缩缩的，你就什么都不要同她讲，只要拿这个给她就行。

秋林看马师傅手里东西，一看，自己的脸也烫了。马师傅手上拿的是一包卫生带。马师傅丝毫没有介意，拿着卫生带，随后抽过一张毛边粗纸，手脚利落地包好。

马师傅说，记牢，下次来人，不要直接递，要这样用粗纸包好，也不用说话，收了钱，递给她就行。这样，大家心知肚明，谁都不用难为情。

吴师傅旁边打趣，你小陆跟那豆腐老倌走得那么近，半点本事没学来，连这都不认识。

秋林觉得吴师傅闲话难听，这卫生带跟豆腐老倌又有什么关系？

马师傅说，吴师傅，齐师傅怎么还没回来？这临了年关，店里这么忙，我还想着等他回来调班。现在形势我也等不及了，家里还有一桩脚后跟踢屁股的要紧事情等我。

吴师傅说，马师傅，你尽管办事去好了，我和小陆在也一样的。

马师傅说，也只能如此了，吴师傅，小陆，你们两个最近辛苦些。我回去两日，一办完事就回来。

吴师傅说，你宽心来，没关系。

马师傅说，那好，那我马上收拾下就回去。

吴师傅说，天都快黑了，你歇一夜，明早走好了。

马师傅说，不碍事，等明早就把事情耽误了。

马师傅说完，走进房间换了衣裳，急匆匆出门。

马师傅走回县城，要一个多小时。路黑天冻，路上冷冷清清，只有马师傅一个人缩着肩膀急步走路。虽然胖，但马师傅脚步却轻健，安了弹簧一般。这也是多年积累的功夫，马师傅一辈子站柜台，这一双脚几乎从未闲下来过。

2

马师傅起早，烧热水，净面，梳头，换一件簇新的中山装。他打开卧室里那口花梨木大橱，捧出一个朱红小箱子，掏钥匙打开。箱子里头装着各种票据，酒票、烟票、糖票，样样都有。这是马师傅一张一张积攒的，平日舍不得用，今朝要办大事情。

马师傅拿出票据钞票，中山装表袋里装好，拎两只菜篮子出门。马师傅住中大街，五百米外钉子巷有县城最大一个菜市场。马师傅进市场，先往东头肉铺里走。

此时天还未亮透，肉铺前已经挤满了人，个个递着篮子，大呼小叫。马师傅不往当中挤，走到旁边角落，朝肉铺里招手。肉铺营业员看见马师傅，走过来招呼。马师傅笑眯眯将手里一个菜篮子递过去，营业员眼睛往篮子里瞟一下，也冲马师傅笑，将篮子接过去。

营业员问，马师傅，今朝买多少？

马师傅说，买五斤，有重要客人来。

营业员说，我有数了，你市场里转一圈回来拿篮子。说着，他就转身回肉铺，将篮子塞在肉案下。

篮子里放着一包油亮亮的红枣，这也是马师傅的经营。这年景，肉铺营业员最吃香，一把刀，手宽手紧，全凭他高兴。马师傅自然晓得这种奥妙，各个关系户，都建立长远关系。长亭地方，马师傅有好人缘，常有人送他各种土特产，马师傅都藏着，等逢年过节，就带回城分给各种关系户。南货店里平常日子包包裹，红枣包、核桃包，每包都省出一只两只，日积月累，也算一笔东西。马师傅有手头生活，办事时，将这些零散东西用粗纸包一个漂亮的三角包、斧头包，用麻绳拎着，清清爽爽，别人看见都欢喜。还有一桩，马师傅生了副好面相，一天到晚挂着笑，嘴巴里讲出都是好听闲话，别人也都欢喜跟他来往。

将一个篮子送到肉铺，马师傅又马不停蹄地拎着另一个篮子去鱼摊，挑了一条透骨新鲜的大黄鱼，然后又去买时令蔬菜，买老酒，买佐料，都买好了，再转回肉摊。此时，那篮子里的红枣已经没有了，换了满满一篮子猪大骨。

马师傅满意地看了眼篮子里的骨头，平常人去肉铺买骨头，骨头上没肉，干净得像狗啃过一样。马师傅的骨头上，肉会抖动。卖猪肉的营业员客气，还在骨头里塞了根猪尾巴。猪尾巴不要肉票，一般营业员都会自己藏着，清水煮了，切段，弄一个酱油碟，放些姜丝，下酒一等。

马师傅付了钱，回家忙碌。黄鱼交给老婆，马师傅从不烧鱼，也从不吃鱼。马师傅拿出砂锅，炖肉骨头。马师傅烧肉骨头有窍门，只用砂锅。铁锅平坦，费油，温度一上，油变成蒸汽散发，浪费。砂锅面积少，沾油也就少，用火煨着，既节省柴火，肉油蒸发得也少。而且，砂锅吸油，洗不掉，不像铁锅，沾多少油，水一冲就没了，日积月累，这也是一笔账。

厨房里菜烧得热火朝天，马师傅时刻看手表，等到十点半，解下围裙，叮嘱老婆看煤炉火候，自己走到大门口等。等了不多时，弄堂口走来一个年轻后生，干瘦，背有些弓，面孔无肉，微微发黑。后生走到门口，叫一声叔叔好，将手里礼物递给马师傅，马师傅脸上堆笑，迎人进门。

后生进门，马师傅泡茶，茶杯里放绿茶、白糖、陈皮丝。上游牌香烟，整包拆开。红枣、干荔枝、瓜子、花生，各放一个青花碟子，摆了一茶几。马师傅叫自己小女儿马可佳出来，坐在一旁。

马师傅对马可佳说，小囡，你陪着客人聊聊天，你们都是年轻人，多讲讲闲话。

马师傅又对那个后生说，你自己坐，香烟自己拔，莫做客。我到后面再烧个菜，马上便可上桌吃饭。

后生冲马师傅微微点点头，扭头看马可佳。马可佳有些不大自然，只是低头摆弄衣服前摆。马师傅从马可佳身边走过，轻轻一撞，低声说，大方点。转身去了厨房。

马师傅走进厨房，老婆问，人来了？

马师傅应道，来了。

老婆问，怎么样？

马师傅说，不错，一看就是干部的子弟，举手落脚有派头。

马师傅夫妻在厨房里忙碌完毕，将菜满满摆了一桌。马师傅热情招呼，可那个后生好像胃口不大好，吃到中途，便搁下筷子，说自己饱了。

马师傅笑眯眯说，好好，吃饱了，那你就坐一下。小囡，你去泡杯茶来。

后生摆手，说，不喝了，今朝还有许多事情，我要早些回去了。

马师傅说，这样啊，那工作要紧。小囡，你送送。

马可佳有些不大情愿地起身，低头陪着后生出门。

马师傅看着后生和马可佳出门，倒杯酒，一个人继续吃。

老婆低声说，你看他一个后生，吃得这么少，不会有什么毛病吧？我看着身体不是很好，太瘦，背也有点驼。

马师傅说，你哪里晓得，人家是干部子弟。干部子弟什么没吃过？吃得少说明他见过世面。你听他讲话，虽然轻轻腔，但中气很足，这说明他身体是好的。还有，我握他的手，别看瘦，手心手背都是肉，好福气的一个人。

老婆说，会不会委屈了小囡？我看小囡不大钟意。

马师傅说，什么钟意不钟意，男人相貌能当饭吃啊？那可是房管所邵所长的公子，权力大得不得了。我做了一世生意，这账算得清爽。最好的婚姻就是嫁给当官人家，一世福气享不完。

老婆低头不说话。

马师傅说，行了，你放心好了，我是啥样人，我会做蚀本生意啊？你看看人家拿来的东西，一袋麦乳精，两盒饼干。这饼干是什么饼干？是英国进口华夫饼干，高级货，普通人拿得出这样东西？这就是当官人家的好处。我告诉你，招这样一个女婿进门，以后我们老酒、蹄髈一世吃不光。

听了马师傅闲话，老婆尽管心里不情愿，又不敢说什么。马师傅虽然表面客客气气，骨子里却是主意坚定的一个人。家里大小事，包括两个囡的婚姻，都是他一手操持。

马师傅做一辈子生意，的确没做过蚀本买卖。大囡相貌一般，马师傅便将她许配给了城郊一户农民。老婆一百个不乐意，埋怨马师傅，说，都说你一世精明，却把大囡嫁得这么草率。马师傅却说，大囡难看，条件不好。要是寻好人家，人家勉强要了，时间长了，苦头有得吃。嫁得差一点，人家反倒觉得高攀，对你家女儿会更好些。再说了，你不要看不起农民。政策事情，早晚要放开。政策放开，第一个得益，便是你大女婿这样的人。退一步说，不管时代怎么变，人总要吃饭，农民种田，总有口吃的。老婆听了半日，听不懂，只是觉得大囡吃亏，嘟囔了好些辰光。

事实证明马师傅眼光独到。起先，大囡跟着那农民，是吃了几年苦。但后来政策放宽，大女婿养鱼种菜，日子果然越来越好。逢年过节，到马师傅家来，送来东西叠得满桌。马师傅得意，跟老婆邀功。老婆却说他是瞎眼人戳弹孔，是运道。马师傅心里晓得，这并不是运道，这是生意经。就好比自己南货店里做生意。现在物资紧缺，大家按票购买，人人都高攀着你南货店。不能因为南货店高高在上，态度就差了，服务就不好了。否则将来一定时候，物质丰富，票据取消，事情就颠倒过来了。所以，平时马师傅总想尽一切办法跟村里人搞好关系，逢年过节帮着写对联，村里人婚丧嫁娶，他也上门帮着商量出主意。马师傅想，许多事，现在看来没必要，长远了，却是最要紧事情。

和大囡不同，小囡生得晚，从小便是一个美人坯子。马师傅对小囡管得严，他晓得，小囡是自己老来依靠。小囡成年，分文化站上班。大家都知晓文化站有个小马，是朵鲜花，多少人上门来跟马师傅提亲，但马师傅始终是笑脸相迎，半句话不松口。这样，挑来挑去，转眼马可佳就廿五岁了。马师傅也着急，他晓得市场里卖菜，起早菜卖得贵，上面带着露水，翠绿欲滴。临到中午，菜还没卖，水分干掉，便要减价处理。马师傅晓得，女人过了廿五岁，就是倒计时，到三十岁只剩一个手掌。要是真等下去，那小囡就熬成处理蔬菜了。

马师傅心里着急，到处张罗物色，最后终于相中了那个房管所所长儿子。虽然人相貌差些，马可佳不钟意，老婆也说你要是把囡许给这个人，小囡要恨你一世。马师傅不以为然，小囡不可能恨自己一世。或许她现在会恨自己，嫌弃对方不好看，不英俊。但婚姻是一笔长远生意，她早晚会明白相貌是最没有用场的。过几年，等她再成熟些，她不但不会恨自己，反倒会感谢自己给他寻了这么一份好人家。

第七章

1

老倌坐在灶堂里，火苗子在他脸上闪映。

老倌说，最近是不是听到什么闲话了？

秋林摇头，不说话。

老倌说，我年岁大了，你上次也看见，要不是你，我死了也没人晓的。有些事情，你小鬼不懂的。以后你就明白了。

秋林还是不说话。

老倌说，明朝就是冬至了，要回家吧？

秋林说，回的。

老倌说，那你带一袋油豆腐给你母亲。

秋林推辞，老倌瞪了秋林一眼，说，你后生不要搞得这么世故。

秋林被老倌吓了一跳，他从未如此凶地讲过话，便不再推辞，接过满满一篮子油豆腐。

隔日，秋林回家，秋林姆妈看见一篮子油豆腐，感到奇怪。秋林跟她说了老倌事情。秋林姆妈听了，却有点担忧，说无故拿人东西不妥当。秋林解释平时也总帮他干活。秋林姆妈听了更不高兴，说，你帮人家，不能想着别人就该报答。人家对你好，你只有对他更好。

秋林姆妈想了想，问秋林，他平时欢喜什么？

秋林说，没别的，就是爱喝几口老酒。

秋林姆妈听了，就解下围裙，说，那我去买两瓶酒给你带回去。

秋林说，算了，算了，还是我自己去买。

秋林出了门，觉得姆妈有些小题大做。他想，或许是父亲的事让她胆子变小了，点滴恩惠就像天塌落来一样。

秋林往桃源街走，正要往一个糖烟酒铺子走进，突然看到前面一幢四层高楼，是百货大楼。心中一动，便又往百货大楼走去。

百货大楼，一楼糖烟酒，二楼百货。秋林要买酒，却径直往二楼走去。楼梯刚一转弯，迎面就看见了春华。春华穿一件白色的工作服，站在柜台里，正在与旁边人说话。

秋林下意识地退了一步，似乎做坏事被人发现。犹豫一阵，平缓心绪，又重新走出楼梯口。秋林低头，不看人，只装作看柜台前玻璃柜里的东西。走了几步，耳朵边刷的一声，吓一跳，抬起头看，才发现是铁丝上面票夹子滑过去。秋林心慌不已，赶紧转身要往楼梯口去。

陆秋林。

秋林怔住，有人又叫了一声。秋林慢慢弯过头，正是春华。春华朝他招手，示意他过去。

陆秋林，你来此地做什么，寻我吗？

秋林心慌，冲春华用力摆手，不是，我是来买老酒。

春华说，老酒在一楼糖烟酒柜台，你跑楼上来干什么？

秋林一怔，赶紧解释，说，不单单买老酒。我上来看看，楼上还有什么可以买的。

春华说，你不晓得我在这里上班吗？

秋林用力摇头，春华就笑，笑容有些意味。秋林尴尬，搓手，不知所措。

春华说，秋林，上次电影院门口碰见你，跟你打招呼，你为什么不搭理我？

秋林说，没有啊，我没有看见你。

春华盯着秋林看一阵，说，怎么会没看见呢？我分明……算了，不管你是真的没看见，还是假的没看见，你自己晓得就好。春华叹口气，也不怪你，不止你一个，以前学校里同学，现在路上再碰见，好像都生分了些，不晓得为了什么原因。学校辰光多少令人怀念，我总是记得，有一年游行，我们一班同学，用硬纸板做出天安门城楼，红色城墙、金色瓦片、白色栏杆，抬出去，多少人羡慕。

秋林说，我是真的没看见你。

春华白了秋林一眼，便不再响。秋林站着，更加不自在，后悔自己头脑发昏，竟冒冒失失跑到此地来。

秋林说，春华，我真的要去买老酒了。

春华说，好吧。

秋林转身，春华又说，陆秋林，我要结婚了。

秋林说，哦，那恭喜你，到时我来讨喜糖吃。说完，匆匆下楼。

秋林在楼下买了两瓶宁波大曲，提在手上。推开百货大楼的大门，秋林迈出去，站在门口，突然觉得有些恍惚。他晓得，这一世，春华已经与自己无关了。春华是鲜花，是要养在漂亮花瓶里的。心底里，他晓得自己是喜欢春华的。但他也晓得这种喜欢毫无用场。

秋林站在门口，抬头看了看悬空的太阳，太阳白晃晃的，让他有些晕眩。站在太阳下，他又想起了那天下午电影院门口的男人。那个男人长什么样，他早已不记得了，唯一记得的，是他身上的那件绿军装。秋林从来没见过那么干净的军装，干净得让人嫉妒。

2

冬至日，南货店里放两日假，秋林提早回来。他想好趁这几日太阳，将衣裳和床单洗了晒干。夜里太冷，溪边都能结出碎冰，没法洗衣裳，双手浸泡水里，要生冻疮。姆妈让他将衣裳床单拿回家去洗，秋林不愿意。自己成人了，不能样样事情都靠姆妈。

秋林拿大木盆，将自己衣裳床单放大木盆里，端去溪边。村里女人很少到溪边来洗衣裳，她们更愿意到村那头的河滩上去洗，一堆人说说笑笑，打发时间。河滩上还有巨大的卵石，卵石吸热，洗好的床单铺在上头，下头烘，上头晒，没多少辰光，就能干透。但秋林不欢喜那里，他去过一次，他一出现，洗衣裳女人便都围过来逗他，问他几岁，有没有对象之类，让他浑身不自在。

秋林在溪边洗衣裳，洗了一会，听见身后有人来。秋林扭头，见是个小姑娘，端着木盆。姑娘看见秋林，也是愣一愣，似乎犹豫了一下，但还是走过来，与秋林一人一侧。秋林洗着衣裳，觉得这个姑娘面熟，似乎哪里见过。再想一阵，突然想起那天到南货店里来买卫生带的人。秋林面孔有些发烫。

秋林心跳加速，不晓得她有没有认出自己来。他偷偷探看，小姑娘低着头，只顾洗床单，看情形，应该是没有认出自己。秋林心情慢慢放松下来，但不晓得为什么，他又有些失落。

小姑娘洗好，将床单捏在手上绞水。床单大，手小，绞不干。秋林便大胆起身，说，我来帮你。秋林将床单一头接过，两人一人一头，将床单拉紧，反方向绞动，床单里的水便瀑布一样落下。

绞完床单，秋林又继续洗自己的衣裳。

姑娘看着秋林，说，你这样洗衣裳，洗不清爽，要用连槌棒敲打，才能把脏东西敲出来。

秋林说，哦，我忘记带了。

小姑娘便将自己手中那根连槌棒递给秋林，用我的吧。

秋林赶紧摆手推辞。

姑娘说，你不用客气，又不是金棒银棒，敲不坏的。

秋林这才接过来。

说过些话，胆子都大了。秋林说，那个东西，我不懂，你改日再来买。

姑娘听了一愣，但很快明白秋林话里意思，面孔一阵红，半日不说话，只是搓手中衣裳。搓着搓着，突然又抿嘴笑起来。

秋林不晓得她为什么笑，他偷偷看她，觉得她笑起来好看。

姑娘洗完衣裳，端着木盆走了。剩了秋林一个，独自在溪边待着。半日才想起来，自己忘了还她那根连槌棒。

夜里，秋林躺在床上，望着黑乎乎的天花板，脑子里居然满是白天那个洗衣裳姑娘的模样。这种感觉是熟悉的，当初在学校时，他就曾这样远远地想过春华。秋林没想到，今朝自己竟然又会有这种感觉。不同的是，想这个小姑娘，秋林心里甜丝丝。可想起春华，他的心头却是钝刀子割肉，是疼痛。

隔日，秋林便拿着那根连槌棒去溪边，他希望她能来，将东西还给她。但溪边空空落落，一个人都没有。秋林有些失望。接下去，连着几日，他都去溪边，但一直没有再碰到那个姑娘，秋林觉得心里空空荡荡。白天，守在柜台前，也总是走神，总无精打采地看着门口。门口稍有些响动，以为是那人来了。他就条件反射般地站得笔直，等人走进店里，辨清模样，绷紧的身体又迅速松垮了。

秋林的表现让店里的几个老商业都觉得奇怪，吴师傅还开口问，小陆，你这几日是怎么了，怎么总是落了魂灵一样？秋林低头不响。

又一日，秋林端着木盆去溪边洗衣裳。还未走到那条溪边，隔着长长的野草，他听见溪下有人在唱歌，倭豆开花黑良心，豌豆开花像银灯，油菜开花赛黄金，草子开花满天星……秋林慢慢走过去，一转弯，看见那个姑娘正蹲在溪边洗衣裳。秋林端着洗衣盆，一动不动地看着她，听着溪水流淌的声音，突然心生委屈，差点流出泪来。

3

姑娘名叫杜英，比秋林小两岁，长亭人，平时在三岔镇上读书，放假了才回长亭。

杜英放了寒假，秋林便日日去溪边洗衣裳。他自己就两件换洗衣裳，不能总洗，就抢着将店里几个老商业的衣服也拿去洗。吴师傅和齐师傅被秋林弄得莫名其妙，吴师傅还跟马师傅告状，说这秋林不站柜台，洗衣裳能洗出什么名堂？马师傅却笑眯眯地说，后生有后生的事情，我们莫要多管闲事。

杜英每次到溪边，总是看见秋林，也是奇怪。

杜英说，你怎么有这么多衣裳洗？都是你的？

秋林摇头，不是，还有几个师傅的衣服。

杜英说，你为什么要帮他们洗衣服？

秋林说，师傅们平时对我照顾，洗衣裳也是顺手。对了，师傅们人都很好，以后你家里要是买什么难买的东西，尽管来寻我。

杜英高兴答应。

从这日开始，两人便常到溪边，杜英似乎也有洗不完的衣裳。两人都是年轻人，一起洗洗衣裳说说话，秋林觉得，这是他到长亭后最幸福的时光。

这一日，洗衣裳时，杜英说，那天你说买什么难买的东西，尽管来找你，是真话吗？

秋林说，当然是真话。

杜英说，那你有没有办法替我买些香烟？

秋林一愣，说，要买多少？

杜英说，我也说不好，我姐姐要出嫁，我姆妈打算多备些香烟，办酒席时用，香烟票不够，日日发愁。我想起你是南货店里的，或许有办法，就随口问问。

秋林心里略有些咯噔，嘴巴上却说，没问题。

杜英说，你不是开玩笑，真的没问题？

秋林男子气概上来，说，当然没问题。

夜里，秋林躺在床上，翻来覆去后悔。不晓得自己为什么脑子冲动，竟跟杜英应允下香烟事情。糖有糖票，烟有烟票，都有定额。店里卖香烟，顶吃香的是上海卷烟厂和宁波卷烟厂。上海卷烟厂有上海、牡丹、大前门。宁波卷烟厂是上游、新安江、五一。最差一档散烟，裹锡纸包，一根一根散卖。即便是散卖，也吃香。村里男人，香烟瘾上来，没钱没票，到柜台上低声下气说一番好话，领去一根，千恩万谢，改日还钱时必定还要再送些蔬菜来还人情。

秋林吹了牛，香烟事情他根本没能力解决。莫说自己，就算马师傅出面，也给不了这么多。要是给多了，被上面供销社晓得，定要来搞运动。

秋林发愁，又不敢跟杜英明讲，只是每日想着此事，心烦意乱，竟连衣裳都不敢到河边去洗。

这一日，秋林站在柜台里，不想杜英却从门外走了进来。秋林低着头，紧张得不得了，他晓得杜英定是为香烟事情寻上门来。要是此事被店里几个师傅听见，定要严肃批评自己。让秋林意外，杜英却没提起香烟，只是称了半斤白砂糖。秋林拿纸给她包好，杜英笑一笑便走了。秋林长出一口气，将钞票放进抽屉时，才发现里头夹了一张纸条，写着，我姆妈叫你到我家吃夜饭。

秋林拿着纸条，不晓得怎么办。去杜英家吃饭，定是逃不过香烟事情。自己单枪匹马见杜英一家人，简直是杨子荣闯威虎山。秋林站在柜台里，思想斗争了一番，最后还是决心去一趟。伸头一刀，缩头一刀，横竖要挨这一刀，还不如上门去主动讲讲清爽。

临到夜饭辰光，秋林口袋里掏出钱来，让马师傅给自己称了半斤饼干，马师傅笑眯眯看秋林，说，后生大方些，莫要拘束。秋林应了，走到门口却一愣，马师傅为什么要讲这句闲话？他是不是晓得了什么？

杜英家建在村尾，一个小小的院子。秋林去时，杜英早已在门口等着。秋林进去，看见院子打扫得清清爽爽，青砖铺地，院角落一口红石水井，井旁有间小屋，窗口冒着阵阵油水汽，是厨房。杜英在小屋门口叫一声姆妈，便走出来一个女人。女人胖，大头大面，脑后挽一个圆发髻，穿一件灰色盘扣对襟布衫，腰上围着一块青色围腰布。小屋里还有一个男人，正在灶间里烧火，看见秋林，笑笑。杜英介绍，这是我姆妈，烧火的是我爹。杜家姆妈看见秋林，满脸笑纹，说，杜英，莫站在这里了，赶紧带客人到屋里去吃茶。杜英应了，带着秋林又往前走。道地正面是三间朝南屋，中间一间开着门，门口悬着一张青布帘子。进了屋，屋里也是收拾得清爽，中间有一张八仙桌子，秋林将半斤饼干放在桌上。杜英低声埋怨，叫你来吃饭，你这么客气做什么？杜英让秋林在桌边坐下，泡陈皮茶，拿花生糖。秋林坐着，听见房间里有铁车的声音，好像有人在做衣裳。秋林喝着茶，没一会儿，铁车声音停下，走出一个人。也是圆脸，像杜家姆妈。杜英又说，这是我阿姐杜梅，裁缝手艺特别好，你想穿什么衣裳，寻她，我姐姐什么都会做。杜梅笑着说，你莫听杜英，乱讲乱话。哪有那么好。杜英，你陪一陪，我还有点生活做做好。秋林说，阿姐你去忙。秋林见杜梅进去，心里想着是不是应该先把香烟事情提一下。但想来想去，还是不敢说，杜英这么热情，他怕弄出尴尬场面，倒了兴头。

喝一阵茶，杜家姆妈在院里喊，杜英，把桌子收拾了，要吃饭了。杜英便赶紧收拾桌子，秋林帮忙。桌子收拾干净，开始上菜，很快，便摆了满满一桌。秋林看着满桌饭菜，心里更加发虚，他晓得，这一桌饭菜，不是招待自己，而是招待自己应下的那些香烟。现在场面，似乎自己就更不能说实话了。

让秋林意外的是，吃饭时，杜家姆妈倒是一字不提香烟事情，只是问秋林南货店里工作，问完了，又打听秋林家里情况。秋林觉得奇怪，见杜家姆妈亲切，倒是没有隐瞒，全部说了实情。听完了，杜家姆妈竟落眼泪，一个劲地往秋林碗里夹菜，嘴巴里还念着，真真罪过，罪过。杜家姆妈落泪，秋林也动了情，那一刻，竟恍惚想起以前家里一家人齐全的场景。

吃完了，杜家姆妈还是没提香烟的事情。她亲自将秋林送到门口。杜家姆妈站在门口说，小杜，你一个人在外，不容易。有什么事情，常来这里，就将我当作你自己姆妈。一番话让秋林感动不已，几乎掉落眼泪。

回到南货店，秋林激动情绪平复，这才想起今天吃饭本意。一时间，又愁云翻起。想了一夜，最后想起卫国。卫国在第一机械厂里上班，又是干部子弟，门路定然比自己广，说不定他能想到什么办法。打定主意，第二日一早，秋林起床，跟马师傅请假，说有急事回一趟城。秋林去了第一机械厂，寻到卫国，将事情跟他说了，但没有提杜英，只是说帮一个朋友忙。卫国不相信，说，朋友？什么朋友这么上心？秋林说，你莫管这个，只说有没有办法。卫国说，这个事情不好办，香烟太紧俏。反正我想办法，厂里干部子弟多，看看有没有门路。秋林说，那我先回去了，只是请了半日假。

秋林出城，赶回长亭。路上，秋林想好，要是今日香烟没有着落，便将实情告诉杜英，这样遮遮掩掩，到了办酒席辰光，这洋相就真的出尽了。想到此桩，秋林心里又羞又悔，恨不得打自己嘴巴，为啥自己要显示男子气概，做不到事情吹牛皮，现在落这样一个下场，以后别说见杜英了，被别人晓得，长亭地方都待不下去。

秋林满肚子懊恼往回走，眼见到路廊就要进村，突然后面有人喊着，陆秋林。秋林转头，身后竟是卫国，骑着一辆自行车，飞快而来。

卫国停下车子，面孔被风吹得通红，大口喘气。

卫国说，你的两条腿倒是比毛兔都快，把我追得快断了气。

秋林激动，说，你这样追我，莫不是香烟事情有眉目了？

卫国白了秋林一眼，说，算你有运道，我车间里打听，正好有一个人父亲在供销社里当干部，说起最近供销社里进了一批香烟，是安徽芜湖牌，这是本地供销社去上级供销社拿宁波烟上海烟时搭的，因为是外地烟，不要烟票。他说现在这烟暂时没多少人晓得，还有办法弄到。

秋林听了，高兴得不得了，直拍卫国肩膀。

秋林说，你看，那里就是长亭村，你都到这里了，跟我去我那里坐坐。

卫国摇头，说，最近厂里忙，我也只是中午跑出来一会儿，马上要回去。

卫国从口袋里掏出烟，递给秋林一支。秋林说，我不抽烟。卫国便自己点了一支。卫国抽了一口，突然说，对了，春华要结婚的事情你晓不晓得？

秋林心里一沉，说，我怎么会晓得？

卫国说，我还以为你晓得，她爱人请了武装部几位领导吃酒。

秋林应一声，伸手摸着自行车车把，

没再响。

卫国说，难过了吧?

秋林说，有什么难过的。

卫国说，你莫要眼前当英雄，背后出眼泪。

秋林说，你放屁，赶紧滚回去上班吧。

卫国笑笑，扔了烟，将自行车调过头来，往城里骑。骑了一段路，突然转过头来，大声喊道，陆秋林，记住，难过归难过，千万莫掉眼泪啊。

秋林弯腰捡起一块石头，作势要扔。卫国一阵笑，往前快速骑去。秋林捏着石头，站在马路边，看着卫国的车子慢慢骑远。转过头来，用力地将手中的石头往田野里扔去。

秋林久久地看着长亭村，一动不动。

4

杜英阿姐杜梅嫁的是附近方家村的方华飞。方华飞常年在外做工程，据说赚了不少铜钿，方圆都有名气。杜梅做得一手好裁缝，不光长亭人，城里人也送布料请其做衣服，因为手艺好，寻她做衣服要排队，一件衣裳个把月才能取上。华飞姆妈一眼就相中杜梅，相中的不仅是手艺，还有相貌。华飞姆妈说，这样的老婆顶好，大屁股大面，是富贵相。

长亭村里，最有名一份便是杜家。杜家两兄弟，哥哥叫杜知礼，弟弟叫杜知义。杜知礼家三个儿子，杜毅、杜尔、杜善，杜知义家两个女儿，杜梅、杜英。

有一年，杜家老太爷生了场大病，自知时日无多，便立下遗嘱要分家产。老太爷五间房，杜知礼分到四间，杜知义分到一间。杜知义是老实人，又是孝子，没有多少闲话。但杜家姆妈听了老太爷遗嘱，当场便跳了起来，说这分法太不公平。就说重男轻女，五间房三二分开，也就算数。可眼下，五间房四间归了杜知礼，自家独剩一间，太不讲道理。不晓得是杜家姆妈一番闹还是什么原因，没多久，这杜老太爷竟一命呜呼了。老太爷去世后，杜家两兄弟分家，请村里老人做中央。分家具，分碗盆，最后，分来分去，只剩下一条荸荠漆春凳。中央人做不了主，杜知礼和杜知义只说，一条凳，给谁都没闲话。但杜家姆妈却不当，说，老太爷定下房子事情，没办法，要遵守。但其他东西，定要一碗水端平。最后，她竟寻来一把锯子，将一条好春凳一分为二。此事过后，杜家姆妈便跟杜知礼一家断了亲眷，不再来往。

杜知礼三个儿子，老大杜毅，三十五六年纪，连鬓胡须。面相粗鲁，人却极为精明。年轻时，做过猎户。后来，当了村长，偶尔也会去打猎，打来野猪、岩羊、角麂、田狗，取下皮卖给收购站，肉炖了，请村里人吃老酒。秋林还跟着马师傅去吃过一次。杜家老二叫杜尔，生得漂亮，皮肤白皙，一表人才。最小一个杜善，身体一直不好，人极瘦弱，一直待在家中，少与人交往。

杜梅嫁人前半年，杜尔结婚，讨了一个城里女人，轰动一时。酒席摆了十桌，办得风光。村里人办酒，一般桌面上只是一包上游牌香烟，一桌十个人，一人两支。但杜尔结婚，放了两包，一包上游，一包新安江，一人四支。杜家姆妈因此不服气，下定决心，一定要让村里人晓得，杜知义家嫁囡，要超过杜知礼家讨媳妇。第一是烟，不但酒席上放两包香烟，账房上人情时，还要一人发一根还礼。第二是菜，杜家姆妈从镇上请来最有名一个酒席厨师，叫骆大风，四十几岁，正是做厨师的好年纪，红案白案功夫都在行。骆大风排下婚宴菜单，标准席面，四个冷盆，八个热菜。杜家姆妈看菜单，却皱眉摇头。

杜家姆妈说，十二个菜怎么够？一桌十个人，吃得空桌板，倒牌子。她想了想，说，我有一次去吃酒，吃到一种肉，整整一碗，放一块大肉，一吃，不腻嘴，喷香。骆大风说，那是扣肉，整整一块肉，切片，肉皮朝里，整齐排在碗中，放上调料后上笼蒸。蒸熟后，把碗倒扣在盆里，端上桌后取碗，整碗肉不散，肉皮朝外，油亮亮像只馒头。是道好菜。杜家姆妈说，那就加一个扣肉。还有一次，我去吃酒，吃到一碗圆子，用菜叶包豆腐包肉，吃在嘴里，有肉有菜有豆腐，清口开胃，也好吃。骆大风说，我晓得，肉圆菜，也是扣菜。用猪肉剁成肉末，豆腐打碎，搓成团，用烫软后的菜叶包上，装进扣碗上笼蒸。鲜肉豆腐和蔬菜搭配，味道交关好。杜家姆妈说，那就加一个肉圆。此外，我想再加个汤，再加个下饭菜。骆大风想了想，说，汤就用黄鱼胶好了。新鲜黄鱼胶油里发一发，再添上菠菜、牡蛎，透鲜。另一道下饭菜就用鲍鳗，腌过的鲍鳗又咸又香，下饭最好不过。杜家姆妈说，四冷八热，再加这四个菜，总共十六个，菜够吗？不会倒牌子吧？骆大风说，我多年农村里办酒，见过世面，你是最客气的。杜家姆妈说，真是最客气的？骆大风说，真的。杜家姆妈就咧开嘴笑，说，好，十六个菜，六六大顺，那就定落来吧。

杜家这一场酒席，果然风光，来吃席的人个个吃得嘴巴带油。走时，嘴上叼着烟，两只耳朵边还各夹一根。见到杜家姆妈个个竖起大拇指，说，今生今世都没见过这么大嫁囡场面。杜家姆妈听了受用，整一天都笑得合不拢嘴巴。

杜家酒席，请了秋林，也请了马师傅。马师傅不吃烟，饭桌上分来两支香烟，用手绢包好，小心藏在口袋里。吃完酒席，秋林和马师傅一起回南货店。

路上，马师傅突然问秋林，杜家办酒的芜湖烟是哪里弄来的？

秋林听了，一阵紧张。莫非马师傅知晓了自己替杜家弄烟的事情？这事情，秋林叮嘱过杜英，让她不要宣扬。马师傅怎么晓得？

秋林摇头否认，马师傅笑眯眯地看他，不再讲话。

第八章

1

齐师傅去城里水产公司领水产年货。每年临到春节，供销社都会有一批水产供应给内部员工。一年到头，南货店里伙计只有此时可以享受特权，买鱼只需钱，不用水产票。今年的水产是带鱼，齐师傅将整筐的带鱼倒在店门口，按人头分成四堆。四堆质量有参差，其中最好一堆，条条手掌宽，鱼鳞如同银子一样闪亮。原本以为这一堆是给店长马师傅，但让人意外，齐师傅竟做主将这一堆分给了秋林。

齐师傅说，小陆，这一堆，你拿回家。

秋林有些紧张，不敢应。旁边马师傅搭腔，笑眯眯地说，齐师傅做得对。小陆后生，常年到头扔在这个小村里，不容易，家里负担又重，拿些好的回去，给你姆妈尝尝，也让她为你高兴。

齐师傅马师傅都这么说，秋林自然高兴收下。吴师傅站在一旁，脸色难看。

分完带鱼，几个人又聚拢来讨论过年排班事情。又是齐师傅提议，说，小陆年岁轻，家里情况又不好，应该多给两天假，回去陪陪娘。马师傅点头同意，吴师傅在旁边看看齐师傅，又看看秋林，一双眼睛滴溜溜转。

剩下两个人辰光，吴师傅偷偷跟秋林讲话。

吴师傅说，小陆，你后生人不错我才跟你讲，你莫跟齐师傅走太近。

秋林问，为啥？

吴师傅说，你晓不晓得，齐师傅以前是吃落寇饭的。落寇懂吗？海落寇，就是海盗。

秋林听了，诧异地看吴师傅。

吴师傅说，当年齐师傅家在县城里开水产铺子，贩卖水产都走水路，为啥别家铺子都被海落寇抢，只是他们齐家水路上平蹚？吴师傅靠近，压低腔调，据说他们家的船去石浦捉鱼，路上喊出名号，就一路平安，半星水波都不起。别人学样，用力喊名号，反倒把海落寇招来。抢去船上洋钿不说，人马还要剥了衣裳，扔到海里喂鱼。还有，那些石浦海盗到县城来，个个都住齐师傅家，有人看见过，关系好得不得了。

秋林纳闷，问，吴师傅怎么晓得这么清爽？

吴师傅说，我自然晓得。当年供销社里搞运动，齐师傅次次都要上台批斗，我也站台下看过。要不是这海落寇有本事，将自己的店并到供销社，入股定了个商的成分，按他的罪状，拉到刑场上吃十遍花生米也不罪过。

吴师傅说得闹热，不想齐师傅正好从外面进来。吴师傅没提防，扭过头，一张脸竟吓得惨白。

说实话，齐师傅模样，平常秋林看着也觉得恐怖。一米八的个子，标枪一样直，脸上半两肉都没有，被刀剔过一样。还有他的走路动作，也是硬邦邦，走起路来，两条腿几乎是直的，像两块柴爿一样。看卖相，的确不像个好人。不过，吴师傅的话，秋林不敢全信，吴师傅这个人，听不出哪句话真，哪句话假。私底下，马师傅也讲起过齐师傅，但马师傅从不讲为人，只说生意。马师傅说，齐师傅做水产，整个供销社系统里都是数一数二的好手。水产有季节，但无论带鱼黄鱼白蟹乌贼，只要水产公司上了水产，齐师傅一去，最好那份，总是他先挑来。最后，别家南货店都提了意见，说不能让齐师傅先挑，大家不能总吃剩饭菜。最后，水产公司想出办法，写了数字，各家抓阄，按抓阄的顺序先后挑。但即便这样，每次还是齐师傅拿的水产最好，归了底，别人都没有齐师傅那样一双眼睛。马师傅讲话时，脸上都是佩服神情。秋林晓得，这是真心流露，马师傅做一世生意，能让他露出这种神情的人少见。

分完年货，便要过节。按惯例，南货店里春节只放两日，大年三十一日，正月初一一日，正月初二就都要来上班。秋林多了两天假，这是大大地开恩了。南货店与别处不同，春节里是最忙时节，一刻都离不了人。

秋林回家过年。以往父亲在家，过年热闹，今年只剩母亲和秋林两条人，冷冷清清。年夜饭吃过，秋林陪母亲坐一会，便早早进房间困觉。秋林躺在床上，没有开灯，屋里一片黑，安静无比。今年有些奇怪，似乎比以前任何一年都要来得冷清，除了屋外偶尔传来几声零星的炮仗，丝毫过年气氛都没有。秋林将双手垫在后脑下，想起父亲。不晓得父亲在牢里有没有年夜饭吃。在家时，父亲爱吃老酒，平常日子不舍得吃，三十这日夜里，定要放开，喝到夜里九点钟才作数。秋林不会喝酒，但也欢喜坐在旁边，听着父亲喝酒嘴里发出滋滋的声音，心里踏实。此时，姆妈总是在灶膛里烧火，蒸年糕，蒸隔纱糕，时不时能听见没干透的柴爿在灶膛里发出清脆破裂声。

想起这些事情，今年这个春节有些难熬。秋林想，这样难熬，还不如早些回到南货店，忙忙碌碌倒不会瞎想这些事情。秋林打定主意，再陪母亲过个初一，就说店里忙，收拾东西回了南货店。

2

正月里生意忙得着火，店里炒货不够卖，马师傅在店门口又支起两口大锅，炒带壳花生，炒南瓜子。店里四条人，门口卖炒货，柜台上包包头，个个都是忙得脚后跟敲屁股。就这样忙，从正月初一一直忙到正月十四。此地与别处不同，元宵过十四，不过十五。据说，这习俗从元朝时便有。元朝时，此地汉人被列为最低等，每五户变成一个连，烧饭共用一把菜刀。为防止起兵造反，每个连立一址界碑，禁止大家相互来往。后来有一年正月十四，此地官府被推翻，本地人就把址界给烧掉了。以后每年的正月十四，就作为元宵节，这一日，还会在自家门前燃烧樟树枝，纪念这桩事情。

马师傅老商业底子，这一日，总要在门口烧樟树枝叶。风声紧的年头，躲在房间里，弄一个炭盆，偷偷烧。风声宽松些，就将樟树枝叶放到门口烧。樟树枝叶油性大，烧起来噼里啪啦响，像是鞭炮。马师傅合上双手，在火堆跪拜，一边拜一边念，熚熚樟树梗，银子咣咣响，熚熚樟树叶，银子叠打叠。

过了十四，春节就算结束了。马师傅体谅大家正月里辛苦，正月十五不用早起。秋林疲累，一躺到床上，就昏睡了过去。这一觉，秋林直睡到第二日太阳晒屁股。迷迷糊糊听到楼下一阵闹哄哄，似乎发生什么要紧事情，那声音时高时低，听不清明。秋林起床往楼梯下走，走到楼梯中央，只见三位师傅柜台里站着，脸色肃穆，柜台外站着的是村长杜毅。说了一阵，齐师傅和马师傅便走出柜台，随杜毅出了南货店。

秋林下楼梯问吴师傅，出了什么事情？

吴师傅说，昨日夜里山上的大明死了。

秋林一愣，大明？哪个大明？

吴师傅说，就是那个米粒的男人。

秋林一愣，问，为什么死了？

吴师傅说，杜毅说是喝了农药，也不晓得为了哪桩，好端端的怎么会喝农药？

秋林不说话，他突然感觉心里担心着什么，但想来想去，又想不清爽自己在担心什么。

3

长亭地方，最有名两样东西，一座庙，一架路廊。这庙里，只有一个和尚，这和尚便是大明的父亲。他几时到这庙里当的和尚，谁都讲不清爽，几乎每个人都会说，有记忆以来，山上就有了这个庙，有了这个庙，便有了大明的父亲。

村里人称大明父亲广庆和尚。大家印象中，广庆和尚人瘦小，总是一通旧扑扑的灰白僧衣。这庙经历许多年头，各处破破落落，不知什么时候，就会掉下一块泥灰来。但广庆和尚从不去修，总说没有铜钿。村中有人便说广庆和尚是个拐子，一张嘴，上嘴唇顶天，下嘴唇落地，从村里骗去多少香火钱，没有一分铜钿用在寺庙维修上。另一些人却说，这么小一个庙，哪有什么香火铜钿？只是村里一些老年人，婚丧嫁娶拣时辰，出门生意问凶吉，去庙里找广庆和尚问，客气些，扔下几个角子，实在没有钱，家里舀一勺米，就充了香火钿。广庆和尚不靠香火，只靠一双手。他虽然个子瘦小，但手脚却活络，开辟山上荒地，种洋芋，种蔬菜，收获时节，地里冬瓜南瓜一只只滚滚圆。

村里人不晓得广庆和尚什么时候来的长亭，也不晓得大明是什么时候来的。

隐约有个说法，说某一年县里搞运动，斗得凶，有对夫妻耐不过，带着小孩慌张逃出，逃到此地，再也逃不动，就将小孩扔在庙里，双双跳入山涧自杀。广庆和尚心善，将小孩捡了抚养，这小孩就是大明。但这说法经不起推敲，逃难怎么会跑到山上庙里去？另一种说法是说广庆在外欠了桃花债，最后生了这个小鬼，没法处理，带到此地，才编造一个夫妻逃难的故事。嘴巴生在各人头上，谁都说不清。但村里人晓得，广庆和尚不容易，一个男人，从襁褓里开始，将大明养成一个大人，其中艰辛，不言而喻。在世时，和尚顶疼爱大明，几乎没有让他吃过苦。不要说做农活儿，几乎连锄头都没让大明摸过一下。再后来，又来了米粒，广庆和尚做主，让大明米粒一起。那时，和尚已生了恶病。大明米粒结婚没多少日子，他就死了。大明不出门，没见过世面，也没学得本事。和尚死了，村里人有婚丧事，来问大明，大明却一问三不知。农村人终究心善，说大明可怜，念和尚的好，偶尔也拿些面米和地里作物送给大明。但困难年代，各家自身难顾，救急救不了穷。这一家，还是靠米粒才能勉强维持。

马师傅齐师傅出门，直到天黑，才从山上回来。此时，秋林和吴师傅已各自吃完夜饭。秋林要给两个师傅弄吃的，马师傅说庙里吃过点心，肚皮不饿。

吴师傅问，马师傅，齐师傅，你们去山上了，到底什么情况？

马师傅叹口气，说，喝的甲胺磷，发现时，已死一夜了，人都是碧绿绿的。

吴师傅说，惨啊。你说这大明到底为了哪桩，要喝农药寻死？

马师傅说，这个事情古怪，我问过米粒，米粒说是为了一碗酒。再问她，她只是哭，含含糊糊说了些什么，我也听不清爽。唉，说来说去，最可怜还是大明。我到长亭时，大明还没有供案高，我和广庆和尚讲话，他就用竹竿挑供案上的供品吃。没想到这么轻年岁，竟然走得比我还早。人生一世，真是讲不清。

众人感慨一番，各自回房困觉。

秋林躺在床上，黑暗中翻来覆去，心底还是隐隐担心着什么。就这样烦恼了一阵，突然脑子过电。他赶紧爬下床来，蹑手蹑脚下楼，推门出去。

秋林赶着夜色，匆忙来到水作店。却见店里一片漆黑，大门紧闭，不像有人。秋林便站在门口等。也不晓得过了多少时间，黑暗中恍惚有个人影。近了，看清是老倌。

老倌开门进去，坐到灶堂里。灶膛里没有生火，冰清水冷。老倌坐在那里，神情晦暗，像是变了一个人。许久，才开腔问了一句，晓得了？秋林点头。老倌叹口气，说，那个人，其实你也见过。有一次水作店房顶换瓦片，他来帮忙。

秋林皱皱眉，好像有印象，那人块头大，面相和善，脸上一个狮子鼻，不显威武，倒显得整张脸木木的。

老倌说，谁想得到呢。

秋林小心翼翼说，好像说是为了一碗酒。

老倌没应，拿根柴火在地上划着。

秋林看着老倌，后悔多嘴，老倌定不想讲这事。秋林在旁边静静站着，不晓得讲什么，做什么，又不好回南货店，一时间，竟有些尴尬。

原本过节，是叫我上山去吃汤包的。

秋林一愣，没听清，扭头看老倌，什么？

老倌说，她叫我上山去吃汤包。三个人边吃边喝，蛮好一件事情。也不晓得吃了多少辰光，锡壶里正好剩下最后一口酒。那酒壶就在大明面前，大明拿了要倒，米粒却伸手抢过去，将酒倒在了我杯里。当时我也没太留意，现在想想，那杯酒倒了，大明好像就没再讲过话了，只是闷头吃。我下山时，他还将我送出来，说，你做的油豆腐好吃，以后看我时，莫忘记给我带些来。那时，我只觉得他嘴馋，现在想起这话，却真是不晓得什么滋味了。

老倌叹口气，唉，大明牛一样的块头，没想到一下子就钻到针缝里去了。

听了老倌的闲话，秋林还是想不明白。吴师傅跟他说过三人关系，平常那样亲近都没出事，为何一杯老酒却会生出人命来？秋林心中困惑，但这种闲话不能问老倌，只是努力讲好话，说这种事情谁都没办法，让老倌宽心。

老倌说，后生，不瞒你说，出了这宗事，长亭地方我也待不了。我刚才去了杜毅那里，就是跟他商量，要将这个房子还给村里。

秋林愣住，说，你要去哪里？

老倌说，我想好了，去我儿子家。

秋林说，你有儿子？

老倌说，有，只是对我不孝，我才一个人到这里开水作店。讲实话，就算不出这桩事情，我也要回去了。做豆腐是讨饭生活，老了，干不动了，总要寻个地方养老。我想他总不会将我赶出来吧？话讲回来，就算赶，我也要死在他门口。你后生不懂，我不是此地人，真要死在此处，坟地都没一块，那才是真真罪过。

老倌不停讲话，似乎是讲给秋林听，又似乎是讲给自己听。秋林听老倌说的这些闲话，心里不晓得什么滋味。

秋林回到南货店，长夜困不着。第二日，刚取了板，又跑去水作店看老倌。让他没想到的是，去时，水作店门上竟落了锁。老倌连夜走的？秋林不相信，第三日第四日又去，但那门却始终锁着。

秋林难过，他想也许自己一世都见不

到老倌了。想起这个，他的心里就空得不行。来长亭这些日子，老倌就如同他的亲人。在长亭，唯一让他心安的一处地方就是这水作店。

又一日，秋林夜里困不着，便起身出去走一走，透透气。原本秋林心里是没有方向的，可东走西走，最后不知不觉竟又走到了水作店附近。秋林停下身子，远远的，看见一个女人站在水作店门口。正是月亮夜，月光下，女人站在水作店门口，孤零零一个，就如同在那里站了千秋万年。

4

春节忙完，喘一口气，又要忙春耕生活。南货店里虽然不用种田插秧，但还要做服务工作。农民忙春耕，没工夫采买，南货店工作人员便要将货物送去田头。店里几个人，秋林年岁轻，拉车生活自然落在他头上。秋林拉着手拉车，车上装着副食品百货，马师傅车后压阵，一路吆喝。早春时节，处处鸟飞蝶舞，秋林心情舒畅，倒也不察觉辛苦。就这样，春耕送货忙了大概一个礼拜左右，紧接着又是县供销社系统的业务大比武。秋林平时练得辛苦，玻璃瓶里练习抓小糖，一把抓下去，基本上是想抓几粒便是几粒。南货店柜台上手艺最好的还是马师傅，一张粗纸到了他手中，几折几拗，边是边，角是角。马师傅说自己小时候也没少挨父亲的红木尺，才练就了一身好手艺。秋林跟马师傅学，学得刻苦，包三角包，包斧头包，虽然不如马师傅包得那么快速精巧，但包出包裹来也是有棱有角，很有卖相。还有捆酒瓶，头顶盲打算盘，快速卷布匹，秋林都是样样手艺过关。平时练习倒没觉得稀奇，一上了比武场面，秋林把自己吓了一跳。几轮比赛下来，竟拿了副食品包扎第一名，卷布匹、珠算、扎酒瓶三个第二，红辣辣一堆奖状。颁奖时，秋林还碰见了许同志，许同志笑眯眯地拍着秋林的肩膀，让他继续努力，要替父亲争口气。

比武回来，店里几个师傅都为秋林高兴。马师傅说，小陆，你只要这样努力下去，总有一日会被领导发现，将你调回城里去。秋林听了，心里蜜甜。马师傅还特地放了秋林一日假，让他回去将好消息告诉母亲。

母亲看到奖状，自然高兴，自从父亲出事后，母亲脸上就没有露出过这样笑容。她将秋林的奖状贴在房间醒目处。唯一遗憾，是不能将这个消息让父亲晓得，因为母亲一直跟父亲说秋林分配在第一机械厂。夜里，秋林起来上厕所。一开门，看见外面有摇曳烛光。仔细一看，竟是母亲点了香烛在拜菩萨。秋林看见，眼眶里泪水打转。母亲是真心为自己高兴，孤身一人无处诉说，唯一方法只是感谢菩萨。

第二日，吃罢午饭，秋林便去第一机械厂寻卫国，说了比武的事情，卫国听了也高兴，带秋林到工厂后山喝汽水吃香烟。

卫国说，春华结婚了，我去吃了酒，春华还问起你。

秋林说，你总跟我说春华事情做什么？

卫国笑笑，拍拍秋林的肩膀，说，秋林，我告诉你个秘密。

秋林说，什么秘密？

卫国说，我寻了个对象。

秋林一愣，说，真的假的？

卫国说，屁话，这哪有假？是我厂里的，要不要叫来给你看看？

秋林说，她会来吗？

卫国说，你等着。

说着，卫国跑下山路。过了一会儿，只见他带一个姑娘上来。走到眼前，卫国说，这是我的同学，秋林。秋林，这是云芝。云芝伸手大方跟秋林握手。秋林倒不好意思，碰了一下，迅速收回来。三个人坐下来讲闲话。

云芝问，秋林，你平时看什么书？

秋林想了想，说了几本小说名字。

云芝翘着头听，说，卫国不如你，他不看书。

卫国说，书看多了有什么用？

云芝说，你这人没意思，不懂生活情趣。

卫国说，看书没有用，枪杆子里才出政权呢。

云芝听了，说，我跟你没有共同语言。便不再理睬他，只是跟秋林讲书的事情。秋林没看过几本书，又见云芝只跟他讲话，不理睬卫国，觉得有些尴尬，再说一阵，便起身告别，回南货店。

第九章

1

吃罢中饭，吴师傅突然提起大明。

吴师傅说，马师傅，你记不记得，有一次刮台风，将南货店瓦片掀翻，修理时寻不到瓦片。最后还是大明帮忙，将庙里一座破屋的瓦片拆下，借给南货店。

马师傅说，我记得的。说起此事，我还觉得惭愧，总说去县社讨来瓦片，帮大明盖回去，但拖到现在这事还没落定。

吴师傅说，大明虽然少来南货店，但大头大面，是个好人。所以我想大明虽然没了，毕竟米粒是他老婆，一个女人孤苦伶仃，我们还是该去看看她。

马师傅说，吴师傅说得对。我也想过，只是这段时间忙春耕，给疏忽了。

吴师傅说，现在去也来得及，这样，大家都去也不好，反害她忙碌。就派小陆去，小陆后生活络，年纪轻，看看有什么生活，也可以帮着干干。

秋林想起豆腐老倌与米粒关系，赶紧摆手，说，我怎么好去？我跟她丝毫不熟悉，去了说什么？

马师傅说，算了吴师傅，这种事情你让一个后生去做什么？还是你去吧，你老道些。

吴师傅说，行，那就我去。是空手去吗？

马师傅说，你带个桂圆包，带个红枣包，算我们三个老南货的心意，也是跟大明父子一场交情。

秋林说，也算我一份。

马师傅说，好，再算小陆一份。

吴师傅应了差事，手脚麻利，在柜台上包了一包桂圆，一包红枣，出门就往山上去。

吴师傅到山上时，米粒还在庙里吃饭。

吴师傅说，米粒，怎么这个时辰吃饭？

米粒一脸憔悴，说，今天身上才有些气力，想起好多日子没有整理，就整整洗洗忙到现在。

吴师傅看了看桌上，只有一碟炒盐，一碗大头菜。

吴师傅说，我晓得你这阵子难过，千万要注意身体。说着，吴师傅将包头放到桌上，说，这是一包桂圆，一包红枣，你不要不舍得吃，好好补一补。

米粒说，这怎么好意思，吴师傅太客气了。

吴师傅说，客气什么？你刚到此地我就在南货店了，这么多年了，应该的。

米粒说，吴师傅，你是个好人，出了这个事情，长亭村里没有一个人来看我。

吴师傅说，你讲这些闲话做什么？人字两只脚，不就是你靠靠我，我靠靠你。

米粒低头，眼眶有些湿润。

吴师傅看着米粒握筷子的手，感叹，看你，才这个年岁，一个女人的手，老得像松树皮，真当罪过。女人没男人照顾，怎么行？对了，你哪天到南货店里买东西，看见我站柜台，你就进来。我手下松点，照顾你些。

米粒说，我哪还有闲散铜钿买东西。

吴师傅说，你没钱也尽管来，我给你赊账，只是莫与别人说。

米粒说，我谢谢你。

吴师傅说，不要谢，自家人。对了，你鸭子还在养吗？

米粒说，养的。

吴师傅说，这样，我正好要买些鸭蛋，你卖给我些。

米粒说，你要多少斤？吴师傅说，要十斤。

米粒说，你要这么多做什么？

吴师傅说，腌咸鸭蛋，家里人多，多腌些，做长年下饭。

米粒说，吴师傅，你真是好人。但这么多我一时拿不出，你过一礼拜来拿，我帮你攒着。

吴师傅说，好。对了，你夜里困庙里还是鸭棚？

米粒说，困鸭棚，庙里冷清，困着心里发慌。

吴师傅感叹，大明多好一个人，就是心眼太小。

米粒低头，眼圈又红。

讲完闲话，吴师傅背着手，下山回南货店。

回到店里，马师傅问，米粒现在怎么样？

吴师傅摇头感慨，可怜啊，剩下这么孤零零一个人，能好到哪里去？只能多讲些好听闲话安慰她。

马师傅说，只能如此了，我们也帮不上什么忙。

吴师傅说，对了，马师傅，你看那米粒养鸭，一个人也抽不出工夫去集市上卖蛋。我想我们店里能不能收一些来。

马师傅说，南货店里收来鸭蛋，卖给谁？村里人都自家养鸡养鸭，哪会买？

吴师傅说，这个没关系，新鲜鸭蛋没人要，我做成皮蛋，过老酒最好，保证有人欢喜吃。

马师傅说，也行，那吴师傅你辛苦些。不过，也不要多买，先看看销路。

吴师傅说，那就先买十斤。

隔几日，吴师傅轮假回城。进了城，吴师傅没急着回家，倒是先跑到百货商店看雪花膏。上上落落转一圈，又觉得贵，几张钞票在手里攥出水来，终究还是舍不得。最后想起家里儿媳妇也用雪花膏，便赶紧跑回家，趁儿子儿媳妇都没回来，舀一些包在油纸里，藏在身上。

吴师傅家里住一夜，第二日便回了南货店。他跑到鸭棚，去寻米粒。米粒见吴师傅来，有些奇怪。

吴师傅，我鸭蛋还没有攒够。

吴师傅笑笑，摆摆手，从怀里掏出一个油纸包，递给米粒。

吴师傅说，这是一个上海亲眷带来，是外国高级货，市面上买不到。你的手风吹日晒，抹在上面，过不了几日，定是剥壳鸡蛋一样。

米粒接过油纸包，闻见一股香味。

吴师傅说，你打开，抹一些在手上。

米粒打开，小心翼翼挑一些，抹在手上。

吴师傅说，滑不滑？

米粒说，滑的。

吴师傅说，香不香？

米粒说，一世没闻到过这样香味。

吴师傅听了高兴，说，以后有啥难处，尽管来店里寻我。

米粒应了，吴师傅又盯着米粒的手看一阵，这才依依不舍离去。米粒看吴师傅出去，松一口气。吴师傅以前同她没有任何交集，这几日这样客气，为了什么，她心里都清爽。

米粒躺在竹椅上，双手向上晾着，她不舍得双手再去碰其他东西，怕蹭了可惜。风从鸭棚四处漏进来，呜呜响，像有人在啼哭。听着风声，米粒觉得有些孤独。米粒不欢喜住鸭棚，但她更不欢喜住山上庙里。住在庙里，白日倒也不觉得，可一到夜里，天黑下来，她的心就开始慌。半夜里，常常会吓醒，醒来后，总觉得房间里有人，黑黢黢里站着，看不清明。米粒不晓得，那是不是大明来寻自己。

米粒至今记得，广庆和尚下葬那天，回来时大明问米粒，我们算不算亲人？米粒说，我们是夫妻，自然就是亲人。大明就说，米粒，你记牢，我这一世就剩你一位亲人了。

现在想起这句闲话，米粒心里刺痛。那一杯酒，自己是寒了他的心了。

米粒晓得自己算不上个好女人。可自己又能怎么办？和尚死后，大明守着一座庙，没一样本事，又不肯出门，自己不去周转，难道坐吃山空吗？做人一世，最重要一件，不就是想办法活下去吗？当年逃荒，自己翻过天台山跑到此地，和尚给自己一碗粥吃，自己就嫁给了大明。现在大明守个空庙，没有饭吃，自己跟豆腐老倌相好，给大明油豆腐吃，新衣裳穿，又有什么过错？

米粒坐在鸭棚里，举着双手，想一阵，难过一阵。想得烦躁了，索性起身走出鸭棚，跑到三岔地方买来一碗油豆腐，去到大明坟前又独自哭了半日。

2

天光见暗，吴师傅出门散步，转一圈，走到鸭棚地方，看见鸭棚里点了一盏煤油灯。灯光昏黄，米粒在鸭棚里吃夜饭。

吴师傅说，米粒，又吃得这样差啊？

米粒说，独自一个随便吃点，烧烧整整麻烦。吴师傅，你坐。

吴师傅坐下，说，总不见你到店里来。

米粒说，忙得四脚朝天，哪有空去。

吴师傅说，你不要太省，独个过日子，吃点穿点，对自己好一些。

米粒说，谢谢你，吴师傅，你真是菩萨一样的人。

吴师傅说，菩萨有什么用，你看山上庙里，泥胎菩萨一大班，大明父子供奉一世，落了难，哪见什么菩萨来帮忙？要我说，靠什么都没用，做人就一条路，靠自己。

米粒不说话。

吴师傅说，米粒，你今后什么打算？

米粒叹口气，说，我哪里有什么打算，混里混沌活过去就行了。

吴师傅说，你怎么好这样消极？你还是好年岁。你莫说，你要是去城里烫个头发，买一通新衣裳，说是上海小娘子都有人信。

米粒说，吴师傅讲笑了，我是什么出身，心里有数。

吴师傅说，我不是诓你，我眼里就独欢喜你这样的女人。

米粒一愣，扫了吴师傅一眼，低头吃饭，不再说话。米粒不说话，吴师傅顿时也觉得尴尬，赶紧打圆场，那你吃饭，我再河边散散步。

吴师傅从鸭棚走出，沿河走了一路。心里懊恼，责怪自己说话冒失。原以为米粒是个风骚的女人，三言两语一搭，就着话题把心思接过去，没想到自己话说了没两句，米粒就打了疙瘩，不接自己闲话，这倒弄得自己有些不上不下。吴师傅不明白，米粒到底什么心思？是嫌弃自己年纪大？可细想起来，豆腐老倌比自己年纪还大。这样讲来，可能还是给的恩惠太小。吴师傅后悔，不就是一瓶雪花膏吗，买了就买了，非得从儿媳妇那里舀。这下好了，定是被米粒看出端倪，嫌自己小气。

吴师傅想，做事不能做半截。这个事情既然开了口，就只能做到底。现在这样，做到一半，不荤不素，落了把柄在米粒那里，将来无脸见人。索性把生米煮成熟饭，才好落到肚里。

改日，吴师傅回家，趁家里没人，四处寻儿媳妇藏的那块布。这布是吴师傅从南货店里拿的，原来是整匹。吴师傅南货店干了多年，虽然也占些小便宜，但偷布是唯一一桩。也是运道尴尬，碰着妖怪。那一日，吴师傅从长亭回家，门没锁，他一推门，不想儿媳妇竟在房间里洗澡，脱了个精光。吴师傅赶紧退出，但儿媳妇却不依不饶，说他故意，定要寻他儿子说理。吴师傅百般辩解，口水讲得滴滴哒，最后儿媳妇终于松口不向小吴告状，但要他补偿。儿媳妇会做裁缝，要吴师傅从店里偷出一匹布，她出力给家里每人做一通衣裳。吴师傅没办法，只能答应。夜里，趁众人睡下，吴师傅偷偷从柜台上将布拿到自己房间。用剪刀裁了两段，然后又偷偷摸摸塞进仓库间两个空酒埕里。转日回城时，吴师傅跟马师傅说妥，说自己回城，顺路挑两个空酒埕到城里酒厂换老酒，避免改日特意再去麻烦。随后，吴师傅就将酒埕挑回家，取了布，再送到酒厂。店里盘存，少一匹布，吴师傅表面镇定，肚皮里差点心脏病吓出。幸亏马师傅最后也没有追究。

布拿回家里，儿媳妇给自己做了，给儿子小吴做了，给娘家父母也做了，唯独没有给吴师傅做。儿媳妇说，给你做了，你也没办法穿，这是不打自招。干脆将剩下的布藏起来，等将来寻机会再给你做。吴师傅翻箱倒柜，便是要找剩下的这段布，但寻遍了，却始终不见那块布的踪影。

吃饭辰光，吴师傅故意问起，我记得上次做衣裳还剩下一块布。

儿媳妇警惕，说，你要布做什么？

吴师傅说，天气慢慢热了，没有换洗的衣裳，我想去做一件。

儿媳妇说，你不怕旁人看出？

吴师傅说，我只在家里穿。

儿媳妇眼光狐疑，说，你莫寻了，已经用光了。

吴师傅说，上次你不是说还剩了一些，将来留给我做衣裳吗？

儿媳妇说，我哪里说过这样闲话？真剩落还有，我藏起来干什么？我不会做个帘子啊，洗澡时还可以挂一挂。

吴师傅听了，嘴上不敢再应声，心里暗暗骂儿媳妇。

儿媳妇转头又问儿子小吴，你今朝帮我雪花膏买来没有？

小吴说，没有。

儿媳妇说，我的事情你怎么总没记性？

小吴说，不是刚买吗，当饭吃也没有这么快啊。

儿媳妇说，你还说我，我一满瓶的雪花膏，好端端少了半瓶。我总怀疑，是不是你偷去送人了？

小吴说，挖坨雪花膏送人？送谁啊，讨饭人都不要。

儿媳妇说，不是你拿，还有谁拿，难道是公爹拿了？

吴师傅面孔发烫，说，行了，一瓶雪花膏闲话一百担。

小吴说，哪里是闲话，你晓得雪花膏多少铜钿一瓶？

吴师傅说，我怎么会晓得。

小吴说，不晓得你还讲那么轻省。干脆你给她买好了，反正你有钱。

吴师傅刚想说话，儿媳妇马上接了一句，你真是全中国最小气男人了，说来说去，还是公爹好，那我先谢谢公爹了。

吴师傅听了，心里不高兴，又不好多讲，怕两人再追究那半瓶雪花膏，只得哑巴吃黄连应下。

吃罢饭，吴师傅躺在床上生闷气。布料没寻着，好端端倒是又赔了一瓶雪花膏，早晓得，偷那一坨做什么，给米粒买一瓶不就行了？吴师傅是一世精打细算的人，当年人家送他一条鱼，他也要将鱼卖给咸货行，等人家将鱼杀了，再将肚里货讨回，回家清洗干净，烧熟过酒。这事情，咸货行的人现在碰着还要说。可他节约死，儿子却讨回来个败家女人。渔民家的囡，弄得却像大城市来的一样，讲究穿，讲究吃，挖空心思把他那点私房铜钿一分一厘挖出。碰着自己那个夭寿儿子，还帮着那个女人，真真气煞人。

吴师傅烦恼，待在家里受气，第二日一早便回了南货店。站在柜台前，心思涣散，想米粒，也想自己，越想越懊恼，越想越委屈。自己真是白白劳碌一世，到现在，竟连个体贴人都没有劳碌上。

吴师傅胡思乱想，门口影子一晃，进来一个人，就是米粒。

米粒将一个空瓶放在柜台上，说，我要打一斤老酒。

吴师傅哆哆嗦嗦用酒提将瓶子装满。

米粒拿出钞票，吴师傅周边打眼，见没有人，便将钞票塞回米粒。

吴师傅说，你买老酒给谁人吃？

米粒说，你莫多问，六点钟，你到山上来。

说完，米粒便转身离去。吴师傅呆呆站在柜台里，心思倒是更加恍惚起来。好容易捱到夜里六点钟，吴师傅匆忙出门，独自上山。进了庙，见米粒早已烧好几个小菜，摆在八仙桌上。老酒也温好，装在锡壶里。桌上两只青花酒盅，一边一个，对放着。

吴师傅看了，心中明白几分，嘴巴却

故意问，谁来吃饭？

米粒说，没有别人，只等你来吃。

米粒给吴师傅倒了一盅酒，说，吴师傅平常照顾我，一直想表表心意。今日正好脱空，请你到山上来吃一杯酒。

吴师傅喝完杯中酒，说，你这么客气就见外了。说实话，换了平常日子，我就是想帮你忙也轮不到。

米粒不说话，又将吴师傅酒盅倒满。这样喝了三四盅，吴师傅微微有些上头。看煤油灯下米粒，双颊绯红，一双眼睛眼角上吊，更是妩媚。吴师傅想起那天鸭棚里闲话，喉咙口又发痒。

米粒，今朝就我们两个，我有些肚里话想说，你莫嫌我人老嘴巴松，讲出闲话不中听。

米粒说，吴师傅尽管讲。

吴师傅说，我今年五十七岁，四十岁时，我就死了老婆，一直独个过到现在，过了十七八年。讲心里话，这许多年，也不少人劝我，让我再讨一个。但我一直没有动心，唯独见了你，真心欢喜。

米粒低头不说话。吴师傅灯下看米粒，竟觉得她如同十五六岁小姑娘一般。

米粒，实在我是老了，你又正当好年纪。如果我年轻二十岁，定会拎糖包、荔枝包上门来提亲，讨你做我老婆。

米粒抬头看吴师傅，说，你今朝说的是真心闲话还是酒话？

吴师傅说，我脑子拎清，红口白牙，哪里是什么酒话？我这个人，平时一直是正派的人，从没跟别的女人这样说话。我要是有你这样一个女人，这一世就是少活十年我也觉得值当。

米粒想了想，说，吴师傅，我如今状况，你也晓得。我也想过了，我要找一个人好，但又不想做露水夫妻。吴师傅，如果你说话算话，能够与我好一世，我就给你养老送终。

吴师傅看着灯下米粒，头脑滚烫发热，说，此地是庙宇，菩萨待的地方，我对着菩萨发誓，要有半句谎话，让邪魔恶鬼都来寻我。

米粒感动，一时竟流下眼泪来。吴师傅见状，将椅子移到米粒旁边，顺势抓住米粒的手，将她拉到了自己怀里。

第十章

1

太阳终于出来了，秋林盼太阳已经盼了许久。他算好，今朝是礼拜天，杜英放假回家。杜英回家，只要日头好，定会去溪边洗衣裳。

秋林端木盆去洗衣裳，果然碰着杜英。但今朝杜英和往常不一样，见到秋林，并没有热情模样，只是弯腰洗衣裳。秋林同她说话，问一句答半句，有时，干脆半天不搭腔，似乎跑了魂灵。秋林疑惑，追问杜英出了什么事情。起初，杜英还不肯说，问了半日终于肯讲，原来是姐姐杜梅的事情。

杜英说，姐姐嫁的那个人，并不是真心。结婚没多少辰光，就开始夜不归宿。姐姐问他，只说是搓麻将。姐姐倒从不怀疑，只是一次，替他洗衣裳，闻见衣裳上有香水味道，才有了猜疑。前一日，那人回家吃完夜饭，又出门。姐姐生了心思，跟出去，最后一路跟到一家旅店。只见他一进去便和柜台上一个女人搂搂抱抱。姐姐顾全面子，当时没有闹，回到家里同他讲道理，没想到他恼羞成怒，竟打了姐姐。姐姐心里难过，跑回家里，但又不敢跟我姆妈讲实话。我姆妈那性格你不晓得，姐姐从小就怕她。姐姐心里苦闷，只是等到我学堂回来，实在熬不住才讲给我听。

杜英说这些，心痛姐姐，眼眶变红，几乎掉落眼泪。

秋林赶紧安慰，你莫难过，有什么要我帮忙，你尽管说。

杜英摇头，这种事情，你能帮什么忙。

秋林说，我总觉得这事还是应该告诉你姆妈。我想，你姆妈再凶，现在自己囡碰到这样事情，总是心疼亲生血肉。你姐姐只是不好意思讲，觉得自己已经出了门，碰到这样事情再寻父母说不过去。她碍面孔讲不出，你讲倒是合适的。

杜英迟疑，说，你讲的也有道理，但阿姐叮嘱，千万不要跟姆妈讲。要不，我还是再问问阿姐。

秋林说，我觉得莫要问，你姐姐拉不下面子才不告诉母亲。你再去问，她自然是不肯答应的。

杜英点了点头，那我就跟姆妈去说。或许你讲得对，自己姆妈，总还是心痛自己囡的。

杜英匆匆洗完衣裳，抱着洗衣木盆回家。杜家姆妈在厨房烧菜。杜英说，阿姐呢？杜家姆妈说，说是人不大舒服，在房间里躺着。杜英稍稍犹豫一阵，大着胆子说，其实阿姐不是不舒服。杜家姆妈觉得奇怪，疑惑看着杜英。杜英便将实情全部讲给她听。听完了，杜家姆妈脸色铁青，说，这个事情，你谁都不准说，只是装作不晓得。

吃过中饭，杜家姆妈叫杜知义到田里多拔些新鲜蔬菜，说是带给亲家母尝鲜。

杜知义说，这么着急干什么，等走时再去拔好了。

杜家姆妈说，你赶紧去，你拔回来，大囡正好赶回去烧夜饭。

杜梅旁边听见，不敢搭话。

杜英说，姆妈，阿姐今朝不回去。

杜家姆妈脸色拉下来，说，谁说不回去？

杜英还要再讲，杜梅便拉杜英衣角。

杜家姆妈说，你男人在外忙一日，回家要吃要喝，总不能让你婆婆照顾？你做媳妇的，要安心住在婆家，多照顾他。总住娘家，像什么闲话？

杜知义摘来蔬菜，装了满满一篮。杜梅只能提着篮子回婆家，杜英去送，杜家姆妈又拉住她，低声交代，说，你同你姐姐讲，下次碰到这样事情，莫回家诉苦。让丈夫打了，只能怪自己事情没做好，要检讨自己，不要总往娘家跑。这是丢面孔事情，村里人耳朵尖，传出去难听。

杜英觉得姆妈这些话讲得没有道理，她没有将话讲给阿姐听，只是帮着提菜篮子，慢慢地走。一路上，两姊妹都没有讲话，各怀心思。一直到最后走到路廊那里，等过路拖拉机，杜梅才问杜英。

刚才姆妈拉住你，是不是有什么闲话要你嘱托？

杜英摇头。

杜梅笑笑，摸摸杜英头发，说，姆妈什么脾气，我心里有数，就算你不说，我也晓得。

杜英低头不说话。

杜梅说，好了，这里风大，你早些回去吧。

杜英说，我不回去，我陪你去，我要陪你去跟他讲理。

杜梅笑，阿姐晓得你好心，放心吧，阿姐心里有主意，你用不着担心。

两人正说着，一辆拖拉车开过，杜梅拦住。杜英帮着杜梅拎着菜篮子上拖拉机。杜英站在路廊边，看着拖拉机带着滚滚尘土往城里方向开去，心里说不出的难过。

回村路上，杜英一路都在想姐姐回去后，他会怎样骂她，打她。她就这样孤零零一个，嫁到别的村子，一个熟悉的人都没有，连讲讲话都寻不到人。想到这些，杜英就心痛，就出眼泪。姆妈怎么这么狠心，自己的囡，舍得这样赶出去，也不管她去了狼窝还是老虎洞。姆妈不行，爸爸更不行。爸爸胆小，唯唯诺诺，人前都不敢大声说话的人，哪里指望得上。就这样，杜英担心来，担心去，终于想到了一个人。

杜英转身往村长杜毅家去。

杜毅见杜英来，有些意外。两家大人闹翻后，几乎不曾往来。杜毅听了杜英来意，一言不发，只是吃香烟，满面愁容。过了半日，杜毅说，杜英，不是阿哥不管，这是家事，你年岁轻，不晓得，两夫妻的家事，旁人插不了手的。另外一桩，你也晓得，阿婶与我们家关系不好，如果我插手，她到时定要上门来闹。

杜英愣住，没想到杜毅这样态度，一时倒不晓得怎么是好，又低头落眼泪。

杜毅见状，赶紧安慰，杜英，你莫心急，你姐姐不过刚结婚，新婚的人没有经验，多相处相处，一定会好。每对夫妻都是这样的，你千万莫担心。

杜英哭一阵，也没有好办法，只能回家。从此，日夜替姐姐担心。

2

杜梅从娘家回去，打落牙齿往肚里咽，继续忍气吞声过日子。让她意外，华飞与往常真有些不一样。讲实话，那天打了杜梅，华飞自己也有些心虚。一方面见杜梅回了娘家，怕娘家人寻上门。另一桩，还怕自己母亲。当初娶了杜梅，都是母亲主意。他不喜欢杜梅，他觉得现在自己赚了钞票，自然要配个漂亮女人。母亲钟意杜梅，自己将她打了，要是被她晓得，定要跟自己闹。华飞心里七上八下，见杜梅回来，却根本没提那件事情，这才心思落到肚皮，反而还觉得有些愧疚。正是因为这股愧疚，华飞早出早归，倒是老实了一段辰光。杜梅看在眼里，以为华飞真的回心转意，便也安心过起日子。

华飞姆妈对杜梅九十九个满意，杜梅进了门，样样事情都将她照顾得服帖，吃喝穿着，无一不尽心。唯一一件事不满，便是杜梅的肚皮。原来想杜梅大头大面大屁股，好生养，没想到嫁过来许久，这肚皮始终是没有大起来，倒成了华飞姆妈一桩心结。这一日，正巧村里几个老太太来寻，要她一起结伴去普陀山拜菩萨，她便满口答应。普陀供的是观音，她正好替杜梅去送子观音那里求一求。

去普陀要坐车乘船，需要几日辰光。这一日，杜梅独自在家，觉得身体不舒服，躺在床上休息。华飞不晓得在外面受了什么气，回来见杜梅没有烧饭，竟大发了一通脾气。杜梅解释自己身体不舒服。华飞不体谅，反倒挖苦，说你每日家中嬉，不用赚半块铜钿，还有什么不舒服？我外头忙碌回来，连一顿热饭都没有吃。你又不是嫁到我家来做大小姐。杜梅听了，心里不悦，但还是温顺起床给他烧饭。一顿忙碌，好容易烧好。华飞却又说不要吃了，要赶着去搓麻将。杜梅忙碌一阵，华飞却又不吃，心中难过，就顶了一句。

杜梅说，你叫我烧了，又不吃。这不是存心戏弄我吗？

华飞火冒三丈，说，我出门赚钞票，我不赚钞票，哪有铜钿养你这只肥猪。

华飞言语伤人，杜梅也忍不住，说，你出门赚什么钞票，不过又是去那个旅馆寻女人。

华飞听了，冲过去一把将杜梅推在地上，一阵拳打脚踢。杜梅倒在地上，大声哭叫。华飞打一阵，喘着粗气站立起来，用手指着杜梅骂，你不要这样嚎，没人听你嚎。要嚎，死回你娘家去嚎。

杜梅在地上哭一阵，用手支撑着站了起来。她微微发了一会儿愣，转身往门外走。这时，华飞还在身后喊，你尽管回娘家告状去，有本事你就死在娘家，永远不要回来。

杜梅像是根本没有听见华飞的闲话，只是往外面走。走出房子，又走出村子，上了公路。此时，天色已经暗下来了，四处都是灰蒙蒙一片，看不清楚。杜梅不晓得自己要往哪里去，她浑身疼痛，身上两百多块骨头如同被打散了一般。

杜梅觉得做女人真是命苦。以前在家中，姆妈因为生了两个囡，总觉得村里抬不起头，外头撑场面，回到家里就把气出在自己姊妹身上。那时，她总想着有一日能嫁了人，自己就自由了，不用受姆妈的气。没想到嫁了人，却又是这样一番光景。以后怎么办，难道这就是自己一世的下场吗？

杜梅就这样胡思乱想，沿着马路慢慢地走。她想着就这样一直走下去，最好就这样将一世走完。也不晓得走了多久，迎面一阵摩托车灯光射过来，杜梅下意识用手遮挡灯光。那车开过来，竟停在了杜梅眼前。

是杜梅？

杜梅一愣，定住眼睛一看，骑在摩托车上的人竟然是杜尔。

杜尔说，杜梅，你怎么一个人在这里走？

杜梅不说话，赶紧侧过身，低头疾步往前走。杜尔赶紧停好摩托车跟上来，拦住杜梅。

杜尔说，你躲我干什么？我们是堂兄妹，又不是仇人。

杜梅听了，终于站住不动。这时，杜尔看清杜梅面孔，说，怎么脸上青一块，紫一块？

杜梅咬着嘴唇，眼泪却流了出来。

杜尔说，你莫慌，有什么委屈尽管告诉我，我是你兄弟，无论什么事，我替你出气。

听了这番话，杜梅终于忍不住，抱着双臂蹲在地上大哭了起来。哭完，将事情的始末告诉了杜尔。杜尔听了，血脉贲张，他要杜梅坐上摩托车带他去寻华飞，他定要将他打残废。杜梅哭着不肯去。

杜尔说，你莫怕，有我在。我们杜家人不能被人这样欺负。

杜梅说，阿哥，你不能打他。你要是打了他，以后我就真做不了人了。

杜尔说，总不能就这样忍了。

杜梅唉声叹气，还能有什么办法，只

能怪自己命不好。

杜尔看了杜梅一眼，用力压了压火，那眼下你怎么办？

杜梅摇头，我哪里晓得。

杜尔说，干脆这样，既然你逃出来了，阿婶又不让你回，你就跟我走。你在我家住几日，与我老婆做个伴。这桩事情，我帮你想办法，你放心，总会解决的。

杜梅迟疑。杜尔说，难道你不把我当哥吗？我告诉你杜梅，你不把我当哥，但我不能不把你当妹。

杜梅听了，又感动得流一阵眼泪。

杜梅跟着杜尔回家，杜尔老婆许敏正等着杜尔吃夜饭，见了杜梅，觉得意外。杜尔跟许敏讲了事情来末，许敏听了，眼圈也发红，赶紧热饭菜，让杜梅坐下一起吃。杜尔匆匆吃了几口，便跑出去寻阿哥杜毅。杜毅听了，只是闷闷吃一阵烟。

这个事，杜英来寻过我，要我帮忙。我不敢帮，你不能帮。你想想，这是夫妻分内事，怎么帮？再说了，阿婶那个人你晓得，看着大头大面，却是毛脸和尚。要是被她晓得，那张嘴巴，谁人吃得消？

杜尔听了，勃然大怒，指着杜毅鼻子骂了一顿。

你还是个村长哩，我看你连个屙包都不如。自己阿妹被人欺负，竟说出这种狗屁闲话。你当年不是山上打野兽吗？山上打野兽的人，现在怎么变这副样范？我是生意人，你算起账来倒比我还精明，这个不好弄，那个有后果，什么意思，过了几天好日子，一点血性都没有了？

杜毅说，那你说怎么办？难道我拿把打猎的铳把他打了？

杜尔说，算了算了，你就当你的狗屁村长。你不管，我来管。

说着，杜尔摔门而出。

就这样，杜梅暂时在杜尔家中住了下来，每日不敢出门，生怕母亲晓得。也不敢回家，回了家，如果婆婆普陀山回来了，倒是不怕。如果没回来，不晓得又要挨怎样一顿拳头。幸亏许敏人好，好吃好喝招待，还陪着聊天宽心，否则，杜梅真不晓得这段时间怎样熬过。

杜梅看着许敏，满心羡慕。同样是女人，对比人家，真是天上地下。这样一想，她又更加灰心，不晓得以后还有多少难熬事情等着自己。

3

杜知礼三个儿子，杜尔是最有出息的一个，脑子最聪明，卖相也最好。杜知礼老婆死得早，自己又有腰子病，不能干重活，老大杜毅便早早离了学堂，种田打猎，当爹当娘，照顾家里。还有个老三杜善，早产，是个药罐子，从小便病快快，极少出门，派不了用场。三兄弟中，只有杜尔念了高中。

高中毕业，杜尔在家待业。一日，见马师傅在南货店门口炒瓜子花生，觉得有意思，便让马师傅教自己窍门，回家练习。练得差不多了，杜尔拿炒货到县里电影院门口售卖，用报纸卷起来，五分一包，生意竟出奇得好。后来，炒货摊子多，生意差了。他又想出新办法，到海边买来新鲜海螺蛳，自己调配料理炖煮。煮好后，按酒盅售卖，还是一酒盅五分。杜尔煮的海螺蛳又香又咸，再配上自己调配的糖蔗水当饮料，电影院一带，竟卖出名气来。那时节，有几个小姑娘常来此地看电影，每次都到杜尔摊子上买螺蛳。一来二往，其中一个便跟杜尔相熟了。这个人便是许敏。杜尔生得英俊，人又高大，许敏暗自钟意。许敏生得清爽，脾气也好，讲话轻轻腔，杜尔也欢喜。两人来往多了，渐渐有了感情，便谈起了对象。等到后来，杜尔才晓得许敏竟是县物资局局长的女儿。物资局长掌管县里物资调配，最吃香位置，自然不愿将女儿嫁给杜尔。但此时许敏已经有了身孕。物资局长恼火，也没有办法。后来看看杜尔后生相貌好，人也聪明，只能算数，同意两人婚事。结婚后，局长丈人帮忙，让杜尔开店做水泥生意。杜尔聪明，又有丈人老倌撑腰，不多久，几乎垄断本地水泥市场。

那时，杜尔是长亭村里顶有名一个。刚结婚没多久，便买了一部日本进口摩托车，每日长亭县城来回，最是风光。但杜尔人好，尽管做了大生意，但在村里从来不低看别人。无论见到村中老人还是后生，都是客客气气拔香烟，讲话也和气。村里人起屋盖房子，想买水泥，他也总是帮忙。

杜尔人好，许敏人也好。杜尔城里开了公司，许敏便留在家里照顾公爹小叔，屋里屋外忙碌，从无怨言。与村里人关系也和睦，逢人都是客客气气，从来不当自己是城里女人。

杜尔将杜梅安置在家中，另一边又托人打听出华飞工程队名字。随后，他放出风声，这个工程队的生活谁都不能接。谁要是接了，以后自己地方一克水泥也不会卖给他。水泥紧俏，谁都不敢得罪杜尔。杜尔讲了闲话，真就没有人敢给华飞的工程队放生活。很快，华飞自己也听到了风声，不晓得怎么得罪杜尔，便买了几条香烟寻上门来讲好话。杜尔看见华飞，没有一点好脸色。

杜尔说，你晓得我是谁？

华飞答，你是活菩萨。我做工程的，全在你手里掌握。

杜尔说，你不要放屁。我只问你，你的老婆是不是长亭村杜家讨去？

华飞一愣，用力点头。

杜尔说，那你晓不晓得你老婆杜梅是我的堂妹？

华飞吓一跳，说，真的吗，结婚时，我怎么没见过你？

杜尔说，你莫管这些，我只告诉你，我这堂妹从小跟我玩到大，性格最好一个人。你娶了她，是你的福气。我听讲你对我妹不好，城里轧姘头不说，还时常打她出气。现在我当面问你，是不是真有这桩事？

华飞听了，怔了半日，突然用力打了自己一个耳光。阿哥，你莫生气，我就是个活众生。

杜尔说，你莫演苦情戏，只讲以后要怎么办。

华飞说，你说怎么办就怎么办，我全听你阿哥的。

杜尔听了，很反感，说，你莫叫我阿哥，听得我恶心。我跟你讲清爽，今朝你从我这里走出去，第一件事便是跟那个姘头断了关系。回到家里，要对我妹好，再不准打她，要是再打，你打一拳，我定要你还十拳。

华飞赶紧满口答应。

杜尔见状，拿来纸笔，说，口头答应不行，你要白纸黑字写落来。

华飞便听话地写下保证书，递给杜尔。杜尔看了，将纸条折叠，塞进口袋。

杜尔说，纸条放在我这里，你要讲话算话。客客气气，大家都好，如果翻了脸，我也是毛脸和尚，我保证你后悔来不及。

华飞留下保证书，杜尔便骑摩托车回家，将保证书交给杜梅。

杜尔说，杜梅，这份保证书你藏好，有朝一日，华飞要是做不到上面事情，你只顾来寻我。

杜梅眼圈发红，说，谢谢你，阿哥。

杜尔摆手，骑摩托车将杜梅送回家。

从这天起，华飞果然好了许多。虽然进进出出也没有什么好看脸色，但却再不敢跟杜梅动手。杜梅受了这一遭，心也冷透了，只要华飞不欺负自己，便也不再管他，反正过一日是一日，能顾好自己，也便算数。

第十一章

1

夜饭后，吴师傅总要到外面去走一走。照他的讲法，年岁大了，肠胃没了劲道，要这样走一走，才好消食。吴师傅出南货店，总是先去溪边，背着手慢吞吞走一圈，走得天色暗了，路上人也稀了，这才偷偷往鸭棚里去。

吴师傅进鸭棚，米粒正独自在油灯下吃饭。吴师傅笑眯眯从怀里掏出一小包东西，递过去。米粒疑惑。吴师傅将纸包打开，说，这叫银耳，南货店里顶好东西，特别是女人，最适合吃。

米粒看着银耳，叹口气，说，这么好的东西，我一世都没吃过。

吴师傅说，这不算什么，以后有了我，日日都是好日子，好东西吃不光。

米粒呆一呆，又叹口气，说，其实，吃什么都不要紧。我唯独担心一件事，你千万莫忘了当初说过的那句闲话。

吴师傅听了，心里打咯噔。每次见面，米粒总要提这一件事。吴师傅暗暗叫苦，后悔自己嘴巴轻率。他原是不信鬼神，为博米粒欢喜，便在菩萨前面发下誓言。没想到菩萨不见怪，米粒却将这话记牢，时时拿这句话敲他警钟。

要说吴师傅不想跟米粒好一世，也是冤枉。吴师傅四十岁时便没了老婆，现在半截身子进土，能寻到米粒这样一个女人陪伴，真是求之不得事情。在家时，他也尝试在儿子媳妇面前探口风，说长亭村里有个老人，原本孤苦，眼看风中残烛，就要熄了，没想到碰到个女人，续了弦，竟龙滚一样，身体好得不得了。没想到这男女事还能治百病。儿子狼吞虎咽吃饭，没听出吴师傅话底意思。儿媳妇耳朵尖，一下嗅出味道。儿媳妇说，我也听到一桩事，说城里西门有个老头，做了多年鳏夫，临老了，却是熬不牢，讨了个年轻老婆。好了，老头讨老婆，做新人，坍台的是家里儿子儿媳妇。两个小辈进门出门，被人背后指手画脚讲闲话。两人面孔薄，听到后来，实在心里委屈，竟齐齐喝了农药。

儿媳妇薄薄两片嘴唇就像两块刀片，将吴师傅想说的另一半闲话生生切碎，吴师傅哪还敢再讲什么。这媳妇他不敢招惹，当初就因为撞见她洗澡，逼自己铤而走险去偷布，差点晚节不保。现在想起这个事情还觉得后怕。

吴师傅心里有这样一番难处，但这难

处又不能同米粒讲。讲了，米粒定会问，早晓得这样结果，当初何必发下誓言？到了那时，他怎么回答？他也不敢同儿子媳妇撕掉脸皮，他晓得自己不是能上梁山的好汉，没那副硬骨头。儿媳妇那边，上次探过一次口风，便时时流露怀疑情绪。吴师傅心虚，只得常拿出私房铜钿，贴补家用，稍稍堵堵儿媳妇那张嘴。米粒这边，也是讨好，搪塞，妄图时日长了，旁敲侧击，米粒的念头总会打消。但没想到，米粒却是时时挂念，丝毫没有忘却的意思。现在境地，唯一办法也只能是两头瞒，走一步算一步。吴师傅懊恼，当初实在不该对米粒迈出这一步，现在掉进地雷阵，竟要过这样提心吊胆日子。

转眼，这一日就到了五月端午。米粒提早跟吴师傅讲好，让他夜里去山上吃饭。吴师傅柜台上忙好，装模作样吃几口，又假装出门散步，上了山。

吴师傅上山时，米粒已经煮好了粥和粽子。吴师傅坐下，米粒将热腾腾的粽子从锅里捞出，一片一片切好，再摆上一碟白砂糖，让吴师傅蘸着吃，又盛上一碗粥，放在吴师傅面前，让他过粽。粽是糯米粽，粥是南瓜粥。粽紧实，沾着白砂糖，又糯又香。粥黏稠，南瓜清香扑鼻。

米粒问吴师傅，粥好吃吗？

吴师傅一怔，今天是端午，米粒不问粽子味道，反倒问起这碗粥。吴师傅点头，说，好吃。

米粒说，你晓得吗，当年大明父子就是给我喂了一口粥，把我救活了。也因为这口粥，我留在了长亭这个地方。今天端午，我煮这碗粥，不为别的，只为讨你一句真心闲话。

吴师傅听出米粒用意，手心出汗，低头不语。米粒看不见，拿出酒壶，倒了两杯酒。老酒落肚，米粒眼圈泛红。

米粒说，老吴，我晓得，你是好人。但我想过的不是这样日子。

吴师傅惭愧，说，米粒，我也早就想同你说。这段时间，我也是心里难熬，就好像京剧三岔口，在房间里摸黑，时刻怕撞见。今朝既然你提起了，我也不能再瞒你。我是想同你一起，但毕竟还有儿子媳妇。这事情，我也不是没用心，我也跟他们提过，但我那个儿媳妇难弄，如果我同你结婚，她定要喝农药。我那儿子又是个没用的，只听他老婆的，我也是实在没办法。

米粒不说话。吴师傅见状，又说，但你放心，不管怎样，我保证会对你好。

米粒说，老吴，我不要你假好，我要你真好。你没有老婆，我也是独条人，我们要好，就光明正大地好。我当初同你说得明白，我要找一个人过日子，便是要过一世，我不要做露水夫妻。我不缺手不缺腿，我不想这样畏畏缩缩做一世人。

吴师傅面露难色，说，我何尝不想，实在是儿子媳妇那一关难过。

米粒说，讲到底，你说他们为什么不肯让你同我好？不就是怕我谋你们家里财产吗？我可以跟你拍桌板，如果我们结了婚，我一分一厘都不要，我可以当面写下保证书。如果他们还不放心，我们两个就走，离开此地去台州。当年，我就是台州逃荒过来的，现在我们回去。你会做生意，我会吃苦，我们两个一起，定会有口好饭吃。

吴师傅还是低头犹豫。

米粒说，你今朝如果不答应，我也不为难你。从此以后，我们再不见面。你要是答应这个事情，我米粒服侍你一世，给你养老送终。

吴师傅听了，脑子里打架。沉默许久，突然将拳头重重敲在桌板上。

就这么定了，我做爹的还怕两个夭寿做什么？不与他们一起，我们去台州，不用你吃苦，我这么多年生意做下来，多少有些本事，到台州也开爿店，我就不信养不活你。

米粒听了，高兴得掉落眼泪。两人当下便约好时间，等吴师傅回家去摊牌，三日后，来此地，一同去台州。

吴师傅吃完粽子，顺着山路下山。今朝月亮夜，一条山路被照得清清爽爽，树上有鸟叫，草丛里有虫鸣，吴师傅心里高兴，脚步松快，没走多久，身上便发热，沾一层毛汗。快到山脚，转一个弯，突然一阵山风，吹了吴师傅一个满怀，他立住身子，打几个寒战，喝下的老酒全醒了。吴师傅站在路边，这才如梦初醒。恨不得立即抽自己两个嘴巴。自己这张狗嘴，像是油缸里浸过，那本不该讲的话，一到嘴边，就打着滑地跑出来。现在怎么办？自己根本做不到允诺的那些事情。米粒会放过自己？想到这些，吴师傅没了力气，垂头丧气回到南货店。

吴师傅在店里心惊胆战熬了两日，到了第三日，便跟马师傅请假，说自己生病，要回城里调养。

吴师傅回到家里，儿子儿媳妇奇怪，问吴师傅不时不节回来做什么？

吴师傅说，我身体不舒服，回来调理几日。

儿媳妇不高兴，说，你面色看着比我还好，怎么会生病？再说，我跟你儿子都上班，你回家调理身体，谁有工夫照顾你？

吴师傅说，你们放心，我有手有脚，要去医院我自己会去，家里饭菜我自己会烧。

儿媳妇听了，这才作罢。吴师傅看着儿子和儿媳妇，心中烦闷，真想转身跑回长亭寻米粒。但终是想想，两只脚注了铁水一般，动不了。

夜里，躺在房间里，吴师傅半困半醒，他想着米粒此刻定在家里收拾行李，只等明天自己上山寻她。要是自己不去，不晓得她会怎样恨死自己。想到此事，吴师傅心里无比悲凉，这样好的一个女人，自己这一世却再也无缘见面了。

吴师傅醒一阵，困一阵，一夜都没困好，第二日早上醒来，觉得发热头痛，还真是生了病。他从床上费力爬起，去医院灌了瓶葡萄糖。回到家，吴师傅坐在门口的竹椅上，看着风卷着地上的树叶一会儿飞起，一会儿落下，真正感觉自己是老了。吴师傅又感伤，以后日子，已经经不起什么风吹草动。不晓得到那时节，还有哪个人可以依靠。

夜里，媳妇儿不晓得哪根筋搭到，买来一袋肉菜，做了让吴师傅吃，说生病需要好营养，喜欢吃什么，可以让她买，不要心痛钞票，来日方长，身体倒了不划算。吴师傅心里明白，她定是要买什么东西，又来动自己那几块钞票的脑筋了。虽然心里不舒服，但也没有力气再去计较。

三个人在灯下吃饭。吃到一半，有人敲门。儿子起身出去开门。门外有人讲话，好像是个女人声音，儿媳妇奇怪，站起来往外看。眼见着一个女人拎着一个大包从门外走了进来。站在门口，笑眯眯看着大家。

吴师傅看见女人，几乎将饭碗掉落在

地。门口站的是米粒。

媳妇问，你寻谁？

米粒说，我寻老吴。

媳妇发愣，突然看着吴师傅儿子，说，是来寻你吧，难怪我的雪花膏用得那么快，你是拿去给她用了吧？

儿子脸涨红，说，你放屁。

米粒不理两人，只看着吴师傅，说，老吴，你房间在哪里？

吴师傅魂灵出窍一般指了指自己房间，米粒笑笑，拿着行李进了吴师傅房间。屋里几个人都愣住。好一会儿，儿媳妇突然猛醒过来，说，这人是谁？吴师傅不晓得说什么，将手中饭碗一扔，也进了自己房间，只听见儿子儿媳妇在外面大吵起来。

米粒将袋子里衣服取出，一件件放到衣箱里，扭头看吴师傅进来，依旧笑眯眯的，说，老吴，你尽管去吃好了，我不用帮忙，自己弄就可以。

吴师傅心中羞愧，在床边坐下。

吴师傅说，米粒，我不瞒你，我躲在家里，心中难过要死。不是我心狠，也不是我不愿来，可心里那么想，双脚却是迈不开。

米粒说，没有关系，你双脚迈不开，我这不是自己来了吗？

吴师傅说，你这番来，是做什么打算？

米粒说，我说过，你对我好，我自然会照顾你，替你养老。原本我是想你同我一道去台州，既然你不肯去，那只好我来此地照顾你。

吴师傅压低声音说，你也看见，外面两个都是众生面孔。要不，你先回去，容我再跟他们商量。商量好了我再接你来。

米粒说，我来都来了，为什么还要叫我回去？

吴师傅说，我是怕你吃亏。

米粒笑眯眯地说，你放心，我定不会吃亏。我山上一个人待着，野兽都不敢欺负我，难道还怕这两个活人吗？

吴师傅看着米粒，心里犯难。这时，外头又叫嚷，阿爸，你出来一下。吴师傅没办法，又硬着头皮出去。

米粒在房间里收拾东西，外头吵成一片。米粒不觉得烦心，反倒觉得这是世上最动听声音。

这是活该。大明死了，米粒的心原本也跟着死了，没想到吴师傅却跑上来撩拨，又立下誓言，竟将自己的心弄得活了。米粒打定主意，后半生，就托了吴师傅。吴师傅说回去料理三日，米粒信他。这三日里，她将自己的鸭子全卖了，将山上庙里的东西清理了，只等着吴师傅来接。可左等不来，右等不来，实在等得心慌，跑到南货店里去问，才晓得吴师傅请假回家。那一刻，米粒全然明白，吴师傅逃了。她恨自己，更恨吴师傅。

夜里，米粒便在吴师傅房间住了落来。第二日一早，她早早出门买来早饭，白粥馒头油条，放了一桌。儿子小吴起床，拿过油条吃，儿媳妇便骂，说，小心毒死你。米粒见状，拿过油条来，自己咬一口，笑眯眯地说，放心，没有毒，毒死了，我偿命。她又给吴师傅盛粥，说，你吃些粥，病从口入，肠胃调理好了，身体也好得快些。吴师傅坐在那里，如坐针毡。

早饭吃罢，米粒洗了碗筷，然后又到院子里井边洗衣裳。吴师傅坐在门里，偷偷望着，望着望着，突然就想明白了，这不就是自己幻想的好日子吗？但吴师傅心底清爽，这是假象，儿子儿媳妇定不会轻易饶过自己。傍晚，落班时间，米粒像个女主人模样，不慌不忙准备饭菜，吴师傅却在旁看得心惊肉跳，他不晓得，儿子媳妇落班回来看见这副样子，又会怎样大闹。但让人意外，两个小辈回家，却是偃旗息鼓，只是坐下吃饭。虽然没有好脸色，但一句难听闲话也没讲。吴师傅肚皮里打鼓，不晓得这两人到底什么意思。

第二日，是吴师傅请的最后一日假。吴师傅跟米粒叮嘱，我夜里就会回来，你一个人在家，莫要与他们搭话，听了闲话也莫要计较，有事只等我回来再说。

米粒说，老吴，你放心，我来此地，早做好千刀万剐准备。

吴师傅一愣，安慰米粒，倒不会那样严重。

吴师傅回南货店。马师傅见吴师傅回来，说了一桩事情。马师傅说，你儿媳妇昨天来过了，说一个女人住到你家里了。她讲了大概相貌，问我是不是此地的，我听不明白，只说不认得。

吴师傅说，没有那样的事，她这是搬弄是非。

马师傅说，你儿媳妇说定要查出那女人底细，要到县供销社去讨个说法。吴师傅，真有事，你赶快回去处理，别到时弄得不好收场。

吴师傅心里慌张，嘴巴依旧讲没事没事。马师傅听了，便不再问。

这一日，吴师傅过得煎熬，又不好提早离开，怕马师傅生疑。好容易等到落班，才匆忙赶回城里。夜里，吴师傅跟米粒说了此事。

米粒说，你最担心什么?

吴师傅说，别的不怕，只是担心她去供销社里闹，事情闹大，单位会处理我。

米粒说，你我都是单身，正大光明，又没有犯法，怎么处理你?

吴师傅说，倒不是犯法，我儿媳妇性格我晓得，只要咬牢，定不会放口。我怕闹得厉害了，领导翻脸，把我工作闹坏了。我一把年岁，只怕没有了退休工资。

米粒说，当初你答应跟我去台州，不也下定决心扔了工作吗?

吴师傅说，我讲实话，那时我是打算提早退休。

米粒说，那你现在照样可以办提早退休，退休了，就没有什么好怕了。

吴师傅想一想，咬咬牙，说，这样，我明天先帮你寻个地方，你暂时住几日。等我稳住她，把退休手续办好就来寻你。

米粒说，你莫要打主意再骗我。

吴师傅说，我骗你做什么?我只为稳住他们，你放心，我跑不到天边去。

米粒想想，也只能如此。就这样，第二日，米粒就搬了出去，寻了个招待所住下。这边米粒搬出去，另一边，吴师傅又低声下气跟儿子儿媳妇低头认错，最后还拿出自己存折，交给两人。见吴师傅认错态度好，儿媳妇奚落一顿，总算作罢，不再追究。吴师傅赢得喘息机会，私底下偷偷去供销社走动，顺利办了提早退休手续。办好以后，他就偷偷搬出去，跟米粒临街租了个房子，开一爿小店做生意。儿子媳妇发现上当，上门来大闹了几次，闹来闹去，木已成舟，也没了办法。最后，要吴师傅亲手写下声明，以后不能打家里房子主意，这才真正了结此桩事情。

2

每年过了立冬，三岔公社就会召开两级干部会议。

公社开会，当地供销社要负责做好后勤保障工作。除了提供会议烟酒，还要准备会议中间一餐中饭。原先每次会餐，都是马师傅同吴师傅去，现在吴师傅走了，要重新选人。马师傅原想让齐师傅去，但齐师傅不愿意，说，我年岁大了，干不了重生活，还是叫小陆去，后生劲道好，正好做生活。于是，今年马师傅便带了秋林去。

会议两三百人参加，几十桌场面在晒谷场上摆开。开会同志辛苦，都等着这一餐，吃不饱吃不好，到时就要寻供销社算账。参与会餐服务的同志不敢懈怠，当作政治任务，分出鱼、肉、菜、饭四组，各自精心烹制。马师傅肉烧得好，自然是肉菜小组。

烧肉菜的肉不是市场买的，食品公司提供，现杀现烧。猪肉分割好放在大木盆里，秋林烧火，马师傅炖大骨，炒肉片，两人打仗一样一直弄到十二点多，终于歇手。马师傅烧完菜，用围裙擦着手，四处张望一番，走回来笑眯眯看着秋林。

小陆，肚皮饿不饿？

秋林说，早就前肚皮贴后背脊了。

马师傅说，莫心急，坚持下，把火再生起来。

秋林愣住，只见马师傅从柴垛后面拎起一大块肉，足有五六斤，在手里抖。

马师傅说，他们前面吃会餐，我们后头吃小灶。

秋林听了高兴，赶紧将火重新生起。马师傅切下肥膘，扔在锅里熬油。随后，又将其他的肉全切成三指宽大小，与蒜薹一起放到油锅里大火翻炒，直炒得肉片嗞拉拉地响，香得人要掉落鼻子。肉炒好，盛了满满两大海碗，滋滋冒油。秋林一世都没吃过这么香的肉，都来不及用筷子，只顾伸手去抓。肉塞进嘴巴，来不及咀嚼就咽进了肚皮。就这样，马师傅和秋林两人低头猛吃，没多少工夫就将这五六斤炒肉全部吃进了肚里。吃完了，两人靠在柴火垛上，一个劲地打饱嗝。

秋林说，马师傅，干活时没觉得累，吃了这么一顿肉，倒是累得不行。

马师傅笑眯眯地看着秋林，说，你后生有口福，要是吴师傅在，定轮不到你。

秋林说，马师傅，我听说吴师傅同那个米粒住到了一起，为这事，还同儿子儿媳妇闹翻。你说他一把年岁，为啥要做这样事情？

马师傅说，你后生年轻，不懂。吴师傅也是可怜人，四十岁死了老婆，一直熬到现在，多少不容易。

秋林说，还是马师傅最好，每日都是笑面孔，没有烦心事。

马师傅说，人怎么会没有烦心事呢？我十几岁时就死了爹，连尸首都没寻着，没多少辰光，娘心痛爹，也跟着去了，剩下我一个。后来，总算结了婚，生了两个女儿，总觉得不甘心。盼来盼去，终于盼来一个儿子，可养了没几岁，却夭折了。人都说年轻时碰到的都是好事情，可我年轻时，却从没有碰过什么好事。到现在这个年岁，更是下坡路。秋林啊，你后生现在正是最好年岁，定要珍惜啊。

马师傅一番闲话讲得真切，秋林听了，认真点头。

两个正说着闲话，听见外头一阵响动，有人进来。秋林心虚，赶紧起身，一看，进来的竟是许同志。许同志看见秋林，也是意外。

原来今年马师傅带来个青壮劳力，难

怪上菜都比往年要快。

秋林听了，不好意思地笑。马师傅掏出一包牡丹牌香烟，拔一支给许主任，用火柴点上。

许主任，你来了，我正好有工作向你汇报。

许主任说，什么事情？

马师傅说，我们店里吴师傅办了退休，现在店里只剩下三条人。我向上级部门要求多次，希望早点安排新同志，到现在没有音信。长亭南货店不比其他供销社，事情太多，再拖下去，又要拖到年关。我真怕到时忙不过来。

许同志拍了拍马师傅肩膀，说，我晓得了，这个事我会去关心，争取让新人早些到岗，你们再艰苦几日。

马师傅连连感谢，又替许同志续上了一根烟。许同志转头，看着秋林。

小陆，平时除了柜台上生活，还要多看书，看报纸，动动笔头，说不定什么时候就能派上用场。

秋林用力点头。马师傅看看许同志，又看看秋林，有些意外。

马师傅说，许同志放心，小陆后生好，定会上进的。

许同志说，那我再到其他小组看看。

说着，他拍了拍秋林的肩膀，走了出去。

许同志没有讲乱话，过了一礼拜，新人果然来了。来的是个女同志，叫爱春。爱春生得成熟，二十岁出头，但看样子，却有二十八九岁。面孔像刚蒸出的馒头，大脸大屁股，全身上下只有一双手可以看出骨骼。与秋林站一起，一个仿佛秋林两个人宽。

这一下，南货店里闹热了，要晓得店里还从未来过女同志。马师傅私底下也忍不住暗念，怎么来了个女人，这可怎么弄？

秋林看见爱春，有些心惊，不是为身材，而是为她一双眼睛，专盯着自己看。秋林躲着她，她却偏爱寻秋林讲话。这一日，马师傅出门，齐师傅又请假，只剩了两人在店里，爱春便靠拢来跟秋林说话。

爱春说，这齐师傅一副落寇卖相，看见齐师傅面孔，人就冷飕飕。

秋林说，齐师傅其实人好，只是不爱说笑。

爱春说，这乡下地方，真没意思，不晓得你怎么熬得牢。

秋林不说话。

爱春又问，你有对象吗？

秋林摇头。

爱春说，我也没有。你今年多少年岁？

秋林不情愿回答，二十岁。

爱春说，跟我上下年纪。

爱春想了想，又问，如果你寻对象，会介意对象年岁比你大吗？

秋林说，我不晓得，没考虑过。

爱春说，那你家大人会介意吗？

秋林说，不晓得，我要上厕所去。

秋林匆匆往后面厕所去，听见爱春在柜台上笑。

爱春烧菜，将秋林的菜和她的菜放一起，说一起吃，热闹些。吃饭时，爱春问，秋林，你相信缘分吗？

秋林说，什么缘分？

爱春说，我名字里有个春，你名字里有个秋，春秋两字总是连在一起讲的。

爱春说着，还给秋林夹菜。一顿饭，吃得秋林心惊肉跳。

夜里，秋林起来上厕所，走到后院。

厕所旁边是洗澡的，有一个竹帘遮挡。秋林看见爱春在里面洗澡，洗澡不要紧，竟然开着灯光。竹帘有缝隙，挡不住什么，一张竹帘，人影恍惚，倒像是在放电影。秋林赶紧跑回，吓得尿都不敢撒。

第二日吃饭，秋林坚决不与爱春同吃。爱春不高兴，盆碗弄得叮当响。

秋林没见过爱春这样的女人，命都吓出半条，只在嘴里暗念阿弥陀佛，盼着马师傅齐师傅早些回来。

第十二章

1

齐师傅走进病房时，齐海生正躺在床上吃罐头。齐海生穿着病号服，胡子拉碴，腿上还绑着木板，与之前看到的那个健壮后生全然不同。

齐师傅说，要不是我去搬运工会寻你，还不晓得你住了院。

齐海生说，搬一批货，运道不好，坍了，正好压在腿上。

齐师傅说，伤着骨头没有？

齐海生说，没有，小事情，已经调养一阵了，快好了。

齐师傅晓得齐海生是在瞒自己，上了夹板，定是伤了筋骨，说，搬运工会的生活实在太苦。

齐海生说，苦点算什么，都是我自己寻的。当年我对你们不好，现在苦点，也算是对我惩罚。

齐师傅听了这闲话，没响。

离开医院，齐师傅没有回家，而是走到兴国饭店，点了几个菜。

齐师傅说，你饭店里食盒借我一个，我今朝不在这里吃，要带回去。

方老板应了，将菜炒了，食盒里装好，递给齐师傅。齐师傅付了钞票，拎起食盒要走时，又问，对了，你附近有没有出租的店面，如果有，你帮我留心。

方老板说，你要开店？

齐师傅说，有这个打算。

方老板说，没问题，我定帮你留意。

齐师傅谢了，这才拎着毛竹食盒回家。

齐师傅到家时，秀娟已经将饭菜烧好。齐师傅将秀娟烧的饭菜放到菜橱里，然后将食盒里的菜一个一个摆上饭桌。秀娟诧异看着。

你买这些菜回来做什么？

齐师傅说，这都是兴国饭店里最好下饭，让你尝尝味道。

秀娟说，今天什么日子？

齐师傅说，没什么日子，就是想吃。对了，我记得家里还有瓶宁波大曲，你去拿来。再拿两个酒盅。

秀娟疑惑地将酒和酒盅拿来，齐师傅将两个酒盅倒满。

秀娟，你今朝陪我喝一杯。

秀娟说，我从来不喝酒，你这是做啥？

齐师傅说，莫问，我先敬你一杯。

说着，拿起杯子跟秀娟碰了一下。秀娟迟疑地将酒喝了，齐师傅又倒满。这一杯，秀娟却坚决不肯喝了。

秀娟说，清风，你到底要做什么？我心里慌张，你不说清楚，这酒我定不会喝。

齐师傅不作声。

秀娟说，是不是为了海生？

齐师傅愣一愣，将杯中酒一饮而尽。

秀娟，他现在搬运工会里上班，卖力气吃饭。这生活辛苦，也危险。就在前几日，他就被倒下的货物压断了脚。我去看他，他躺在病床上，不说断腿事情，只是说当年对我们不好，活该惩罚。你不晓得，我握他双手，才晓得他这些年吃了多少苦。这么轻年岁，掌心都是老茧。

秀娟低头不响。

齐师傅又说，我晓得你不欢喜他。但又有什么办法，总归是自家儿子，割不断的。我心里盘算好了，就在城里寻一间店面。乡下地方当伙计辛苦，罗成软弱，独自去了，未必有好前途。现在政策放宽，我想提早退了，把罗成带在身边，开一爿咸货行，我教他咸货手艺。罗成性子温和，守一爿店面合适。

秀娟说，我明白了，你是要让海生去顶你的班。

齐师傅叹口气，说，你莫怪我。

秀娟怔了半日，又给自己倒了一盅酒。

我又怪你做什么？我晓得你脾气，你做了主的事情，旁人就算讲上一百担闲话也没有用场。清风，我只想讲一句，我这一世没亏待过你，我讲这闲话，我心里过得去。以前的话，我讲了，你不听，也算了。现在我老了，没别的指望了。我再嘱托你最后一句，我只有罗成这么一个儿子，我就指望你能真心对他。这杯酒，我敬你。

秀娟拿起酒杯，齐师傅惭愧，垂了头，不敢面对。

一个月后，齐师傅将退休手续办好。趁夜里众人困时，他将自己东西打包，悄悄走了。三日后，顶班的齐海生到南货店来报到。

齐海生来时，南货店里的人眼睛都一亮。齐海生相貌跟齐师傅半分不像，生得漂亮，嘴皮薄，鲜红，一双单眼皮，眼角细长。只有身材像齐师傅，一米八高的个子，挺括。南货店里人多少听齐师傅说过齐海生，以为搬运工会做生活，定是五大三粗的模样，没想到见了面，却是文文气气，像个读书人一般。

齐海生礼貌好，见马师傅，规规矩矩鞠一躬，说，马师傅好。爸爸常说起你，说你最关照他。

马师傅摇手，说，我跟老齐同出山人，怎么谈得上关照他？你这话说得太客气了。

齐海生又跟秋林打招呼，说，秋林哥好。

秋林说，你不要叫我哥，叫我名字就好了。

齐海生说，爸爸说你人品最好，让我多跟你学习。

秋林说，谈不上，相互学习。

最后是爱春，齐海生脆脆叫了声，爱春姐好。

爱春眉目闪烁，说，哎呦，你多少年岁了，开口就叫姐。

齐海生说，我今年二十岁。

爱春说，你二十岁，我十九岁，你怎么好叫姐？

齐海生晓得爱春跟他玩笑，依旧笑眯眯接下她闲话，说，叫姐只为客气。其实爱春姐根本看不出十九岁，头一眼我还以为十六岁小姑娘。

爱春听了，受用，笑得一身肉上下起伏，说，你个后生嘴巴甜得简直招蜜蜂。

秋林在旁边听了，心里古怪，没想到齐海生清清爽爽一个后生，看见爱春，嘴里竟会讲出这么滑头滑脑闲话来。

齐海生来了，住齐师傅房间。新到店里，样样不懂，去问马师傅，马师傅自己不讲，倒是叫来秋林教。秋林推辞，马师傅说，我也快退休了。你们还要长远相处，这个人情给你。秋林听了，心里感激。秋林齐海生上下年纪，也没有拘束，自己会的，都对齐海生毫无保留。齐海生聪明，什么事情都是一学就会。包包裹，裁布，打酒，很快都能上手。人又漂亮，柜台里一站，清清爽爽，那柜台也显得洋气起来。齐海生来了，到南货店来买东西的女人都多了。

马师傅说，齐师傅那样一副面孔，倒生出这么漂亮一个后生。这后生招女人，天生一双桃花眼。

秋林问，什么是桃花眼。

马师傅说，你看他眼角，吊得半天高。

尽管齐海生对秋林客客气气，但秋林总觉得齐海生有些古怪，好像看到的不是真人，而是蒙了一层纱布，纱布后隐藏什么，他讲不清楚。对秋林来说，齐海生来南货店最大好处是将爱春注意力吸引过去，从此再也没有来烦过秋林。

秋林暗自庆幸，这真是谢天谢地一桩功德了。

2

转眼，到了这一年三岔镇大集日子。

三岔地方是此地最南端，与三门、天台八镇交界。每逢大集，三门、天台的商贩和村民都会汇集到此地，热闹非凡。每年这时，都是供销社最忙碌关节。镇供销社人手不够，就从各个南货店抽人去帮忙。分配给长亭，是两个名额。原本应该是马师傅带队，他是店长。但他却主动把名额让给秋林。

马师傅说，小陆，我年岁大了，再过几个月，就要轮到退休。我走了，你是店里资格最老一个，我能看出，县社许主任看重你，早晚你要当店长。有些事情，你锻炼锻炼。齐海生，爱春，你挑一个搭档。

秋林想了想，说，那就让齐海生跟我去吧。一男一女要安排两个房间，麻烦。

马师傅说，行，你定，我来说。

中午吃饭，马师傅便说了让齐海生跟秋林去三岔的事情。爱春听了，便发牢骚，说自己每日闷在店里，已经闷出毛病来。齐海生见状，便说，爱春姐，那我让给你去。马师傅听了，用筷子敲碗边，说，我是店长，我定下来的事情，不用让来让去，以后机会多得是。

下午南货店里事情忙完，吃过早夜饭，秋林和海生便走路赶到三岔镇上副食品商店，与店里工作人员一起清点货源，再把白糖、荔枝、红枣等用牛皮纸包成大大小小包裹。就这样忙忙碌碌，一直忙到半夜。

第二日一大早起来，推开门，外面街上已经乱哄哄一片。副食品店门口多了一个花生柿饼的摊子，副食品店门口往西，剃头、镶牙、配眼镜、修钟表、补锅修桶、磨剪刀，打项链，各种摊子摆了一路，闹热得不得了。

秋林站在副食品店的摊子前，手脚麻利地包包裹做生意。起初，齐海生还站在他身边打下手，但没多少辰光，一不注意，就不见了人影。秋林忙碌，也顾不上寻他。今朝来赶集的人太多，个个讲话声大得像吵架，时不时还有牛羊叫声和广播喇叭声，买东西的人站在眼前，唇上几根胡须都数得清爽，但讲话却听不清。没站了多少辰光，秋林便觉得嗓子痛痒。人稍稍少了，才抽空坐下来喝杯水，润润喉咙。正喝着，旁边伸过一只手，手上一把小花生。秋林抬头一看，正是齐海生。秋林不高兴，问，你刚才去哪里了？齐海生说，去买了些东西。

秋林看齐海生一只手拎着柿饼花生，另一只手则拎着一个小笼子，笼子里竟是一只松鼠。

秋林说，这是哪里弄来的？

齐海生说，在最西面牲畜交易市场寻来的。秋林哥，我从小便欢喜动物。我爹没说过吗，我小时玩蟋蟀，城里都有名。

秋林不说话。

齐海生说，你晓得蟋蟀怎样调教才会勇吗？我告诉你，要在斗前喂辣椒。喂了辣椒，再扯下一根头发，系在蟋蟀的脖子上，用力转几圈。正式开斗时，钳门一开，简直是敢死队队员。

秋林将齐海生拿着花生的手荡开，说，我们是来帮忙卖货，不是来买这些杂七杂八东西。

齐海生一听，扫了兴，便不再吭声，只是守在摊位上帮秋林打下手。就这样，一直忙到中午一点多钟，集市才终于结束。秋林和齐海生吃过中饭，返回长亭。走到半路，齐海生递给秋林一包上游牌香烟。

秋林一愣，说，这是做什么。

齐海生说，是胡店长给的，说慰劳我们辛苦。

秋林说，这个怎么能要？

齐海生说，一包香烟也没几角洋钿。我们忙碌一上午，人家也是一分心意。

秋林厉色道，海生，南货店当伙计和搬运工会不同，你帮人家搬东西，卖了力气拿力气钱应当，南货店当伙计，本就有工资，去食品公司帮忙是义务，怎么好再拿东西？

齐海生一愣，说，那我把烟送回去。

秋林想了想，说，算了，我不吃烟，你留着吃吧。下次不准了。

齐海生眼神闪烁，客客气气答应。

回到南货店，马师傅问，一切都顺利吗？

秋林本来想说说齐海生的事情，但话到嘴边又咽下，只说，顺利的。

马师傅说，顺利就好，你第一次带人出门做事情，我心里一直记挂着。这个小齐表现怎么样？

秋林说，蛮好。

马师傅连连点头，那就好，我还担心他是个滑头模子。

夜里，齐海生拿着集市上买的小京生花生和柿饼送到爱春房间。

齐海生说，爱春姐，这趟本该你去，被我顶了名额。买来些吃食，跟你赔罪。

爱春笑，说，你这张嘴巴上世定是泡在蜜缸里，甜得酿人。这事情跟你没有关系，全是马老头安排。

齐海生安慰，爱春姐放心，以后你定有机会再去。

爱春问，集市闹热吧？

齐海生说，闹热的，上百米的摊子排起来，麻将牌一样。也不晓得这些人是哪里钻出来的，造反一样的多，挤来挤去，人都要被挤扁了。

爱春笑，哪有你说得这么夸张。

齐海生说，实话实说。你不晓得，还有些坏坯子专门寻着大姑娘挤，要是爱春姐去了，必定都要挤到你身边来。

爱春听了，脑中浮现场面，咯咯笑个

不停。

齐海生将花生和柿饼往爱春面前推，说，爱春姐，你尝尝看，这是小京生花生，比平常花生好吃许多。

爱春说，花生好吃，就是剥剥麻烦。我吃花生最不喜欢花生衣，沾在牙膛上，像生了层皮，舌头舔都舔不下来。

齐海生说，爱春姐，那你先吃柿饼，我帮你剥花生。

说着，齐海生将花生拿出来，将壳剥碎，又用手指捻去花生衣，伸手将一粒粒白白胖胖的花生肉放在写字台上。

我听说你以前曾在搬运工会里上班？

齐海生说，说上班，是好听闲话，其实就是做苦力。我当你爱春姐是自己阿姐，不瞒你。我那个爹心狠，不肯养我。我不靠卖苦力，早就饿死在街头。

爱春说，这做爹的怎么能这么狠心？不过话讲回来，也不奇怪，齐师傅那个人，看相貌就是硬心肠的。

齐海生说，倒也不是他硬心肠，只因我不是他亲生的，从小捡来当条狗养，又怎么会对我好？

爱春听了，有些难过，说，想不到你也是个苦命人。你放心，以后，我就是你亲人，我来疼你。

齐海生说，那是自然，我见爱春姐第一面便觉得亲人一般。

爱春笑，说，你的闲话比这柿饼还甜。

说着，她就将咬了一半的柿饼递到齐海生嘴边，齐海生顺着咬下一口。

齐海生说，爱春姐，你觉得陆秋林这个人怎么样？

爱春说，陆秋林？我不喜欢他，怪里怪气的，一点没有亲人相。

齐海生说，我也是这样感觉。我跟你说件事情，我们去三岔帮忙时，人家好心好意给我一包烟，我拿给他吃，他不但不要，还将我埋怨一顿，说南货店上班拿工资，不比搬运工会打零工，不能拿人东西。你说这闲话多少难听，说得我像反革命贪污犯。

爱春说，这个人不晓得冷热的，你莫理他。以后，有了我，我们姐弟做个伴，不用理会旁人。

齐海生听了高兴，便将桌上花生抓起几颗，递到了爱春的嘴巴里。

齐海生从集市上买来松鼠，每日像宝贝一样对待。他做了个大箱子，箱子里头用旧布垫了个窝，说是要让松鼠享受招待所标准。松鼠喜欢吃苹果，齐海生就跑到三岔镇上买来苹果，平常人家，人都不舍得吃苹果，齐海生却仔细切碎，一点一点地喂。店里个个忙得脚后跟打屁股，他照样还是一天到晚弄那只松鼠。

秋林跑去寻马师傅，建议马师傅寻齐海生认真谈次话，让他不要耽误了店里生活。可马师傅听了，却是不动声色，只说，年轻小鬼嘛，有点玩心也不奇怪，不用着急，慢慢会成熟的。秋林听了很是意外。自己当初到店里时，马师傅可没有这么宽容。但一细想，又想明白了，马师傅快退休，自然是没必要得罪齐师傅的儿子。马师傅不管，秋林就更管不了，他跟齐海生上下年纪，又都是普通店员，讲闲话不响，也只好睁只眼闭只眼，只当看不见。

这一日，马师傅秋林轮休，店里只剩下齐海生和爱春两人值班。吃过夜饭，爱春到齐海生房间聊天。爱春坐骨牌凳，齐海生坐床沿。齐海生一边说话，一边玩着那只松鼠。他将手掌摊开，那松鼠站在掌上，齐海生一反掌，松鼠就从他袖口钻了进去。爱春啊的一声叫，齐海生笑，将领口一拉，只见松鼠又从他领口钻了出来。爱春看得目瞪口呆。

爱春说，这松鼠倒像是你亲生的一般听话。

齐海生说，要生也是你帮我生，我一个男人怎么生得出来。

爱春说，我又不是母老鼠，它跟你亲近，自然是你生的。

齐海生说，这有什么？它能跟我亲近，也能跟你亲近。

爱春说，我不信。

齐海生说，要不要试试？

说着，他将松鼠递到爱春面前。

爱春愣了愣，它不会咬我吧。

齐海生说，不会的，你相信我。

爱春说，怎么试？

齐海生说，你把手掌摊开。

爱春手掌摊开，齐海生就把松鼠放到她的掌心。爱春好奇地盯着松鼠，松鼠也盯着它，眼睛骨碌碌地转。突然，它尾巴一抖，从爱春袖口钻了进去。爱春惊慌，大叫起来。

齐海生说，莫慌莫慌，它在跟你玩呢。

爱春摆了摆身体，说，慌是不慌，只是有点痒。

齐海生笑眯眯地看着爱春，说，那它钻到哪里了？

爱春说，在我肩膀上了。

齐海生笑眯眯地看一会儿，说，现在到哪里了？

爱春说，到我背上了。

再过一会儿，齐海生说，现在呢？

爱春扭了扭身体，说，到我腰上了。

齐海生笑，点一支香烟，吃到一半，说，现在呢，又到哪里了？

爱春脸色一变，突然从骨牌凳上站了起来。

齐海生说，你怎么了？

爱春不说话。齐海生看见她的面孔慢慢地红起来，就像生了火的煤饼一样，一阵一阵的热浪。

爱春盯住齐海生看一阵，突然喉咙底发出一声闷吼，伸出双臂死死抱住齐海生，两个人就像拦腰砍断的大树一样倒在了齐海生的眠床上。

第十三章

1

一早，马师傅便站在了柜台里。今朝马师傅看去与往日不同，往日，他总穿那件褪了色的中山装，臂上套两只藏青色袖筒，今朝，他却穿簇新一身青灰长袍，像电影里旧时代的人物。

秋林说，马师傅今朝穿得精神。

马师傅笑眯眯答道，这是我父亲留下的。

秋林说，这衣裳好看。

马师傅说，旧社会做生意，不管是老掌柜还是小伙计，都是这样一身。我那时比你年岁还轻，穿这样衣裳站柜台，总觉得难看。我心底最向往上海奉帮裁缝做的西装，穿在身上，多少漂亮。可我父亲不许，说这长袍马褂一般人不敢穿，只有乡绅秀才这样打扮，最体面不过。后来父亲死了，也解放了，长袍马褂不作兴，开始作兴穿中山装，这些衣裳就压了箱底，再没穿过。

马师傅叮叮当当一番闲话，让秋林心生疑惑，不晓得马师傅今朝为什么要翻起这些陈年旧账。在柜台上打了会儿算盘，心中一动，突然想起一件事，马师傅要退休了，今朝是他最后一日站柜台。秋林心里难过。自己来店里，三个师傅手把手带着自己，没想到，一转眼，都要各奔东西。秋林借故走到后面仓库，独自抹了一阵眼泪。好容易平复心情，回到前面寻爱春海生商量。按南货店惯例，有人走了，剩下人都要各自口袋摸出一些零用铜钿，买菜买酒，凑一桌下饭。这叫“敲碗边”，不为吃饭，为一份人情。

商量妥当，三个人各自掏出铜钿，齐海生自告奋勇，去三岔地方买菜。爱春听了，也嚷着要跟去。两人出了南货店，往三岔方向走。路上正巧遇见一个村民，打招呼问两人去哪里。齐海生应道，今朝马师傅退休，去买下饭，为马师傅送行。本来只是随口应答，结果听到消息的村民一传十，十传百，家家户户都晓得了马师傅退休的事情。大家都念马师傅的好。每年春节，村民寻马师傅写春联排成队，一两天工夫，要写上近百副对联，马师傅累得手腕痛，却从不推脱。还有，此地离诊所远，村民有头痛脑热这些小毛病也来寻马师傅，马师傅晓得土方，能帮忙医治。像这样的事情，林林总总，举不胜举。马师傅在长亭地方待了将近十五年，落了一副极好的客面。

众人纷纷赶来南货店探望马师傅。有人送来一袋米，有人送来一篮鸡蛋。不管谁来，马师傅都笑眯眯应答，讲了许多感谢闲话。就这样，一直到夜里营业结束，南货店里才算安静了下来。

关了店门，四人围着一桌下饭坐下。看着一桌丰盛下饭，秋林心里难过，这是散伙饭，他丝毫没有胃口。爱春齐海生与马师傅相处时间短，没有什么感情，今朝下饭丰盛，只是低头吃，都顾不上讲话。马师傅笑眯眯看秋林，说，小陆，你也吃啊。秋林点头，心里发酸。要是吴师傅和齐师傅在，定不会是现在这样冷清场面。

就这样，吃罢夜饭，马师傅将东西收拾好放手拉车上，跟南货店里几个人告别。秋林提出要再送一程，马师傅不让，秋林坚持。

秋林说，我现在还记得第一日到南货店里报到，就是马师傅你带的我。没想到一转眼，店里几个老人只剩我一个。

马师傅说，小人讲大话，你后生一个，怎么能算老人？

秋林笑，说，只是感慨时间过得快。

马师傅说，是啊，回过头真是一眨眼。我现在还记得第一日上柜台卖东西，我老爹偷偷站在后面盯梢，没想到一晃今朝自己也轮到退休。

秋林说，我还记得刚到南货店，盘存时一匹布把我吓得半死。幸亏后来你们三个师傅本事，将亏空填平，否则我真不晓得怎么办。对了，马师傅，想起这桩事，我还有些疑惑，后来为什么就不追究了？

马师傅说，那匹布的事情以后千万莫要再提。

秋林说，不是有意，只是突然想起，便好奇起来。

马师傅叹口气，说，你后生年岁轻，不晓得以前日子难过。你想想，一家老小，就靠一个人工资，喂得饱几张嘴巴？不想些办法，家里日子怎么过？

秋林说，这样做就不怕别人晓得去告发？

马师傅说，谁会去做这样事情？我们这一辈人各种运动都经历过，其中厉害，都有体会。要是嘴巴不牢靠，将别人的事说出去，那跟杀了人有什么区别？再说了，今朝你说了别人，明朝别人同样也会说你，弄来弄去，一把刀还是横到自己头颈上。

马师傅朝着南货店的方向望了一望，转身往城里方向走去。秋林就站在路口，目送着他消失在茫茫的夜色之中。想起马师傅的闲话，秋林似乎有些明白，又不明白。

秋林回到店里，刚想进房间，突然又想起什么。于是，他便学马师傅，仔细检查店里门窗有没有关好，有无烟火，酒埕盖是否压好，饼干桶有没有拧紧。一切检查妥当，秋林才放心回到自己房间。

秋林躺在床上，又想刚才送马师傅场景，又盘算刚才学马师傅样子店里各处检查，总感觉好像遗漏了一样东西。想来想去想不起，有些烦躁，正要关灯困觉，突然脑子里一闪。

秋林从床上爬起，走到楼梯口。听见楼上断断续续传来爱春和海生两人说话的声音。秋林抬头，响亮地喊一句，时辰不早，都好困觉了。

2

秋林起得早，将门板一块一块取下，敞开店门，然后拿块布头，将柜台里里外外擦干净。今朝是马师傅离开第一日，要有新气象。一想到现在自己是店里最老资格，扮演马师傅角色，秋林便有些激动。

秋林擦完柜台，楼上还没有动静。秋林有些不高兴，他往楼梯上走，故意将脚步走得噔噔响。

秋林敲爱春房门，说，该起床做生意了。

爱春里头慌张应一声。随后，秋林又敲齐海生的门，可齐海生屋里却是没有丝毫动静。秋林刚要叫海生名字，突然脑子一闪光，想到件事情。顿时脸上发烫，转身匆匆下楼。

过了六七分钟，齐海生和爱春依次下来，去后面院子洗漱。

秋林站在柜台前，想起刚才敲门场景，觉得头痛。虽然都是未婚男女，毕竟此地是公家单位，怎好做这样事情？但自己又能怎么样？自己只是代理店长，说话依旧不响。烦躁一阵，秋林想只要不是太出格，自己也只能糊里糊涂过去，等扶正了再说。

秋林没有猜错，爱春和海生果然没有拿他这个代理店长当笔事情。店里三个人，爱春齐海生走得近，秋林倒成了个光杆司令。特别是爱春，秋林跟她讲闲话，她基本不予理睬。齐海生比爱春聪明，嘴巴应得好，转眼间却不晓得跑到哪里去了，像条鳗一样，根本抓不住。回来时秋林问他做什么去，总有各种理由，不是帮村民做这个生活就是做那个好事。秋林自然不信，但又奈何不得，只是暗暗生闷气。除了两个活宝，秋林最紧张一桩事是店里保险箱。他是代理店长，保险箱钥匙在他手里，店里每日进项都锁进保险箱，秋林时刻担心会出差错。原先节假日还能回城，皮带上吊了这枚钥匙，日日提心吊胆，几乎半步离不开南货店。

秋林心里暗暗叹气，以前看马师傅一

日到夜笑呵呵，以为当店长轻松，现在换到自己，才晓得肩上担子沉重。秋林没有办法，只是盼着县社能安排个中用的人过来，帮自己分忧。

盼星星，盼月亮，终于一日调来一个新人。新人名字叫曲大宝，四十多岁年纪，头顶都秃了，看上去很老气。新人来了，秋林店长的正式任命也来了。这下秋林如同领了一把尚方宝剑，心里有了底。很快，他便做了当店长后的第一个安排，让曲大宝与齐海生调房间，曲大宝睡楼上，齐海生搬到楼下。

秋林说，海生年岁轻，睡楼下。万一值班时有人半夜来店里买东西，耳朵灵光，可以听周全些。

齐海生没什么意见，爱春却是一百个不乐意。

爱春说，陆店长莫乱讲乱话，又不是什么医院药店，哪有人半夜来买东西？

秋林说，我们南货店的宗旨就是为周边村民服务，半夜来南货店的人是少，但真来了，到时没有人开门，怎么向群众交代？

爱春听了，没有办法，只是白了秋林一眼，忿忿走开。

秋林当了店长，南货店里总算回到正常轨道。海生爱春安分了许多，但这个新来的曲大宝又是个怪人。平时叫他名字，无论何时何地，脸上总是一副担惊受怕神情，似乎做坏事被人撞穿一样。平时也不喜欢讲话，但旁人说话，他就会站到旁边听。别人厌烦他，他也像是感觉不到。

这一日落班，曲大宝轮休回家。吃罢夜饭，秋林回房间看书。自从许同志叮嘱过，秋林便养成看书习惯，看完，还会拿出笔记本写上几句感悟。没多少辰光，竟写了满满一本。秋林正看书，有人敲门。

秋林问，谁？

门外爱春应道，是我。

秋林问，有什么事情？

爱春说，你先开门再说。

秋林将门打开，双脚一脚踩在门外，一脚踩在门内。爱春要进来，秋林说，有什么事情就这样说好了。

爱春说，我要向你检举。

秋林惊讶，检举？检举什么？

爱春说，检举曲大宝。我在房间里换衣裳，他趴在门缝上偷看。

秋林说，你怎么晓得？

爱春说，我听见他在门口喘粗气。

秋林说，光听见喘气声不能说明问题，还有什么证据？

爱春说，他喘气拉风箱一样响，还不算证据？

秋林说，爱春，这可不是小事情，口说无凭。你想，曲师傅年纪比我们都大，有儿有女，你这样说了，人家受多大影响？

爱春说，他受影响？他有儿有女，偷看我做什么？

秋林皱眉，说，那你说怎么办？

爱春说，好，你说他有儿有女，那我不为难他。但为安全考虑，我要求将海生调回我隔壁。

听到此处，秋林终于明白爱春用意。

你也说了，要为安全考虑，我认为这是合理提议，毕竟你是南货店唯一女同志。我寻几块板，门上有缝，先把门缝钉上。

爱春愣了，说，就这样？钉块板就算数了？

秋林说，调房间事情，我上次就讲清爽了，是为服务村民。现在你说的是门缝的事情，担心安全，那我就帮你处理门缝，我这样做不对吗？

爱春说，对对，你店长说什么都对。算了，不用你费力，钉门板的事情海生会帮我弄好。说完，爱春气呼呼地转身离开。

果然，第二日齐海生就帮爱春钉上了门板，爱春也再没有提过偷窥事情。秋林心中得意，虽然没有什么证据，但男店员偷窥女店员这样的事情传到县社领导耳朵，自己这个新店长难免要吃批评。现在一切平息，虽然晓得爱春不服气，但毕竟没有再闹，说明她还是顾忌自己店长身份。店里几条人，最难弄就是爱春，但总还是女同志，只要自己不退让，她也闹不出什么名堂来。

当了店长，秋林比原先当伙计要忙许多，常要出门去采货。每次采货，秋林都带海生去。海生气力大，可以帮忙搬运。此外，人也活络，跟秋林出过几次门，无论百货公司，五金公司，个个混得熟。最稀奇是糖烟酒公司，每次海生同去，都能搭来一条不用烟票的香烟。香烟金贵，秋林好奇，问海生原因。起初海生不肯说，最后终于讲一句，说那人钟意蟋蟀。

转眼，到了这一月的盘存。这是秋林当店长后第一次盘存，盘得仔细。秋林和曲大宝对账，爱春海生点货，一阵忙碌，到夜里十点多，终于盘好。盘好后，爱春叫海生同自己去厨房烧夜点心，齐海生不肯去，懒洋洋靠在椅子上，只叫曲大宝跟爱春去。爱春不高兴，气嘟嘟地离开，曲大宝畏畏缩缩跟随。见两人走了。齐海生突然莫名其妙念一句，陆店长，这盘存很容易出差错吧？

秋林说，还好吧，仔细些，也出不了什么错。

齐海生说，哦，我还以为很容易出错。刚才点货时，爱春还跟我念一句，说这红枣盘下来一个月才两百块营业额，可她记得自己一个人就做了三百块生意，我还以为是盘存出错了。这爱春，真是有一句没一句，怎么会差出一百元，难道这钱会自己生脚飞走？

秋林听了，吃惊地看着齐海生。齐海生说完，却不再响，点一根烟，慢慢吃起来。秋林看着齐海生，想了想，说，海生，你跟他们说一声，我有要紧事要出门一趟，夜点心烧好，你们先吃。

随后，秋林将账本和钞票在保险箱里锁好，出了南货店。秋林一路小跑，跑到三岔镇供销社。秋林到时，已经十一点多，此时，供销社宿舍里漆黑一片。秋林没办法，只能厚着脸皮叫醒门卫，讲了一通好话，好容易才让进去。秋林敲开一个副主任的门，将来意说明。副主任一听，也是重视，叫醒财务物价还有一个办公室的人，一行人匆忙赶到长亭，连夜重新盘存。几个人点货，对账，一笔一笔仔细清算，最后终于确认账是平的。

忙完，已是凌晨两点多。秋林赶紧到厨房下面，请他们吃了。吃完，又亲自送出去。

秋林说，实在不好意思，半夜把你们拉到此地，忙碌到现在。我也是没办法，这是我当店长第一次盘存，今朝要是不面对面盘存清爽，以后万一有什么事体，我担当不起。

副主任说，莫说客气闲话。你做得对，就应该这样。你们店里几个老商业退了，现在都是年轻人。供销社是经济单位，东西卖了，钱扔在抽屉里，洋钿是白的，眼珠子是黑的，洋钿落进眼珠里，难保会有什么事情发生。以前一代人，事情见得多，教育得也多，都不敢做出格事情。现在年轻人，不能说他们思想上不对，但管理也要用上新方法。

秋林连连点头称是。

副主任又跟秋林说，另外，我再跟你说件事情，任命店长时，有人在上面讲了你坏话，所以任命才迟迟没有下来。最后还是县社许副主任打了招呼，说你小陆是个人才，才定下来。不是我挑嘴，你店里几个人，都不是顺毛。你刚当店长，有些事情还要多留个心眼。

送完镇供销社一行人，秋林返回店里。躺在床上，秋林心里还有些后怕。供销社里上班，盘存最可怕，多少人因为此事吃生活。幸亏齐海生说了一句，如果他不说，接下去一段时间，有人浑水摸鱼做了手脚。上面查下来，背靠背寻谈话，此时那人再跳出说，我当时便提出过账目不对。真要到了那番境地，自己就什么都说不清楚了。

齐海生讲那番话是爱春说的，可爱春为什么这么做？又没有什么刻骨仇恨，为啥要下这样的狠手？想来想去，秋林猜测是不是因为调房间的缘故。真的就为这样一件小事？秋林觉得背后一阵阵发凉。

3

齐海生坐在路廊上，看见远远过来一辆手拉车，齐海生叫住。

齐海生说，你帮我拉到三岔镇上，我给你五毛钱。

拉车人应了，车上还放了一捆干茅草，那人将茅草摊开，铺平，让齐海生坐。

拉车人说，以前有个人，也总等在此地，每次回城里，都要搭我的车。也不晓得为什么，最近总是遇不见。

齐海生没搭理他，躺到车上，拗一根茅草叼在嘴里，摇摇晃晃望着天空，脑子里乱七八糟想一些事情。到了三岔，齐海生付了钞票跳下车子，走一段街，在一个打铁铺转弯，又进一个墙弄。墙头尽头是个小院子，是齐海生租落。

刚到长亭时，齐海生几乎日日住在南货店里，时日长了，看见别人调休回家，自己无处可归，心里总有些难过。后来，跟爱春走到那一步。起初，倒也温暖缠绵，但爱春日日粘着，把自己当丈夫，海生很快厌烦。一直来，他都是一个人过，无拘无束早已习惯，不喜欢别人粘着，便打定主意租屋。寻来寻去，最后终于在三岔地方寻了个破落院子。

爱春见海生不住在店里，觉得疑惑，问海生，海生也不隐瞒，说自己另外有个房子。爱春听了，要他带自己去出租房嬉，但每次海生都想出理由拒绝。房子破落，租金便宜。正因为破落，也没有其他人来租，倒是清净。院子里杂草丛生，杂物成堆，倒是成了周边许多野猫的好去处。齐海生初来时，这些猫怕生，纷纷躲避，时日久了，认识了，便不再怕他。每次齐海生回到此地，野猫们便纷纷从墙头墙尾探出头来，眼睛蓝汪汪地望着他。海生自小欢喜动物，每次回来，都从街上买点小鱼小虾，炖一锅，掺着饭拌好，倒在一个个小盆里。野猫们看见，便人一般排队整齐地吃。此时，海生就在院子里支一张小桌，弄点花生，弄点酒，看着这些野猫自酌自饮。

海生对猫好，猫也知恩情。一听到海生回来脚步，就会从角角落落爬出来迎接。有时，海生在房间里听见门口猫叫，走出去一看，总看见门口扔着死老鼠。海生明白，这是猫受他恩情，报答他。但它们的亲近只是到此为止。每次海生要更近些，它们就会迅速散开，跳到墙头屋顶，远远地看着。它们似乎也想接近海生，但骨子里某种天性却让它们始终跟他保持一些距离。每每这时，齐海生都会感到有些难过。它们似乎看透了人，人是最不可信的。

齐海生觉得自己跟这些野猫很像。他也不相信人，特别是女人。就像爱春，平时普通一个女人，就为了换房那一点小事，竟然能对陆秋林下狠手，多少可怕。还有那个生了他，又将他扔了的女人。还有那个秀娟，她怂恿齐清风跟别的女人生下自己，害自己在这世上让人看了十几年的笑话。

第十四章

1

秋林站在柜台前，远远看见路上来了一辆自行车。骑车的人穿一件蓝色中山装，车头上挂一个黑色提包。这人将自行车在门口停好，走进南货店，问道，哪位是陆秋林同志？

秋林说，我就是。

你好。我是县供销社人事股的，我叫邵兵。

秋林说，你好你好，请问领导有什么事情？

邵兵没接话，只是从随身带的提包里拿出一叠信签一支笔，放在柜台上。

邵兵说，这样，我给你半个钟头时间，你现在就给我写一个供销社送货下乡的事情。

秋林一愣，问原因，但这个邵兵却不再理他，扭过身背靠在柜台，点了香烟吃。此时，正好曲大宝从后面仓库走过来，秋林说，大宝，赶紧给这位邵领导倒一杯茶。

秋林拿起笔，盯着落有县供销社名头的空白信签，脑子有些混乱。秋林不明白，县供销社的人怎么会找到此处，是不是跟上次盘存事情有关？可那次盘存自己寻了镇上供销社同志，盘得清清爽爽，根本没有什么问题，此刻怎么会翻旧账？再说了，就算那次盘存有问题，又为啥叫自己写供销社送货下乡的事情。供货下乡又出了什么状况？

秋林想不明白，怕时间来不及，便平稳心思，在纸上仔细写送货下乡的过程。写好了，秋林看看时间，刚好半个钟头。

邵同志，我写好了。

邵兵顿了顿，转过身，哦，好了啊。他拿过信签，上下浏览一遍，然后折叠起来，放进皮包里。

邵兵说，好了，那我走了。

秋林说，吃了饭再走吧。

邵兵摆摆手，走出南货店，一脚迈上自行车，很快便消失在路尽头。秋林看着他的背影纳闷。这人莫名其妙来，又莫名其妙走，到底搞的什么名堂？

整一日，秋林心里打鼓，七上八下，又无处去问。夜里困觉，困到半夜又醒过来想这桩事情。秋林盯着眼前漆黑的一片，不晓得是不是运道推扳，刚当上店长不久，就又要出事情。

就这样，胆战心惊过去三日。三日后

中饭时，一个村干部来寻秋林，说有电话打到村委会寻他。秋林赶过去一接，竟是县供销社的许同志打来的。许同志说黄埠区供销社的文书调到县社当秘书，空出一个文书名额。许同志对秋林父亲有印象，是个笔杆子，猜想或许秋林也能写东西，便叫人来测试。结果稿子带回去看了，领导都满意，便开会决定将秋林调到黄埠去当文书。

许同志说，秋林，你准备一下，两天后就到黄埠报到。

秋林有些发懵，说，我如果走了，那南货店里怎么办?

许同志在电话里笑，说，这样吧，你推荐下，寻个人代理一下店长。过几日，上面会调新人过来。

秋林在脑子里迅速盘了盘，说，那就齐海生吧，他是齐清风齐师傅的儿子。

许同志说，哦，齐清风的儿子，我记得的，齐清风鲞鱼腌得好。行，就这么定了，你跟他打声招呼。

挂了电话，秋林从村委会走出来，突然觉得心里空荡，说不出的难过滋味。他没有回南货店，而是在村里胡乱走了一阵，走来走去，经过杜英家。可惜今朝不是放假日子，杜英不在家。要是能寻杜英讲讲话，或许能好过些。

秋林走出村子，走过水作店，又走到路廊那里。他在路廊坐了坐，还是觉得心里空荡。坐一阵，他又起身往回走，走到了那条溪边。秋林俯下身子，听着汩汩的水响，长久地看着溪流，突然就流出眼泪来。

2

秋林回家，跟母亲说了去黄埠当文书的事情。家里困了一夜，第二天一早打好行囊包裹，坐车去了黄埠。

黄埠供销社属于区级供销社，供销社分四级，最顶上的是县供销社，下面是区，区下面是镇乡，再下面就是长亭南货店这样的合作商店。黄埠供销社是个大社，杂七杂八人员拢起来，有二百多人。下设五个镇乡供销社和三个商店。一个生产商店，主要是供应化肥农药。一个是采购商店，负责从农户那里采购农副产品。剩下一个便是最吃香的生活商店，供应百货，最时兴的三大件缝纫机、自行车、手表，都归生活商店管。

黄埠供销社的主任姓潘，是个胖子，秃头，五十来岁。他靠在椅子上，一边讲话一边用一把小梳子梳着头上为数不多的头发。

潘主任说，小陆啊，我们黄埠供销社是个大社，是双大式单位，多少眼睛盯着。文书位置很重要，一是要写好单位的材料。供销社人多，材料也多，领导讲话开会材料，你都要准备好。另外，还要搞好对外宣传工作，我们是省市县三级财贸先进单位，宣传工作一定要跟上，要报纸上有名，广播里有声。

秋林认真听，边拿笔记本仔细记录。潘主任谈过话，秋林又跟其他三个副主任见面。其中一个鲁副主任鼎鼎有名。鲁副主任叫鲁一贵，是全国工会系统劳动模范。秋林读书时，他便是全县的红人，《人民日报》《浙江日报》都刊登过他的光荣事迹。秋林上学时，他还到秋林学校来做过报告，学生们坐在台下，都是一双双崇拜眼光。

鲁一贵勉励了秋林几句，秋林起身告辞。离开时，鲁一贵还同秋林握了下手。鲁一贵的手又粗又大，握手的那一刻，秋林有些恍惚。当年他来自己学校时，春华就坐在自己旁边。春华看着几个优秀学生代表跟鲁一贵握手，多少羡慕。春华说，真不晓得跟全国劳动模范握一下手会是什么感觉。

握着鲁一贵的手，秋林有些难过，他已经很久没有见过春华了。

秋林到黄埠，屁股还没坐暖，第二日便要下乡去熟悉情况。因为接下去黄埠供销社便要召开全社大会，秋林需要掌握一手资料，给潘主任写总结报告。原本，下乡的事应该由上一任文书陪同，可县社要人要得急，那个文书已经早早去县里报到了。社里便安排了办公室的龚知秋同志陪秋林下去。龚知秋是供销社里总务，三十岁左右年纪，面目可亲。秋林到黄埠的宿舍便是他安排，他叫秋林小陆，秋林叫他龚同志。

黄埠分社下面五个乡镇供销社分布东南西北，靠两只脚板，走上一个月也走不遍，需要跟社里申请公车。公车就是社里两辆叮当响的永久牌自行车，秋林和龚知秋一人一辆，骑着下乡。第一站是谷岭，离黄埠最近，道路平坦，秋林跟着龚知秋下去，没费什么周折。乡里还专门安排一位同志，提早将汇报材料准备好，半日辰光就完成任务，赶往白桥。白桥宿一夜，第二日又去三水。三水地方近海，出海产。为了欢迎两人，当地供销社还安排一餐丰盛海货。几个地方下来，都是早就准备好材料，翻开看看，里面内容都是大同小异。秋林有些犯愁，虽然下乡顺利，但就这些材料，恐怕写不成总结，便跟知秋商量。知秋说，附近山上有个收购站，工作辛苦，可能有好材料。只是交通不便。秋林听了，便要龚知秋带自己上山。山路崎岖，没走多久便骑不了车子，两人便又将车扛在肩上，翻山越冈，走了大半日，终于赶到收购站。收购站同志见两人来，热情接待，又是煮芋艿饭，又是蒸鱼鲞。正忙碌时，有村民送来一条菜花蛇，收购站同志便取了蛇胆和蛇皮，将蛇肉切段，放葱姜蒜，放锅里蒸。蒸熟了，白白一盆。秋林见几个人吃得津津有味，几次想伸筷去尝尝味道，但最终还是不敢。

就这样，秋林和龚知秋下乡转了一个礼拜，终于回到黄埠。一回单位，秋林便埋头伏案写总结。第一次下乡，经历各种新鲜事情，又是第一次写材料，秋林用尽气力，将脑子里储存的好词语全部用上。写了三日，终于将总结写好。秋林拿在手中，读了几遍，越读越满意，便兴匆匆拿去交给潘主任。原以为自己第一次写，能写这么好，潘主任定会表扬。可潘主任看了不到一页，脸上神情就由晴转阴。

潘主任说，小陆，写材料不同于写漂亮文章，用不了那许多形容词。你看这一段，说谷岭乡今年又是一个丰收年，社员们看着茁壮成长的农作物，脸上的笑容就像开了花一样。你再看这一段，收购站里同志长年守在山上，没有肉吃，没有菜吃，只能吃蛇肉，日子过得比黄连还苦。这哪里是总结，简直是中学生作文。写材料，一定要干货，要实际内容，要数据。

说到此处，潘主任不再梳头，神情也严肃起来。

小陆啊，你是县供销社许副主任推荐来的。许副主任说你脑子活，笔头快，因此将你调来。黄埠是个大社，多少人想来，你要爱惜啊。

秋林听了潘主任的话，字字刺耳，站在那里，脸红耳赤，半日不说话。

灰溜溜回到办公室，知秋询问情况，秋林没有隐瞒，一五一十将潘主任原话告知。知秋意外，叫秋林把材料给他看。看完了，知秋说，第一次材料能写成这样不容易，但潘主任也是刚刚调到此地当主任，对文书工作要求高。不要说你一个新人，换个老手，他也这样说，你不要太有压力。我虽然不会写东西，但我晓得写材料有写材料套路，不是你写得不好，而是不懂窍门。

知秋给秋林出了个主意，可以去寻刚调走的那个文书想想办法。那文书原来跟知秋一个办公室，平常关系蛮好，他可以带秋林去寻他。秋林感激。刚好第二日放假，秋林便到生活商店称了两斤蛋糕，让知秋带自己去那文书家。秋林去时，文书正在写材料，他刚调到县社当秘书，也是忙得一脑门官司。听说两人是为材料事情来寻他，一口拒绝。最后还是知秋好话说了一百担，他才不情愿地将材料拿去，在上面左圈右划改了一通。秋林千恩万谢，顾不得回家看姆妈，匆忙赶回黄埠，按照文书的意见修改。一写写到天漆黑，用煤油炉烧了碗面，吃完又伏案写。夜里，实在写得困了，就到宿舍院子的水井打一桶冰凉的井水，搁在办公桌边，一犯困，就将头浸到井水里，毛巾擦一把，继续写。就这样，熬了一个通宵，终于将总结材料完成。星期一上班，秋林胆战心惊将稿子交给潘主任。这次，潘主任倒是基本满意，最后又拿起红笔在上面修改一番，让秋林按照他修改的意思抄好，刻蜡纸，油墨印二十份，开会时用。

好容易材料过关，秋林又开始操心外宣任务。潘主任说了十个字，报纸上有名，广播里有声，听上去简单，秋林却根本不晓得该从何下手。平日里，他也是四处打听，希望找到好题材好故事。听来一点东西，便伏在办公桌上写，写完，就往报纸广播站投，可投来投去，却像石头打水漂，从来没有回音。秋林很想去找老文书再讨教经验，但细想又不好意思。这种忙只能帮一次。上次也是因为知秋的面子开恩，此时再去，定要吃闭门羹。而且，总是求人，也是心里不甘。

外宣工作没搞好，秋林压力大。单位里碰到潘主任，总是笑眯眯打听，小陆，稿子有没有见报啊？秋林尴尬回答不出。潘主任便大度地笑，别着急，慢慢来，总能发表出来的。隔一次碰面，潘主任又问，问了又照样笑眯眯安慰。潘主任客气，秋林反而压力更大。还有县社里的许主任。自己是许主任推荐的，他真怕自己不争气，倒了许主任的牌子。

转日回城，秋林去寻卫国，许久没见，想约他一道吃个饭，讲讲心烦事情。见了面，秋林发现卫国与以前有些不同，烫了头发，衣裳也穿得时髦，那衣裳样式，秋林见都没见过。卫国还带来一个姑娘，但这姑娘并不是之前见过的云芝，说是医院里上班，姓顾。两人亲密，秋林看着，觉得疑惑。不晓得卫国为什么换了人，又不好开口问。

秋林说，真不如在南货店里当伙计，现在当小文书，每日烦恼稿子，没有一夜困得好。

卫国说，难道你愿意一世都当小伙计啊？总是文书有前途。

卫国说着，从口袋里掏出两包烟扔给秋林，一包上游，一包古松。

秋林说，我又不吃烟。

卫国说，不要白不要，都是别人送的。

现在私营企业多，都需要外加工。大模具别的机床都吃不消，只有寻我那台捷克机床加工。你莫看他塞我几包烟，还要看我心情。我欢喜给他加工就给他加工，不欢喜，就叫他千秋万年等着。

秋林羡慕，说，香烟你还是藏回去，我又不会吃。

卫国说，你说你稿子写不好，就是不会抽烟缘故。你看鲁迅先生，手里夹一根香烟，文章才写得这么好。你拿去，抽了就肯定会写了。

秋林笑。再吃一会儿，卫国跟顾医师走了，说是要去看电影。两人走了，秋林又独自坐着吃了一会儿，心里还是烦恼。

3

秋林坐在桌边发呆，保安科童小军门口跑过来。

童小军说，龚师傅，厕所的屙缸又满了，该掏了。

知秋没理睬他，童小军又转头看秋林。

笔杆子，是不是写不出材料啊？你一天到晚在办公室里，怎么写得出，要亲身投入到轰轰烈烈的基层工作里去。

秋林说，怎么投入？

童小军说，给你个好素材，你去厕所给屙缸加水。

龚知秋说，你莫捉弄人家后生。

童小军说，哪里是捉弄呢，这个生活谁都做过，他为什么搞特殊？

秋林赶紧说，做生活可以，但我不晓得怎么做。

童小军说，简单，只要会倒水就行。

秋林没听明白，知秋起身，又白了童小军一眼，对秋林说，我同你一道去。

两人一起下楼，去仓库拿来扁担与木桶，又到外面水井打了水。水桶抬到公厕后面粪缸边，秋林就要倒，知秋制止，让他等自己一会。随后，知秋走开，不知从哪里寻来一把稻草，均匀散在粪缸上面，这才慢慢往里倒水。

知秋说，童小军这人不上路，专欺负新人，故意叫你来。你没有经验，着急将水倒进去，溅一身，他们好看你洋相。

秋林心中感激，说，为啥要往粪缸里倒水？

知秋说，估计保卫科那几个人嘴巴又馋痨了。

秋林不懂。

知秋说，你不晓得，黄埠附近村庄菜地多，肥料不够。村里就派人到城里来收粪。收粪按担数付钱，童小军便打坏主意，说机关里十几条人，这些粪卖了不够吃。加些水，就多卖些数量。当然，我们也莫多加，加这一桶算数。农民种地不容易，加那么多水，人家花钱买去，肥料劲道不够，种不出好菜。

两人将水倒好，空气里都是粪便的臭味。为了不让农民看出，还要将倒进去的水和粪便用木棍搅一遍。棍子一搅动，四周更是气味难闻，秋林熏得几乎要吐出来。两人匆忙离开，走到围墙边。秋林突然想起口袋里装着卫国送他的香烟，赶紧拿出一包送给知秋。知秋拆开，拔一支，又将剩余香烟还给秋林。

知秋点了香烟，说，你别觉得臭，农民看见这肥料，欢喜得不得了。长年累月，地里庄稼就靠这些东西。我考考你后生，你晓得粪缸里最好一层肥料是什么？

秋林摇头。

龚师傅说，就是缸底那一层，农民叫

作屙缸砂，最有营养。刮出来，浇在西瓜地里，长出的西瓜全是沙瓤，又甜又脆，再好吃不过。

两人说了会闲话，回办公室。到了下午，果然有两个农民骑着一辆粪车到供销社里来。农民一勺一勺将粪水舀出，整个院子又是一阵臭。唯独童小军，像是鼻子失灵，站在粪缸边，一担一担仔细清点桶数，生怕吃了亏。

卖了粪，夜里便聚餐。除了几个主任，供销社里坐班的共有十一人。饭店里坐下点人数，秋林发现少了一个，是杨会计。秋林便念一声，哎呀，杨会计忘记叫了。童小军听了，鼻孔里出气。

她不会来的，她是上海女人，清爽交关，嫌这饭菜有味道。

不晓得是不是听了童小军这句闲话缘故，菜端上来，秋林果然觉得味道有点不同，脑中不由又浮现他和知秋在厕所加水的场景。这样一想，再吃，就全不是滋味了。

夜里，秋林照例坐在写字台前憋稿子。脑子糊里糊涂，半日写不出。突然想起卫国送的烟，点起来抽一口，又是流眼泪，又是咳嗽，再难过不过。不过，这一难过，人倒有了精神，困意全无。秋林继续写，还是写不出，突然看见旁边柜子上叠了几本书，不晓得是谁落下的。拿下来看，其中一本是俄国作家克雷洛夫的寓言集。秋林翻了翻，没想到竟看进去了。看着看着，他就有了写稿子的劲头。拿起钢笔，在书桌上一口气写出一篇《也谈克雷洛夫的马》。

第二日，到了单位，秋林就想把昨夜写的那篇东西投到县里报纸。走到邮筒边，又改变主意。给县里报纸投稿，总是没回音，索性到别处再投投看。便回到办公室，从报架上取下报纸，翻出一张供销社系统的城乡市场报。秋林寻来信封，抄了市场报地址，将稿子投了出去。

第十五章

1

云芝说，卫国，你不要总穿军装，我都看厌烦了。

卫国说，那穿什么？我从小到大都穿军装。

云芝说，我不喜欢，一点都不时髦，你应该穿牛仔裤，再配列宁装。

秋林说，可我没有牛仔裤，也没有列宁装。

云芝说，牛仔裤你可以去百货公司买，列宁装不用买，把做生活的工作服改一改。

卫国说，工作服改了，上班穿什么？

云芝说，工厂不是发了两套吗？你改一套，穿一套。

卫国听云芝的闲话，寻了个裁缝，将工作服样式改成列宁装。工作服是白色帆布，云芝说不好看，卫国又跑到五交化商店买来染料，将工作服染成蓝色。有了衣裳，云芝又陪卫国去百货商店买来一条牛仔裤。卫国一个月工资三十九块，一条牛仔裤廿五块，卫国觉得心痛。云芝挽着卫国的手，站到大衣镜前，云芝说，这样多好看。卫国看着镜子里的自己，看不出哪里好看，可云芝说好看，那就一定好看。

卫国在精工车间里操作捷克机床，云芝在上头开行车。卫国抬抬头，就能看见云芝。卫国喜欢云芝，他说不出自己喜欢她什么，就是喜欢。他心里最美妙的辰光便是休息时，坐在行车里同云芝一起吃绿豆棒冰，吃荸荠。车间里没有人，他就将头靠在她膝盖上，让她摸一摸自己的头发。他喜欢她摸自己的头发，这让他感到安全，温暖。

云芝看过许多书，晓得许多东西。一日，卫国说，云芝，以后我有了钞票，我要带你去上海，去看上海外滩十里洋场。

云芝说，上海算什么，以后我要去巴黎，去看埃菲尔铁塔。

卫国不晓得什么叫埃菲尔铁塔，心里记住名字，四处寻找，最后终于在父亲的一本画报上看见。卫国去武装部打枪的靶场捡弹壳，整整捡了一袋子，每日在台灯下加工，最后赶在云芝生日的时候，将弹壳做成埃菲尔铁塔送给她。那一日，云芝很感动，两人坐在行车里，云芝在卫国的脸上亲了一口。那一刻，卫国几乎掉落眼泪，认定她是自己一世的女人。

这一日，卫国洗完澡，浴室里光溜溜出来，擦干，换上那条牛仔裤。牛仔裤太贵，卫国当宝贝一样，总怕弄脏弄旧，极少穿。只是跟云芝去外面荡马路看电影，才会在浴室里将自己洗得干干净净，小心换上。

穿衣裳时，旁边有人搭话，说，你这条牛仔裤不错。

卫国扭头看，是个白净男人，头发梳得溜滑，光着上身坐在旁边。

不过，你没有穿好，穿得太仔细。

卫国发愣，说，什么意思？

那人说，你晓得牛仔裤什么来历？

卫国摇头。

对方说，这牛仔裤，最早都是做生活人穿，意大利水手，美国矿工，他们才穿牛仔裤。你穿得太干净，颜色太均匀，太新，牛仔裤要旧一些才有味道。要洗，洗得蓝颜色快掉了，露一些白露一些筋才好看。我晓得这裤子贵，但你不要因为花了钱就心疼不敢穿，否则你就不是穿牛仔裤，而是穿西装西裤。

卫国有些露怯，解释说，我以前一直穿军装，这些都不懂。

穿军装也好看，关键看你怎么搭配。我以前也喜欢穿军装，比如六四式、六五式，带些土黄色，都耐看。当然，最好看的还是五十年代苏联军装样式。

卫国说，对对，我也觉得军装好看，穿整通，戴顶帽子，最精神不过。

你又说错了，军装不能配帽子，配帽子就土了。

卫国听了，想一想，似乎真是这个道理，对这个人有些肃然起敬。伸出手，说，我是精工车间的，我叫金卫国。

那个人伸手跟卫国握了握，说，我姓毛，我叫毛一夫。翻砂车间。

几日后，有人来卫国车间。卫国见了，有些面熟，想了想，正是浴室里碰见的毛一夫。毛一夫穿着衣裳，又将头发烫了，和浴室里样子有些不一样。毛一夫说自己有点小生活，想要卫国帮忙加工一下。活是小活，半个小时弄完。弄完后，毛一夫塞给卫国一包香烟。卫国不肯要，说是小事情。毛一夫想了想说，那行，那我请你吃碗面。

毛一夫带着卫国走了很远，最后寻到

一条墙弄。有户人家门口支起个小棚，棚下有两张小桌子。毛一夫要了两碗碱水面，卫国一尝，又韧又香。毛一夫说，这里的碱水面好吃。一般人炒碱水面，都过热水，过了热水，面软，好翻炒。这个老板不过热水，过冷水，面条偏硬。虽然不好炒，但他舍得放油，翻炒时间又长，所以特别香。卫国听了，对毛一夫又多了些佩服，他似乎什么都懂。

从这一日起，卫国和毛一夫便常有来往。卫国的车间主要开大模具，比如电视机壳、洗衣机壳，不做小生活。但毛一夫拿来的，卫国定会帮忙。毛一夫做台灯，翻砂车间里翻出底座，卫国用下班时间耐心帮他车出一节一节台灯柄。毛一夫做哑铃，翻砂车间里翻出哑铃片，卫国又帮他车出哑铃杠。每次做完生活，毛一夫都会扔给卫国一包蓝色的宁波牌香烟，但卫国从不拿。卫国晓得这烟花的不是毛一夫铜钿，但他不能要。不拿烟，卫国感觉自己做私活就不是做坏事，要是拿了，就变成假公济私。最后，香烟全让毛一夫拿了。但毛一夫也不吃烟，后来卫国才晓得，他是拿去把烟卖了，买好看衣裳穿。

对卫国来说，能交到毛一夫这样一个朋友，他是高兴的。他似乎就是一本百科全书，什么都懂一些，几乎没有他不晓得的事情。相貌也好，生得白净，将近一米八身高。唯一缺陷，就是两只脚有些不好，走路一高一低。毛一夫城里没有房，住工厂宿舍。平日里，他总是在宿舍楼道里反复地练习走路，他绷着劲，尽量让两只脚脚步均匀。他下了苦功，竟把走路给练出来了。平常不注意，倒真看不出他的脚有什么缺陷。

卫国跟毛一夫熟了，常去他的宿舍玩。毛一夫有个小木箱，平时上着锁。里头放着各种杂志，都是繁体字，句子是竖着的，杂志上的照片，都是穿着漂亮衣裳的男人女人。毛一夫讲究穿着，卫国猜测，他的穿着便是这书上学来的。除了杂志，箱子里还藏了一些衬衫领子。卫国奇怪，问他为什么弄这么多衬衫领子？毛一夫说，这是从原先厂里一个上海工程师那里学来。那时，他给上海工程师打下手，只觉得他三日两头换衬衫，而且不重样。心里迷惑，上海人再有钞票，也买不起这么多衬衫。后来才晓得，他穿的是这种假领。

我们总说外套最重要，其实不是。要是没有一件好衬衫搭配，再好看的外套也穿不出来。所以一定要有好衬衫，上海人就懂这个道理。衬衫好看，无非就好看一个领子，假领撑场面，又省布料。当然，做假领也有讲究，最好长一些，像猪口舌一样，容易服帖。还有，自己做的领子，不够挺，软塌塌的，也有办法。家里有拍X光的片子，剪一剪，放进去，就会挺刮。另外，还有个小诀窍，一个领子，可以用两种颜色的布，正反都可以穿，又省下许多布料。

卫国听了，觉得毛一夫讲得太有道理。佩服之余，他又实在没办法理解，毛一夫这样一个男人，怎么会对穿着这么讲究。

2

卫国机械厂里没什么朋友，云芝是一个，现在，毛一夫便是另外一个。

卫国介绍毛一夫与云芝相熟。

卫国说，这是我女朋友，这是我好朋友，我们三个以后就是这里最好搭档。

毛一夫看了云芝一眼，说，那是自然。

三个人去吃饭。

机械厂旁边新搭了个油毡房，三间门面大小，打一个土灶，土灶边叠着高高的柴，灶膛里炉火兴旺，一个鼓风机嗡嗡吹个不停。老板老板娘，还有一个儿子，一个洗，一个炒，一个端，忙得不可开交。摊子上吃的东西不多，炒面，汤包，最醒目是炒鸡块。三个人第一次聚餐，卫国客气，点了炒鸡。毛一夫却问，你们晓不晓得怎么偷鸡？两个人摇头。毛一夫说，鸡是要打鸣的，要叫的，要是不内行，到人家家里去偷，鸡一叫，一下就被抓住了。夜里的鸡都钻在鸡窝里，手伸进去，将手放到鸡的胸脯下，它就不会叫。然后再慢慢将手抽出来，手要稳，像端水豆腐一样，抓出鸡窝，将鸡头一折，塞到翅膀下，就再也没有动静了。云芝听得出神。毛一夫夹了筷鸡肉，嚼了两口，说，这鸡块太柴，不好吃，浪费钞票。改日我带你们去吃野货。

几日后，毛一夫果然拿着一把气枪来寻卫国云芝，让他们带脸盆带调料，跟他去山上打野货。几个人上了山，寻了片野树林。月黑风高，云芝又害怕又兴奋，紧紧攥住卫国的手。卫国心里温暖，觉得自己是男子汉，是云芝依靠。毛一夫四下探看，最后在一棵树前停住，将手电往树冠里照，抬枪，只听啪的一声。卫国好奇，站在树下，见什么东西掉下来，在自己肩上扑腾。卫国吓一跳，一边掸，一边倒退。毛一夫大笑，说，卫国，你还武装部里长大呢，这有什么害怕？麻雀而已。卫国一看，果然是一只麻雀。云芝也白眼，说卫国胆小，再也不牵卫国的手，只是靠拢毛一夫，帮着打手电，见麻雀掉下，兴高采烈。

一晚上下来，竟打了满满一脸盆。毛一夫寻一块空地，脸盆里放水，烧滚，麻雀放在滚水里烫一烫，将毛皮扯下，然后用树枝一只只穿起，在火上翻烤。烤熟了一吃，又香又嫩。毛一夫问，这麻雀肉是不是比鸡肉嫩许多？卫国和云芝都用力点头。毛一夫说，这还不是最嫩的，最嫩的是青蛙肉。夏天耕了稻田，第一场雨下了，青蛙最多，不用抓，拿几根竹梢，沿着田岸一路抽过去，很快就能捡起一脸盆。都说青蛙肉像鸡肉，鸡肉吃起来一丝一丝，怎么比？

毛一夫说话的时候，云芝就托着下巴看他。卫国看见云芝看毛一夫的时候，眼睛上有一层朦朦的光亮，他心里有些不舒服。但转念一想，又觉得没什么，自己看毛一夫时，肯定也是这个样子。

毛一夫说，你们晓得黄岩地方吗？

卫国和云芝摇头。毛一夫说，黄岩这个地方，家家户户开布料厂，什么布料都有，不用票证，价格便宜。我们三个人寻时间一起去，一起买价格便宜一些。

卫国听了，有些犹豫，云芝却应道，我正好想做一身换季衣裳，我母亲会做裁缝，买来布，可以让她做。

卫国听了，赶紧说，那我也去。

三个人吃着麻雀肉，将去黄岩的事情敲定。定了礼拜六下午去，黄岩住一夜，礼拜日早起买布，当日赶回来。

就这样，很快便到了礼拜六，三个人早早地寻个理由，溜出工厂，坐长途车去黄岩。

到了黄岩，天已经快黑了。毛一夫也是第一次到黄岩，出了车站便四处跟人打听卖布的市场在哪个方位。正打听着，只见一个孩子骑着自行车过来。孩子很矮，双手扶着把手，一只腿伸进自行车的三角档里，熟练地在毛一夫几个人身边转一圈。最后刹车，单脚站在地上。

你们要去哪里？

毛一夫说，我们要寻卖布料的市场。

天都黑了，你们寻市场有什么用？

毛一夫说，我们寻一个市场边的招待所，明天一早去逛。

你们三个人有没有介绍信？

三人一愣，都没有想到这一层。

毛一夫说，工会证行不行？

毛一夫掏出工会证，指着上面一行字，工人阶级领导一切，说，你看，我们都是工人。

孩子看都不看一眼，只说，一人一块，给我三块钱。我带你们去。

毛一夫跟卫国云芝商量一下，说，最多给你一块五。

孩子说，不行。

卫国说，不行就算了。

孩子听了，便不再理睬他们，只是骑着自行车在他们身边绕圈。云芝看天那么黑，三个人又饿又累，有些不高兴，埋怨卫国，给他三块就三块好了。人生地不熟，这可怎么办？

毛一夫说，你们莫急，我去寻他谈一谈。

毛一夫走过去，将孩子的自行车拦下，跟他说了些什么。过了一会儿，毛一夫回来，笑眯眯地说，谈好了，给他两块。随后，三个人便跟着那辆自行车往前走，走来走去，最后到了一家小旅社。旅社没要介绍信，也没要工会证，但却只剩一个大房间，里头三个床铺。卫国说，这怎么行？云芝怎么办？三人想让那个孩子再带他们去另外寻一个旅社，一转头，人却早已不见。毛一夫低声说，我估计这里做布料生意人多，旅社不好寻。要不还是住下来吧？卫国为难，扭头看云芝，云芝有些难为情，嘴上却说，有什么办法，总比睡街上去好。

云芝开了口，三人便办了入住。先到房间里放好行李，再出门寻个摊子吃夜饭。三个人打了三碗蛋汤，又点了炒面，豆腐结。味道虽然一般，但热烫烫吃了，心情都平稳了下来。

毛一夫问卫国，卫国，你要买什么布料？

卫国说，我想做一件青年装。

毛一夫又问云芝，云芝呢？

云芝说，我想买块红布料，做什么，还没想好。

毛一夫说，我问你们的意思，是想我们三个最好一起买，不要各买各的，一起买最省布料，也最省钱。这样，卫国想做青年装，我要做西装，我们两个就合起来买一块烟灰色的布料。云芝想要红的布料，那我们也买一块红的布料，我和卫国合一股，再各做一件红色的衬衫。

卫国说，红色衬衫怎么穿？

毛一夫说，红色衬衫配烟灰色外套，一定好看。你相信我。

卫国还想说什么，云芝却说，一夫哥说好看，就一定好看，就这样定了。

三个人边吃喝边商量明天买布事情，吃好讲好，已经九点。三个人赶紧回旅社，去盥洗间揩把面，回房睡觉。云芝困最里一张床，卫国困中间，毛一夫困最外头。许是赶路累了，卫国一躺下就困了，困得昏昏沉沉，半夜，似乎听到沉重呼吸声，有人影在自己眼前动来动去，还有很细碎的说话声音。卫国觉得那似乎是个梦，眼皮睁不开，只是沉沉睡觉。

第二天一早，三个人吃过早饭，便赶去市场。市场离旅社就几百米路，大得无边无沿，四处都搭着卖衣裳的摊子，摊子简陋，两把长凳，上面搁一个竹架子，堆满各种布料。来买布的人潮水一样，操着各种口音，相互挤来挤去。

卫国挤在人群中，毛一夫和云芝在他前面走，卫国看见两人的身体时不时地也会碰在一起，不晓得是有意的，还是被人群给挤的。看着看着，卫国突然就想起了昨天半夜里的那些声音，他有些纳闷，此时想起，那竟又不像个梦了。

3

这日夜里，机械厂里搞中秋联欢会，据说还请来了几个文化馆的演员。卫国毛一夫云芝约好去看。毛一夫叮嘱，翻砂车间今天生活多，可能要晚一些来，让卫国和云芝先去，帮他留个位置。吃了夜饭，云芝突然又说自己忘记一件事情，着急赶回家一趟，叫卫国先去，多抢个位置。卫国听了，只好拿上两个饭盒，跑到会场，将饭盒搁在两个空位置上，独自等着。等了半日，只听舞台上音乐声响起，联欢会马上要开始，云芝和毛一夫都还没出现。卫国着急，跟旁边人打招呼，让他帮忙看一下位置，便跑出去寻人。

卫国赶到翻砂车间，车间里果然热热闹闹在做生活，但寻来寻去，却寻不到毛一夫。卫国打听，说是出去上厕所了。卫国跑去厕所，叫了一通，没人答应，只觉得奇怪，猜想毛一夫会不会是回宿舍上厕所，便又往宿舍走。走到宿舍门口，只见门上司别灵紧锁，不像有人样子。卫国转身要走，却听见屋内传出声音。卫国疑惑，趴在门缝上探看，借着月光，只见毛一夫那张高低床，大半条床单垂落地上。一个男人背对着房门，一条腿踩住地面，另一条腿则蜷跪在床上，不停在动。在他身下，是一个女人的身体，女人平躺着，两条腿高举着，脚尖顶着上铺的木板。

卫国脑门充血，捏着拳头用力砸门。房间里一阵忙乱，吱吱嘎嘎一阵床板晃动声音。过了好一阵，门打开，开门的是毛一夫，灯亮了，云芝则坐在床沿上，侧着身，手里拿一本杂志，两人看上去像是什么都没发生。

卫国说，你们两个在这里干什么？

毛一夫笑笑，说，云芝想寻本杂志，我便带她来。

卫国没说话，往里走，站在云芝面前。云芝依旧低着头在看杂志。

卫国说，云芝，我来了，你为什么理也不理？

云芝说，我在看杂志。

毛一夫走过来，说，卫国，坐。刚才我还跟云芝商量夜里去哪里吃点夜宵，两人都没主意，正好你来了，你也出出主意，哪里有好馆子。

卫国没理他，又问云芝，云芝，你为什么都不看我一眼？

云芝没说话，将杂志又翻过一面。

卫国扭头看毛一夫，问，一夫，我们两个算是朋友吗？

毛一夫一愣，有些尴尬，说，当然是了，你这个问题问得真是奇怪。

卫国看了看毛一夫，又看了看云芝，有些吃力地站起身，转身往门口走，走到一半，转过身。

卫国说，我问你们两个一个问题，你们在黄岩的时候，是不是就困过了？

毛一夫愣住，张大眼睛，不晓得怎么回答。云芝稍稍一怔，突然将手里的杂志朝着卫国扔过来。卫国躲开，伤心地看了云芝一眼，转身离开。

卫国走出宿舍，一个人走到了厂后的山坡上。山上有梨树，梨树开花时节，风一吹，梨花纷扬落下，卫国幻想自己和云芝的婚礼便是这个场景。但现在，卫国心里的一切美好都破裂了。他做梦都想不到，云芝居然会跟毛一夫这个拐脚做那样的事情。卫国为自己感到可怜，他对云芝那样好，她欢喜吃绿豆棒冰，自己就给她买绿豆棒冰。她欢喜吃荸荠，他就给她买荸荠。荸荠皮难剥，他特意留指甲，给她剥皮。买衣裳买杂志，每个月三十九块工资，有三十块用在她身上。两个人找对象，他亲过嘴，摸过奶，但最后一步，云芝总不肯，说是留到结婚。他听她话，拼命忍。可最后呢，留来留去却留给了毛一夫这个拐脚。

夜里，卫国回家，想起这桩事，又难过得不行。但难过后，却不再恨云芝，而是觉得她可怜。觉得她定是被毛一夫哄骗。云芝年轻，毛一夫又是个拐脚，她怎么可能钟意他？定是花言巧语用了手段。毛一夫是个活众生，自己跟他这么要好，他也晓得云芝是自己对象，可他还是把她困了。卫国想起毛一夫，心里气不过，随后拿纸拿笔写检举信。卫国一边写，一边脑子里翻转毛一夫与云芝在床上场面，一边心里委屈，一边身体燥热。一气之下，竟写了十几页。第二日起床，他便骑自行车去寄信。可站在邮筒前，又犹豫了，这样的信写了，派出所到厂里调查，一调查，大家都晓得了。云芝以后怎么办？

卫国最终还是没有寄出那封检举信，肚里这口气咽不落，夜里又拿板刷红漆在厂门口的围墙上涂写“毛一夫是个大流氓”。写完转身就跑，生怕人家看见。第二日上班，厂里传开，说有人在围墙外写反动标语，派出所的人已经到厂里展开调查。卫国心里慌张，买一包香烟，溜到保卫科打听。

卫国问，这反动标语到底是厂里人写的还是外面人写的？

保卫科同志说，你打听什么，现在哪有结论。

卫国说，照我看，应该是外面人，我们厂里工人素质高，不会做这样事情。

保卫科同志奇怪地看着卫国，卫国赶紧掏出香烟，拔一支递过去。

卫国说，不管是谁，保卫科同志火眼金睛，谁瞒得过？

对方接过香烟，点起来，受用地笑。

卫国说，话讲回来，不管谁干的，此事就应该推到外人身上，万一是厂里人，传出去多少倒第一机械厂牌子？这是政治问题。

保卫科同志听了这话，用力拍一下卫国大腿，说，对啊，你提醒得及时，这个情况要跟厂领导反映，不能因小失大。

卫国笑眯眯，又递上一根烟。

过了几日，标语事情逐渐平息。卫国觉得自家冤枉，原是毛一夫的罪孽，自己却莫名其妙过了几日心惊肉跳日子。越想越委屈，跑去买来零食，哄几个小鬼等在工厂门口。卫国吩咐，等下有个人出来，我给你们打手势，你们就跟在他身后，一只脚高，一只脚低，学拐脚走路。几个小鬼答应，站在厂门口等。终于毛一夫出来，卫国便给小鬼打手势，几个小鬼排队，跟在毛一夫身后，学他一高一低走路。原本毛一夫高低脚练得好，不容易看出来，可被几个小鬼一衬托，马上就露出了马脚。周边人看了，都哈哈大笑。毛一夫红了脸，转头追赶，几个孩子四下跑走，边跑还边喊他烂拐脚。

卫国站在一角，不晓得为什么，看着毛一夫出丑，心里却开心不起来，反而觉得有些难过。

转日落班，在厂门口，卫国被云芝叫住。

云芝说，金卫国，你是不是再也不跟我联系了？

卫国心里应承，嘴巴却说，没有。

云芝说，那为什么做生活时，你再也不朝行车上看？

卫国还是说，没有。

云芝有点不大高兴，她朝旁边看了看，说，围墙上的字是不是你写的？

卫国说，不是。

云芝鼻孔里出气，说，看样子也不是什么好汉，敢做不敢当。

卫国发怒，说，就算是我写的，怎么样？拉去枪毙吗？

云芝盯着卫国看，看了一阵，突然笑了，说，你怎么跟三岁小人一样？说着，她伸手想摸一下卫国的头，卫国将头侧过去，说，你别摸我的头。

云芝说，我晓得，你心里恨我。但我们都是新青年，这是正常恋爱，我有选择，你恨我没道理。

卫国说，这是正常恋爱吗？这是挖墙脚，轧姘头。

云芝听了生气，说，卫国，你乱讲什么？

卫国晓得说错闲话，低了头，心里还是不服气，嘟囔一句，还说是朋友，居然做这样的事情。

云芝说，我晓得，这事情瞒了你，是我不对，我今朝来寻你，就是想跟你说清楚，以前的事，就让它过去，我们还是朋友。这是我的意思，也是一夫的意思。

卫国说，去他妈的毛一夫，他现在做好人了。我也是奇怪了，我哪一点比不上毛一夫？你为什么就看上他？

云芝说，这个不是比得上比不上的事情，跟谁好，不跟谁好，不是自己能够掌握的。

卫国听了，赶紧问，是不是他强迫你？

云芝一愣，说，我说的不是这个意思。好了，我说完了，如果你想做朋友，那大家就一起玩，如果不想，那就算了。我回去了。

云芝转身走，卫国想留她，又不晓得留了干嘛，脱口而出，他是个拐脚，他怎么配得上你？

云芝扭头，奇怪地看了看卫国，突然露出个复杂的笑容，走下了山坡。

卫国看云芝背影，想着她那个笑容，虽然她没有讲出来，但能看出答案，她就是认为自己比不上毛一夫，甚至都没有资格跟毛一夫比。这个拐脚有什么本事，不就是会穿衣裳会打扮吗，有什么了不起？

礼拜日放工，卫国第一件事便是去城隍庙边东风理发店烫头发。东风理发店二楼，整一排，都是烫头发的机器，县城里最先进，套在头上，几个钟头工夫，就又卷又蓬松。烫了头发，卫国又去百货大楼，用三个月工资买了一双皮鞋，火箭式，又窄又尖，一双鞋子穿在脚上，蛇口舌一样长。卫国还去裁缝店做了最时髦喇叭裤，他叮嘱裁缝师傅，裤裆要做紧，裤脚要宽，平常人的裤腿宽七八分，他要一尺。裤子做好，卫国穿上，裤裆紧得夹卵子，裤脚大得能扫地。可卫国觉得威风，工厂里进出，别人看他眼神都不一样。

卫国父亲看到卫国这副模样，愤怒得出奇，几乎要拔出枪来打。幸亏母亲死活拦住。父亲骂，你一点都不像山东人的种，整日穿得鬼一样，早晚拉去枪毙。卫国不理睬他，上楼回自己房间。卫国站在镜子前，看着镜子里那个穿着古怪衣裳的自己，突然感觉是在看一个陌生人。

恍惚间卫国又想起自己穿绿军装的样子，但只是一闪念他便不想了。他晓得，已经再回不去那个时光了。

第十六章

1

黄埠供销社里上班时间是上午七点钟，但秋林总会提前一个钟头到办公室。秋林就像当年第一日到南货店上班一样，牢记着父亲那句闲话。

每日到了办公室，秋林第一件事便是打扫房间卫生。先打扫主任的，再打扫三个副主任的。完了，才接着打扫自己办公室。打扫完毕，秋林就提着热水瓶到楼下去打水。供销社办公楼临大街东首有家开水铺，里面一只大锅炉一日到夜烧开水，开水铺里蒸气腾腾，像长亭豆腐老倌的水作店。

开水铺里的开水卖给附近单位和居民，一分一瓶。供销社里用的是三点六升大热水瓶，一个热水瓶装满水，有七斤重量。秋林每日要打五六个热水瓶的水，一起拿太沉，拎不动，每次就只拎两个空瓶，打满了，拎回去，再拿空瓶来打。

这一日，秋林排队灌开水的时候，前头站一个女人，二十五六岁样子，生得好看。看见秋林，主动招呼，你是哪里的？秋林说，我是社里新来的文书，我叫陆秋林。那女人说，哦，我晓得，龚知秋跟我说过。我是生活商店的，我叫于楚珺。于楚珺打量秋林，说，你下次来，把空瓶全部拿来，都打满了，我帮你看着。免得这样一次次来回反复排队。秋林感谢，觉得于楚珺人蛮好。

扫完地，打完水，大家也陆陆续续上班。秋林又坐到办公桌前忙碌，文书除了写材料，写宣传稿子，还要负责写标语。标语都是用毛笔写在红纸上的。为了写标语，秋林还专门去新华书店买来许多字帖，每日夜里在宿舍练大字。标语一写就几十张，写好了，一卷一卷分好，让各个商店和分社来人拿去张贴。

中午休息，吃过饭，秋林喜欢到街上去走一走。街两旁种着法国梧桐，树叶硕大。有一次，秋林走过时，看见巷弄里有个熟悉的身影在抽烟，竟然是单位里杨会计。秋林是第一次见到女人抽烟，莫名紧张，匆匆走回办公室。

下午上班时，秋林偷偷跟知秋问起杨会计。知秋说，杨会计原是上海知青。三十多岁，还是单身一个人。她爸爸很有名，是上海青云胶鞋厂的创始人。旧时，是个资本家。

知秋又说，杨会计性格孤僻，你千万不要得罪她。我就是因为不晓得什么原因得罪她，看见我从没有好脸色。

这一日，秋林打开水时，撞见杨会计，见她拎开水拎得吃力，就上前帮忙。秋林将热水瓶放到会计室门口，说，我叫陆秋林，是新来的文书。杨会计不搭理他。秋林又说，以后你就不要自己打热水了，那么重，我帮你打好。杨会计还是没理睬他，打开门，提着热水瓶进去了。秋林尴尬，但没有往心里去。自己是新人，多做生活理所应当。会计是重要岗位，他应该为她搞好服务工作。从这日起，就每天又多拎一个热水瓶。

杨会计长得不算好看，也不难看，看着很顺眼。打扮也是清清爽爽，说话慢条斯理，极少笑。秋林不晓得这样一个人，为什么一直不结婚，难道真是看不起别人？最让秋林印象深刻的是，每次去她办公室送开水，总能闻见一股淡淡的香味，很好闻。有一次，杨会计不在，门正好开着，秋林便用鼻子查找香味的来源，最后寻到办公室窗下边，看见面盆架子上搁着一块乳白色的肥皂。那淡淡的香味就是香皂里散发出来的。秋林欢喜那味道，他从来没闻过这么好的香味。

当了文书，别样事情都还算顺利，唯独外宣工作始终没有眉目。每日一早，秋林都仔细听广播，仔细看报纸，寻上面有没有黄埠供销社的新闻，但每日都失望。投出的稿子石沉大海，没有半点回音。每次经过潘主任办公室，秋林总是快步走，似乎犯了什么错误，怕被潘主任抓住。夜里，一个人躺在宿舍里，长吁短叹，感到日子难熬。秋林想，再这样下去，自己可能就要被扫地出门了。

这一日，秋林正在办公室里打扫卫生，知秋突然跑进来，拉住秋林就往外面跑，跑到院子里，停住。秋林奇怪，问，站这里做什么？龚知秋说，你听。秋林一愣，突然听见门口电线柱上的广播正在播放黄埠供销社的新闻。秋林顿时眼眶湿润。

知秋说，你赶紧去潘主任办公室打扫。热水瓶我去灌。潘主任来了，你跟他汇报。

秋林听知秋闲话，赶紧跑到潘主任办公室打扫。潘主任一进来，秋林便问，潘主任，你有没有听早上的广播？潘主任摇头，秋林有些失落，想了想，又说，早上，广播里放我们黄埠供销社新闻了。潘主任说，哦，对对，你不说我还忘记了。我出去锻炼，回来丈人跟我说，广播里在放我们单位的事迹。你一提，我倒想起来了。潘主任拍了拍秋林肩膀，说，后生有前途，继续努力。

秋林听了，高兴得不得了，似乎身上千斤重担卸下，蹦蹦跳跳跑回办公室。路过杨会计办公室时，突然看见杨会计坐在办公桌后奇怪地看着他，秋林一愣，赶紧收拾动作，安安分分走过去。

2

黄埠供销社有传统，每逢三、六、九集市，都要在店门口摆摊。这样，既为方便群众购买，也有利于宣传店里商品。

集市时，生活商店最是忙碌，乡下人都会赶到城里来买东西。每每这一日，知秋总会去楼下摊子帮忙。办公室窗子望出去，就是生活商店摊子。秋林看见知秋站在于楚珺旁边，一边吆喝一边做生意，干得热火朝天。那么多商品摊子，又没有指派，知秋唯独站到于楚珺那个摊子，秋林再笨，也能晓得里头奥妙。秋林为知秋高兴，他对于楚珺印象不错，知秋能寻这样的对象，再合适不过。

这一日，知秋对秋林说，你每日给杨会计打开水，跟杨会计关系好，能不能帮我个忙？

秋林问，什么事？

知秋说，杨会计办公室用一种香皂，是美国进口的力士牌。我到处问，都问不到哪里卖。你能不能帮我打听，哪里能买到？

秋林说，你干什么用？

知秋说，自己用。

秋林不怀好意地笑，说，我才不信。

知秋说，你莫管我什么用，帮帮我忙。

秋林应了，转日去杨会计办公室打水时，便大着胆子问，杨会计，你这个皂这么好闻，哪里买来的？

杨会计奇怪地看秋林一眼，说，你问这个做啥？

秋林便撒了个谎，说，我送对象。

杨会计说，哦，没想到你这么年轻便寻了对象。随后，她走到办公桌旁，从抽屉里取出一个盒子递给秋林。

杨会计说，这香皂我上海带来，这里买不着。

秋林拿了香皂，回办公室交给知秋。知秋高兴，千恩万谢。

又一日，秋林打水时，碰到于楚珺，秋林闻到她身上一股香味，正是杨会计的力士香皂味道。秋林便说，知秋哥还哄我香皂是他自己用，我一早就猜到是送你的。秋林是打趣，没想到于楚珺的脸色却马上倒了下来。

什么香皂？

秋林一愣，说，就是力士牌香皂啊。

于楚珺说，你年岁轻轻，莫乱话，哪有龚知秋的事情，这香皂是我上海亲眷给我带来的。

秋林一愣，不敢再说。他不晓得自己哪里说错，竟惹来于楚珺这样反应。让秋林更奇怪的是，接下去几日，自己去打水，再见于楚珺，她竟像没有看见他一样避开。

这头，因为香皂，于楚珺躲避秋林。那一头，杨会计又寻上门来。

杨会计问，香皂你送给对象没有？

秋林心虚，说，送了。

杨会计说，那你对象叫什么名字，哪里上班的？

秋林没想到杨会计这么问，一时回答不出。

杨会计说，难道你对象是于楚珺，生活商店里上班？

秋林一愣，不说话。

杨会计说，食堂吃饭，我闻见她身上味道还奇怪，此地没有这香皂卖，后来我才醒悟，就是我送你那块。

秋林低头，说，杨会计，对不起，我不是有意骗你，多少钱，我来赔。

杨会计冷笑，说，我要你赔什么钱？我晓得这香皂不是你送的，你是帮龚知秋。但你晓不晓得，这样帮忙会害人。

秋林发愣，听不懂杨会计话里意思。杨会计平复一下情绪，将事情始末告诉秋林。原来两年前，单位组织旅游去普陀山。一日傍晚，吃过夜饭，一群年轻人便约了去游泳。游着游着，于楚珺突然腿抽筋，直往水里沉。此时，供销社里四五个后生在岸上看，都不敢下去救人，唯独知秋，毫不犹豫跳下去，将于楚珺救起。知秋救了于楚珺的命，于楚珺便让要好的小姊妹传话，说自己以后定要嫁给救命恩人龚知秋。

杨会计说，你看看，都几年过去了，

于楚珺有没有嫁给龚知秋？唯独龚知秋一人蒙在鼓里。于楚珺眼睛生在额头上，怎么会跟他？她只是利用他。你是知秋朋友，你倒好，不但不劝他擦亮眼睛，还要糊里糊涂去做红娘。

秋林听了杨会计一番话，虽然没有反驳，但心里却不认同。按他理解，只要知秋对于楚珺一片真心，定有回报。再说了，寻对象事情，谁能讲得清爽？杨会计也未必内行，否则怎么现在还是单身？

3

秋林回城，过桃源街上一条墙弄时，突然听见有人叫他，转过头，看见一家裁缝店窗口探出一张熟悉面孔，竟然是杜英的姐姐杜梅。

阿姐，这是你的店吗？

杜梅点头。秋林说，你这么好手艺，早就应该到城里开店。

杜梅说，也是没有办法，你晓得那个人。杜尔车祸去世，杜毅到城里办厂，他没有制约，更是变本加厉，就索性跟他离了婚。姆妈见我离婚，大闹了一番，说我倒了她的牌子，不要我这个女儿。她这样说，我只能离开家，到城里租房子开了这爿裁缝店。

秋林说，你开裁缝店定是生意红火。

杜梅说，红火不红火都不要紧，只要能养活自己。对了秋林，你离开长亭去哪里上班了？

秋林说，现在黄埠供销社当文书。

杜梅说，你有出息的。

秋林笑笑，说，哪有什么出息，也是混口饭吃。杜英现在做什么，还读书吗？

杜梅说，杜英也来城里了。她高中毕业没有工作。正好杜毅在城里开了一个加工厂，让杜英帮他当会计。对了，等下杜英就回来了，你没有要紧事的话，就坐一坐，等等她。你们也多少日子没见了。

秋林有些犹豫，感觉这样等杜英有些不好意思，但又舍不得走。正犹豫，杜梅拿出些瓜子花生，放在一条骨牌凳上，让秋林自己剥。秋林便顺势坐了下来。秋林剥着花生，看着杜梅忙碌。

秋林问，阿姐，你会做什么衣服？

杜梅说，长袍短套夹袄背心，中山装列宁装青年装，我都会做。

秋林说，那阿姐什么时候给我也做一件吧。

杜梅说，行啊，你要做什么样式的。

秋林说，做件对襟布衫，厚一些，入秋了可以穿。

杜梅说，你后生穿对襟布衫，老气了。我给你做件列宁装吧，洋气。

秋林摇头，说，不是给我做，是给我爸爸做。

杜梅一愣，说，你爸爸？

秋林说，他关在牢里，天气凉了，我想给他送件秋衣。

杜梅听了，眼圈突然红了。

杜梅说，你告诉我，你爸爸多高。

秋林说，跟我一样高，比我壮一些。

杜梅便拿卷尺量了秋林身高肩宽胸围还有手臂长短，问，急着要吗？

秋林说，不急的，你先做别人的。等天气凉了再送去来得及。

两人说着话，有人走进来，秋林抬头一看，正是杜英回来了。杜英看见秋林，吓一跳，说，你怎么在这里。秋林说，我路过，碰见阿姐。杜梅说，秋林听说你在城里，特意等你回来。杜英一听，面孔红了起来。

杜梅说，好了，你来了，就陪秋林外头转转，店里坐一下午了。我去烧夜饭，你们转好回来，正好吃。

两个人都有些迟疑，都难为情。

杜梅说，你们两个怎么陌生人一样？以前为了见面，都快把家里衣裳洗薄了。

杜梅说了这话，杜英面孔更红了，似乎还有些恼怒地看了杜梅一眼。

秋林赶紧说，杜英，那我们出去吧。

两人出了店，默默走着。秋林偷偷打量，只见杜英双手绞着衣角，很是紧张。秋林想寻个话题，但是又不晓得怎么开头。正在这时，看见街边一家五交化商店，秋林突然想到话题。

我请你喝汽水吧。

杜英说，什么汽水？

秋林笑着不响，带杜英进了五交化商店，买一小包汽水粉，又借了个大海碗，将汽水粉倒进大海碗里。

你准备好，我一倒进水，你就马上喝。

杜英也来了兴趣，用力点头。秋林拿过凉水壶，倒进大海碗，只见碗里药粉迅速冒出泡来。

秋林说，赶紧喝，汽要跑掉了。

杜英慌忙拿起碗，仰头大口喝下去。

秋林看着杜英喝完，问，甜吗？

杜英点头。

秋林说，好喝吗。

杜英愣了愣，突然从喉咙里打出一个饱嗝。她脸红了红，有些不好意思地笑。

秋林说，喝汽水最舒服就是这个饱嗝。所以要喝得快，如果不快，一会儿就变糖水了。

两个人走出五交化商店。

杜英说，你怎么晓得这个方法？

秋林说，以前我念书时，每到夏天，爸爸早上就把盐水瓶装满开水，浸到水井里。下班回家，他就会带回一包汽水粉。盐水瓶从井里捞出，里头的水冰凉。爸爸拿一个碗，把药粉倒在里面，然后就让我调整好呼吸，最快速度喝掉。喝得越快，汽水的汽就越足。每次倒水时，爸爸还会念，准备好了吗，准备好了吗？弄得我紧张，一见水倒下来，赶紧端起碗来喝，抢火一样。那味道，真是一辈子都不忘记。

杜英愣了愣，说，秋林，你想你爸爸吗？

秋林说，自己的爸爸自然要想的。

杜英说，那你去那里看过他吗？

秋林摇头，不说话。两个人逛了一会，秋林说，我还是不去吃饭了，出来也没跟姆妈说，我怕她等。

杜英说，那就随你吧。

秋林说，我现在在黄埠，你有空来黄埠玩。

杜英说，好。

4

秋林回城待一日，又匆忙赶回黄埠。

每年台风季节，供销社都有一样不能外宣的工作，就是要将各处发霉的东西收集一起，然后统一放到三水供销社。黄埠地方，北面高，南面低，三水是此地地势最低一处。天台山脉下来一支水，经城里南门溪流，一路下来，最后在三水地方汇聚，流进大海。每年台风季，海里涨潮，溪水流不出，便会将三水地方淹没。长年累月，当地人早已习惯，洪水来前，提早将一楼东西搬到二楼。大水一来，家家备有竹排，将二楼当一楼，照常在墙弄里穿梭来往。

供销社是供应物质部门，那么多物资，长年累月难免损坏发霉，是很大一笔损失。因此，每年都会趁作大水时机，将这些发霉损坏物质堆积到三水，洪水一过，便可以到保险公司求赔偿，最大程度减少损失。

秋林跟着供销社几个同志一道运送货去三水。货物堆放完毕，秋林看见当地供销社里正在售卖海鲜。此处海水与淡水交汇，螃蟹淡水鳗都是个大体肥。供销社收购的青蟹两角四分一斤，其中最肥的红膏青蟹，都挑选出来卖给店里职工。还有只只跳的梭子蟹，只要八分钱一斤，都是最便宜不过，还不用水产票。秋林看见，也买了几斤。

三水回来，秋林拿着蟹，一份拿回家，一份送去杜梅裁缝铺。杜梅一看见秋林便责怪，说上次等你回来吃饭，你却偷偷走了，害我白白忙碌一阵。秋林听了，赶紧说，阿姐，前几天去三水，见螃蟹新鲜，便带来些给你和杜英尝鲜。

杜梅用手挑拣一番，说，这蟹只只肥得生膏。你不晓得，杜英最喜欢吃蟹。这一份多少铜钿？

秋林说，便宜的，贵了我也买不起。

杜梅笑，说，那就随你，等会儿就在这里吃晚饭。

秋林推辞，说，家里姆妈也烧了蟹等我回去，下次我再来尝阿姐手艺。

杜梅说，真有事情也随了你。你等一等。

只见杜梅从桌上堆积的衣裳里翻出一件藏青色的秋衣，平整摊在案板上。杜梅用搪瓷杯含了口水，均匀地喷洒在衣裳上，再盖块旧布，从炭火中取出火红烙铁，整压在旧布上推，衣服发出吱吱的响声，水汽弥漫。反复几次，一件衣裳被熨烫得服服帖帖。

杜梅说，这是上次你托我做的衣裳，带回去。

秋林说，这么快？

杜梅说，早些给你爸爸带去，也是你的一片孝心，让他宽慰些。

秋林说，多少钞票？

杜梅说，莫话钞票，手头生活不值铜钿，只怕你不钟意。你拿回去，下次要做冬衣时再来寻我。你只把我当自己阿姐。

秋林感动，感谢一番，将衣裳拿回家。秋林姆妈看到杜梅做的衣裳，突然就红了眼圈，一句不响地摸着衣裳针脚，半日放不下手。

5

这一日，秋林坐供销社里上班，收到一封来信，打开了，里头有一张报纸，报纸里还夹着一封信。信是一个姓冯的编辑写来，信上说，看了你的来稿，我很欣慰，又发现了一个写作的好苗子。你看，这个《克雷洛夫寓言》中写到了马，他说这个马，你要让它四肢放开跑，但是，又不能让它乱跑，要配一根缰绳，如果没有缰绳，马就要从悬崖上掉下去。你呢，看到了克雷洛夫写的马，你不单看到一个故事，而且看到了很好的道理。你在文章中写了人与自由的关系，还将它引申到计划经济和市场经济的一个事情。这个关系复杂，多少人都讲不清楚。唯独你，用了一匹马，讲得清清楚楚。克雷洛夫是俄罗斯的寓言家，他名字里有个洛，你姓陆，读音差不多，我相信，你只要努力下去，将来你就是中国的克雷陆夫。

秋林捏着信，反复看了三四遍，看得激动，尤其信里中国克雷陆夫这句闲话，看得他面孔都烫了起来。

秋林把信和报纸给知秋看，知秋也为秋林高兴。

知秋说，我早说过，你后生只要好好写东西定有出息，会写东西的人总是有好前途。还有，这封信和这张报纸你暂时不要宣扬出去，先藏住，等明天一早上班，想办法让潘主任看见，给他放个大卫星。

秋林听了，觉得知秋说得有道理，便按捺兴奋等到第二日一早。早上送热水瓶，秋林故意最后一个送到潘主任办公室。秋林去时，潘主任也刚到。秋林将热水瓶放好，将那报纸和信掏出，整齐摊到潘主任桌面上。秋林有些得意地说，潘主任，我的稿子发表了，还有一封报社领导鼓励我的来信。

潘主任愣一愣，说，这是大好消息啊。随后，他就拿起报纸看，看了，又将信看一遍。看着看着，潘主任倒把眼眉蹙了起来。许久，他才放下报纸和信，又拿那把小梳子梳起头发来。

潘主任说，小陆啊，这个发表文章是好事情，但你要多讲讲供销社的工作，写一写先进事迹，好人好事。这个市场经济计划经济的事情，莫要乱发表意见。你后生，政治上还不成熟，报纸上白纸黑字的，一定要慎言。

秋林听了潘主任闲话，心中热情顿时浇灭大半。回到办公室，反复琢磨潘主任闲话，越琢磨越丧气。自己还是高兴得太早了，看来要成为那个冯编辑说的中国克雷陆夫并不是那么容易的事。

改日，秋林到印刷间印开会文件。不晓得为什么，今日的蜡纸不好，不是印破了，就是印皱了。秋林生活做得不顺心，不时将作废的印纸卷团扔在地上。正这时，望见地上角落斜搁一副印刷画，画得密密麻麻。秋林烦心，索性放下生活，坐在地上看那副印刷画。画上正是清明上河图。看着看着，秋林灵机一动，潘主任要求自己多讲和供销社有关的东西，这不正是一个现成的好题材吗？

秋林起身，飞快将印刷材料的生活做完。夜里躲在宿舍，又一口气写出一篇稿子，说的就是清明上河图里广告的事。秋林写道，清明上河图里有吆喝，有旗帜，这都是典型商业广告形式。酒香也怕巷子深，古人就有如此敏锐的广告意识，特别值得现代人学习。

秋林又将稿子投给那个冯编辑。没多少日子，稿子便在报纸上刊登了出来。秋林将这个报纸拿去给潘主任看，可潘主任却去了宁波开会。秋林连着去了几日，始终没有见到人，心灰意冷，也不再惦记这个事情。

这一日，潘主任终于回来，一回来就叫秋林去他办公室。秋林紧张，不晓得又出了什么问题，一进办公室，只见潘主任眉开眼笑。秋林有些摸不着头脑。

潘主任说，小陆啊，你这篇文章写得好啊。

秋林一愣，说，哪一篇文章？

潘主任说，就是你刊登在城乡市场报上那篇《从清明上河图里的广告谈起》。这次市里开供销系统会议，市领导在大会上都提了这篇文章，还说大家回去，要好好看看这篇文章，思考新形势下如何更好地开展供销社工作。县社几个同去开会的领导都很重视这个事情，接下去要在全县供销系统开展学习。另外，我跟你透露个消息，县社领导可能会对你的工作作出调整，你要提早有个心理准备。

听了潘主任一番闲话，秋林又惊又喜，几乎不晓得怎么张口。

果然，没多少日子，县社下发批文，将秋林破格提拔为黄埠供销社团委书记。潘主任跟秋林谈话时透露，这件事主要是县社许主任的大力支持。秋林这才晓得，许主任此时已被提拔为县社主任，破格提拔事情正是他一手力促。

秋林回到家里，跟母亲说了自己提拔的事情，母亲也很是高兴。母亲说，喝水莫忘挖井人，你要好好感谢人家。正好人家送母亲一袋黄岩蜜橘，母亲便让秋林拿着这袋橘子去看许同志。

秋林费一番周折，打听来许同志家地址，将一袋子橘子背去，没想到许同志却坚决不肯要。

小陆，我跟你讲心里话，我和你父亲算不上什么深交，我们之前在城关镇时同事过，但也没有走得很近。但我看得出，他是个好人。我觉得他现在这样，罪过了。你是他的儿子，你很争气。我最欢喜争气的后生。

秋林说，许主任，你说的我都晓得。我也没有别的意思，我要是有别的意思，也不会只拿一袋橘子来。你对我的恩情，我就算卖地卖屋也报答不过。只是一份心意。

许同志想了想，说，那这橘子我收了，替我谢谢侬姆妈。

送完橘子，第二日秋林就回了供销社。再过一礼拜回家时，母亲告诉秋林，上几天，有人来家里问这是不是陆秋林家，母亲说是，那人就放下一袋糯米，说是许主任送来。

秋林听了，心里感动。他觉得自己运道好，竟能碰上许主任这样好的人。

第十七章

1

这一日，三岔镇团委书记葛梅成给秋林打电话，邀请他带队去三岔搞联欢。秋林笑着答应，最近正好空，搞一搞这样的青年联谊活动，既可以丰富单位职工文化生活，又能给供销社系统青年男女创造恋爱平台，很有意义。秋林跟领导汇报，几日后，便带队去了三岔。

到了三岔供销社，葛梅成早已站在门口迎接。葛梅成英俊，烫发，穿一身漂亮西服，很有些明星的派头。让秋林意外的是，于楚珺与葛梅成早就相识，两人握着手，讲了许多闲话。

夜饭在供销社食堂吃，吃完，大家动手整理一番，将食堂改造成联欢会舞台。联欢会开始，葛梅成先上台唱了一首港台歌曲。葛梅成声音好听，台风也好，抢了个头彩。唱完，葛梅成下来让秋林代表黄埠上去唱一首，秋林摆手，说自己不会唱歌，推荐知秋上去唱，没想到知秋死活不肯上去，最后还是于楚珺主动上台，替黄埠表演了个节目。于楚珺唱完，似乎不尽兴，又在台上主动提出两个单位合作一个节目，台下起哄，要葛梅成重新上去，葛梅成丝毫不推让，上去和于楚珺深情款款合唱了一首《鼓浪屿之波》。

唱完歌，葛梅成下台，跟秋林说，这个于楚珺同志很有才华，你们黄埠供销社藏龙卧虎啊。

秋林说，哪里能和你们三岔比。

葛梅成说，我们三岔就缺这样有才华的同志，你不介意，我就把她调过来了。

秋林笑。

葛梅成喝一口茶，突然问道，陆书记长亭工作过，齐海生你晓得吗？

秋林说，晓得的，他的父亲齐清风也是我原来同事。

葛梅成说，这齐海生最近出了一桩大事体，被抓起来了。

秋林惊诧，出什么事体？

葛梅成点一根香烟，说，你晓不晓得他们店里有个姑娘叫毛毛？

秋林摇头。

葛梅成说，这个毛毛，是县社刘副股长的对象，分配到长亭锻炼。也不晓得怎么回事，被这个齐海生盯上。一日，毛毛到河边洗衣裳，那个海生也转到这里。齐海生说，听说你有男朋友了？毛毛说，你怎么晓得。齐海生说，我是特务，我什么都晓得。毛毛不说话。齐海生又说，你男朋友生得好吗？他生得好，还是我生得好？

秋林跟葛梅成正说着话，于楚珺走过来，拉过葛梅成手臂，邀请他过去跳舞。葛梅成说，我跟陆书记讲些话，讲完就来。于楚珺才有些不大愿意地松开手离开。葛梅成眼睛看着于楚珺的背影，过了一会儿，突然回神般扭过头。

讲到哪里了？

秋林说，海生和毛毛讲话。

葛梅成，对对，齐海生和毛毛讲话。两个人有一搭没一搭说，也不知怎么就说到毛毛父亲出差，夜里就毛毛一个人在家。齐海生就说，那你一个人不害怕？毛毛说，害怕啊。齐海生说，那我来陪你。毛毛说，你敢来吗？我家里有条大狼狗。齐海生说，天气凉了，正好炖狗肉吃，我狗肉烧得好，你想吃吗？这个毛毛就骂他，端着洗衣盆走了。这个齐海生，真是色胆包天，当天夜里，果真就带了一段粗铅丝去了。他将毛毛家的木头窗闩挑开，从窗口爬了进去。他寻到床边，爬上去四处乱摸。毛毛用力推他的手，说，你是谁？齐海生说，我是海生啊，不是你让我来的吗？毛毛说，要死，谁要你来了，哎，你手往哪里放，快挪开。齐海生说，往哪里挪啊。毛毛伸手将他手拉开，齐海生又往别处乱摸。毛毛说，你别乱来，我要叫人了。齐海生说，你爸爸不是出差了吗？毛毛说，我已经有对象了。齐海生说，你对象又不在，谁晓得啊？毛毛不说话，只是用手遮挡。齐海生说，对了，你家的黄狗呢，怎么不叫了啊？毛毛就笑，说，等下来咬你。齐海生说，那我先咬你。说着，就俯下身去亲毛毛。

说到此处，葛梅成两眼放光，突然掩嘴笑了起来。

葛梅成说，那个齐海生真是活宝，弄的时候，他伏在毛毛身上，一边动，一边问，你跟你对象弄过了吧？毛毛不肯说，齐海生一定要她说。毛毛还是不肯说，齐海生就停下来不动，毛毛抱他的腰都不管用。最后没办法，毛毛说，两次。海生说，我才不信。你那个男朋友我晓得的，生了一双桃花眼，一只老鹰鼻，肯定不止两次。毛毛说，真的就两次。他不是桃花眼，老鹰鼻。齐海生说，我说是就是。他花头很多吧？毛毛说，我怎么晓得，你别问了。

海生说，我偏要问。

听到此处，秋林感到有些奇怪，说，你怎么晓得这么仔细？

葛梅成说，事情暴露了，镇社便派人下去调查，做笔录的同志问来，一字一句都写在白纸上呢。这齐海生，真是什么都敢说。调查的人下去，他竟然嬉皮笑脸地说，你想听哪一段，我仔细说给你听。最后，竟连怎么放避孕膜都仔细说了。镇社的同志说，他四十多岁的人，听了这些都脸红，真不晓得这个齐海生怎么还能说得出口。

秋林说，供销社怎么晓得这件事情？

葛梅成说，也是巧合。这个县社的刘副股长也不知怎么晓得毛毛父亲不在家，这一日正好在附近吃喜酒，闹完洞房，就想起到毛毛家过夜。一来就撞上两人在弄那个事情。那个齐海生拔脚就从窗户跑了。刘副股长将毛毛打一顿，最后毛毛说出是齐海生。最后，齐海生不晓得谁帮忙，供销社里上上下下托了关系，还跑到毛毛家里将她父亲思想工作做通，赔了他一笔钱才算了结。

秋林说，那不是了结了吗？你怎么还说他被抓起来了？

葛梅成说，这个事情了结，另一桩事体又冒出来了。那个齐海生是店长，出了事情，就不能让他再当店长了。结果新店长上台，盘存时盘出来账目不对。就向镇社反映，镇社又向县社反映。县社派了财务、物价、办公室、统计一大班人，盘来盘去，竟发现亏空了几千元。最后查出，是这个齐海生贪污了。要死的是，这个时候，那个毛毛又重新跳出来，说齐海生强奸她。

秋林说，她这边不是摆平了吗？

葛梅成说，你以为那刘副股长会甘心啊？这是存心要把齐海生搞死。

秋林问，那要判几年啊？

葛梅成摇了摇头，说，这个事恐怕不是判几年这么简单。你没听到消息吗？最近好像风声很紧，听说上面下达了指标，每个单位都要抓一些人。供销社也分了指标。如果这事是真的，那这齐海生就难说了。

两人正说着，于楚珺又摇摆着过来了，拉住葛梅成的手，有些撒娇口气，葛书记，到底还跳不跳了。

葛梅成说，跳跳。陆主任，走吧，一起跳。

秋林摆手，说，我不会。

葛梅成说，跳舞都不会啊，这个怎么上排场？改日我教你。说完，和于楚珺两人进入舞池。秋林看着两人，皱起眉头。扭头再寻知秋，却不知他哪里去了。

2

齐海生现在还记牢那一天批斗会上场景。他站在台上，将心底怨恨彻头彻尾地发泄一番。这是齐海生第二次参加齐清风的批判会。上一次，是在自己学校，他坐在礼堂里，看见台上一个人，穿着长衫，又高又瘦，头几乎弯到脚尖。虽然看不到脸，但齐海生一眼便晓得那是自己父亲。齐清风在台上被批判的时候，齐海生身边正站着一个女教师，她笑眯眯的，一边看台上批判，一边跟旁边人指指点点，就像是在看西洋镜。

万人批斗会结束，偌大的操场上，人群散场，喧嚣殆尽，只剩下齐海生一个，抱着双膝坐在批判台上。他晓得，从这一刻开始，他在世上无家可归。

齐海生坐在那里，想了许久，想齐清风，想齐罗成，想秀娟，最后又想到了自己。自己的名字叫海生，这名字就是齐清风出的。海生就是海里生，干脆自己去海里死了，也算是将这名字还给他了。这样想着，齐海生便去了海边。但坐在礁石上，望着黑森森的海水，他却害怕了，他想起那些鱼虾啃噬自己身体的场面，浑身颤抖。

后来，远处就走来一个人，近了，看出是一个老头。老头看见齐海生，便问道，小后生，天都黑了，你坐在这里做什么？

齐海生说，我爹娘没了，家也没了，想跳到这海里寻死。

老头说，那你为什么还没有跳？

齐海生说，我不敢，怕海水里鱼虾咬我。

老头便笑，说，既然不敢就先不要寻死了，干脆你跟我学钓蟹，等哪日你敢了，再来跳也来得及。

齐海生想了想，觉得他说得有道理，点头答应。

从这一日开始，齐海生便跟着老头钓蟹。钓蟹需站立在滩涂上，滩涂上没有遮挡，红猛日头彻头彻尾照落下来，将人晒得发红，反复脱皮。滩涂上还有海蚊虫，海蚊虫芝麻大，咬起人来最凶不过。起初海生也没办法忍受，站在滩涂上，如同人间地狱。时间久了，慢慢适应。他想起齐清风万人批斗会上场景。他将自己当作齐清风，将滩涂上密密麻麻爬行的小蟹当成台下人。他体会齐清风在台上的模样，这样一想，身上的痛痒竟变得不那么难熬。

老头几乎每日都与齐海生一起钓蟹，但钓来的蟹，他自己不要，全给齐海生，让他去市集上卖。齐海生不要，说这是你钓的，我不能拿。老头却说，我有退休工资，还有儿子养老，不靠这点铜钿。齐海生说，你为什么对我这么好？老头说，我当年去上海，也是你这样年纪，无爹无娘，我能体会你的难处。齐海生说，你去过上海，上海好吗？老头说，上海当然好了，黄浦江边，外国轮船山一样大。只是我现在老了，如果还是你小鬼年岁，定要再回去闯一闯。

后来的一日，老头没有来，接下去几日，一直没有出现。齐海生心急，便去城里寻他。老头跟他说过，他家住在城关西门，西门有一株遮天蔽日大杏树，杏树脚边第一份就是他家。

齐海生去了城里，寻到他家。一进门，就看见堂前一口黑漆棺材，悬搁在两条长板凳上。棺材前一张八仙桌，搁老头照片，点香焚烛，香烟缭绕。齐海生看了，心里晓得状况。进院子，什么都没说，就在八仙桌前跪拜了一番。老头儿子奇怪，问他是谁。海生说，你不认识我，我常跟他去钓蟹。老头儿子一听，便明白了。海生说，能不能把他的钓蟹工具送给我。儿子答应，将钓蟹工具，连同老头戴的草帽一起送给了他。齐海生说，他是我碰见的第一个好人。

3

齐海生打听了。去上海，要先到宁波，宁波有轮船，那个轮船到上海。

齐海生沿着砂石路走，腰上别着蟹篓，捉蟹那根竹竿当作拐杖。走了一日，太阳落山时，终于走不动，便靠着路边一株大树坐下，从蟹篓里取出馒头，旁边水沟舀水，吃了半饱便不敢再吃。怕东西吃完，到不了上海。

休息一阵，天色黑了。远处有高高低低鸟鸣，草丛中有虫子亮晶晶飞过。海生仰头靠在树干上，抬头看天上星辰，不多时，倦意渐沉，就睡了过去。一夜，海生做了些乱七八糟的梦。他梦见自己躺在海面上，海水温暖，此起彼伏，托着自己身体在海水里漂，也不知漂了多久，只见一个声音在耳边轻声叫道，醒醒了，到上海了。海生睁开眼睛，看见天光已亮。他起身到水沟里洗面。刚伸出双手，魂灵吓出，只见两臂上叮了几十只蚂蟥，再看腿上，也有十几只。海生手忙脚乱将这些蚂蟥拍落地上，用石头磕碎，地上一片血印。

海生不敢再在水沟边停留，拿起竹篓竹竿，往大路上走。太阳渐渐红猛起来，海生走了一阵，觉得有些头晕，担心是那些蚂蟥吸了自己血的缘故。再走一阵，看见路边停了一辆手拉车，侧翻着，旁边散乱一地大大小小麦秆堆。一个后生正在旁边愁眉苦脸捡拾。

海生上前问，你怎么了？

后生说，刚刚避一辆汽车，翻了车。

海生放下东西，帮后生将散乱麦秆捆扎好，重新叠到手拉车上。

海生问，这是哪里？

后生说，这里是奉化，蒋光头老家。

海生说，此地离宁波还有多远？

后生说，走路还要走一日。你也要去宁波？

海生点头，说，我要去宁波坐轮船，想去上海。

后生说，我也去宁波，我们路上正好做伴。

后生从包里拿出一卷麦饼，再取出一个搪瓷杯，搪瓷杯里装着海苔花生。后生将海苔花生用麦饼卷好，递给海生。

来，吃点东西再上路。

海生接过来，麦饼劲道，卷着海苔，越嚼越香。海生说，我很久没有吃到这样好吃的东西了。后生说，我姆妈做的，我姆妈手艺好，以后有机会，去我家里吃。

讲了番闲话，海生晓得，这后生和自己同地方人，姓徐，叫徐为止。

为止，就是到此为止的为止。

海生说，为啥要取这个名字？

徐为止说，我妈妈生了四个儿子，到我这里，我父亲就说，再生下去，卖田卖地都填不饱嘴巴，到此为止吧，就给我取名叫徐为止。

两人便笑。

徐为止说，我在搬运工会里上班，这次是要拉一车麦秆到宁波造纸厂，你去上海做什么？

海生便将自己事情跟他说了。

徐为止说，那这样，你陪我到造纸厂，我再用手拉车送你去轮船码头。

海生点头，两人重新上路。路上，手拉车碰到斜坡，海生就帮着推。徐为止累了，海生就换手帮他拉一段，两人互相帮忙，竟提早到了造纸厂。此时，造纸厂还没开门，两人便在手拉车上依靠着困了一觉。天亮造纸厂开门，将麦秆清点收下，付给徐为止二十块运费。除去上交工会的，徐为止能赚五块。徐为止拿出两块，交给海生。海生坚决不肯要。

我留了路费，只要到了上海，处处有洋钿赚。

徐为止便不再勉强，请海生吃了一大碗宁波猪油汤圆，然后用手拉车送他去轮船码头。到了轮船码头才晓得，已经没有当天的票了，最早的票是三日后。海生有些沮丧，说，为止，你回去吧，我再转一转，看看有没有人不要票的，我跟他买。徐为止说，那好吧，我走了，你自己保重。两人告别。

徐为止走了，齐海生又附近问了一圈，还是没有票。他站在轮船码头上，有些茫然，不晓得接下去该往哪里走。正发愁，只见徐为止拉着手拉车又回来了。

徐为止说，海生，你说你去上海做什么？

海生说，赚钞票啊。

徐为止说，你上海有认识的人，有合适的工作？

海生愣了愣，摇头。

徐为止说，那就不要去上海了，我介绍你去搬运工会。都是赚钞票，不是一样？

海生想了想，觉得徐为止讲得有道理，点头同意。两个人拉着空手拉车回家。从此，海生便到搬运工会上班。虽然辛苦，但能解决温饱，海生不惜力，脚步勤，主顾也愿意寻他。

这一日，到了八月十五。徐为止来寻海生，叫海生去他家里吃饭。海生到街上买一盒月饼，赶去徐为止家。徐为止家四兄弟，老大老二跟着父亲山里务农，老三和徐为止城里寻生活，母亲照顾。海生去时，徐为止母亲正在灶台上忙碌，灶上热气腾腾，蒸着馒头。徐为止进去跟母亲打招呼，母亲转头，蒸汽中一张脸，竟和自己如此相像，把海生看得目瞪口呆。徐为止母亲看见海生，也是一脸惊讶。

徐为止介绍，这就是我搬运工会最要好朋友海生。

母亲让徐为止招待海生坐下吃饭。饭是馒头过馏，馏是番薯粉与水搅拌，里面放青菜花生虾仁牡蛎肉丁，馒头是豆沙馅。徐为止母亲好手艺，馏又香又鲜，馒头又甜又糯，都是好滋味。但海生始终吃得不安心，时常偷眼去看徐为止母亲，徐为止母亲也偷偷看他。

徐为止母亲说，没有菜，都是主食。叫你朋友不要客气，多吃些。

海生说，味道好，都是我欢喜吃的。

徐为止母亲说，对了，你这位朋友姓什么？

徐为止说，我始终叫海生，倒是忘了问你姓什么？

海生说，我姓齐，齐天大圣的齐。

徐为止母亲听了，顿了一下，一只筷子滑落，掉在碗沿上，当的一声脆响。虽然她很快就将筷子捡起，但齐海生记住了这个举动，心里生疑。

吃完饭，齐海生与徐为止回搬运工会。

齐海生问，你母亲只生下你们四兄弟吗？

徐为止说，是啊，所以我的名字才叫为止，到此为止嘛。

齐海生问，会不会生了，送了人？

徐为止说，不可能，我们一家人一直住在一起，如果母亲再生阿弟，我怎么会不晓得？再说了，家里那么困难，哪还有米喂一张嘴巴？我记得家里日子难过，有一次我母亲还去舟山，帮人晒了一年鱼鲞，才算赚来钞票帮家里渡过难关。

齐海生皱眉，或许只是巧合，天下生得像的人总是有的。但齐海生想起自己与徐为止母亲见面细节，又觉得事情蹊跷。

转日，齐海生又去徐为止家。徐为止母亲看见齐海生来，吃了一惊。齐海生解释，说，自己路过，正好口渴就进来讨碗水吃。

徐为止母亲给齐海生舀了一碗水。齐

海生喝完水，说，阿姨看见我，有没有觉得面熟?

徐为止母亲说，你上次到家里吃饭，是见面第一次，怎么会觉得面熟?

齐海生说，那我跟阿姨打听个人，齐清风你熟悉吗?

徐为止母亲脸色突然变了变，说，不熟悉。

齐海生说，那吕秀娟呢?

徐为止母亲说，不熟，你问我这些做什么?

齐海生说，这个倒是奇怪了，你跟他们不熟，他们倒是跟你熟悉。我那天在你这里吃了饭，后来碰见齐清风，是他说跟你相熟的。

徐为止母亲说，你乱讲。

齐海生说，怎么会乱讲。你要是不相信，我现在就将他叫来这里。

徐为止母亲说，你莫叫来。

齐海生盯牢徐为止母亲眼睛，说，你分明是认得他们的。你告诉我，我是不是你生了送给他们的。

徐为止母亲看着海生，你莫乱想，你怎么会是我生的呢。

齐海生说，你不认也没关系，那我就将齐清风吕秀娟叫来对质。

徐为止母亲神色黯淡，沉默好一阵，眼泪跌落了下来。

你莫叫了，我是。

齐海生说，那我爹呢，我爹在哪里?

徐为止母亲支吾，说，他在山里种田。

齐海生说，我要见他，你同我一起去，你们说清爽，为什么将我丢弃。

徐为止母亲说，海生，你莫见了，当初是我们不对，现在你也长大成人，就原谅我们吧。

齐海生说，你们生了我，却将我扔到别人家里，怎么可能原谅? 我要当面问问他这个当爹的。

徐为止母亲此时突然就跪在齐海生面前，哭着说，海生啊，我求你了，你就当可怜可怜我这个娘好不好。

齐海生说，你不用这样，你跪也没有用。我是你们生下的种，你们心狠扔了我，我也能心狠做出无良心事情。你晓不晓得，齐清风养我十几年，可我照样能在批判大会批判他。

徐为止母亲抬头看着齐海生，怔了许久，终于擦干眼泪站起来。

都是命啊，自己造的孽果然早晚要报应。海生，那我就告诉你。当年吕秀娟不能生养，就寻到我，让我替她生养。我家里困难，贪她的铜钿，就答应了，跟齐清风生下了你。生完了，我就走了，他们只说你是捡来的。这些年，我也一直想你，想来看你，却始终不敢。我是夜夜做梦，梦到你吃苦受罪，眼泪不晓得流了多少。但我没办法，海生，这样的事要是败露了，不但我做不了人，两份人家全都做不了人，我没办法啊。

齐海生听了，真是觉得天崩地裂。他这时才终于明白自己真正身世。此刻，虽然他晓得了齐清风是他亲生父亲，反而却更加恨之入骨。他恨齐清风，也恨吕秀娟，齐罗成，他恨他们全家。

齐海生冲出院子，在路上狂奔。他跑到海边，靠在礁石旁大哭了一场。哭完了，他就发下誓愿，他要回去，他是齐清风的儿子，他要去争了齐罗成顶班的名额，这是自己的名分，自己不是野种，这是正大光明属于自己的东西。

第十八章

1

爱春坐在柜台里，打着呵欠，望着门口。原来，齐海生每日都会坐在门口那把毛竹椅上，旁边放一条骨牌凳，凳上一包烟，一杯茶，还有几只砸开的核桃。那只松鼠在他脚下盘旋，他将核桃剥开，核桃肉扔地上，松鼠就用双爪捧着吃。

可现在，这个场景却已经再也看不到了。

爱春有些后悔，她不应该对齐海生那么残忍。这只松鼠是他最心爱的一样东西，她不应该那样做。她也不晓得那一刻她是怎么想的，脑子里似乎总有声音在怂恿，只想着做一件什么事让齐海生难过。但齐海生真的难过了，她又心痛。

仿佛就是昨天，她刚来长亭辰光，齐海生对自己多少热络，就像一块热烫烫的狗皮膏药，一天到晚粘着自己。自己也喜欢他，她对他是掏了心的，好吃的东西买给他吃，时兴的衣裳买给他穿，宁可自己苦一些，也是心里愿意。虽然在家时，阿姐跟自己叮嘱过，对男人不能掏心掏肺。她也记牢这闲话，但面对齐海生，她就乱了分寸。她跟他说以后她来疼他。这不是嘴巴讲讲，红口白牙，都是心底最真心话。马师傅刚退休，店长位置空出，她就去寻一个当官的长辈，去供销社里走动，让齐海生当店长。但陆秋林供销社里有靠山，没有成功。后来秋林被调到黄埠当文书，供销社要派个新人来当店长，她又去托关系，这次终于被她争取下来。齐海生当了店长，却不争气，总是柜台上拿钱，货物才卖三百元，他就能拿走一百元。为了遮掩，他还想出新办法，立下盘存规矩，不用三堂六案对账，全由他一个人来。一个人盘存，亏损盈余别人都不晓得。起先，店里是曲大宝，曲大宝软弱，百样事情不管，任由他摆布。后来，曲大宝走了，来个徐本常，徐本常与曲大宝不同，样样事情顶真，主动提出要参与盘存。爱春晓得利害，这一盘，定要盘出事情来，她只好出面去寻徐本常，做他思想工作。徐本常快四十岁的人，还没寻过对象，平时看爱春的眼睛都是碧绿的。爱春本不愿意去招惹他，可为了海生，她只能对他好，给他烧菜，帮他洗衣裳，徐本常高兴，将爱春对他的好当作一片真心，让爱春叫苦不迭。这边安抚徐本常，另一边爱春又去寻齐海生，将自己存下的五百元私房钱给他，让他去填补亏空，齐海生却怎么也不肯要。爱春没有办法，她晓得这是自己的命，齐海生就是自己前世落下的讨债鬼，自己愈对他好，他愈是不当人情。反过来，人都是犯贱坯，海生越对自己冷落，自己却越是一厢情愿想对他好。

齐海生这样不好，那样不好，爱春都能忍受。唯一不能忍受，自己对他这样真心，他却将心思放到别的女人身上。

那个毛毛，第一眼看到，爱春便不欢喜。她第一日报到，站在门口跟齐海生讲闲话，眉飞色舞，眼里没有旁人。最引人注目的是，她十只白嫩嫩的手指，指甲竟涂得血红，一看就不是正经女人。齐海生与她握手，半日都不肯放下。更让爱春难过的是，安排宿舍，齐海生将自己和徐本常安排到楼上，将毛毛安排在楼下，与他隔壁。爱春心里委屈，齐海生不能这样，自己对他掏心掏肺，可新来了一个涂红指甲的女人，他就马上变了心。

那一日是三岔市集，照例，他都是带自己去。可来了个毛毛，他却带着她去三岔。那一日，是爱春人生中最难过一天，脑子里胡思乱想，根本站不了柜台。徐本常关心她，让她回房间休息，她却鬼使神差走进齐海生房间，她倒在齐海生的床上，闻着他被子上的气息，难过得透不过气来。

就是那一天，她去寻来那只猫，放进装松鼠的木箱里。

爱春原本认为齐海生回来，看见箱子里头的松鼠死了会大发雷霆，但没想到他却出乎意料的平静，只将松鼠埋了，回到自己的房间，整一日都没有出门。爱春担心，煮一碗葱油面送进去。齐海生躺在床上，脸上盖一张报纸，纹丝不动。爱春心痛，拿筷子夹面喂齐海生。

多少吃一点，碰到野猫也没有办法，再买一只好了。

齐海生吹掉脸上的报纸。露出一双眼睛，怪怪地看着爱春。

齐海生说，你看见了吗？

爱春说，看见什么？

齐海生说，你说奇不奇怪，那松鼠肚皮被抓开，肠子都扯出来了，那猫却不吃。你不吃，掏肠子做什么？

爱春心虚，不敢应话。齐海生又说，有一次，我去收购站。看见他们在收蛇。就像这面一样，长长的一条。你晓得蛇怎么杀吗？杀蛇人捏起它的尾巴，一抖，骨头抖散，那蛇就盘不起来了，软绵绵一条。用钉子将蛇头钉在墙板上，刀子一划，捞出蛇胆，再一划，剥下蛇皮。一刀砍在蛇头上，砍断蛇头，将红粉粉的蛇肉扔到缸里。那缸，就像这碗的样子，有那么大，三个人都抱不过来。

爱春说，你别说了。

齐海生笑眯眯看着爱春，接过筷子搅动着碗里的面。

为什么不说？你晓不晓得，那蛇脱皮取胆，还砍了头，但那粉红色的蛇肉却照样能动，能卷，能钻。那么大一个缸里，那么多没有头没有皮的蛇肉，就那么钻来钻去，扭来扭去。

爱春直愣愣地看着齐海生用筷子搅动碗里的面，突然一股酸味从喉咙口涌了上来，她俯下身，忍不住干呕起来。

那一日起，齐海生就不再理睬爱春。店里看见，眼睛是直的，像是根本看不见她一个大活人。转过头见了毛毛，海生的面孔又全变了，热情洋溢，问寒问暖。爱春晓得，海生是故意做给自己看的。

爱春问齐海生，说，你为什么要这样对我？

海生说，我怎么对你了？

爱春说，松鼠被野猫拖了，总不能怪我头上？

海生说，爱春，你这闲话讲得奇怪，松鼠的事情我有一句话说你了吗？

爱春一愣，说，那你为什么不跟我讲话？

海生不应。

爱春说，海生，你莫跟毛毛走得那么近，她有男朋友。

海生说，怎么，我跟她走近，你心里难过？

爱春说，我难过什么，戏里唱的，男

人都是陈世美，我晓得的。

海生就笑，说，好，既然我是陈世美，那我现在就去找她。今朝夜里，我就困她家中去。说着，齐海生真的下床，开门走了。

整一夜，齐海生都没有回来，第二日天亮，还是不见人影。爱春搬了把小椅子，坐在门口。坐了一会儿，突然发现一只白色的猫走过来，在店门口盘旋，爱春看见，像是看见了最恐怖的东西，赶紧跑回店里躲进房间。爱春躺在床上，心里恐慌。外面传来猫的温柔叫声，但爱春听上去，就像撕心裂肺一样。

2

这一日，有个女人来家里寻齐师傅。齐师傅看着这人有些面熟，但又想不起来在哪里见过。

女人站在门口说，齐师傅，我叫爱春，在长亭时你见过我，可能你已经忘记了。我到南货店，你很快就退休了。

齐师傅皱了皱眉，似乎有了些印象。

爱春说，齐师傅，今朝来，我是要跟你说件事，是海生的事。

齐师傅心里打咯噔，表情依旧平静。

那你进来坐。

齐师傅让爱春进来，给她倒了杯水。爱春喝了水，平稳了气息，将事情详详细细地说给齐师傅听。齐师傅听完，表面依旧平心静气。

齐师傅说，谢谢你帮忙，要不是你当说客，那个叫什么毛毛的姑娘定不能饶放齐海生。

爱春说，我现在担心的并不是这一桩事情，而是另一桩。事情虽然平息，但海生的店长是不能再当了，接替他的叫徐本常。徐本常上任，第一件事便是盘存。

齐师傅说，海生盘存做了手脚？

爱春说，你是南货店里老人，我不瞒你。海生当店长，总在柜上拿钱。盘存也就他一个人盘，数目上总报些虚账。自己盘，别人不晓得，现在换了徐本常，肯定漏洞百出。

齐师傅说，能不能想办法把钱补上？

爱春说，我也这么想过，我让他把亏空数目告诉我，我帮他想办法，可海生却不肯，只说我的钱我自己留着，他的事他自己会解决。还说也就是坐几年牢的事，倒是省了房租。

齐师傅说，那个徐本常是什么样的人？

爱春摇头，说，我说不好。齐师傅，你有空去寻海生说说吧，这不是小事，要惹大祸的。

齐师傅看着爱春，想说些什么，却又不晓得怎么说，嘴唇动了半天，只说，谢谢你。

爱春神情哀伤，说，谢什么，我晓得自己是个傻囡，但我也没有办法。行了，我也走了，店里还有事，我是搭了拖拉机赶来寻你的。

说完，爱春就离开了。齐师傅怔了半日。青天白日，他却感觉做梦一样。

秀娟从里屋走出来，看了看齐师傅，在八仙桌边坐下。

秀娟说，你打算怎么办？

齐师傅说，我能怎么办，由着他了。他要坐牢，就尽管去坐。自家作孽，自家承受。

秀娟呆呆看着门外，问，你讲的都是真心闲话？

齐师傅说，那是当然，我早说过了，

这个儿子我就当没有生过。

秀娟看着齐师傅，嘴角冷笑。

齐清风师傅，你这话要是有用，南货店里顶班的就是罗成了。算了，你就将房子卖了吧。我不怕，等我老了，至少还有罗成给我养老。

齐师傅愣住，说，我为啥要卖房子？我不会卖的，尽管让他去坐牢。

秀娟看一眼齐师傅，不再讲话。

3

齐师傅搭拖拉机，赶到长亭。长亭路口跳下，望着长长路廊，齐师傅恍如隔世。这地方，他曾经无数次来去，这一次，站在路口却感觉是去探龙潭虎穴。

齐师傅往南货店走，路上熟人碰见，感到惊奇，都问齐师傅今朝怎么回来。齐师傅面无表情，微微点头算是回应，心里恨不得能变成隐身人，谁也看不见。

齐师傅走进南货店，柜台上不见齐海生，只有一个陌生男人。男人看见齐师傅，笑脸迎接。

男人说，阿伯，要买什么？

齐师傅左右打量，问男人，你是哪一个？

男人说，我是这里店长，我叫徐本常。

齐师傅盯着徐本常看了一会，见他眼大，鼻阔，方脸，两片腮骨外撇，一副正派模样。齐师傅心里叹气，齐海生怎么能得罪这样的人，被这种人盯牢，苦头有得吃饱。

齐师傅说，我来寻人。

徐本常说，你寻谁？

正此时，爱春从后面走出，看见齐师傅，说，是来寻我的。

徐本常听是寻爱春的，以为是爱春亲眷，赶紧重新布置笑脸，说，我还以为是谁，原来是你的熟人。阿伯，赶紧坐，我给你倒杯茶。

爱春说，不用了，我们两个外头讲些闲话。

爱春和齐师傅走到南货店门口。

齐师傅说，他人呢？

爱春说，在房间里困觉。

齐师傅说，青天白日困什么？

爱春摇头，说，我也劝他，现在风头更要表现好些，但他根本不理睬我。

齐师傅说，我去寻他。

爱春说，你去楼上。徐本常当店长，把我调到楼下，只把他独自扔到楼上。

爱春带齐师傅回南货店，徐本常对着齐师傅笑，齐师傅没有理睬他，往楼梯上走去。徐本常刚想说什么，爱春却走过去，说，中午吃些什么？徐本常愣一愣，便扭头跟爱春说下饭事情。

齐师傅上了楼，弯起手指敲门。里面闷声闷气问道，又做什么事情？齐师傅没有应答，继续敲。屋里一阵响动，门用力被打开。齐海生蓬头垢面站在门里，看见齐师傅，有些意外，但很快便恢复平静，转身又躺回到床上。

齐师傅走进房间，闻见房间里一股陈旧烟味。他将窗户打开，透了会儿风。然后将门关上，拖过骨牌凳，坐在床前。

齐师傅说，你不该得罪楼下那个徐本常。你看他耳后见腮，是风字面相。这种人报复心最强，反目无情，一旦得罪，定要报仇。

齐海生笑说，怎么，你现在还会看相了？

齐师傅说，做人做一世，怎么做？无

非一双眼睛，识得了人，才能平安过一世。

齐海生说，我没你那么大本事，再说，平安一世做什么，又不当庙里泥菩萨。

齐师傅说，你告诉我，究竟欠下多少钱？

齐海生说，欠钱？欠什么钱？

齐师傅说，你别瞒我，爱春全部告诉我了。

齐海生从床上坐起来，点一根香烟。

你什么意思，要替我还债吗？

齐师傅说，你先告诉我个数目。

齐海生说，用不着，我与你没有关系，我不过是你捡来的，我的债不用你还。

齐师傅说，你莫要说这些，我今朝来，与你母亲商量好，你欠下钱，我们卖屋替你偿还。

齐海生说，你莫要瞎讲，秀娟是你老婆，不是我母亲。我说了，我的钱不要你管。我从小被人扔了，孤魂野鬼一个，正好警察抓去，关在牢里，也算个去处。

齐师傅说，你莫讲气话。我来与你好好谈，你也好好说话。

齐海生说，齐师傅，你莫要这样。你不要对我好，我是别人的儿子，你捡了我，就是捡了条狗，你应该骂应该打。你对我那么好干什么？我求你了，莫要这样对我，你不是我的亲爹，你要好对齐罗成好去，他才是你骨血。

齐师傅说，我愿意对你好，是我自己事情。

齐海生说，你凭什么对我好，难道你是我亲爹？

齐海生盯着齐师傅，又追问一句，你敢不敢讲，你是我亲爹？

看着齐海生的眼神，齐师傅心里翻江倒海。他也很想应下齐海生这句闲话，但他不敢，他晓得这件事捅破会有怎样后果。

齐师傅咽下口气，说，就算是收养的，也是十几年感情，这跟亲儿子有什么区别？

齐海生脸色僵了僵，很快又笑了。

齐海生说，齐师傅啊齐师傅，都说你以前当过落寇，我却不相信。你看你，胆子这样小，连亲生儿子都不敢应，你就算说句假话也好啊。行了，你还是走吧，我的事与你无关，你莫要再操心了。以后对齐罗成好一点，总是亲生儿子贴肉，你待他好，他以后会替你养老送终的。

齐师傅愣了半日，终于开口，海生，我问你一句话，你要同我讲真话。

齐海生说，你问。

齐师傅说，你离开家那么多年，为什么又给我写信？

齐海生说，这有什么奇怪，搬运工会太苦了，我想寻个舒服点的工作，所以寻你，让你看苦肉计，把罗成工作让给我。

齐师傅说，你只是为了工作？

齐海生说，当然，难道我还来寻你认亲啊？

齐师傅叹口气，说，你真想坐牢，你就去坐吧。我做爹的，还能怎么样？

齐师傅慢慢起身，走到门口。

齐海生突然叫了一声，齐师傅。

齐师傅转头看齐海生。

齐海生笑眯眯地说，天凉，帮我带上门。

齐海生看着齐海生，半日才吐出一句，你这个夭寿啊。

齐海生看着齐师傅关上门，怔了怔，突然眼泪就流了下来。

齐海生想起，那时，齐师傅常出去挨批，每次回来，都是照常嘻嘻哈哈跟他和罗成说笑，丝毫看不出半点挨批的狼狈。

有一次，齐海生出门去玩，正碰上齐师傅批斗回来。他靠在路口的电线杆下，正用衣袖抹眼泪。这是齐海生唯一一次见齐师傅哭，他不晓得他受了怎样的委屈，他从未看过如此疲惫孤独的齐师傅，那一刻，他就远远地站在那里，一动不敢动，生怕打扰到他。

齐师傅沿着马路往城里走。他死心了，他终于问了齐海生他一直想问的那个问题，他也听到了他最怕听到的那个答案。他熟悉这种感觉，那一日，他也是这样灰心，一路走，就想走到海边去。那一次，他发下誓言再也不认这个儿子，但一看到他的来信，他就将那誓言忘得一干二净。齐师傅苦笑，这是做爹的命，逃不掉的。

齐师傅慢吞吞走着。平时，他两条腿像柴爿一样，走得飞快，但今天，他却觉得双腿无力，难以抬起。也不晓得走到哪里，听见身后有人叫他，齐师傅转过头，只见一个人拉着手拉车跑过来。

拉车人问，齐师傅，你还记得我吗？

齐师傅说，我记得的，你姓王，王师傅。

拉车人说，好久没见你了。

齐师傅说，我退休了。

拉车人说，哦，难怪呢。你要回城吗？

齐师傅点头，拉车人便说，那你坐上来吧，我拉你回去。

拉车人将车头低下，齐师傅没有拒绝，抬腿上了手拉车。手拉车晃晃悠悠往前走，齐师傅坐在手拉车上，看着远处的长亭村越来越远，越来越远，直到上了岭，拐过那个垭口，长亭村终于在视野里消失不见。

手拉车到了城里，齐师傅下车，从兜里掏钱，拉车人却不肯要，说，我给你拉了那么多次，也算是朋友了。现在你退休了，就算朋友送你一程。

齐师傅说，那谢谢你了。

拉车人说，谢什么。我现在也安家在城里了，草龙巷七十九号。你有空过来，到我那里坐坐，吃杯老酒。

齐师傅应了。拉车人走了，齐师傅抬头，这才发现他如以前一样将他放在了兴国饭店门口。以往，拉车人每次将他拉到这里，他都会进去吃一餐。但今天，齐师傅没有进去，他一点胃口都没有。

齐师傅踱回家，在八仙桌边的太师椅上坐下，低着头，一言不发。

你去寻他了？

齐师傅没应声。

秀娟说，你瞒不了我。你几根肋排骨，我还不清爽？他怎么说？

齐师傅叹口气，说，他说他不是我亲生儿子，这窟窿不肯让我帮他填。

秀娟面露哀色，说，算了，清风，你对他总是尽心了。

齐师傅说，这夭寿，一世不落直。如果这次真的坐了牢监，也未必是坏事。有人管着，总比将来捅出天大窟窿来好。

秀娟站一边，不再说话。

从长亭回来，齐师傅便没有再去咸货行，每日坐在家里等消息。离开长亭时，他跟爱春叮嘱过，有什么事情，定要到家里来寻他。

过了几日，爱春果然来了，说三岔供销社来人了，来了一大班，与店里人一道日夜盘存，终于盘出数目，账面上亏了四千块。齐师傅听了数目，心里一沉，晓得海生的牢监是铁稳了。

又隔了几日，爱春又来，这次显得比上次慌张。爱春告诉齐师傅，这一次，县社的人也来了，是县社监委会主任带队。先是开会，上政治课。那个监委会主任严厉得很，说供销社是商业服务机构，应该老实做人。现在出现这么大的亏空，定是出现了不老实的人。这个人一定要查出来，这是贪污分子，是阶级敌人。主任开完会，还寻店里几个人背靠背谈了话。

爱春说，齐师傅你放心，寻到我时，我是一句海生的坏话都没有讲，只是说他工作认真负责，出现差错是日常物资损耗，定不是有意的。县社的人听了，都冲我发火了，说我胡说八道，再损耗也不可能出现四千元亏空。我不理，只是坚持，他们也拿我没办法。还有徐本常，我也叮嘱了，让他多说好话。齐师傅你放心，徐本常这个人虽然跟海生关系不好，但他听我闲话，应该不会说海生坏话。

齐师傅听了，感谢爱春。但他心里明白，这个徐本常定不会讲海生好话。眼下到了这个地步，什么办法都没有了，只能等着看结果。

再过几日，爱春来了，眼泡是肿的。爱春告诉齐师傅，供销社报了案，齐海生被公安局的人给带走了。

爱春走后，齐师傅换一身清爽衣裳，去咸货行挑拣了最好黄鱼鲞，用粗纸仔细包了几份。齐师傅先去了毛毛家里。齐师傅见了毛毛爹，将黄鱼鲞放下，开门见山，将心思袒露。

齐师傅说，我儿子对不起你女儿，受任何惩罚都是应当。我今朝落下这句闲话，如果以后你的囡受这个事影响，我两个儿子随便挑，任何一个当女婿，我都拍板。

毛毛爹听了齐师傅闲话，也有些感动，说，都是当爹的，我也晓得此时心理。这种事，也不能全怪你的儿子。我那个女儿，从小跟她娘，没学好。

齐师傅说，谢谢老兄弟，你也给我出出主意，如果这件事追究下去，还有什么我要提防？

毛毛爹愣一愣，说，齐师傅，你是好人，我就给你提个醒，我囡跟那个刘副股长虽然解除了婚约，但还在联系，我晓得的。那个刘副股长，怎么说呢，我怕他到时会来捣乱，你要提防。

齐师傅听了，千恩万谢。又着着急急赶到县社寻那个刘副股长。见到刘副股长，齐清风主动介绍自己，说自己叫齐清风，在供销社里干了多年。

刘副股长听得有些不耐烦，说，你讲这些做什么，有什么事体？

齐师傅说，我有个儿子，叫齐海生。这夭寿，不听闲话。平时工作上不努力，结果出现了亏空。我想寻你商量，他少的钱，我想办法给他补上，看看县社里能不能给他个宽待。

刘副股长面色放缓，说，哦，原来你是那个齐海生的爹。不过，这事情你寻我做什么，你应该去寻公安机关。

齐海生笑笑，说，刘副股长，我晓得，那个女孩子，是海生这个众生做得不对。但是他毕竟不晓得那人与你在谈对象，发生那样事情，都是误会。我替他向你道歉，如果刘副股长能原谅，有什么要求，我都愿意补偿。

刘副股长点了根香烟，眯着眼睛看齐海生，说，你准备怎么补偿？

齐师傅说，你说个数目，我卖房卖屋补偿你。你是大人，抬手放过他。他做了错事，法院要判，坐几年牢监，我无条件服从。但你这里，我还托你能帮忙，只盼着尽量罪能轻一些。他年岁还轻，罪轻还有机会。如果罪重了，关长远了，他这一世就抛脱了。

刘副股长突然笑了起来，说，齐师傅啊，你真是年岁大了，你不看报纸不听广播吗？你想得也太简单了，坐几年牢监？恐怕现在不是坐几年牢监的事情了，我告诉你，现在全国上下要严打，齐海生这次恐怕是要把牢底坐穿了。

齐师傅说，刘副股长，国家政策我也不懂，我只希望这事麻烦到刘股长时，刘股长能抬抬手。

齐师傅殷切眼神看着刘副股长，但刘副股长只是笑，一句话不响。齐师傅突然想起自己带的鱼鲞，给刘副股长递过去，说，刘副股长，这是我自己腌的咸鱼，你尝尝味道，要是滋味还好，以后我长年供应。

刘副股长做了个躲闪的动作，说，你莫给我，我最不爱吃这腥臭的东西。

齐师傅只好将鱼鲞拿开。刘副股长冲齐师傅招手，齐师傅，你靠过来，我跟你说两句私底闲话。齐师傅赶紧凑过去。刘副股长轻声说，我跟你明说了吧，这个事本来毛毛家已经不管了，是我定要追究的。

齐师傅听了，一阵火气上涌，他握紧拳头，关节握得勒勒响。

刘副股长看着齐清风，哑然失笑。

你做什么，要打我一顿？好啊，你打啊，或者把我绑去扔到海里。正好趁严打机会，把你父子都打进去算了，到时看还有没有人来帮你们两个收尸。

齐师傅握了一阵拳头，突然，胸口那口气就泄了下来。他搞不懂自己为什么会突然松了气，害怕了？他不晓得。他只晓得齐海生的事情，他已经没有能力再做些什么了。

齐师傅慢慢走出了供销社。从供销社出来，齐师傅去了趟看守所，看守所门口站了武警。齐师傅说，我儿子关在里面，能不能让我进去看他一眼。武警不肯，将他赶开。齐师傅想了想，又走到法院去。到了法院门口，只要看见穿制服的人进出，他就拉住问自己儿子的事情。没有一个人理睬他，只当他是个神经病。最后，法院看门的老倌看他可怜，偷偷告诉他，说，你到车站去，只要是重罪，都会有告示在那里贴出来。齐师傅感谢，又往汽车站走。走到汽车站，他的两条腿几乎一点气力都没有了。齐师傅站在一面墙前，看见上面密密麻麻贴满了告示。他寻到法院那张，写着一堆名字，其中最下面一排，都勾着红勾，要判死刑的。齐师傅上上下下仔细看了，没有齐海生的名字。齐师傅长出一口气。

从这日起，齐师傅每日一早都赶到车站去看告示。

4

夜里七八点钟，突然有人敲门。齐师傅出去开门，与来人在门口问答几句，又一起走了出去。过了大概半个小时，齐师傅回来。回来时，还带回一包香烟，坐在八仙桌边闷闷抽了起来。退休后，他就戒了烟，从未再吃。这一切都让秀娟感到奇怪，问齐师傅出什么事，齐师傅却一句不响。

天没亮，齐师傅便起了床。他在卧室里装被子的大樟木箱子里取出钞票，拿五十块，用红纸包了，出门，穿过大半个城区，来到城区边缘的草龙巷，寻到七十九号。齐师傅敲开门，门内站着的正是拉车的王师傅。王师傅披着一件布衫，将齐师傅迎进家里坐下。

王师傅问，齐师傅，这么早寻我有什么事?

齐师傅没说话，只是取出袋里的红包递给王师傅。

王师傅吓一跳，将齐师傅手推开，问，齐师傅，你这是做什么?

齐师傅说，你先收下我才肯讲。

王师傅想了想，将红包接过，放在桌子上，说，什么事，你尽管说。

齐师傅说，我想让你今天帮我跑趟路。

王师傅说，去哪里?

齐师傅便将来意仔细与他说了。

王师傅听了，低头想了一阵，点头答应。

齐师傅在大门口等，过了一会儿，王师傅出来，拉着那辆手拉车，只见车把上已经挂上了一块红布。两人离开草龙巷，寻个地方吃了早饭，然后又去商店买白布，脸盆，热水瓶，棉花，还有一套干净衣裳。热水瓶里灌好热水，上路。王师傅让齐师傅坐手拉车上，齐师傅不肯，不想让王师傅辛苦。王师傅说，齐师傅，你尽管坐着，等下还要办大事情，你要准备好体力。齐师傅听了，便不再坚持，只是低头坐上手拉车。

车子摇晃一路，终于到了野梅岭山脚。山脚路口停着几辆解放车，有武警站岗，不让进。齐师傅说自己是家属。武警依旧不放行，只让齐师傅在这里等待。

齐师傅没有办法，只得和王师傅两个人并排坐在手拉车的车帮上等着。王师傅将一根烟点燃，递给齐师傅，说，先抽根烟。齐师傅愣了一下，将烟接过来。他抽一口，往旁边看，看见附近三三两两站着人，个个神情肃穆。再往山上看，什么都看不到，只有绿油油的树，还有从树的缝隙中透过来的轻巧日光。

突然，山上传来了一阵声响，噼里啪啦，像是放爆竹。齐师傅身子一抖，站起身子，眼巴巴盯着山路。又过了十几二十分钟，只见山路上跑出一队武警，喊着口号，整整齐齐。他们跑到山脚，动作麻利登上解放车。解放车扬尘而去。

齐师傅站在那里发愣，仿佛灵魂出窍。王师傅赶紧叫他，齐师傅，快上山，等看热闹的人来了，就办不了事了。齐师傅这才反应过来，赶紧和王师傅拿着东西往山上跑。两人跑到山腰处，那里有一块平地，横七竖八地倒着一排人。齐师傅屏着呼吸，仔细辨认一番，终于寻着齐海生。齐海生倒在黄泥地上，身上流出的鲜血浸透身底下黄泥地。

王师傅从旁边手脚麻利砍来几根竹竿，插在齐海生周围，再用那卷白布将竹竿绕起来，隔出一个封闭空间。随后，他将热水瓶里的水倒进脸盆，将毛巾打湿，递给齐师傅。王师傅说，齐师傅，来吧。齐师傅有些麻木地接过热气腾腾的毛巾，开始擦拭齐海生的身体。因为身上的血几乎流光，齐海生的身体变得异常苍白。特别是擦净血迹后，胸前的弹孔显得特别醒目，黑森森的。齐师傅仔细看了，看见海生中枪的部位是胸口，从身后打入，打入的地方伤口要大一些，射出的伤口小一些。齐师傅将棉花搓成团，仔细将海生身上的弹孔填好。擦干净身体，填好弹孔，齐师傅又给海生换上干净衣裳。齐师傅全部收拾完毕，王师傅手脚麻利地将周围白布取下，卷起。

齐师傅看见有些家属已经收拾完了，

正背着尸体往山下走，有的还在收拾。那些没有家属认领的尸体，依旧孤零零地倒在血泊里。此时，几个附近村庄的小孩已经跑上来了，正探头探脑四处寻空弹壳。胆大的，还用小树枝在无人认领的尸体上挖着弹头。齐师傅看了难过，急步走过去，冲着几个小孩骂了两句。小孩抬头看，见齐师傅相貌凶恶，就骂骂咧咧地四散跑开。齐师傅将那卷白布散开，扯成片，盖在那些无人认领的尸体上。

齐师傅说，王师傅，你帮帮忙，把他弄到我背脊上，我背他下山。

王师傅应了。齐师傅弯下腰，王师傅用力将海生的尸体架到了他的背上。齐师傅咬着牙站起，背着海生往山下走。山道上，涌过一阵又一阵的山风，呜呜地响。不晓得是不是风吹的，齐师傅突然感觉齐海生在他背上微微颤抖。齐师傅的喉咙一阵阵地发紧，他晓得，这一世，他真的没有这个叫齐海生的儿子了。

5

一早，齐师傅就去城南的棺材铺联系棺材事宜。铺子里刚好有口新打的棺材，杉木，刚上好了漆。齐师傅与老板谈好价格，转身回家。走到半路，齐师傅听见有人叫他，扭头看，只见一个三十几岁的男人，站在一家早点摊子门口冲他笑着。齐师傅奇怪，他并不认识他。

男人说，我叫阿毛，以前城里挑挑子，卖酒酿。我挑子上还有一串铜板，走起来叮叮当当响，你记起来了吗？

齐师傅皱了皱眉，还是没想起来。

阿毛说，你当年吃过我一碗酒酿，我还说我认得你，因为你光面吃得最好。

齐师傅还是没有记起来，他抬头看看阿毛身后的店，说，这是你的店？

阿毛说，是啊，是我开的店。进来吃碗酒酿？

齐师傅愣了愣，忙了一日一夜，真还没有吃什么东西。此刻想起，的确有些肚饿。

齐师傅进了店坐下，阿毛给他舀了满满一碗酒酿，上头撒着甜桂花，喷香。齐师傅伏下头吃起来。吃了半碗，胃里慢慢暖了，脑子也慢慢开始清晰起来。齐师傅坐在那里，终于想起来了，多年前，他去海边路上遇见了这个阿毛。因为他讲的那个吃猪油的故事，自己把吃的酒酿全部吐到南门河里面去了。

齐师傅低头继续吃，吃着吃着，他捏着汤勺，就情不自禁抽泣起来。阿毛见状，有些发慌。

你怎么了，是酒酿味道不好吗？

齐师傅摇了摇头，泪眼婆娑。

阿毛啊阿毛，你晓不晓得，你把我害苦了。要不是你当年那碗酒酿，现在我又何必再受这人世上最大的苦啊。

阿毛看着齐师傅，觉得莫名其妙。

第十九章

1

每次回城，秋林总要往桃源街边上的那条墙弄里走一走。有时杜英在，有时杜英不在。杜英在时，两人便附近荡一荡，讲几句闲话。杜英不在，秋林裁缝店里坐一坐，吃一杯茶，跟杜梅讲讲自己在黄埠的情况。秋林讲得仔细，他晓得，跟杜梅说的这些闲话，杜梅定会讲给杜英听。杜梅做衣裳时，也会讲些杜英事体给秋林听。就这样，日子久了，秋林杜英就越走越近，近得都将对方视作了自己最重要的人。秋林带杜英见过母亲，母亲也欢喜。起初，秋林还担心，杜英农村户口，粮食、食油、燃料都没有计划指标，母亲会计较，不想母亲却开明。

都是苦人家，莫要挑拣别人。难不难的，都不是紧要事情。以前日子难过，也是件件熬过来，再苦总不会比以前更苦。最重要是人好，你钟意。

秋林听了高兴，说，父亲一直不让我去牢监看他，现在我寻了对象，总应该带去让他看看，要他认定。

母亲说，你莫担心，你的事，上一次去便已经说过，你父亲同意。

秋林说，还是要见见的，天下没有这样道理，儿子结婚，父亲都没见过儿媳妇。退一步讲，父亲现在不见，总有一日要见。我已经打算了，现在政策宽松，我也多少混出点名堂，我想寻律师想想办法，让父亲出来。父亲本就不是大罪名，坐那么多年牢，也应该出来，一家人团圆。

母亲愣一愣，说，我晓得的，你莫要急。

2

订婚礼，最重要一件便是邀请媒人。无媒不成婚，男女双方各种事都需要媒人在中间传递。秋林跟母亲商量，最后都想到同一个人，原来南货店里马师傅。一桩，秋林是马师傅手把手带出的学徒，是秋林师父，长辈。另一桩，马师傅长亭待了多年，一直与杜英家交往，知根知底。两厢考虑，没有比马师傅更合适人选。定了人选，母亲去百货商店里买来一斤白糖，一包茶叶，只等到礼拜日放假，让秋林去马师傅家邀请。

秋林寻到马师傅家时，马师傅正在家里染头发，刚洗干净，头皮上还留着蓝莹莹的颜料。虽然几年没见，但马师傅看上去丝毫不见老。秋林来，马师傅也高兴，热情将秋林迎进去，在客厅里坐落，泡茶拿瓜子，当作贵客。马师傅说自己开了一爿小店，做些旧货生意，又打听秋林现状，秋林简单介绍自己黄埠供销社里工作情况。马师傅听了高兴，说，当年南货店里便觉得你后生能干，我一双眼睛从不看错人。讲了几句闲话，马师傅说，小陆，你难得来，今朝寻我是不是有事情？

秋林有些难为情，说，马师傅，是这样，我寻了个对象。想订婚，但眼下还缺一个媒人，我和母亲商量，都认为此事马师傅最合适，所以就来麻烦。

马师傅说，这有什么麻烦？是桩好事。你放心，我定会帮忙。只是不晓得是哪里的姑娘？

秋林脸红，说，是长亭村的。

马师傅一愣，长亭村？哪一家？

秋林说，说起来马师傅也认识，是杜家的姑娘。

马师傅恍然大悟，哦，我晓得了，是杜家的小囡杜英吧？你后生眼光好的，那可是杜家姆妈心头肉。这样，既然你寻我，我就按老辈方法替你们张罗。你回去，先把你和杜英的生辰八字问来告诉我，我去算命先生地方，根据你们两人年庚八字定下结婚日脚。日子选定后，我再去给你跑腿，去送日子，送聘礼。如果杜家对日子没别的讲法，就可以正式定下。

秋林应下，说，那这桩事就辛苦马师傅了。

马师傅说，辛苦什么，你小陆能想到我做媒人，也是一番体贴，我真心高兴。

再坐一坐，讲一番闲话，秋林起身告辞。夜里，他便问来自己和杜英的生辰八字，隔日早上，又去马师傅家，将生辰交与他。马师傅请算命先生算了，定在正月初八，再去杜家打听，杜家没有异议，双方将日子定下。定了日子，秋林再办一桌酒席，请媒人、长辈还有单位领导吃饭。

杜英结婚，杜家张罗嫁妆，被子、被单、热水瓶、脸盆，零零碎碎一大堆，此外，还要准备新郎官穿戴的帽子、衣裤、鞋袜。杜梅将这些穿戴大包大揽，杜梅说，我定要寻好料子，置办一身最时兴衣裳，让你们风风光光拜堂。杜梅手头生活好，自然不用担心。另外，借了杜英婚事，也能改善与姆妈关系。

秋林这边，则是准备婚房、婚床，采办婚宴原料。最难是婚床，婚床需大料，特别是床前那根木杠。木材紧张，要短暂时间寻到好木料不易。秋林正为此事烦恼，不想，母亲却说此事早已准备好。

母亲打开自己房间，让秋林从自己床底拉出一样东西。拉出来，正是两米长一根挺括木料。母亲告诉秋林，他出生时，父亲便上心帮他准备木料。父亲一生正直，从不求人。唯独一次，帮了一个山里人大忙，帮忙后求对方一件事，让他留心寻一块床前木杠子料。这山里人有心，不久后，便将木料寻好送来。就这样，这根料放在床下二十几年。

母亲说，秋林，你要结婚，要做大人了。今朝，我就将事情底细告诉你。

秋林觉得母亲讲话奇怪，问，什么事情底细？母亲不回答，转身走到橱柜边，打开橱门。秋林跟过去看，只见里面搁着一件衣裳，衣裳眼熟，竟是自己托杜梅给父亲做的那件藏青色秋衣。秋衣下还压着什么东西，母亲慢慢掀开，竟是一个四四方方的盒子。母亲转过头来看着秋林，眼眶里泪水晶莹。

母亲说，秋林，这里面便是你父亲，你父亲已经没有了。

秋林双腿发软，天旋地转，几乎晕厥。

母亲说，当年，你父亲进了监狱，没多少辰光，人便脱了相。瘦得像根鱼鲞，又干又黄，连面孔都没了肉，就像用手碰一碰，都是脆的。你父亲说，这么副相貌，怎么好让你见他？怕你担心，说要等胖回去，水色好一些时，再让你去。结果没想到，就是那年冬天，说是半夜起来拉尿，站在马桶前，人突然就歪倒了。等别人发现，已经没了气。

母亲停下来看一眼秋林，只见他呆呆看着那个骨灰盒子，一声不响。

母亲又说，秋林，你莫要怪娘。这么多年，我一直瞒着你，不是我狠心，实在是担心你。你父亲出了事情，害你分配到南货店，你本就情绪低落，要是那时再告诉你这事，真担心你嫩肩膀承受不起，就消沉了下去。现在你结婚了，要做大人了，我也不好再瞒你。我晓得你心里难过，你真要怪，你就怪娘。

秋林摇了摇头，说，姆妈，我怎么会怪你？我也不晓得怎么说，这么多年了，爸爸在牢监里，我其实也总是猜测，心里也总有奇奇怪怪念头。担心他看不上我的工作，担心这个，担心那个。现在看见爸爸了，反而落定了一些。

母亲说，你能这样想，那是最好，我最怕就是你会承受不住。

秋林说，不会的，你说了，我要做大人了，家里许多事情以后都是我担当，我一定会做好的。

母亲听了，点点头，又落一阵眼泪。随后，秋林帮着母亲将骨灰盒从橱里取出，放在外面八仙桌上，上面挂相片，前面摆香炉、水果、糕点供奉。夜里，等母亲困了，秋林一个人偷偷出来，给父亲点上一支香，然后拖一把骨牌凳坐在桌前看父亲的遗像。看着父亲，秋林很想哭，但他却哭不出来。这是奇怪的事情，他晓得自己心里有多难过，可此时，他的眼眶却一滴眼泪也流不下来，似乎有一团什么东西淤积在眼眶里，将这些眼泪给堵住了。

秋林跑进房间，取出一个饼干箱，又拿出个面盆。秋林坐在地上，将饼干箱里的信取出，一张一张在面盆里烧了。火光忽隐忽灭，一阵阵热浪从秋林脸孔上滚过。秋林看着盆里燃烧的信纸，纸上的字随着火光变得清晰，又迅速消失，变成灰烬。秋林心思迷茫，他不晓得父亲在天之灵，能不能读到这些信。这么多年来，无论是在长亭南货店，还是到了黄埠，做任何事，他都是生着一股劲，要为牢监里父亲争口气。但现在，父亲没有了，秋林觉得身体里的那股劲也松掉了。今后自己还能怎么做，还能做给谁看呢？

3

这一日，供销社里开会，讨论的是保障春节物资供应事情。

会议放在小会议室里开，参加的是供销社里几个领导。会议的缘由是潘主任一个东北战友，这个战友电话里说，今年齐齐哈尔甜菜大丰收，甜菜可以做成白糖，如果这边有需要，可以去齐齐哈尔采购白糖。

潘主任说，眼看就要过年了，供销社要做好人民群众的物资供应保障。本来，我想自己去，但年底各项会议那么多，我做一把手的实在走不出，所以我考虑派你们中间一个去，联系一下白糖事宜。你们看看，谁愿意接这个任务，跑一趟东北。

听了潘主任闲话，房间里几个人都面露难色，就要过年，谁也不愿意抛家舍业跑到天寒地冻的东北。窃窃私语一阵，无人响应。

潘主任眼睛扫了扫众人，有些不高兴，怎么，都不愿意去？难道一定要我这个当主任的去啊？

此时，秋林站起来说，潘主任，我去吧。

潘主任一愣，说，小陆，你不是过年要办婚礼吗，怎么走得出？

秋林说，应该耽误不了。

会议结束，潘主任又单独问秋林，小陆，这个关节去东北，真的没事？家里人不会有埋怨啊？

秋林说，主任放心，工作事情要紧。

潘主任便拍了拍秋林肩膀，说，后生人就是不一样。

事情定了，供销社里便给秋林订火车票。车票紧张，定在三日后，需从宁波坐轮船到上海，再从上海坐火车到东北。订好票，潘主任便让秋林这几日在家里休息，专心安排出门事宜。

秋林回城，跟母亲说了去东北的事情。母亲担心，眼看就是春节了，你为什么要去东北？秋林说，单位里都忙，抽不出人。母亲不说话，沉默许久，说，你去杜英那里说一声，莫让人家挂心。秋林应了。

秋林出门，去杜梅的裁缝店。秋林去时，杜梅正在做衣裳，杜英还在工厂上班，没回来。秋林坐骨牌凳上，看着杜梅做衣裳，看了一会，秋林说，阿姐，我马上要去齐齐哈尔出差了。

杜梅抬起头来，问，齐齐哈尔很远吧？

秋林说，嗯，要坐好久的火车。

杜梅说，过年赶得回来吗？

秋林说，不晓得，看事情顺利不顺利。

杜梅就不说话了，手底下忙碌，房间里只有烙铁碰水发出的嗞嗞声响。再坐一会儿，杜英还没回来，秋林便起身告辞。他晓得，杜梅会将此事告诉杜英的。心底里，他也怕当面跟杜英说这件事。

第二日，秋林在家里收拾行李。母亲一早就跑出去寻到过东北的熟人，打听去东北的注意事情。回来，母亲就用瓶瓶罐罐装了许多咸菜，说东北吃馒头，带这些咸菜好下饭。虽然瓶瓶罐罐带着麻烦，但都是母亲心思，秋林只好全部塞进袋里。

整理好了，秋林便坐在房间里闷闷吃烟。昨天去杜梅那里说了去东北的事情，不晓得杜梅如何跟杜英讲，杜英又会是怎样反应。秋林不晓得自己为什么要争这项去东北的差事。供销社里那么多人，就算没有人主动领命，最终也轮不到自己。可那一刻，他就那样站起来，就那样主动地将此事揽了过来。他晓得去东北的后果，马上就是春节，春节里他要跟杜英举办婚礼。如果齐齐哈尔事情不顺利，或许他就会留在东北过年，甚至耽误婚礼。但他就是想去，他似乎盼着什么。秋林想不清爽，想得烦心，竟将燃着的烟头戳在了自己的掌心。

夜里，秋林和母亲坐在昏暗灯下吃饭。明朝就要出门，要坐客车去宁波，再从宁波坐轮船到上海，再从上海坐车去齐齐哈尔。吃完饭，母亲洗碗，有人敲门，秋林去开，见门口站的竟是杜英。秋林觉得有些难堪，面对杜英，不晓得如何开口。杜英望了秋林一眼，只将手里东西递过来，是件棉袄。杜英说，东北地方冷。秋林接了棉袄，心里过意不去，刚想跟杜英解释。杜英又说，路上注意安全。说完，她就迅速转身走了，消失在了弄堂口。

秋林拿着棉衣，呆呆站在门口。

4

火车从上海出发，叮叮当当开了两日一夜，秋林坐得腰酸背痛。到了齐齐哈尔，已是深夜。秋林出火车站，寻了辆小面包，摇摇晃晃赶到招待所。安顿下来，揩面洗脚，躺到床上，秋林却毫无困意。火车上日困夜困，倒将睡眠时间打乱了。加上屋里烧了暖气，热烘烘让人透不过气。秋林翻来覆去困不着，觉得心窝都烫，又将身上脱得只剩短裤背心，才稍稍平静了些。最后终于困了一会，天不亮又醒过来，再也睡不着。眼睁睁看着天花板，终于熬到第二日一早，才拿着介绍信去当地粮食局打听白糖事宜。

粮食局里接待秋林的是一个分管副局长，听了秋林来意，连连摇头。

我们自己春节里的白糖供应都不够，怎么好给你们？

秋林赶紧拔烟，说，帮帮忙，我是从

南方千里迢迢赶过来。

对方将烟放在桌上，说，你就是从月亮上赶过来也没有办法，没有就是没有，我总不能给你变戏法一样变出白糖来吧？

秋林又耐着性子恳求一番，对方始终不松口。秋林没办法，只得先告辞出来。回宾馆，给家里打了个长途电话。潘主任听了情况，也是意外，说，这样，小陆，你现在赶紧去部队寻我的战友武志广，他是当地独立团里干部。消息是他告诉我的。我马上给他打电话，让他想想办法。秋林记了地址，赶紧叫了辆小面的过去。到了部队，却说武志广不在，出门了。问几时回来，只说不清楚。秋林没办法，只能留下电话，又坐车回招待所。秋林再次给潘主任打电话，潘主任说自己也联系了，联系不上，让秋林先耐心等几日。没办法，秋林只能在宾馆里等待。

这一日下午，秋林正迷迷糊糊入觉，突然有人敲门，秋林开门，看见门口站着一个陌生女人，三十几岁年纪，穿一件滑雪衫，拉链敞开，里面露一件鲜红毛衣，裹得丰满。

你是陆秋林吧？

秋林点头。

女人说，我叫胡妙，是武政委托我来的。说着便伸出手，秋林赶紧握住。胡妙的手臂很粗，像个男人，手倒是小小一只，很有力。胡妙说，武政委让我带你去吃饭。秋林推辞，胡妙说，你不去，武政委要怪罪我。秋林听了，犹豫一下，便跟着她出了门。门外停一辆吉普车，胡妙介绍这是武政委特地安排的部队车子，方便秋林出行。秋林感谢，两个人便坐上吉普车。

天气冷，地上有冰，车子开得慢。一路上，胡妙边开车，边向秋林热情介绍齐齐哈尔，秋林全无兴趣，有一搭没一搭应着，眼睛无聊地往窗外打量。路上少有人，偶尔走过去的人都裹得粽子一样，缩着头颈，圆圆一团，踮着脚尖走路。路边堆着化不了的脏兮兮的残雪，家家户户房门关闭，显得冷清萧瑟。

最后，吉普车开到了一个叫卜奎老店的地方。胡妙带秋林进一个包间，只见里头已经坐得满满当当，秋林不晓得这么多人，有些吃惊。房间里热气腾腾，水雾中，一堆人都扭头看秋林。秋林看见主位上一个人站起来，说，你是陆老板吧，我是武政委的朋友，我叫李大奎。秋林赶紧握手。秋林坐下，李大奎便仔细给他介绍在座的人，听上去都是当地的一些头面人物。秋林又一一握手。

一圈下来，最后介绍胡妙。李大奎说，这个小胡我还要隆重介绍一下，她是我们齐齐哈尔马戏团的台柱子，最擅长凳技。随后，李大奎便向后靠在椅子上，做了个动作，说，喏，就是这样，小胡躺在最下面，那些男人全部压在她上面，动啊动啊。说完，桌上人都笑。胡妙朝着李大奎白了一眼，却丝毫不见羞涩。李大奎拍一拍桌子，说，好了，介绍完了，整酒。

酒是白酒，叫北大仓。酒倒满，李大奎第一个敬的便是秋林，秋林有些惶恐。

该我先敬领导。

李大奎说，不行不行，今天你是贵宾，要先敬你。

秋林没办法，只能站起来，看着满满一杯的白酒，眉头蹙紧。秋林酒量一般，平时很少饮酒，也不懂酒桌上的规矩，不晓得怎么喝。正犹豫着，李大奎仰脖一口喝光。秋林见状，也只得满满一杯喝下去。喉咙似乎拉过一条荆棘，火辣辣地疼。秋林喝光，满桌人喝彩，说没想到南方人酒量也这么好。秋林坐下，还没还魂，这边又有人站起来敬酒。秋林没办法，自己初来乍到，人家客气，自己不能不领情。索性下狠心，反正天南地北一条人，喝醉就喝醉，大不了回去好好困一觉。就这样，秋林便来者不拒，也不晓得喝了几杯，只记得桌上一条鱼，鱼头冲着自己，自己得喝，鱼尾冲着自己，自己也得喝。直喝得天昏地暗，最后也不晓得饭局怎么结束，怎么回的招待所。

秋林在房间里昏沉大睡，睡到半夜里，糊里糊涂醒来，只觉得口渴异常，踉跄起来，拿热水瓶倒了杯温水，一口喝下，又躺回床上。没想到，这一躺下却再也睡不着，也不晓得是房间里的暖气太热还是酒劲发作，只觉浑身燥热，翻来覆去难受。最后，实在躺不住，干脆起了床，穿件外套到外面散散步。走到外面，四处一片黑，只几盏路灯昏黄。秋林往前走一阵，只觉刚才一身汗叫冷风一吹，很快就收了。秋林不再觉得闷热，有些舒服。又走一阵，竟又觉得冷了。打几个寒战，赶紧转身往招待所走回去。许是身体被冷风吹透了，此刻回了房间倒不觉得热，躺在床上裹着被，很快便酣睡过去。就这样一直睡到了第二日，醒过来，秋林也不晓得几点光景，只觉得浑身无力，喉咙干痛刺痒，像里头生了刺。脑袋也一阵阵发紧，如同有绳子在用力勒一般。秋林暗念一声糟糕，晓得自己是生病了，强撑着身体从床上坐起来。

秋林走到外面，跟招待所服务员打听哪里有药店。服务员给他指了方向，秋林便坚持着出门买了些感冒药回来。吃了药躺下，却似乎没什么效果，只是全身酸痛。秋林想着或许应该上医院看看，但躺在床上，却一点力气都没有。房间里热气烧得烫，可秋林却觉得冷，虽然他用被子将身体裹紧，但还是冷得打哆嗦。难受一阵，秋林便昏睡了过去。他开始做梦，梦里，他看见有人推开了房间的门，看不清是谁，想睁眼，眼皮却重得像两扇石阀门，根本开不动。那人走近了，站在床边跟他讲话，他听不清他在讲什么。随后，那个人伸手将秋林从床上拎起来，自己向后躺倒床上，将秋林的身体折叠，然后伸出双脚，将他往高处蹬。瞬间，秋林感觉自己的身体飞了起来，一直往上飞。飞到高处的时候，又往下跌回去。一直快跌到床上时，只见床上那人又伸脚用力一蹬，又将他蹬起。就这样，周而复始，秋林不停地升起又跌落，跌落又升起。最后，升到空中，秋林看见空中竟站着一个人，仔细看了，原来是自己的父亲。他看上去胖了，红光满面，身上穿着那件簇新的藏青色秋衣，背着手，笑眯眯地看着自己。

秋林疲乏地睁开眼睛，只见自己躺在一个陌生房间里，一个女人坐在床边，正担心地看着自己。在短暂的迟钝后，他认出是胡妙。

谢天谢地，你终于醒过来了，可把我吓坏了。

秋林挣扎着坐起来，朝着四周打量。

这是哪里？

胡妙说，是医院。

秋林纳闷，我怎么会到医院里来？

胡妙说，武政委给我打电话，说他暂时回不来，帮你给粮食局局长那里打好电话，让你再去寻他。结果我一到招待所，却发现你的门锁着，怎么敲也敲不开。问服务员，说你之前去过药店。我就担心，就让服务员把门打开。结果看见你就躺在床上，烧得跟块炭一样。我就赶紧将你送到医院。你可把我吓得够呛，你是武政委的朋友，你要是出了事情，我真不知道该怎么跟武政委交代。

秋林听了，说了番感激的闲话。烧退了，人也舒服了，秋林说自己不想再待在医院浪费时间，想去粮食局联系白糖事情。

胡妙说，这怎么行，你刚退了烧。

秋林说，要去的，武政委打了电话，人家肯定等着，我要不去，错失机会。这是眼下最重要事情。

胡妙听了，便去寻医院熟人，熟人也说没什么大碍，这才办了手续，陪秋林去粮食局。

到了粮食局，两人直接去了局长的办公室。局长姓徐，听了秋林的来意，显得为难，说，武政委给我打电话了，可我们没有骗你，今年的白糖特别紧张。

秋林说，不是甜菜大丰收吗，怎么白糖还会紧张？

徐局长说，今年甜菜的确是丰收了，出的糖也比往年多。可你晓得，白糖供应一直都是紧张的，今年好容易多收了些甜菜，每个人的眼睛都盯着。这眼看就是春节，你说我这糖要是给了你们，自己地方春节里供应不上，我这个局长也交不了差啊。

听到此处，秋林也听出这徐局长没有说瞎话。这可怎么办，难道自己千里迢迢赶来，真要空手回去？这时，旁边胡妙说，徐局长，这快春节了，人家陆同志大老远从南方赶过来，你难道就让他空着手回去？再说了，他是武政委朋友，这样回去，武政委也没面子啊。

徐局长想了想，说，今年甘南的瓜子倒是丰收，虽然我们春节年货供应也紧张，但武政委的面子我不能不给，我想办法匀出一些给陆同志。

胡妙说，行，瓜子就瓜子，总比空手好，你给整上几车皮。

徐局长说，哎呦，哪有那么多？这样，你别为难我，我也作主拍个胸脯，一车皮，怎么样？

胡妙扭头看秋林，说，小陆，你看怎么样？

秋林赶紧点头答应。事情落定，秋林请徐局长吃夜饭表示感谢，徐局长推脱，说自己晚上有另外安排。秋林只能作罢，从随身包里拿出一条中华烟，塞给徐局长，徐局长推脱一番，收下了。

出了粮食局，两人回了招待所。秋林给胡妙倒了水，坐下讲闲话。

秋林说，你以前真是练杂技的吗？一点看不出。

胡妙说，是啊，我父亲便是杂技团的，从小跟着他练。那个李大奎没说错，我是最下面顶椅子的，椅子一把一把往上叠，另一个演员就爬到椅子最上面表演。

秋林说，很费气力吧？我感觉这种事情应该男同志做比较好。

胡妙说，道理是这样的，但那时练凳技的人多，都是男的在下面用力，大家觉得不稀奇。我们团里为了吸引观众，就想用个女演员做噱头。

秋林说，那观众来得多吗？

胡妙眼睛里放出光来，说，多的，每日坐满，都是来看女演员顶凳子的。我年轻时，是我们团里最风光的演员。

秋林说，和你搭档的那个男演员肯定轻松，吃力全在你身上。

胡妙说，也苦的。跟我搭档表演的是个南方人，跟你说话声音有点像。但比你还要瘦许多。他平时不敢多吃，吃胖了，我下面就顶不住了。他东西吃得少，爬上爬下那么费力，你想，他苦不苦？

秋林说，吃杂技饭真不容易。我要是早几年来齐齐哈尔就好了，还能看到胡妙姐的技艺。

胡妙笑笑，扭头看见写字台边一张椅子。胡妙起身，躺到写字台上，双脚朝天。

小陆，你把椅子放到我脚上。

秋林赶紧将椅子拿起，搁到胡妙脚上，用手扶着。胡妙说，你把手松开。秋林将手松开，只见胡妙两只脚就像手一样灵巧，轻轻蹬几下，便将椅子调整到舒服位置，然后开始加快速度，两只脚次第上下，椅子就在她的脚板上球一样翻滚起来。秋林站在旁边，看得惊奇。蹬了一会，胡妙双腿一收，用手接住凳子，停了下来。秋林接过凳子，放回写字台下。只见胡妙从写字台上坐起，跳下来，一个劲地喘粗气。秋林竖大拇指，说，这可是真本事。胡妙说，这算什么，你没看过我以前表演，那才叫本事，十几条凳子我都竖得起来。现在基本算是废了，演不动了。胡妙拍了拍自己的手臂，说，你看，什么都没留下，只留下一身废掉的肌肉。

秋林说，为什么不练了呢？

胡妙怔了怔，说，练杂技是青春饭，吃不了一辈子。再说，当时配合的那个人死了。有一次，我在下面没顶住，他摔了下来，正好撞到脑袋，就死了。后来，再寻不到那样合适的人。就不演了。

秋林愣一愣，看了看外面天色，说，胡妙姐，我们出去吃夜饭吧。

胡妙说，别出去了。你刚生病，也吃不了太荤腥的东西。你等等我。说着，胡妙走出房间，不一会儿，拿回一堆东西，有面有鸡蛋，还有个电热炉。胡妙将面烫熟，两人凑合吃了。热烫烫一碗面吃下去，再发些汗，秋林觉得浑身舒畅。吃完，胡妙将电热炉还给招待所服务员，两人又点了香烟，坐下聊天。

胡妙说，这大年底的，你一个人跑到东北来，你家里人也放心？

秋林愣了下，说，工作嘛，有什么办法。

胡妙用力吃了口烟，又用力吐出来，说，赶紧把事情办好，早点回家吧。不管有什么事，过年总是要回家的。

秋林低着头，没响。

5

接下去的几日，胡妙陪着秋林去粮食局对接瓜子，去火车站联系车皮。胡妙很有门道，似乎每一个关节都有她的熟人，就这样，三天后，顺利将瓜子装车。瓜子装了车，秋林也该回去了。秋林对胡妙说，走之前，他一定要请她吃顿饭。地点让胡妙自己定，胡妙没有推辞，痛快应下。

第二天早上，胡妙开着吉普车来招待所接秋林。车子在城里开了一会儿，渐渐的，路越来越差，车子开始不停摇晃，秋林回过神来，这才发现车子早已开出城市，到了一个水库。

秋林跟着胡妙下车，风一迎，忍不住打个寒战，狐疑地朝四周看着。

来这里做什么？

胡妙说，这里的铁锅炖鱼最好吃。

秋林说，可这里也没有饭店啊？

胡妙笑笑，说，反正今天听我安排就是。

说着，她就带着秋林往水库边几间房

子走去，敲开一间屋子的门。有人出来，胡妙跟他说了几句话，那人应道，原来是武政委的朋友，没问题没问题。说着，又转身往隔壁一间屋走了进去。过一会儿，拿一袋东西，又带着另一个人走出来。两个人往水库的坝上走去。

胡妙扭头看着秋林，说，走，带你捉鱼去。说着，胡妙便带着秋林往水库大坝走上去，翻过大坝，又跟着往冰上走。秋林愣住，站在坝底，不敢再动脚步。胡妙走了几步，发现秋林没跟上，扭头向秋林招手。胡妙说，放心，不会破的。秋林还是犹豫，胡妙便笑，在冰上跳了几下，说，我比你胖那么多都不怕，你怕什么？秋林听了，笑笑，便也大着胆子往冰上走。

几个人走到水库中央，那两人从袋子里拿出冰凿，在水面上凿出一个洞，然后将一根细绳子放进去。秋林和胡妙蹲在旁边看，只见绳子慢慢潜入水中，纹丝不动。看着看着，秋林突然看见冰后面有个自己，两个人就这样四目对望着。秋林看了一阵，有些出神。都说人有灵魂，这水下的会不会是自己的灵魂？秋林想，如果人死了，人的灵魂会不会就跟着死了？如果不死，它又会去哪里？是不是就像气球一样。人活着，气球上的绳子捏在人手里，人死了，手就松了，那气球就随着风飘走了。

秋林这样想着，忍不住又抬头往天上看了看。此时，不知怎么回事，天突然暗了，看不见太阳，灰蒙蒙一片，远处，有一个长长的烟囱，缓缓地冒着黑烟。

两个捉鱼的人似乎感觉到了什么，突然起身往外拉绳子。秋林看着那绳子从水中拉出来，上面的水就迅速结出冰花。绳子全部拉出来，最下面果真钩了一条鱼，那鱼出了水，用力折腾。捕鱼人将它从钩子上取下，扔到冰面上。鱼的嘴角流出血，蹦了几下，血都溅开来。但很快，它的动作就慢了下来，最后，就被冻住，白白一条，在冰面上一动不动。

秋林扭头看着冰面，水底下，他的影子依然在看着他。

秋林坐在火车上，胡妙站在窗外。

秋林说，胡妙姐，你回去吧，这么冷。

胡妙说，没事，我不怕冻。

秋林说，姐，以后来南方，一定来寻我。

胡妙说，我会的。

两人说着话，火车一声长笛轰鸣，慢慢开动起来。

秋林说，赶紧回去吧。

胡妙点点头，突然想起什么似的，将一袋东西往车窗里送。

胡妙说，差点忘了给你了，这袋枣子路上吃。

秋林接过枣子，说，谢谢你，阿姐。

胡妙说，小陆，发烧时，你一直趴在我背上叫爸爸。

秋林愣住。

火车慢慢开得快起来，秋林坐在座位上，看见窗外的景色在向后退，越来越快，越来越快。秋林闭上眼睛，听见单调的车轮在铁轨上滚动的声音，感觉有东西自眼眶里涌出，从两颊滑落下去，然后又顺着车厢的缝隙渗透，滴落在铁轨上。秋林心里那些很重的东西终于慢慢流淌了出来，他觉得自己不是在火车上，而是在胡妙的脚上。她一脚一脚地蹬着，自己不停地往空中飞起，变得越来越轻，越来越轻。

秋林站在杜英家敲门，敲了半天，屋

子里灯光亮了。杜梅出来开门，看见秋林，吓了一跳。

秋林，你什么时候回来的？

秋林说，刚回来，下了车，就跑过来了。

杜梅说，赶紧进来坐吧，外面这么冷。

秋林说，我就在这里站会儿。杜英在吗？

杜梅说，在的。

说着，她就进了屋，没一会儿，杜英走了出来，她站在门口，看着秋林。

杜英说，回来了。

秋林说，嗯，回来了。

杜英说，东北冷吧？

秋林说，冷。

杜英说，还出去吗？

秋林说，不出去了。

杜英听了，便低着头，只是用手搓着衣角，不再说话。秋林想了想，伸手把杜英的手拉过来，杜英有些害羞，想躲，但又没躲。

秋林从口袋里掏出了一把红枣，放在了杜英的手心。

第二十章

1

正月里，秋林办了婚礼。总算一场闹热，让家里有了些喜气。

就这样，日子匆匆忙忙地过，很快到了这一年的端午。端午节，又是一场婚礼，结婚的是于楚珺。但结婚对象不是龚知秋，而是三岔乡的团委书记葛梅成。

于楚珺结交很广，黄埠供销社机关、柜台几乎都收到请帖。结婚酒定在周日中午县城里一家饭店。秋林想起龚知秋，心里倒着胃口，没有去吃喜酒。只说自己值班走不出，买了两只红双喜的铁皮热水瓶，用红纸包了，托人带去。

整一日，供销社里除了门卫，只留了秋林一人。秋林坐在办公室里，看着窗外冷冷清清，觉得心里烦躁。他说不清，似乎是为了龚知秋，又似乎是为了自己，或者又什么都不是，只是坐在办公室里吃了许多香烟。

下午三四点钟，有人敲门。秋林说了声请进，只见推门进来的竟是知秋。知秋进门，伸手用力扇着空气，说，你抽这么多烟，着火一样。

秋林说，你今天不值班，怎么还来？

知秋说，正好看个人，顺路走过，就回单位转转。

秋林招呼知秋坐下，到旁边拿竹壳热水瓶，给他倒一杯热茶。知秋捧起茶杯，嘬了一口，不说话，只是盯着地板看了好一会。

你今天怎么不去？

秋林一怔，说，去做什么？

龚知秋说，去吃喜酒啊？

秋林指着桌上文件，说，你看，这一摊事情，哪有工夫去？

知秋感激地看了秋林一眼，说，我晓得什么原因。我在此地，总算交下了你这样一个朋友。

秋林说，你这闲话讲得我面孔烫，我真是值班。

知秋笑笑，沉默一阵，又说，对了，我上礼拜跟潘主任打了辞职报告。

秋林惊讶，说，什么意思？

知秋说，我一直待在供销社里做杂务，觉得没意思，现在搞改革开放，我就亲眷朋友处借了点钱，想去做生意。

秋林说，辞职做生意？这可不是开玩笑事情，知秋，你要考虑清楚。

知秋说，我想好了，地方都看落定了，只等付租金。

秋林犹豫一下，问道，是不是为于楚珺？

知秋说，怎么会，完全自己念头。这机关里我已经待了十年了，再待上五年十年，还不是现在这样？总有些不甘心。报纸广播每日说开放，说搞活市场，听得我心动，我真是想出去搏一搏。男人嘛，事业上总要有点花头的，否则被人看不起。

秋林没响，他心里晓得，就是于楚珺的原因。当初知秋救了于楚珺，于楚珺说要嫁给他，龚知秋心里是当了真的。于楚珺心思活，到了现在，讲好的闲话反悔，嫁给了葛梅成，知秋心里定是过不去。到了现在，秋林也不好多劝什么，默默坐着吃一会儿茶，便拉知秋到旁边一家小饭店吃饭。要了几盘小炒，吃了一斤多黄酒，吃完，龚知秋搭顺路的拖拉机回城，秋林则回办公室。坐一阵，黄酒后劲发作，秋林竟在办公室里昏昏沉沉睡去。这一觉睡得天昏地黑，醒来天已漆黑。秋林坐在昏黑的办公室里，看着窗外景物剪影一般，脑中想起许多人来，父亲，知秋，还有马师傅，齐师傅，吴师傅，豆腐老倌，长长一串名字，秋林突然明白一桩道理，人这一世，无非就是一个人一个人地认识，又一个人一个人地离开。做人真是空空一场，丝毫没有意思。想到这一层，一时之间，秋林心中孤独竟难以抑制。

2

到了这一年下半年，供销社里最忙一件大事便是办罐头厂。

宁波市供销社系统要办罐头厂的传闻从旧年开始便已经有了。罐头厂厂房需建在柑橘产地，宁波大市内产柑橘的只有此地和隔壁一个县城。为了争这个罐头厂的归属，两个县都费了好一番周折，最后还是本地一位省里工作的老同志发挥余热，四处联络，终于将罐头厂争了过来。

罐头厂厂址落定，接下去一桩事情便是去农业部申请相关批文，只要办来批文，罐头厂便可开工建造。为了将此事办成，县社特地成立一个罐头厂筹备小组，筹备小组里最重要两个角色，一个是临时厂长，一个是供销科长。临时厂长定的是县社一个姓曹的股长。曹股长是大学生，而且还是县里组织部李常务的女婿，当这个临时厂长，别人没有闲话。让人惊讶的是供销科长位置，定的竟是黄埠供销社里保安科长童小军。

事实上，一开始供销科长人选传得最热是秋林。许主任还给秋林打电话问过此事。许主任说，如果让你当这个供销科长，你愿不愿意？秋林说，我无条件服从组织安排。许主任说，我晓得了，我没有别的意思，只是了解下情况。你莫多想，也莫传出去。说完，许主任便将电话挂了。

虽然许主任说只是了解情况，但意思却已经说得蛮明确。秋林也满心以为自己真要调去当这个供销科长，没想到等了一圈，最后却落到童小军头上。秋林晓得，这件事童小军定是用了什么歪门邪道，他花头最透，真要争，自己争不过他。就比如旧年的那一车瓜子，秋林从东北千里迢迢运来，本来跟童小军没有半点关系，可童小军却私下寻到潘主任，建议给县社每个主任副主任都送上十斤，让领导们都晓得黄埠供销社做出成绩。潘主任当场同意，还把这个送瓜子的生活交给童小军去办。就这样，秋林辛苦弄来的瓜子，却莫名其妙被童小军做了人情。

罐头厂落户此地的消息一传来，童小军便打定主意，定要去争一个肥缺。他买来十斤青蟹，去许主任家。别人上门，都是拣许主任在家辰光，唯独童小军，一早守在许主任家门口，只等接许主任的小车离开，他才拎着青蟹寻上门去。

许主任不在，许主任老婆在。许主任老婆将家里院子搭了个顶，开辟出一爿小店。许主任老婆站在柜台里，见童小军拎来十斤青蟹，晓得是来送礼。打过招呼，平静地说，你自己把青蟹拿到卫生间浴缸里好了。童小军将青蟹拎到卫生间，卫生间里一股泥腥味道，童小军看一眼浴缸，倒吸一口冷气，只见满满一缸都是青蟹。童小军将自己十斤青蟹倒在里头，就像是施了隐身术，再也看不见。

青蟹放好，童小军走回前面小店。许主任老婆说，你把姓名说一下，我会同许主任讲的。童小军说，说名字做什么？我今朝来，只是这几只青蟹难得，只只壮，便拿过来让你们尝尝鲜。没有别的用意，不用留名。

许主任老婆听了童小军闲话，有些吃惊，来她这里讲这闲话的少见。

童小军又说，阿姨，正好你开店，我顺便买点东西。

许主任老婆说，你要买什么？

童小军说，我要五条中华牌，两瓶茅台酒。

许主任老婆说，我这小店哪有这些东西？

童小军说，不急，我先付钱。等你进来货再给我也是一样。

说着，童小军就从袋里拿出一千元钱放在柜台上。许主任老婆见厚厚一叠钱，又一阵吃惊，说，你拿这些钱做什么，我又不晓得中华牌香烟茅台酒的价格。

童小军说，莫关系，先放着，多退少补。

许主任老婆想一想，问，那你什么时候要？

童小军说，眼看就是中秋节。我买烟酒，就是想中秋节来看许主任。什么时候有货都不要紧，反正是送给许主任吃的。

许主任老婆一愣，说，这怎么行？送东西归送东西，我不能拿你钞票。

童小军说，阿姨，外头买和这里买不是一样？如果我跑到外头去，照样还是要拔出钞票，直接给了你，倒省去我许多麻烦，我还要谢谢你。

许主任老婆又想了一想，说，好像真是这个道理。对了，你是哪个部门的？

童小军说，我是黄埠供销社的，我叫童小军，跟陆秋林同单位。

许主任老婆说，哦，原来是小陆的同事。

童小军说，我跟陆秋林最要好，我常听他讲，许主任对他顶关照。

许主任老婆说，我家老许与小陆爸爸早年是同事。小军，你今朝来，是特地来寻老许的吧？你来得不巧。

童小军说，一样的，碰不到许主任，碰到阿姨更好，不用面对领导紧张。

许主任老婆说，我家老许人蛮好，你见了也不用紧张。

童小军说，我晓得的。秋林也常来吧？

许主任老婆说，他？只来过一次，老许提拔他当黄埠团委书记，拿了一箱黄岩橘子来感谢。

童小军一愣，许主任老婆见了，赶紧解释，不是白拿，老许还拿了一袋糯米还礼。

童小军说，许主任最清廉，供销社上下都晓得。

许主任老婆说，话是这样说，总归有些不是滋味。倒不是贪人家东西，当一个黄埠团委书记只拿一袋橘子来，也是搪塞。

童小军说，你这样一说，我更加敬佩许主任，人家只送一袋橘，不但当团委书记，还要当罐头厂供销科长。

许主任老婆一愣，你什么意思？

童小军说，我也是听陆秋林提起，说许主任已经将这个位置许诺给他。

许主任老婆不高兴，说，乱讲乱话，罐头厂牌子半只字没写，怎么好说将供销科长许给他？

童小军说，我也这么说，让陆秋林低调些，他跟许主任关系越好越要注意，也是为许主任着想。

许主任老婆说，小军，你讲的这才是正道。话倒回去讲，陆秋林跟老许也没有什么特殊关系，那个小陆老爹坐了牢监，老许只是同情才对他好。

童小军说，原来是这样。

许主任老婆说，小军，你讲实话，你今朝来，是不是想当这个供销科长？

童小军说，我不瞒阿姨，眼下是改革开放的大好时机，我真想大干一番，就是缺一个平台，缺一个伯乐。

许主任老婆说，我欢喜你这性格。其他人来，都是躲躲闪闪，心里是冲着那个位置来的，嘴巴上又撇得一干二净。

童小军说，我就是这样直来直去性格。阿姨，你这小店生意好不好？

许主任老婆说，一般，只是打发时间。

童小军说，我给你出个主意，你让许主任多弄些白糖来。罐头厂开工，做罐头定需要白糖。到时，就让罐头厂到你店里来买。

再坐一会儿，童小军起身告别。许主任老婆送了他两步，突然问，小军，如果你当了罐头厂供销科长，是不是只买我店里的白糖？

童小军拍胸脯，说，如果是我当，不但白糖，厂里香烟、老酒都到你这里来买。

许主任老婆听了，脸上笑开花。

3

罐头厂配好厂长、供销科长，便由许主任带队，去北京弄批文。童小军本事，他随行，许主任秘书几乎样样事情脱空，坐车、吃饭、困觉，童小军都办得妥妥当当。

到了北京，安顿下来，最重要一件事便是安排曹厂长去农业部汇报罐头厂筹办事宜。原本汇报材料准备得妥当，可不想曹厂长去了农业部，面对要汇报的处长时，竟怯了场，变得笨口拙舌，最后事情没讲清爽就被打发了回来。许主任晓得实情，对曹厂长狠发了一顿火。幸亏童小军活络，主动将此事揽过来。此后，童小军每日出门，守在农业部门口跟踪那个处长，跟来跟去，最后摸清他家位置。童小军寻上门去，当着处长的面编了一套山区农民种柑橘的辛苦故事，又拿去些茶叶香榧特产，最后感动那个处长，这才顺利将批文搞到手。

批文拿到手，罐头厂工程正式上马。本来大家都以为曹厂长转正是板上钉钉，没想到北京回来后不久，许主任却召开党委会，在会上几乎一人做主，将曹厂长免掉，提拔童小军正式当罐头厂厂长。

这一年的一月份，筹备许久的罐头厂终于奠基，许主任陪同县里主要领导拿着铁锹给奠基石培土。二月份，许主任带队去上海与日本客商协商罐头厂合资事宜。这一去不要紧，竟感染上甲型肝炎，一回来便住进了奉化溪口肝炎病院。这一住，竟住了三个月。更让人意外的是，许主任出院时，没有回供销社，而是直接调到了文化局当局长。

秋林去文化局看许主任时，许主任感动，说，我调离供销社，你是第一个来看我的。

秋林说，没想到这个甲型肝炎这么厉害，据说上海三十万人都感染这种毛病。

许主任说，上海回来，我小便特别黄，脚也酸得厉害，没气力。一开始我还以为是吃了黄链霉素的缘故，去医院一查，才晓得是得了这种毛病，第二日就被送到奉化医院隔离治疗了。这病来得凶，吃了几日药，丝毫都不见好，那时医生还告诉我，如果这病医不好就会变成肝硬化、肝腹水，严重的还会演变成肝癌，真真把我吓死。最后用了一种“504”，才算见效。但这药厉害，一针打下去，眼睛都起雾，报纸上字都看不清。也是我身体底子好，熬了过去。这次真是苦头吃饱。

秋林说，许主任是有福气的人，定能转危为安。

许主任说，屁的福气，我现在都后悔，不应该去奉化。关在奉化医院里，外头什么情况都不晓得，你看，一出来，连老窝都被人给端了。

秋林说，这次调整岗位的确有点仓促。

许主任说，仓促？不仓促就见鬼了。你晓不晓得那个罐头厂厂长事情？

秋林说，童小军？

许主任说，不是童小军这个众生，我说的是原先的那个书呆子，姓曹的。原来罐头厂筹办，定的是那个书呆子当厂长。但这个书呆子脑子不灵，不是做生意的料子。我见那个童小军人活络，办事不拘泥，就一手提了他做厂长。那姓曹的，丈人是组织部里常务，这次干部调整，他就趁人之危，跟我算起了这笔老账。本来这事也没这么方便，可我在医院里，什么消息都没有。一出来，木已成舟，只能到文化局来了。娘个逼，我一心为公提拔人才，没想到被人背后放了冷枪。

秋林安慰，文化局也算个好位置，也是要紧部门。

许主任说，要紧个屁。

许主任指了指烟灰缸里的烟屁股，说，你看看，我现在吃的是什么烟？上游牌。我在供销社吃的什么烟？我再跟你说一桩，你听起来莫要发笑。以前供销社里掌管着物资，请客吃饭，从来不愁。现在到这清水衙门，请客吃饭竟靠单位卖点旧报纸，卖旧报纸能卖几角洋钿？只是几碗不荤不素的鲞卤，我这个局长，都不好意思上桌面。

这时候，秋林突然想起当年童小军卖单位粪便打秋风的事情。

许主任说，吃得差些，我倒不在意，当年苦日子不是没有过过，现在再苦，也苦不过以前时光。心里最过不去的是童小军这只众生。我此时的遭遇，就是因为当时提拔了他。你不晓得，我当年提拔他时，县社党委六个人，五个人不同意，是我一个人力挺，把他放上罐头厂厂长那把交椅。当然，我这么做不是为什么私心。国家搞改革开放，我觉得他活络，是能干企业的人。罐头厂需要这样的人才。但这个人没良心，上树拔梯。你不晓得，我调离供销社，我老婆小店想卖点糖给罐头厂他都不同意，这个活众生。

说到此处，许主任突然发现秋林一直低头不讲话，他察觉到自己有些失态。

许主任说，秋林，跟你讲这些闲话，你莫有什么想法。我当你自己人，讲话没有顾忌。人就是这样，当供销社主任，最吃香位置。过惯好日子，现在过清苦日子，多少总有点不适应。

秋林说，许主任，我都理解的。

推着自行车走出许主任单位大门时，秋林觉得心里有点难过。他描述不出来这种感觉，在他心目中，许主任这个人，那样清廉，那样正直。当年只为对自己的爹有点好印象，就用力帮自己，从不索要什么，自己送去一袋橘子，他就还回来一袋糯米。可此时的这个许主任却变得有些不熟悉了。

秋林抬起面孔，对着天上的太阳照着，觉得人真是不值铜钿。正在这时，身后有人叫了一声。

秋林。

秋林扭过头去，看见太阳光里站着一个人，正愣愣地看着他。

4

秋林和春华坐在一个小饭店里。

秋林说，这里的下饭很滋味，你多尝一尝。

春华就用筷子夹菜，吃了一口。

春华说，我前几日碰到一个熟人来百货商店买东西，竟是当年给我们上劳动课的董老师。你还记得她吗？

秋林说，我当然记得，那时劳动票最重要，期末打分，一半靠它。董老师发劳动票，像是掌握我们生死，每个人都拍她马屁，讨好她。当年她是学校里最胖的老师，那时那么胖的人少见。

春华说，她现在瘦了，像是生了病。我看见她，一开始都没认出来。我跟她打招呼，她似乎还有些难为情，应一声，匆匆就走了。

秋林说，这么多年了，总会有些变化。

春华说，当年我们学校里的那个兔场养了几十只安哥拉兔，学校学生都有拔草任务，每日家里出来，都要带上篮子、镰刀，四处割来草喂兔子。

秋林说，是啊，我贪玩，每次拔草，我总跑去溪坑游水，每次都是你把你的草分我，让我去换劳动票。

春华说，割草倒还好，最怕就是去砖瓦厂担砖，上百斤重的砖头，当时人吃都吃不饱，真不晓得还有哪来的力气担砖头。你跟我一组，那根竹扁担上的绳子，每次你都移到你那一头，要不是这样，我根本抬不动。尽管这样，还是吃饱苦头，两只肩头换着抬，都磨了皮，起了茧。一步一步，也不晓得怎么把砖头从砖瓦厂抬到工地。好几次，我都苦得出眼泪，我总是想，要是人一辈子都这么苦，还有什么意思?

说到此处，春华突然低下头，说，可现在呢，日子好了，不再苦了，我却想，要是能回到以前吃那些苦，该有多么好。

春华的闲话里似乎藏了什么情绪，秋林听得心动，很想问一问。但他忍住了。他有些后悔今朝将春华约出来。

秋林说，春华，我们回去吧。

春华应了，两人离开。春华家不近，秋林不好意思让她走着回去，便骑自行车送她。路上颠簸，春华坐在秋林的自行车后面，伸手搂住了秋林的腰。一开始，秋林慌张，总怕某处走出个熟人来。但慢慢的，心里也安稳了。曾经他也很多次想过有一日，他有辆自行车，春华就坐在他后头。没有想到，却是今时今日这样一个场合。

第二十一章

1

卫国斜躺在客厅藤椅上，试着将眼睛张开一条缝，还是觉得脑袋有些晕眩。客厅里没有开灯，漆黑一片。卫国眼神涣散，望着前方，似乎感觉一群狐朋狗友还坐在黑暗里推杯换盏。

卫国在藤椅上稳了神，起身摸着黑寻到电灯线的位置，一拉，灯却没有亮，又用力拉几下，灯线竟被拉断。他骂一句，凭感觉寻着楼梯，往二楼走。

走到二楼，迎面是父亲的书房，只见书房玻璃格子门透出一些白色月亮光。卫国突然一阵心慌，想加紧脚步，往三楼自己房间走。但一转念，突然想到父亲已经去了山东，又站住，转身盯着书房门。看一阵，卫国心底又开始慌张起来。他站在书房门口，感觉父亲就坐在里头的沙发上，朝着门口瞪着眼睛。两人就这样门里门外站着。

卫国在门口站了许久，终于伸手将门推开。他拉亮电灯，看着迎面空空荡荡一把沙发，这才确认父亲是真的走了。

父亲跟他婶子感情好，可这次离休回山东，说是为婶子，其实还是他自己想叶落归根。这是他心底想法，只是一直寻不到好理由，毕竟在此地工作了几十年。卫国也晓得，父亲内心最想让自己跟他回去。他事事听他，唯独这件事没有。卫国跟父亲说，工厂培养了我那么多年，把最好一台机器交给我，我就这样走了，对不起工厂。卫国这样说，父亲就没闲话了。他吃这一套。

卫国坐在父亲的沙发上，觉得嘴巴干。

今朝吃的是鸡肉。白日里，卫国去城里四处踩点。看到一户人家，墙矮，里头有只鸡窝。鸡窝不小，旁边有几只鸡在地上啄着什么。卫国记牢地方，夜里，便约几个人同班。其他人等在墙外，卫国一人翻墙进去。进了院子，黑灯瞎火，卫国心虚，生怕主人家会听见动静，冲将出来。他走到鸡窝旁边，小心翼翼将手掌平摊，贴着鸡窝下面将手递进去，摸到鸡肚皮，暖烘烘一捧，卫国吓得呼吸停止，生怕鸡会鸣叫起来。鸡在他手上微微抖了抖，喉咙口咕咕两声。卫国抖着手，托着鸡，慢慢端出来，将鸡头折了，塞到鸡翅膀下裹住，匆匆跑出去。就这样，卫国进进出出，将鸡窝里的三只鸡全部偷出。

墙外的人见了，纷纷称赞卫国本事。卫国脸红，他心里明白这都是以前毛一夫教的。想起毛一夫，卫国有些佩服，又有些怨恨，暗暗骂一句众生。

将鸡拿回家，众人来不及烧水便将鸡杀了拔毛，毛孔没有张开，直拔得一只只鸡伤痕累累。拔了毛，开膛，将内脏取了。卫国想起鸡胗可以吃，没有扔，放到锅里与鸡一起煮。烧了几捧柴，感觉熟了，打开锅盖一看，却不想一阵热烘烘臭味，只见浮在水上全是鸡屎。众人埋怨卫国，说他外行，连鸡胗要取鸡屎都不晓得。卫国只好洗干净重新上锅。烧熟了，就着卫国父亲留下的糯米酒吃。不晓得是不是鸡胗的缘故，鸡肉总有股怪味道，那糯米酒也不对味，上面浮着米，像虫子一样。

头还是晕眩，卫国不晓得是鸡肉的缘故，还是酒的缘故，嘴巴里一阵阵地发干。但他不想去喝水，陷在父亲的沙发上，嗅着上面父亲留下的味道，他感觉很好，他不想动，不想破坏这种感觉。

这个房间，从小到大，卫国每次进来都没有好印象。他的印象里，自己永远都是站着的，对面的父亲则跷着二郎腿，靠在沙发中，总是一副审问的姿态。虽然看着他比自己矮许多，但感觉他才是居高临下的那个人。

父母在家时，除了秋林，家里少有人来。父亲当过军人，举手投足威严。同学来过一次，都不敢来第二次，说是被他父亲眼光看过，就像鞭子抽过一样。多少年，卫国都幻想自己能够像主人一样，在这房子里招待自己朋友。父亲走后第二日，他便摆下擂台，将厂里要好同事全部召集过来，闹了一夜，将家里弄得乱七八糟才觉得尽兴。这样吃喝了几日，卫国的那点工资不经用，酒菜就慢慢差了。朋友来了，虽然没有什么闲话，但明显有了意见，再叫，就推三阻四。卫国动脑筋，弄来三纳，骑自行车去乡下，将三纳包在肉里，放在路边。有狗过来吃，咬一口，身体笔直朝天一蹿，呜呜叫几声便死了。卫国趁没人发现，赶紧用蛇皮袋装了，用自行车驮回家。剥皮掏内脏，放到锅里炖。卫国召集人马来吃，热烫烫狗肉很快便一扫而光，肉吃光了，又吃狗头，将陷在骨头里的核桃肉吃得干干净净，还不尽兴，又将水萝卜切大段，用骨头汤炖着吃。

狗肉好吃，但也不能日日吃，乡下人用狗看家，要是偷狗被看到，定拿锄头来敲你脑袋。卫国便又去收购站买蛇，去农民家偷毛兔，各种心思用尽，只为维持闹热场面。

卫国忙忙碌碌，只盼望看到大家聚在一起热闹场面，但聚会过后又最难过，人去楼空，空空荡荡，独自冷落。

卫国陷在沙发里想，或许自己应该落定个人，过正经日子。

2

工厂落班，工人从厂门口涌出。卫国站在角落，眼巴巴望着，等一个人。等了半日，终于看见那个熟悉身影。

云芝。卫国叫一声。

云芝穿着工装，正低头走。听见有人叫她，转过头来。看见卫国，一脸惊讶。这么长时间，他们几乎天天遇上，可从来都没讲过一句闲话。

卫国说，云芝，你夜里有没有空，我

请你吃饭。

云芝说，为什么？

卫国说，没为什么，就是想请你吃饭。

云芝愣一愣，摇摇头，说，对不起，家里还有丈夫孩子等着，谢谢侬。

卫国失望，赌气说道，那算了。转身离去。

卫国回到家，独自坐着生闷气。他怪自己没有出息，当初发了誓不再理睬云芝，可熬来熬去终于还是没熬住。最倒牌子，厚脸皮请吃饭还被人家拒绝。

这些年，云芝怎么过的，卫国都清爽。虽然云芝换了车间，但两人还是常在工厂里碰见，卫国心底里愿意原谅云芝，他希望她能够跟自己道个歉，自己居高临下显一显肚量，再不追究。可云芝就是不开口，他不理睬她，她也不理睬他。卫国觉得云芝的态度不端正，她犯错在先，应该有个姿态。

云芝最后也没有跟那个拐脚毛一夫在一起，据说毛一夫后来认识了一个台州写诗的女人，离开工厂去了台州。毛一夫走了，卫国心想云芝心底没有依靠，定会回来寻自己。他日日等着，没想她不但不来寻自己，一转身，又嫁给了一个法院里上班的人，请厂里许多人去吃喜酒，唯独没有自己。卫国心里一遍遍地骂，骂云芝没有良心，瞎了眼睛，自己这么好一个男人在她面前，她却一点都不晓得珍惜。

卫国发誓，自己以后定不会再去寻云芝，就算她回来跪在面前求他，他也再不理睬。他写了纸条，贴在床头，从此以后，再理睬云芝我金卫国就是狗。第二日上班，午休辰光，云芝却来到卫国车间，将他叫出。卫国摆出一副吊儿郎当模样，不拿正眼看云芝。

云芝说，你还要请我吃饭吗？

卫国不应。

云芝说，今朝我丈夫带孩子去乡下看他母亲，他母亲生病。如果要吃饭，我就说厂里加班，不去乡下。

卫国一听，赶紧答应，吃的，下班了我们一起走。

云芝说，下班了我要回家换通衣裳，总不能这样去你家。

云芝将吃饭事情考虑得隆重，卫国高兴。

下午，卫国提早回家。这几日，每日一堆人聚会，家里乱得像打过仗。卫国手忙脚乱将房间打扫清爽，打扫完毕，又去买来面包香肠，烤鸭熟牛肉，又买来几瓶啤酒，琳琅满目摆了一桌。卫国晓得云芝欢喜外国生活方式，今朝特地弄一桌西餐招待。看来看去，觉得饭桌不好看，不够洋气。又将东西搬到二楼书房，书房里有一张百灵台，民国红木制作，母亲爱惜，平时总用一块丝巾铺在上面。卫国将饭菜在百灵台上摆出个样子，再点上蜡烛，这才满意。天刚暗，云芝来了。穿一件暗红小西装，配一条萝卜裤，头发倒边梳着，生过小鬼的女人，清清爽爽像个男孩子。卫国心跳，他从未见过云芝这个模样，现在看去，云芝倒比年轻时还要好看。

卫国将云芝带到二楼书房，云芝看见满书架的书，书架前一张百灵台，百灵台上大大小小乳白色盘子放着香肠、牛肉片、烤鸭，两个高脚玻璃杯子上烛光摇曳。云芝看了，有些感动。卫国招呼云芝坐下，高脚杯里倒上啤酒。

云芝说，卫国，你带我来，不怕你爸爸妈妈吗？

卫国说，他们回山东了，以后这里只

我一人。

云芝说，难怪，以前多少次让你带我来，你都不敢。

卫国有些难为情，低头给云芝夹菜，卫国说，只要你欢喜，以后你日日来。

云芝一愣，笑笑，没响。

不晓得为什么，今朝卫国特别紧张，云芝来之前，他想了许多闲话，云芝一来，那些闲话全部烟消云散。不要说寻什么话头，就是云芝讲出的闲话，他都不晓得怎么接。云芝讲一阵，见卫国不接话题，也有些无趣，只是吃菜，不再讲闲话。吃到一半，卫国终于想起一个事情。

云芝，你第一次来，我带你看看我家房子吧。

云芝答应，两人下了楼。走到厨房间，卫国说，那个厨房，灶头是寻县城里最好师傅打的。火旺，我姆妈下饭烧得好，可我不会烧。如果你愿意，你烧，你不愿意，你教给我，我来烧。

又走到吃饭间，卫国说，本来今朝在这里吃饭，但这张桌子不好看，就搬到二楼。你以后来，如果不想上二楼，我就把楼上百灵台搬下来，放这里吃。如果再不满意，我去车间里，用机床给你做一张铁桌。

云芝笑，说，哪有人用铁桌吃饭？

卫国说，那我就寻木匠做张好看的。

最后，两人走到了三楼。三楼三个房间，一个房间是母亲做衣裳用，放着母亲的铁车。一个房间用来堆放杂物，剩下一个便是卫国卧室。卫国打开卧室房门，看着云芝从门口走进去，心里竟然一阵委屈，这场景不知在他脑海盘旋多少次。

云芝房间里转一转，突然看到床头上那张纸条。卫国想去撕下，已经来不及。云芝凑上去看一阵，突然笑了。

云芝说，卫国，你发了誓，还要理我做什么？你想做狗啊？

卫国不讲话，走过去，一把抱住了云芝。

云芝挣扎，说，卫国，你做什么，我现在是别人老婆。

卫国不理睬，只是抱得紧。

卫国说，只要你理我，我做狗，做猪，做众生，做什么我都心甘情愿。

云芝说，卫国，你不要这样，你不听我的闲话了吗？

卫国愣一愣，这才不情愿地将手松开。

卫国说，一年三百六十五日，三百六十天我都在想，如果你能和我一起住在这房间里多好。

云芝说，那剩下五日你想什么？

卫国说，剩下五日，我就骂毛一夫，骂那个拐脚把你给拐跑了。

云芝又笑，说，卫国，你这个年岁怎么还是一副小人脾气？

卫国至诚盯着云芝双眼。卫国说，云芝，你跟他离婚，嫁给我好不好？

云芝愣了愣，伸手摸摸卫国的脸，说，卫国，房间里太闷了，你带我出去走一走好不好。

两人沿着石子路往山上走。走着走着，最后就走到了老头子念诗的那棵树旁停下。

云芝说，卫国，你看，这里能看到我们第一机械厂。

卫国说，云芝，你说，我和毛一夫比，我哪点不如他？

云芝说，不要讲以前事情了，你安静陪我看一看，我还从未看见过完整县城样子。

卫国说，你欢喜看，以后我天天陪你

看。云芝，就算我比不上毛一夫，为什么他走了，你还是没来寻我？你为什么要嫁给别人？

云芝说，卫国，你再说这些，我就走了。

云芝作势要走，卫国将她拦住。

卫国说，云芝，为什么，你就不能老实告诉我吗？

云芝说，好，金卫国，我告诉你，这么多年，你为什么一直不理我，工厂里碰着，你为什么从来不跟我打招呼？

卫国说，那你为什么不跟我打招呼？我一直等你跟我说话，只要你说话，我就原谅你，我就一定会跟你在一起。

云芝说，我为什么要你原谅我？我从来不觉得我做错了事情，到现在都是这样。卫国，我对你没感觉，你就是个阿弟，我不能寻个阿弟当自己丈夫。

卫国说，那你一开始为什么不跟我说，你跟我亲了，让我摸了，为什么那时不说？

云芝说，卫国，人是会变的，你晓不晓得？

卫国说，我就不会变，我从头钟意你，到现在我也钟意你，这么多年，我从来就没钟意过别的女人。

云芝说，你心里不是当我坏女人吗？你还要钟意我做什么？

卫国说，我怎么晓得，我也不想钟意你，但我有什么办法？云芝，你去离婚吧，你离婚了嫁给我，我会对你好一世。没有人会比我对你更好，我给你买绿豆棒冰，我给你剥荸荠。

云芝看着卫国，一双眼睛有些模糊。

云芝说，卫国，你真的愿意娶我？

卫国说，真的愿意。

云芝说，你真的愿意给我买绿豆棒冰，给我剥荸荠？

卫国说，愿意，我十年前就愿意了。

云芝侧过身，将长裤的拉链从侧边拉开了。

卫国有些心慌，说，云芝，你做什么？

云芝说，你不是想要吗？我今天就给你。

卫国愣住，他没想到云芝会有这样举动。

云芝看着卫国，说，你不想？

卫国心里一阵乱，嘴上说，当然想，在这里啊，不怕蚊虫？

云芝突然笑了，说，你要我离婚嫁给你都不怕，还怕几只蚊虫？

卫国说，当然不怕了。他装模作样伸手在云芝胸上摸了一下，但很快便又触电一样缩回来。云芝走近了，将卫国抱住，在卫国耳边说，虽然你那么多年不理我，但我心里晓得，这一世对我最好的便是你金卫国。以后，也不会再有比你对我好的男人了。你不嫌弃，我就把我给你。但我不能跟你结婚，跟你结婚了，总有一日你会恨我的。

听了这句闲话，卫国的心肠突然软得不行了。但他很快又有些讨厌自己心软，他在脑中强迫自己想当年宿舍门缝里看到的那一幕。卫国将云芝转过身，从身后进入了她的身体。他用力地碰撞着她的身体，云芝在他身前，将手抓在树干上，一声不吭。

让卫国奇怪的是，此刻，虽然他看着身前的云芝，但脑中反复出现的却是父亲站在这里念毛主席诗词的画面。

第二日一早，上班前，卫国特意跑到菜市场去买来荸荠，一个一个剥干净送到云芝车间。云芝不在，同车间的人说她请了假。隔天，卫国又去菜市场买来新鲜荸荠，同样剥好，可云芝还是不在。卫国心慌，按捺不住，只能跑去云芝家去寻她。房子门紧锁，家里依旧没有人。

从这一日起，卫国便在云芝家门口等，等了一日两日三日四日，等到第五日，云芝终于来了。她从路的那头走过来，穿一身黑衣裳，头上戴着一朵白花。她的爱人也是一身黑衣，推着自行车，车上坐着个小人，面孔被风吹得通红。

他们从卫国身边走过，云芝没有看卫国一眼，笑眯眯地跟丈夫说话，像是陌生人一样。

3

卫国和秋林坐在他父亲的书房里。

卫国说，秋林，你莫要劝，我已经下了决心，我要从厂里辞职，去湖南，去湖南开矿去。

卫国拿着酒瓶，身上披着一张斑斓虎皮。这虎皮秋林认识，当年它和两张金钱豹的皮子一起装在樟木箱子里，都是卫国父亲在四明山打仗时亲手打的。

秋林说，我不劝你。你既然要走，为什么不去山东，也好照顾你爹。

卫国说，我被他管了一世，好容易摆脱，怎么还会送回虎口去？

秋林说，我觉得你爹人蛮好，对我总是客客气气。

卫国说，只是对你。从小到大，我是被他打出了一身钢筋铁骨。

秋林说，那是你太皮。那时城关里，哪一户人家院子里有什么果树，什么时候成熟，你都清清爽爽，都逃不过你的手心。

那才是好时光呢，不像现在，什么好玩的东西都没有了。卫国吃一口烟，怔一怔，说，秋林，告诉你一桩事，春华离婚了。

秋林一愣，说，为啥？

卫国说，她那个丈夫就是个活众生。将春华管得牢，平时跟男人搭个腔他都嫉妒。春华放在家里的裙子全被他用剪刀剪破，不让穿，说是怕别人看春华的腿。即便这样，只要有人在街上多看春华一眼，春华回去就被他按在地上打，还追问春华为什么人家要看她。你说这样的人不离婚，春华还怎么做人？

秋林听了，这才明白那天见面时春华跟自己讲那些闲话的意思，心里难过，低头不响。

卫国叹口气，说，春华这个人我看过了，没有福气。

秋林说，你几时走？

卫国说，下个礼拜。

秋林说，我到时来送你。

卫国意味深长看了秋林一眼，伸手摸着身上盖着的那张虎皮。

老头子最欢喜这张老虎皮，平时都不舍得让人摸一下，这次回去，不晓得为什么，带走几张豹皮，倒将这老虎皮落下了。

第二十二章

1

知秋打来电话，约秋林到城里吃夜饭。

秋林在黄埠值班，觉得上上落落麻烦，不想去。龚知秋却特意叮嘱，这餐饭很重要，秋林定要来吃。秋林疑惑，问还有谁一起。知秋却卖关子，不肯讲。

落了班，秋林便骑着自行车往城里赶，骑出一身毛汗。一进包厢，只见里面坐了两个人，一个知秋，另一个面熟，但一时想不起来。知秋一介绍，秋林吓一大跳。原来这人便是县里供销社新上任的一把手，鲍一鸣。秋林想起来，自己去县社办事情，曾匆匆见过一面。

饭局上，知秋很隆重地把秋林介绍给了鲍主任，说这是自己最要好朋友。

秋林说，没想到今天和领导一起吃饭，一点思想准备都没有。

鲍主任说，什么领导不领导，都一样。我年轻时还不如你，就是个围卵的。

秋林发愣，不晓得鲍主任说的什么意思。

鲍主任解释，我以前供销社人民浴室上班，人家洗好澡，赤卵走过来，都是我给他用毛巾围上。

鲍主任说完，自己先大笑起来。笑完，鲍主任有些感慨，对知秋说，我来了，你倒走了。我这个人没有那么多讲究，我对你知根知底，你要是还在供销社，我定重用你。

龚知秋说，我是烂泥扶不上墙。

鲍主任说，怎么说得这么消极？你现在做什么？

龚知秋说，办了个铜材厂。

鲍主任说，自己做生意，好事情啊。

龚知秋说，生意难做。

鲍主任说，为什么难做，给我讲讲？

龚知秋说，主要还是身份低。虽然改革开放好几年，但民营企业地位还是低，别人都不欢喜跟民营企业打交道。

鲍主任想了想，说，这个我能帮忙，不就是身份问题吗？我给你出个主意，我将你吸收到供销社系统，厂还是你自己的厂，但我给你戴顶红帽子，算是供销社系统企业，这样出门去，生意必定好做些。

龚知秋一愣，说，真要是这样，那你帮我大忙了。

鲍主任说，小事情，你等我消息。

随后鲍主任又打听秋林情况，秋林简单介绍了下自己，但没多讲，更多的是说了些黄埠供销社领导的好话。

饭席散了，告别时，鲍主任对秋林说，你是知秋的朋友，也就是我的朋友，有事可来寻我。

鲍主任走了，知秋才告诉秋林底细。原来他和鲍主任是年轻时的友谊。那时他们同在供销社系统的饮服公司上班，龚知秋在食堂，鲍主任在浴室，平时要好。当时，两人都是普通职工，后来鲍主任发迹，也是阴差阳错。一日，生活忙落，鲍主任和食堂里一个炒菜阿江一道喝酒。当日，两人喝的是阿江拿来的高度番薯烧，喝得上头，也不知什么话题引起，鲍主任跟阿江比谁的胆子大，谁都不服气。最后鲍主任讲了句闲话，说，我敢贴大字报，攻击县里最大一位领导，你敢不敢？

阿江说，你如果敢贴这张大字报，我就承认你胆大。鲍主任便叫阿江拿来纸笔，写了一番豪言壮语，批判当时县委书记，最后落款，饮服公司革命职工。写好后，用米饭制成糨糊，借着酒劲，贴到县政府门口的橱窗里，回家昏睡。第二日一早，橱窗里的大字报被人发现，顿时轰动县城。因为落款，公安局便到饮服公司一个一个调查，最后问到炒菜阿江，阿江胆小，当场便将鲍主任供了出来。鲍主任就被公安人员带走，关押起来，要对他进行重大政治审查处理。最巧不过，正关押期间，四人帮被打倒，县委书记也被打倒。阴差阳错，鲍主任因祸得福，不但无罪，反而揭发有功，最后当了新的县委书记秘书。秘书当满，几个单位转一圈，这才转到供销社当主任。

知秋说，秋林，我们两个是真心朋友，本来你的忙我也帮不上。但天轮地轮，竟轮到一鸣来供销社当主任，这条线你一定要搭上。秋林点头，感谢知秋，但心里疙瘩，许主任刚刚调走，自己就去巴结新领导，那跟童小军还有什么区别？

过一个月，秋林到县社里开会。会议结束，秋林被留下，说鲍主任寻他有话要讲。秋林不晓得什么事，忐忑来到鲍主任办公室。鲍主任招呼秋林坐下，第一句话便问，陆秋林，我当县社主任，为什么你一次都不来看我？

秋林愣住，不晓得怎么回答。

鲍主任又问，你在黄埠多少辰光了？

秋林回答，我当了三年文书，三年团委书记，算起来有六年快七年光景了。

鲍主任说，那时间也不算短了，孩子几岁了？

秋林说，还在老婆肚皮里。

鲍主任说，哦，老婆哪里工作？

秋林说，在亲眷厂里当会计。

鲍主任低头想了想，说，你也快当爹了，你总在乡下，以后妻子小人都是不方便。那天你们潘主任到县社里来汇报工作，我还特意问了问，潘主任讲得蛮好，说你这个人政治上可靠，工作也踏实。特别是有一次，临春节去东北组织货源，全单位无人去，只有你跳出来。

秋林说，那都是应该的。

鲍主任说，这样，我把你调到县社里来，你愿不愿意？

秋林愣住，几乎没端牢茶杯。

鲍主任笑眯眯看着秋林，说，怎么，不欢喜到城里？

秋林赶紧说，欢喜的，这是顶盼望事情。

鲍主任说，我讲实话，你这个人，我蛮中意。你跟知秋关系那么好，知秋又是我少年朋友。这么长时间，你从来没有跟我提过要求，也没有托知秋到我这里提过什么要求。你是个厚道人，我也是爽直的性格。你要当我是官，每日我面前讨饭一样讨，我不会给你。你当我是朋友，一句话不讲，我硬塞也要塞给你。做人一世，朋友最难得，话说穿了，当官能当几年，权力这东西，过期作废，不帮自己朋友帮谁？

鲍主任一番闲话讲得秋林眼眶有些发热。

鲍主任说，这样，我先摸摸底，看看县社里有什么合适位置。来了，总要弄个好一些的位置，光是调上来当个普通科员，就没意思了。

秋林又是一番感激。

鲍主任没有信口，没两日，县委组织部便来黄埠供销社考察秋林，只半个月时间，秋林便调到县社担任秘书股股长一职。

秋林到了县社，一来就忙得焦头烂额。虽然以前他也当过文书，但那只是案头工作，秘书股工作不同，上管天上落雨，下管鸡毛蒜皮。摸清领导思路，搞好机关后勤，把握机关文字，样样事情都要操心。秋林新来，人员事情都陌生，只是局促应付，勉为其难将场面稳住。

这一日半夜，杜英肚皮痛，要生产。秋林爬起来，让母亲帮忙，用自行车载着杜英去医院。检查完毕，当夜杜英便住了下来。第二日早上八点钟，杜英生下一个七斤一两男小鬼。杜英生了小鬼，家里更是忙得一塌糊涂。秋林赶紧跑到供销社请假，这一头请假条打好，那一头鲍主任打来电话，说自己身体不舒服，让秋林去他家里看一看。秋林没办法，又赶紧骑自行车往鲍主任家赶。赶到了才晓得，鲍主任已经病了几日，一直瞒着，今朝实在难过，才打秋林电话。鲍主任得的是美尼尔氏综合征，恶心、呕吐、出冷汗。鲍主任躺在家里沙发上，一条热毛巾搭在额头上，面色难看。

秋林说，鲍主任，你这病应该去医院。

鲍主任摇头，说，我的上任便是住院期间被调走，我刚到此地开展工作，怎么好住院？这事我独告诉你一个，你帮我隐瞒，平常辛苦些，帮着买药打饭，照顾一阵就好了。

秋林赶紧答应。

杜英生产，秋林本就忙碌。这一下又多出个鲍主任，秋林简直被逼成三头六臂哪吒，家里单位鲍主任家医院四头跑，脚后跟着火，简直不晓得怎么收场。

这一日，秋林正去医院给鲍主任买药，突然有人叫他。秋林转头，见是个护士，面孔有点圆，头发自然卷着，卖相很好。秋林认不出她，她便自我介绍，说，我姓顾，有一次，我们一起吃过饭，我是同金卫国一起来的。秋林脑子里电光石火，想起有一次吃饭，卫国带着她来，自己当时心里还打咯噔，为什么来的不是那个云芝。

秋林赶紧说，顾医师你好。

顾医师问，你来这里做什么，看病吗？

秋林说，不是我，是一个朋友，得了美尼尔综合征，我来替他买药。

顾医师说，那应该安排住院。

秋林说，他不肯住院。说是有住院恐惧症，闻到医院里的药水味就吃不消。

顾医师说，还有这么奇怪的毛病。这病光吃药片也不行，药效不够。这样，你替他买些药水，我落班时上门帮他打针。

秋林说，那太麻烦你了。

顾医师说，都是朋友，客气什么。

秋林听了，感谢一番，便回去跟鲍主任商量，鲍主任满口答应，称赞秋林会办事。第二日，秋林便去医院买了药水，带顾医师到鲍主任家来打针。鲍主任见了顾医师，很是高兴，伸手招呼秋林。

秋林，你把那雀巢咖啡和伴侣拿来，给顾医师泡一杯咖啡喝。

秋林赶紧拿了咖啡和伴侣，泡了一杯咖啡递给顾医师。

顾医师说，你莫担心，这美尼尔综合征要治好，并不是什么难事。平时要注意静卧，不要急躁，吃食清淡一些。平时要注意劳逸结合，不要进行剧烈运动。

鲍主任听了，突然露出个笑容，问，顾医师结婚了没有？

顾医师说，结了。

鲍主任说，那我就可以细问了，这个夫妻生活算不算剧烈运动？

秋林一愣，顾医师面孔也红一红，没响。

鲍主任说，哈哈，我们都是过来人，用不着害羞，我也是实话说讲。我老婆在宁波照顾儿子读书，平时少回来。久别胜新婚，回来了，难免要过夫妻生活，所以问得仔细些。

顾医师说，这个不妨，只是要适度，莫劳累身体。

秋林在旁边听了，觉得心里古怪。这个鲍主任，怎么好跟女同志这样讲话？就算顾医师结了婚，毕竟男女有别。不过，这顾医师显然也是见过世面的，稍稍红了下脸，也就过去了。

打好针，鲍主任说，既然有顾医师帮忙，小陆也就不用往我这里跑来跑去了，安心忙自己事情。顾医师，只是要劳烦你。

顾医师说，鲍主任，莫客气，这是小事情，顺手的。

秋林一旁听了，长出一口气，有了顾医师，自己终于可以脱身照顾家里。毕竟杜英刚刚生了孩子，正是虚弱辰光。要是有事寻自己，人影都看不见，怎么说得过去？

又过一个月，鲍主任恢复健康。这一日夜里，知秋做东，为鲍主任庆祝。吃了饭，最后鲍主任却将单子签了。鲍主任说，我当主任，可以签单。你们两个用的都是自己袋里钞票。何必？尽管鲍主任讲得有道理，但知秋还是觉得难为情，定要安排鲍主任去舞厅跳舞。三人去了舞厅，知秋却不会跳，秋林也不会跳，两人只是坐在旁边喝饮料。

鲍主任扫兴，说，知秋，你带我来舞厅，自己不会跳舞，你带我来做什么？

知秋说，我以为秋林会跳。

秋林尴尬地笑。

鲍主任又说，秋林，你这样可不行，舞不会跳，酒不会喝，以后怎么提拔？这样，我给你一个礼拜时间，你去把跳舞给我学起来。这不是我个人的意思，是组织对你的要求。

鲍主任命令，秋林没办法，只能回家让杜英帮忙。杜英也不会跳舞，两人抱着，不是秋林踩杜英的脚，便是杜英踩秋林的脚，跳了没几步，那边孩子又啼哭，要吃奶，只得匆匆作罢。

一礼拜后，鲍主任叫知秋和秋林夜里去舞厅跳舞。可秋林早已将练习跳舞事情忘记，没想到鲍主任又提起，没办法拒绝，只能硬着头皮去舞厅，等着挨批。

秋林到了舞厅，看见知秋，鲍主任，竟然还有一个顾医师。顾医师跟秋林大大方方打招呼，秋林和知秋坐在旁边卡座上，只见鲍主任和顾医师双双滑入舞池，跳起舞来。秋林看见鲍主任顾医师跳舞，面孔凑得很近，几乎贴了上去。秋林突然觉得这个场景有些诡异。

正犯疑，有人叫他名字。秋林回头，竟是春华。

春华说，秋林，你也来跳舞啊？

秋林指着知秋说，陪朋友来。

春华和知秋打过招呼，说，你们为什么不下去跳？

秋林说，我不会跳。

春华说，那我教你。

秋林说，我太笨，学不会。

春华说，这有什么关系。

秋林还是推拖，正这时，一曲终了，鲍主任和顾医师回来，看见春华。鲍主任有些惊讶，说，秋林，这个大美女是谁，怎么不给我介绍下。

秋林说，哦，鲍主任，这是春华，也是我们系统的，百货公司里上班。春华，这是我们供销社鲍主任。

春华微笑着与鲍主任握手，说，鲍主任好，我现在不能算供销系统的，已经出来了。

秋林一愣。鲍主任说，看来我到供销

社太晚了。秋林，那你赶紧陪春华跳舞啊。

春华扭头看着秋林，说，鲍主任命令了，你赏脸吗？

秋林没办法，只好跟着春华进了舞池。春华舞跳得好，指引着秋林。秋林虽然不会跳，但春华一带，脚步似乎也不那么慌乱，有模有样地跳了起来。跳舞的时候，秋林想，春华说她现在已经不在百货公司上班了，她为什么要离开？会不会跟卫国说的剪裙子的事情有关。他很想问，又不敢问。

秋林轻轻抱着春华的身体，感觉春华手臂上的肉很松，就像豆腐一样，软绵绵的。中医书上讲，肉特别软的人，内脏都不大好。想到此处，秋林忽然心里悲伤了起来，将春华又稍稍抱紧了些。

2

鲍主任坐在办公室，有人向他汇报工作。鲍主任叼着根烟，认真听着。突然电话响了，鲍主任接起电话，是顾医师打来。

鲍主任对着电话，说，嗯，你说。

随后，他捂住话筒，示意面前的人继续汇报。那个人就继续说话。

顾医师说，我今天调休，在家里待着无聊，想吃西瓜，就跑到外面打公用电话，想让你送个西瓜来。

鲍主任不动声色，说，哦，西瓜的问题啊，这个事情你寻下面的人办一下就行了嘛。

顾医师说，你办公室是不是有人啊？那你还接我电话，不怕别人听去？

鲍主任说，不要怕，做事情这也怕那也怕，那还做什么事情啊？

顾医师在电话那头笑，说，我真想看看你现在什么表情。告诉你个事情，卖肉人不在，我一个人在家。

鲍主任说，行了行了，你的情况我都了解了，改革开放，胆子要大一些，步子要快一些。

鲍主任把电话挂了，看着对面的人说，你看看，什么事情都寻我。说今年西瓜供应不上。难道买西瓜的事情也要我这个县社主任出面吗？行了，你继续汇报。

对面的人将事情汇报完毕，鲍主任看了看表，说，我还要到县政府去一趟，有什么新情况，等回来再讨论。

说着，鲍主任就坐着单位的轿车，去顾医师家。路上，买了一个黑皮瓜。轿车在一个弄堂口停下，鲍主任对驾驶员说，你先回去，我看完老领导，自己走回去就行。

鲍主任看着车子离开，托着瓜，转身晃晃悠悠走进弄堂。走到最里头一户人家前，伸手推开木门，进了院子。鲍主任没有进房，而是熟门熟路走到一旁的水井边，用铅桶打上一桶冰凉的井水，将黑皮瓜浸在铅桶里。

鲍主任推开房门，只见顾医师穿件无袖丝绸睡衣床上躺着。鲍主任走过去，拍了一下她的屁股。

鲍主任说，快爬起来，叫我来，自己又睡。

顾医师侧过身子，鲍主任看见丝绸衣服在她身上水一样地滑了滑。

顾医师说，你胆子还挺大，居然一边听汇报，一边接我电话。

鲍主任说，那是，天大的事也不能耽误接你顾医师的电话。

说着，鲍主任就顺势躺到旁边，从身后抱住顾医师。

鲍主任说，昨天跳完舞回去，我长夜睡不着，脑子里全是你。

顾医师说，我不信。

鲍主任说，真的，我还连夜给你做了一首诗。

顾医师说，做诗，你还会写诗啊？

鲍主任说，当然，还是首长诗呢。

顾医师说，长诗，有多长？

鲍主任靠近顾医师耳朵低声说了些什么。顾医师低低骂了一句，你个流氓。鲍主任的手便滑到顾医师的丝绸衣服前，将丝绸睡衣的带子拉掉，说，我就是个流氓。顾医师转过身，脸又红又烫，迎着鲍主任嗯了一声，两人便紧紧搂在一起。

可能是太激烈的缘故，两人很快便结束，瘫在床上喘粗气。过了一会儿，顾医师突然想起了什么，问道，我的西瓜呢？

鲍主任说，刚刚进来时，沉在井里了。凉得没那么快，稍微等会儿，再凉一些再吃。

顾医师噗嗤一声笑了。

鲍主任说，你笑什么？

顾医师说，你看你，连一只西瓜都凉不透。

鲍主任一愣，听懂顾医师话里的意思，又翻过身，压在顾医师身上。

鲍主任说，让你看看我有多久，一定让那只西瓜比放冰箱里还凉。

两人正闹着，突然听见院子大门吱嘎一声响。鲍主任吓了一大跳，顾医师迅速跑下床，将房门内锁打开。她侧身躲在门后，冲着鲍主任做了一个不要发声的动作。

随后，外面有脚步声走到房门前，推了推。

大白天关门做什么？

是卖肉人的声音。

顾医师说，我在困觉，你此时回来做什么？

卖肉人说，零钱没有了，我回家翻点零钱。

顾医师说，家里哪来零钱？要零钱应该去银行里头换。

卖肉人说，你把门开开，我进来找找，我记得有的。

顾医师说，我躺在床上，不想动。

卖肉人说，你今天怎么这么奇怪，开个门有什么要紧？

顾医师怔了怔，说，我房间里藏了个男人，不想让你进来，你有本事一脚把门踢破。

鲍主任躲在床沿边，背脊心发凉，这两人赤条条在房里，卖肉人真要进来，定要完蛋。想着，身体就不由自主往床沿后面缩。

卖肉人一阵沉默，许久才忿忿地说，你好坏也是吃公家饭的人，怎么好说这么难听闲话？

说着，卖肉人推门出了院子。鲍主任听着，长长出一口气，仰面瘫在地板上。

顾医师走过来看着，又噗嗤一声笑，说，看你亮晶晶一身汗。

鲍主任稍稍躺一下，马上站起来，慌张地穿裤子穿衣裳。

顾医师说，你做什么，要走啊？他去银行了。

鲍主任说，万一等下又回来呢？

顾医师说，莫走，西瓜还没吃呢，今朝立秋。

鲍主任说，还敢吃西瓜，血都吓冷了。

顾医师鼻孔里哼一声，冷冷地看着鲍主任，说，你也就床上勇些。你一个男人，又不是猪，你怕一个杀猪人做啥？我都不怕，难道你还不如我？

鲍主任一愣，继续将衣服穿好，开门出去。顾医师看着他走出，憋一肚子气，坐在床沿边，又气又伤心。没一会儿，那房门却又开了，只见鲍主任从房门口大摇大摆进来，手里捧着水淋淋一只黑皮瓜。

鲍主任眉毛一挑，说，我怕他个卵。

3

鲍主任回到家里，将公文包一扔，坐到沙发上，向后躺倒，这才感到双腿有些发软。

鲍主任靠沙发上，脑子里还在回味下午在顾医师那里的滋味。一想起里头几个细节，身体某些地方就暖烘烘的，似乎也不那么疲累了。鲍主任想起她对卖肉人说屋里藏了个男人，骂自己怕个杀猪的做啥，想起这些话，就觉得有劲。这性格跟自己倒是像，当年自己贴大字报，便是这份天不怕地不怕的脾性。他就喜欢这种有性格的女人。说到底，他倒不是怕那个杀猪人，有什么好怕的，真是跟杀猪刀拼一下，他也是敢的。可终归还是心虚，毕竟顾医师是他的老婆。可惜卖肉人夜里不卖肉，如果夜里也卖肉，那他和顾医师就能日夜在一起。

鲍主任躺在沙发上，胡思乱想。突然听见有滋滋的油水声音，扭过头来，吓了一跳，只见厨房门掩着，有人在里头烧菜。他起身走到厨房间，打开门，竟看见老婆许红妆。

鲍主任说，你怎么来了？

许红妆说，学校里组织学生去上海，你儿子也去了。我没事情，回来住几日。

鲍主任说，那你应该给我打个电话，我让驾驶员去接你。

许红妆说，下午打过你办公室电话，没人接。

鲍主任说，下午县政府里开会。

鲍主任走进厨房，闲话几句，走出来，突然有些心神不宁，心里好像有什么事情不落定。屁股一搭沙发，突然一惊，想起昨夜给顾医师写的那首长诗。夜里跳舞回来，也不晓得哪根筋搭牢，整夜困不着。起床来，拿出纸笔，坐在书桌前，写了长长几页纸。年轻时，也算看过《回延安》《周总理，你在哪里》这样的诗歌，有些记忆，飞快落笔。说是诗，也不算诗，想起自己和顾医师的那些活色生香细节，情思泛滥，添油加醋写到纸上。反正长句短句，写到哪里算哪里。

鲍主任皱眉，自己写完好像就去困了。那首诗放哪里，他倒想不起来了。他起身，到书房里翻，没翻到。边回忆边寻，奇怪的是，此时去寻，这诗倒像特务一样隐藏起来了。

许红妆餐厅里叫吃饭。鲍主任只得先出去，饭桌边坐下。鲍主任看见许红妆，突然有个想法，心惊肉跳。会不会是她拿了？鲍主任脑子里盘旋，挑了口菜塞到嘴里，差点一口吐出来，竟说不出的腥气。

鲍主任吐在桌上，用筷子翻翻，血糊糊一团。

这是什么，怎么这么腥气？

许红妆说，想着你这阵子辛苦了，特地市场买了只羊腰回来，给你补一补。

鲍主任听了，心里咯噔，天下补品千百样，许红妆单单买只羊腰来什么意思？

鲍主任小心翼翼问，这种腻心东西能补什么？

许红妆说，当然吃什么补什么。

说完，许红妆便不理鲍主任，只是挑菜吃饭，一口一口双面颊咬得用力。

鲍主任看着许红妆，心中确定了，那张纸定是落在她手里了。但他又不能问，不能讨。许红妆的性格他晓得，看着平常一个人，心里却有生意，有样值钱东西，定要卖出黄金价格。鲍一鸣当了这个主任，她心里早有担心，担心管不住自己。眼下拿下这个把柄，以后自己难做人。

夜里困觉，鲍主任想在床上利用夫妻温存，跟许红妆套一套近乎，没想到许红妆一躺下，便鼾声渐起。鲍主任不晓得她真困假困，暗自着急无从着手。想了半夜，终于想出一招棋，心底才逐渐放宽，渐渐睡去。

第二日一早，鲍主任平静吃过早饭，与许红妆招呼一声，出门上班。到了弄堂口，驾驶员车子早就停好。鲍主任上车，叫驾驶员莫开去单位，去一趟乡下许家村。许家村是许红妆老家。鲍主任想一夜，要想摆平许红妆，不能硬来，只能智取。许红妆母亲早逝，老家只是父亲许运道一人住着。鲍主任小时无父无母，是一个干爹养大。这干爹最好一个朋友就是许运道。十六岁，干爹死了，临死托付于许运道，许运道便将鲍主任当半个儿子，后来还将唯一女儿许红妆许配给鲍主任。

到了许家村，鲍主任猜测此时许运道应该在菜地里，便跑去菜地，果然看见许运道在摘菜，鲍主任上前帮忙。

许运道说，今朝不是礼拜日，你来此地做什么？

鲍主任不好意思地笑，说，碰到一桩为难事情，要寻老爹帮忙。

许运道问什么事情。鲍主任说，我单位里有个后生，跟人谈对象，写了一首露骨的诗，投给报纸。结果报纸认为有伤风化，寄回单位领导，批评教育。我不小心将信带回家里，结果许红妆看见，误会是我写的，将信捏在手里，不肯归还。你晓得，红妆性格大，我怕她误会，将事情捅出去，到时满城风雨，讲都讲不清。

许运道看了看鲍主任，说，那你什么意思？

鲍主任说，红妆现在不跟我谈这事，我也没法解释，怕越描越黑，希望老爹讲讲好话，把此事了了。

许运道愣了愣，说，行吧，你都跑到家门口了，我总要帮你跑一趟。正好收了这些新鲜蔬菜，带到城里去。

就这样，鲍主任将许运道载到城里，车子停在外面，许运道独自拎着菜去鲍主任家中。许红妆见了老爹，有些意外，说，阿爹怎么来了。

许运道说，医院里看个老朋友，正好带点蔬菜来。你们常也不来，只有我自己上门。

许红妆听了这话，有些过意不去，说，让你老人家来，这热烘烘的天，真是罪过。

许红妆将许运道迎进去，将电风扇对着他吹。

许运道问，一鸣上班去了啊？

许红妆咬着牙，说，鬼晓得这活众生死哪里去了。

许运道一听，故作惊讶，说，你怎么讲这样闲话？你们吵架了？

许红妆赶紧说，没有没有，我随口玩笑。

许红妆从冰箱里跟许运道拿饮料。许运道接过饮料，看着许红妆，说，你好像瘦了，遇到什么事情了？

许红妆不说话。

许运道说，今朝来，怎么觉得你怪怪的？怎么了，这么好的日子你还不知足啊。你看你，多少有福气，嫁了那么出色一个人。一鸣这小鬼，我是从小看大，老实，讲义气。这点年岁就当县社主任，多少了不起。

许运道一边用力讲一鸣好话，一边偷偷观察许红妆，只见她脸色由白转红，又转紫，越来越难看。

许运道说，你能嫁给一鸣，是你几世修来的福气。他在前头忙，你顾大后方，帮他照顾小人。你要任劳任怨才行，你嫁了全世界顶好的男人了，你还有什么不知足？你要是跟他吵架，也定是你不对。一鸣这个人我晓得，素质顶好。

许红妆终于忍不住，用力拍一拍桌板，阿爹，我今朝定要你看看这鲍一鸣到底什么角色。

说着，许红妆走进厕所，出来时，手里捏了几张纸，递给许运道。

阿爹，你自己看。

许运道接过，仔细看了两遍，问道，这是谁写的？

许红妆说，除了鲍一鸣那个下流坯，还有哪个？

许运道勃然大怒，骂道，这个一鸣，真是个众生，怎么能做这样的事体。

他站起来，用力拍沙发，拍了几下，气得用力咳嗽。

许运道说，我要拿这信去供销社寻他，此事我一定替你做主。

许红妆没应，只是看老爹手里的信。

许运道说，我拿着信，我定要字字句句骂他，看他怎么反驳。

许运道将信折叠，放进口袋，说，红妆，我现在就去寻他。

许红妆说，你莫在供销社里同他吵，真要单位里传开了，对他有影响。

许运道说，你看看你看看，我真是眼瞎了，还说你嫁一鸣是你福气，这话全倒了，他娶了你，才是他的福气。这众生，真是身在福中不知福。

许运道气呼呼走出门，转个弯，点一支烟，慢吞吞走了一段，让自己平心静气一番，这才转过墙角，看见鲍主任的轿车正等在那里。

鲍主任见许运道出来，赶紧迎上来问，老爹，怎么样了？

许运道没响，只是从口袋里掏出一张信纸，递给鲍主任。鲍主任接过，打开一看，这才如释重负。

许运道说，我真真没见过你这么蠢的人，做这种事还会白纸黑字留下证据。

鲍主任说，不是我写的，真是我单位后生写的。

许运道说，哄鬼呢？我还不认得你那两只字？你也真是好本事，这样的事情都写得出，我老倌都看得脸红。

鲍主任尴尬地笑。

许运道说，以后千万莫这样了，再这样，我也不能再帮你。我帮你这一次，也是为老不尊。当然，我也不是全怪你，现在外面什么情形，我也晓得。有些事情，一番假戏，我也理解。但你千万莫一条路走到黑，老婆儿子不能辜负。

鲍主任连连称是。

夜里，鲍主任回家，将一个信封递给许红妆，里头放着两百块钞票。许红妆诧异，问这是什么钞票。

鲍主任慢条斯理说道，你在宁波陪儿子，留我一个人在家。你晓得，我这个人不爱出门，朋友也少，无事可做，就写些诗歌陶冶情操，打发时间。日积月累，竟有了这一堆稿费。

许红妆听了，想起昨天那几页纸，恨不得将这钞票扔到他面孔上。但最后，还是忍住装进自己口袋。许红妆根本不相信鲍一鸣的鬼话，那根本不是什么诗，而是他跟哪个女人做的下流事。她不明白他怎么能这么下流，自己看的时候，都害怕眼睛会生偷针。他说他的肚皮上有块胎记，像一只毛兔，那女人属兔，这是他们前世的缘分，前世打上的印章。她见过他肚皮上的胎记，他写的就是自己。但现在，她不能发火，因为那几张纸被自己老爹拿去了，她没有凭证。

许红妆看着鲍主任得意神情，有些不解。老爹说要拿信去供销社寻他算账，可他看上去根本不像刚被算过账的样子。许红妆心里有种不祥预感。老爹将信拿走，她心里就不踏实。现在看到鲍一鸣得意洋洋的样子，更是七上八落。

第二日一早，许红妆坐车回许家村寻许运道。许运道骂骂咧咧，说这鲍一鸣好运道，自己名字叫运道，碰见他，运道都没了。一出门，就碰见扒手。连皮夹子带信，全部被偷了，连回来车钿都没有，最后还是厚着脸皮搭别人的拖拉机回到家中。

许红妆听了，晓得自己上当，恨得牙齿痒，她实在没料到自己老爹竟会帮着鲍一鸣来骗自己。

4

许红妆吃了哑巴亏，但她不会这样作罢。虽然那首诗被骗走，但她还是记住了里头一句闲话，献给最亲爱的顾医师。从那天开始，许红妆就用最原始最愚蠢的方式，县城里一个医院一个医院寻过去，只为寻一个属兔的顾姓女医师。最后，功夫不负有心人，终于被她在人民医院寻到。看见这个姓顾的女人，许红妆确定，她就是跟鲍一鸣一起的那个女人。她站在那里给病人打针，看着她，许红妆竟能体会到鲍一鸣对她写诗的那种感觉。许红妆走过去，跟她打听药房在哪里。那女人耐心告诉她，声音温柔得像只羊。

许红妆没有跟她闹翻，她在周边观察她。等她下班，她又偷偷摸摸跟着去了她家。晓得了住址，又跟旁边邻居打听，确认她的丈夫是在市场里卖肉，许红妆便又去了市场。

顾医师的男人站在一张摆满猪肉的条案后面，精瘦，高，骨节粗大，有络腮胡子，胡子刮得干净，脸上青幽幽的。

卖肉人问，你要买什么？

许红妆说，我不买东西，你的女人跟别的男人困觉，我特地来告诉你。

卖肉人变了脸色，骂道，你是什么货色，敢跑到我摊子上来发神经？

许红妆说，你女人是不是属毛兔？

卖肉人一愣。

许红妆说，你可以回家问问你的女人，那个男人肚皮上是不是有一块胎记，那胎记就生得像只毛兔。

许红妆这么说，卖肉人的身体突然颤抖起来，一板斧用力砍在肉案上。许红妆吓一跳，转身匆匆离开。

回到家，没一会，鲍主任也落班回来。许红妆告诉鲍主任，自己要回宁波了，只是身体不大舒服，回宁波前想让鲍主任陪她去趟医院。鲍主任推说自己忙，让许红妆自己去。许红妆一副可怜兮兮模样，说，你不陪我，我一个人去医院都不晓得怎么挂号。你帮帮忙，陪我去，我早点检查好，也好早点回宁波。许红妆这么说，鲍主任也于心不忍，又盼望许红妆早点检查好回宁波，只好答应。

第二日一早，鲍主任陪着许红妆去医院。挂完号，许红妆让鲍主任去外面等，妇女病陪着不方便，鲍主任便跑到外头吃香烟。等鲍主任走了，许红妆特意寻到顾医师，说自己丈夫有难言之隐，不肯治疗，希望顾医师能出去跟他讲两句，做做思想工作。顾医师不愿意，说，我只是个护士，你应该去寻医生。许红妆说，我是你爱人介绍来的，我是他多年熟客。他人最厚道，平时去斩肉，总是会多给一些，他说你也是最会帮忙的人。见许红妆这样说，顾医师也没有办法，只好跟着她往外头走。

两人走出来，正好鲍主任等得不耐烦，朝里头去寻许红妆，和顾医师撞了个正面。两人尴尬，许红妆站在一旁，说，这就是我丈夫。鲍主任此刻终于明白许红妆意图，一声不响。顾医师还算镇定，将双手插在白大褂的袋子里，依旧是不相识的样子。

你丈夫什么毛病?

许红妆说，倒是没什么大病，只是跟别的女人乱搞，我怕他得了什么梅毒猪瘟病。

鲍主任说，许红妆，你胡说八道什么，我有什么病？分明是你要来医院看病的。你到底看好没有，看好了我还要回单位上班。

许红妆看看鲍主任，又看看顾医师，说，你看，他这个人就是好面子，在家里写肉麻闲话给别的女人，到此地了，又不敢讲了。我同你说，男人就是这样，特别是当官的男人，别看他说得头头是道，没有用场，你不信，试一试让他为女人舍了官位，根本不舍得的。

顾医师一声不响，面孔涨得通红。

鲍主任全看在眼里，厉声道，许红妆，你到底走不走，你不走我走了。

许红妆说，行了，走了。

鲍主任转身走，许红妆跟了两步，又转过身对顾医师说，对不起了顾医师，害你跑进跑出。

顾医师看她这么说，勉强笑笑，说，不要紧。

许红妆又笑，说，说起来你跟我家老鲍还蛮有缘分，你属兔，他肚皮上有个毛兔胎记，你说巧不巧?

许红妆边说边笑，跟着鲍主任离开。顾医师站在门诊门口，全身冰凉。

离开医院，鲍主任坐在车上一声不吭。车子开到三岔路口，鲍主任说，你下去走两步吧，我要回单位。

许红妆说，我不回去，我跟你去单位。

鲍主任急了，许红妆，你戏法还没变爽快？你还跟我到单位做什么?

许红妆说，反正我也没事，干脆去你那里等你回家吃饭。

鲍主任想发火，但又怕驾驶员听出什么，一口气咽回肚皮，低低骂了一句，铁青着脸，再也不吭声。

让鲍主任恼火的是，不止这一日，接下去，许红妆日日跟着他，开会跟着他，下乡跟着他，弄得他哭笑不得，几乎美尼尔氏综合征复发。

终于一日，儿子学校打来电话，要开家长会，许红妆才匆匆回了趟宁波。趁着这当口，鲍主任去医院寻顾医师。鲍主任一团热火，仔细解释许红妆事情，可顾医师却是漠不关心，一副冷冰冰面孔。鲍主任说得口干，见顾医师冷淡，也有些着急起来。

我今朝是趁许红妆回宁波，冒风险来寻你，你这样对我算什么意思？

顾医师看着鲍主任，冷笑，说，你冒什么风险？再这样下去，你依旧升官发财，我早晚一日被卖肉人当猪杀了。

鲍主任说，你莫吓我，他怎么敢。

顾医师说，你怎么晓得他不敢？

鲍主任尴尬，说，你放心，小顾，事情还没有到那一步。真到了那一步，我不会抛下你不管。

顾医师说，那我就告诉你事情到了哪一步。前几日，他跟我说要带我去他乡下朋友那里玩，让我穿漂亮点，还特意借了一辆雅马哈摩托车。我坐着摩托车，风尘仆仆坐了一路。最后却不是去他朋友家，而是到了一个屠宰场，让我看杀猪。我闻不得里头那股血腥和猪粪的味道，要走，可他却将我的手腕捏紧。你晓得他跟我怎么说吗？他说，你要是跟那个生了毛兔胎记的人做了什么事情，我就把你们都拉到这屠宰场里，一刀一刀地割了。

顾医师盯着鲍主任眼睛。

顾医师说，鲍一鸣，我现在不想听漂亮闲话。我只问你，你敢跟你老婆离婚吗？你敢不当这个县社主任吗？如果你敢，我现在就跟你走，再不管那卖肉人。

鲍主任低头，不再说话。他心里晓得，他跟顾医师完蛋了。许红妆抓到了他的软肋，她晓得他扔不掉眼前这一切，只为一个女人。

第二十三章

1

秋林坐在副驾驶室，今朝是陪鲍主任去罐头厂视察工作。鲍主任坐在后座，一声不响，秋林心里有些不踏实。鲍主任这状态也不是一日两日了，最近一段时间来，总是这一副神情，定是碰到什么事情了。但秋林识相，鲍主任不主动说，他也不主动打听。

红猛日头，罐头厂厂长童小军站在太阳下等鲍主任，几乎被晒出金光来。秋林看见童小军比以前胖许多，都有了双下巴。鲍主任下车时，他用双手捧住鲍主任的手，握手的时候，抬起胳膊，两腋下都是湿的。

天气热，童小军领着众人在厂里各车间走了一圈，每个人身上都汗津津。秋林看见鲍主任皱着眉，不停拉扯被汗液粘到皮肤上的衬衫。秋林偷偷跟童小军打招呼，天气太热，车间不要多看了，还是安排到会议室开会。童小军听了，赶紧领大家去会议室。

会议室在二楼，上楼梯，推开两扇玻璃门，竟是别有洞天，像走进了电冰箱里，清凉无比。秋林感到诧异，尽管会议室屋顶风扇在转，也扇不出这么清凉的风来。

秋林问，童厂长，你这里怎么这么风凉？安了空调了？

童小军说，我跟各位领导汇报一下，

空调那么贵，定是买不起。办厂不易，每分铜钿都精打细算，不能用在个人享乐上。平时，我们自己吹风扇，没问题。今朝鲍主任这么热天气来检查工作，我们不能苦了领导。所以，鲍主任来之前，我就做了准备，跟附近冷冻厂联系好，让他们从仓库里拉来四块冰。

这时，大家才注意到，房子四个角放了四块石板一样大小的冰，底下用一个塑料盒子盛着。众人啧啧赞叹，都说童小军是有心人。

众人坐下开会，刚讲了没两句，会议室门被轻轻推开，走进来两个五官端正的年轻女工人，端着铝盘子，盘子上放着一只只白瓷碗。女工在每人面前放下一碗，秋林一看，碗里盛着冰镇黄桃罐头。

童小军说，为了不让领导误会，我先解释下，这不是拍领导马屁，是汇报工作。这是我们最新的罐头产品，我怕光口头汇报，没有说服力，所以就让领导亲自尝一尝，好给我们把把关。

开会吃罐头，本来是件不妥当的事情，被童小军一解释，却成了顺理成章的好事。秋林心里暗自佩服，这个童小军真是个人才。大家用勺子舀着碗里的黄桃，入肚冰冰凉凉的，都吃得舒服。秋林注意到鲍主任一直紧皱的眉目也终于舒展了一些。

开完会，差不多五点钟，众人留下来吃工作餐。罐头厂靠海，一桌下饭都是周边农民赶小海赶来的新鲜小海鲜，配冰啤酒、杨梅烧，都是好滋味。大家个个吃得满意。工作餐吃罢，童小军偷偷说，鲍主任难得来，你看这时间还早，要不我们陪鲍主任娱乐娱乐？

鲍主任说，娱乐什么？

童小军说，别人送我一副麻将牌，簇簇新，还没开封，正好鲍主任贵人来，开张开张。

鲍主任微微愣了愣，说，这一大帮人，影响不好。

童小军说，让他们先回去，只留鲍主任和陆股长，我再寻一个亲近人陪。童小军又扭头看秋林，陆股长，你晚点回去有没有事？

秋林说，没事，但我不会打麻将。

童小军说，不会有什么关系，打打就会了。再说了，主要为陪鲍主任。

鲍主任说，行，回去也没什么事情。既然小军这么有心，我们就玩一下。

鲍主任发话，秋林也就不好说什么。等其他陪同人员回去，童小军便叫来一个办公室主任，安排个小房间打麻将。

众人坐下，童小军在每人面前放下两百元钱。

鲍主任问，这是什么意思？

童小军说：陆股长不是不会打嘛，这就算学习费了。鲍主任尽管放心，这不是公家的钱。

鲍主任看看童小军，看看秋林，说，小军用心，那就暂时放着吧。

四个人开始打麻将。办公室主任扔骰子，定四人方位。秋林发现这人手很软，像是没有骨头一样。骰子扔好，办公室主任坐秋林上家，童小军则坐鲍主任上家。打麻将时间过得快，不知不觉三四个钟头便过去了。秋林打得头昏脑涨，总算支撑到最后。牌局结束一清点，秋林生手，却只是输了五块钱。鲍主任其实并不怎么会打，但手风却好，坐在童小军下家，有碰有吃，最后竟赢了两百元。鲍主任点一根烟，将钱推到童小军面前。

鲍主任说，结束了，钱还你。

童小军将鲍主任的钱拿过去，点出两百，又将剩下的推回给鲍主任。

童小军说，这是本钱，要还给我。剩下的是鲍主任赢的，我不能收，我要收了，我就犯错误了。

秋林听了，赶紧从口袋里掏出五块钱补上。

童小军看着他，说，陆股长，你这什么意思，五块钱还要算这么清爽？

秋林说，应该的，说话要算话，说好了本钱要还的。

童小军愣一下，笑眯眯将钱接去，说，那就不好意思了，还让陆股长破费。

秋林说，应该的，应该的。

秋林坐鲍主任车子回家。与来时不同，一路上，鲍主任心情不错，闲话也明显多起来。这是他最近最高兴一次。

回了城，驾驶员先把鲍主任送回家，再绕道回单位停车。秋林下车，刚想去取自行车。驾驶员将他叫住，打开后备箱，从里面拿出两箱黄桃罐头。秋林纳闷，问，这是做什么？驾驶员说，你们在里面的时候，童厂长安排人搬了六箱罐头，说好一人两箱，带回去尝尝，到时给他们提提意见。

秋林将罐头放到后座上。罐头重，怕摔了，不敢骑车，就一路推着回了家。夜里困觉，秋林跟杜英说起了打麻将的事情。

秋林说，今天幸亏是鲍主任赢，最近他心情就没好过。

杜英说，鲍主任怎么可能不赢？那罐头厂厂长分明就是要讨好他，不可能会让他输钞票的。

秋林说，难道他想让鲍主任赢他就能赢？我才不信。

杜英说，这有什么奇怪的，你说的另一个人定是个麻将高手，有手法的。我告诉你，麻将场上，输赢都能安排。比如你，你官小，他就用不着输给你。但你毕竟跟着鲍主任去，又不能让你输得难看，就让你落个平手。

秋林想了想，突然想起了那个办公室主任的动作。这样想想，杜英倒是说得有些道理。

秋林说，你又不会打麻将，怎么会晓得这么多？

杜英说，这样的事情不稀奇，杜毅哥就常叫些公家里上班的人到厂里吃饭打麻将，这叫联络感情。联络感情就不能让别人输，所以每次也是先发本钱，赢了，抽回本钱，让人将赢头拿走。输了，无论多少，都算数。这样场面好看，来的人也都高兴。

秋林，原来还有这么多奥妙。

杜英，你以后莫要再去打，麻将桌上没几个好人，你弄不过他们。

秋林说，不会，我只是偶尔凑个人数。

两人睡觉。秋林侧过身，又想夜里的事情。如果真如杜英说的，自己今天又被童小军当了道具，心里很是不舒服。想着想着，脑子里又回想杜英刚才说的那番话。他忽然觉得杜英说这些话的时候，似乎透露出一种陌生感。不晓得从什么时候开始，杜英再也不是当年长亭的那个小姑娘了。秋林又想自己，长亭时，尽管半夜饿得眼冒金星，但还是半块饼干都没拿过。可今朝罐头厂回来，却能明晃晃载着别人送的两箱罐头回家。

秋林想一阵，想得心烦，终于倦意上头，这才侧身沉沉睡去。

2

下午下了场雨，天气凉快起来。临下班时，鲍主任打秋林办公室电话，说天气凉爽，让他约一下知秋，一道去小花园吃夜饭。小花园是最近城里最红一只饭店，老板最擅长烧猪鱼番薯面，据说这手艺来自他父亲，他父亲曾经给汤恩伯做过厨师。猪鱼越大越好吃，但越大越难烧出滋味。小花园这老板戴副眼镜，斯斯文文，不像厨师，倒像个读书人。饭店就开在家里，院子里放一只煤饼炉，一只铁锅，绣花一样，将一条尺把的猪鱼烧得丝丝入扣。

知秋说秋林会算命，自己刚才广东谈生意回来，就打电话约自己吃饭。秋林说不是自己会算命，是鲍主任会算命。说了些闲话，鲍主任问知秋，你会不会打麻将？知秋说，会一点。做生意，有时也陪一陪。鲍主任说，那我们夜里玩一下。秋林听了，心里不大情愿，但又不好明推，只说，三个人也打不了啊。鲍主任说，知秋，你再去约一个来。龚知秋想来想去，起身说，倒是有个人，我出去打个电话，问问看。

知秋出去，鲍主任点一根香烟，说，也不晓得为什么，最近总想打麻将。麻将真是个好东西，说说笑笑，来来去去，多少闹热，一夜时间飞快就过去了。真是何以解忧，麻将上手。

秋林点头附和，心里却不情愿。他一点都不钟意打麻将，杜英也不欢喜他打，但鲍主任都说了这样闲话，不陪是肯定不行。只能在心里指望知秋寻不到人。

正想着，知秋推门进来，说，约好了。

鲍主任说，约了谁，我熟悉吗？

知秋说，你不熟悉，秋林熟悉。

秋林一愣，哪一个？

知秋却卖个关子，说，等下见了就晓得。

麻将在知秋厂里打，是个小仓库，叠了一堆包装箱。点了蚊香，一只吊扇在头顶哗哗响。知秋泡茶，鲍主任不要喝，说，太热，有没有什么凉的东西。知秋便从冰箱里拿出几瓶冰啤酒，让大家当饮料喝。

三个人喝着冰啤酒，等了一会儿，听见外面有人上楼，是皮鞋后跟的声音。秋林一愣，似乎来的是个女人。门推开，秋林一愣，竟是黄埠供销社的杨会计。鲍主任看见杨会计，也一愣。鲍主任说，原来是个美女啊，难怪知秋卖关子。

知秋介绍，这是杨会计，黄埠供销社上班。

鲍主任说，这样啊，我竟没有见过，我这个供销社主任失职了。

鲍主任问杨会计会不会喝酒，杨会计说会喝一点，鲍主任赶紧让知秋给杨会计也拿一瓶冰啤酒来。杨会计见三个人都对着瓶子吹，对知秋说，你再给我拿个杯子。

四个人坐下扔骰子。杨会计坐鲍主任下家。许是杨会计在场缘故，今天的麻将鲍主任闲话特别多，心思全不在麻将上，常给杨会计吃碰。杨会计手气本身就不差，鲍主任牌打得松，更是手红得着火，几乎一直在赢。麻局结束，三家输，杨会计独赢。鲍主任输得最多，情绪却最高。

鲍主任说，杨会计，今天的牌局真是应了一句老话。

杨会计问，什么老话？

鲍主任说，三仙归洞啊。

杨会计听了，稍稍愣了愣，明白意思，脸突然就红了起来。

麻将打完，鲍主任提议再去吃夜宵。

杨会计说自己夜里不吃东西，怕胖。说完便告别，骑自行车走了。知秋提议三个人去吃，鲍主任却兴趣索然，说，不吃了不吃了，三条光棍有什么好吃？还是早点回家安稳，家里还有个许红妆，每日里盯贼一样，也是烦的。

三人便散了。秋林骑车回家，站在门口清点，输了一百多，袋里还剩下三十元零钱。秋林将三十元零钱整理得平直，折叠起来，放进口袋，轻轻推门进房间。床上只有杜英一个。

秋林说，禾禾跟姆妈去睡了啊？

杜英说，我怕你夜里回来晚，吵醒他。

秋林说，鲍主任一定要打麻将，只好陪着。

秋林将三十元零钱取出来，放在床头。

这是今朝打麻将赢的，明天你下班，路上带点烤麸牛肉回来，禾禾钟意吃。

杜英没响。秋林躺到床上，又解释，我晓得你不欢喜我打麻将。我也是真不想打，可鲍主任他们三缺一，实在没办法。

杜英说，也不是一点不让你打，只是要少打。你一个月赚多少工资，怎么输得起？再说了，打麻将太伤身体，打一夜牌，还要熏一夜烟，对身体不好。

秋林连连应了，躺下睡觉。第二天起来，杜英已经早早走了。秋林穿上裤子，一摸裤袋，却发现杜英把那三十元又给装回去了。秋林心里有些惭愧，暗暗发誓，以后再也不打麻将。

发誓声音刚落，第二日夜里，鲍主任又安排麻局，照样是秋林、知秋，还有那个杨会计。秋林晓得，鲍主任醉翁之意不在酒，他不是欢喜打麻将，而是欢喜跟杨会计打麻将。一来二去，杨会计跟鲍主任也熟了起来。起初，杨会计多少有些装扮，显得拘谨。熟了，也是放开了。一手打牌，一手夹一根摩尔香烟，风情万种，弄得鲍主任都不看牌，只看着杨会计吃烟，看得入迷，好几次都做了相公。秋林心里暗暗叫苦，鲍主任欢喜杨会计没错，只是连累自己吃这冤枉官司。

麻将散了，鲍主任用车子送杨会计回去。现在，杨会计已经不会推却了。鲍主任倒是客气，问秋林要不要搭车，秋林也不是憨头，晓得鲍主任假客气，便说自己要留下来跟知秋说点私密闲话。

只剩两人，秋林便跟知秋诉苦，说，我赚这几块工资，家里开销都紧张，哪里打得起麻将？可鲍主任叫，又不好不来，真是头痛煞。

龚知秋说，只要你家杜英不计较，钞票是小事情，我现在做生意，手头总比你吃公家饭宽松些，你那几块麻将钿，尽管跟我拿。

秋林摇头，说，这倒不用。这算怎么回事？唉，也是怪，怎么现在人突然作兴打麻将了。不是说麻将是旧社会糟粕吗？

龚知秋说，这谁说得清？你想想，我们小辰光，家家户户饿肚皮，饿死人的事情都常见。这才过了多少年，你看现在的人每日大鱼大肉。小时看连环画，地主家才吃得好，依我看，现在倒比那时地主都吃得好。

秋林说，我是没办法，打麻将我是真提不起什么兴趣。这一阵，不晓得鲍主任怎么回事，这么迷麻将。

知秋笑笑，说，你不晓得，最近他老婆宁波回来了，管得紧，样样事情不让他碰。唯独麻将不管，只要求鲍主任回去，将赢来的钱上交，她就没有闲话。

秋林失笑，说，还有这样事情。

知秋说，你别看你不欢喜麻将，当性命一样的大有人在。我一个朋友，欢喜麻将，但平时老婆不让打，饿煞。终于等到老婆回娘家，赶紧叫了人来家里打。但我这朋友胆小，麻将打起来有声响，怕别人听了举报，公安会来抓。又将家里唯一一条毛毯拿出来，铺在桌子上。打麻将的人，香烟瘾头都大，结果一场麻将下来，好好一条毛毯烫成一张破渔网，最后老婆回来，硬让他顶着毛毯床前跪了一夜。

秋林说，我真是想不明白，这麻将有什么意思，受这样大的罪，还要挖空心思去打？

知秋说，人嘛，就是活那么一点痴迷，否则还有什么劲道？

秋林想想，也有道理。就这样，两人坐着说了一阵闲话，也散了，各自回家。

3

转眼，到了这一年的年底。年底，供销社里本就要忙各种春节物资供应，再加上今年单位里几个重要岗位要调整，显得比往年更忙。忙成这样，鲍主任依旧不忘组织麻局，而且这次麻局，还要去宁波打。鲍主任说，正好我去宁波开全市系统会议，顺便大家一起去宁波玩一玩。秋林晓得，鲍主任建议无非为了杨会计，但他不明白的是，既然鲍主任欢喜杨会计，何必非拉上自己和知秋？自己两人陪着，点两盏明晃晃电灯泡，有什么劲道？

鲍主任下命令，不但要秋林去，还提出让秋林把上次跳舞的人叫来。秋林起初还没听懂，后来才明白他说的是春华。鲍主任说，一辆车子五个人位置，坐四个人，浪费汽油。人多，也热闹些。秋林心里不乐意，无端端将春华带去宁波做什么？而且她现在又是离婚女人，太敏感。但鲍主任将话说死，说，如果春华不去，那我市里大会也不去开了。秋林觉得莫名其妙，市里开大会跟春华去不去宁波有什么关系？秋林心里委屈，私底下将这事说给知秋听。

知秋说，鲍这个人，一直都是这样脾气，他想好的事情，谁也不要去顶。反正让你叫，你就叫，只要对方不计较，又有什么关系？

知秋这样说，秋林也没有别的退路，只好去寻春华。没想到春华倒是乐意，一口答应。夜里困觉，秋林又跟杜英汇报礼拜日去宁波事情，但把话吃了一半，只说陪鲍主任去市供销社出差。杜英疑惑，说，礼拜日怎么还要出差？秋林心慌，只是含糊应道，领导的事情自己也说不清。

礼拜日一早，众人便在知秋厂门口集合。开的是鲍主任的车子，知秋当驾驶员，鲍主任坐副驾驶，将秋林三人放到后座。秋林觉得尴尬，说哪有让领导坐前头的道理，可鲍主任却说这是组织意图，秋林必须要遵守，秋林只好坐到后面。春华坐中间，秋林杨会计坐两边。

到了宁波，时间还早，众人便先去轮船码头逛一逛。甬江边停了许多的轮船和机帆船。江面上不时有水泥船开过，水泥船上载满沙子，那船帮几乎与水面齐平，让人看着心惊肉跳。

杨会计说，我每次都是从这里坐船回上海。我最欢喜夜里一班轮船，睡一觉，到上海十六铺刚好是凌晨，外国轮船进港，整个船亮着灯，让人看了做梦一样。

鲍主任说，杨会计，你说得这么美好，什么时候我跟你两个单独去上海？

杨会计说，行啊，哪天你离婚了，我

就同你去。

鲍主任一愣，随后应道，好，在场这么多人，到时不要说话不算数。

逛了一阵，众人去城隍庙吃中饭，吃的是缸鸭狗。吃完了，知秋说他要先离开一趟，见个生意朋友，晚饭前回来。剩下四个人，看了会天封塔，四周转一圈，杨会计说，外面风太大，吹得面孔不舒服，想去宾馆。于是四个人便又去了宾馆。

到了宾馆，办好入住，鲍主任寻来麻将牌，四个人坐下打麻将。春华不会打，教了一阵没教会，便又换扑克牌，打争上游，打了几副，杨会计打着呵欠，说有些犯困，四人便各自回房间去休息。

房间定了三间，春华杨会计一间，知秋秋林一间。秋林回房间，也觉得有些困。但躺下了，又一点困意没有，心里似乎有什么东西吊着，放不落去。秋林便打开电视胡乱看着。看一阵，听见有人敲门，还以为是知秋回来，开了门，却是鲍主任。

鲍主任进来，点一支香烟，说，你困过了？

秋林说，眯了一下，困不着。

鲍主任说，我也困不着。

秋林说，那我陪你去哪里转转。

鲍主任摇头，说，懒得出门，再说两个男人出去有什么意思？

秋林笑。鲍主任看了看表，说，都一个钟头了，杨会计应该也休息得差不多了吧？

秋林不晓得怎么答应。

鲍主任说，你去敲门，将春华邀请到你房间里来坐坐，讲讲闲话。

秋林说，一男一女叫房间里来不好意思吧。

鲍主任说，这有什么不好意思的？男人女人，不就那么回事。春华到你这里坐坐，我正好也去寻杨会计讲讲闲话。你不肯去，那我一个人去，杨会计也不好意思啊。

秋林明白了鲍主任的意思，鲍主任是想单独跟杨会计说说话。秋林没办法，便与鲍主任一道出门，鲍主任躲开，秋林敲春华房间的门。门开了，是春华。

秋林说，没吵醒你们吧？

春华说，没有，刚洗了个澡。觉得闷，可能要下雨。进来坐坐。

秋林这才看见春华头发是湿的，还散发着洗发香波的味道。

秋林犹豫一下，说，要不，还是你到我那里坐坐吧。

春华愣了一下，说，好啊。

她进去跟杨会计说了一声，两人便去秋林房间。两人进门，各在一张床沿边坐下。秋林用手抓着席梦思，感到房间里的空气突然像冻住了一般，让人呼吸吃力。秋林起身，走到窗边将窗打开，风一鼓，觉得浑身舒畅。

春华说，杨会计怕风，我就不好意思开窗，坐房间里，真是闷煞。

秋林笑笑，说，其实是鲍主任让我请你来的，他想跟杨会计说点事情。

春华笑，说，那你跟我说话，也是领导命令？

秋林说，这个不算的，只是，我也说不好。

秋林吞吞吐吐，春华不讲话，只是看着秋林笑。春华笑，秋林反倒更加紧张。尽管开了窗，但秋林觉得房间里的空气还是闷，角角落落都是春华头发上散发出的香波味道，让他觉得呼吸困难。

春华说，你是不是很紧张？

秋林说，紧张？怎么会，我怎么会紧张。

春华说，我头发还没干，你拿条毛巾给我。

秋林赶紧去卫生间拿来一条毛巾，春华就坐在秋林对面搓着头发。搓了一阵，春华又将手指插进头发向旁边散了散。

春华说，秋林，我是不是老了？

秋林一愣，说，怎么会。

春华眼睛斜了斜，叹口气。

怎么会不老，小时候听到别人上了三十岁，觉得是多少老的年纪。现在一晃，自己竟也到了这个年岁。

秋林说，你没什么变，真的，我印象里，读书时你便是这个模样。

春华说，你的意思，我读书时看上去就有三十岁？

秋林慌忙解释，我不是这个意思。

春华恍然一笑，说，我那天说的，真不是假话。那时，真是一生最好时光，苦是苦一些，但总是觉得前头有好生活等着你。唉，以后再也没有那样的时光了。

秋林听了，低头怔了半日。

那个人是不是对你不好？

春华一愣，卫国说的？我这个人，命不好。

秋林说，你不要太悲观。你还这么年轻，总能碰着好人的。

春华说，谁会看得上一个离婚女人？

秋林说，这有什么要紧，都快到90年代了。

春华盯着秋林，说，那你会看得上我吗？

秋林一愣，说，我结了婚的。

春华说，那如果你没结婚呢？

秋林说，可我真是结了婚，这是现实。

春华的脸色倒下来，说，你还是嫌弃我。

秋林说，我没有嫌弃你。

秋林平稳一下情绪，说，我结了婚，我妻子对我特别好，我还有个孩子。春华，你晓得的，我这个人，性情软，没办法的。

春华长长吐口气，说，对不起，是我激动了。

春华说，秋林，虽然我晓得不该问。此时此地，我怕以后就不晓得有没有这样机会，我问你一句心里闲话，你老实告诉我。

秋林点了点头。

春华问，你是不是喜欢过我。

秋林想了想，点了点头。

春华说，那为什么高中毕业后，你一直要避着我？

秋林说，不是避，只是觉得自己配不上你，你晓得，我家里出了事情，一切都不好。我去百货公司买东西，碰到你，你问，为什么电影院门口见了你不打招呼，当时我说我没见到你。现在我老实告诉你，其实我是见到了，但我看见那个人跟你在一起，他穿着那么好看的一件军装，我一下子就明白了，我是没资格喜欢你的。

春华低着头，说，是我没有福气。

秋林不响。

春华抬头看秋林，那你现在还是喜欢我吗？

秋林说，我不晓得怎么回答，我说不喜欢，那是背着良心。可喜欢两只字，我没办法说出口，我如果这样说了，我对不起妻子小孩。

春华不响，只是用毛巾擦头。

秋林又坐了坐，说，你就在这里休息吧，杨会计可能睡着了，莫去打扰她了。

我出去抽根烟透透气。

秋林开门往外走。走到门口，打开门，手扶把手，秋林突然又舍不得关了。他晓得自己心里是乱的，他想转身回去，他晓得这样会发生什么，他也期待能发生什么。但他又不敢，刚才他不是跟春华讲漂亮话，这是他心底想法。这一关，他不敢闯。

就这样，秋林两只脚，一只站在门里，一只站在门外，心底纠结，不晓得该如何选择。

突然，秋林看见鲍主任就坐在转角的椅子上，他拿着一瓶汽水，正笑眯眯地看着秋林。

结束了？看你一副神清气爽的样子。

秋林想回答，但又不晓得怎么回答，似乎怎么回答都不对。

鲍主任说，秋林，还是你本事大。我就没你这样福气，碰到杨门女将了，白白浪费一身汗。

秋林笑了笑，迈出一步，反手一带，将房门轻轻合上。

过年前，县社一位分管人事的姚副主任寻秋林谈话。姚副主任说，供销社土特产公司经理春节后退休，县社班子经过讨论，考虑让秋林去担任这个位置。秋林听了，吃惊不小。他刚到秘书股长这个位置没多久，就又要调动。关键去的地方又是县社几个部门里最吃香的一个。秋林晓得，这定是鲍主任关照，但鲍主任关照力度这么大，他真没想到。

秋林高兴，回家跟杜英和母亲报喜。一阵闹热过后，夜里躺在床上困觉，迷迷糊糊中，秋林突然想起之前的宁波之行，又想到鲍主任点名要春华同去的反常要求。这样一想，秋林似乎明白了些什么，顿时身上一阵凉意，困意全无。

第二十四章

1

春节过后，陆秋林正式被任命为土特产公司经理，还新分了一个八十平方套间。杜英高兴，家里四口人，原来的老房子的确显得拥挤。正月里，杜英便忙碌搬家事宜，但母亲不肯搬。

房子是我和你爸爸一起盖的，现在我们两个留在此地蛮好。

秋林说，你不搬那我们也不搬，不能让你一个人住。

母亲说，你莫小人脾气。我照顾了你那么多年，现在你自己有了孩子，做大人了，就让我享享清福。

秋林说不动母亲，没有办法，夜里困着，显得闷闷不乐。

杜英说，是不是还在为姆妈的事情难过？

秋林摇头，说，也不全是。过完春节，就要到新地方上班，压力大。

杜英说，是不是有事情瞒我？你压力大，不是这个样子的。你刚到县社秘书股，忙得天昏地黑，也不是这个模样。

秋林摇了摇头，问杜英，你有没有这样感觉，有时候镜子里看自己，感觉有点奇怪。

杜英说，奇怪什么？

秋林说，看着自己，却又觉得这个人好像是陌生的。

杜英皱眉，看见自己是陌生的？什么意思，我听不懂？

秋林愣一愣，说，我也说不清楚。算了，我也只是有讲没讲。

杜英听了，一脸困惑。

春节结束，正月初八正式上班。第一日上班，鲍主任用自己的小车送秋林去单位。车上，鲍主任叮嘱，土特产公司几个老家伙资格很老，你那么年轻，没什么资历，他们会爬到你头上去。我陪你去，你一定要装得老三，千万不能让他们欺生。

来了新领导，公司自然要召开全体大会欢迎。按程序，秋林要先上台讲几句。秋林准备得认真，站在台上，从县社对公司的要求一直讲到如何做大做强本地的土特产事业，一共讲了五点。秋林讲得很不错，台下掌声热烈。秋林讲完，轮到公司里的副经理邱福茂讲。邱副经理讲话口气，像大领导，这个那个地讲一大堆，听上去头头是道，但言语里几乎没提多少公司具体业务的事情，全是一番空话。邱副经理讲完，秋林带头鼓掌，可他发现鲍主任没有鼓掌，坐在主席台中间，脸色铁青。秋林有些尴尬，不晓得发生什么事情。

两个经理讲完，本来没有安排鲍主任讲，秘书也没有准备讲话稿。开完这个短会，鲍主任还要赶到县政府去开另一个重要会议。但让大家没想到的是，邱副经理讲完，鲍主任却主动提出来要讲两句。

鲍主任将包着红布头的话筒挪到自己前面，轻轻拍了拍，开始讲话。

鲍主任说，陆秋林同志到这里当经理，这是县社党委的意思。有人不禁要问，为什么他这么年轻可以当经理。那么我告诉你，这叫破旧立新。年龄大有什么用，资格老有什么用？年龄大、资格老，无非意味着你离退休又进了一步。拿我打个比方，我出道时，比现在的陆秋林还年轻，那时改革开放还没到现在地步，领导就敢用我。难道现在还不如以前？我提醒在座的某些同志，不要在背后对县社的任命说三道四，也不要有摆老资格的心理，要全力以赴支持陆秋林同志的工作。现在全国上下讲改革，什么叫改革，让陆秋林这样的年轻同志担任重要职务，就是改革。没有年轻血液，就谈不上改革。我希望大家都能支持陆秋林同志。不支持陆秋林同志，就是不支持县社的改革方向，不支持全县大好的改革局面。

不晓得是话筒靠得太近，还是鲍主任底气足，秋林耳朵被震得嗡嗡响，心惊肉跳。秋林注意到，鲍主任讲话的时候，旁边几个老同志的脸色都不好看。秋林有些担心，今天是自己第一天报到，鲍主任将开场白讲得那么重，以后怎么相处？

鲍主任讲完，马上要去县政府开会，秋林送出门。

鲍主任说，你注意到没有，那个老邱，你讲了五点，他竟讲六点，这是给你下马威。究竟你是经理，还是他是经理？老三老四。今朝还是我来了，如果我不来，你陆秋林还不被他踩到脚底下去？

秋林解释，或许他也没有这样意思。

鲍主任瞪了秋林一眼，说，没这样意思？你晓不晓得，这个老邱一直在动关系，要争这个土特产公司经理？秋林啊，你可千万不要心软。当了一把手，一定要有点杀手。你要晓得，你这个经理位置是我一个人硬推推上去的，你现在是我的人。

听到最后一句话，让秋林脑子又想到

去宁波的事情，他心里一沉，应道，我晓得的，鲍主任放心。

秋林回到经理室，脑子里还在想上午开会事情。有人敲门进来，秋林看了来人，吓一跳，眼前的竟是当年黄埠供销社的鲁一贵。鲁一贵穿藏青色中山装，套一副袖筒，拿着一个讲义夹。

秋林说，鲁主任，你怎么在这里？

鲁一贵说，我黄埠调到此地当办公室主任已经两三年了。

秋林说，按你的资格，怎么会到这里当办公室主任？

鲁一贵说，我那是老黄历了，早跟不上改革形式。办公室主任蛮好，对我最合适不过。

鲁一贵将手里的讲义夹递给秋林，说，陆经理，这是公司的基本情况，我拿过来，让你参考参考。

秋林说，鲁主任，你莫要这么叫，你叫我小陆或者秋林都可以。

鲁一贵用力摆手，说，这怎么行，不能乱了规矩。那陆经理慢慢看，没事我就先回去了。

鲁一贵转身要走，秋林又想到一件事情，说，鲁主任，麻烦你帮我叫一下邱经理，我跟他对接一下业务上事情。

鲁一贵说，邱经理开完会就回杭州了，说是家里有要紧事情。

秋林一皱眉，说，回杭州？

鲁一贵说，你不晓得吧？邱经理是杭州人。

秋林摇头，说，鲁主任，你自家人，我问你，这邱经理春节后上班第一日便回杭州，不是因为我上任的关系吧？

鲁一贵说，不会不会，他家里事情多，常回去的。

说完，鲁一贵关门走了。秋林坐在办公室里，半日没有还魂。少年时，鲁一贵便是秋林的偶像，黄埠上班，秋林敬畏，跟他少有交道。没想到到了如今，他竟成了自己手下。秋林觉得做人真如同做梦一样。

秋林打开讲义夹，里头都是这几年土特产公司的总结资料，鲁一贵打理得井井有条。秋林看了半日，却一个字都没看进去。资料看不进，秋林索性放下，给龚知秋打了个电话。可龚知秋却不在本地，说是在外省出差，等回来给秋林庆祝。

秋林放下电话，有点失落。一时之间，他竟寻不到分享喜悦的人。心底里最想寻的人，一个是卫国，可惜卫国出了门就杳无音讯。还有一个便是春华。但是，给春华打电话是什么意思呢？自己要跟她分享什么呢？

想到此处，秋林有些惭愧，第一天上班，竟然想到春华，不想杜英。他赶紧拿起电话，打到杜毅厂里寻杜英。

2

到土特产公司上任的第一个礼拜，秋林也是提心吊胆。鲍主任叮嘱过，这里的人难弄，秋林不得不时刻提高警惕。但待了几日，觉得风平浪静，并没有发现有什么难弄事情，即便是那些老同志，见了秋林，也都是客客气气，一口一个陆经理，摘茶叶一样。

秋林猜想，这应该与鲍主任第一日送自己来上任有关。这就清清爽爽说明，他陆秋林是鲍主任的人。哪有人愿意跟县社里第一把手作对的？

唯一不落直只是那位邱副经理。这邱

副经理叫邱福茂，原是当兵人出身，人倒是一表人才，一米八身高，背脊挺括，常年穿一件黄军装，配一条蓝裤子，飒飒清爽。邱副经理原是省城里上班，因为跟单位里一个女同志打乒乓，打着打着，打成了生活腐化，罚落到此地。因是杭州下来的干部，到了此地，身上带着股省城领导的派头。宿舍里一个煤气钢瓶，都要叫个职工给他送家里去。秋林到此地当经理，抢了他的位置，邱副经理心底不服气，破罐子破摔，极少来单位，高兴来就来，不高兴来就不来。来了，也什么事不干，背着手在单位里转一转，像戏台唱戏一样，晃晃荡荡，说几句就走了。秋林倒不计较，反而经常交代驾驶员，路途遥远，要小心开车，不要让邱经理有什么差错。秋林肚皮里想得清爽，不管他怎么样，毕竟比自己大那么多，是长辈。自己谦让一些，吃不了什么亏。

就这样，秋林在新单位忙了一阵局面，寻个机会，这一天便到县社跟鲍主任汇报工作。鲍主任仔细问有没有人欺他新人，秋林摇头。鲍主任说，我想也应该没有，就算不顾你的面子，也要顾我这个县社主任的面子。

两人谈一阵工作，鲍主任突然想起知秋，说，不晓得知秋出差回来没有。

秋林拿起电话打到知秋厂里，一问，原来昨天夜里就已经回来了。于是便约了夜里吃饭。

鲍主任说，秋林，这知秋这么大年岁了也不结婚，平常也没女人，是不是身体上面有什么问题?

秋林听了，一时嘴快，便跟鲍主任说了知秋跟于楚珺的事情，说知秋是因此受了伤。

鲍主任听了，一愣。

三岔供销社？谁，葛梅成?

秋林说，对，就是葛梅成。

鲍主任说，原来是这样，那这女人也是没福气。这葛梅成跟人合伙倒卖电冰箱，赔了钱。后来又挪用公款，现在还坐在牢监里呢。

鲍主任想了想，要不今天把那个什么君的也叫出来，让他们老情人见见面。

秋林一愣，说，这样行吗?

鲍主任说，有什么关系？我来约。

鲍主任随手打了县百货公司的电话。电话打好，鲍主任又问，对了，你那个什么春华呢?

秋林说，不晓得，长久没有联系。

鲍主任说，叫她来一起吃夜饭，闹热些。

秋林说，还是算了。

鲍主任说，为啥?

秋林有些吞吐，说，都有家庭，不方便。

鲍主任愣了愣，突然笑起来，说，小陆，还是你厉害，不声不响，倒是辣手，说好就好，说断就断。

秋林听出鲍主任话里意思，晓得他误会，想说两句解释下，又觉得没必要，将话咽下去。

大约半个钟头，于楚珺真的风风火火赶过来。她一个小小售货员，县社主任叫她来，倒是把她吓得不轻。一进办公室，猛一见秋林，真是云里雾里。鲍主任跟于楚珺介绍秋林，说这是新任土特产公司经理，跟你是旧相识。今朝我们要请个企业家吃饭，这企业家生意做得不得了，特地寻你来作陪。于楚珺听了，终于明白来意，才稍微平静下。

秋林打电话安排好饭店，一下班，三人便早早过去，进了饭店，鲍主任碰见个熟人，在外头讲闲话，秋林和于楚珺便先坐了个包厢。

于楚珺羡慕地看着秋林，说，陆经理，在黄埠时，就看出你能干。

秋林说，哪有，都是运道好。

于楚珺叹口气，说，运道好也是本事，像我，就没有运道。

秋林想到她丈夫事情，担心她要说这事，便朝外张望，说，我去问问有没有鲍主任爱喝的酒。

秋林溜出来，走到厕所，点一根香烟，慢慢吃了。再回到包厢，只见鲍主任已经进来了，正跟于楚珺在聊百货公司的事情。此时，于楚珺面对县社最大领导，已经没有了开始的慌张，应答如流。

过了一阵，门突然推开，知秋进来，一眼便看见于楚珺，两人都是吓了一大跳。鲍主任笑眯眯看着知秋。

你终于来了。先给你介绍位新朋友，这是百货公司的柜台台长于楚珺。

龚知秋依然不知所措，于楚珺在短暂慌张后，倒是显得落落大方，说，不用介绍，我跟知秋以前在黄埠同事过。

鲍主任说，这样啊，原来还是老搭子。

知秋面一红。

于楚珺说，鲍主任说介绍一个大老板，没想到就是知秋你。

知秋尴尬笑笑，坐下。

这一餐饭吃得古怪，一桌人，知秋坐在那里，像尊木雕菩萨，几乎一言不发。鲍主任则是鲜明对比，高谈阔论，几乎句句闲话寻知秋楚珺玩笑，还时不时挑唆于楚珺给知秋敬酒。秋林坐在旁边，能体会知秋此时尴尬，心底有些后悔安排这一场饭局。

终于熬到饭局结束，龚知秋要结账，秋林赶紧抢过来。知秋还要抢，鲍主任说，让秋林来，他现在是土特产经理，请得起。

秋林签了单，鲍主任又提议夜里去哪里跳舞。龚知秋说，厂里新来了一单业务，夜里要加班。鲍主任便让龚知秋送于楚珺回去，龚知秋没有开车送，而是帮于楚珺叫了一辆人力三轮车。三人站在门口，看着于楚珺的三轮车骑远，鲍主任突然偷偷跟秋林讲，这个女的，眼睛飘的，幸亏没有嫁给知秋，否则知秋管不住。

秋林笑笑，看一眼知秋，没响。

3

土特产公司最重要一样工作便是废品收购。土特产下属收购站，收日常废旧物品，收牛羊猪狗家畜皮毛骨头，还收猎户打来的角麂、山兔、山鼠、黄鼠狼、田狗、狐狸这些动物皮张。其中最重要一样，是废铜烂铁。废铜烂铁收来，车间里压成球，压成方块，用大卡车送到杭州钢铁厂卖钞票，是公司里顶大一笔收入。作为鼓励，钢铁厂还会送土特产公司三百吨钢筋的指标。眼下，到处都在搞建设，钢筋指标最紧张不过。秋林上任，第一次拿来钢筋指标，心里七上八落，像犯了天大的错误，跑到鲍主任地方，询问这钢筋指标是否要上交县社。

鲍主任笑，说，钢筋指标最珍贵不过，为啥要上交？

秋林说，不上交，放在手里，倒像烫手山芋。

鲍主任说，小陆，你还是太老实。要是换作别个，定不会来问我这个问题。说穿了，这就是给你这个土特产公司经理的人情。我问你，当领导最重要是什么？是权。什么是权？这钢筋指标拿在手里，你想给谁就给谁，这就是权。你现在是公司经理，是重要岗位领导，你不会用权，你当这个经理做什么？

秋林说，道理我是懂，只是这么一大堆东西放在我手里，心惊肉跳。

鲍主任说，秋林啊，你还是太嫩。我可以把话放在这里，你现在觉得这指标烫手，过不了一年，你就会嫌这指标太小。

秋林说，这样吧，鲍主任，这三百吨指标还是给你吧。你供销社里交际的人多，用场大。

鲍主任笑笑，你这样说，是你一分心意。你是自家人，我也不瞒你。往常这钢筋指标，都会给我两百吨，经理留一百吨。但你不一样，我只拿一百吨。秋林，你记住，这可是天大的人情，千万不能乱送。

秋林点头，便将这两百吨钢筋指标留下。没多久，秋林便理解了鲍主任的闲话，常有领导打来条子要批钢筋，但秋林记牢鲍主任叮嘱，将手指缝夹紧，除了要害部门，一律推脱。

这一日上午，秋林去城关收购站检查工作。收购站经理叫孔一品，副经理叫春梅。秋林视察工作，两个人一左一右紧跟身后，嘴巴里陆经理长陆经理短，全是马屁闲话，一刻没有停过。秋林第一次来收购站，对收购站业务不熟悉，本该虚心下问，但他记牢鲍主任提醒，当领导不能让自己看上去像生手，便背了背材料上看的去年收购站总结，又对今年的业绩做一些新要求。最后，秋林强调，抓业务要紧，但不能为了提高业务去走歪门邪道。特别是把控好废品收购来路，千万不能收贼偷货。秋林红口白牙讲了一通，孔一品和春梅脸上都露出夸张表情，直夸秋林对收购站情况内行。

几个人说着，正走到一个收蛇的棚子。秋林怕蛇，看见那黑黢黢的蛇在网袋里扭来扭去，觉得别扭，正想快步走过，孔一品却将他叫住，陆经理留步。秋林停下，只见春梅快步走到棚前叫了一声。随后，棚子里走出一个人，春梅凑到他面前，说了几句什么闲话，那人便又走回棚子。

孔一品站在秋林旁边赔着笑脸，说，陆经理，请你稍等一会儿。

秋林没应声，脑子里在想刚才棚子里走出的那个人，只觉得此人面熟，但一时脑子堵住，又想不起来在哪里见过。

过了一会，里头那个人又出来了，出来时，手里还捏了一只瓢羹。他小心翼翼地将瓢羹递给等在棚口的春梅，又回棚子里去。春梅笑眯眯地将瓢羹递给秋林。只见瓢羹里盛着白酒，一阵酒味冲鼻。瓢羹中间有个蝌蚪状的东西，蓝莹莹，又滑又亮，在白酒里微微抖动。

秋林诧异，问，这是什么？

旁边孔一品抢着说，陆经理先莫问，只管整瓢羹吞下去。

秋林看着瓢羹，有些迟疑，不晓得该吞还是不该吞。

春梅说，陆经理放心，这是好东西，我们不会害你。你吞了，我们再告诉你这是什么。

秋林好奇心勾起，接过瓢羹，皱着眉将那东西大口吞了下去。只觉得喉间散出一股烧酒味，随后，又是一股腥味。

孔一品一脸讨好地问道，怎么样？

秋林说，一股怪味道，究竟什么东西？

孔一品低声说，是蛇胆。昨天刚收上

来的一条蕲蛇，春梅同志有心，晓得陆经理今天要来，特意留着，刚活取出来的。

秋林吓一跳，蛇胆？有没有毒？

春梅赶紧解释，不会不会，放在白酒里，解腥气，也杀毒。

秋林心里有股气，感觉被这两人愚弄，有些发牢骚，你们两个怎么让我吃这奇怪东西？

春梅说，陆经理莫怪罪，这是我一片心意。陆经理当领导，天天看文件，最伤眼睛，吃蛇胆顶好，清心明目。陆经理眼睛亮了，做重大决策时，自然就更准了，土特产公司的事业也一定能做得红红火火。

秋林听了，又好气又好笑。

孔一品又说，蛇胆是这里收购站特色，用来做药，都出口卖给外国人，需求量很大。今年是大年，来收购站卖蛇的人特别多，定能创造好业绩，为陆经理脸上增光添彩。

秋林听了，不好再责怪什么。本来中饭收购站安排，吃完饭下午还要检查收购站其他工作。但秋林被一颗蛇胆弄得没了心情，只说公司事情多，转一圈，便回了公司。秋林没有去食堂吃中饭，只觉得胃里一阵阵翻动，总有点想吐的感觉，真的吐，又吐不出来。怀疑是吃了那蛇胆的缘故，躲在办公室里困觉。刚有些瞌睡，又有人来敲门。秋林有些不高兴，起身开门，正要发牢骚，看见门口站的竟是许久没联系的许主任。

许主任说，陆经理，打扰你中午休息了吧？

秋林赶紧将许主任迎进来，说，许主任哪里闲话，老领导来了怎么也不提早打声招呼，我也好准备准备。

许主任摆了下手，说，还要准备什么？我们之间不讲这些客套闲话。

秋林让许主任坐沙发上，倒茶拔烟，热情招呼。许主任吃一口烟，眼神绕办公室转一圈，感慨道，小陆，我没看错你。果然还是你最有出息。

秋林说，都是许主任以前照顾。

许主任说，我照顾什么，是你自己努力。

秋林说，许主任，我们不是外人，今朝上门是不是有什么事情吩咐我办？

许主任将烟咬在嘴上，慢吞吞将手提皮包打开，拿出几张纸，秋林接过来，仔细看了，原来是几张吃饭的发票。

许主任说，小陆，到你这里出洋相来了。上次我跟你说过，文化局是清水衙门。可你晓得，现在就是这么个风气，就算公家单位办事，也要请客吃饭。外头看着风光，一日到夜吃吃喝喝，只有自家晓得，吃喝时潇洒，回来报销头痛。你看，这个月就落下这几张发票，解决不了。听说你在土特产公司当一把手，我供销社干过，晓得土特产公司腰包最鼓，所以就来寻你化缘。

秋林看着发票，心里打疙瘩，嘴巴却接得快。

秋林说，许主任，你这闲话讲得太客气。你放心，你就把发票放在这里，这个事情我来处理。

秋林将发票收好，又说，许主任，下次你早些来，也好到我食堂里吃个便饭，顺便给我指导指导工作。

许主任说，我都被赶到文化局了，我还给你指导什么工作啊？

秋林便笑。

许主任说，行了，事情办好了，那我也回去了，有空再来寻你。

许主任起身，秋林突然想起自己包里有两包硬壳中华，前儿日吃饭时，人家饭桌上给他的。秋林赶紧将烟取出，塞到许主任包里。许主任也没有推托，伸手拍了拍秋林肩膀，说，我就晓得你陆秋林是实在人，不像有些白眼狼。秋林一愣，晓得许主任说的是童小军，笑笑，没接闲话。

秋林送许主任出门，走到大门口，许主任突然伸手拍了下额头。

许主任说，哎呀，你瞧我这记性，还有桩小事情要你帮忙。

秋林心里一紧，不晓得又是什么为难生活。

秋林说，许主任，什么事，你尽管说。

许主任说，我老婆小店里常有些包装箱废纸，我平时忙，她一个女人家也不方便送到收购站。你能不能帮个忙，跟下面收购站里的人说一声，以后都能上门去收一下。

秋林听原来是这样一桩事，暗暗松一口气。

秋林说，许主任，这哪里是我帮你，是你帮我收购站创收啊。这样，你把地址告诉我，我下午就派人去。

许主任拿出笔记本和笔，写了个地址，撕下来交给秋林。

许主任走了，秋林便叫来财务，让她处理发票事情。随后，又给收购站的孔一品打电话，把许主任地址告诉他，让他叫人下午上门去收下废品。

这样，一直到下午临落班时，孔一品跑到了公司来寻秋林。

孔一品说，陆经理，中午你一给我打电话，我就叫人上门去收了。

秋林心里好笑，这么个事情，孔一品竟然还上门来邀功。

秋林说，辛苦你了，老孔。

孔一品说，陆经理莫这么客气。

说完，他搓着手，没什么话讲，却也不提走的事情。秋林觉得有些怪异，又问，老孔，你还有什么事情？

孔一品说，陆经理，我想打听打听，那卖废纸的人同你什么关系？

秋林说，你问这个做什么？

孔一品说，我不瞒陆经理，接了你的电话，我就马上安排了人。我还特意叮嘱，让他不要计较零头，多算些重量。那人去时，对方已经把报纸纸箱都用绳子缚好，弄得整整齐齐。当时还挺高兴，省了不少气力。但东西拿回来，就出了事情。负责打包的人打开绳子一看，只见纸里面裹了石块，纸张上还洒了水。打包的人寻上门收购的人理论，那人有苦难言，又来寻我。我让他们不要多讲，就来寻陆经理讨主意。

秋林听了孔一品这一番闲话，真不晓得心里什么滋味。怎么会碰上这样事情？关键是这种事情又没办法跟孔一品解释，真是有苦难言。

孔一品说，陆主任，本来这事不该寻你。但那人说了，下个礼拜，还要叫我们去收。这废纸本也没几块钞票，收了就收了。我只是担心陆主任被蒙在鼓里，最后帮了人家，还惹许多闲话。

秋林皱眉，想了想，说，这样，下次再去收，你叫个新人去，当场拆看，检验纸张有没有问题。

孔一品说，这样会不会得罪人？

秋林说，你不要管，只按我的吩咐做。还有，这个事情，不要再跟旁人提。

孔一品说，陆经理，你真是个好领导，敢作敢为。

说到此处，孔一品口气一变，叹口气，

说，我老孔运道不好，你这么好的领导来了，我却到了退休年龄。

秋林听出孔一品话里有话，说，是吗，没想到孔经理已经到退休年龄了，看你相貌看不出。

孔一品说，还有三个月就满六十岁了。

秋林说，孔经理是业务能手，你退休了，也是收购站的损失。

孔一品说，谢谢陆经理夸奖。我今朝来，还有一桩事，想向组织推荐一个合适的人选，就是收购站的春梅同志。春梅同志虽然是个女同志，但是业务能力非常强，肯钻研，重活苦活都是抢着干。如果她能接上我的班，收购站工作定能做出更大局面。

秋林说，你说过，我有数了，我会考虑的。

孔一品点头感谢，这时，秋林突然也想起一件事情，说，孔经理，你收购站那个杀蛇的人是谁？

孔一品说，哦，那人叫章耘耕。怎么，陆经理熟悉？

秋林摇了摇头，说，没有，就是随便问问。

孔一品走了，秋林坐在办公桌前，五味杂陈。脑子里又开始想许主任家收废纸的事情。他不晓得这事是他老婆心思，还是许主任自己晓得真相。秋林叹口气，自己现在也算个领导，真不晓得再过几年，又会变成什么样子。

4

这一日，马师傅到土特产公司来看秋林。

马师傅说，陆经理，本来应该早些来看你，可人真是年岁大了，不灵光了，昨日才晓得你到此地当经理的消息。

秋林说，马师傅，你怎么能这样叫我？你叫我小陆或者秋林都行，千万莫叫我什么经理。不是你年岁大，是我不对，一直都没去你那里汇报工作。

马师傅听了高兴，回顾当年南货店里趣事，又说一番自己当年没看错人之类的闲话。说了阵往事，马师傅话锋一转，问道，秋林，你们收购站里是不是有个叫章耘耕的人？

秋林点头。

马师傅说，这个人怎么样？

秋林说，蛮好的。人老实，肯吃苦。马师傅认得他？

马师傅说，不但认识，还有层亲近关系。

秋林一愣，脑子里浮现出章耘耕模样，难怪自己看见章耘耕面熟，此刻终于对上号，原来是跟马师傅有几分相像。

秋林说，马师傅，章耘耕跟你什么亲眷？

马师傅说，你是自家人，我也不瞒你。他是我儿子。

秋林吃一惊，说，怎么会呢，他不是姓章吗？

马师傅叹口气，说，说来都是运道。你不晓得，我当年生过儿子，这儿子便是章耘耕。我从小就最宝贝这个儿子，把他当作马家传宗接代的人。可两三岁时，他生了毛病，怎么医都医不好。你晓得，那时医疗条件不好。后来，眼看着小鬼就快死了，我没办法，只能考虑后事。你晓不晓得，原来西门城郊有个石圹，城里人家作兴，孩子死了不能入门，都扔在石圹里。

秋林说，我晓得的。

秋林印象里，那个石圹用一块大石板盖住，中间有个圆孔。大家都说石圹里面有手臂那么粗的蛇，小孩都害怕，不敢靠近。

马师傅说，那时，城里的孩子死了，都扔在那石圹里面。那一夜，我眼见着这小鬼熬不过，到了后半夜，终于没了呼吸。我心里难过，但也没办法，亲手给他换上新衣裳，将他出生时打的银子项圈戴上。他上了路，带个银子圈，也好当个买路钱。趁着没人，我就将他抱到西门的那个石圹，扔了进去。扔掉他，我不敢多待，就哭着回了家。也是奇怪，我抱那孩子去的时候，他没了气息。扔到石圹里，却活了过来。兴许之前是被痰卡住了喉咙还是什么缘故，我也不晓得原因，后来这小鬼就在石圹里大声啼哭起来。运道好不好，此时正好有个附近村庄的农民章四为从此经过，听见石圹里啼哭，赶紧用锄头将孩子勾了上来。这章四为是个光棍，却最欢喜小孩。看见这孩子可怜，便抱回家中，四处讨草药给这孩子医治。不晓得是不是老天可怜，最后杂七杂八吃一阵药，竟将孩子一条命从黄泉路上给捡了回来。

马师傅喝了一口，又长叹一口气。

马师傅说，可怜啊，好人不长命，这个章四为，好不容易将耘耕辛苦养大，却没享一日当爹的福，生了恶病。临终之时，把事情真相跟耘耕说了，说完，还将那个银子项圈拿出来。因为这银子圈上刻着一个马字，章四为死后，耘耕就拿着四处打听姓马的人家。最后打听出某年某月我家丢过一个死孩子，他就寻上门来。我听说了此事，简直是天下掉下林妹妹，多少高兴都不晓得。小陆经理啊，当年将耘耕扔了以后，我是一生一个囡，一生一个囡，做梦都盼望着自己能再有个儿子。可耘耕寻着我以后，却不肯认我这个爹。他将那个银项圈还给我，说他不是来寻爹的，而是来看看当年什么人那么狠心，将他扔到石圹里。我想跟他解释，可他半句话都听不进，只留下一句闲话，说你的儿子已经死了，我是章四为的儿子，我就一个爹。

说到此处，马师傅的眼皮耷拉了下来，显得十分沮丧。

马师傅说，秋林啊，你和我南货店里同事过，杜英囡又是我做的媒人，我一直当你是自家人，所以我今朝来，放心将这一番来龙去脉讲给你听。你现在是耘耕的领导，你的闲话他会听，我也拜托你，平时有机会能帮我讲几句好话。唉，我年岁大了，就这么一个儿子。夜里醒来，想想自己这一世，人前人后也总算有脸面的。我爹死在海上，没有我这个当儿子的送终，是我最大遗憾。我真怕自己将来有日起不来，自己亲生儿子不肯为我戴白帽子。

听了这闲话，秋林也有些心酸起来。当年南货店里神色飞扬的马师傅，此时看上去苍老无比。

秋林说，马师傅，你放心，有机会我定会跟他说。以前时代不好，难免有那样事体。但做儿女的不能记恨父母一世，这个道理章师傅定然也懂。估计也是当年一口气淤积，到现在还没缓解。你放心，这个事情我定会替你上心。

马师傅说，谢谢你了，小陆。我看人准的，你小陆是厚道人。

秋林说，马师傅，两个女儿都好吧？

马师傅说，都好的。你晓得，大囡各方面条件差一些，许到了农村。我想着农村人老实，有力气，不管怎么样，有几块地总饿不死。现在改革开放了，女婿人又勤劳，种蔬菜包鱼塘，钞票赚了不少。对我也孝顺，三时八节，总带着东西来看我。

秋林说，马师傅有福气的。我也是沾过福气，当年南货店里，要不是跟着马师傅学到那么多本事，也没有我的今天。

马师傅说，哪里闲话，我有什么本事？你秋林这样才是真本事，一步一步努力到今天地位。

秋林笑，又问，对了，小囡怎么样，我记得她跟我差不多年纪。

马师傅脸色微微一变，但很快又是一副笑模样，说，也好的，好的。

再坐一坐，马师傅告辞走了。秋林送到门口，回办公室坐着想马师傅刚才讲的那些闲话。马师傅百事通，儿子又在收购站上班，土特产公司事情肯定上心。自己来土特产公司当经理的事情，他定不是刚刚才晓得。为啥要今朝来？单单只为诉一番心事？想来想去，秋林突然想到一件事情，眼下，正是收购站老经理孔一品退休，即将任命新经理的关节。马师傅来寻自己，会不会是这个用意？

收购站经理的位置，孔一品已经来寻过秋林多次。他一直跟他推荐收购站里那个叫春梅的女人，夸她能力强，业务好。可秋林对孔一品不大感冒，总觉得他这个人太有心机，做任何事都像埋了什么套路。还有，他也听闻了一些春梅跟孔一品的传闻，有些不清不爽，这都让他有些反感。

秋林想，虽然他不赞同春梅当经理，但也没有什么合适人选。今朝马师傅寻上门来，倒是一个好事情。干脆就将这个位置给了章耘耕，自己和马师傅师徒一场，帮他一个忙，也算是报答当年的一番人情。

第二十五章

1

于楚珺拎来一网兜新鲜橘子。

于楚珺说，今天店里调休，正好有人送来一些橘子，我想起知秋你最欢喜吃橘子，就拿了过来。

知秋纳闷，他想不起自己什么时候喜欢吃橘子。他胃不好，怕酸，少吃水果。知秋招呼于楚珺坐下，给她倒茶。于楚珺伸手将网兜里橘子取出一捧放在茶几上，往办公室里四处打量。

于楚珺说，知秋，你真是好本事，将厂子搞得这样场面。

知秋说，你说笑了，就这么一爿小厂，讨口饭吃。

于楚珺说，这是哪里的闲话？你这也叫讨饭，那我这样的就要顺着地缝钻进去了。

知秋不知怎么接话，只是笑，没响。

于楚珺从茶几上挑出一颗橘慢慢剥着，问道，知秋，你记不记得，我们已经多少年没有见面了？

知秋说，有七八年了吧。

于楚珺说，是啊，七八年了，似乎就是一晃的事情。你看我有什么变化吗？

知秋礼貌地接一句，没什么变化。

于楚珺说，是吗？还是你顶会安慰人。

知秋又接不住话了，正尴尬，于楚珺

剥出一瓣橘肉递给知秋。

于楚珺说，吃一瓣，这橘子蜜甜。

知秋想伸手接，可于楚珺却顺势将橘子递到了他的嘴边。知秋一愣，不好意思用嘴巴咬，迟疑一下，还是伸手接了过来。于楚珺脸色变了变，低了头，闷闷地又剥一个。

于楚珺说，知秋，你究竟还是跟我疏远了。

知秋说，哪里的闲话。拔出一根烟，点了。

于楚珺说，你现在还是一个人？

知秋点头。

于楚珺说，为什么？

知秋说，没为什么，这么多年，习惯了。

于楚珺说，你心里是不是还记恨我？

知秋说，没有的。

于楚珺说，你不用瞒我，我晓得的。都是我自己作怪，一双眼睛被烟熏了，被灰蒙了，看不清爽人。

知秋心里咯噔，他晓得于楚珺想说什么。他不想谈此事，但看着于楚珺，又不忍心强将话题岔开，只好接一句，你的事情，我多少听讲一些。

于楚珺神情有些悲怆。

于楚珺说，我晓得，我现在是倒落的人，谁都可以踩我两脚。你是自己人，我同你讲心底闲话，我今朝到你这里来，也不是什么调休，橘子也是我路上买来的，当个来由。没有别样心思，只是碰到事情心里委屈，无处诉说，就想着来你这里讲讲闲话。

知秋问，你碰上了什么事情？

于楚珺说，昨天夜里，我留在店里盘存。你晓得，盘存麻烦，要钱票物三样东西都核准，昨天又只我一个，结果一弄就弄到了半夜。店里有个众生，姓方，昨天轮着值夜班。半夜出来小便，见我趴在柜台上算账，竟偷偷摸摸走到背后，从腋下伸过双手，一把抓住我前面。我吓煞，拼命躲，拼命骂。原以为他被我一骂，会吓得跑走，却没想到我越骂他越嬉皮笑脸，还说，你一个女人，老倌关了监，没人用，多少难过。我帮你用用，也是为人民服务。我说，你这个流氓，我要举报你，让你去坐牢监。他说，你害你老倌坐牢监，现在又想来害我。但我不怕，没有人相信你这种倒霉女人的闲话。他这样说着，乱摸一番后，扬长而去。你不晓得，当时我心里多少难过，真是不想做人的念头都有了。可仔细想想，他讲得没错，我现在在别人眼里就是这样一个倒落女人，我能讲什么？我什么闲话也讲不响，只能打落牙齿，往肚皮里咽。

知秋听了，一句没响，只是低着头。

于楚珺又说，说起来我也真是冤枉，原来，他在供销社里当领导，我没沾着半分风光。现在他落了难，我倒跟着受苦。

说到此处，于楚珺竟委屈地低头抽泣了起来。知秋在旁，不知所措。幸好，于楚珺哭一阵，倒也作罢。于楚珺站起来说，不好意思，知秋，让你见笑了。

知秋说，不要讲这样见外的闲话。

于楚珺笑笑，说，那我走了，跟你说几句闲话，心里舒服多了。

知秋说，再坐一会儿吧。

于楚珺说，不坐了，还要回柜台去上班。

说着，于楚珺就往门外走。知秋想送，于楚珺不让。她走出门，下了楼梯。知秋听见楼道里鞋跟声凌乱，像吃醉了酒。知秋听着脚步声散去，赶紧走到窗前，向楼下望，只见于楚珺从楼道走出，走到门口，突然停住脚步。她扭过头，望了一眼窗口的知秋，转过身，直直往大路上走去。

知秋坐到沙发上，看着桌上散落的橘子皮，随手捏起了一片，对着窗外的光线照着，黄澄澄的，几乎透明。

知秋觉得自己像是在做梦，他竟有些不敢相信，这橘皮是于楚珺剥下的。

2

知秋走到百货商店门口，看见门口一个虎头虎脑小鬼正蹲在地上玩弹珠。知秋走到他面前，说，小阿弟，你帮我个忙好不好？

小鬼抬头看知秋，说，帮你什么忙？

知秋从口袋里拿出一元钱，递给他。

知秋说，你到里头去帮我问问，在这里上班的，有几个方叔叔。你要是问来了，我这一块钞票就给你。

小鬼说，你是不是骗人？

知秋笑笑，将钱塞到他手中。小鬼眼睛骨碌碌转一阵，起身往百货商店里跑进去。过了一会儿，小鬼走出来，告诉知秋，我问过了，只有一个。

知秋便从口袋里又掏出一元钱。

知秋说，小阿弟，那你愿不愿意再帮我一个忙？

小鬼一把将钱抓过去，你说。

知秋说，你现在再进去，跟那个姓方的人讲，就说他的自行车被人偷了。

小鬼点头应了，又走进去。不一会儿，他又走了出来，知秋朝他做个手势，小鬼就飞快地往旁边一条墙弄跑进去了。

很快，百货公司里头慌慌张张跑出一个烫着头的男人。他跑到自行车棚那里，仔细观察自己的自行车。看一阵，看不出什么毛病，狐疑地朝四处看看，骂了一句什么闲话，转身要回百货商店。此时，知秋便快步从他身边走过，故意撞了他一下。男人扭头就骂，你没生眼睛吗？知秋一声不响，飞快抬起右腿，用了五分力，踢向他的裆部。男人被踢了一脚，虾蛄一样迅速蜷拢身子，发出杀猪声音。知秋低头骂一句下流坯，转身要走。可男人见状，却拼命拉住他的双腿，大叫起来。

打人了，打人了。

男人叫声很快引来一众人，将知秋团团围住。男人抱着知秋的腿说，大家帮忙，他把我打伤了，定要把他送到派出所去。

知秋冷冷地看了男人一眼，说，你们散开，我陪他去派出所。

就这样，知秋两个就在几个看热闹的群众簇拥下，去了派出所。

进了派出所，公安了解情况，知秋只说是自己路上不小心撞到了男人。

男人听了，顿时着急起来，说，你莫要瞎讲，分明是你故意踢的，走路怎么会撞到我那个地方？

知秋说，我跟你不亲不熟，为什么要踢你？

男人说，我怎么晓得，你个神经病。

知秋说，不管怎样，是我撞了你，我赔些医药费给你好了。

男人不答应，说，你这个神经病，往我要害地方踢，我还没结婚，都没有生过小人。现在被你踢坏了，将来你养我一世。

说着，男人竟像个女人一样哭喊起来。

知秋鄙夷地看他，说，真有那么严重吗？

男人说，我的那个东西肯定是被踢伤

了，不能这样算数，公安同志，你们要将他关起来，千万不能让他跑了。

因为是小事情，本来公安想调解一下算数。没想到这男人却死咬着不放，公安也没办法，只得先将知秋关了。

于楚珺听说柜上那个姓方的众生被个陌生人踢了裆部，便跟自己事情联系在一起，怀疑此事是知秋干的，她只跟他诉过苦。于楚珺跑到知秋厂里去问，一问才晓得，果然是知秋干的。

于楚珺去了派出所，寻公安仔细打听情况，公安告诉他，此事可能要定为轻伤。轻伤案子要坐牢监，于楚珺着急，想来想去，终于被她想到一条出路，便急急忙忙跑到县社寻鲍主任。鲍主任听了于楚珺的来意，赶紧打电话给百货商店经理。

鲍主任说，你去做那个方什么的思想工作，可以适当赔点钞票。我可以告诉你，撞他的人是我的朋友，你这个工作做不好，经理就不要当了。

搁下百货商店经理电话，鲍主任又想起县社里有个人，丈夫正好在派出所里当副所长，便又将她叫到办公室，嘱托几句，让她丈夫派出所里照顾一下，莫让知秋在里面吃了生活。

这一头，百货商店经理接了鲍主任电话，不敢耽搁，马上便去医院寻那个姓方的男人，夹枪带棒做他思想工作。另一头，另一位副所长夫人又联系丈夫，让他不要立案，争取将此事私了。一番动作，双管齐下，最后终于没有立案，知秋赔了对方五百元钱，将事情了结。

知秋从派出所放出来，秋林去接。知秋看见秋林，满脸奇怪。

知秋问，你怎么晓得我在这里？

秋林说，于楚珺去寻过鲍主任，鲍主任这才将你弄出来。

知秋一愣，说，她去寻鲍主任做什么，此事跟她什么关系？

秋林看着他，笑眯眯，没有响。随后，秋林带知秋到浴室洗了个澡，去了晦气。然后，又带到饭店里吃饭。夜里，鲍主任接待几个外地客人，吃到中途，寻个机会，也溜到秋林这边来。

鲍主任进门，满脸堆笑，恭恭敬敬跟知秋握手。

鲍主任说，了不起，了不起，你知秋就是当代平西王。

知秋莫名其妙，说，什么平西王？

鲍主任说，平西王吴三桂，冲冠一怒为红颜。

知秋脸红，说，我哪里为什么红颜？

鲍主任说，事情不是清清爽爽，要不是于楚珺受了欺负，你怎么会去踢那个姓方的人卵子？

知秋说，不是故意踢他，真是撞到的。

鲍主任和秋林都笑，鲍主任摆手，说，不说了，撞到也好，踢了也好，这个事情做得没错，要是我，也要踢他卵子，还要将他踢出蛋黄来。

三人坐下吃饭，吃一阵，鲍主任说，知秋，你我是好兄弟，有句闲话我还是想讲，于楚珺这个人，嬉嬉行，千万莫当真。我看人有一套的，于楚珺是生得好相，但这个人你是牵不牢的。

知秋勉强笑笑，不作声。

3

知秋晓得，自己从派出所出来，于楚珺一定会来寻自己，问自己为什么要踢那个人，是不是为了她。知秋想好，定不能承认。倒不是像鲍主任说的，现在于楚珺落了难，想寻救命稻草，自己躲避。他只是害怕，他怕自己承认了，一切又要没完没了重复。地球上这么多人，走过去就走过去了，一定要翻肠倒肚挖出来，再经历一次，又有什么意思？

但让知秋没想到的是，从此，于楚珺却始终没有来寻他。这倒反而让知秋不安起来。她为什么不来寻自己，是自己猜错了，还是她又发生了什么事？知秋心里藏着这事，又等了几日，终于熬不住。这一日，便赶去百货商店。一进门，他便看见了于楚珺，她站在柜台里，穿一件蓝色工作服，看上去似乎比上一次要憔悴许多。

于楚珺看见知秋，有些意外，说，知秋，你怎么来了？

知秋说，厂里要买一批劳保产品，过来看看。

于楚珺说，这种事情怎么你厂长亲自来？

知秋胡乱应道，厂里都忙，正好我空些。

于楚珺说，那你需要什么东西，给我列张单子，我帮你寻。

知秋说，准备好了。

知秋从口袋里掏出一张单子，递给于楚珺。

知秋说，上面有电话，你准备好了，给我厂里打个电话，我派人来交接。

于楚珺应了。知秋愣一愣，还想说些什么，又不晓得说什么，转身要走。

背后于楚珺叫道，知秋，你厂里有没有事？我快落班了，要不要一起去吃碱水面？

知秋犹豫一下，说，好的。

知秋等于楚珺落班，两人出去寻了个面摊吃碱水面。

于楚珺说，小摊子，环境不好，不比你们请客吃筵席。

知秋说，蛮好，我也欢喜吃面。

于楚珺说，我跟你出来吃东西，多少年前的事情了，还是黄埠时光。

知秋不说话，突然望见于楚珺身上的衣裳有些旧了。于楚珺似乎也注意到了知秋的目光。

于楚珺说，要晓得今天跟你出来，我换身好的衣裳。不过话说回来，也没有特别好的。我许久没有买衣裳了。

知秋想了想，问道，你那个，到底是怎么回事？

于楚珺叹口气，说，这样的事情，真不好意思跟你讲。当年，上海电冰箱紧张，他听到消息，与人合伙，从杭州搞来一批杂牌冰箱，卖给上海人。电冰箱不制冷，鸡蛋放进去都能熟，最后被人家告了，输了官司，赔了几十万。后来，拆东墙补西墙，一直还债，却还不清爽。结果他就动了脑筋，挪用公家钞票。结果查出来，公款查缴回去不说，人还坐了牢监。唉，他是牢监里寻了清净，剩我一个人，留在外头苦熬还债。

知秋说，还欠了多少？

于楚珺说，还有十多万。

知秋说，那你怎么办？

于楚珺说，还能怎么办？走到哪里算哪里了。我这一世，算是套牢了。

两个人吃完面，又一起走了走，讲了些闲话。走到一处人少的地方，于楚珺突然就用力抱住了知秋。

于楚珺说，知秋，我悔死了。

知秋慌乱挣脱开来。于楚珺站在知秋

面前，低着头，满脸羞愧。

于楚珺说，知秋，你莫误会，我没有别的意思，我只是感激。你听我吃了亏，你就去将那个人踢了。这么多年了，没有人这么真心对我，我感激，真的。

知秋想说我不是为你，可嘴巴却讲，就算是普通男人，也会替你出气的。

两人又慢慢走了一段路，于楚珺说，到我家里去坐坐吧。我租了个房子，就在旁边。

知秋推辞，说，下次吧。

于楚珺看着知秋，苦笑道，怎么可能还有下次呢？我晓得，你嫌弃我。我现在这样一个倒霉女人，谁会看得上。我理解的，知秋，你回去吧，千万别把我的霉运传给你。

知秋愣了愣，说，不要讲这样的闲话。反正还早，你带路吧。

就这样，知秋跟着于楚珺回家。上了楼道，开了门，屋里黑漆漆一片。

知秋说，电灯线在哪里？

于楚珺从身后抱住了知秋，于楚珺说，莫要开灯，我老了，我怕你看我。

知秋听了，心里一阵难过。他将于楚珺的手轻轻拉开，转身，也抱住了她。

知秋说，你没老，还是和当年一样漂亮。

于楚珺说，真的吗？那你还欢喜我吗？

知秋说，欢喜的。

于楚珺说，那你晚上就住我这里好不好？

知秋摇头，说，我还要回厂里值班。

于楚珺说，你还是嫌弃我。

知秋没有响。

于楚珺沉默一阵，说，算了，知秋，你还是回去吧。你在这里也睡不好，那些讨债的，狼一样凶，有时半夜三更都会来寻生事，扔一块砖头，将玻璃敲碎。别连累了你。

知秋说，我记错了，夜里好像已经安排了工人值班。

于楚珺看着知秋，笑了。于楚珺说，你抱我到床上去好吗？

知秋说，好，你把灯打开，我看不见路。

于楚珺说，莫开灯，你抱起我，我告诉你床在哪里。

黑暗中，知秋抱起于楚珺，慢慢走到床边。于楚珺用手臂勾住知秋脖颈，两人躺倒在床上，床板吱吱嘎嘎响一阵，然后归于寂静，然后，又有低低抽泣声音。

知秋问，楚珺，你怎么了？是不是哭了？

于楚珺说，我没有哭，我只是高兴，这是我这一世最高兴一刻。

知秋不响，搂紧了于楚珺。

于楚珺说，对不起，知秋，我当年应该把身体给你的。现在败了才给你。

知秋说，以后别说这样的话，我不喜欢听。

于楚珺乖巧答应，又问知秋，你累不累？

知秋说，我不累。

于楚珺从床上坐起来，摸着黑，走到墙角摸索一阵，最后嗞的一声，煤油炉被点亮。

知秋说，你做什么？

于楚珺说，正好有鸡蛋，我给你打一碗核桃蛋汤补补身体。

知秋说，不用了，我真不累。

于楚珺没理睬，只是打鸡蛋，敲核桃。煤油炉上火光摇曳，于楚珺的身体在火光上若隐若现。

知秋躺在床上，看着裸身蹲在墙角的于楚珺，心中温暖。

4

这一日上午，秋林去县社办事情，正好鲍主任在办公室，便绕过去坐坐。秋林看见鲍主任头发蓬蓬，胡子也没刮，一副憔悴模样。

秋林说，鲍主任怎么瘦了许多？

鲍主任摸了摸下巴，说，能不瘦吗？一堆烦心事。

秋林说，发生什么事情？

鲍主任说，就是童小军的那个罐头厂。罐头厂不是跟日本人搞合资吗？日本那边派来一个叫小林的技术员，要在这边进行半年的指导。后来，我们这里过中秋节，童小军晓得日本人也有中秋，便安排了一桌小海鲜请小林喝酒。天晓得，老酒吃到一半，这小日本突然站起来，将裤裆拉链拉开，拔出那个家伙在桌子上摔打，弄得一桌人都莫名其妙。后来，童小军就问他原因，一问才晓得，原来这小林离家太久，一直没有碰过女人，快要憋出毛病来了。童小军听了，就出钞票到城里按摩店雇来一个女人，住在小日本的宿舍里。后来不晓得谁走漏了这件事，被几个老干部晓得了，跑到县里去告状，说当年日本人在我们这里搞三光政策，现在供销社里出了汉奸卖国贼，主动将女人送到日本人那里。县里领导听了，也恼火，把我叫去劈头盖脸好一顿骂。

秋林听了，哭笑不得，这童小军真是百样本事。

秋林说，那这事最后怎么了结？

鲍主任说，怎么了结？只能打死不承认了。童小军自己掏腰包，将那个女人打发回老家。好容易将事情摆平，没想到那个小日本又不干了，非要他们将那女人叫回来。没有办法，只好又跟日本方面联系，让他们换一个人来。可你看，这事情都过去一个月了，到现在新的技术员还没来，搞得罐头厂的生产都快停下来了。

秋林说，没想到还有这荒唐事。不过鲍主任你也莫操心，童小军本事大，这屁股他会擦干净的。

鲍主任说，没那么简单，这种事可大可小，真要处理不好上纲上线，也是不得了，现在也只能碰运道了。

秋林说，放心，鲍主任是有运道的人。要不，我给知秋打个电话，夜里聚一聚，解解心烦？

鲍主任摇摇头，说，没心思，还是过几日再聚吧。对了，说起知秋，有桩事情蛮奇怪。前几日，百货公司的经理来汇报工作，说是那个于楚珺辞职了，不晓得此事跟知秋有没有关系。

秋林说，跟知秋能有什么关系？难道她扔掉公家铁饭碗，跑去知秋厂里当工人去了？

鲍主任说，谁晓得呢，我也不好问知秋。你也晓得，上次我多嘴提了一句，他脸色都倒了。唉，女人这个东西，麻烦的。算了，不说别人了，说桩与你有关的事情，你们公司那个邱福茂要回杭州了。

秋林说，回杭州？为什么？

鲍主任说，办了离休，回杭州养老去了。

秋林说，他还没到离休年龄吧？

鲍主任说，没到，办的是提早离休。这邱福茂，一心想着当土特产公司经理，现在这位置被你占了，他还留在这里做什么？他走了，对你是件好事，否则这样一个阶级敌人，每日钻在你眼皮下，多少烦心。

秋林笑笑，没应声。说实话，他也不喜欢这个邱副经理，但秋林觉得这个人不坏，只是讲话不好听，从不真去欺负什么人。现在他提早离休回杭州，这事又与自己有关，这样说起来，秋林倒有些难为情起来。

县社回来，秋林便将鲁一贵叫到办公室。

秋林说，鲁主任，这礼拜五，在单位食堂办一场欢送会。

鲁一贵说，欢送谁？

秋林说，是邱副经理，他办了离休，要回杭州了。你去买块红布，写几个毛笔字，做一条横幅。

鲁一贵问，写什么内容？

秋林说，就写热烈欢送邱福茂经理光荣返杭。记住，一定要写经理，不要写副经理。

鲁一贵说，我晓得的。

秋林说，其他反正也没什么，你让食堂到时搞个会餐，饭菜丰盛一点没关系，弄几箱啤酒，弄得闹热点，高兴点。

鲁一贵点头。

秋林说，这个事情先不要跟邱副经理讲，只要通知他礼拜五来开大会就行。

转眼到了礼拜五，邱福茂披着黄大衣，照常来到会场。刚一走进，就像被施了定身法一样呆住，只见迎面挂了一副红辣辣横幅，写热烈欢送邱福茂经理光荣返杭。随后，所有人整齐起立，热烈鼓掌。

秋林迎上来，将邱福茂请到主席台上就坐。

欢送会开始，秋林先在台上讲了一番漂亮闲话，对邱福茂在土特产公司的工作做出了肯定。秋林是经理，也是书记，一番话无疑便是对邱福茂在此地的表现盖棺定论。邱福茂听了，坐在台上，也很有些动情。

欢送会快结束时，秋林上厕所，出来时正好碰见喝得满脸通红的邱福茂。

秋林说，邱经理，什么时候回杭州啊？

邱福茂说，下礼拜应该可以了，只剩一点小手续没弄好。

秋林说，我跟鲁主任已经打好招呼，不管哪一天，都用公司的车送你回杭州。

邱福茂说，不用不用，我坐大客车回去就行。

秋林说，那怎么行，大家平时处得这么好，难道你临走，我还要让人骂我不讲人情啊？

邱福茂听了，有些感动，说，陆经理，你是忠厚人。你这是以德报怨。

秋林说，邱经理，莫说这样见外的闲话。我在台上讲的，不是恭维，都是心底话，真心感谢你为公司做的工作。

邱福茂说，陆经理，感谢闲话我也不多说了。我要走了，给你留点东西。我这个人，就是根搅屎棍，又臭又硬，从来不晓得开口求人。但你陆经理对我好，我给你破一次例。我有个老战友，姓戴，在北京，远洋集团当官，权很大。他也是宁波人，很有家乡情结。我回去就给他写一封信，到时你就带着我的信去寻他，看看有什么好业务合适我们公司的。

秋林听了，又用力感谢一番。

邱福茂说，陆经理，我这个人，像个什么呢？什么都不像，混里混沌活了一世，解放前参加革命工作，当过兵，解放后，当了领导，经历“文革”，后来又赶上改革开放好日子。想起来，似乎像是什么时代都赶上了，又像是什么时代都没赶上。现在离休了，躺在床上想想自己大半生，就像大雾天，白糊糊一片，似乎眼前什么都有，又什么都没有，真让人害怕呀。

秋林听出邱福茂闲话里伤感意味，便说，赶紧再过去吃几杯老酒，高兴日子。

邱福茂却摇摇头，说，不进去了，我回家了。我其实最怕等到散席，一副场面凄凉的景象。现在这个时候走，最好。

秋林怔一怔，说，那我送送你。

邱福茂说，别送，我不欢喜人送。

邱福茂转身往单位门口走。秋林看着他慢慢消失在黑暗里，想起刚才他那番口气，心里莫名有些难过。想一阵，突然觉得尿急，赶紧转身，匆匆跑进厕所。

第二十六章

1

这一日，秋林办公室里接到一个电话，问他几时候能去北京。打电话的是离休回杭州的老邱。老邱说，我已经给北京的领导寄去了信，你要抓紧。秋林解释自己这一阵忙，没有顾上此事。老邱听了，有些不高兴，言语间有些责怪秋林，难为了自己一番热情。秋林赶紧讲一番好话，答应马上跟领导请示，老邱这才安抚情绪。

将电话搁下，秋林盘算了一下，最近家里事情忙，单位各项业绩也不怎么理想，老邱的事情老早忘记得一干二净。现在想来，这或许真是一条出路。如果北京那个领导真像老邱说得这么厉害，说不定真能为公司弄点好业务来做做。

秋林给鲍主任打电话，约时间汇报这桩事情。鲍主任说，他下午要到县政府开一个经济工作会议，让秋林四点半左右过去寻他。秋林便等到时间，准时跑到县社，跟鲍主任汇报老邱说的这桩事情。

鲍主任听了，说，这个老邱倒没有乱说，我也听说过北京有这么个家乡人。

秋林说，那我去试试，碰碰运气。

鲍主任说，你去一趟，如果成了，算件好事，不成也没关系，就当是去首都旅游一次。

秋林应了，又想起另外一桩事情。

秋林说，鲍主任，我以前南货店当伙计时有个师傅，对我十分关照。现在他儿子在我收购站，人老实，业务也蛮好。眼下收购站老孔经理就要退休，我想让他接这个班，不晓得可不可以。

鲍主任说，这个事情你来问我做什么？你现在是当家人，这点小事还要问我？你尽管安排好了。出不了问题的，收购站工作，又不是什么关系国计民生的要害部门，谁当不是当？

秋林高兴，又说，鲍主任夜饭有没有别的安排？没有的话，要不要夜里聚一聚，把知秋叫过来。

鲍主任说，好，正好跟他问一问于楚珺离开百货公司的事情。

秋林用鲍主任办公室的电话打给知秋，知秋爽快应了，定好时间地点。随后，秋林又在鲍主任这里吃了几支香烟，讲了会闲话。临到落班，赶去饭店。

两人到饭店，知秋还没到，秋林点了菜，同鲍主任一道在小包厢里等。大概一支香烟的辰光，包厢门打开，秋林扭头，看见知秋进来，刚想打招呼，发现后面又跟进来一个人，竟是于楚珺。于楚珺穿着一身簇新的灰色套装，新烫的卷发，油亮蓬松，看上去很是神气。鲍主任秋林相视一眼，看鲍主任眼神，秋林明白，鲍主任想打听的事情，此时已经有了答案。

这一桌饭吃得无趣，四个人都有些心不在焉。特别是于楚珺，虽然对秋林和鲍主任都是客客气气，但这客气却有些假，像是装出来的。而且于楚珺开口闭口都是我和知秋，言语之间像是划清界限，她跟知秋是一路，秋林和鲍主任则是另一路。

吃到一半，鲍主任说自己家里有些事情，要早些回去。知秋要送，鲍主任不让，只让秋林送出去。走到门口，鲍主任点一支香烟，对秋林说，你看出来没有，这于楚珺对我明显有了意见。

秋林说，应该不会，我看还是客客气气的。

鲍主任叹口气，说，我现在最后悔就是当时告诉知秋，让他不要跟于楚珺好。

秋林说，为什么？

鲍主任说，你晓得东南西北风，什么风最厉害？枕边风。

秋林愣一愣，说，知秋应该不是这样人。

鲍主任鼻孔里出气，笑笑，没讲话。此时，刚好有辆出租车开过，秋林拦下，送鲍主任上车。鲍主任上了车，摇下车窗，说，秋林，你晓得吗？你别样都好，就一样缺点，把人看得太简单。

鲍主任说完，出租车就开走了。秋林看着出租车的尾灯，心里叹口气，转身走回饭店。

第二日，秋林就将收购站章耘耕叫到自己办公室来，同他谈了公司想让他当收购站经理事情。章耘耕听了这个事情，大惊失色。

章耘耕说，陆经理，你是不是考虑下别人，我实在没有这样的本事。

秋林说，耘耕，你先不要推辞。我寻你，一定是周全考虑。本事这种东西又不是天生的，慢慢学习总结经验，总会有的。就像我当这个公司经理，难道公司里我的本事就最大？道理一样的。我让你当经理，最重要是看中你做事扎实，不张扬。

章耘耕说，陆经理，我真是没想过自己能当这个经理，我什么都不会。

秋林说，你不要过分谦虚，你的业务能力我是晓得的，你现在缺的就是一点当领导的经验。这不重要，当领导嘛，当着当着就会了。

章耘耕低头，沉默不响。

秋林说，怎么，我好心好意把这个经理送上门，你真要驳我面子啊？

章耘耕说，我不是这个意思，陆经理对我看重，我实在是担心当不好，倒了你的牌子。

秋林说，你自己都晓得我看重你，还有什么好担心的？

章耘耕又低头想了想，终于点头。

原以为说通了章耘耕，收购站的事情就可以落定。没想到这个章耘耕回去，左右盘算，又开始犹豫，最后竟寻孔一品商量这件事情。孔一品晓得此事，马上寻到秋林办公室来讲案。

孔一品说，陆经理，外头风言风语，说剖蛇的章耘耕要当这个收购站的经理，不晓得是真是假。

秋林说，这个事情组织上还是讨论，不要乱听外面传言。

孔一品说，陆经理，我是心底无私的人，我觉得收购站是我们公司顶重要一个地方，自然要用顶合适的人。春梅同志业务能力强，水平高，我觉得她才是最合适人选。章耘耕同志这个人，缺点我谈不上，但说优点，不过也只是剥剥蛇皮取取蛇胆，当领导实在不合适。再说了，他这个同志不喜欢跟别人沟通，太内向。收购站对外窗口，这样的人怎么合适？

秋林听了孔一品一番长篇大论，有些不高兴。

秋林说，孔经理，这个事情我跟你说了，组织上还没有最终敲定。而且这是组织意图，你不要乱打听。

孔一品听秋林这样说，伸着脖子，还想辩解。秋林就将他话堵住，只说自己马上要去县社开会，没有时间再听。孔一品虽然不服气，但也没办法，只能悻悻回去。

孔一品走了，秋林也觉得有些心虚。盘算一番，想着这事定要尽快解决，否则夜长梦多。就这样，他立即召集了几个副经理开会，将任命章耘耕的事情通气。众人见秋林力推，也没人讲什么闲话，随后，报告送到县社人事股走程序，一个礼拜，所有程序走完，章耘耕正式上任。

章耘耕当了经理，原以为孔一品定会大闹一番，但等了一段时间也没有什么风吹草动，秋林心里才算长出了一口气。

收购站换岗事情落定，秋林便腾出空，订机票去北京寻那个姓戴的老领导。

到了北京，秋林根据邱福茂提供的电话，跟老领导的秘书联系上，介绍了自己身份。秘书跟老领导汇报，老领导答应第二日上午给秋林半个小时接见时间。隔日一早，秋林便拿着土特产去远洋公司，顺利见到老领导。邱福茂说得没错，老领导果然有很浓的家乡情结，跟秋林问了许多家乡发展的事，这一说，竟说了一个多小时，最后还是秘书提醒，老领导才说，你来得及时，我马上就要离休，总算离休前能给家乡做点工作。这样，小陆，你在宾馆等我消息，我摸一摸底下情况，看有什么合适你们公司的。秋林感激，回宾馆等消息。原以为要等上几天，没想到当日下午老领导秘书便打来电话，说天津港有两艘报废轮船，可以最低价让秋林他们拉回去。秋林高兴，又等了几日，老领导批字，将两艘报废轮船发出，发出前，老领导还特意叮嘱，这是给家乡人民的，两艘船的油要全部加满。

就这样，秋林在北京待了一个礼拜，将事情圆满办完。两艘船拆完卖材料，可以给公司带来三十万左右收入，这是今年土特产公司最大一笔收入。秋林高兴，公司效益好，也是对自己一个交代。否则，总觉得自己一切都是靠着鲍主任恩赐，心内不安。

2

过了一个月，两艘轮船终于从天津拉了回来，拖进本地船厂拆卸。又花了一个月辰光，将轮船拆卸。接下去，秋林又要赶到杭州，去和钢铁厂联络轮船废旧钢铁事情。

一早，秋林坐单位那辆波兰产波罗乃兹去杭州。波罗乃兹车子密封程度不高，马路上开不了几步，便有灰尘漏进来，关着窗倒比开窗的飞尘还要厉害，坐得人喉咙痛。车子油箱也小，一会停下加油，一会停下加油。一早出门，赶到杭州已是下午一点钟。秋林进钢铁厂办事情，办好出来，刚准备赶回去，不想那车子却坏掉了，再也启动不起。叫来车子拖到修理厂检查，说是一个发动机火花塞坏了。毛病不大，但一时没有货，需明天才能换。

没办法，夜里只能在杭州留宿。秋林附近寻了宾馆，又打电话回去，跟杜英说明。杜英听了，也告诉秋林一桩事，说杜毅生病了，刚从上海回来，情况不大好。让秋林早些回来，赶紧去看一趟。

搁了电话，秋林躺在床上看了会电视，觉得无聊，盘算去哪里转一转，想来想去，突然想起当年给自己发表文章的那个冯编辑。不晓得这人还在不在报社里，这么多年，竟一直没有见面过，正好趁这个机会去拜访拜访。想到此处，秋林便起来，出门打车去报社。到了报社一打听，那冯编辑居然还在，是个四十几岁的矮胖男人。秋林寻到故人，心里高兴，介绍自己名字，还感谢他当年帮自己发表那两篇文章。可秋林说了半日，那冯编辑却连半个字都没有想起来。秋林有些失落，又搜肠刮肚想起些他当年信里细节。冯编辑依然没有印象，倒有些不耐烦起来。

冯编辑说，陆先生，现在什么年代，文章写得好不好又有什么要紧？最重要的是赚钱。你莫同我讲什么文章，如果你真想感谢我，就实在些，帮我完成些明年报纸征订任务。

秋林听了，笑笑，心里不悦，但还是当场打电话回公司，吩咐鲁一贵主任订下五十份报纸。冯编辑见秋林这么爽快，很是高兴，倒茶拔香烟，热情得像是变了一个人。坐了一会，秋林看看差不多是吃饭时间，便邀请冯编辑到楼外楼吃西湖醋鱼，冯编辑欣然答应。不晓得是订报纸原因还是吃西湖醋鱼原因，席上，冯编辑的脑子似乎也变得清爽了，竟将秋林两篇文章都清晰回忆起来，还夸奖秋林视野宽阔，文笔精彩，自己当编辑这么多年，看过稿子成千上万，唯独对秋林的文章记忆犹新。秋林听着冯编辑的夸奖，尴尬笑着，心里却全不是滋味，后悔今朝来报社寻他。

杭州住一夜，第二日一早秋林便赶了回来。秋林让驾驶员开车到杜毅厂里接了杜英，又一道赶去杜毅家去看望杜毅。

秋林杜英赶到杜毅家时，杜毅刚打了杜冷丁，正靠在沙发上闭眼休息。一段时间不见，秋林吃惊。眼前的杜毅竟瘦得脱了相，头发也变得花白，五十出头的人，看上去倒像个七十岁的老倌。

秋林悄悄问大女，怎么会突然病成这个样子？

大女说，是肝癌，晚期了。上海医了一段，半点效果也没有。医生说，再医下去不过也是往水里扔洋钿，这才回来。

秋林问，那杜毅哥自己晓得吗？

大女说，晓得的，但他总不甘心。

正说着，杜毅睁眼醒了过来，看见秋林，说，陆秋林，你怎么总不来看我，是不是当了土特产经理，看不上你这个阿哥了？

秋林赶紧说，哪里闲话，实在太忙。杜毅哥，你看着是比往常瘦了一些，不过精神蛮好。你就是太累了，你赚了那么多钞票，以后莫这样拼命了，也留一点给我们这些人赚赚。

杜毅听了秋林闲话，精神似乎也好了。

杜毅说，今天高兴，你陪我出去转一转，我也好久没有出去了。

秋林说，全听杜毅哥的。

杜毅开着车，带秋林出门。他先去了趟菜市场，买来一大袋青蟹，后备箱里放好，又开着车去了水库。到了水库，杜毅让秋林把整袋青蟹搬到水边，然后小心翼翼地把绑青蟹绳子解开，一只只全放到了水里。

秋林奇怪，问道，杜毅哥，你把这些青蟹放到水库里做什么？

杜毅说，这是庙里师傅说的，让我多放生，多结善缘，会有福报的。

秋林看看一本正经的杜毅，又看看张牙舞爪的青蟹，哭笑不得，心想，这是咸水蟹，放到这水库的淡水里，哪里是放生，简直是谋命。但秋林没有说出口，看着杜毅嘴巴里念念有词的虔诚样子，他有些不忍心。

放完蟹，杜毅和秋林坐在水库的石岸上。望着水库白茫茫一片水，杜毅说，秋林，我晓得，我是造了孽了，这是天在惩罚我。

秋林说，杜毅哥，你为什么要这样说？

杜毅说，当年，许敏那么好的一个女人，嫁给我的第二个阿弟杜尔。我家就靠着许敏发达了起来。后来杜尔出了事情，我害怕失去杜敏家依靠，鬼迷心窍，硬将她与我家老三拉到一起。可老三呢，没多久也死了，可怜许敏，被我弄得人不人鬼不鬼，到现在都不知下落。你说，我这不是造孽是什么？

秋林听了，坐在旁边不响。

杜毅说，秋林啊，可我自己晓得我为什么要那样做，我是穷怕了，实在是穷怕了。我从小就是家里老大，为了照顾家里，我吃过多少苦头。好不容易有过好日子的机会，我又怎么能舍得让它跑掉啊？

秋林说，杜毅哥，你莫想太多，总有办法的。现在科技发展了，只要是毛病，总能医治的。

杜毅苦笑，说，我最近总做梦，总想起小时候的事情。我记得，我十五岁那一年，父亲带我去田里割稻。突然就开始拉肚子，拉得头昏眼花，全身半点力气都没有。可我不敢回去休息，红猛日头，我依然要伏在那里割稻。那一刻我就在想，这是不是世上最难熬的时间了，是不是比死都要糟糕。但你晓得吗，我现在回想起来，却觉得那时真是再美好不过。

3

供销社里开年终表彰大会。因为今年土特产公司业绩出色，公司被评为先进单位，秋林则被评为先进个人。鲍主任高兴，亲自上台为秋林颁发奖状。会议开好，又是聚餐。吃饭时，鲍主任特意安排秋林坐自己旁边。场面大，许多人都跑过来给鲍主任敬酒，吃到一半，鲍主任便有些醉意，就让秋林陪他到办公室休息一下，醒醒酒。

鲍主任坐在沙发上，吃了半杯浓茶，醉意慢慢退去。

鲍主任说，今天真是高兴，出了一口气。秋林，你不晓得，上一次班子开会，还有人说你们公司，说土特产公司那么多项目，也没经营出什么名堂。罐头厂原本一无所有，倒被那个童小军搞得有声有色，还不如调他来管土特产公司。我听了，自然是一口否决。虽然我这样做，别人也不敢有什么闲话，但总归是经营上去了，你我才有底气。

秋林点头，又感谢几句。鲍主任摆手，说，这都是你自己的功劳，不用谢我。

又喝了几口茶，鲍主任突然想起一件事。

对了，前几日听到一件事，讲给你听听。说本地一个乡下小老板，欢喜上一个城里离婚女人，想要跟她轧姘头。说自己单身，要寻人结婚。城里女人起初不愿意，但经不起这乡下老板常来纠缠，见他真心，终于松口同意。两人同居了几日，那老板跟城里女人说，自己工厂忙，只能隔三差五来。城里女人理解，只在家里等他，来了，下饭给他吃，陪他睡觉，还给他买衣裳，只是付出，从没有贪过他一分钞票。再后来，那老板来得越来越疏，到最后，竟一日都不来了。女人着急，还以为他出了什么事情，便到厂里去寻他。不想，没寻到这男人，却碰到了他的老婆。原来这乡下老板是结过婚的，一直在骗她。本来这事是城里女人受骗，该她生气。可见了那老婆，她倒惭愧起来，连声道歉说自己不晓得底细。结果那老婆不但将她狠骂了一顿，还赖她是为钱勾搭她男人，定要她将骗去的钱全部吐出来。最后你猜怎么样，这城里女人胆小，竟真把自己存的几万私房钱全部取出来给那个老婆了。

秋林听了，也是惊奇，说，还有这样事情，天下怎么还有这样老实的女人?

鲍主任喝口茶，笑眯眯看着秋林。

你晓不晓得这个城里女人是谁?

秋林一愣，说，是谁?

鲍主任说，就是你带到宁波去过的那个女同学，春华。

秋林呆住。

鲍主任说，原来我也不晓得是她，那天吃酒，那乡下老板将这桩事拿出来炫耀，说自己不但困了美女，还赚了洋钿，还说那人原是供销系统的。我听了，心里好奇，灌了他整一瓶宁波大曲才终于把名字哄出来。

鲍主任看着秋林，说，我现在才算晓得你小陆本事。你看人准的，这样老实的女人，难怪你想要就要，想甩就能甩掉。

秋林尴尬笑笑，不晓得该怎么回答。

夜里，秋林很晚都没困过去，只觉得心里烦。到了半夜，实在躺得难过，别起来到外头吃了根烟。吃完烟回来，不想杜英也醒了。

秋林说，把你吵醒了吧?

杜英摇头，说，我也长夜没困。秋林，有一桩事没同你讲，杜毅哥走了。

秋林吓一跳，说，这么快。

杜英说，不是那个走的意思，我没说清楚，他离家出走了。

秋林说，去哪里了?

杜英说，阿嫂说，他留下一封信，说是去普陀山。

秋林说，他去普陀山做什么?

杜英说，不晓得，阿嫂说他药也没有带，车子也没开，就这样孤零零走出去了。

秋林发一阵呆，叹口气，说，困吧，各人各命，你莫多想了。

两人重新困下。秋林躺床上，始终没困踏实。困一阵，醒一阵。还做乱梦，梦见一条黄泥路，黄泥路上有个人在孤零零地走，走一阵，那人便伏在地上拜三拜，拜完了，又起来继续走。秋林跟在他身后追，一边追一边叫杜毅哥，但那人看着走得慢，秋林却始终追不上。最后终于追上，那人转过头来，秋林倒吓了一跳，只见转身的人竟然就是自己。

早上起来，秋林说，杜英，你能不能给我一万块?

杜英吓一跳，问秋林要那么多钱做什么。

秋林说，我不想说，但我也不想骗你，你把这一万给我，你相信我，我不会做坏事。

杜英愣了愣，什么话都没有讲，拿出存折递给秋林。

秋林从银行取了钱，便去了春华家。见了秋林，春华很意外，她有些犹豫地将秋林迎进门，秋林看见春华家里一塌糊涂。

春华有些难为情，说，不晓得你来，没来得及整理。

秋林说，春华，你莫要怪我。杜英是个好女人。我做不到。

春华一愣，说，你为什么跑来讲这平白无故闲话？

秋林想了想，说，你离婚的事，其实我早就晓得。

春华笑笑，说，我就晓得是这事。过去很久了，你不用担心。

秋林听了，有些心酸，说，以后莫乱相信人。

春华叹口气，说，我这个人啊，白生了一双那么大的眼睛，其实是瞎的。我看人，从来都看不准。

秋林将袋里准备好的一万元放在桌子上。

春华说，你拿这钱做什么？

秋林说，没有别的意思，钱不多，寻点事情做做，做点小生意。有什么事，你尽管来寻我。

春华说，秋林，你是不是听到什么了？

秋林摇头说，没有。

春华说，你这是可怜我？

秋林说，不是。

春华说，不是就好，你把钱拿回去。我拿了这钱，我在你面前就一世都抬不起头了。

秋林不响。

春华走过来，拉过秋林的手，将钱放到他的手心里。

秋林说，以后有什么打算？

春华笑笑，说，放心，我这么好卖相的一个人，饿不死。

秋林说，那行吧，既然你这么说，我就走了。你记住，有事情一定要来寻我。

春华说，晓得的，赶紧走吧。

秋林便低头往门外走，走到门口，听见身后春华叫一声，秋林。秋林停住，转头来。

秋林说，春华，还有什么事？

春华说，没事，就是想叫你一声。

秋林看见春华站在那里，孤零零地看着自己，不大的房间此刻却显得那样空旷。秋林很想走过去抱一抱春华，但他忍住了。他晓得，这一抱，会有什么样的后果。

秋林出了门，仓皇离去。

第二十七章

1

这日下午，秋林坐办公室，接到县委办公室一个电话，让他五点左右去县政府食堂参加一个饭局。秋林有点莫名其妙，不晓得这餐饭是什么来由，问了，对方只说是招待一个重要客人，让秋林去作陪。

秋林心中猜疑，只等到落班时间赶到县政府。一到场面才晓得，原来是北京的老戴来了。老戴看上去精神很好，一身灰色西服，配一条鲜红领带，鼻梁上还搁着一副玳瑁茶镜，看上去不像老领导，倒像是一个港商。

饭局安排得阔气，茅台酒，中华烟，黄鱼，全部上了。县里四套班子领导全都到场，坐了一圈，秋林土特产公司经理官职，在里头竟成了芝麻粒大一个。秋林后悔自己贸然来吃这餐饭。要晓得这个场景，定寻理由推托。

老戴当然不晓得秋林心思，还热情将他拉到自己身边坐下，隆重介绍秋林事迹，称赞秋林有胆识，有魄力，敢孤身闯北京，拉回两艘轮船，是实实在在人才。秋林听了，更是觉得如坐针毡。好容易说完秋林，老戴终于说到自己事情。秋林听了，这才晓得老戴已经离休，这次回来，是要在家乡办厂。

老戴说，我这次回来，就是想回报家乡。家乡好山好水，我就是想在这好山好水上做一篇文章。离休前，我去国外考察，发现国外最流行的饮料不是别样，却是我们这里最常见不过的矿泉水。这矿泉水虽是常见，但富含营养，对人的身体最好。我们这里，到处都是好水，取之不尽，用之不竭。我这次来，就是要办一个矿泉水厂，将家乡的山水卖到全国去，卖到全世界去。

老戴话音刚落，在座的领导纷纷赞叹老戴眼光独特。老戴激动，端起酒杯站起来。老戴说，我虽然离休了，但是国家这么好的形势，我觉得我还能干番事业出来。本来，以我的人脉，寻投资不是问题，但我想表明我的诚意，表明对家乡人的感情，这次不要别人一分铜钿，只把我多年积蓄拿出来，和县里合作办这个厂。人生难得几回搏，我这个老革命也要在改革开放的浪潮里搏一把。说完，又引来一片掌声，众领导纷纷走到老戴前敬酒。

饭局结束，老戴意犹未尽，把秋林叫到他的宾馆，又畅谈了一番国内外政治经济形势以及自己办矿泉水厂的思路。老戴讲得头头是道，秋林听得佩服，心里想，毕竟是高级领导干部当过，眼光和想法都与常人不同。

从这天开始，老戴便留在此地忙碌，批执照，寻土地，买机器，招工人。很快，矿泉水厂就办了起来，还取了个“家乡人”的牌子。矿泉水厂办起来后，老戴又寻关系，在北京人民大会堂办了一场“家乡人”矿泉水的首发仪式，县里几个要紧领导和老戴的一些北京离休朋友，都来为“家乡人”矿泉水站台，真是闹了很大一番动静。

但好景不长，老戴的矿泉水厂就办不落去了。这一日，秋林到供销社开会，鲍主任告诉秋林，老戴已经回了北京。

秋林诧异，说，怎么会，我看生意蛮好，每个单位都在发“家乡人”矿泉水。

鲍主任说，靠县里几个单位支持能有什么花头？外面市场根本打不开，谁会花钞票喝这没有滋味白水？再说了，这老戴也不是做生意的料，他多年从事行政工作，做事情都是讲大局，讲原则，哪里适合市场竞争？

秋林说，照理我应该送一送，毕竟帮过我忙，这一走倒有些难为情了。

鲍主任说，不送也好。这老戴毕竟当过大干部，要面孔。轰轰烈烈闹一阵，现在搞不下去，一声不响回北京，也是为了脸面。你去送他，他怎么面对？

秋林说，也是这个道理。不过，这一回他也真是伤老本了，这次和县里合资，用的都是他袋里洋钿。

鲍主任叹口气，说，时代真是变了，我们这一代，都是从计划经济时代一脚迈进商业社会，但什么是计划，什么是商业，到现在许多人还是搞不清楚。特别是我们这样吃公家饭的，更是糊里糊涂一本账。莫看我们表面上都是威风八面，要是哪天被扔到社会上，肯定比老戴还不如。

秋林笑笑，说，鲍主任仕途这么好，没必要这样担忧。我听外面传闻，你要提拔当副县长了。

鲍主任说，讲句心底闲话，我并不欢喜当什么官，现在这样早已经足够，大家小兄弟一起吃吃老酒，混混日子，可以了。

秋林说，鲍主任这闲话讲得通透。这样，今朝我就安排一下，我晓得一个地方，小海鲜烧得地道，我们聚聚。

鲍主任说，好啊，不过就我们两个吃饭有些单调。唉，本来可以叫声杨会计，杨会计酒量好，可惜回了上海。对了，要不把你那个什么春华叫出来，你也正好安慰安慰她。

秋林一愣，没接话。

鲍主任看秋林一眼，说，开个玩笑，你莫往心里去。

秋林笑笑，说，要不，我来约个熟人？

鲍主任一愣，猜到秋林意思，说，你可千万莫跟我提龚知秋，提起他我就生气。上次那顿饭吃的什么滋味你忘记了？我一个供销社主任去看一个百货商店营业员脸色，弄得好像我跟她抢男人一样。

秋林笑笑，说，鲍主任，我多句嘴。今朝来，我本意就是想约我们三个一起坐坐。你说了，最要紧是小兄弟们能一起吃吃老酒，我们三个多少难得感情，总不能就这样冷了吧？

鲍主任听了，脸色稍微缓了缓。

鲍主任说，我对知秋怎么样，你不晓得啊？可现在知秋已经不是老早的那个知秋，女人眠床边一搭，就翻脸不认兄弟了。这样做朋友，还有什么味道？那于楚珺什么人，我一眼就看穿。现在弄起来两人要死要活，以后苦头有得吃。

秋林打圆场，说，知秋人是真好，一直没交往过女人，现在跟于楚珺久别重逢，难免粘一点。你主任肚皮里撑船，莫跟他见怪。要不，我现在就给知秋打电话？

鲍主任说，都是我自己多事，当初安排他跟于楚珺见面，没想到他看到这个女人，魂灵都没了。你定要叫他吃夜饭随你，但我话要讲清爽，你打电话给他，要来，只他一人来。要是带了于楚珺，这饭我一定不吃。

秋林应了，赶紧打电话。电话里，秋林特意强调今朝就三个人聚会，旁人一个都不叫。知秋自然听懂秋林闲话，有些犹豫，只说，那你等一等我，过一会我再打回来。

搁了电话，鲍主任说，怎么，他不愿意来啊？

秋林说，没有没有，好像在忙什么事情，马上就打回来。

鲍主任说，算了，你就莫瞒我了。忙什么忙，定是跟于楚珺讨令去了。要是于楚珺不同意，你就是用八匹马拉，也拉他不动。

秋林尴尬笑笑，说，怎么会。

过了一会儿，知秋将电话打回来，问秋林到什么地方吃。秋林说了地方，搁下电话跟鲍主任邀功，说，鲍主任，你看，知秋朋友情面还是看重吧。

鲍主任冷笑，鼻孔里出气。

鲍主任说，陆秋林，你莫要急着下定论，走一步看一步再讲。

秋林笑，陪着鲍主任在办公室里又吃了会烟。快落班时，两人赶去饭店，在小包厢里坐下。坐下没多久，知秋也赶到，果然一个人。

三人坐下，许久没聚，场面多少有些拘谨。秋林挑起话头，撮合着碰了几杯酒，桌上气氛才稍稍开始缓和。就这样，三个人吃吃喝喝，多少讲些工作家庭事情，气氛倒也过得去。眼看一场饭局到了尾声，不晓得是老酒上头，还是有意，鲍主任开始讲起些不咸不淡闲话。

鲍主任说，知秋，要是结婚办酒席，可不要忘记送请帖啊。你不寻我和秋林，我们两个还是厚脸皮记着你的。

知秋尴尬笑笑，说，怎么会，到时一定过来热闹热闹。

鲍主任说，那我就祝你好运了，别被人当枪使一阵，又扔了回来。

知秋听了，一愣，面孔迅速倒了下来。秋林见状，赶紧给鲍主任倒酒使眼色。

鲍主任白了秋林一眼，说，陆秋林，你给我挤什么眼睛？他还是不是你我朋友？既然是朋友，几句实话都不能讲？龚知秋，今朝既然见了面，我就不跟你讲什么虚情假意闲话，到了哪一步，我鲍一鸣都要反对你跟那个于楚珺。她的底细你又不是不清爽，上海人讲闲话，叫白相白相，你玩一玩也就算数了，为什么非要跟她结亲眷？讲句难听闲话，你又不是秋林公司的收购站经理，当初人家看不上你不要你，现在落魄了，你还要搞回收啊？

知秋听了，半日不响。秋林尴尬，赶紧举杯，说，来来，今朝难得，我们三兄弟再碰一杯。知秋却不理睬，继续低头发怔。闷了一阵，突然举起酒杯将杯中酒一饮而尽，站起身说，菜不够了，我出去加几个菜。说着，便匆匆跑出包厢。

秋林看知秋走出去，赶紧跟鲍主任说，鲍主任，今朝高兴，你千万莫再讲那些不高兴闲话了。

鲍主任说，为什么不能讲？一个男人，连句真话都听不见，有个卵用？陆秋林，我告诉你，这些闲话老早就憋在我肚皮里了。他龚知秋要是真跟那个于楚珺结婚，他一世人就算完蛋了。当年知秋对她好，救过她的命是不是？后来怎么样，有用场吗？她见了更好的，不还是照样离开了？现在她混差了，见知秋过得这么好，她就又跑回来。你说，这样的女人有什么用？我同你讲，如果他们真结婚，不请我去算数，要是请我去，我对着于楚珺面我还要讲这番闲话。

秋林不晓得怎么辩驳鲍主任闲话，只得说，鲍主任，那我出去看看，知秋点菜水平差，别点了那些不新鲜的。

秋林起身走了出去。到外面一看，看见知秋刚结完账正要走。秋林赶紧跑两步，将他叫住。

秋林说，知秋，鲍主任讲的都是酒话，你莫要听进去。

知秋说，秋林，我四十岁的人了，听得出什么是酒话，什么不是。当初我搞这个厂，一鸣帮了我许多忙，我一直记着他的人情。他怎么说我，我都可以接受，但他不能总是这样说于楚珺。于楚珺对我怎么样，是不是对我好，只有我自己清爽，她也是个可怜女人。话讲回来，就算被鲍一鸣说准了，她将来不会对我好，又有什么要紧？我这一世，就爱过这么一个女人，就算她断了我的手脚，挖了我的心肝，都是我自己事情，我心甘情愿。

秋林说，知秋，你说的，我都能体会。我佩服你，换了我，我做不到，这是真心闲话。只不过你我还有鲍主任，都是难得朋友。

知秋说，秋林，莫说了，你是好意，我晓得。但现在一鸣总是要逼我做选择，我又有什么办法？

知秋说着，拍了拍秋林肩膀。

知秋说，算了，秋林，你莫夹在我们两个中间难做人。我先走了，你帮我跟一鸣打声招呼。

说着，知秋就匆匆走出饭店大门。秋林看着知秋背影，感觉熟悉。想起上次的不欢而散，鲍主任也是独个从饭店走出，这饭店倒成了分道扬镳的三岔路口了。

2

知秋到土特产公司送来两张请柬，一张给秋林，另一张委托秋林转交给鲍主任。

秋林晓得知秋难处，但鲍主任那张红辣辣请柬放在办公室桌上，真不晓得怎么处理。那天饭桌上，鲍主任已经斩钉截铁放下闲话，如果参加婚礼，定要当于楚珺面数落。秋林晓得鲍主任性格，他说得出做得出，如果真到那一步，知秋的婚礼场面一定难看。考虑再三，还是决定不将请柬交给鲍主任，自己去时，只替鲍主任撒个谎混过去也就算了。

结婚那一日，秋林便独自包了两个红包，一个算自己，一个算鲍主任。见到知秋，秋林只说鲍主任出差赶不及回来，还替鲍主任祝贺知秋于楚珺新婚如意。知秋听了，只是淡淡笑笑，也没有更多闲话。

坐在席上，秋林肚皮里也有些埋怨鲍主任，知秋结个婚，好坏都是他自己事情，何必这么认真？现在倒好，三个朋友弄成三国演义，县城这么小，真不晓得以后怎么收场。

知秋和于楚珺结婚，从厂里提出十万钞票，加上结婚人情，终于将于楚珺前夫欠下的十余万元债务还清。原以为可以过安稳日子，没想到没多久，却迎来一场风波。

这一日，几个纪委同志上门，叫知秋去纪委谈事情。知秋莫名其妙，到了纪委才晓得，原来是厂里一个会计实名举报了自己挪用厂里公款。知秋不服气，跟纪委同志解释，这厂是私营企业，自己提款，不过左边口袋放进右边口袋，不是挪用公款。但纪委同志说这个厂当年挂靠供销社名下。供销社发过文件，上面清爽写明厂子隶属于供销社。现在知秋提款，就是挪用，就是贪污，要判刑，要坐牢。知秋辩解只是当时形势需要，才挂了这么一个空名。纪委同志根本不予理会，只说一切以文件为主。纪委调查完，很快便将知秋案子移交本地检察院，检察院对知秋提起公诉，法院又迅速作出判决，认定龚知秋贪污，判了有期徒刑十二年。

事情发生得突然，所有人都没料到。法院判决后，于楚珺见到龚知秋。于楚珺说，知秋，你千万莫心急，我给你想办法，县里法院判了，还有市里省里，我一定为你把官司打到底。

不想知秋却死心，只说，算了，人都有命，现在我相信命。

于楚珺难过，说，是我害了你。

知秋说，你莫这样说，我当年黄埠供销社辞职出来办厂，心底里就是想证明给你看，我是个有用场的男人。现在我证明了，也帮了你，我不后悔。

于楚珺听了知秋闲话，眼泪直落。

于楚珺说，你暂时安心待着，我定为你想办法。想吃什么，喝什么，你告诉我，我给你送来。

知秋说，我什么都不要，你如果有空，给我买双布鞋。这些天不让坐，双脚浮肿得厉害，原来的皮鞋已经穿不进。

于楚珺听了，心痛，又是一阵眼泪。

探视完龚知秋，于楚珺便跑去寻律师，将知秋情况说明，让律师写状纸，自己要去市中院再打官司。律师听了，给她出个主意，说现在对知秋最不利的就是工厂性质认定。文件里清爽写明这是供销社下属企业，除非有什么证据能证明这文件只是形式，工厂还是私人企业，知秋才能洗脱。

于楚珺听了律师闲话，想来想去，想起一个人，便又跑到县供销社去寻鲍主任，寻来寻去寻不着，最后办公室里碰到一个熟人，告诉她鲍主任正在市委党校培训，要一个月后才能回来。于楚珺愣了愣，赶紧又跑到客运总站，买了车票坐长途车赶去宁波。

赶到市委党校，于楚珺寻到门卫，说，我有个熟人在里头培训，我有着急事情寻他，能不能帮我通知一下？

门卫说，这党校里每日培训的人那么多，怎么通知？又不是农村，用高音喇叭喊喊，就能喊应。

于楚珺着急，说，我求求你，人命关天的事情，你是大慈大悲观世音菩萨，你就帮帮我的忙。

门卫白了于楚珺一眼，正色道，我这里只有马克思恩格斯，没什么观世音，你要求菩萨，去庙里求，莫在这里无理取闹。

说着，门卫就伸手往外推于楚珺。于楚珺踉跄一步，横了心，转身屈膝竟在党校门口当中跪了下来，这倒把门卫吓煞。

你这是做什么？

我没有办法了，如果你今朝不帮我寻到这个人，我只能这样一世跪下去。

门卫看着于楚珺，也是无可奈何。

你这女人。行了行了，我帮你打电话问，你千万莫跪，被领导看见，害我吃生活。

门卫转身走进传达室打电话，于楚珺站在门口等。就这样，过了大概十多分钟，终于望见鲍主任从里头走出来。

鲍主任出来，见是于楚珺寻他，有些不高兴，倒了脸色。于楚珺顾不上这些，只将知秋事情详详细细同他讲了清爽。鲍主任听完，眉头紧蹙。盘算了一会，扭头问门卫，你有没有纸笔？借我用用。门卫便拿出纸笔递给鲍主任。鲍主任在纸上飞快写下一句闲话，龚知秋铜材厂挂靠供销社，只是特定时期需要，供销社并没有实质性投资，由始至终，该厂性质都为私营企业，特此证明。鲍一鸣。

写完，鲍主任便将信纸递给于楚珺，说，行了，你带回去给律师吧。

于楚珺有些愣，呆呆望着鲍主任，念道，这么快就写完了？

鲍主任说，你什么意思？还要我多写些？

于楚珺赶紧摆手，说，我是没想到鲍主任会答应得这么干脆，鲍主任，以前的事……

鲍主任白了于楚珺一眼，说，你到底要不要，我还要回去上课。

于楚珺赶紧将信纸接过，刚想开口说声谢谢，鲍主任却再不理睬，转过身，匆匆往学校里头走回去。

就这样，凭着鲍主任的这份证明材料，没多久，市中院推翻了县级法院的判决。随后，县里又告到省里，结果，照样被推翻，被定为终审。

知秋官司的事情在县城里引起了轩然大波，本来此事是县里几个主要领导过问过的，早为此事定了调，让知秋伏法是为了避免国有资产流失。因此，整个案子从起诉到判决，都非常迅速，属于特事特办。不想，最终却因为鲍主任一张证明，板上钉钉的判决又被翻了案，县里几个主要领导都大为光火。随后的一次全县干部大会上，县委书记在主席台上，点名严厉批评了鲍主任，说他没有大局意识，无组织无纪律，造成了一次严重的政治事故。说到最后，县委书记情绪竟有些失控，讲出骂儿骂女一样闲话。鲍主任坐在台下，忍了半日，终于听不落去，站起身，当场拂袖而去。

当日，鲍主任便写了一张硕大的辞职报告，明晃晃地张贴在当年贴大字报的那个橱窗上。

3

秋林和鲍主任坐在一个小饭店里，说是饭店，其实不过油毡搭出的一个小棚子，油汽弥漫，灯光昏黄。

秋林说，鲍主任，为什么要到这种地方来吃，我虽然是个小经理，总不至于连餐好饭店的饭都请不起吧。

鲍主任说，其实小饭店小炒滋味最好，再说了，我这个供销社主任下了岗，要早点适应吃这样环境，否则以后要饿肚皮。

秋林笑笑，说，鲍主任以后什么打算。

鲍主任说，上海有个老朋友，我去寻她，学着做做生意。

秋林听了，脑子里飞快闪过一个名字，但他不敢问。秋林想了想，说，鲍主任，我记得你以前说过，吃惯了行政饭的人，不合适做生意。这次本来你都要提拔副县长，实在有些可惜。我想，或许你可以再去寻寻县里要好领导，解释解释，看看还有没有回旋的余地。

鲍主任说，我可不做这种推扳事情。有什么大不了，以前又不是没过过苦日子，我就不相信，以后不当官会比以前日子更苦。再说了，当年我用一张大字报，给自己换了这么个官。现在再贴一张，把官还回去，有借有还，这不过也是做人道理。

秋林笑笑，说，知秋来寻过我，说同于楚珺一道去你家里感谢，被你拦住，门都不肯开。

鲍主任说，为什么要感谢？根本用不着。

秋林说，他们两个都是真心，说是害你丢官，想让你同他一道办厂，给你一半股份。

鲍主任听了，鼻孔里出气，说，我要贪他龚知秋这点便宜，就不出那个证明了。好好的供销社主任我当不像吗？

秋林说，那也不能让知秋吃闭门羹啊，毕竟都是朋友。

鲍主任说，我不见，一见，他们千恩万谢的，味道就变了。我这个人做事，我认为对的，我就会做，我认为错的，就不会做。你跟他说，他龚知秋不要以为欠了我什么人情，没有的事。我对公不对私，换一个人，我照样这么做。还有，那个于楚珺，到了今朝我还是这个看法，知秋跟了她，早晚要狼藉掉。

鲍主任这样说，秋林便不好再开口，只是一个劲敬酒，说些祝福闲话。

第二十八章

1

鲍主任走了。这一阵，秋林公司里也不顺当，其中一件，便是章耘耕收购站的事。

和其他人新官上任不同，章耘耕当上收购站经理，只是每日愁眉苦脸。耘耕胆小，晓得自己当这个经理别人都不服气。虽然有秋林撑腰，但总还是觉得矮人一等。夜里做梦都是如何提高收购站业绩，做梦做醒，又没有什么好办法，苦恼不已。这一日，前任收购站经理孔一品来到收购站看望章耘耕，中午吃饭，章耘耕便将心里苦恼告诉了孔一品。

孔一品问，耘耕，你当不当我是知心人？

章耘耕说，当然，如果不把孔经理当自家人，我怎么会讲这些事情？

孔一品说，那好，既然你相信我，把心里闲话交底给我，那我就同你出个好主意。

章耘耕说，什么主意？

孔一品说，你晓得，收购站里顶吃香一样东西是什么？

章耘耕摇头。

孔一品说，你这个经理真是当得糊涂。顶吃香一样就是你原来做过生活，取蛇胆。我当经理时便是如此，蛇胆最受南洋那边客人欢迎，每年都是供不应求。你应该增加加工蛇胆的数量。

章耘耕说，这个我也晓得，但现在山上蛇越来越少，蛇胆不减量已经困难，哪里还能增加数量？

孔一品笑笑，说，这就是我同你出的主意。我告诉你，其实鸡胆形状大小都跟蛇胆差不多，你只用鸡胆代替蛇胆，别人定看不出来。

章耘耕说，这怎么行？就算外面看不出来，里头功效不一样。

孔一品说，这有什么关系？耘耕，我同你说句实话，都说蛇胆解毒除湿，清凉明目，又有什么科学依据？都是说说的，吃个心理安慰而已。你用鸡胆替代蛇胆，买的人又不晓得，当蛇胆吃下去，心里一高兴，不照样有效？

章耘耕说，那到时被人晓得怎么办？

孔一品说，天知地知你知我知，你是经理，你不说谁会晓得？

章耘耕还是犹豫，孔一品又说，耘耕，我再同你讲句心底闲话，你是陆经理一手提拔。他当初提拔你受多少压力？原先陆经理和供销社鲍主任关系顶要好，他才有本事给你撑腰。现在鲍主任走了，陆经理自己压力也大，你就不想做些漂亮业绩为他脸上增光？

孔一品最后这句闲话真正说得章耘耕动心，他果真下决心冒了次险，用一公斤的鸡胆冒充蛇胆，出了一批货。然而出货后，章耘耕几乎每日夜里做噩梦，梦见许多人吃鸡胆出了问题，撕心裂肺寻他报仇，常常半夜吓出一身汗。

这一日，陆秋林接到电话，说新任供销社主任到位，要叫他去办公室谈话。秋林心里忐忑，都说一朝天子一朝臣，现在鲍主任走了，真不晓得会来个怎样的人。进了主任办公室，秋林吓了一大跳，坐在办公桌后的，竟然是当年的许主任。

许主任笑眯眯看陆秋林，说，小陆，没想到吧，我胡汉三又回到了供销社。

陆秋林说，许主任，真没想到会是你。前几日碰到一个组织部朋友，还同我说新主任没有眉目。

许主任说，也是组织上对我信任，可能想来想去，眼下非常时刻还是我这个老同志能压压阵。

许主任招呼秋林坐下，拿出一包簇簇新软壳中华打开，给秋林递一支，自己也点一支。许主任用力吃了几口，香烟还剩下一半，便在烟灰缸里掐灭了。许主任说，香烟后半支有焦油味，味道就不好了。秋林愣一愣，不晓得手里半支烟该不该继续抽下去。

许主任说，鲍这一辞职，供销社里不太平啊。鲍这个人，虽然出道早，但政治上一直都不成熟，书记干部大会上说的一点没错，他没有大局观念，就像个没长大的小鬼。你说说，这样一个人，怎么能领导供销社这么大一支队伍？

秋林解释，鲍主任平时工作上还是很有魄力的。

许主任看一眼秋林，说，小陆，我也了解过，鲍一鸣当主任时，你跟他走得近，个人感情好。但工作是工作，感情是感情，以后千万莫要将这两样东西混淆。

秋林说，许主任，我晓得了。

许主任说，当然喽，你小陆也莫担心，你我之间是老感情，与鲍是不一样的。别的不说，当年我在供销社当主任，帮了多少人，可我出去时，除了你陆秋林，没一个人念我的好。特别是罐头厂那个众生童小军，我这次回来，第一件事便是要把他的厂长职务免掉，要不免了他，我许字倒过来写。

秋林听了，没响。

许主任说，小陆，今朝叫你来，一方面是要同你叙叙旧，给你吃一颗定心丸，另外，还有一桩事要与你通气。

秋林问什么事，许主任便从抽屉里拿出一封信递给秋林。

你自己先看看，看了再说。

秋林将信打开，从头到尾仔细看了，背脊心有些发凉。信里写了两桩，第一桩写的是章耘耕用鸡胆冒充蛇胆，欺骗国外客户。第二桩则是写陆秋林不走组织程序，独断专行将章耘耕从普通工作人员提拔成收购站经理。秋林看完，捧着信，半日讲不出闲话。

许主任旁边望着秋林，开口道，这可真是兵马未动粮草先行啊，我这供销社主任还没正式上任，这告状的匿名信就先到了。

秋林说，许主任，这收购站章耘耕的确是我提拔，但鸡胆冒充蛇胆的事情我真心不晓得。

许主任说，你莫紧张，我叫你来，没有别的意思。否则，我就直接将信交到纪委去了。这样，这个信的事我就当不晓得。你是土特产公司经理，提拔个收购站经理，你有这个权力，没什么好讲的。鸡胆冒充蛇胆的事，你再回去问一问，如果真有这事，你自己看着办，想处理，你就处理，不想处理，你教育几句，下不为例也就算了。这个人情，我送给你来做。

秋林听了，心里疙里疙瘩。心底，他不想要这个人情，要了这样一个人情，他怕以后还不起。但章耘耕毕竟是马师傅亲生儿子，如果自己不把这个人情接过来，到时候真换了纪委处理，自己就没办法向马师傅交代。

秋林犹豫，许主任看在眼里，说，这个事就这样决定，你也莫要再多想。

许主任又拔了根软壳中华给秋林，抽了两口，许主任慢悠悠吐出一个烟圈。

对了，小陆，还有一桩事情装在我肚皮里，一直想同你讲，也没寻着机会，今朝正好问问你。

秋林说，什么事情？

许主任说，你记不记得，当年有一次，我托你帮忙，派人来我老婆店里收购废纸。我老婆同我讲，说你派来的那个人，竟然当场将她包好的废纸包打开，还怀疑里头洒了水，藏了石头，让她下不了台。有人同我说，当时是你指使下面的人这么干的。

秋林一愣，他没想到许主任竟然会突然提起这桩事，一时之间竟不晓得怎么回答。

许主任笑眯眯望着秋林，说，小陆，看你这副样子。你莫紧张，我又怎么会相信这种闲话？当时我就同来人说，我说，陆秋林是我知心人，怎么会做这样龌龊事情？

秋林听了，尴尬笑笑。

从供销社回到土特产公司，秋林马上便给章耘耕打电话，让他来自己办公室一趟。没多少工夫，章耘耕便慌慌张张赶到。

秋林开门见山问道，章经理，有件事我想问问你，你定要同我讲实话。

章耘耕说，陆经理你尽管问。

秋林说，你们收购站是不是用鸡胆冒充蛇胆卖给了外国客商？

秋林闲话一问出口，章耘耕面孔便着了火一样的红，全身发抖。

秋林说，耘耕，你莫紧张。这里只有我们两个，我没有别的意思，只要你给我交一个底，也好让我心底有数。

章耘耕低头想一想，说，陆经理，其实这个事你不问我，我也想同你坦白。鸡胆冒充蛇胆事情，我的确做了一次，量不大，只一公斤。但这事弄得我每日困不着，每日担心有人来寻我，真真是被吓煞了。

陆秋林想了想，又说，耘耕，那我再问你一句，你是老实人，这主意定不是你自己想出来的，你告诉我，是哪一个教你的？

章耘耕眼神晃了晃，用力摇头，说，没人教我，只是我独个人的主意。

陆秋林看着章耘耕，想了想，便没有再追问，只是拍拍他的肩膀，说，那我有数了，这个事你不要再同别人讲，今后，千万不要再犯了。

章耘耕点头，起身告辞。走到门口，突然转过头来，说，陆经理，你还是将我这个收购站经理免了吧，我实在做不好。

秋林说，你莫要多想，哪里跌倒，就从哪里爬起来。你章耘耕是我陆秋林提拔的，你一定要好好干，给自己争口气，也给我争口气。

章耘耕看着秋林，叹口气，关门离去。

这一日，章耘耕离开土特产公司后，没有回到收购站，也没有回家，没有人晓得他到底去了哪里。直到第二日中午，他的邻居在他家附近的一口老井里打水，突然发现井里淹着一个人。捞上来，正是章耘耕。

章耘耕的事情出了以后，秋林总觉得是自己责任。他后悔自己操之过急，既然许主任不再追究此事，自己为什么还要特地将他叫来询问？还有，临走时他说不想当这个收购站经理，这是真心闲话，自己为什么不能体谅，反倒还要用那种鼓励口气？

章耘耕跳井事情在供销社内部引起了不大不小风波，秋林作为主管领导，不好没有态度。这一日，跟许主任约好时间，准备上门去做检讨。到了供销社，推开许主任的门，却不晓得罐头厂童小军正坐在办公室里。

许主任说，小陆，你来得巧，跟小军正好前后脚步。

童小军笑眯眯起身跟秋林握手。

陆经理，好久不见了。

许主任说，秋林，小军，你们都是供销社骨干，以后就是我的左膀右臂。特别是小军，业务上真是一把好手啊，几年工夫，把只罐头厂做得风生水起，真是不容易。秋林，你们土特产公司定要好好向小军的罐头厂取取经。

秋林笑着点头，心里纳闷，想起前几日许主任还信誓旦旦要将童小军撤职，可现在却又变成这样亲密。但细一想，也不稀奇，现在的许主任，早就不是秋林印象中那个许主任了，又有什么不可能？兴许是童小军又去许主任家买糖了，兴许许主任吃的中华烟就是童小军孝敬的。秋林有些后悔今朝跑来寻许主任。

见秋林出神，许主任问道，小陆，你今朝来寻我，有什么要紧事情？

秋林赶紧说，没事没事，只是顺路过来看看。

许主任说，是吗，那你脚长，正好小军今朝安排饭局，你也一起。

童小军说，对对，我最近寻到一个新地方，几个下饭烧得特别赞。一只冰糖鳖，一只黄岩草鸡，还有一只柚子皮炖牛蹄。这牛蹄烧得好，软烂，会打冻。说是男人吃下去顶补，那个东西排出来都特别浓。

许主任听了便笑。不晓得为什么，秋林却觉得有些反胃。秋林随口撒了个谎，说，不好意思许主任，今朝老婆生日，吩咐定要回家吃饭。

许主任一愣，说，这样，这就没办法了。我这个主任肯定没有老婆重要。

童小军说，没关系，那改日，改日我再安排一次，我还晓得一个地方，专门寻来两三斤重的青蟹，用鸡蛋老酒喂三日，然后整只放锅里蒸，那东西吃了才叫大补。

许主任说，那会不会更浓？

童小军愣一愣，说，对对，更浓，更浓。

许主任和童小军都笑起来，旁边秋林只觉得有什么东西在喉咙口涌动，他生怕那东西会涌出来，脏一地，迅速起身，推门跑出去。

2

秋林坐在马师傅面前，始终不敢抬头看马师傅一眼。

秋林说，马师傅，耘耕出了事，我真是不晓得该怎么面对你。

马师傅叹口气，说，小陆，你莫要这么说，这哪里怪得到你的头上。

秋林说，你把耘耕托付给我，是我没照顾好。

马师傅说，这都是命。你还记不记得当初我跟你说他小时候事情？那时，我把

他扔到那石圹里，他命大，被人救了。可最后呢，他却又跳进了石头井里。现在想起来，这就是命，注定了他是要死在那个四四方方石板框子里，逃不过的。

秋林听了，更是觉得心中凄凉。

秋林说，马师傅，不管怎么讲，总是我不尽心，把你的事情没办好。你是我南货店里师傅。我第一份工作，跟的就是你，你对我，就是自家人一样。以后，你就当我是你自己小鬼，有什么事，尽管吩咐。

马师傅说，小陆，莫担心，我有退休工资，还有两个女儿，总的来说，还是知足的。比上不足比下有余，做人嘛，总是这样，乱梦一场。这几日，我也总想起当年我们一起南货店里忙忙碌碌，多少高兴。这一转眼，我们这些老头子做人就像做客一样，不晓得什么时候就走了。你还记得齐师傅吗？就在昨天我还去见了他。他跟我同出山人，现在倒比我更不如。生了恶病，一日到夜躺在床上。想想当年，多少生猛一个人，看见他，真让人灰心。对了，小陆，你有空也去看一看他吧，都是同过一场生意的，他见了你，定是高兴。

秋林应了，再陪马师傅坐一坐，便也告辞出门。走到路口小店，想起马师傅说的齐师傅事情，便又买些东西，转头去齐师傅家。

秋林寻到齐师傅家，齐师傅躺在里间床上，正在休息。一眼看上去，竟是那么的老，那么的瘦，躺在那张不大的床上，竟像躺在一艘大船上一样。秋林看见他，脑子里不由浮出齐师傅当年模样，不禁鼻子发酸，几乎掉落眼泪。

齐师傅儿子齐罗成将头伏在齐师傅耳边，轻轻说了些什么，齐师傅将眼睛睁开，打量秋林。

秋林说，齐师傅，我是陆秋林，你还认得吗？

齐师傅一听，似乎有了精神，挣扎着要坐起来。

秋林说，你莫起来。

齐师傅说，小陆啊，你怎么来了？好多年没有见你了。不对，现在我该叫你陆经理了，昨天马师傅来，把你的事情都说了，真是了不起啊。

秋林说，我也是听马师傅提起。齐师傅你莫客气，千万不要叫我陆经理，还是当年一样，叫我小陆。

齐师傅说，好的好的。小陆啊，看见你才觉得时间多少快，似乎你后生还是刚刚到南货店里报到，一同站柜台。一转眼，我现在已经是躺在这里等死了。

秋林说，齐师傅，你精神这么好，定不会有事。也真是难为情，这么多年，竟然还是第一次来看你。

齐师傅说，这有什么，你那么忙，忙事业最重要。你现在当了大官，南货店里这许多人，你最有出息，我听了，真心为你高兴。

秋林说，我哪里算什么大官。一个小经理，以后你有什么事需要我帮忙，尽管来寻我。当年南货店里，你多少照顾我。

齐师傅说，你这是客气话，我又照顾过你什么？

就这样，秋林陪着齐师傅讲了一番闲话，最后又叮嘱齐师傅好好休息，这才放下礼品，告辞回去。

到了第二日，秋林到公司里上班，刚到不多久，便有人上门来寻他。秋林一看，来的正是齐师傅的儿子齐罗成，还拎来一大袋鱼鲞。

齐罗成说，陆经理，昨天你来得匆忙，忘记让你带点鱼鲞回去，今朝路过，正好送过来。

秋林给齐罗成泡茶。

秋林说，那么客气做什么。齐师傅还好吧，有空我再去看他。

齐罗成说，好的好的，昨天你回去，老头子高兴得长夜都没困着，我长久都没看过他这么好精神。

秋林想了想，说，罗成，你跟我自家人，不用客气，今朝来是不是有什么事情吩咐？

齐罗成有些腼腆地笑笑，说，陆经理，既然你猜到了，我也不瞒你，真有个忙想要你帮。你昨天回去后，老头子又同我讲了许多闲话。他说自己建国起便进了供销社，对供销社感情最深。但因为历史问题，在供销社里一直受批斗，一直抬不起头。以前不觉得，现在生了这恶病，最遗憾便是这事。昨天你来看他，说有什么困难让他来寻你。他就想，你是国家干部，是供销社里的大官，能不能就请你出面，帮他平反。

秋林吓一跳，说，罗成，不是我推却，这平反事情我真没这么大本事。

齐罗成说，我话说得急了，也不是平反，我家老头子的意思就是想让你帮忙，寻机会跟上面领导去说说，如果他哪一日走了，能不能让组织出面，给他开个追悼会，为他说些好闲话，这样，他就是死了也算能闭上眼睛。

秋林听了，有些为难。这事太不巧，要是早些时间鲍主任还在，他还真可以去说说，以鲍主任的性格定会抱不平。但现在是许主任，他实在说不好。但秋林又不忍心拒绝齐罗成，想来想去，开口道，这样，罗成，你先回去跟齐师傅说，这个事情我去打听，让他放心，我一定会想办法。

齐罗成千恩万谢回去。秋林坐办公室里盘算一阵，将鲁一贵主任叫到办公室里来商量。秋林将齐师傅的事情给鲁主任讲了，问有没有可能土特产公司自己出面办这个追悼会，鲁主任听了也是直皱眉。

这个事情难办，首先土特产公司没有这样的先例，从来没有给普通员工开过追悼会，整个供销社系统都没有。另外，那个齐清风师傅又不是土特产公司职工，给他开追悼会更是名不正言不顺。而且，现在县社里又刚刚换了领导，正在风头上，我看——

鲁主任闲话没有全讲完，秋林已经全听明白。他想了想，真的没有办法也只能算数，自己也算尽力。只等齐罗成再来，便将实情告诉他。

过了两日，果然齐罗成又来土特产公司。齐罗成一脸难为情，说，陆经理，实在不好意思，不是我要来，是老头子日夜惦记，定要催我来问问那个事到底有没有眉目。

秋林没有隐瞒，将实情全同齐罗成说了。

秋林说，罗成，实在对不起，这个事情需供销社出面才行，我官还是太小。

齐罗成有些失望，稍稍想了想，又说，陆经理，我不瞒你，老头子已经不行了，可能就是这一两日的事情。我想再托托你，追悼会不能开也就算了，你能不能到我家再去一次，假装当面答应他，现在老头子只相信你，这样，也能让他走的时候安心些。

秋林犹豫一阵，点头答应。随后，他便叫办公室安排车子，将自己和齐罗成送到齐师傅家。这一次去，齐师傅的情况明显要比上次糟糕了许多，脸色苍白，连眼窝都有些往里塌陷。

齐师傅握住秋林双手，小陆，真让你为难了。实在难为情。

秋林说，齐师傅，不要讲见外闲话。依我看，你的身体，起码再活八年十年没问题，你就放心养病。

齐师傅说，小陆，你就莫安慰我了。我晓得自己快死了，我不怕死，但我一世都是弯腰曲背，从来没有堂堂正正做过一日人。现在要死了，实在不甘心。

秋林说，你莫担心，你的事罗成全同我说了，真到了那么一天，组织定会给你操办丧事，我亲自来主持。

齐师傅听了，脸上突然露出一丝不好意思的神情。

陆经理，你跟我说句实话，给我开追悼会，是不是不够格啊？

秋林一愣，赶紧说，够格，怎么不够格？当年谁不晓得供销社里齐师傅，那是供销社里做水产的第一把好手。我跟供销社里领导一说明情况，个个赞同，没有一个人不同意的。齐师傅，你就安心养病，组织上是不会埋没你这样一个人才的。

听到此处，齐师傅的脸上显出几丝血色，眼睛都亮了起来。秋林看见，倒是不忍心起来。他不晓得，要是齐师傅晓得自己是在骗他，心里会是什么感觉。

罗成将秋林送出来，走到门口，罗成说，谢谢你，陆经理，你能讲那些闲话，老爹也就安心了。

秋林笑笑，告别回去。

让秋林意外的是，刚到单位没多久，罗成便打来电话，说齐师傅走了。

秋林坐在办公室里，恍惚了一日。

3

秋林躺在床上，此刻，杜英和孩子已经睡着了，房间里很安静，可以清晰听到他们两个和缓的呼吸声音。可秋林却没有丝毫困意，整一日，他心里都不踏实，总在想自己上午对齐师傅说的那些闲话。

实在躺不住，秋林终于悄悄起来，走到书房里头吃烟。坐书桌前吃了一会香烟，突然想写点什么。这感觉有些熟悉，当年在长亭南货店时，夜里困不着，他就给父亲写信，写了一封又一封，把心底闲话讲给父亲听，这才总算打发那些难熬时光。

秋林打开台灯，拿出一叠信纸。可写点什么呢？秋林不确定，想来想去，突然脑子里灵光闪过，要不，干脆给齐师傅写封悼词。开追悼会不也就是叫一堆人来念一念悼词吗？虽然开不了追悼会，但写一封悼词，也算是对齐师傅一个交代。想起这个主意，秋林有些兴奋，钢笔吸饱墨水，便开始在信纸上写字。

各位领导，各位同志，各位朋友，今天，我们怀着无比沉痛的心情，深切哀悼齐清风同志，缅怀他平凡的一生。齐清风同志，于一九二三年九月十五日出生于本县，祖上皆在县城沥石街经营水产。为人诚信，价格公道，赢得同行和顾客的一致称赞。一九五六年，公私合营，齐师傅响应号召，以一艘船、两间店面入股，参加公私合营。60 年代，他更是光荣地参加了供销社，成为供销社一员。此后，齐师傅始终积极投身于各种轰轰烈烈的运动，虽然在运动中曾遭受过一些错误的对待，但齐清风同志都能积极应对，不管是在城关供销社，还是在长亭南货店，都能兢兢业业，任劳任怨，从来没有辜负组织的信任，为供销社各项事业的发展做出了自己应有的贡献。齐清风同志一生虽然平凡，却也丰富。他和妻子勤俭持家，含辛茹苦把两个儿子养大，并教育培养成新一代的商业人。因为多年的操劳，齐清风同志积劳成疾，染上重病，但凭借着自身乐观而又坚韧的精神，又创造出一段与病魔抗争的佳话。他的不幸离去，让我们深感悲痛和惋惜，供销社队伍失去了一位好同志，他的家庭失去了一位好父亲、好丈夫。齐清风同志在人世度过的七十年，是不平凡的七十年，在经历了人生的艰辛与磨难、奋斗与成功等种种酸甜苦辣后，他为自己生命的光辉历程画上了一个圆满的句号。

秋林写完，将笔搁下，兴奋地粗粗看一遍自己写的东西，看着看着，突然又有些不确定起来。自己写的就是齐师傅的一生吗？一个人的一生就是这样了吗？

你在做什么？怎么还不去困？

秋林一愣，扭头一看，是杜英。

秋林说，睡不着，想起来写点东西。

杜英说，从来没见你写过东西，肚皮里有心事？

秋林摇头，想一想，问道，杜英，你说，如果面对一个快死的人，说点能让他高兴高兴的假话，这不算罪过吧？

杜英说，罪过什么？人死了，就什么都不晓得了。能让他死前听听这些高兴闲话不是蛮好？真话假话又有什么要紧？

秋林说，毕竟是一个要死的人，总感觉有些不一样。

杜英看了秋林一阵，说，那么陆秋林，我问你，如果我快死的时候问你一个问题，你会对我说真话还是假话？

秋林一愣，白了杜英一眼，说，大半夜的，怎么讲这种死不死的闲话？

杜英抿嘴笑，说，不是你先提起的啊？要不我现在问你一个，看看你到底是会说真话，还是假话。

秋林说，那我肯定说真话啊。

杜英说，真的？好，那我问你。上次你同我要过一万块，为什么拿去，后来却又给存回去了？

秋林愣住，竟半日讲不出闲话来。

杜英笑眯眯看着秋林，说，看见了吧，这真话哪有那么好讲啊？不过，话又讲回来，真话假话，最关键不是看讲的人，而是看听的人。比如你陆秋林，你即便对我讲了假话，我也总是会当真的听。

秋林一愣，说，你这真话假话的，绕得我头痛。快些去困吧，明朝还要上班。

杜英笑笑，转身回房。秋林扭过头，看着桌上那封悼词，更加感觉怪异起来，似乎越看越不像是写给齐师傅，而是虚构出来的某个张师傅赵师傅李师傅。秋林抬起头，只看着窗玻璃上照出的自己面孔出神。其实又何必要分清是写给谁的呢。写给谁的，又有什么要紧？这天下的人活得各不相同，写在悼词上却又有多少差别呢？

这样想着，秋林突然就觉得毫无意思，他站起身来，将悼词从那叠信纸上撕下来，揪成一团，随手扔进了垃圾桶里。

窗玻璃上的雅努斯

金 理

19岁的秋林到南货店上班，第一个月月底盘存，少了价值两百元的一匹布。店长马师傅的处置方案是“暂时不上账，大家心里清爽，有亏损，手下就紧一点，多用点气力，争取月底时能把这个账平了”。店里“三个老商业各显神通”，平账手法灵活多端：卖白砂糖多包上一层粗纸（“粗纸用多用少，不会上账，多包上一层，就多增了一分白砂糖的进项”）；饼干盖子松一些，饼干受潮而增重；打酒时舀入未散的泡沫，泡沫掩在老酒上减些斤两；丈量布匹时，手上加把劲将布拉得紧些，一匹布也能省下尺寸；去海边、山里收些鱼干、笋茄，“自己寻门道弄来的货不用上账”……账目清爽本是南货店顶顶重要的原则，出现亏空后，马师傅没有声张、追责、告发，在那个年代这往往意味着“抓去批斗、坐牢监”，而是遣用权变的手脚来平账。毋庸讳言，这些手脚上不得台面，对顾客当讲诚信，但是在特殊情况下必须有经有权地斟酌、取舍。大德不逾闲，小德可出入，而天地之大德曰生，用马师傅质朴的大白话来注解就是“过日子”：“一家老小，就靠一个人工资，喂得饱几张嘴巴？不想些办法，家里日子怎么过？”

《南货店》看似由消失一匹布的悬念来开场，其实张忌开门见山。小说中各色人物登场，每人的心志、旨求各不同，就好比风从四面八方吹来，万状而无形；然而风行草偃，作家希望从草迹、麦浪、波纹里看出大致齐整的风的姿态，那就是由马师傅体现的、流贯于民间大地、务实低调而又灵活多变的实践智慧，这是《南货店》的根基。当然，务实并不是虚无，灵活也不意味着不讲原则。马师傅在退休前留给秋林一番话："我们这一辈人各种运动都经历过，其中厉害，都有体会。要是嘴巴不牢靠，将别人的事说出去，那跟杀了人有什么区别?"实践智慧的原则意在给各方的互动留出余地，大家能够都活好。这种智慧认可世界具体而坚实的存在，从不自居为统治者，人只是因应世界的变化而耐心地作出必要回应，所谓智慧，甚至道德，都是这一见招拆招过程中的产物，也必融入于人的基本生存需求中。《南货店》写了不少男女之情，最让我难忘的倒是大明、米粒、水作店老倌三人共同生活，这看似古怪不伦一幕提醒读者，倘若从民间实践智慧的角度出发，那么将男女之情作绝对道德化可能恰恰是不义，超越其上的更高的"义"服从于集体性的生存正义。

故而，《南货店》中的道德，总要从抽象教义中被拿回来，置放到具体生活世界中滤过。道德、智慧和原则这样的词可能还是隔膜了一些，用马师傅的话讲就是"规矩"。"平日里，你不能拿着笤帚往外扫，要是旧时代这么扫，师傅一定会拿板子打你手心，这样扫，财气都被你扫出门了。当然，新时代不讲这些封建迷信，但顾客进来了，你朝外扫地，也不礼貌，难道你要将他扫地出门吗？这都是规矩。"规矩就体现在日常生活的迎来送往中，也体现在形形色色的手艺中。南货店的小伙计要有基本功，比如粗草纸装白砂糖，包出三角包、斧头包，卖相必得有棱有角，且"转折处有一粒糖漏出，就算不合格"。这背后是经年累月的打磨、修习。父亲给予马师傅的教诲就是"学本事"与"磨性子"，"就要这样一日日地磨，将性子磨得圆滑了，才好做个生意人"。引申一下，大概就是胡兰成说的"一器亦有人世之思"；也就是沈从文说的：小木匠作手艺，"除劳动外还有个更多方面的相互依存关系"。

手艺是切身的，天天上手，是一个人与世界最基本的打交道方式；同时，也借此方式得到自身应对命运的、不息流转的力量。秋林在南货店里打磨好性子，仿佛学习时代在为将来的事业做准备。小说尤为精彩的在后半部分。改革开放启动，市场经济与道德自律终于劈面相逢。传统与新潮博弈纠缠、方生方死的局面中，最足见出世风升降与人性明暗。有的人是鲁迅笔下"笨牛"，钻营、献媚半点不会，依然保持着不随外界变通的主张，甚至最终碰死在这主张之下，如小说中羞愧投井的章耘耕。有的人则如陈寅恪揭举的"杂采新旧两种不同标准中之有利于己者行之"而挺立潮头永不倒，如罐头厂厂长童小军。秋林的风格与以上两者都不同，他于此际平步青云，从南货店小伙计到店长，到黄埠区供销社文书，到县社秘书股股长，再到土特产公司经理，尤其在经理这一肥差任上，各色各样的利益交换环伺，其中也不乏刀光剑影。也由此，秋林信奉的理想原则从抽象名词的状态中解脱出来，落实到具体的生活现场。虎落平阳的老上司许主任到访，秋林一方面笑脸相迎，掏出两包硬壳中华“塞到许主任包里”；另一方面则坚持原则，当得知许主任太太在生意过程中偷奸耍滑，立即吩咐员工下次“当场拆看”。这一段最可见出秋林外圆内方、准情酌理的性子。

然而主人公陆秋林实在不是一个性格鲜明的人物。父亲在“文革”期间屈死狱中，这般伤痕烙印在心，秋林却与伤痕文学中的人物并无共性，除去偶尔自伤身世时掉几滴眼泪，秋林没有偏激和感伤。“改开”初启那段野蛮生长的年代里，如秋林这般事业有成的人里，也不乏飞扬跋扈的奇才、能人。但秋林好像从来没有过强求，似乎只是被风势推着走而已。这种不软不硬的性格，让我想起小南一郎先生研讨唐传奇时引据的一个日语词——“影薄”：“中国近世长篇小说里的男主人公，几乎都给人留下一幅‘影薄’的印象”，性格寡淡，“他们的行动促使故事得以大幅度发展的场面并不多”。小南一郎至少从两个方面来探究个中缘由：一是作品内部机能。这样的主人公起到所谓“虚中心”职责，并不“活跃于作品的正面”，但就好像唐三藏周围有性格各异的弟子，宋江周围有千人千面的好汉，恰使故事充分展开。二是作品传达的“人们对于自己和社会的意识”。对比一下，古代长篇叙事诗中常常有个性强烈、性格鲜明的主人公登场。“两者最大的不同在于，寄托于英雄的古代人的社会认识是将自己作为坐标中心，在这一中心周围，配置着距离远近不同的其他人；而近世的人们的社会认识，则失去了把自己置于事物中心的信念……人们的主流认识是，并非那些拥有强烈个性的人物主导着社会，而是自己以及和自己具有同样分量的其他人方才是大多数的存在，是后者构建起了这个社会。”（小南一郎：《唐代传奇小说论》）——这种社会意识，内在地契合着张忌的认识，秋林并不是孤零零被拣选出来在舞台上唱独角戏，张忌通过秋林这个“虚中心”不厌其烦地、前后左右反复照应着写地方与人。地方不过是“邮票般大小”，长袖善舞的雄强之人你方唱罢我登场，但也往往雨打风吹去，级别最高如老戴（北京来的部委干部），犹不免经商失败的下场；张忌更在意的，当是芸芸众生如秋林，看别人大开大合，同时冷静而温和地活在这个世界上。

三角包的棱角、茶杯里的陈皮丝、店门框上的深浅凹槽、铜角蹭得如金子般的紫檀算盘……张忌对物（哪怕是细小的物）有着周密观照，不免想起张忌的另一身份——收藏家，他每常在瓷器、石雕、刺绣、老旧门窗、坛坛罐罐间流连忘返。阿伦特说收藏是“儿童的热情”：“对于儿童，物品还远不是商品，还没据其用途来估价……只要收藏活动专注于一类物品（不仅是艺术品，艺术品反正已脱离日常日用世界，因为它们不能‘用’于什么），将其只作为物本身来赎救，不再是达到目的的手段而有了内在的价值……收藏家‘梦萦一个悠远或消逝的世界，同时幻入一个更美好的世界。在这个世界中，人们不再像日常世界中那样各取所需，物品也从需求使用的劳役中被解放出来’。收藏赎回物品的价值，补助人之价值的赎救。”（汉娜·阿伦特：《瓦尔特·本雅明：1892—1940》）把物从市场中分离出来，不再只是使用价值、交换价值而禀有了“内在的价值”；将人从分类秩序（例如地域、职业、身份、社会地位等）中解放出来，恢复其自由、完整与尊严。就这样，张忌笔下的秋林和芸芸众生们有血有肉地登场。

2016年，在《出家》的结尾，“我看见了我，孤独地坐在东门庵堂那个冰冷的石门槛上，相互眺望”，纠结，无解，希望在明明灭灭中……四年过去，到了《南货店》的结尾，秋林同样求不得正解，中宵独坐，“看着窗玻璃上照出的自己面孔出神”……这两个长篇的结尾不乏共性：门和窗都是交界性的意象，门的内外、窗的正反，仿佛雅努斯的两面：虚与实，过去与未来，看得清与看不清……《南货店》写了一群生意人和市场经济的启动，但是张忌的文学追求恰与上述过程悖向，那是如收藏家般对物与人的赎救，“梦萦一个悠远或消逝的世界”。这种两面性暗合着雅努斯神的象征意味。而上面拉杂写下的观感，全然集中在看得清的一面；实则我更感兴趣的是看不清的那一面。上述结尾中两个照见自我的时刻，并无看透人生的分明。很多人觉得张忌的笔调像汪曾祺，汪曾祺许是张忌心仪甚或取经的对象吧，不过在云淡风轻的外貌下，我总看到张忌小说中内省、自我分裂的现代主义浓烈内核。张忌的文学世界如同晶体，内部构造似简实繁，这是我说不清楚的地方。《南货店》最后一章，秋林给齐师傅写一份悼词，搁笔的时候颇为兴奋，看着看着就不确定起来，“一个人的一生就是这样了吗”？那些无法被写入规整悼词的是些什么信息？同样，清晰可辨之外的余味、模糊而晦暗的地带，或许是张忌小说中更值得我们去珍视的存在。

我们骑鲸而去

孙 频

1

那个小岛上没有四季，阳光永远凶猛异常，好像离太阳只有一步之遥。在这岛上待久了，便能看到，长成各种形状的时间正在那里走来走去地闲逛。

那些已经苍老的时间仍然栖息在阴森的椰林里、粗大的榄仁树里、橙花破布木里。坐在榄仁树白骨般狰狞的树根上，甚至还能听见这些时间迟缓滞重的咳嗽。那是还有恐龙的时代吧，它们就生活在这岛上，寄宿在珊瑚礁上，树木的枝叶间，代代生息繁衍，繁殖出越来越多的时间。几亿年过去了，这里没有国家，没有战争，没有朝代更替，直接就从恐龙时代过渡到了现在。

刚上岛的人往往会被这些庞大古老的时间吓住。

黄昏，我走近沙滩的时候，远远看见那两只黑背一坐一卧。这是两只不知道从什么时候起就被遗弃在岛上的狗，已经沦为野狗。

坐着的那只像个人一样，竖着耳朵，呆呆望着海水退潮。听到我的脚步声，回过头，神情忧郁地看了我一眼，便又继续扭头看海水。它的目光太像人的目光了，我心里不免有些害怕，疑心它其实就是个在岛上被施了魔法的人，只是我没有能力认出他来，又担心它会跳海自杀。刚来到这岛上的时候，老周就曾告诉我，这岛上的狗因为太孤独，都有些抑郁，很容易染上跳海自杀的毛病。狗天生是会游泳的，但一旦它打定主意要自杀，它就有本事让海水把自己淹死。有只狗自杀一次他救一次，每次把它从海里救出来，它还要执拗地继续跳海自杀，反复折腾几次，最后一次终于死成了。死狗浮在海面上，白色的肚皮鼓鼓的，狗牙雪白地龇在外面，尸体比它活着时膨大了一倍，所以看上去比活着时凶悍了不少。

据老周说，有一段时间，这岛上的狗比人还多。因为以前那些在岛上采矿的工人和偶尔上岛的渔民一共加起来也超不过十几个，人太少，寂寞，所以都喜欢养条狗做伴。除了工人和渔民，狗便成了岛上的第三大岛民。第四大岛民居然是眼镜蛇，但眼镜蛇也不是岛上的土著。据说有一个工人曾把一笼蛇带到岛上来，准备在工作间隙慢慢炖了给自己下酒，不料从笼子里逃掉了几条，眼镜蛇此后就在这小岛上安营扎寨繁衍子嗣了。爬上榄仁树摘山枇杷的时候，有时候会看到树枝间正盘着一条大蛇，听见声音，蛇盘里倏地吐出一截血红的蛇信子。此外岛上还有几只野猫，说是野猫，其实都是被人带到岛上之后又遗弃在这里的。据说有一个工人曾经还想把一头小猪带到岛上来做伴，等它长大就杀了吃肉。没想到回岛的路上遇到了台风，台风过去了，寒潮又来了，终于等到像唐僧取经一样漂回了岛上，小猪已经在路上长成一头大猪了，结果回到岛上不到一个月，这头猪就跳海自杀了——因为岛上没有第二头猪。

已经退潮，我走到沙滩上，低头看有没有什么好看的贝壳。我有一个百宝箱，里面收纳着各种从沙滩上捡到的贝壳。我曾在这沙滩上捡到过各种稀奇的贝壳，唐冠螺、毛法螺、海兔螺、泡螺、缀壳螺、鹦鹉螺、蝎尾蜘蛛螺、马蹄螺、椰子涡螺、花仙螺、黑星螺。还从这沙滩上捡到过各种外国的酒瓶子，我把它们都插在椰子树的周围，做了栅栏。阳光好的时候，这些瓶子流光溢彩，状如宝石。我还捡到过几只漂流瓶，里面装着或长或短的信。或许是一个船长在船即将沉没时写的，或许是一个水手写给远方的姑娘的。这些瓶子各自驮着一个巨大的秘密不知已经在海上流浪了多久。我把它们又扔回了大海，让它们驮着秘密继续流浪。秘密，与魂灵、气息属于同一物种，生物之以息相吹也，在这个世界某个看不见的角落里，它们也许正藻荇交横，汪洋恣肆。

有一次还捡到一个越南小孩的尸体，脸已经被鱼吃掉了，身上爬着几只小花蟹。我和老周把他埋在了干燥的沙滩里。那里已经有几座苍老的坟墓，没有墓碑，没有任何记号，只是静悄悄地面海而立。老周说，当年他刚上岛的时候，这些坟墓就已经在这里了。当时他还曾见过上一位隐居者留下的痕迹，草棚里尚未吃完的食物已经腐烂，檐下挂着坚硬的鱼干，储水的瓦罐里还有半罐水，而那位隐士却踪迹全无。他说，那位隐士的前面也许还有别的隐士，前面的前面也许还有。在更早的古代，这个岛还做过流放地，流放到此的犯人大约没有能活着回去的。

我捡起一片猿头蛤装进口袋，盘算着可以打磨只茶盏。我在岛上的不少器具都是用贝壳做的。不远处的沙滩上晒着一颗被海水送上来的椰子，在海水里泡久了的缘故，看上去披头散发，像颗女人的头颅正趴在那里。那只坐着的黑背还是背对着我一动不动地看着大海，狗在这岛上待久了都会失去吠叫的能力，一个个变成哑巴。那只卧着的黑背朝我跑了过来，嘴里竟然叼着一只空矿泉水瓶。它是在央求我和它玩一种游戏，估计是以前它的主人经常和它玩的。它们不大看得起岛上的其他土狗，有些孤傲，只它们两个终日厮守在这海边，以鱼和老鼠为生，好像一直在等待主人归来。我第一次知道狗居然也能像猫一样，以鱼和老鼠为生。

我往那空瓶子里装了半瓶沙，然后使劲把瓶子扔进了海水里，两只狗立刻呼啸着冲进海里，追上瓶子，叼出来，又跑到我跟前眼巴巴地瞅着我，乞求我再扔一次。我又扔了一次，试图扔得更远些。很快，瓶子又被两只狗捉了回来，然后又摆到我面前等着我扔。我很想教会它们扔瓶子，以后就可以不求人了。我使劲抡圆了胳膊又扔了一次，但也扔不出更远了。

反复扔了几次，自己的那只胳膊都要跟着抡出去了，两只狗仍然没有放过我的意思。夕阳即将入海，在海天交界的地方焚起一把血红的大火，火光在海面上播下了万千鳞片，金色的鳞片织成了毛茸茸一块巨大的毯子，铺在海面上，让人觉得只要走上去，就能一直走到夕阳入海的那扇门前。两只狗的眼睛也被染成了金红色，更像中了魔法。我怕它们会跳进海里去叼落日，但它们在海边早已见多了，觉得那只灌了沙子的矿泉水瓶远比这落日更好玩。

夕阳沉入大海，渐渐熄灭，海水开始变得越来越阴暗，越来越浑浊，那些黑色的浪花也渐渐长出了牙齿，上岸撕咬着礁石。漆黑的海水如一切暗处的庞然大物一样散发着让人不安的气息。远处的几点灯火是正在远海打鱼的渔船，渔船之间会在夜晚用灯光来对话，“收成怎么样?”“妈的，昨晚又被鲨鱼跟上了。”它们有特定的灯语，像摩斯密码一般。夜空广袤幽深，一条疏朗璀璨的银河缓缓流过，一直垂到海里。这样看上去，海天之间是没有缝隙的，走到海的尽头便可直接爬上夜空。一些无聊的书上说远古的水手们曾对大海的尽头做过各种猜测，或许是断崖，或许鼻尖会碰上太阳被烫伤，或许脑袋会撞上天空顶起一个大包。

在这样的岛上，还得用最简单的方式来解决谋生问题，比如打鱼、农耕、砍柴。这里没有权力、审判、祭祀、演出、会议、名牌，退回到文明之始，人类几百万年的进化皆成云烟。我独自在这岛上走来走去的时候，不禁会想起人类那些大大小小的战争、数不清的政权更迭，这时候觉得自己就像一个看过很多场希腊悲剧的雅典公民，唏嘘中带有悲怆。

离开沙滩后，我去找老周。老周是个看不出年龄的老头，就是说他有几百岁了，我也会相信。长脸，面孔紫黑色，被热带的太阳烤得又干又硬，每一道皱纹都像是用斧子凿出来的。脖子上青筋爆出，状如岩石，留着一部庞大的白胡子，朝天竖着一头犬牙参差的白发。老周不肯讲他的年龄，也不肯讲他到底为什么要只身来到这岛上。

我上岛那天，在船上远远看到海面上浮出一个小岛，实在太小了，简直像个玩具，感觉都可以从海里捞起来带走。我在船上看到岸边似乎立着一个小小的人影。我一上岸，那人影便远远朝我伸出两只手，跌跌撞撞奔跑过来，在大海的衬托下那人影显得极小极轻，尘埃一般，似乎一阵海风便能吹跑。那影子飘了很久才落到我面前，我一看，居然飘来个紫黑色的老头，白胡子在海风中飞舞，一张口就被他自己吃进嘴里。这么炎热的岛上，老头居然穿着一身式样陈旧古怪的三件套西服，到了面前他并未说一句话，只是盯着我使劲地看。后来我才知道，那是因为他已经很久没有见过活人了。

他的目光很奇怪，像载重汽车一样，轰隆隆直着就开过来，不会拐弯，盯着我一看就是半天，看得我心里有些发毛，还暗暗检查了一下自己的衣服有没有穿反，裤子拉链有没有拉好。后来才发现他不光是看我，看什么都是死死盯住一看半天，看个椰子也是，几乎能在椰子上看出一个洞来，我才慢慢放下心来。那天他先盯住我看了好半天，然后过来和我握手，把我的两只手抓住使劲摇，像是我们已经认识了一个世纪那么久。握了好久的手，他才终于说出一句，吃了没？我看看时间，已经是上午九点多，就说吃了。过了十分钟，他又问了一句，吃了没？我心想，这老头记性不是很好啊。只好说，吃了。过了一会儿，他忽然像想起了什么，连忙又问了一句，吃了吗？问得很诚恳，像是生怕失了礼数。

那天，他为了迎接我，特意穿上了几十年前的一套西服，是他最得意的一套衣服，布料好，做工讲究，一直藏在箱底，轻易不拿出来。他一个人在这个岛上已经生活了很多年，这么多年里只见过几个渔民和曾经在岛上采矿的十来个工人。隔段时间他会划船去花莲码头卖鱼，换点日用品、换点茶和烟回来。

我问他为什么一个人来到这岛上，他紧张地看看四周，压低声音对我说，我们不要谈论这些。我很是诧异，又问他一个人在岛上是怎么过的。他牢牢盯着我的脸看了好几分钟，才慢慢开口道，吃饭、睡觉、干活、打鱼，围着岛转圈。我说，这么小的岛，那一天得转多少圈？他很慢地眨了眨眼睛说，很多圈，数不过来。我说，你转得不头晕？那也不能每天就转圈吧？他说，要干活的，每天都要打鱼砍柴。然后又盯着我看了足足有五分钟，忽然说，我藏着书，可以看书，我还有一台录音机，可以听歌。岛上有个工人还送了我一个舞厅里用的水晶球，水晶球的光是彩色的，能转动，一打开就把屋子照得像个剧场。

我注意到他用了剧场这个词，听起来多少有点古怪。我又问，那你每天吃什么？吃鱼？吃海带？他继续呆呆盯着我的脸说，靠海嘛，当然吃鱼，我有时候出海打鱼，有时候就在半夜下海捕鱼，因为鱼在晚上也要睡觉，你看它们一动不动地浮在水里，那就是在睡觉，有的大鱼睡觉的时候大头朝下，尾巴朝上，像萝卜一样。在水下拿手电筒一照它们的眼睛，它们就呆住了，都不知道跑，伸手一抓就抓住了，和在树上摘果子差不多。我自己也会种点菜。

我已经被盯得习惯了，不再觉得不妥，我说，一个人多孤单，你怎么不养条狗做伴？他皱了皱眉头，笨拙地把目光从我脸上挪开，我都能听见他目光挪动时的嘎吱嘎吱声，机器缺油的声音。他又死死盯住一片空地说，那些工人们以前在岛上就养狗做伴，遇到一两个月的寒潮，岛上实在没吃的了，就把自己养的狗杀了吃，像吃自己儿子一样，吃的时候还哭，哭完了还要吃。再说了，狗最多就能活十几年，肯定要比人早死，它死了你还是一个人，倒不如不养。我屋里有老鼠，晚上睡不着的时候，我就拿弹弓打屋顶上的老鼠玩，老鼠其实也挺好玩。

我先是感叹，人无论在哪里，都能想办法为自己找出些快乐来。继而又觉得奇怪，问，你说的那些工人呢，怎么一个也不见？他呆着脸半天没言语，好像并没有听见我的话，忽然，眉毛一挑，目光钝而有力地从地上弹起，又向我脸上慢慢行驶过来，嘴里的话迟缓地跟在后面，对了，我还养了一套茶具，紫砂的，是我家祖上传下来的，当年我把它带到岛上来和我做个伴，真是带对了，茶壶的寿命总比人长吧。我每天都要泡上两壶茶，早上绿茶晚上红茶，把那茶壶养得都包了浆。说着说着他忽然打住，目光移开又回来，正色问了我一句，你给我说说，你到底来岛上干什么？我说，来守矿，这活儿没人愿意干。这岛上有磷酸盐矿，其实就是海鸟的粪便化石。他把目光慢慢从我脸上挪开，说，守矿？告诉你吧，我早就不拍电影了，也不演话剧了，我现在就是个渔夫。我听了这话心里觉得奇怪，但也没敢再多问。

我们从此做了岛上唯一的邻居。他恪守着一套自己的礼仪，每次见了我都要先问一句，吃了没？半夜也是如此，刚吃过饭也是如此，然后再热情地长时间握手。上午刚握过，下午再握。握完手之后才缓慢进入聊天的程序，但聊着聊着，他的紧张和不安就会噌地被什么点着，在一片黑暗中忽然照亮了他那张紫黑色的面孔。他狐疑的目光从我脸上悄悄掠过。

但岛上毕竟只有我们两个人，多少有些相依为命的感觉。他第一次邀请我到他屋里做客。他住的屋子是用礁石和贝壳垒起来的，看上去又白净又明亮，屋檐下挂着一排鱼干，像风铃一样叮当作响。一走进去却咣当一声就暗下去了，只见昏暗中漂浮着几件简陋的木质家具，有床，有桌椅，还有只柜子。做工粗糙，油漆都不上。我说，你还会自己打家具？他倨傲地点头，在岛上不靠自己靠谁？万事不求人。

等眼睛适应了黑暗，我才看到桌上有

一台古老的红灯牌录音机，还摆着一摞书，最上面是一本破旧发黄的《莎士比亚戏剧》。墙上贴着一张古老的世界地图，还贴着一张红纸，上面写着龙飞凤舞的四个大字，节花自如。我说，这是什么意思？他点了一根烟，红色的烟头在昏暗中一明一灭，声音却似乎游弋在别处，他说，我老家是有四季的，寒来暑往，秋收冬藏，可是这岛上没有四季，永远都是夏天，时间静止不动，人会很难受，我就老提醒自己，在心里要有四季，要顺应季节的变化，顺应花开花落，才能做到自如嘛。我说，莫非喜欢老庄？他抽了一大口烟，然后用一个指头指了指自己的脑袋，悄悄对我说，不要信什么老庄，那都是用来统治人的东西，到底活在哪个世道其实也不重要，记住，人活在自己的这里才最重要。在这岛上没人可说话，就更得多用脑子，要使劲地想使劲地想，一刻也不能停，不然脑子会锈住的。

我见床头贴着几张发黄的照片，便凑过去细看，好像都是话剧的剧照，演员很年轻，化着浓妆，认不出是不是他。我说，老周，这照片里有你吗？他半天才感伤地回了一句，那是上大学的时候和同学们一起演的，那时候年轻嘛。我扭头寻他，只见他的一圈轮廓正落在那把破椅子里，看不清面孔，只有一个红色的烟头在他脸上一闪一闪。我凑过去一看，他正叼着烟摆弄着桌上的一只木盒，小心翼翼地把木盒打开，居然是一盒提线木偶人。我细细端详，木偶人都是用木头刻出来的，有男有女，他还给这些木偶人缝了衣服穿上，身上挂着贝壳做的装饰品，有的木偶人还有羽毛做的头发，可见是女木偶。

他把木偶人拿出盒子，在桌子上整齐地站了一排。我低头去看这些木偶人，在昏暗的光线里，他们看上去有眉有眼，栩栩如生，倒衬得我和老周像两个误闯进来的巨人。烟头倏地亮了一下，老周喷出一大口烟来，用手指关节有节奏地敲着桌面，得意地说，看见了没？我自己不能演戏了，就让这些木偶人来替我演，这张桌子就是我的剧场，我给它起了个名字，叫世界剧场。名字起得是有点大，不过也没关系，凡事都有它的道理，你说是不？这个木偶人是哈姆莱特，这个木偶人是他的朋友霍拉旭。告诉你，我是实在喜欢哈姆莱特，我认为他是莎士比亚发明出来的最了不起的人，他对自己研究得很通透，没几个人能赶得上他。你看他对生存还是毁灭的问题，就只回答一句，随它去，真是个英雄哪，英雄就应该是这样的。我让我的木偶人给你表演一段哈姆莱特临死前的戏吧，现在，哈姆莱特和霍拉旭上场了。

【城堡中的厅堂，国王和王后都倒地身亡。

哈姆莱特：愿上天赦免你的错误，我也跟你来了。我死了，霍拉旭。不幸的王后，别了。你们这些看见这一幕意外的惨变而战栗失色的无言的观众，倘不是因为死神的拘捕不给人片刻的留滞，啊，我可以告诉你们。可是随它去吧，霍拉旭，我死了，你还活在世上，请你把我的行事的始末根由昭告世人，解除他们的疑惑。

霍拉旭：不，我虽然是个丹麦人，可是在精神上我却更是个古代的罗马人，这儿还留剩着一些毒药。

哈姆莱特：你是个汉子，把那杯子给我，放手。凭着上天起誓，你必须把它给我。啊，上帝，霍拉旭，我一死之后，要是世人不明白这一事情的真相，我的名誉将要永远蒙着怎样的损失？你倘若爱我，请你暂时牺牲一下天堂上的幸福，留在这一个冷酷的人间，替我传述我的故事吧。（死）

霍拉旭：一颗高贵的心现在碎裂了。晚安，亲爱的王子，愿成群的天使们用歌唱抚慰你安息。

老周放下木偶人，又很享受地点上一根烟。我惊叹道，老周，你以前到底是干吗的？怎么就跑到这小岛上来了？老周喷出几口烟，看上去像头大象正坐在那里栖息，嘴里说，你不用老套我的话，我现在就是个打鱼的。

这时候我发现地上有个被木板遮住的洞口，便吃惊地问他，老周，你屋里还打了一眼井？那圈轮廓袅袅冒着青烟，略有些不屑地说了一句，不打井怎么吃淡水？我打开木板一看，还有架梯子，原来下面是个地道。我顺着梯子下去，点起里面的蜡烛，看到地道里还挺宽敞，足有一间小房子那么大，地道里居然有灶台，有做饭用的家什，有桌子椅子，还有一张床，就像是把上面的屋子在地下又复制了一遍，又像是上面那间屋子留在水中的一个诡异倒影。然后，我在地道里看到了一眼真正的水井。井口不大，挂着滑轮，可以把地下水打上来。我冲着上面喊了一句，老周，连地道都修了，这世上还有人能找到你？你这都快修成古墓派了。地道里轰隆隆地四处撞击着我的回声，过了半天才听到上面轻飘飘丢下一句话来：什么是古墓派？

等我再从地道里爬上来的时候，吊在屋顶上的那只镭射灯球打开了，五颜六色的灯光长满了整间屋子，热带雨林一般丰茂，瞬间就要把我埋葬。老周在桌上提着那个叫哈姆莱特的木偶人，意犹未尽地为它配音：因为你虽然经历一切的颠沛，却不曾受到一点伤害，命运的虐待和恩宠，你都是受之泰然，能够把感情和理智调整得那么适当，命运不能把他玩弄于指掌之间，那样的人是有福的。

灯火辉煌的小屋外面是一望无际的大海。

他屋里熄着灯，我不能确定他在哪里。熄灯的时候，他可能睡在椰林里，也可能睡在地道里。我便先绕到屋后面的椰林里。果然，他正躺在架在两棵椰子树之间的吊床上睡觉，整个人像条大鱼一样兜在其中慢慢晃悠着。我轻轻摇了他几下，他立刻从吊床里滚下来，见是我，张口就问，吃了没？真是讲究礼数。我点点头，表示吃过了。接下来他又要和我握手，我们的四只手放在一起握了半天。我们渐渐熟悉之后，他不再盯住我不放，但目光仍然是直的，还是不太会拐弯，木头棍儿似的戳过来戳过去。他时不时还会表现出对我的好奇，有一次他悄悄对我说，你手里拿的那个小电话，能让我看看吗？

握完手他让我坐下，然后从地上放的几只椰子里挑了一颗最大的砍开让我喝，他有本事举着长刀把高高的椰子砍下来，而我没这本事，所以我总是蹭他的椰子喝。我捧着那只人头大的椰子刚喝了两口，就听他又问，吃了没？

他蹲在我对面抽烟，把两根烟放进嘴里同时点了抽，豪华得很，好像他嘴里长出了两只象牙。见我喝完一颗椰子，他立刻起身又要给我砍一颗，我忙说，喝不下了喝不下了。他疑惑地看着我，不喝了？我说，真不喝了。他还是不肯相信，继续捧着椰子盯着我看，问，为什么不喝了？我指指肚子，他便叼着两根烟慢慢把椰子放下，呆立片刻，回屋里把他那套紫砂茶具搬了出来，说，不喝椰子就喝点茶嘛，来我这里总要喝点什么，怎么能什么都不喝呢？然后开始泡茶。

我们俩几乎每天都要见面，每天见了面他都是这般倾其所有，每天要请我喝椰子再请我喝茶，还要请我到他屋里，让那些木偶人为我表演《李尔王》《巴巴拉少校》《三姐妹》《暴风雨》，他对莎士比亚简直是热爱，总是夸赞莎士比亚如何伟大。但他时不时还是会对我产生疑虑，有时候他会冷不丁扔出一句，你到底为啥来岛上？我说，早和你说过了，来守矿，我和一家公司签了两年的合同，这工作没人愿意干。他狐疑地看着我说，国家早就公私合营了，你说的是什么公司？我说，老周，那都是几十年前的事了，现在的世道又变了。也不怕你笑话，我在现在的世道里，就属于那种没用的人，一辈子升不了官也发不了财，还生怕和人打交道，四十多岁了还是个小科员，在单位被人呼来喝去，老婆都说我没用。离婚后什么都归了我老婆，我房子也没了，又辞了职，就想找个地方躲一躲，躲开人类，和人打交道太累了。

他先是有些诧异，外面的世道成这样了？继而又微笑道，其实哪个世道都一样，让你回到唐朝宋朝，就不用和人打交道了？呆了一呆，他又指着自己的脑袋对我说，你记住，一切世道都是过往，都靠不住的，活在自己这里就最好。

在这岛上，如果那些打鱼的渔民不来，就只有我们两个人，真是像岛主一般。一开始在岛上的日子很是逍遥，果真是远离人寰。我跟着他在岛上四处游荡，找诺丽果、山枇杷吃，或摘仙人掌的果子吃。吃之前他会极耐心地把仙人掌果子在地上慢慢打磨，直到把所有的刺都磨秃。我发现他喜欢把一个最简单的动作演变成一个世纪那么长，以此作为消遣。我说这仙人掌的果子和火龙果会不会是亲戚啊。他说，什么是火龙果，长得像龙么？我告诉他，这仙人掌的果子再胖十倍就是火龙果。吃完后我们的牙齿都红得像吸血鬼，倒也不在乎，反正没人看。他教我认识岛上的各种植物，羊角树、黄檀、灰莉、驳骨树、麻露兜、鹅掌柴、变叶木，教我把破瓦罐或动物头骨扔在浅海处，过几天捞上来，破瓦罐或头骨里就会挤满了密密麻麻的海鳝，几颗海鳝头同时从一个孔里伸出来摇摆张望，像极了女妖美杜莎的头颅。他还得意地教给我一个娱乐的办法，把从树上采下的生槟榔切开，蘸上贝壳粉，用蒌叶包起来慢慢嚼。

他烟瘾极大，终日像座烟囱似的，坐在我对面时突突突地不停冒烟，好像他身体深处堆满燃料，随时都在燃烧。他说，你待久了就知道了，在岛上没什么都不能没有香烟。有个渔民到深海打鱼的时候会在岛上住几天，他会把假烟假酒带到岛上来卖给我们，明知道是假的，我们还是照抽照喝不误。假的总比没有好。最初的新鲜感过去之后，我发现在这岛上最可怕的事情竟然是没有人可说话——而我原本是为了避开人才来岛上的。

一阵晚风吹过，椰子树巨大的树叶张牙舞爪地挥舞在我们头顶的夜空里，看上去只是黑色的剪影，硕大无朋，散发着史前的气味，像栖息在化石里的古生物。他抽了口烟叹气道，感觉到了吧？在这岛上倒是自由自在，可就是太孤独了。从前那些工人在的时候还好一些，我还经常和他们在一起打牌喝酒，他们好玩，喝多了就往椰子林里一躺。岛上没女的，那真是不穿衣服也没人管。为了打发寂寞，他们给每个人都起了一堆外号，每天换着叫，每天把每个人都从头到脚挖苦一遍来取乐。每次补给船来了，岛上所有的人都会拥向码头围着船看，倒不是因为送来吃的喝的，主要是为了看人。哎呀，看到一个人，哎呀，又一个。一连看到好几个人，虽然都不认识，但还是高兴得不得了，就想过去和人家说话，想抱住人家，想和人家喝酒，可都是男人哪。所以每次补给船来了，他们就像过节一样高兴，我也会跟着他们去凑热闹。

我说，你这么多年就再没去过城里？

他把烟头塞进空椰子壳里，立刻又点上一根，说，早几年回去过一次，被吓坏了，怎么长出那么多高高的楼房。一出了岛，那真是看什么都新鲜，看见头猪也高兴，觉得所有的猪都好看。看见生人那更是高兴得不行，老远就想和人家打招呼，想跑过去和人家握手，还想把两只手都用上和人家握。如果在街上看见有人吵架，哎呦，那高兴得简直不得了，一定要站在一边竖起耳朵听人家把架吵完，生怕拉下一句。不敢过马路，一看见汽车心里就害怕，生怕撞到自己身上。就商场门口那玻璃门，你知道吧，就那种擦得干干净净的玻璃门，上面连个字都没有，我以为根本就没玻璃，想走进去，结果一头就撞在了玻璃上。买东西的时候，因为我不知道砍价，他们就把价格抬高两倍卖给我，还叫我老板。我在岛上几十年了，不知道外面变化这么大，什么都没见过，买了些稀罕的吃的带回岛上，结果囤着囤着都坏了还没来得及吃。最关键的还是囤烟，少了什么都不能少了烟，没有烟那可怎么活？实在没有烟的时候我就在地上捡自己扔的烟头抽，抽着抽着连手指头都能点着。

我也跟着他抽了两口烟，说，以前怎么就没觉得烟是这么好个东西，现在发现确实是好。你在这岛上待了这么多年，缺吃少穿，就没想着要走？

他抖着白胡子哈哈大笑，说，那是你还没想明白，我这才是活到人的根子上去了，活到根子上了，你就会觉得世间的好多东西都不真实。说罢他起身回屋，再出来的时候手里捧着一把核桃。他说，忘了给你吃好吃的了，上次去码头，拿鱼干换回来的。

他用石头把核桃砸开请我吃，自己也拿起一只，却并不急于吃下去，他开始捧着核桃细细啃上面的核桃皮。他啃得很仔细，像在小心翼翼地给一颗脑袋剃头发。他一边啃一边说，岛上就我一个人的时候，我也害怕过，害怕自己的精神会不会出问题，后来发现没事，在这里就必须得多用脑子，每天用，使劲地用，使劲地琢磨事情，翻来覆去地想问题，那你就不怕。你知道不？原来在这岛上采矿的那些工人就疯了两个，好好的小伙子忽然就给领导打电话，你是李连坤吧？我的命令你还没接到？我要坐大船走，要有洗澡间有餐厅的那种大船，船上要存一万五千瓶好酒。

他慢慢用门牙把核桃仁外面的那层皮啃得干干净净，犄角旮旯里也不放过，渐渐露出了雪白的核桃肉，看上去简直像一只精雕细刻的工艺品，让人不忍下口。他这才把核桃往空中一抛，像玩杂技一样用嘴稳稳地接住，慢慢慢慢地嚼碎了。

我发现，在这个岛上，最简单的动作

都会被分解成无数个细枝末节，每个细节里还能再长出更微小的细节，然后还有更更渺小的细节生生不息。这种庞杂和繁复使得一个最简单的动作都会迸射出火箭升空的威力和炫目。

他终于把那颗核桃嚼完，又慢慢拿起一颗，像原始人一样用石头砸开。为了制止这套动作的无休止繁殖，我忽然说，明天二十号吧，我们公司的补给船要来了，有个女的会跟船过来。消息是前两天知道的，有个女人会跟着下一趟补给船来岛上工作。过了好半天他才点点头，表示他听明白了，却并不说话，只是继续砸核桃。他明显有些激动，把手里的核桃放下拿起又放下，呆呆想了想，忽然又抱起一只椰子，晃了晃里面有多少椰汁，却又把椰子放下，摸出一根烟放到了嘴里，点着了。

火柴在一瞬间照亮了他的脸，目光依然是直的硬的，却跳动着一点柔软的喜悦。这使他整个人看上去又阴森又明亮，像一座深夜里点着灯火的寺庙。

2

补给船夕发朝至，到了岛上码头的时候是早晨九点。

这天我和老周像过什么盛大节日一样，早早就蹲在码头上等着船来。除了彼此，我们都好久没有见过别人了，何况还是个女人。现在我穿得也像过节一样，我洗了头，换了身最像样的衣服，老周则隆重地穿上了他那套古老的三件套西服。因为有时候岛上几年才来一个人，所以对待每一个上岛的人他都要这般隆重。我发现即使在如此蛮荒的岛上，礼仪仍然是存在的，比如眼镜蛇在攻击人之前会先猛地站直，一下蹿起一人高，这是蛇进攻人之前的必备礼仪。就连眼镜蛇脖子里的那个徽章，看着都有了几分绅士气质。

早晨的海面过于平静，一种无边无际的平静，看久了多少会让人觉得毛骨悚然，觉得这才是世界的真正面目，一成不变的蓝色虚无，日复一日，几十万年、几百万年、几亿年地重复着。而我们那点几千年的文明只不过是时间的表皮罢了，薄薄一层，随风便可揭掉，其实根本微不足道。这时候海面上出现了一个点，渐渐地，那个点变成了一艘渺小孤单的船，浩瀚的静止不动中唯一蠕动的物体。补给船来了。一扭头，我忽然发现老周很紧张，以至于全身都在微微发抖，嘴唇半张着，目光牢牢盯着那只越来越近的船。

船员们开始依次往下搬运淡水、蔬菜、冻肉、大米。我会慷慨地把这些食物分给老周一些，他则回赠我椰子和鱼。我们两个立在那里左顾右盼，搓着手，兴奋地不知道如何是好，看到每一个人都觉得是亲人，都想过去使劲握手，想过去和人家拼命说话。

昨晚海上没起浪吧？

……

上次的冻肉已经吃完了，这几天每天都吃鱼肉。

……

你们吃了吗？

……

今天天气真不错，回去的时候说不定你们会遇上海豚追着船跑。

……

你们吃了吗？

……

吃了吗？

……

这时候，甲板上忽然出现了一个陌生女人，拖着一只大行李箱站在那里。远看感觉她穿着还挺时髦，大概是因为从初冬一步跨越进了夏天，有些猝不及防，她身上还穿着一件红色的毛衣短裙，腿上是黑色紧身裤，脚上一双白色运动鞋，上身穿着一件黑色短款皮夹克，脖子里系着一条白色丝巾，打了个蝴蝶结。一头烫过的短发，卷刘海压着眉毛，长脸，看上去很白。我们两个男人戳在那里直愣愣地看着她。她手搭凉棚，站在甲板上环顾了一圈四周，最终把目光落在了我们身上，然后拖着箱子向我们走了过来。

一直走到我们面前我才发现，这个女人已经不年轻了，最少也有五十岁出头了，长满细碎皱纹的脸上敷了一层厚厚的白粉，眉毛描得很黑，头发是染过的，看上去又黑又沉，像戴了一顶黑色的帽子，嘴唇上涂着口红，泛着一层红色的油光。她扬起两道黑眉毛，举起一只手，很自来熟地和我们打招呼，哈罗，你们是来接我的吧？谁说岛上没人了，你们俩不就是人吗？那只手上戴着一串五颜六色的玻璃珠子，中指上还戴着一只巨大的假宝石戒指。

这座岛上有一幢早已废弃的二层小洋楼，可以算得上是这岛上最辉煌的文明痕迹。不知当年是哪个富商或南洋华侨心血来潮在这小岛上建了这座广式小洋楼，不知是想来这里养老还是为了避世隐居。看来哪一代人里都会有几个隐居者的，隐逸也是人类文明中的重要一部分。只是这小洋楼建成之后就一直空着，从没有人来住过，已被热带植物慢慢吞噬。

那小洋楼红砖墙面，门口立着两根欧式门柱，拱形门，五角基，建得像模像样。这样一幢标致的洋楼立在这样蛮荒的小岛上，显得尤其诡异，像座坟墓，没人敢进去，都觉得害怕。那洋楼的旁边长着一棵大榕树，榕树的根蛮横地到处爬行，气根层层叠叠，有如烟瘴，落地又变成小榕树。子嗣成群，根须纠缠，像只巨大可怖的八爪鱼一样几乎要把整幢洋楼抱在怀里。春羽和肾蕨的种子落在窗台上，窗台上长出的草像帘幕一样把窗户遮得严严实实的。远远看过去，那两扇窗户都是绿色的，让人疑心这屋里住的其实都是树，各种各样各个年龄的树。一株小叶榕居然从墙缝里长了出来，长得还挺好，生机勃勃，它的根整个都露在外面，像蛛网一样盘了满满一墙。

据说是这房子主人的后人知道在岛上还有这么一处房产后，虽不打算搬到岛上来住，却怕房子坍塌毁坏了，便雇了一个人来岛上专门看护和打扫这幢洋楼。也是没人愿意干的职业。眼前这个女人就是受雇来到岛上的。

我们两个男人都是好久没有见过女人的了，虽是一个老女人走过来，我们也还是目不转睛地盯住她看了半天。哦，女人是长这个样子的，差点就忘了。我忽然发现我和老周真是越来越像了，盯住人一看就是半天，目光不会拐弯，只要看到个生人就拼了命地想和人家说话，热情万丈，却又失语，半天蹦不出几个字。

女人刚走到我们面前，老周便伸出两只手使劲握住了人家的手，握了好半天。我也走过去使劲和她握手，也握了好半天，她的手干燥而柔软。在这岛上，时光倒流，文明消息，宇宙的规律变得前所未有的简单，更重要的是没有了人群里的种种扑朔迷离。在这岛上想起人类，竟有一种隔世的恍惚感。

这时候我听见老周问了女人一句，你吃了没？女人嗓门很亮，举止活泼，她不知道老周只是一种礼仪，回答说，随便瞎吃了点，在船上吃了块面包。

我们帮她拎着行李箱朝小洋楼走去。一打开木门，几只鸟扑棱棱地飞出去了。探头一看，倒也没有想象中那样住了满满一屋子树精，却没想到屋里居然还有家具，可见当初那人是真有心要隐居于此的，不知为什么没有来。可见万物生灭有时就在一念之间。屋里潮湿阴暗，墙上爬着毛茸茸的青苔和蕨类植物，猛一看，觉得好像游进了几百年前埋在深海的沉船里，阒寂腐朽，一切都被暗绿色的苔类所覆盖。

我们一上午都在帮她收拾房子。我们太寂寞了，连帮助一个陌生人都让我们兴奋不已。在这岛上，所有的历史都已经失效了，只有最原始的时间，我们像远古生物一样漫游其中，似乎又回到了时间的起点，一切文明的进化又得从头开始。房子终于收拾出一点样子来了，她打开行李箱，把几件衣服放进散发着霉味的柜子里，又取出一面小镜子和几瓶化妆品摆在桌上，又取出一只小女孩才会玩的塑料化妆盒，两本厚厚的相册，一个笔记本，都端端正正摆在桌上。又取出一幅字画，上面写着四个毛笔字，心若止水，让我们帮她挂在墙上。

这时候我听到老周又问了一句，你吃了没？我看看太阳的角度，估计已经到吃午饭的时间了，便邀请他们俩去我那里吃午饭。我们刚刚知道了她叫王文兰，她说话的语气很像撒娇，很久没见过女人，我不太敢确定那是不是撒娇。她说，你们出去等我一下好不好，热死了，人家要换件衣服嘛。等她换好衣服我一看，又是一条短裙，刚到大腿那。她背着个黑色双肩包，看起来有些过分的活泼，走路蹦蹦跳跳，一路上东张西望，不停地问这是什么树，那个果子能不能吃，又问我们在海里有没有见过鲸鱼，鲸鱼的头上是不是真的有喷泉。她用手使劲比划着，鲸鱼应该好大好大吧。

我说，兰姐，你多大年龄了？她斜睨了我一眼，歪着头对我说，你猜？我摇摇头。她笑了起来，真不礼貌，哪能随便问女士的年龄，五十六了，老啦。我说，真看不出来，看着顶多四十岁出头。她笑而不语，忽然伸手在我肩膀上拍了一下，那只手软软的，把我吓一跳。

我住在以前那些采矿工人留下的宿舍里，房前长着几棵巨大的椰子树，可能是年龄太大了，叶子之坚固之辽阔，简直不像植物，倒像一个小王国。我蒸了条红石斑，焯了一大盆螺，有红口螺、太阳螺、六角螺，炒了一点青菜，酒是用诺丽果泡的二锅头。在开始吃饭之前，我注意到她从包里掏出一包没拆开的新纸巾，特意摆在桌子中央。她拿起筷子半天不肯夹菜，忽然说了一句，这次吃了你们的饭，下次我请你们好不好？我从来不喜欢欠人家的，我包的饺子特好吃，我会做各种品种的饺子，下次我包饺子给你们吃，你们喜欢吃什么馅的？我忙说，这鱼和螺都是从海里捞上来的，只要你想吃，天天都有，不花一分钱。老周说，我在岛上试过种棉花，没有成功，不然种点棉花，都能自己织布穿。她看着我们，目光婉转，忽然间抿嘴一笑，又斜睨着我说，可别骗我，真不花钱啊？我说，真的一分钱没花，快吃快吃，要凉了。

她犹豫地举起筷子，忽然像想起了什么，又把那包纸巾不停往我们跟前推，嘴里说，你们用我的纸巾，这是好纸巾。我说，不用不用。她又连忙说，这可是质量好的纸巾。

我们默默吃了一会儿饭，喝下去几杯酒，用了她两张纸巾。吃到一半，她忽然打开双肩包取出一面小镜子和一支口红，眼睛看着小镜子，嘴里说，Excuse me，我先补个妆。我和老周默默地坐在对面看着她补了一遍口红。我注意到那个双肩包很旧了，人造革的，边上一圈已经掉了皮。她放回口红，抿了抿嘴唇说，我当年上高中的时候英语和语文都不差，就是没考上大学，数学不好。你们说这是不是命？不是命是什么，各人有各人的命。

空气有些僵硬，我找话说，兰姐，你怎么愿意跑到这么偏僻的小岛上来工作？她挺起胸脯，嘴角含笑，斜斜看了我一眼，又看着老周说，瞧你问的，哪儿给我钱，我就去哪儿呗，这不有钱挣嘛，再说你不也在岛上工作吗？我说，确实，有钱挣就行，这里工资倒是给得高，就是这岛上人太少，没人愿意来，都怕待久了会疯掉。她嘴角继续含着一丝怪异的笑，扎得人有点疼，人少多好哪，我就喜欢人少，人一多我就觉得他们都在盯着我看。

老周疑惑地看着她说，谁盯着你看？她无辜地瞪大眼睛看着我们，好多人啊，我觉得到处有人盯着我看，笑话我，所以我就想躲起来，躲到没人的地方去，小岛上多清净，这不，一有人介绍，我就赶紧来了。老周心事重重地看了我一眼，犹疑了一下，摸出两根烟，递给我一根，我忙接住。我俩刚把烟点上，就见王文兰忽然伸过一只手来，小拇指上涂着红色指甲油，依然是那种挑逗性的笑容。她整个人身上流动着一种东西，说不上是什么，但会让人略感不安。她半笑着说，就许你俩抽啊？也给我一根儿呗。

她用很夸张的手势夹着一根烟坐在我们对面，有点像旧社会的姨太太，看样子像是从电视里学来的。她抽了一大口，笨拙又义无反顾地用鼻子喷出去老远，咳嗽了几声，连连笑着说，你们信不信，这么久了，我就数今天快活。

我俩没敢吭声。她一边笑一边用手托住自己的下巴，说，我很久很久都没有这么快活过了，今天我真的很快活。我这个人吧，上半辈子都没有为自己活过一天，真的一天都没有，告诉你们吧，从现在开始，从今天开始，我要好好为自己活了。她一边说一边向我们竖起一根指头，努力地摇动着那根指头。她在教给我们，这是一。

我忙说，我们仨有缘分，能在这种地方认识，来，一起喝一杯。我们三人便干了一杯。喝完一时无话，王文兰又独自饮了几杯，看得我和老周面面相觑。起风了，门口的椰林沙沙作响，巨大狰狞的树影投在窗户上，像怪兽一样直欲把头伸进屋里来。我说，吃差不多了吧？要不到海边走走去？

我们三人几分钟就走到了海边。海浪在我们脚下低吼一会就跑远了，不多一会又吼着回来，仔细听的时候就会发现海浪声是起伏不平的，它时而会变得渺远依稀，时而又会突然扑到人耳边来，如恶犬一般。夜幕低垂，银河灿烂，在夜里人最能感受到大海那种不可估量的广漠。全世界仿佛只剩下了我们三个人，周围全是无意识的海洋疆土，荒芜广袤，有一种站在世界尽头的废墟感。黑暗的海面上远远飘着几点渺茫的灯光，那是渔船。

这时候王文兰掏出手机看了看，说，哎呀，马上九点了，你们等我一下，我要跳段舞。我每天晚上雷打不动地要跳段舞，你们想，我都五十多岁的人了，不锻炼身体是真不行了，跳舞又能锻炼身体，又显得人有气质。我从小就喜欢跳舞，你们说我怎么就没当个舞蹈演员呢？没这个命吧。说罢她就打开手机，放出一段不知名的音乐，音乐湿哒哒地在我们身边盘旋着，然后她自顾自地跟着音乐，在沙滩上跳了起来。

我开始有些不敢看，在黑暗中闭上了眼睛，闭了片刻，把心一横，又睁开了。她还在沙滩上跳，已经脱了鞋子。她身后是辽阔黑暗的大海，像是舞台上的背景，浪花不时扑上岸来又迅速撤走。有时候它们会暗暗攒足了力气，忽然扬蹄高高站起来，立在面前与我们对视着。她的动作简单机械，不停重复，并没有多少花样，但她跳得过于投入，真像站在灯火辉煌的舞台上一般，以至于竟有了几分可怕的庄严感。老周死死盯着她看，我却再次不忍看下去，目光移向沙滩。沙滩上闪烁着星星点点的微弱光亮，猛地看上去，还以为是一块星空掉了下来。那八成是些被海水冲上岸的海蜗牛、光脸鲷、栉水母和夜光虫。

忽然，一个大浪从海里窜出来，像只巨兽一样在我们面前立了起来，露出了雪白的肚皮。我和老周连滚带爬地往后退，却见那跳舞的女人已经被大浪吞了进去。我还没来得及叫出声来，就见那海浪已经叹息着往后撤了，她被海浪重新剥了出来，留在原处，像人鱼在刚出水的一瞬间，浑身披挂着一层完好的水帘，水银一般闪闪发光。

她正站在那里独自神秘地笑着。

3

我跟着老周慢慢学会了打鱼，我们会一起摇着小船出海。小岛渐渐看不见了，四面八方皆是汪洋，全世界属于我们的空间只剩下这条小船。阴天，海水是灰蓝色的。大海有很多种颜色，它是世界上唯一能随着季节和天气自由自在变色的庞然大物。

有时候在船上盯着海水看久了便很想一步跨进去，踏在海面上跑动，一路跑下去，竟忘记了海水是软的。巨大的鳐鱼像黑色的毯子一样在水中游过，竟有小船那么大。鳐鱼长着一张人的面孔，终日笑嘻嘻的，拖着一条很长的尾巴，尾巴尖有毒。曼波鱼浮在海面上睡觉，几条长着翅膀的飞鱼倏地飞出海面，三级跳一般飞出老远又一头栽进海里，看上去形同海底的鸟类跑出来放风。

老周一边划船一边对我说，你说这个王文兰，为什么要到岛上来？我叹息道，能到岛上来的人，估计是有什么难处吧，老周你呢？说说嘛，你是为什么来到这岛上？老周像是没听见一样，只顾划船，并不搭理我。

上岸之后，我拎着一条捕到的大青衣朝着那幢小洋楼走去。鱼很大，我打算把它作为礼物送给王文兰。好不容易岛上才多了个人，不管她是谁，都让我觉得欣喜。还没走近洋楼，就看到楼前的两棵椰子树之间躺着一个人。走过去一看，是王文兰正戴着墨镜躺在一张吊床上。我说，嗬，装备还挺齐全，吊床都带来了。她躺在吊床上没有说话，也没有扭脸看我，因为戴着墨镜，我分辨不出她是不是睡着了。我走到跟前往那墨镜里窥视，猛然发现她正躲在墨镜后静静地看着我，我吓一跳，后退了两步，忙举起大鱼在她面前晃，兰姐，我给你送条鱼。

正说话的当儿，老周只穿着一条短裤从我们身边走过去了。她翻身坐起，依旧戴着墨镜，指着老周的背影尖声问我，他怎么穿这么少就跑出来了，也不考虑跟前还有个女同志？我说，岛上就他一个人的时候，他每天都这样散步，习惯了，你让他忽然改，他一时也改不过来哪。她斜睨着我说，我要不来岛上，你们俩大男人是不是连短裤都不用穿？我正不知道该如何接话，她又说，你把鱼放下，先给我拍几张照片，我看这里景色真不错，记着啊，一定把大海给我拍进去，我从小就想在海边拍张照片，结果五十多岁才见到大海。说着把手机递给我。我说，对，拍几张照片发给家里人看看。她扭头看着我，有些不满地说，拍照就一定要给人看？就不能留着自己看？

她今天穿着一件粉色半袖衫，白色七分裤，衬衫扎进裤子里，系了一条咖啡色的腰带。她戴着墨镜，两手插在裤兜里，边在我前面走边说，我这个人特别喜欢拍照，因为拍照可以把人生的美好留住，我有两大本相册，以后慢慢给你看。

拍照的时候她一直戴着墨镜，以至于我无法捉住她的目光，也不知道她正看着哪里。不过她拍照的姿势都很专业，过于熟练了，好像彩排过很多次，有点油光水滑的感觉。我们拍照的时候，老周穿着短裤又从我们身边绕过去两圈，因为岛太小了，几步就是一圈，必须得不停绕圈。她细细检查了一下拍好的照片，删掉几张不满意的，这才低头看鱼，忽然惊叫，这么大一条鱼啊，像头小猪一样，正好，姐今天给你们包鱼肉馅的饺子，说好了，今天我请客，我不喜欢欠别人的。我说，可岛上没有面粉啊。

她神情有些得意，藏在墨镜后面打量着我说，我从外面带过来一小包，就怕在这里吃不到面粉，北方人嘛，就爱吃个面。说罢又认真环视了小岛一圈，声音忽然就兴奋起来，就是吃完也不怕，我打算在这岛上种一亩小麦一亩水稻，再种点南瓜、红薯、西葫芦什么的，在这里种什么都没人管。它们在北方都能活，来了这热带倒活不了了？我就不信我在这里活不出个人样来。

我正暗自思忖着她这最后一句话，老周又晃过去了，她两手打着喇叭冲着老周大喊，老哥，岛上还有女同志，注意影响，过会来吃鱼肉饺子，今天我请客。说完盯着老周的背影嘎嘎大笑起来。

洋楼虽然已经被我们收拾过了，但一进去还能闻到一种年深日久的霉味，整个屋子里湿漉漉的，有海洋咸湿的气息，好像这屋子深处有一只巨大的海洋生物正在咻咻喘息。她在屋子里又布置了一些小东西，床上放了一只洗旧的绒毛小熊，床头摆了两张照片，一张是她穿着蓝色旗袍，手持团扇捂住嘴角，两只眼睛正忧伤地看着照片外面，这张照片看着有些诡异，说不清是哪里不对劲。另一张是她和一个小伙子的合影，小伙子个子高高的，抿着嘴唇，好像有些拘谨，把手搭在她肩膀上。她斜挎着小皮包，一只手比划了一个“V”字，两个人在照片里都努力地笑着。

她用手指着照片，声音平淡地说，我

儿子，帅吧。她居然在屋里还戴着墨镜，我仍然没法找到她的眼睛，感觉自己正面对着一堵墙壁。她随手把两本厚厚的相册塞给我，说，我的照片，你自己翻翻，我做饺子去，一会儿就好。等我再抬起头，她已经悄无声息地从这间屋子里消失了。

相册并非我想象中的是一个人从出生到现在的时间压缩包，显然都是她前不久的照片，一套艺术写真集，一套婚纱照。那套写真集浓妆艳抹，穿着影楼里的各种廉价服装，摆出各种生硬的造型，十分卖力地笑着。那套婚纱照里就她一人，神情忧郁，没有了笑容，却还是一丝不苟地换了十几套各种款式的婚纱，其中有一张她穿着白色的婚纱，戴着白手套，撑着一把白色小阳伞，昂着头，目光空洞忧伤地看着照片外面。我与那张照片对视了很久。

看完相册，我又环顾了一下房间，看到桌子上摆着一个笔记本。实在无聊，又实在好奇，我忍不住悄悄翻开那个本子。里面是几篇字迹潦草的日记，日期不详，几乎每一篇的内容都很相似，像一个发高烧的人写下的浓稠的呓语，“……我相信自己，我相信自己一定能活出个人样来，我一定能过得很好，就算这世界上只剩下我一个人，我也可以活得很好，相信自己，每一天的太阳都是新的，一切都还来得及，一切都可以从头开始，一切都不晚，我要为自己活一回，我可以为自己活一回，相信自己，我谁都不为，我一定要为自己活一回……”

她忽然端着一盘饺子静静地出现在我身后，我吓得一哆嗦，几乎把本子扔到地上。这时候老周穿上他的三件套西服，拎着一瓶酒也来了，像赶来赴晚宴。在这岛上，我们几乎是一天都离不了酒的，就连我这样从前滴酒不沾的人，现在也以就着一盘花蛤喝二两小酒为最大的乐趣。喝酒的时候，什么都可以想，也什么都可以不想。喝到后来，脑袋变得越来越大，越来越沉，简直变成了身体的好几倍，最后简直是大脑袋在拖着身体行走。有时候喝醉了，想摘个椰子解渴，就使劲抱着椰子树不放，爬又爬不上去，只好绝望地摇着树喊，给我一个椰子喝，给我一个椰子喝吧。结果第二天醒来一看，自己正躺在椰子树下，脖子里还挂着两个椰子，难道是椰子树亲自动的手？

开始吃饭的时候，她又赶紧掏出一包纸巾，使劲往我们面前推。我假装没看见，她便抽出两张纸巾，端端正正摆在我和老周的面前，说，这纸巾质量好。我们把饺子吃得一个不剩，吃完又用了她两张质量不错的纸巾。吃完饭喝完酒，我们俩生怕被赶走一样，都赖在椅子上不动。我这才发现，我们在这岛上真的是太寂寞了，以至于只要能有人和我们说说话，我们都会感激涕零。

我讨好地说，兰姐，以后我每天给你送一条鱼，好不好？这海里有好多你没见过的鱼，像什么石头鱼、气鼓鱼、月眉蝶、三点白、黑彩吊、雪花鳗、东方鲀。老周接话道，我有一套紫砂茶具，我有红茶有绿茶，我一般早晨喝绿茶，晚上喝红茶，不知道你喜欢喝什么茶？你可以每天去我屋里喝茶。

王文兰显然感到了我们的殷勤，竟明显愣了一下，好像有些措手不及，然后便过来拍了拍老周的肩膀。老周一哆嗦，往后躲了一下。她放肆地上下打量着他，呦，还挺害羞？老哥，你到底结过婚没？他不好意思地笑了一下，没。王文兰又用力拍了一下老周的肩膀，像个长辈一样教导他，不结也罢，结过婚又能怎样。王文兰忽然把脸转向我，嘴角挂了一丝若有若无的笑，目光斜睨着我，杨老师，你呢？我说，离了，现在也是光棍一条。她很开心地把目光收回去，两个嘴角撇了撇，说了一句，这倒好，三条光棍。

她叫我杨老师，大概是因为发现我没事干的时候喜欢看看书写写诗。可是在这么蛮荒的小岛上存在着一个杨老师，文明程度太高了点，听起来就像岛上蛰居着一头天外来物一样。

王文兰又从里屋游弋出来，手里捧着一袋牛肉干一袋面包。她豪爽地往我们怀里一塞，送给你们的礼物，你们都拿去吃吧，这是我上岛之前我最好的朋友给我买的，怕我在岛上没吃的。我说放心吧，天无绝人之路，还能饿死？你们说是不？我觉得这牛肉干还挺好吃，软和又不塞牙，你们尽管拿去，以后没事的时候就多来陪陪我这老太婆。

她边说边笑边小心地盯着我们看，我感觉她好像一直埋伏在什么地方，只等着我们走过去的时候忽然就跳出来。我们低下头去，都有些不敢看她，过了半天我才抬起头说，兰姐，你看着特别年轻，看上去最多四十出头，长得也好看，不骗你。她的眼睛嚓地亮了一下，又很快黯淡下去。她对我笑笑，像是表示感谢。

牛肉干硬得像铁，我和老周一人拿了一块在嘴里嚼了半天都没咽下去，像两头牛在反刍。我顺手拿起那袋面包，却发现面包已经长霉了，在这终年高温的海岛上，细菌会迅速长成森林。我忙说，兰姐，面包扔了吧，都长霉了。她过来看了一眼，忽然一声冷笑，给我搁那儿吧，我吃，长霉的馊的我都能咽下去，吃什么不一样呢？前阵子我还故意吃发霉的东西呢，早死早超生。

我连忙把面包放下，一抬头正好看到她摆在床头的那张照片，不知为什么，我忽然有些恐惧，慌不择路地说，兰姐，你这张穿蓝旗袍的照片真好看，什么时候拍的？

她冷笑，好看吗？然后又飘进里屋，等到再出来时，身上就穿着那件照片里的蓝旗袍。她款款走了几步，笑着对我们说，好看吗？这是我给自己提前买好的寿衣。

我和老周坐在那里一动不动，半天不敢说话。

窗外起风了，天色轰然阴沉下来，可以听到海浪在不远处吼叫，看来是要下雨了，榕树暗绿色的枝叶像蛇一样从窗口从墙缝里悄然爬入。

这个小岛上只有我们三个人，好像全世界只剩下了我们三个人。我们成了这个世界的中央。

她的蓝旗袍在昏暗中闪着可怕的幽光，她拿起了床头的另一张照片，捧在怀里，歪起脸笑着问我们，我儿子长得帅不帅？可惜就是牙齿不好，小时候没人给他矫正，哪有人管他啊，长大了一拍照就把嘴唇抿起来，生怕人家看到他的牙齿。

我们俩都有些莫名地恐惧，都不敢吭声。她捧起照片端详了好半天，又轻轻放下，摆正，然后对着我们干巴巴地说了一句，我儿子死了五个月零七天了。

窗外雨声雷动，海天缝合于一处，海浪咸湿的气味已经如野兽一般逼到了窗下。我看着眼前的女人，就像看着一个极大的绚烂的秘密。从她上岛那天起，我就知道这一天迟早会来到的。

她脸上看不到任何表情，像是在熟练而麻木地背书，我儿子死的时候刚过了三十岁生日，还没有结婚，只处过一个女朋友，早几年分手了。他骑着摩托车在上班路上被车撞了，半个脑袋都碎了。我儿子死的那天，我从事故现场回来，晚上就又去跳舞，我妹妹骂我，说我都不知道伤心，我还是要跳，一直跳到广场都没人了。我儿子火化那天，我不停地唱歌，一首接一首，把我会唱的所有的歌全唱了一遍，我在出租屋里唱，在路上唱，在殡仪馆里唱，一直不停地唱歌，一分钟也不想停下来。我妹妹又骂我，说我都不知道哭，嫌我丢人现眼。可我就是哭不出来，我已经没有眼泪了。我只想唱歌，火化他的那天我真的只想唱歌。

我们缩在那里，一动不动地看着她，其实只能看到一团闪着幽光的蓝。

她立在窗前，后背绷得笔直，好像她在窗前看到了什么可怖的景象，她的声音还在继续，我儿子死后他们赔了我一百万，我儿子拿命给我换来的一百万，我妹妹都偷偷替我高兴了一下，她说，不管怎么说，有这一百万我晚年就有保障了。可这一百万，在我儿子死后一个星期就被诈骗电话骗光了，骗得一分钱都没有剩下，连一分钱都没有剩下。这一百万在我手里一共就保存了一个星期，然后就被骗得光光的了。我又没钱了，我又成了穷光蛋，不过这回我不害怕了，反正我又没钱了，这下我不用再担惊受怕了，不用成天担心被人骗了，反正我又没钱了。你们看到我的相册没？那套写真集是在我刚到南方的时候拍的，那时候我是个穷光蛋，却还有个儿子相依为命。那套婚纱照，是在我儿子死后，钱被骗光的第二天拍的。她们说拍婚纱照好贵的，可我已经不在乎钱了，贵就贵吧，我借钱也要拍。我一辈子都没有穿过一次婚纱，都没有一张婚纱照。我就是要给自己好好拍一套婚纱照，我要穿上各式各样的婚纱拍照给自己看。

她眼睛里真的一滴泪都没有，枯的。榕树的气根在雨中迅速繁殖成新的树，树又生树，藤萝交缠，它们的枝条上挂满了眼睛和耳朵一般的树叶，它们在雨中不断生长、繁衍、闪烁，从母体的肚脐中不断生出更多的新枝和末节，源源不断地爬进这幢小楼的所有缝隙。我能感觉到椅子上也爬行着榕树潮湿冰凉的根须，像蛇一般。我忽然想起这岛上那棵最大的榕树，树心里是空的，必定是当年这棵榕树把什么裹在了中间，依附其上慢慢长大。如今树已参天，中间那被裹物却早已腐朽消殒。我曾在那棵树下看了很久，后来又试着钻进去，却发现，我站在里面居然严丝合缝。那树洞是个人形。我不禁打了个寒战。

她穿着那件蓝旗袍慢慢走到我面前，周身闪着寒光，挑衅地看着我，杨老师，你能不能告诉我，我看起来傻吗？

我不敢说话。她逼得更近了，我是不是看起来就像个傻瓜？你告诉我，我看起来是不是真的特别特别像个傻瓜？

我还是不敢说话，感觉有些窒息。她却凛然一笑，说实话吧，以前我真的从来没觉得自己傻，从小到大别人都夸我漂亮伶俐，我从小就爱美，我很小就会自己修改衣服的腰身，会扎各种花样的辫子，我是我们厂里第一个烫头第一个穿高跟鞋的女职工，我觉得就是让我在厂里做个中层干部，管理几十号人我都没一点问题。我数学是不好，可是我语文好啊，我上高中的时候就在报纸上发表过文章。我问你们，那时候谁能在报纸上发表文章？我从来不承认自己是个傻瓜，可事实上我为什么就是个傻瓜，我为什么其实就是个大傻瓜呢？

白色的雨帘挂在窗户外面，发出贝壳一样的白光，那雨里的世界看起来明亮极了。借着雨滴的反光，我看到，她的眼睛还是干的，一滴泪都没有。

4

海上的云异常逍遥，流动得极快，像游戏一样不时把阳光遮住，可总有那么一束金色的阳光会突然刺破云层射下来，连整块云都通体变成金色，让人觉得那块云上一定筑着什么宏伟的宫殿或神庙。有时候，整个天空里只孤零零地坐着一朵云，白亮白亮，温柔异常。刚还觉得它坐在那里再不会走了，转眼之间已是风流云散，天空光明澄净，连一丝云的痕迹都没有留下。

岛上的雨也特别有趣，巴掌大的岛上，这边大雨，几步之外却是晴天，一片云只能下自己的一点雨。所以，竟可以像穿越梦境与现实一样，在雨帘和阳光里来回穿梭。

我坐在礁岩上钓鱿鱼，老周在下面潜水。他在水下待的时间越来越长，过很长时间才浮到海面上换口气，接着又潜下去了，像极了那些生活在海底的哺乳动物。以至于我都怀疑他正朝着鱼类的方向，要慢慢进化回海洋。等到老周再次浮出来换气的时候，我冲着他喊道，老周，你出来干吗，干脆待在海里做鱼算了。

老周不理我，又沉下去了。我把鱼钩远远甩出去再迅速拉回来，反复多次都一无所获。我忽然感觉到王文兰的眼睛正躲在什么地方看着我，但我不敢肯定，毕竟很久没和女人打交道了，我有些捉摸不透她。我脚下卧着那两只一声不吭的黑背，有时候我很想从它们嘴里听到一声狗的叫声，但它们从来不发出任何声音，有时候拿眼睛阴阴盯着你的时候，会突然觉得它们只是披着狗的皮囊，里面却不知已寄宿了什么别的魂灵。

眼前只有海面和天空，海天构成的二维空间过于简单和辽阔，辽阔到让你觉得根本无处藏身。这种无处可去又会拖着一个人向着自己的回忆里无限沉潜。我会把一些过去的事情拿出来反反复复地想，有时候不舍得想完，又放回去，第二天再继续。我还会把过去的一个细节拿出来拆卸、重组、缝合，其中的组合方式是无限的，所以往事最后可以在我面前生长出无限种形状、无数种结局。它们几乎变成了我排遣寂寞的一种游戏。

我一直在追索自己的源头，一切到底是从什么时候开始的？大学时候我是个文学青年，读过一些书，有几分小清高，但又明白文学不能当饭吃，所以一心想走仕途，心里还暗暗称赞自己识时务。毕业刚到单位的时候，我为了尽快得到重视，便发挥特长，为单位写了一首诗让领导看。结果一周以后，我发现单位所有的人都知道了这首诗，有人还能背下来。

后来我一遍一遍地回想这件事，每回想一次我都会想，如果我能够真的高傲一点就好了。

我想起这些年里，自己总是对所有人讨好地笑，又想赶紧从所有人面前消失，心里看不起那些钻营者，却又暗暗羡慕他们。

如果我能够真的纯粹一点就好了，也

许纯粹会变成世界上最坚固的东西。

我想起年轻时曾暗恋过一个女孩子，喜欢了很久，却发现她其实已经喜欢上别人了，我忽然就表现出一种对她的厌恶。后来过了很多年，偶尔听说这个女孩子早些年就得病去世了，我心里很难过，却仍然只敢表现出对她的厌恶。后来连我自己都觉得那厌恶是真的。

如果我能够不那么懦弱就好了，起码不至于用不被爱来惩罚自己那么久。

我有时候会想起已经离婚的妻子，想起她从天真的少女慢慢变成世俗的中年妇人，却并不应该怪她。因为这几乎是一个普通人的必然命运，眼睁睁地看着她走来，却无从躲闪。

那个黄昏，我们又大吵了一架，双方都已筋疲力尽。上大学时，她还欣赏我那点文学才华，到后来她却可以因为任何一件小事就和我大吵一架。我必须背着她偷偷写诗，因为她一看到我在写诗就会动怒。那天我绝望地陷在椅子里，她背对着我一动不动地坐着，只有两只肩膀像翅膀一样锋利地耸着，我都疑心她是不是睡着了的时候，她忽然抓起一只玻璃杯摔到了墙上。晚上，我们仍然睡在一张床上，我背对着她，假装睡着了。过了很久，我在半睡半醒之间感觉她抓住了我的一只手，用指头肚在我手心里一圈一圈地划着圈，然后又把我这只手按在了她的脸上，她脸上湿漉漉的。她说，其实有时候觉得你很可怜，不过我也很可怜，都是可怜人。我不知道自己到底是醒着还是睡着，我听见自己说，我们还是离婚吧。她使劲抓着我的那只手贴在脸上，泪如雨下，她说，都是可怜人，剩下一个会更可怜。我也满脸是泪，用尽浑身的力气才让自己没有发出啜泣声。

第二天一早，她又把一只碗使劲摔到了墙上。

在这岛上无事的时候，我经常会琢磨关于人类的进化问题。从寒武纪、奥陶纪、石炭纪、二叠纪到侏罗纪、白垩纪再到古新纪、近新纪、第四纪，最早的鱼类从海洋登上大陆，变成了最早的脊椎爬行动物，又慢慢变成了最早的古猿，最后变成了最早的人类。人类渐渐进化出了宗教、科学、羞耻、荣耀、尊严、痛苦和隐逸，再继续进化下去，人类还会进化出什么？

我钓到了一条地瓜鱼、一条红鱼，古老的红鱼全身血红，在阳光下有一种古艳感。在靠岸的地方，海水是绿色的，再往里才是天蓝，然后渐渐变得越来越浓烈，灰蓝、深蓝、孔雀蓝、墨蓝。在绿色的浅海里有时候会碰到儒艮出来换气。老周给我讲过，儒艮在亿万年前从海洋里爬出来到了陆地上生活，在陆地上变成了像牛一样的食草动物，后来觉得陆地上不好玩，便又从陆地返回到海洋，却还是保持着牛的习性，只在浅水区吃水草。它们吃的水草也是厌弃陆地又返回海洋的植物，结果在海底又遇见了。儒艮平时在海底一边行走一边吃草，且只会走直线，过一会便忽然在水里飞起来，飞到水面上换气。有时候看到儒艮，我就不由得想到我自己，一个从文明社会退回到渔猎时代的人。渔猎时代，那时候大约还有伏羲吧，人们刚刚开始有文字、姓氏、婚姻。那时候的人们自然无法想到，在时光彼岸的人们将会是什么样的。

鱼钩在挣扎，我对着两条狗说，大黑二黑，到海里帮叔叔把鱼抓过来，好像个头还不小。它们呆呆看着海面，纹丝不动，我只好捡起一块石头往前一抛，一只狗以为我扔的是矿泉水瓶子，猛地射出去，用嘴接住了那块大石头，但很快又扔下石头，另一只狗便跑过去和它抢，它又不肯让给它，两只狗抱成一团默默打滚，竟还是不发出半点声音。

正在这时候，忽听到背后有人惊叫，这么大的狗，咬不咬人？我回头一看，是王文兰。她穿着一条黑色短裙，以至于得用手不停地摁着裙摆，以防海风把它掀起来。两只狗呆呆看着她一声不吭，她便凑过去，小心翼翼地摸了摸一只狗的头。那只狗还是一声不吭，并不理她，扭头看海去了。她又惊叫，原来这狗不咬人哪，这么乖的狗，真是可爱死了。两只宝宝，阿姨以后每天来喂你们吃的好不好？

她脸上依然敷了一层厚厚的白粉，涂了粉色的眼影，使眼睛看起来有点红肿，两道又黑又细的眉毛，嘴唇上抹了很鲜艳的口红。脖子颀长干瘦，上面挂了一条不知什么材质的项链，上身穿着一件绿色的圆领衫，领口缀着一片闪闪发光的假钻石。我忽然有些怕见到她，想起她昨晚穿着蓝旗袍的情景，身体里不知哪个部位便有些隐隐的不舒服。我猛地扯起鱼钩，终于钓到一条鱿鱼。摘了鱼，我又把鱼钩使劲甩出去。她走过来坐到了我身边，两只手还是抓着裙摆。她盯着海面看了半天忽然说了一句，你是不是也觉得我很讨厌？

我一惊，连忙说，没有啊。她继续盯着海面沉默片刻，又说，我知道，你也觉得我讨厌。我说，没有。她说，有。我撤回鱼竿，又说，真没有。她一只嘴角笑了一下，说，你知道我为什么要来这鸟不拉屎的岛上？就是为了躲人，因为我走在街上的时候老觉得有人在看我，在笑我，在背后对我指指点点。我妹妹也老是训我，我在她面前都吓得不敢说话，真的，我在自己妹妹面前都没有一丁点尊严，她看不起我。其实我知道，我儿子活着的时候，有时候也会看不起我。

她紧紧抓着裙摆，侧脸看上去消瘦陡峭，她好像在和大海说话，视域里根本没有看见我。我使劲咽了口唾沫，说，兰姐，你想多了，大街上哪有那么多人认识你。她忽然把脸扭了过来，我吓了一跳。她说，你觉得我化了妆好看吗？我躲避开她的脸，说，化妆能让人看起来精神一点嘛。她打断我，抢过话说，错，化妆是对自己的尊重，所以我就是一个人在屋子里待着也是要化妆的，可是我妹妹和我儿子都不喜欢我化妆，好像我是个老妖精。

一个大浪恶狠狠地袭来，撞到礁石上撞得粉身碎骨，溅起的浪花把我们的鞋都打湿了。我说，兰姐，你往后靠一点。她一动不动，把两条腿从膝盖处劈开，伶仃地搭在臀部两侧，头又扭过来，脸上诡异地笑着说，我怕什么，我才不怕呢，我儿子现在就睡在这大海里。

我没敢吭声。见我不吭声，她自语道，我儿子的骨灰就撒到这大海里了，他以前是船上的船员，就在大海上工作，他特别喜欢海，我觉得应该让他回到大海里去，你说是不？我点点头，慌忙掏出一根烟来点上了。自从上了岛，烟瘾果然是越来越大，只抽一根已经没有威力了，我恨不得也像老周那样两根烟一起抽。

她对着大海尽力伸长脖子，好像马上就要游到大海里去了。她眯着眼睛就那个姿势坐了半天，又慢慢说，其实我从来没有觉得我儿子离开我了，我觉得他还在，只是好久没来看我了，我到现在还经常去看他的朋友圈，还是那个用他自己照片做的头像，什么都没变，只是再也不更新了，就停在了五月二十三号那天，再也没有更新过。我还会在半夜的时候打他的手机，手机还是通的，我每月还在给他交话费。他的手机就在我枕头边，我一打他的手机，那手机就在我旁边叫，可他怎么都不接，我就替他接起来。我一手拿着我的手机，一手拿着他的手机，我对着我的手机说，儿子。然后又对着他的手机说，老妈，你怎么还不睡？我又对着自己的手机说，马上就睡了，儿子，你好久都不来看我了，老妈就是想听听你的声音。

我把刚钓上来的一只八爪鱼扔给两只狗玩，它们把它埋进沙里又刨出来，再埋进去再刨出来，刨出来含在嘴里却并不咬，只是轻轻含着玩，那八爪鱼的几条手脚一直在蠕动。我偷偷看了她一眼，她还是一滴泪都没有，她看起来浑身都是干枯的，像棵仙人掌，好像她整个身体里的水分在很久以前就都已经流失光了，一滴不剩。

她的声音在海风中被撕扯得丝丝缕缕，我根本就不该把我的儿子带到这个世界上来，是我对不起他，我最对不起的人就是他，我就希望他能有个好的来世。我每天每天晚上都梦见他，但我只能梦见他小时候的样子，他长大以后的样子我就连做梦都梦不到了。我在梦里还想，老天有眼，终于让我又回去了，又回到我儿子小时候了，我可以从头再来，好好带着他，把他养大成人，让他上大学，娶媳妇，在城里有份好工作，再也不离开他一步。可是等到梦醒了我才发现，他真的已经死了。我们再也回不去了。

我大大吞下去一口烟，反复张了几次嘴才说出一句话来，兰姐，人最后都是要死的，不过是早晚的问题。她死死盯住我的眼睛说，你知道吗，连我妹妹都问过我，你有勇气去死吗？没有勇气你就不要成天说什么死不死的话。说实话，我真的没有。我知道我这样的人根本不该活这么久，可我还是不想死，我不甘心啊，我真的不甘心，我还想重新开始，我觉得我从来没有好好活过一天，我觉得我作为一个人，真的活得太不值太不值。

我干巴巴地说，兰姐。

她用力地迅速地打断我，我是不是太单纯了？你说我是不是个大傻瓜？你不觉得我傻吗？你觉不觉得我根本不应该还活在这个世上？实话告诉你吧，其实我根本不止被骗过一次，我前后被骗过三次。几年前刚来南方的时候，我把我父母死前留给我的八万块钱都拿出来投进一个集资项目，别人说是利息很高，稳赚不赔，我想给自己赚点养老钱。结果不到一年，集资的那个老板跑了，我们集资的钱就这样都打了水漂。第二次就是两年前，我急着想找个人结婚，想给我儿子减轻负担，让他不要操心我，他自己还没有结婚。别人告诉我上网找，我就学着上网，在网上认识了一个男人，我们聊得挺好，我觉得他很会体贴人，发过来的照片也长得挺周正。我心想，我现在对人也没什么要求，只要对我好就行，差不多就他吧。我说我想结婚，他说他也想。聊了一个星期，他问我借钱，说有急用，我二话不说给他银行卡里打了三千块钱，过了几天他又问我借钱，我又赶紧给他卡里打了四千块钱。不是都打算要和他结婚了嘛，这点钱算什么。过了几天他又问我借钱，但就是不愿见面，我开始觉得有点不对劲了，一打他电话，关机，再打，还是关机。我连忙去派出所报案，人家一听就说，你被骗了，不过才七千块钱，算了吧，找不回来的。说得没错，找不回来的。我连他的名字都不知道，去哪找人？

我终于找到一条空隙，连忙说，兰姐，都已经过去了，就不要再想以前的事了。

她脸上忽然升起一种残酷的诗意，近似于炫耀，她笑着对我说，估计谁也不会经历我这么多事情吧？

我说，兰姐，你只要想想，每个人最后都是要死的，也就算平等了。

她的笑容又消失了，她说，所有的人都在嘲笑我，所以我一定要证明给他们看，有一天我要让所有的人都看看。

我说，兰姐，快不要多想了，我们今晚一起喝鱼汤吧，我钓了好几条鱼。

她却再次不顾一切地打断了我，说，我小时候觉得自己聪明漂亮，能歌善舞，所有的人都喜欢我。我也从小就喜欢出风头，爱表现，那时候连少先队员上台给老山前线的英雄献花都是让我去的。我穿着蓝色背带裙，戴着红领巾，捧着一把绸花上了主席台。全校的女生都羡慕我，都知道我是哪个班的，我也算学校的名人，还有好多男生给我写纸条，我从来都不理他们。怎么后来就变成了这样？你说，后来怎么就变成了这样？

5

晚上，我来到了老周的屋里。握手之后，他开始给我泡茶。我说，不喝了，不喝了，今天喝了不少水。他把房门关上，生怕我从那扇门里跑了。我只好坐在他的破椅子上，一边把玩他那只蟾蜍茶宠一边问他，老周，你觉得王文兰是个什么样的人？他端来一杯茶，沉吟道，莎士比亚的戏剧里有个人物叫麦克白，麦克白是个很有意思的人，他是莎士比亚戏剧中最接近诗人的一个角色。他生怕犯错，却一再犯错，以至于后来对犯错变得越来越熟练，他的能量也变得越来越巨大，像个恶魔。但他最好地表现出了一个人被命运和时间摧残的状态。我给你背一段麦克白在妻子死后的台词吧。

麦克白：她迟早总是要死的，总要有这个消息到来的一天。明天，明天，再一个明天，一天接着一天地蹑步前进，直到最后一秒的时间。我们所有的昨天，不过替傻子们照亮了到死亡的土壤中去的路。熄灭了吧，熄灭了吧，短促的烛光。人生不过是一个行走的影子，一个在舞台上指手画脚的拙劣的伶人，登场片刻，就在无声无息中悄然退下。它是一个愚人所讲的故事，充满着喧哗和骚动，却找不到一点意义。

这时候我手中一滑，茶宠掉到地上摔成了两半。他忽然停住，盯着地上的茶宠看了足足有五分钟，然后猝不及防地哭了起来。我吓了一跳，一个老人的哭泣听着有些血淋淋的感觉。我忙说，我赔你，我以后买来赔你。他还是哭泣不止，无论我说什么，他还是停不下来，一个人坐在那里哭了很久很久。我不禁感叹，只要时间足够，再没有生命的物体都会长出最丰茂的生命。

作为补偿，我要把我用了多年的钢笔送给他，他拒绝了。我以前还送过他一本我的诗集，自费出的，薄薄一本，他倒是很高兴地收下了，整整齐齐地放在桌子上，也不知道到底看过没有，反正每天早晚都要用抹布擦拭一遍。

那本诗集不过印了几百本，虽然自己也觉得印这么一本集子并无多大意义，但最后还是遏制不住地印了出来。我怎么送人都不见少，居然在上岛之前还习惯性地带了几本在身上，后来都忍不住要问自己，难道是准备给鱼看的吗？

不一会儿，王文兰也来了，化了妆，戴着项链，肩膀上披着一条紫色的纱巾。晚饭煮了一锅鱼汤，我们围在一起喝鱼汤。老周兴致不高，吃得也少。王文兰边吃边拧住眉毛，这可真是掉进鱼窝了，鱼天鱼地的，顿顿吃鱼，明天姐给你们做点好吃的。我想种点小麦和玉米，再种点土豆和红薯。我说，兰姐，岛上的土质根本不能种土豆和红薯。她像是没听见我的话，还在继续，我还思谋着在这岛上盖座度假旅馆，慢慢把这里变成一个旅游景点，游客们坐着船上岛来旅游，我们就都有钱赚了。顿了顿她忽然抬起头，双目放光地看着我和老周，她说，机会都是人抓住的，我要在这岛上创业，等创业成功了，我们坐着飞机去全世界旅游，我还没坐过飞机呢。

我赶紧低头喝鱼汤，把眼睛埋在碗里，不敢看她。她身上的某个地方让我觉得有些恐惧，就像传说中的砍瓜一样，砍掉一块，只要过几天它就会恢复如初，重新长成原来的样子，再砍，还会再长出来，好像它根本就不具备受伤的能力。

一锅鱼汤都喝完了，只在锅底留下一副雪白的鱼骨和两只鱼眼珠，鱼眼珠与我对视着，呆滞中有些凶悍。镭射光球携带着缤纷的颜色从我们身上碾压过去，再碾压过来。我想缓解一下气氛，便说，我们来玩个游戏吧，我小时候玩过的，打发时间嘛。我简单讲了一下游戏规则，然后找了两张纸拆成小纸条，我负责在纸条上写人名，老周写地名，王文兰写行动。写好的纸条叠好放在一起，随便抽出来三个放在一起，第一次是“曹操，在海底，睡觉”，我们都放心地轻轻笑了一声。第二次是“老周，在厨房，养鱼”，我们又轻轻笑了一声，我偷偷注意着老周此刻的表情，他好像也略略笑了一下。第三次是“王文兰，在月亮上，杀人”。我们同时沉默了几分钟，杀人是王文兰写的。我率先笑了起来，老周也干笑了两声，王文兰坐在那里不笑，也不动。

我忙说，兰姐，这只是游戏，其实是给小孩子玩的。她没有看我，从包里掏出小镜子和口红，仔细补了口红，又对着镜子抿了抿血红的嘴唇，斑斓的灯光好像正要把我们淹没。我忽然有些害怕，预感到她要说什么了，我想我应该拦住她，可是还没等我开口，就听到了她不高不低的声音，不错，我确实杀过人。

我们又同时沉默了几分钟，那几分钟变得难以容忍的长，我口干舌燥地说，兰姐，这只是个游戏啊。

她抬起头来卖力地冲我一笑，同时还郑重整理了一下肩膀上的纱巾，我知道已经拦不住她了。只听她说，我不想骗你们，我真的杀过人，是我第二个丈夫，不过你们放心，我不是什么东躲西藏的逃犯，我坐了十七年监狱，刑满释放，刚出来没几年。

我没去看老周的脸，但能清晰听见他的呼吸。

她的声音像从很远很远的地方飘过来的，却清晰得吓人，我当年数学成绩不好，没考上大学，我妹妹却考上了。我父亲让我复读，我死活不愿意，我父亲当年是厂

里的工程师都被人看不起，所以我不想上大学，觉得没啥意思。这都是我自找的。没考上大学就进了工厂当工人。我的第一个丈夫是我父母帮我看上的，人老实，工作稳定，长得寒碜，我死活看不上，但我没主见，还是听了父母的话，和他结了婚。结婚第二天我就离家出走了，我实在不想看见他。出走了一个月，回来不久我们就离婚了，他把我所有的照片都烧掉了。第二个丈夫是我自己看上的，手巧，长得周正，我父亲帮他安排了工作，让他进了我们厂当了工人，因为这个，他就和我结婚了。大概心里始终嫌我是二婚吧，结婚十年，他只要喝了酒就打我，往死里打，提着头发把我往墙上撞，我都能听见自己的天灵盖敲鼓一样咚咚地响。家里的东西全部被砸了一遍，我父母都怕他，又总是迁就他。我多少次想离婚，他又不离。那次他又喝多了，问我父母要钱，说没钱就杀了我们全家。我就是在那个时候起了杀心的，一旦起了杀心我反倒什么也不怕了。我找出一把改锥，骑在醉鬼身上就是一顿乱戳，戳得他再动不了了，我还在一下一下地戳，生怕他死不了又起来打我。我浑身都是血，脸上手上全是血，满地都是血。我父亲让我连夜去自首，派出所离我家只有十分钟，我走了足足有一个小时。

说到这里，她忽然露出白白的牙齿对我们笑了一下。

我张了张嘴，觉得自己应该说点什么。

但她根本不让我说话，她又继续，我本来被判了无期徒刑，后来减刑减成了十七年。我进去的时候，我儿子只有八岁，等我出来的时候，他已经二十五岁了。我父母等不到我出来的那天，就已经过世了。我出来的时候，一大半头发都已经白了，这是我自己染的头发，怎么样，还染得挺黑吧？在老家老有人对我指指点点，亲戚们老是问我这个问我那个，我老想躲着他们，白天都不敢出门。我儿子流落到海上当船员，我就买了张火车硬座，坐了几天几夜，从北方一直坐到南方，过来找他。可他老是出海，好几个月我才能见到他一次。其实直到现在我都觉得他没有死，只是去出海了。我老是等着他去敲我租的那间小房子的门，我总觉得，说不来哪天他忽然就又出现在我面前了。给你们看看他的朋友圈，他的朋友圈已经永远不会更新了，可你们看，他以前在朋友圈里经常提到他老妈，有时候还叫我妈咪。他的最后一条微信是，妈咪终于可以有户口了，再也不怕被查了。我有整整十七年没有管过他一天，可是他从来没有怪过我一句，我希望他哪怕骂我一句也好啊，可他从来没有，从来没有，从来也没有。

我和老周都不敢动，都有些畏惧地看着她伸到我们面前的那只手机。她眼睛里还是一滴泪都没有，她对着我们使劲地笑着。

忽然，她收起手机，站了起来，像在舞台上谢幕一样，有些萧索地说，九点了，到我跳舞的时间了，失陪一下，我去跳会儿舞。

然后，她披着那条纱巾飘出屋去，消失在了夜色里。

我居然捕到了一只鲎。不管别人说鲎的味道如何鲜美，我是绝不敢吃这种动物的，除了因为它的血液是蓝色的，还因为它实在太过古老了，它甚至比恐龙都要古老，已经在海洋里生活了四亿年之久，吃这样的动物就好像在吃世界上那些最古老的祖先，毕竟人和动物都是同一个祖先。

犹豫一番之后，我没有把它放回海里，我决定把它送给王文兰。

我在屋里翻箱倒柜地寻找，看还有什么东西可以送给她，我强烈地想送给她一点礼物，越多越好，就好像我替这个世界欠了她太多，急于要弥补回来。

我去小洋楼里找她的时候，她正在打扫卫生，穿着一身旧衣裤，戴着一顶医生们在医院戴的白帽子。看见我进来，她脸上有些不高兴，说她正在工作，让我在外面等她。

等了好一会儿，她从洋楼里出来了，已经换了一条白色短裙，红色衬衫，黑色高跟鞋，一只鞋跟有点歪了，但并不影响她走路。脸上刚又化了妆，可能是匆忙的缘故，口红没太抹匀。她远远对我笑着走了过来，我瞟了一眼她嘴唇上的口红，忽然间觉得那种拼命想补偿她点什么的想法已经黯淡下去了。但我还是把那只鲎和一串红珊瑚手链递给她，她先是一愣，然后慢慢把手链戴上了，举起自己那只手左看右看，然后又歪着头，斜睨着我问，是送给我的礼物吗？这么漂亮的礼物啊，你看和我这条白裙子搭在一起是不是很好看？

我说，是。

看到那只鲎，她惊叫了一声，这是个什么丑八怪啊？

我说，这是一种很古老的鱼，已经在海洋里活了有四亿年了。

她低下头去细细把那鱼端详了好半天才说，一条鱼都能活四亿年，一个人却只活了三十年，中间还有十七年没有妈妈。我愣了一下，但没想着去纠正她。她拍了拍鲎身上像青瓷一样的硬壳，歪着脑袋对我说，把它放生回海里去吧，让它在海里多陪陪我儿子。我想让它给我儿子捎封信，捎几句话也行，儿子，妈妈对不起你，下辈子再也不要来找我了，千万不要再来做我的儿子了，你做谁的儿子都比做我的儿子强。

我们站在沙滩上目送着那只作为信使的鲎慢慢消失在海里。两只黑背卧在我们脚边，和我们一起目送着鲎的离去。她忽然迎着海风张开双臂，一条腿高高向后翘起，她近乎欢快地对我叫道，快给我拍张照片，我要把这个时刻永远留住。

我心里又开始隐隐地不舒服，拍完照想走，她从身后把我叫住了。她先是轻轻拍了一下我的肩膀，然后倏地游到了我的眼前，依然歪着脑袋，似笑非笑地看着我，你是不是也开始觉得我很讨厌了？我忙说，没有。她死盯着我的眼睛，有的。我大声说，没有。她往后退了几步，站在那里继续打量着我。她脸上还残留着牙齿一样的笑容，她忽然说，我身上穿的这些衣服都是别人不穿了的旧衣服，都是别人捐给我的，没有一件是新的。我用的口红，用的包包，都是别人用剩下给我的。

我拼命避开她的目光。但她毫不费力地又追了上来，我虽然已经五十多岁了，可心里老觉得自己还是三十岁之前的样子，还是二十几岁，我现在老觉得自己还是那个没结婚前的我，觉得自己还是个少女。中间那二十年对我来说就是个空白，那二十年就像从来没有过一样，其实和没有过也差不多吧。我从监狱里出来之后，心里老觉得我父母都还活着，还是一个劲地庇护着我，我还是那个他们跟前的小姑娘，到现在每晚睡觉前，我还会对着他们的照片和他们说会儿话呢。

我低头看着她的那只手说，兰姐，这

红珊瑚手链真适合你，你的手白，戴上很好看。

她并没有去看自己的那只手，也没有搭我的话，我看到她的两只脚在我面前又默默站了一会，忽然调转方向往回走。我跟在她后面。路上，她在羊角树丛里捡起了什么东西，我走过去一看，是一只受了伤的小海鸟，可能是被海风刮到这里来的。她把鸟托在手心里，噘起嘴向它吹气，一边用手指抚弄它的头一边不停地说，小宝贝，你怎么了，你是不是受伤了？可怜的小家伙，妈妈带你回家，妈妈给你捉虫子吃，给你养伤好不好？

我跟着她一直走到洋楼前的椰子树下才站住，目送着她。她走了两步忽然扭过头来，双手把那只小鸟托在胸前，像托着自己的心脏，对我笑了一下，说，其实我不算什么坏人吧，坐过监狱的也不都是坏人。

我忙说，那当然，兰姐。

她却忽然就愤怒起来，大声对我说，那你说，如果我是个好人，老天为什么要这么对我，为什么要这么惩罚我？我到底是哪里做错了？你看我长得不算丑吧，干活也能吃苦吧，心眼儿也算善吧，我坐牢都坐了十七年了，从里面刚出来的时候我不会用手机不会用电脑，像个鬼一样白天都不敢出门，这还不够吗？为什么还要惩罚我？把我的儿子夺走，还要一次一次地骗我，直到把我骗得连一分钱都不剩下。

我无力地重复着，兰姐。

她再次截住我，声音忽然就平静得不能再平静，不过现在我什么都不怕了，我又是个穷光蛋了，我已经没有什么可以被骗的了，我连唯一的儿子都没有了。

不远处是海浪日复一日的嘶叫，头顶是来来去去的流云和东升西落的太阳，当这太阳坠入大海的时候，取而代之的又是璀璨的银河和当空的皓月，偶尔有壮丽的彗星一闪而过。这无尽的循环从不曾有过片刻停留，万物在其中生生灭灭，一想到我们如今生活的地方以前也生活过恐龙这样的巨大动物，便有一种奇怪的欣慰感。

我说，兰姐，你从监狱里出来的时候，社会已经不是你原来认识的那个社会了，一切都在变化，没有什么会留在原地。

她轻轻笑了一声，声音在发抖，你是想说，我已经被这个社会淘汰了？

为了能让她高兴点，每次去采鲍鱼的时候我都叫上她。我在一块大礁石后面发现了很多鲍鱼，我们已经采了好几次了，那块礁石像阿里巴巴的山洞一样，鲍鱼还是不见少。我们便把采来的鲍鱼晒成干，晒干的鲍鱼像纸片一样薄。采鲍鱼的时候，她终于开始和我聊一些她儿子之外的事情。

她说她特别喜欢坐车，不管是什么车她都喜欢坐，她坐几天几夜的硬座火车都不烦，一路不吃东西不喝水都行，就喜欢一路看着窗外的风景。她恨不得一辈子就在车上待着，永远不用下车。

她说她刚到南方的时候，找了一份在宾馆做清洁工的工作，她妹妹当年大学毕业后就分到这个城市里，有份体面的工作。她妹妹特别不愿意她去她单位找她，事实上她平时连电话都不敢给妹妹打。清洁工们经常偷偷拿宾馆的清洁用品，她也学着她们偷偷拿了一些，然后把它们送给自己的妹妹。她从出狱后还没有送过她妹妹任何礼物，她觉得心里有亏欠。结果她妹妹把她狠狠训斥了一顿。她辩解道，人家都拿，所以我也拿了。她妹妹说，你拿了你自己去用，但不要送给我，以我的身份也不会用这些东西。过了一段时间，她又抱着一堆洁厕灵、84消毒液、沐浴液、洗头膏送到她妹妹家，她妹妹把这些东西扔到门外，说，你这是偷东西。她又使劲辩解，别人都拿了，就我一个人不拿也不好吧。她妹妹忽然就流下泪来，说，我以为你被骗一次就会长记性，就不会再上当受骗了，可我怎么都没想到你居然能被骗得干干净净，骗得一分钱都没剩下。我们从小一起长大，小时候我羡慕你俏丽会打扮，所以你穿剩的那些衣服我也愿意穿，可是，你到底是为什么就活成了今天这个样子？她把那些卫生用品一件一件捡进塑料袋里，又理了理鬓角的头发，说，你放心，等我老了，我会养活自己的，不会连累你。

她说她这辈子只有过一次爱情，是在她出狱之后认识了一个男人，很会体贴人，她说她最看重男人会体贴女人。但对方有家庭，有两个孩子，老大已经大学毕业了。她一边说一边专注地抠着鲍鱼的壳，抠了很久忽然认认真真地说了一句，我不会破坏别人家庭的，我干不来这种缺德事。

6

时间一天天过去，我们每一天的生活都在重复。渔民不来岛上的时候，便只有我们三个人。全世界只剩下我们三个人。可说的话慢慢都已经说完，我们开始不停地说一些重复的话，今天刚说过，明天再说一次，后天还要再说。如果没人和你说话，那对于每个人来说都意味着是一种酷刑。

我能感觉到我们三个人都在发生着一些缓慢而微妙的变化。上岛之前我想着在岛上孤寂自在，远离名利，说不定能像梭罗一样，在世外写出点能传世的东西来，结果发现自己上岛之后并没有写出什么东西来。细细一想才发现，其实很多的时间和精力都用于抵抗孤独了。为了避免让自己患上小岛综合征，我想出了各种各样的办法。每天早晨我会衣冠整齐地在海边朗诵两首诗，以保持自己起码的一点尊严感。钓鱼的时候，我会拼命和狗说话，和鱼说话，说话会让一个人觉得自己还没有被世界抛弃掉。晚上，躺在床上的时候，我会重复做一件事情，把十个数字随意组合成一个电话号码拨出去，有的是空号，有的直接就挂掉了，有的接起来说两句也咔嚓挂掉了。极偶尔的，会有那么一两个女人在电话里和我一直聊到深夜，还有个女人聊到最后就要求和我见面，估计也是寂寞的人。

眼看自己绝不可能写出一部《瓦尔登湖》那样的作品，又发现自己和当初想象中的自己并不是一回事，心中不免惊恐。老周还是见面就问，吃了没？还是会给我砍椰子喝，我却还是感觉到哪里不对劲了。如果王文兰频繁来找我，他好像就会表现得有点不高兴，会独自长时间地去潜水。我原本以为老周这样的隐士已经脱离部分人性了，他的不高兴却让我心里忽然一惊，居然连老周都是怕孤独的。

王文兰仍然每天坚持化妆，仍然喜欢穿短裙。从她上岛之后，我和老周都很高兴，很殷勤地照顾她，还时不时因为她亲近了谁而表现出一点嫉妒，这些她显然都感觉到了，并且应该还让她从中补给到了不少能量。因为她并没有表现出小岛综合征，整个人反而精神焕发了不少。她开始筹备旅游开发的事情，她绕着小岛进行几番考察之后，坚信这个小岛可以变成像火地岛那样的旅游胜地。她信心满满地对我和老周说，这个岛以前从来没有被人开发过吧？其实很多人根本不知道这个岛的存在，对吧？你们看看哪里还能找到这么蓝的海水？还有这么干净的沙滩？游客们来了，可以在海里游泳，可以在沙滩上晒太阳，还可以划着船去海上看鲸鱼看海豚，老周不说海里有大鲸鱼吗？在哪？我们在椰子林里搭一些吊床，游客游泳累了可以休息，渴了可以喝椰子。我们再给他们提供吃住的地方，就让他们吃海鲜，这海里最不缺的就是鱼，什么石头鱼、气鼓鱼，见都没见过的鱼，不鲜掉他们的下巴才怪。关键就是得有住的地方。我们成立个旅游公司吧，我来做经理，当然你们俩要想做的话，也不是不可以，反正挣到的钱我们三个人平分。

老周看起来对做旅游挣钱的事并没有什么兴趣，我对挣钱倒不是没有兴趣，只是觉得她的想法有些幼稚，小孩子过家家一般，便随口附和几句。不料她又盯着我们说，那到底谁来做经理呢？我点了根烟，说，兰姐，就你吧，你最合适。她两只手搭在腰上眺望大海，很兴奋地说，当然，我也觉得我比你们俩合适，那就我来做经理吧，我来规划旅游开发的事情。前半辈子我都没有为自己活过一天，受苦也受够了，后半辈子是该好好为自己活了。

她钻在那幢小洋楼里没日没夜地干活，把每一件家具都擦拭得光可鉴人，跪在地上擦地板，以至于把两只膝盖都磨破了，又把沙滩上捡来的贝壳和珊瑚做成各种摆设摆在屋里，在椰子壳里种上变叶木和鸡蛋花，摆在楼前的台阶上。她说等游客来了就先住在这小洋楼里，等以后赚了钱再专门盖座度假旅馆。她又催促我和老周赶紧砍树造大船。老周说，我不是有船吗？她仔细端详着老周的脸色，然后拍了一下他的肩膀，笑着说，老周，你那小船能拉几个人啊，等游客一多，拉都拉不过来。老周一边往海边走一边说，还是等你有了游客再说吧。

我紧跟在老周后面来到海边，我们坐在海边各自点上烟抽了一会儿，我说，这小岛哪里是创业的地方，她就是着急了点，也不能怪她。老周说，我想起莎士比亚的《暴风雨》里面有个人物叫卡列班，就出生在海岛上，不被人当成人类，后来普洛斯帕罗来到了岛上，也一直在羞辱他，卡列班却总是能想出各种办法来维护他奇怪的自尊，他有一段台词我特别喜欢，我背给你听。

卡列班：不要怕。这岛上充满了各种声音和悦耳的乐调，使人听了愉快，不会伤害人。有时成千的叮叮咚咚的乐器在我耳边鸣响。有时在我酣睡醒来的时候，听见了那种声音，又使我沉沉睡去。那时在梦中便好像云端里开了门，无数珍宝要向我倾倒下来。当我醒来之后，我简直哭了起来，希望重新做一遍这样的好梦。

我说，老周，你怎么能记住这么多戏剧里的台词？老周笑呵呵地说，因为我每天都要在脑子里把它们表演一遍，早和你说过，人就要活在自己的脑子里。

王文兰在我屋前走来走去，一见我出来，就假装刚看到我的样子，杨老师啊，你也给你那些亲戚朋友打打电话嘛，叫他们都上岛来玩，一传十，十传百，只要开始有游客来，其他人慢慢就都知道了，就说这里的大海能把人迷死，就说吃的住的都不用担心，我做菜的手艺还是可以的，做海鲜也没问题。老周那个老货，说他的亲戚都死光了，你年轻，肯定不至于没亲戚嘛，快把他们都叫到岛上来，记得让他们都自个儿带上泳衣，岛上可买不到泳衣。我为难地说，其实我也没几个亲戚朋友。她冷笑一声，说，行啊，你们都不叫人，是吧？我来叫，我亲戚没死，也有同学，实在不行我还有狱友，不过我把话先说在前面，等我创业成功了你们可不要眼红。

她站在全岛信号最好的地方、一块最高的礁石上给人打电话，我见她一整天都抱着手机站在那里，不停地打电话。海风偶尔会传来她的声音，你没见这里的海水有多蓝，赶紧过来吧，还有大鲸鱼喷着喷泉呢。夕阳入海的时候，整个海面一片血红，她还站在那块礁石上打电话，一道黑色的剪影一动不动。

几天之后岛上还真来了个客人，是跟着补给船一起过来的。那天早晨，我们三人一起拥到码头迎接这第一位游客，像过节一般。好久没见过生人，看见一个生人我们能高兴好几天。等客人下了船我们才知道，原来是王文兰的妹妹来了。这女人和王文兰长得一点不像，头发烫着大波浪，穿着一双尖头的高跟皮鞋，只背着一只灰色的小皮包，不像来旅游的样子。她不怎么说话，只像个威严的家长一样审视着我们，王文兰明显有些怕她，低声下气地跟在她后面。我们带着她在岛上环游了一圈，到中午吃饭的时候，我们倾其所有地做了几个菜，她却并不和我们一起吃饭，而是坐在旁边，从皮包里拿出一小块面包，无声无息地吃掉了，然后拍了拍手上的碎屑。吃完饭，她皱着眉头对王文兰说，在这地方会把人呆傻的，我今天下午就坐补给船走，你和我一起走吧，我给你找了份工作，在朋友开的公司里当保洁员，每天早晨你在他们上班前打扫好卫生就行了，他们公司有宿舍，省得你租房子。

王文兰抠着指甲低声说，我不走，我要在这里创业，回去了我能干什么？只能给人打扫卫生，我不想再当清洁工了。那女人把目光转向别处，仿佛都不愿多看王文兰一眼，她说，那你还能做什么？其实我也不想多管你的事，我们之间是平等的，谁也不欠谁，可是我们的父母都不在了，他们在世的时候都是清白人，一辈子的好名声，现在他们不在了，我觉得我有这个义务管你，谁让我们是一个爹妈生下的。

王文兰忽然抬起头，有些愤怒地说，我怎么就不清白了？别人骗我那是我的错吗？我儿子死了那是我的错吗？我不会跟你回去的，我知道你心里也看不起我，我要留在这里创业，这里将来肯定是个旅游胜地，我一定要让你们看看。

黄昏的时候，那女人跟着补给船回去了。船渐渐走远，王文兰目送着船的背影一点一点消失了，一个人立在码头上忽然开始唱歌，一直到夜很深了，我还能听见她的歌声在岛上回荡。

过了几天，我看到她在海边放漂流瓶，那两只黑背一声不吭地跟在她左右。她放了有十几个漂流瓶，一边放一边口里喃喃自语，走远点，你们再走远点。瓶子刚漂出去，一只黑背就猛地窜进海里，把那瓶子又叼了回来，放在她手边。她一边拿石头吓唬狗，大声斥责着它们，一边又重新把那些瓶子扔进海里。我走过去帮她看住两条狗，那些瓶子便乘着波浪越漂越远。我说，兰姐，这么多漂流瓶，是给什么人写信了？她斜睨了我一眼，微微一笑，说，我自己做的宣传单，宣传小岛旅游的，总会有人看到的，一传十，十传百，慢慢知道的人就多了嘛。我说，兰姐，下一步你就该训练海豚了。她假装没听见，从口袋里掏出一只护脸霜，挤出来一点，认认真真抹在了脸上。嘴里抱怨道，这么大的海风，把人脸都吹皱了。顿了顿，她又朝着大海高声说了一句，你们都记着啊，等我赚钱了可别眼红我。

慢慢地，我发现，我插在椰子树周围的那些外国酒瓶子也都不见了，估计都被王文兰拿去放了漂流瓶了。这么一段时间以后，整个岛上都找不到一只空瓶子了。然而，岛上还和从前一样寂静，除了我们三人，并没有别的来访者。

时间过得越来越慢，简直已经停滞不动了。我彻底失去了对时间的感知，分不清现在是春夏秋冬哪个季节，不知道现在是几月几号，只能看到白天与黑夜的不停交替。我暗暗后悔两年的合同太久了些，开始承认当初来岛上并不是一个明智的选择。看着老周每天飘然出海打鱼，无忧无惧，我开始感觉到，我和他终究还是不同的人。我想起卡尔维诺那本《树上的男爵》，便觉得，老周其实更像那个树上的男爵。相比之下，还是王文兰与我更接近些，更像人类。

她忽然主动提出要帮我收拾屋子，帮我洗衣服。久违的女人的气息出现在我周围，让我有些措手不及，还有点害怕。她边收拾边说，你们男人啊，就怕活成个光棍，都是越老越邋遢，没个女人哪行。我不敢吭声。她又说，杨老师啊，你工作了那么多年，还是个文人，总有些社会关系吧，你有没有电视台或者报社的朋友，能不能让他们帮咱们做个关于海岛旅游的宣传？她再次准确无误地滑入了原先的轨道，这一方面让我觉得放心，另一方面又忍不住有些厌烦。我说，兰姐，我哪有那么多朋友，你也太高看我了。

她并不气馁，隔三岔五地来帮我收拾房间，帮我做饭，试图让我帮她联系电视台。不得不说，她厨艺确实不错，让我深深感到身边有个女人的好处，但我又怕看见她。一次，她扫地扫到我面前的时候，我忙把两只脚悬空，她忽然轻轻拍了一下我的大腿，那只手特别软，她嗔怪道，哎呀，看你傻的，谁让你抬这么高了。

我浑身一激灵，因为我忽然意识到，即使她比我整整大出十二岁，她也仍然是个女人。她身上仍然散发着来自于另一种性别的独特气味，随着这气味变清晰变锋利，她的面孔和皱纹反而模糊下去了。甚至，这气味连她的年龄也一并吞噬掉了。她单单变成了一具骨骼林立的性别，令我惊恐地耸立在那里。

我开始感到一种极其陌生的痛苦，一种来自于性别深处的痛苦。我开始故意躲她，终日在岛上游荡，不敢在屋里多逗留。她很快就感觉到了什么，因为当我在岛上和她又迎面碰见的时候，她竟佯装不认识我，用力把头扭向一边。她开始坐在沙滩上对着大海大声唱歌，像神话中的塞壬一般，迷惑着往来的船只。我猜想，她可能是想吸引到那些在海上打鱼的渔船，希望他们都能帮她宣传小岛。

她描着眉、涂了口红坐在沙滩上唱歌，我老远就能看到那对眉毛和那张红嘴唇。“时光不老，我们不散，每段故事都有一篇剧情，每段爱情都像动人旋律，曾经懵懂的青春，流逝的年华，在时光的倒影中流转，总是记不住我们这么多年得到了什么，又失去了什么，年少的我们错过了很多。”那两只狗安静地卧在她脚边，看起来已经做了她的听众。她摸着它们的头，有时候还会把它们紧紧抱在怀里。

很快，我又发现，她不再来找我，却开始去找老周。岛上一共就我们三个人，在这最简单的三角形里，我忽然发现这次是我被孤立在外了。王文兰不停地往老周屋里跑，我闭上眼睛都知道她会做什么，她会帮他做饭，帮他打扫屋子，帮他洗衣服，也许还会轻轻拍一下他的大腿，嗔怪道，哎呀，看你傻的，谁让你抬这么高了。更可怕的是，老周不再像从前那样给我送椰子，带着我出海打鱼了。

我想明白了，她在通过拉拢老周来报复我。我猛地出了一身冷汗，以前我受够了各种权力之苦，一心想逃避权力的羽翼。现在却发现，就是在这样蛮荒的小岛上，在一个只有三个人的小岛上，依然有着权力的存在。

我试图躲避他们，就像过去我在城市里，每次对那些庞大的东西感到无能为力的时候，我就会习惯性地逃避。然而这次，就在三个人中间，我却感觉遇到了一种更庞大更可怕的东西。我努力去转移自己的视线，它却总是无处不在，宛如一座奇怪的城堡与我巍然对峙。

我一个人去潜水捕鱼，因为孤寂和辽阔，我甚至能在夜晚的海水中看到深色的鱼群游过，我能通过细小鱼鳞反射的月光识别它们。我能分辨出由亮度明暗和色调浓淡所构成的不同层次的黑暗。我在海里见过长得像老和尚一样的羊头濑鱼，极其缓慢庄重地从我身边踱了过去，它太古老了，以至于所有的鱼群都要给它让路。我见过远古的翼龙留在海里的后代，一种长得酷似水草的叶形海马，它终生只能生活在一个固定的地盘里，一旦离开就会死去。我见过海翻车鱼带着马鲛鱼一起流浪，见过斑马一样的狮子鱼，还见过艳丽如西班牙舞女的彩虹鳗。

但还是不行，大海的辽阔与神秘只让我越发孤独，那座与我对峙的城堡愈发阴森古怪。我居然发现，老周带着王文兰一起出海打鱼，而把我一个人留在岛上。我的第一反应是愤怒，愤怒我真的被另外两个人抛弃了，但很快，这愤怒就被恐惧代替了。我围着岛一圈一圈地转圈，整个岛上只有我一个人类，此外就是野狗、野猫、老鼠、眼镜蛇，然后就是无边无际的茫茫大海。看起来全世界就只剩下我一个人了，没有任何束缚，我可以做我任何想做的事情，但我什么都不想做，只渴望有人能和我说几句话。

我晚上梦到的全是城市里那些熙熙攘攘的人群，那些认识的不认识的人们，在梦中，我像魂魄一样从他们中间穿过，却没有人能看到我。我开始怀念在医院里挂号时排的长长的队伍，怀念地铁里的水泄不通，怀念旅游景点的游人如织。那时候，因为周围全是人，竟然忘记了到底什么是人。

我住的房子是多年前那些采矿工人们住过的，巨大的孤独让我慢慢产生了幻觉，有时候我会看到那些工人的身影正在我屋里走来走去，却并不和我说一句话。当我向他们走过去的一瞬间，他们又会立刻在我指间穿过，化为乌有。晚上洗漱完毕后，我穿得整整齐齐地坐在椅子上开始给陌生人打电话，就好像电话里的人正坐在我对面，我必须保持一套文明社会的起码礼仪，对方才愿意和我说话。一旦有人接起电话，我就立刻对着电话央求，请不要挂电话，请不要挂电话，听我说，能不能和我说几句话，说什么都可以，但不要挂电话。对方早已挂掉了电话，我还在对着空荡荡的电话绝望地说，等一下，请不要挂掉，请不要挂电话。

我担心自己会发疯，所以我决定妥协。他们是两个人，我是一个人，他们的体积和重量是我的两倍，又因为简单和空旷，没有障碍，他们能够携带着比实际密度更大的威力冲向我。从前我在单位被人孤立的时候，我可以拿一点清高遮挡，逃回家里看书写诗；在家里因为争吵待不下去的时候，我可以逃到乡下的老宅里住段时间，父母的遗像都挂在墙上，燕子依旧在屋檐下筑巢，窗前的灰条和青蒿已经长了一人多高，我童年熟悉的味道包裹着我。现在我却发现，在一个最简单的几何空间里，根本无处可逃。

傍晚，看到老周的船已经被拖上沙滩了，我便假装无意间走到了老周的石头屋前。他正在房前晒鱼干，看到我过来，他手里拎着一条金枪鱼招呼我，吃了没？好像很久都没听到他问我，吃了没？我鼻子一酸，心里忽然就觉得无比委屈，几欲泪下。老周挂好鱼，看着我呆立了一会，像终于想起了什么，说，进来喝茶嘛，来喝茶，想喝红茶还是绿茶？我给你泡壶茶。

我们默默地坐了一会，抽了根烟。茶泡好了，我毫不客气地喝了几杯茶，心里仍然觉得委屈而愤怒。我想，他以前还经常送我椰子的，现在连椰子也不送我了，椰子一定都送给王文兰了。于是越想越委屈，浓烈到一定程度时，这委屈竟然从我身体里独立出来了。我像看着另外一个人一样清晰地看着它，它看起来很是可笑，还有些可怖，让我不忍直视。

老周坐在我对面忽然开口道，你和刚上岛的时候不大一样了，你要小心，这小岛也是会吃人的。

这句话让我心里大吃一惊。老周捋了捋自己的白胡子道，王文兰和你还不一样，你看她多么像戏剧里的演员，一直就站在舞台上，拼命要表演。她也不容易，吃了那么多苦，还活得这么带劲。

这时候，王文兰也进来了。见她进来，我就像从前见了领导一样，连忙笑着搭讪，兰姐，吃了没？她嘴里哼着一首歌，假装没看见我。我又说，兰姐，好几天没见你了。她忽然打住，扭头白了我一眼，说，叫谁姐呢？然后她又继续哼歌，声音时高时低，一边哼歌一边抢着给老周倒茶。倒茶的时候她涂了指甲油的小拇指高高翘起，动作麻利，简直是麻利地有些过头了，看起来像是在炫耀。她又不时伸手在老周肩上轻轻拍一下，一边侧过脸，低声和老周说笑着什么，像是完全看不到坐在旁边的我。

我走到窗前向外眺望，夕阳又要入海了，整个海面看上去无比辉煌。我一动不动地盯着海尽头的那点夕阳，以掩饰眼睛里的酸涩。就在刚才一刹那，我忽然有一种极其悲凉的了悟感，我看到，王文兰就像一个女王一样正站在我和老周的中间。她周身看起来闪闪发光，没有悲伤，也没有往事，就像一个真正的女王。那是因为她意识到了自己手中的那点权力。

我绕着屋子走了一圈，发现老周屋里还藏着几只玻璃瓶，竟没有被王文兰拿去当了漂流瓶。瓶子里泡着各种植物和蛇虫的尸骸，在昏暗的光线里并排站着，为了吸引他们的注意，我故意大声说，老周，我最近腿疼，你能治不？王文兰还是没看我一眼，老周回答了一声，怎么不能？你把那瓶蛇药拿去试试。

王文兰把几条银鲳和大眼鲷炖了鱼汤，炖得时间长了些，好让骨肉脱离。我们三人围在一起，默默地喝了顿雪白的鱼汤。吃过晚饭，老周不让走，说要一起打牌。王文兰没反对，我求之不得。打牌的时候王文兰把一把牌捉在手里，眼睛一直斜斜瞟着老周，却并不看我一眼，似乎她和老周是密谋好的对家。看到我出的牌，她嘴角会忽然无声一笑，似乎已经看死了我手中的牌，我刚出了一张老 K，她就使劲甩出一张大王，咣当把我镇压下去了。看来她还是在报复我对她的羞辱。一局牌打完，我输了，正在洗牌，只听见王文兰对着窗户数落起来，你的书为什么只送老周不送我？是觉得我看不懂还是觉得我根本不配看你的书？

那扇窗户静默不语，我只好替窗户说，兰姐，我那书就是白让人看人家都不看。

她把半张脸转向了我，另外半张脸浸泡在昏暗中。她用那半张脸笑着说，老杨你别忘了，我可是上高中的时候就在报纸上发表过文章的。

我说，兰姐，别说一本，送你十本都可以。

终于，她似笑非笑地把整张脸都转了过来，好像解气了。我松了口气，洗好牌，放在桌上。王文兰忽然把牌都抓在手里，看着我和老周说，和你们俩说啊，关于小岛旅游开发的事情，我又想到了一个办法，找一个老板来投资，我们仨只要入股分红就可以了，怎么样？你们俩，谁有这样的资源？

我和老周都不说话了，我们久久地沉默着，老周点了一根烟，我也紧跟着开始抽烟。王文兰先是期待地看着我们，等了半晌，她忽然脸色一变，把那沓牌甩在桌上，冷笑着说，三个人都不齐心还能干什么，你们不要以为我就多想赚钱，多想变成个富婆，我连儿子都没了，要钱做什么？告诉你们，我就是想争口气，证明给所有的人看，就是想让天下所有的人都看看，我王文兰不是个傻瓜，我只是运气不好。

第二天，她干脆谁都不搭理了，不理我也不理老周，一直坐在沙滩上唱歌。那两只黑背一前一后陪着她。她一首接一首地唱，唱得声音嘶哑了还在继续，整个岛上飘的全是她的歌声，像飞来飞去的鸦群。即使看不到她的时候，我也能感觉到那种来自于她身上的奇怪威力。这是一种正常人身上没有的威力，让我心里感慨而又恐惧。老周叹息道，她就是吃的苦太多了，吃的苦太多才变成这样，你看她多像麦克白啊，面对时间的激流险滩我们不妨纵身一跃，不去顾忌来世的一切。

我和老周又在一起了，我们天不亮便结伴出海打鱼。很久没和老周单独在一起了，我竟有些惶恐，还有些感激。想到我们三个人转来转去都还在这个巴掌大的小岛上，又觉得实在可怜。天渐渐亮了，一轮金红色的朝阳即将跃出大海，整个海面忽然就无声地燃烧起来，一直烧到了我们小船栖息的地方，我们仿佛正停泊在一场盛大的火灾之中。这天我们在海上见到了海豚与海鸟齐飞的景象，在它们背后，就在这时，我们遇到了一条座头鲸正在海面嬉戏，巨大孤单的鲸鱼不停地跃出水面再侧身钻进海里，再次跃出再次钻进去，反反复复了十多次。我看呆了，问，它怎么了？老周慈祥地笑着说，鲸鱼这么做，只有一个原因，那就是，它实在太快乐了，它必须用这种方式来表达它的快乐。

那只鲸鱼独自嬉戏了很久，然后大头朝下潜入海里，只在海面上露出一个巨大的尾巴，然后，那大尾巴一划，也从海面上消失不见了。

我们的小船犁破海面，随即大海又迅速愈合。小岛早已经看不见了，整个海面上只漂着我们两个人，仿佛是宇宙大灾难之后仅剩的两个幸存者。我说，老周，以前岛上就你一个人的时候，看着大海真的不害怕？他的白发和白胡子在海风中整齐地向后梳去，他说，开始是有点，后来就不怕了，特别是有月亮的晚上，整个大海会发光，比陆地上还要明亮，有什么好怕的。再说了，我们的祖先就是从海里爬出来的，大不了再回到海里去。

我笑着问他，老周，说句实话，你到底怕不怕孤单？老周说，习惯了就好。他嫌满嘴的胡子飞来飞去麻烦，干脆给胡子扎了个小辫，头发则像雪白的匕首刺向身后。我犹豫了一番，还是说，老周，再问你个问题啊，如果在这个岛上只有你一个男人，还有一个女人，就你们两个人，你也并不喜欢这个女人，可是真的就只有你们两个人，因为孤单，你会不会和她在一起生活？老周一边收网一边慢条斯理地说，连这岛上的猪和狗没有伴的时候都会跳海自杀，何况是人。不过人和动物总还是有区别的吧，人能把自己的孤单咽下去，能找个东西来支撑自己，但动物不能。

我不再说话，他也不再说话，我们专心地把鱼一条一条从网里捡出来，留了几条大鱼，把小鱼都放回大海。忽然间，阳光隐匿，海水变成了艳丽古怪的黑蓝色，海浪开始起伏，我们的小船时而骑在浪头，时而又滑到浪底。一幢巨型的乌云从海底冉冉升起，巍峨地耸立在天边，遮住了太阳，遮住了整个白昼，似乎里面正站立着千军万马。这高耸的乌云让人觉得世界上那更大的洪荒即将到来。

老周手搭凉棚仰观天象，片刻之后说，现在是十一月，可能海上的寒潮要来了。

7

果然是寒潮。

大雨一连下了几天几夜。雨天不能打鱼不能赶海，我们的活动范围只能缩小在一个馒头大的小岛上。我躲在屋子里连着听了几天的雨，渐渐地居然能分辨出雨声的韵律。落在椰树上的雨声比较脆亮，落在榕树上的雨声是沙哑的，落在橙花破布木上的雨声则是沉闷的，落在白沙上的那些雨声听上去则异常干净。我想起多年前和前妻还在谈恋爱的时候，我们去江南的一处园林里游玩，就曾见过那么一处景致叫听雨轩。轩前有一池清水，池中有荷叶荷花，池边有芭蕉、红枫、丹桂、青松，轩后还有片翠竹。无论春夏秋冬，雨点在不同的季节落在不同的植物上，都能听到不同韵律的雨声。那是只有人类才会有的情致。在这海岛的雨天回想起来，竟觉得它像蜡烛一样，带着一团橘黄的光晕亮在远远的地方。

我一个人在屋里打转，不远处的大海是阴沉沉的黑色，海上波涛汹涌，这样的天气没有渔船敢出海。岛上的低洼处已经积了一潭水，那棵巨大的榕树孤独地站在水潭中央，它的倒影垂入水中，两棵树看起来连成了一体，蛇一样的气根与自己的影子纠缠着，又向深处爬行，整棵树看起来竟已独自变成了一片森林。

房间里的桌子椅子都是以前那些采矿工人们留下来的，散发着腐朽的霉味。在雨天昏暗的光线里，我总能听到屋子里还有别的人在走动，仔细去找，却什么都没有，只有我一个人拖着一条长长的影子。我翻出当初带到岛上的一本诗集，这个诗人已经去世多年，死前并没有多少名声，死后又有人说他是一位被严重低估的诗人，于是我特意买了他一本诗集。翻看了一会，又昏昏欲睡。在半睡半醒之间，模模糊糊地想起了曾经看过的那些生者和逝者写的书，以前看完就看完了，也没觉得怎样，可是如今远远回想过去，觉得它们就像天上一颗一颗的星星，闪着明亮的寒光。

天完全黑下来的时候，我冒着雨来到老周的石头屋。推门进去才看到，王文兰已经在屋里了。

屋里收拾得干净整洁，明晃晃地散发着来自女人的气息。屋外是瓢泼大雨，天地连在一起，一切回到了天地未开的远古混沌之中。老周正摆弄他的木偶人，王文兰坐在桌前，像个主人一样在泡茶，手脚麻利，小拇指高高翘起，她斜斜看了我一眼，并没有说话，脸上挂着一种骄傲的神情。我暗暗吃了一惊，这是她以前不曾有过的。她显然还在孤立我，她故意不去找我，只来老周这里。孤寂让一切失去了缓冲，每一个动作都带着比自身大十倍的重量和威力。在那一瞬间里，我忽然产生了一个可怕的想法，我想，如果我们三个人就此永远被困在这个岛上了，那也许真的有一个人会被残酷地淘汰出局。

我无比颓丧地站在那里，耳边似乎听到老周遥远的声音传过来，吃了没？

窗外的雨声敲打着椰林，有腐朽的椰子落在雨中，发出沉闷的回声。我们三人相对而坐，却半天无话，气氛怪异阴沉。这时候老周慢慢掐灭了烟头，说，岛上最怕的就是寒潮，台风几天就过去了，寒潮有时候两个月都过不去，哪儿都去不了。你们都坐过来一点，今晚我给你们表演一出木偶戏吧，我自己编的，就在我这世界剧场上。王文兰嗤地笑了，用指尖轻轻撩了一下老周的胡子说，老周，你不怕闪了舌头啊，名儿可叫得够大，也好意思。说完得意地看了我一眼。

短暂的沉默之后，老周笑眯眯地在桌子上摆好三个木偶人，活动了一下它们的胳膊。他用指头关节敲着桌子说，我说的世界剧场就是这张桌子。王文兰独自大笑起来，笑得前仰后合，笑了一会见无人搭理她，才慢慢停下。老周见她不笑了才说，你们要在脑子里想，这桌子现在已经不是桌子了，是弗洛蕾娜岛，这个岛属于加拉帕戈斯群岛，形状就像个馒头，这个岛上从来没有过居民。有一天却有三个人来到了这个岛上，这个女人叫艾谱莉，这个男孩叫贝克，这个大块头男人叫阿奇尔。

【女人坐在由四根木桩撑起的帐篷布下，一手拿皮鞭，一手拿左轮手枪。两个男人分别站立在她面前。

第一幕

艾谱莉：不管我以前是谁，从今天开始我就是这座岛上的女王，你们必须得听我的。我带着母牛、驴子、母鸡、粮食、水泥来到这岛上，我要在这里建造一座招待百万富翁的奢华旅馆，旅馆的名字我都想好了，就叫天堂庄园。

贝克：是，女王陛下。

阿奇尔：是，女王陛下。

第二幕

艾谱莉：亲爱的贝克，告诉我你爱不爱我。

贝克：陛下，我爱您。

艾谱莉：贝克，你原来可是个无父无母的孤儿，如果我不收留你，你就只能流浪街头做乞丐，而现在你跟随我左右，成了我的大臣，你该如何感谢我。

贝克：陛下，为您做什么我都愿意。

艾谱莉：那你告诉我你有多爱我。

贝克：陛下，我很爱您。

艾谱莉：那就证明给我看。

（朝着贝克的胳膊上开了一枪，贝克的右胳膊上血流不止）

贝克：陛下，这证明是否足够？

艾谱莉：（上前抱住贝克）亲爱的贝克，你为我受伤，我会好好照顾你的，我多么想照顾你啊，你是真的爱我的。

第三幕

艾谱莉：亲爱的阿奇尔，告诉我你有多爱我，我如今是岛上的女王，不再是从前你认识的那个女人，你要把她忘掉。

阿奇尔：陛下，我早已忘掉了从前。

艾谱莉：阿奇尔，如果我不把你从角斗场里解救出来，你早就被牛角刺穿了心脏，而你跟随我来到这个王国，成了我的大将军，你该如何感谢我？

阿奇尔：陛下，我永远是您最忠实的仆人。

艾谱莉：我这一生，受过太多的羞辱，却又比任何人都单纯。我值得你爱，你若爱我，就要证明给我看。

（用皮鞭抽阿奇尔的背，背上鲜血直流）

阿奇尔：陛下，我对您的爱是否足够？

艾谱莉：亲爱的阿奇尔大将军，你是爱我的。

第四幕

艾谱莉：亲爱的贝克，你在我的静心照料下，伤口已经渐渐好起来了。我好喜欢去照顾那个受伤之后的你，无依无靠，虚弱如一只小老鼠，只能静静地躺在我的怀里被我照料，我喜欢照顾你。

贝克：陛下，感谢您对我的精心照料，我愿意把生命都献给您。

艾谱莉：亲爱的贝克，那你就不要痊愈，你继续受伤好吗？让我能一直照料你，这样你就能一直躺在我的怀里。

（再次用手枪打伤了贝克的左臂）

贝克：陛下。（血流不止）

艾谱莉：（把贝克抱在怀里）亲爱的贝克，不要怕，我来照顾你了，我会一直照顾你的。

第五幕

【两年之后，有游客在弗洛蕾娜岛的沙滩上找到了阿奇尔的尸骨，而艾谱莉和贝克双双失踪，从此以后再也没有出现过。“天堂庄园”始终没有动工。当时所有的报纸都在对弗洛蕾娜岛事件进行猜测：凶手到底是谁？

桌上的三个木偶人少了两个，另外一个倒在桌子上，表示它已经死了。

屋子里再次陷入了古怪的沉默，我们三人围着桌子坐成了一个稳妥的三角形。昏暗的灯泡挂在桌子上方，我们的面部都是金色的，而每个人的身后都拖着一条长长的黑影。老周又点起了一根烟，抽了两口，他的面孔在青烟中模糊下去了。我悄悄看看王文兰，又看看老周，干笑一声，说，老周，可以啊，知道的还真不少。老周躲在一团烟雾后面说，在岛上没事的时候我就一直在研究地图，那些去不了的地方可以在地图上研究嘛。世界上大大小小的海岛长什么样子，都装在我的脑子里了，为什么要研究海岛呢？你们好好想想就明白了，海岛其实是最有意思的地方。还是那句话，人就要活在自己这里，别的地方都是假的。

他指了指自己的脑袋。

屋顶上一阵轻微的响动，老周嘴角叼着烟，伸手抓起一把木头弹弓，把自己斜挂在椅子上，押了一粒石子，眯起一只眼睛开始打老鼠。

我和王文兰呆坐着，我也抬头观赏着天花板上的老鼠，只是不敢看她。她忽然干巴巴地笑了几声，然后起身整理了一下身上的衣服，理了理鬓角的头发，说，失陪一下，九点了，我要去跳舞了。我说，兰姐，外面还下着雨。她像是没听见，推开门，头也不回地走进了雨里。

第二天雨还在下，我下定决心要打破这个局面，于是带着自己的一本诗集去小洋楼里找王文兰。听到敲门声她立刻开了门，化着妆，整齐地穿着一条花裙子站在门后，倒好像一直在等我的到来。进门之后我连忙把诗集递给她，说，兰姐，这是我自费印的书，一共也就印了几百本，就送送朋友。她一语不发地接过去，一只嘴角微微笑着，盯着封面看了半天，然后翻都不翻就放在了一边。

她忽然抬起胳膊给我看，上面有几个红疙瘩，她噘着嘴说，你看，是不是连蚊子也欺负我，怎么就不咬你们呢？让我看看你的胳膊上有没有。说着就凑过来，欲抓起我的胳膊。我慌忙躲开，嘴里说，兰姐，我那里有清凉油。她像是没听见，咯咯笑着，追上来拎起我的一只胳膊，仔仔细细地检查着。她的手很干很烫。我忽然感到了一种奇怪的恐惧，用力把那只胳膊挣脱出来，又说，兰姐，抹点清凉油就好了。

她似乎怔了一下，涂了口红的嘴角仍在微微笑着。她又抬起那只手，用指尖试探性地在我胳膊上轻轻一拍，我本能地往后一闪。她那只手悬在空中，连同嘴角的笑容一起冻住了。我哑着嗓子叫了一声，兰姐。

墙上不知道什么时候挂起了一幅她儿子的黑白遗像，那个年轻男人把嘴唇抿成薄薄一条线，不苟言笑地从另一个世界里看着我们。阴阳两界和这阴暗潮湿的洋楼构筑成了三重奇异的空间。

她走到遗像前，抬起头看着遗像里的年轻男人。她看起来并不痛苦，甚至近似于平静。她对着照片说，儿子，海水里冷不冷啊？以前你总是和妈妈说，两个人做伴总比一个人好，可是儿子啊，又有谁能看得上妈妈这样一个老太婆呢，人家嫌妈妈老，嫌妈妈没钱，其实妈妈就是个傻瓜。但妈妈向你发誓，妈妈一定要有自己的事业，妈妈一定要在这岛上创业成功，你就在大海里看着妈妈吧。

我心里明白了，在我和老周之间，她倾向的那个人到底是我。这让我心里有了一点奇怪的慰藉，同时，又忽然多了一点对她的莫名厌恶。我们身后不远处是那张她穿着蓝色旗袍的照片，她穿着她提前准备好的寿衣，用扇子捂着嘴角，目光诡异忧伤，静静地站在一堆假荷花里。

雨已经下了几天几夜，还没有停的架势。平时趴在地上的厚藤因为吸饱了水分，变粗变长，像眼镜蛇一样忽地从地上站了起来，举着肥厚的叶子立在雨中，四下观望。王文兰一个人在海边，冒着雨搬一块块的礁石。我不忍看下去，过去给她撑伞，说，兰姐，小心不要着了凉，你搬这些礁石做什么？她抬起一张湿漉漉的脸看了我一眼，又看了看我手中的伞，说，我不需要你的伞，我要攒够石头盖座旅馆，我都想好了，盖好了房子再铺上蚝壳墙，又结实又有特色，以后等岛上的游客来了就能住。我呆立了半天才说了一句，那要用多少石头。她抹了一把脸上的雨水，斜视着我，笑着说，没听过愚公移山的故事？

又剩下我和老周了，我俩在一起喝酒。老周找出一瓶泡着眼镜蛇的白酒，感慨道，这是最后一瓶酒啦。瓶子里的眼镜蛇瞪着两只灰蒙蒙的眼睛，隔着玻璃盯着我们。我说，眼镜蛇泡的，确定酒没毒？他很生气，怎么可能，我喝了这么多年，要死早死了。

因为是最后一瓶酒了，我们喝得极慢极慢，一小口一小口地尝着，下酒菜是两条烤鱼干。好像只要这样慢慢喝，这瓶酒就可以永远喝不完。我抿了一小口，说，老周，和你说啊，别看我也爱写点诗，可是一见到别人在朗诵诗，我就起鸡皮疙瘩，你说这是什么毛病？老周也啜了一小口，舒展着两条眉毛说，说明你觉得丢人。我说，你说什么时候才能让人觉得做诗人不丢人？老周说，不要怪世道，要怪自己，莎士比亚的《裘力斯·凯撒》中，勃鲁托斯有一句台词，因为凯撒爱我，所以我为他流泪。

喝着喝着，一瓶酒还是慢慢见底了，这时候身上、脸上都开始冒汗，估计是因为泡在里面的眼镜蛇的威力。我说，老周，你这酒确定不会喝死人？老周慢条斯理地说，我把这岛上所有的蛇虫都捉来泡过酒，神农尝百草，也没见我喝死嘛。我借着酒劲一拍桌子，老周，那你说你最怕的到底是什么？难道你就什么都不怕？老周只是抚摸着自己的胡子，并不言语。我又趁机问道，老周啊，王文兰对你挺好，你告诉我，你对她有没有一点喜欢啊？这话一出口，连我自己都吓了一跳，我怎么变成这样了？老周手里捏着自己的胡子，笑着说，你还是没有想明白，在这岛上，哪有什么喜欢和不喜欢，只有害怕和不害怕。

我一怔。窗外还是时紧时慢的雨声，隐隐约约夹杂着王文兰的歌声，她又在海边唱歌了。我朝窗外看去，那棵巨大的榕树站在雨里，看上去周身都在发光，竟有种金碧辉煌的感觉。

这个晚上，老周又为我们表演了一场木偶戏。他在一团灯光里敲着桌子，像小时候听梆子戏时的过门。他说，演出就要开始了，我们在脑子里想想，这次是蒂科皮亚岛，属于所罗门群岛。这岛长得像个葫芦，岛上有个很大的湖叫特洛托湖，湖里还有鱼。

他摆出两个木偶人，说，这个是一个失败的作家，这个是岛上的族长，失败的作家想来到蒂科皮亚岛上生活。

第一幕

族长：我们的族人已经在这个岛上生活了很多年，这个岛很小，站在岛的中央就能听到大海的声音。我们的族人在咸淡混合的湖水里抓鱼，从大海里捕捞贝类。我们在岛上种植了山药、香蕉和泥芋。年景不好的时候，我们会把面包果埋在地里。

作家：请您把我收入你们的族人当中吧，有个作家的小说中曾说过，没有比失败者更好的乌托邦制造者了，我正是这样一个失败者。我厌倦过高的人类文明，厌倦政治和经济，厌倦人与人之间的争斗，而你们是一个微型的共产主义社会。我会捕鱼，很快就能学会种香蕉，我能和你们一起劳动，请您收下我吧。

族长：你知道我们的族人为何能在一个小岛上存活下来，且永远是不多不少的五百人吗？因为我们在岛上的理想是人口的零增长，每当一个新的人出生或来到，就得有一个老人死去。如果遇到灾年，粮食不够五百人吃，就会有一些人迅速决定死去。最先自杀的往往是那些还没有结婚的妇女，其次是那些已经完成生育的夫妻。

作家：您能否告诉我，你们这个微型的共产主义社会是人类社会的最初还是最终？

族长：我们独立世外，与人类社会无关。如果你想加入进来，就必须遵守我们的族规，不然将被赶走。

第二幕

【几年后，一场旱灾袭击了蒂科皮亚岛，这年的收成比往年少了很多。

族长：今年因为这场旱灾，我们的收成减少了很多，往年够五百个人吃的食物今年只够两百五十个人吃，有一半族人必须迅速决定去死，不然全部族人都得饿死。你在岛上已经有了长子，按我们的族规，你和你儿子中间必须有一个去死。有一些父亲已经溺死了他们新生的婴儿，父亲有权利决定婴儿是否存活下去。有的母亲已经自缢身亡。请你快快做出决定吧。

作家：我不想死，也不想让我的儿子死。我们不应该这么野蛮，这不符合现代文明。

族长：不要忘了你是因为躲避现代文明才来到我们岛上的。

作家：历史上从没有这样残酷的事情，法律也不会允许。

族长：历史和法律只有在人类的政治生活中才具有意义。

作家：你们为什么不回到文明社会？

族长：问问你自己，当初为什么要出来？

作家：我现在要回去了。

族长：四周茫茫皆大海，你可能会被鲨鱼吃掉或葬身海底。

第三幕

【作家造了一艘小船，带着自己的儿子驶向大海。很快，他和他的儿子就一起葬身在了茫茫大海之中。

雨下得没日没夜，所有的时间在雨中都变成了废墟。因为在方寸大的岛上实在没有别的排遣，又因为我们开始日渐恶化的情绪，老周每晚都会给我们表演一出木偶戏，每一出木偶戏都发生在一个小岛上，全世界各种各样的小岛。蒂科皮亚岛之后是布拉瓦岛，属于大西洋上的背风群岛，岛上有巴旦杏树、枣椰树和六倍利、夹竹桃。这里的云很低，雨下得特别多。生活在这个岛上的人都是白人和黑人的混血后代，黑皮肤，蓝眼睛。这些白人和黑人都是当年被运到岛上的工人。

另一个夜晚是特罗姆兰岛，在印度洋上，原名沙岛，岛上只有一些棕榈树。很多年前，东印度贸易公司的一艘船，载着六十个奴隶在这座岛上触礁，奴隶们被留在岛上，取火，挖井，用羽毛做衣服，吃海鸟和乌龟。一些奴隶因绝望而自杀，一些奴隶失踪在茫茫大海上。只有七个奴隶活了下来，他们在这个岛上足足生活了十五年之久，还生了一个孩子。

之后是圣保罗岛，印度洋中心的一个小岛，岛上有火山，植物只有苔藓和蕨类，每年有很多企鹅来这里下蛋，但它们的肉无法食用。岛上只有三个人，他们在这里工作，专门登记捕鲸船。他们在岛上有一座小房子和一座小小的图书馆，但他们终日吵架，后来，其中的一个人神秘地失踪了，最后，尸骨却是在三个人住的小房子里找到的。据说另外两个人分食了这个人。

然后是太平洋上的诺福克岛，岛上有枞树和犯人们种植的玉米。这个岛是一座关押囚犯的监狱，对于岛上的犯人们来说，最严重的刑罚是单独囚禁。犯人们的庆典活动是，可以在岛上自由活动十分钟。十分钟走完小岛之后，他们主动回到牢房，没有人会穿过大海越狱。

昏暗的灯光下，小小的桌子如岛屿一般漂浮在无边的大海之上。我忍不住好奇，问老周，你都是怎么知道的？他微微有些得意，指着自己的脑袋说，你要用脑子嘛，人就要活在这里，别的地方都是假的。

我开始有些明白他为什么要把这张桌子叫成是世界剧场了。

到第十二天的时候，雨终于停了，但海上寒潮依旧，海面下暗涛汹涌，巨大的漩涡如同黑洞，会把一切吸入海底。大海被封了，任何船只都不敢出海，早该来送蔬菜和粮食的补给船也一直来不了。我储存下的蔬菜和冻肉已经全部吃完，只剩下一点大米，还有几瓶陈旧如古董的罐头。

因为孤寂和恐惧，我感觉到岛上的时间越来越多，越来越雄壮，它们像一个种族一样加剧了自己的繁殖速度，如当年的恐龙一样试图占领整个小岛，甚至整个海面。你无法驱赶它们，只能试图与它们和平共处。我发现自己已经变得和老周完全一样了，盯住什么一看半天，眼睛都不眨动，刚说过的话又反复说，把任何一个小动作都拖得有一个世纪那么长。

我经常坐在全岛最高的那块礁石上看着大海，礁石下面，那两只黑背卧在沙滩上也看着大海。我期望能看到海面上正漂过来什么东西，一头搁浅的鲸鱼，一条船，一具尸体，一只瓶子，随便什么都可以。但墨蓝的海面上光秃秃的，寸草不生，只有步伐整齐阵列森严的波涛。有的波涛会像蛇一样忽然骇人地立起来，露出雪白的肚皮；有的波浪涌过来时，竟会堆积得像山峰一样巍峨。但转眼之间，这些海上山峰又会灰飞烟灭。

在那里待久了我就发现，自己确实是坐在一只球体上的，因为海面是有弧度的，四周全是海水，看上去像一只巨大的玻璃球，而玻璃球上只立着我一个人。好像整个宇宙里就只有我一个人。我甚至能听见地球飞翔的声音，能听见云彩流动的声音。我越来越怀念只有在人类社会里才有的五彩斑斓，那些跌宕起伏的命运，那些足以修复一切灾难的希望，那些转瞬之间的无常，那些嫉妒与是非后面的可爱，还有那些阴谋与诗歌齐飞的绚烂。

寒潮一直在持续。我们之间看起来还保持着一点最后的礼仪。在岛上见到老周，他还是会先问一句，吃了没？王文兰依然化着妆，这是属于她自己的礼仪。她每天去沙滩上捡礁石和蚝壳，一块一块地搬到洋楼后面的空地上，她要在那里盖一座供游客们住的度假旅馆。有时候她会忽然对着大海高声唱歌。一切看起来都和往常没有什么不同。可就是因为看起来实在太正常了，反而遮盖不住从最下面渗出来的一丝诡异恐怖的气味。

我忽然发现，岛上的野果已经全被摘光了，连椰子都找不到一只了。我不由得打了一个寒战，这说明我们已经面临食物匮乏了。几日之后，老周先提出来，我们拿出各自剩下的食物，放在一起，这样三个人都能保证有吃的。我们想了想，都同意了。我拿出了剩下的一点大米，老周拿出了他保存的硬邦邦的鱼干，王文兰拿出了几包方便面。这便是我们全部的食物。我们每天只敢吃一顿饭，每顿饭都在一起吃，严格分配，真正像一个小型的共产主义社会。然而，让我最痛苦的是，每次盛饭的时候，我们都会不自觉地偷偷去打量对方的碗里，看盛的是不是比自己的多。

这个晚上，岛上又是风雨大作，椰子树在风中几乎站立不稳，披头散发地弓着腰，石头被海风吹起来砸到屋顶上，发出咚咚的擂鼓声。这顿晚饭我们吃光了最后的一点大米，方便面已经没有了。吃完饭，老周依然有兴致给我们表演木偶戏。

我和王文兰不欣喜也不反对，都有些木然地坐在那里，好像在听外面的雨声，又好像什么也没听。他摆出一排木偶人，枯瘦的脸上忽然绽放出某种光芒，他说，今晚上演的是纳普卡岛，这个岛在哪呢？在太平洋，它是一个环形礁岛。这条船叫亚当号，这个是船长，这个是大副，这个是二副，这个是三副，这个是水手长，这个是轮机长，这个是舵工。

【亚当号已经在太平洋上漂了快一年了，只为了寻找新的大陆，但船员们仍然看不到任何陆地。海面十分平静。

第一幕

船长：我们就像朝着永恒在行驶，永远看不到尽头。我们现在甚至都不能确定船是不是还在向北行驶，因为罗盘已经没有足够的能量指向北方。我们要达到的大陆也许根本就不存在。

大副：因为得不到补给，船上的食物已经严重不足。船上的压缩饼干已经成了灰，里面满是老鼠屎，剩下的饮用水已经变质变浑浊。为了不饿死，船员们开始吃木屑和皮革。那坚硬的皮革需要在水里泡好几天，泡软了之后在火上烤，再使劲吞咽下去。

二副：连老鼠都成了船上珍贵的美味，一旦老鼠出现，就会有一场激烈的狩猎。抓到老鼠的船员会高价把老鼠卖给其他船员。有一个饿极了的船员，刚抓到一只老鼠，老鼠还在挣扎，他就把老鼠放进了自己嘴里，吞下去了。

大副：有两个船员因为抢夺一只老鼠打了起来，其中一个把另一个砍死了。按照法律，杀人者自然应该受到惩罚，可是已经没有人有力气去惩罚他了。

船长：把那具船员的尸体用帆布裹好，再缝起来，然后扔进大海。去照我说的做吧，不然这些船员很快就会变成食人族的。

第二幕

【船上的人已经少了一半。

船长：大副，剩下的这些船员们是靠什么活下来的？船上还有能吃的食物吗？

二副：船长，您忘了吗？大副在两天前就已经饿死了。船员们为了活下去吃掉了他们的靴子、他们的手提箱，甚至吃掉了桅杆上的绳子。

船长：我们为了寻找一个传说中的大陆，在大海上已经流浪了一年。你是否相信真有上帝的召唤？

二副：船长，信则有，不信则无。

船长：告诉我你现在还信吗？

二副：船长，一切信仰皆在您心中。

船长：你确定每一具船员的尸体都扔进大海了吗？

二副：您放心，每一具尸体都缝进帆布袋里，再扔进大海。

第三幕

【亚当号行驶到纳普卡岛的时候，船上已经只剩下了一个船员。

船员：如今亚当号上只剩下了我一个人还活着，我靠着吃一只牛皮靴活了下来。船长和二副、三副都已经饿死，不堪忍受饥饿的水手们纷纷跳海自尽。这个岛上竟然有泉水，有从未见过的野果，还有一座绿色的火山，看来我似乎要得救了。

第四幕

【多年后，一条小船在太平洋上遇到海难，两个水手漂到了纳普卡岛上。

水手甲：上帝，这个岛上有人，居然有人住在这里。

水手乙：无法相信，这个岛上居然有一个小小的王国。

国王：欢迎来到纳普卡王国，这个国家虽然只有两百人，但仍然是一座独立于世外的王国。我的父亲当年是一条船上的唯一幸存者，他漂到这个岛上，创建了这个大海深处的王国，收容了各种各样的海上难民。如今他已经不在了，但他的坚强和他的王国还在。海上的幸存者，欢迎你们。

很长时间的沉默。最后，王文兰忽然站了起来，像跳舞一样，在原地转了几个圈，然后笑着对我和老周说，听到没？一个大海上的幸存者就建立了一个王国，老周，老杨，纳普卡王国欢迎你们。

8

雨停了，但海上寒潮还没有过去，依然见不到船只出海。夜晚，月亮升起来的时候，整个海面闪着可怖的寒光，而小岛则像大海中一颗坚硬的牙齿。一群海鸟被什么忽然惊起，使劲向上飞去，一直飞到了金黄的月亮里。

我试图寻找一些能吃的树叶。居然在树林深处找到了一只废弃的邮筒，树林里铺着一层厚厚的落叶，一踩上去，脚就会陷没。有两棵巨大的榄仁树不知道已经有几千岁了，几个人都抱不拢；粗大的树根泛着白骨的光泽，有一棵大腿粗的藤从旁边爬过来，巨蟒一般缠绕在榄仁树上；仔细看去，藤早已深深嵌进了树的肉身，像是这大树身上的一件器官。那只绿色的邮筒油漆斑驳，早已被藤萝吞没，锁还挂在上面，也早已生锈。这只邮筒也许是为早年那些在岛上采矿的工人们设的，那时候没有手机，他们也许只能靠写信这种方式来和家人联系。我又想起了老周嘴里的那十个工人，恍惚看到他们一个个走到这邮筒前，把写好的信再仔仔细细检查一遍，口是否封好，地址是否写对，然后才依次投进邮筒的嘴巴里。这些工人后来究竟去了哪里？

我开始靠写信来排遣恐惧，给我上大学时最好的同学，给我童年时候的发小，给我前妻，给我已经去世的父母，给我唯一的妹妹，给我暗恋过的那个女孩，给我已经反目成仇的朋友。我把写好的信整整齐齐地叠好，一封一封地投进了邮筒洞开的嘴巴里，它静静蹲在树丛里看着我。如果说宇宙间的能量是守恒的，那么一个人的消失必定会转化成别的形式，比如几行文字、一段音乐、一幅画。我想，如果我死在这小岛上了，这些信便是我留给这个世界的最后痕迹。也许以后上岛的人会看到，也许永远都没有人能看到。

在这些他们永远不可能收到的信里，我详细地讲述了这个小岛，讲述了孤独和饥饿，还有将会出现在上空的食人兽，我已经闻到了它的气味。我说老周也许最终会进化成一条鱼回到大海。王文兰也许最终会像女王一样，用礁石和蚝壳建起一座度假旅馆。而我，我发现自己其实并没有任何坚固的东西，我真的无法确定自己下一步将会演变成什么。

这个夜晚，风从海上爬过来，鲛人一般游荡在椰林里，声音低沉悠远。我麻木地听着风声，把自己埋在昏暗里埋了很久。我忽然想到了王文兰，她已经攒下了不少礁石，她身上确实有种奇异的生命力，现在我是如此渴望靠近这样的生命力。我穿过张牙舞爪的椰林，来到王文兰住的洋楼前敲门。她穿着一件睡衣开了门，见是我立在门口，立刻又关上了。我又敲门，敲了半天，她终于把门开了一条缝，我扁扁地挤了进去。

她不让我进来可能是因为她没有化妆，只穿着一件没有腰身的旧睡衣。睡衣洗的次数多了，纤维已经接近于半透明，可以看到里面衰老下垂的乳房轮廓。第一次见她没有化妆，我有些害怕，不敢去直视她，就好像她没有穿衣服一样。每天游离在她面孔之外的红嘴唇和黑眉毛在这样的深夜都悄然遁形了，一段时间没有染发，帽子一样的黑头发中间已经长出了一顶白色的芯子。因为卸掉了盔甲，她白天里那些夸张夺目的言行也一并跟着褪掉了，她看起来枯瘦、柔弱、手无寸铁，像个很老很老、脸上长满皱纹的少女。

我忽然之间就很想落泪，但终于忍住，半天才说了一句，兰姐，也没什么事，就是忽然想过来看看你。她竟对我笑了一下，笑容和动作看起来都轻飘飘的，没有一点真实感，好像她整个人都不过是一道幻影。她指着墙上的遗像轻声说，这不，正和我儿子说话呢。我睡着就不愿醒过来，因为我每晚都能梦见我儿子，在梦里我还在想，这次肯定不是做梦，肯定不是做梦。结果一醒来发现还是个梦。不过这样也好，就算白天看不到他了，晚上还能看到他，可他就是不肯长个子，到我梦里的时候永远是七八岁的样子，这孩子。

年轻人站在墙上阴冷地看着我们两个，她一边伸手抚摸着遗像，一边笑着说，其实我儿子活着的时候也嫌我丢人，有一天晚上，我在广场里和别的女人们一起跳舞，她们都说我跳得好，说好多人都在看我跳，我也觉得我跳得比她们好，我从小就有文艺细胞嘛，可我儿子却扭头就走了。我追过去问他怎么了，他说，妈你是刚从监狱里出来的人就这么跳舞，会被人笑话的。

我还没来得及说出一句话来，就见她轻飘飘地离开遗像，走到桌子前小心翼翼地端起一个纸盒给我看。我一看，纸盒里爬着一只绿色的壁虎，忍不住皱了一下眉头。她用手指轻轻碰了碰壁虎的头说，这只壁虎宝宝受伤了，是我把它救下来的，我每天捉蚊子喂它吃。宝宝，妈妈给你捉蚊子吃好不好啊，你要不要喝水啊？

她放下纸盒，忽然有些欢快地对我说，你看，这些小动物都能陪着我啊，它们都能做我的朋友，我为什么非要人来陪我呢？就是这世界上只剩下我一个人了，我也能和动物植物做朋友，我怕什么？

我又叫了一声，兰姐。只觉得口干舌燥，说不出话来，便掏出一根烟来点上了。这是我仅剩下的几根烟，分外珍贵，有时候想半天都不敢抽，就随身带着闻闻味。老周的烟则已经抽完了，他满岛上瞎溜达，低头找自己从前扔的烟头。把那些旧烟头一个一个捡起来，把里面残留的一点烟丝抖出来，攒多了再卷成一根新烟，抽几口，又没了。这次几乎连烟头都没剩下，整根烟都被他飞快地吃下去了。

她默默向我伸出一只手来，我犹豫了一下，还是递给她一根，帮她点上了。我们两人坐下来，你一口我一口地抽着。她两根指头掐着烟，弹了弹烟灰，呆呆地看着屋里的某个角落，忽然无声无息地对着那个角落笑了一下，好像那里正坐着一个人。我听见她说，老杨，我知道你心里看不起我这老太婆，我不怪你。我一惊，手里的烟头差点掉下去。又听见她说，不管你信不信吧，我虽然一大把年纪了，但我心里真的还觉得自己是个少女，我这辈子没谈过一场像样的恋爱，也没有哪个男人真正爱过我，我的第一个丈夫和后来那个死鬼丈夫都没有真正爱过我。在女子监狱里的十七年又根本没见过男人，所以我就老是回忆我结婚前的那些时光，就老觉得自己还停在那个时候，自己都变成个老太婆了也不知道。

说到这里她手捧香烟看了我一眼，有什么东西在她眼睛里静静燃烧，我不怪你看不起我，我不怪你们任何人，可总有一天我要让你们看看的。我什么都能干，粗活细活，搬砖缝纫我都会干。我在监狱里做了十七年缝纫工，出狱之后我的第一份工作是在装裱厂做装裱工，墙上的那四个大字就是我装裱的第一幅字画，还行吧？我在砖厂里烧过砖头，在茶楼里卖过茶叶，被人骗去做过传销，在宾馆里做过清洁工。我什么都干过，我什么都会干，我也不怕吃苦。如果我们都还能活着，我总要让你们看看我王文兰的，有一天我要把这个小岛变成一个旅游胜地，我要盖一座漂亮的度假旅馆，以后很多游客都会慕名来这岛上度假。

我一句话都没说，把小得不能再小的烟头掐灭了。她也慢慢把烟头在一只玉白色的海兔螺里碾灭了，一缕青烟袅袅升起，像是寄宿在螺里的魂魄已经散去了。她的眼睛里还亮着，有余烬还在那里面噼里啪啦地燃烧着，呆坐片刻之后，余烬成灰，目光忽然就黯淡了下去，整个人也随之坍塌，像有东西在里面折断了。她对着我慢慢说了一句，可是有时候，我又觉得我活了五十六岁已经活得太久太久了。

她站起来，走到墙边摘下那幅写着“心若止水”的字画，麻利地卷成一个轴递到我面前，说，老杨，谢谢你送我的书，你的诗我都给我儿子读了，我觉得你写得好，希望你以后能做个大诗人。可我不能白要你的礼物，我从来不喜欢欠人家，你也看到了，我没什么值钱东西，这幅字画就算是我最值钱的东西了，你一定要收下。

我正要推辞，那幅字画已经塞到了我手里。她想了想，又一把将画抽回去，说，这样不好拿。然后在上面绑了条绳子，把它像宝剑一样斜斜佩戴在了我身上。这次我没有反抗。

我终于做出一个决定。我暗暗吸了一口气，朝她坐的方向走去。昏暗的灯光把我佩着宝剑的影子投在了墙上，那面墙上，榕树的根已经爬了半墙，长出了暗绿色的叶子。这样看过去，好像在我的身体里长出了一棵郁郁葱葱的榕树，简直要挣破皮囊长出去。

我走到她面前，不敢再多想什么，张开两只胳膊一把抱住了她。我想，应该有人来抱抱她，应该的，可能从来没有人真正抱过她。她皮肤枯萎，已经没有弹性，完全符合我可怖的想象，但我还是咬了咬牙。她一怔，愣了片刻，忽然一把就推开了我。她半仰起脸，神情骄傲，她对我说，老杨你这是可怜我吗？我不需要。

烟已经全部抽完了，大米也吃光了，我们只能吃鱼干和海边零星的小贝壳。我开始学老周，满岛找陈旧发霉的烟头。越是没有烟便越想找到烟抽，身边常揣着一盒烟的时候，烟瘾反而没这么大。很快，连地上的烟头都绝迹了，我和老周即使掘地三尺也再刨不出一个烟头了，连茶叶也被我们当烟叶抽完了，他便带着我去摘木巴戟的叶子，晒干了卷成烟抽。

我和老周坐在礁石上，嘴里各自叼着一根暗绿色的植物烟卷，树叶着得很快，一会儿一根就没了，我俩看上去简直像两只食草动物。两只黑背一声不吭地坐在我们旁边，它们瘦得连骨头都能一条一条看到。植物焚烧成的骨灰一节节掉下去，在海风中迅速消散。其实已经没有了抽烟的感觉，只是在吞吐烟雾中假设自己还在抽烟，聊以作个心理慰藉。老周的白胡子很久没修剪过了，杂芜丛生，看起来庞大茂密，把他的头衬得极小。他把胡子上的烟灰抖了抖，看着海面说，这次寒潮够长的，当年那些个工人在的时候，也遇过这样的大寒潮，没烟抽的时候也是这样，卷了树叶当烟抽。

我忽然想到，那十个我从未见过的工人也许曾在这岛上做过和我一模一样的事情，我就像躺在他们曾躺过的人形的凹槽里。如今在这种旷日持久的寒潮天气里，因为越来越深的恐惧，我感觉他们变得前所未有的逼真，似乎只要我伸出胳膊去，就能触到他们。我又问了一遍，老周，那十个工人后来都哪去了？都回家去了？

老周继续抽他的树叶，没有说话。我忽然就变得无比焦躁，开始绕着礁石一圈一圈地转圈。转了几圈，我大声说，老周，如果寒潮过不去怎么办？他说，总会过去的。又转了几圈，我盯着他的脸说，老周，你就真的不害怕？

老周看着大海说，你还是没想明白啊，我们最早的祖先不就和我们现在一样？谁也不依靠，用的都是最简单的办法去生存，打个鱼砍个柴，烤堆火。看起来这是不是最低等的生活了？你想人为什么总是向往那些最高的山，因为高山和天最接近，往最高处走和往最低处走其实是相通的，走着走着就走到一起了。祖先们有了火种有了食物就活下来了，这才慢慢有了后来的人，然后才有了国家，有了朝代，有了世道。别看现在有多少高楼多少汽车，根子上的东西其实还是一样的，我们不过就是像祖先一样又回到人的根子上去了。你这么想想，那还有什么可害怕的？

最后一条鱼干也被我们吃完了。

电缆已经被雨水泡坏，那个晚上，老周点起了蜡烛。蜡烛生出一团橘黄的世外的光晕，把桌前三个人笼罩在其中，烛光之外，整个世界沉入黑暗。桌上只有一只盘子，盘子里只有一条嶙峋的鱼干。我们围着这条鱼干坐着，都久久没有说话，没有人敢去动这条鱼干，也没人敢刺破这团烛光。好像这条鱼干是摆在我们面前的一个极大的秘密，一道神秘的门，一旦从这扇门出去，我们都将面目全非，将难以辨认出彼此。

我隐隐看到了游荡在我们上空的食人兽，它终于出现了。

忽然，王文兰伸出筷子吃了一口鱼，她咀嚼得很用力，嘴唇上涂抹着一片暗影，好像正在拼命咀嚼一条鲜血淋漓的活鱼。我畏惧地看着她，见她使劲吐出两根鱼刺之后，忽然敲着盘子嚷道，快吃啊，你们怎么不吃啊，怕什么？岛上有的是吃的，以后每天吃什么就包在我身上了，放你们的心。我王文兰其实也算个能干的人，就是命不好。要是我们在这岛上成立一个旅游公司啊，还是得让我来当经理，我管理几十号人绝对没问题。她看上去虚幻而庞大，好像她的内部也点着一支蜡烛，周身散发着一种来自于异域的可怕光芒。

在烛光里，老周坚持要为我们表演一场木偶戏，似乎木偶戏已经成为我们的某种神秘仪式。他把一排木偶人依次摆在桌上，说，今晚这个岛叫巴纳巴岛，在太平洋的正中间，这个岛上住着一种鸟叫军舰鸟，它们的粪便化为磷酸钙盐，在这岛上厚达数米，所以历史上不停有人来到这个岛上采矿。

【六个工人在岛上已经工作数年，因为海路遥远，交通不便，鲜有船只，他们几年来都没有见过自己的家人，和家人联系的唯一方式是写信，但一封信至少需要三个月的时间才能到达。这天他们像往常一样，刚在一起吃过早饭。

第一幕

工人甲：你们都不要走，我有一件小事想问问你们，昨晚可有人动过我的箱子？箱子里有一封我刚写给妻子的信不见了，今天邮差要来。岛上只有我们这几个人，恐怕是你们其中的哪位把信拿走了吧？

（众人摇头，都说不曾动过他的箱子。）

工人乙：我们可以走了吗？准备开工了。日复一日的生活，眼前除了海水就是海水，自由的大海倒比那牢笼更束缚人。

工人甲：一封家书并不是什么值钱东西，但对我来说是精神的寄托。哪位拿了还

请还给我吧。

工人丙：你是不是想把我们所有的人都搜查一遍？如果搜不出来呢？你又该如何？

工人甲：我并没有这个意思。如果哪位拿了还请还给我吧，这真的只是一件小事，不是吗？

工人丁：如果只是一件小事，你为何在信中把我们每一个人都写得如同小丑。是为了以此来取悦你的妻子吗？

工人甲：那只是一封信而已，何必当真，这只是一件小事。

工人戊：只是一封信而已？你何不当面辱骂我们，把我们每个人的癖好写到信里是对我们更大的羞辱。

工人甲：原来你们每个人都看了我的信，可是朋友们，那只是我写给妻子的一封信，是用来消遣时间的玩笑，我在心里尊重你们每一个人。

工人乙：尊重我们？我们没有从信里看到任何一点尊重，我们看到的自己都如同小丑。

工人甲：这只是一件小事，不是吗？算了，我不再追究这封信的下落。这毕竟只是一件小事。

工人丙：你说小事就是小事吗？

工人丁：究竟是怎样的仇恨让你在信里把我们写成那副模样？你必须说清楚。

工人甲：朋友们，我们朝夕相处，这真的只是一件小事。我们该开工了。走吧！

工人戊：并不是你说走就走，你说留就留的。

工人乙：你有什么权利取笑别人？你平时喜欢独来独往也是因为内心里看不起我们这些人吧？

工人丙：四眼狗，是因为你觉得自己戴了副眼镜的缘故吗？

工人甲：朋友们，你们究竟都怎么了？当初刚来到这岛上的时候，你们并不是这样的，那时候的你们善良热情，我们在一起喝酒，如同兄弟，如今怎么都变成了这样？太阳刚刚才升起，你们为何已经像传染了酒醉一般？当然，这真的只是件小事，一件小得不能再小的事情。就让这封信消失在茫茫大海中吧。

（众人围住了工人甲暴打。群殴之后，工人甲倒地，死亡。）

工人己：这看起来真的只是一件小事，只是一封信，有谁不在背后说别人的坏话呢？我们每个人都会说别人的坏话，为何就真的杀了他？

工人丙：看起来确实是一件小事，可在这个岛上真的还有什么事是小事吗？

工人乙：就在前几天你还偷偷用了我的牙膏，我只是没有说破罢了。

工人丁：别以为我不知道，你每次在洗澡房里洗澡的时候都要在里面撒尿，以至于里面全是尿臊味。

工人戊：你每次做饭的时候都要偷偷藏一点黄油。

工人丙：你承认吧，你的愤怒只是因为他在信里说了一点实话，而你像照镜子一样看到了你自己的脸。

第二幕

【一番激烈的打斗之后，工人甲、工人乙、工人戊倒地身亡。工人丙、工人己从此失踪，再无音讯。

第二天晚上，我们如约来到小洋楼里的时候，王文兰真的已经把晚饭做好了，刚刚上桌。只见桌子上静静摆着一口锅，是她平时用的那口小钢精锅，锅的旁边点着一小截白蜡烛，冷冷的烛光跳动着。一种奇异而可怖的香味笼罩在整个屋里，我感到自己的手开始发抖发凉，我站在烛光照不到的地方，先是闭上了眼睛，但终于还是睁开，我屏住呼吸，心惊肉跳地朝那口锅里看了一眼。一锅冒着热气的肉，没有形状，肉上没有眼睛和嘴巴，大概因为炖的时间比较久，肉已经变成了深褐色。真的是一锅肉。

我们三个人谁都没有说一句话，又呈一个稳妥的三角形坐在了桌子旁边，坐在烛光的边缘地带。可怕的香味带着钢刃的肌理，像来自于一个神秘莫测的地方。我们就那么坐了很久，始终不敢说一句话，也不敢拿起筷子。然后，又是王文兰第一个拿起了筷子，她的动作里有一种从未曾有过的坚定之美，与她曾经的那些苦难交相辉映。她对着我们勇敢地笑了一下，把一块肉塞进了嘴里，大口嚼着。最后，求生欲占了上风，我也终于吃了一块肉，在把那块肉放进嘴里的一瞬间，恐惧感忽然消失，我感觉自己回到了真正的蛮荒时代，反而大无畏起来。在嘴里嚼了很久很久，却一直无法辨认出这究竟是什么肉，我想是因为我唯恐自己辨认出这是什么肉。老周始终没有动筷子，也没有说话，就那么坐在一旁，安详地看着我们。

第二天，一直拖到黄昏时分，我才终于敢靠近沙滩。我一步一步地慢慢靠过去，渐渐地看到了波涛汹涌的黑色大海，渐渐地看到了白色的沙滩，渐渐地看到了沙滩上那只孤独的黑背。它面朝大海，独自卧在那里，即使听到我的脚步声，也并没有回头看我一眼。我把它身边那只矿泉水瓶装了半瓶沙子，远远抛进海里，它并没有射出去把瓶子捉回来。它一动不动，像是没有看到瓶子，也始终没有回头看我一眼。我就那么坐在海边陪着它，我们默无声息地看着大海，直到无边的夜色从海洋深处生长出来，笼罩一切。

此后的几天，我们每天都聚在洋楼里吃一顿饭，每顿饭都是一锅散发着异香、却无法辨认形状的肉。终于有一天，我心惊胆战地夹起一块肉的时候，忽然看到了上面排列着清晰可怖的六边形花纹。老周始终没有吃一口，只坐在旁边，看着我们吃。我甚至自始到终都不敢问他一句，老周，你不饿吗？

我好多天躲着不敢去海边，除了一天吃一顿肉，剩下的时间，我便尽可能地让自己多睡觉，尽量进入一种半昏沉的状态，不敢思考任何问题，以减少消耗。

又等了好几天，寒潮还是没走，又下了一天的雨。到黄昏时，雨忽然停了，树木舒展着亮晶晶的叶子，被雨水洗过的白沙分外洁净，不远处的大海低沉地叹息着，好像衰老了一些。我走到沙滩上才发现，老周已经坐在那里了。他坐在一块礁石上看着大海，皮肤已经浮肿成了半透明，他看起来极轻极瘦，似乎一阵海风就能把他吹跑。那部胡子看起来更庞大更茂密了，榕树一般，几乎要把他的整个头部都吞噬掉。他的话越来越少，几乎已经不再和我们说话了。

这时候，王文兰也走到礁石上来了，她全副武装的样子，敷了厚厚的粉，描着黑眉毛，涂了血红的嘴唇，穿着刚到大腿那的短裙，脚上穿着高跟鞋，脖子里戴着她唯一的一条项链。她走过来，在我们旁边坐了下来，也看着大海。我说，兰姐，你怕不怕这寒潮永远过不去？她豪迈地仰头大笑，我王文兰还真不怕，你们也别怕，我打个包票，只要有我在，你们就有吃的，万一我死了，你们还可以把我吃了。我和老周默默地听着她说话。那个晚上穿着旧睡衣，衰老软弱的她已经被她自己收回去封在瓶子里了，她看起来周身闪闪发光，像是刚从炼金炉里炼出来的。我忽然发现，她其实是可以从灾难中汲取能量的，大约是因为，身在灾难中也是一种灯火通明的舞台感。

那个黄昏，我们三个人在海边坐了很久，沙滩上已经没有了那两只黑背的身影和目光。王文兰拿剪刀帮我和老周剪了头发和胡子，老周的胡子太长了，剪起来像割草一样。后来她又让我帮她把刘海剪齐，她说，齐刘海能让人看起来年轻一点。剪完之后，她让我给她拍照，她要把这一刻留住。

无边的夜色淹没了一切，庄严璀璨的银河从我们头顶缓缓流过。就在这时候，海面上忽然传来一种奇怪的声音，像海鸟的叫声，又像婴儿的哭声。老周终于开口说话了，他听起来很快乐，是鲸鱼在歌唱。他的话音刚落，我们就看到，从闪着星光的海面上忽然跃出一只巨大的鲸鱼，溅起的浪花直冲到了我们脚下。我们三个人都静静地静静地看着它，鲸鱼唱着歌，翻身跃入大海。歌声渐渐远去，大海再次复归平静。我们还坐在那里，久久目送着它。

月亮再次升起的时候，王文兰开始在沙滩上跳舞。我忽然发现，她其实跳得还不错，确实有点文艺细胞。如果小时候就去学跳舞，后来成一个舞蹈演员也说不定。

这个晚上，老周给我们表演了最后一场木偶戏。他在桌子上慢慢摆出两个木偶人。他目光安详，声音低沉，青色的血管在浮肿的皮肤下流动。我忽然就很希望看到，他身上已经真的长出了鱼鳍或鱼鳞，很希望他能真的进化成一条鱼，像人类的祖先一样重返大海。

他的表演在烛光下开始了，他说，这是两个年轻的艺术家，他们是好朋友，都很有才华，而且都野心勃勃，在同一所学院的同一个系里学习电影，他们都梦想着有一天能拍出最好的电影。

第一幕

【青年甲拍出的一部电影刚获得一项大奖，各种祝贺纷至沓来。他的朋友青年乙邀请他一起到河边散步，他匆匆来到河边，脸上难掩兴奋。

青年甲：我的朋友，让你久等了，最近需要应付很多记者的采访，倒不如往日平静。让我猜猜，你一定是来向我祝贺的。

青年乙：我的朋友，我当然要向你祝贺，祝贺你不同凡响的成功。

青年甲：朋友，谢谢你的祝贺。其实这只是个运气，你的才华丝毫不比我逊色，甚至你比我更有才华。

青年乙：当然，我从来不觉得你比我更有才华，你只是比我更擅长剽窃。

青年甲：朋友，你是什么意思？

青年乙：别人看不出来，我也看不出来吗？你这部获奖的电影剽窃了某位不为人知的西方导演的作品，只是改头换面了一下而已。

青年甲：我只是借鉴了他的一点灵感，仅此而已，只是一点灵感，那你想怎样？

青年乙：一点灵感？我要去告发你，让所有的人知道你伟大的作品不过是剽窃来的。

青年甲：你是我最好的朋友，我心里一直敬重你的才华，请你不要这么做，如果你这样做的话，我所有的前程将毁于一旦。

青年乙：其实你心里一直认为你的才华在所有人之上，你看不起所有人，不是吗？我不去告发你也可以，那你就自己去吧，坦白你的剽窃，告诉天下你根本不配得到这样的荣誉。

青年甲：无耻。

青年乙：看看你现在的嘴脸，真是丑陋又可怜。

青年甲：你是真正为了艺术吗？你只是见不得别人比你好罢了。

青年乙：那好，我现在就去告发你。

（青年甲情急中捡起一块石头击中了青年乙的脑袋，青年乙倒地身亡，青年甲逃走。）

第二幕

【青年甲逃到一座与世隔绝的小岛上隐居多年。很多年以后，老年甲回到了自己当年求学的那座城市，看到老年乙拍的电影正在上映。

老年甲：原来他并没有死，还变成了著名导演。而我现在没有身份证，没有户口，没有人再认识我，我还是更愿意回到我的小岛上，大海才是我的家。

第三幕

【小岛上，老年甲做导演，有几条大鱼、海龟和砗磲贝在为他表演。

老年甲：并不是所有的艺术家都在舞台上。

大鱼：为神我们来得太晚，为生存我们来得太早。

海龟：我是不朽，也是死亡，我是时间，令万千世界在成熟时消亡。

砗磲贝：天穹常驻，只有大海与挚爱永不凋谢。

9

第二天，老周忽然就从岛上消失了。我几乎找遍了岛上的每一个角落，沙滩、椰林、洋楼，包括他挖的地道，都没有找到他，也没有找到他的尸体。他泡的那些草药和蛇虫都还在瓶子里，眼镜蛇的眼睛依然隔着瓶子与我森然对视着。他的茶壶和木偶人都还摆在原来的地方。只是，他就这样消失了。

寒潮过后补给船第一次来到岛上，尽管合同还没有到期，我还是决定搭这趟船离开海岛。我劝说王文兰和我一起乘船离开，她说，你记不记得老周讲过的那个故事，有个船员一个人漂到了一个小岛上，最后还在岛上建立了一个小国家。我说，那都是老周瞎编出来的，不能信。她说，我不想回到大陆上再做一个清洁工了，没有地方欢迎我，我要留在这里创业，你信吗？有一天我一定要把这个小岛变成一个旅游胜地，以后来这个岛上的游客会越来越多的。我说，兰姐，祝福你。她一只嘴角微微翘起来笑着，斜睨着我，过些年你记得来岛上看看嘛，说不定就吓你一跳，如果我们都还能活着，我是一定要让你们好好看看的。

船离开那天，王文兰来码头送我。她脸上敷了厚厚一层白粉，画着两道黑眉毛，涂了口红，穿着白色的短裙、高跟鞋，手上戴着那串红珊瑚手链。船即将离开的时候，她忽然戴上了墨镜，也看不到她是不是在流泪，她站在岸边开始一首接一首地唱歌，海风吹乱了她的头发。我试图向她招手，她并不回应，只是戴着墨镜站在那里，一首接一首地唱歌。

船已经离岸很远了，我才终于回头看了一眼。那个小岛已经在海面上变成了很小很小的一个点，随时会被海水淹没。

10

离开那个小岛已经好几年了，在这几年时间里，我没有再回去过一次，也避免打听关于它的任何消息。只是在某一个黄昏，我走在路上，看着前方即将落幕的血红色夕阳，忽然就想起了那个大海上的小岛。那个小岛也是有名字的，它叫永生岛。

图书在版编目（CIP）数据

收获长篇专号. 2020. 春卷 / 《收获》文学杂志社编.
-- 上海 : 上海文艺出版社, 2020
ISBN 978-7-5321-7628-1
Ⅰ.①收… Ⅱ.①收… Ⅲ.①长篇小说—小说集—中国—当代 Ⅳ.①I247.5
中国版本图书馆CIP数据核字 (2020)第053163号

名誉主编：李小林
主　　编：程永新
副 主 编：钟红明 王 彪

发 行 人：陈 徵
策　　划：李伟长
责任编辑：李 霞 陈 蕾 于 晨
封面设计：李 筱
插　　图：木 森

书　　名：收获长篇专号2020春卷
编　　者：《收获》文学杂志社
出　　版：上海世纪出版集团　上海文艺出版社
地　　址：上海绍兴路7号　200020
发　　行：上海文艺出版社发行中心
上海市绍兴路50号　200020　www.ewen.co
印　　刷：苏州市越洋印刷有限公司
开　　本：710×1000　1/16
印　　张：27.5
插　　页：2
字　　数：570,000
印　　次：2020年4月第1版　2020年4月第1次印刷
I S B N：978-7-5321-7628-1/I.6072
定　　价：55.00元
告 读 者：如发现本书有质量问题请与印刷厂质量科联系　T: 0512-68180628